누구를 위하여 종은 울리나

시공 헤밍웨이 선집

For Whom the Bell Tolls

누구를 위하여
종은 울리나

어니스트 헤밍웨이 지음
안은주 옮김

시공사

마사 겔혼에게

일러두기

1. 이 책은 1940년 출간된 어니스트 헤밍웨이(Ernest Hemingway)의 《누구를 위하여 종은
   울리나(For Whom the Bell Tolls)》를 우리말로 옮긴 것이다.
2. 번역은 스크리브너(Scribner) 출판사에서 2003년 발행한 문고판을 대본으로 사용했다.
3. 본문에 등장하는 영어를 제외한 외국어는 원작에서 해석 없이 쓰인 경우 작품의 분위
   기를 고려하여 독음으로 표기하고 각주를 달았다. 단, 독자의 가독성을 해친다고 판단
   되는 경우는 해석을 괄호 안에 넣어 본문에 함께 병기했다.
4. 본문의 주는 모두 옮긴이 주이다.

차례

누구를 위하여 종은 울리나   11

해설 이데올로기와 벗은 몸 사이의 경계에서   745
어니스트 헤밍웨이 연보   753

누구도 그 자체로 온전한 섬이 아니다. 모든 인간은 대륙의 한 조각이고, 대양의 일부이니. 한 덩이 흙이 바닷물에 씻겨 내려가면 유럽 땅이 그만큼 작아지며, 곶이 줄어들거나 그대의 벗과 그대의 땅이 줄어들어도 매한가지이다. 누군가의 죽음이 나의 생명을 감소시키는 것은, 내가 인류와 하나이기 때문이다. 그러므로 누구를 위하여 종은 울리는지 알려고 사람을 보내지 말라. 종은 그대를 위하여 울리는 것이니.

—존 던

1937년 스페인 내전 상황

비스케이 만

프랑스

산세바스티안
아스투리아스   칸타브리아
피레네 산맥
산티아고   ●루고
●팜플로나
갈리시아
●레온   ●부르고스   나바라   카탈루냐
카스티야이레온
사라고사
●바야돌리드
●바르셀로나
아라곤
세고비아   타라고나
●   ★   테루엘
●아빌라   마드리드 ●과달라하라
포르투갈
톨레도
발렌시아●
카스티야라만차   지중해
에스트레마두라

●코르도바

●세비야   안달루시아
●그라나다

●카디스

우파 파시스트 진영
좌파 공화국 진영

1장

그는 팔짱을 낀 팔에 턱을 괴고 갈색 솔잎이 깔린 숲 바닥에 납작 엎드려 있었다. 높게 뻗어난 소나무 꼭대기로 바람이 불어왔다. 산등성이는 그가 누운 곳에서는 완만하게 흘렀지만 그 아래로는 경사가 급해져서 기름 자국으로 거무죽죽해진 도로가 골짜기를 따라 구불구불 뻗어 내려가는 것이 보였다. 도로를 따라 개울이 흘렀고 골짜기 저 아래로 개울 옆에 자리한 제재소도 보였다. 댐에서 떨어지는 물줄기가 여름 햇살 속에서 하얗게 반짝였다.

"저게 그 제재소인가요?" 그가 물었다.

"그렇소."

"본 기억이 없는데요."

"저건 댁이 다녀간 이후에 지어진 거요. 옛날 제재소는 더 아래에 있지. 골짜기 훨씬 더 아래에."

그는 복사본 군사용 지도를 땅바닥에 펼쳐놓고 유심히 들여다보았다. 노인이 그의 어깨 너머로 지도를 내려다보았다. 키가 작고 체구가 탄탄한 노인은 검은색 작업복과 빳빳하게 잘

다려진 회색 바지, 그리고 밑창에 밧줄을 덧댄 신발을 신고 있었다. 그는 가파른 길을 올라온 탓에 가쁜 숨을 몰아쉬며, 짊어지고 온 두 개의 무거운 가방 하나에 팔을 올려놓고 있었다.

"그럼 여기서는 그 다리를 볼 수 없습니까?"

"그렇소." 노인이 말했다. "여기는 이 고갯길 중에서도 다니기 수월하고 개울물도 완만하게 흐르는 곳이오. 저 아래, 길이 나무에 가려 안 보이는 곳부터는 갑자기 땅이 푹 꺼지고 가파른 골짜기가 나오지……."

"그건 기억나네요."

"골짜기를 가로질러 다리가 나 있고."

"그럼 놈들의 초소는 어디에 있습니까?"

"저기 보이는 제재소에도 초소가 하나 있소."

젊은이는 그 지대를 유심히 살펴보다가 자신의 빛바랜 카키색 플란넬 셔츠 주머니에서 쌍안경을 꺼내 손수건으로 렌즈를 닦고 제재소 부근이 선명해질 때까지 테를 돌려가며 초점을 맞췄다. 어느 순간 문 옆에 있는 나무 벤치가 또렷하게 눈에 들어왔다. 원형 톱이 놓인 문 열린 헛간 뒤로 높게 쌓여 있는 톱밥 더미가 보였고, 통나무들을 이쪽 산기슭에서 개울 건너편으로 운반하는 용수로가 보였다. 쌍안경으로 보이는 개울물은 맑고 잔잔했다. 댐에서 떨어지는 물줄기 아래로 물보라가 바람에 흩날리고 있었다.

"보초는 한 명도 없군요."

"제재소 건물에서 연기가 나고 있소." 노인이 말했다. "빨랫줄에 옷도 널려 있고."

"그건 저도 보입니다. 하지만 보초는 전혀 안 보이는군요."

"그늘에 들어가 있는 모양이지." 노인이 설명했다. "지금 거긴 한창 더울 거요. 여기서는 안 보이는 구석진 그늘에 피해 있을 테지."

"그렇지도 모르겠군요. 다음 초소는 어디에 있습니까?"

"다리 아래에. 고갯마루에서 5킬로미터 떨어진 도로 보수 인부들의 숙소에 있소."

"여기에는 몇 명이나 있습니까?" 그가 제재소를 가리켰다.

"아마 보초 넷에 하사 하나가 있을 거요."

"아래쪽 초소는요?"

"더 많겠지. 내 알아보겠소."

"그럼 다리에는?"

"항상 둘이지. 양쪽에 한 명씩."

"사람이 꽤 필요하겠군요." 그가 말했다. "몇 명이나 모을 수 있습니까?"

"댁이 원하는 만큼 데려올 수 있소." 노인이 말했다. "지금 이쪽 언덕에 사람이 많거든."

"얼마나 됩니까?"

"100명은 넘을 거요. 하지만 몇몇씩 무리 지어 있어서. 몇 명이나 필요하오?"

"다리를 정찰한 후에 알려드리겠습니다."

"지금 살펴볼 생각이오?"

"아뇨. 지금은 우선 때가 될 때까지 이 폭약을 숨겨둘 곳으로 가야겠습니다. 폭약을 최대한 안전한 곳에, 가능한 한 다리에서 30분 이내의 거리에 숨겨두었으면 합니다."

"그야 간단하지." 노인이 말했다. "우리가 가려고 하는 데에서 다리까지는 전부 내리막길이거든. 하지만 그곳까지 가려면 산을 타는 게 꽤 만만찮을 거요. 시장하신가?"

"네." 젊은이가 대답했다. "하지만 나중에 먹지요. 성함이 어떻게 되십니까? 잊어버렸네요." 이름을 잊어버리다니 안 좋은 징조였다.

"안셀모." 노인이 말했다. "안셀모라고 하오. 바르코 데 아빌라 출신이지. 짐 옮기는 걸 도와주리다."

키가 크고 말랐으며 빛바랜 금발에 바람과 햇볕에 그을린 얼굴을 한 젊은이는—그는 빛바랜 플란넬 셔츠와 작업복 바지, 밧줄을 덧댄 신발을 신고 있었다—그 무거운 짐 가방에 달린 두 개의 가죽 끈 중 하나에 팔을 끼워 가방을 어깨에 둘러멨다. 나머지 한쪽 끈에도 팔을 넣어 가방을 등에 짊어지고 무게중심을 잡았다. 짐이 닿았던 셔츠 부분이 여전히 젖어 있었다.

"이제 다 됐습니다." 그가 말했다. "어떻게 가면 됩니까?"

"위로 올라갑시다." 안셀모가 말했다.

짐을 짊어진 채 구부정한 자세로 땀을 흘리면서 그들은 산등성이를 덮고 있는 소나무 숲을 천천히 올라갔다. 젊은이의 눈에는 전혀 길처럼 보이지 않았지만, 그들은 계속 올라가 산비탈을 빙 돌아 나왔다. 이제 그들은 작은 개울을 건넜고 노인은 돌들이 깔린 개울가를 앞장서서 꾸준히 걸었다. 오르막이 점점 더 가팔라져서 힘에 부쳤지만, 마침내 매끌매끌한 화강암 암벽 너머로 개울물이 세차게 떨어지는 지점에 다다랐다. 노인은 암벽 언저리에서 젊은이가 올라오기를 기다렸다.

"어떻소?"

"괜찮습니다." 젊은이가 대답했다. 그는 땀을 뚝뚝 흘렸고, 가파른 산을 올라온 터라 허벅지 근육이 파들파들 떨리고 있었다.

"여기서 기다리시오. 내 먼저 가서 그들에게 알릴 테니. 그 물건을 들고 가다 총에 맞고 싶지는 않을 테지."

"농담으로라도 싫습니다." 젊은이가 말했다. "거기까지는 멉니까?"

"바로 코앞이오. 이름이 뭐요?"

"로베르토." 젊은이가 대답했다. 그는 짐을 벗어서 개울가 바닥 옆 바위틈에 조심스럽게 내려놓았다.

"그럼 여기서 기다리시게, 로베르토. 내 곧 돌아올 테니."

"그러십시오." 젊은이가 말했다. "그런데 이 길로 다리까지 내려갈 작정입니까?"

"아니오. 다리로 내려갈 때는 다른 길로 갈 거요. 더 짧고 쉬운 길로."

"이 물건을 다리에서 너무 떨어진 곳에 숨겨두고 싶지는 않은데요."

"두고 봅시다. 맘에 들지 않으면 다른 데를 찾아보지."

"그럼 두고 보죠." 젊은이가 말했다.

그는 짐 옆에 앉아서 노인이 암벽 타는 모습을 바라보았다. 오르기 어려운 곳은 아니었지만 힘들이지 않고도 손을 지탱할 곳을 쉽게 찾아내는 것으로 미루어보아 예전에도 여러 번 그곳에 올랐던 적이 있음을 알 수 있었다. 먼저 그곳을 올라간 사람들이 흔적을 남기지 않으려고 아주 조심했을 터이니, 노인이 그들이 남긴 자국을 따라 오른 것은 아님이 분명했다.

로버트 조던이라는 이름의 젊은이는 무척 배가 고팠고, 걱정이 밀려왔다. 배고픔이야 자주 느끼는 것이었지만 걱정이 드는 것은 매우 드문 일이었다. 그는 자신에게 무슨 일이 닥치든 괘념하지 않았고, 이 나라 전역에서 적군의 전선 후방으로 움직이는 것이 얼마나 간단한 일인지 경험상 알고 있었기 때문이다. 전선의 후방으로 움직이는 것은 훌륭한 인솔자만 있다면 적진을 가로질러 가는 것만큼이나 간단했다. 적에게 잡혔을 때 어떻게 될지 걱정하기 때문에 일이 어려워지는 것이다. 그리고 누구를 믿을 것인가에 대한 고민도 한몫한다. 함께 작전을 수행하는 이들을 완전히 믿거나 전혀 믿지 않거나 양자 간에 선택을 해야 했다. 그는 그런 걱정은 하지 않았다. 문제는 다른 데 있었다.

이 안셀모라는 자는 지금까지 훌륭한 인솔자 노릇을 해주었고 산악 지역을 다니는 데 아주 능했다. 로버트 조던 자신도 꽤 잘 걷는 축에 속하긴 했지만 동이 트기 전부터 따라다녀보니 노인은 그를 지쳐 쓰러질 때까지 끌고 다닐 수도 있을 것 같았다. 로버트 조던은 그자, 안셀모를 판단력을 제외한 모든 면에서 믿어왔다. 아직 안셀모의 판단력을 시험해볼 기회는 없었지만 어쨌든 판단은 자신의 몫이었다. 아니, 그는 안셀모에 대해서는 걱정하지 않았다. 다리에 관한 것도 다른 많은 문제들에 비하면 어려운 일이 아니었다. 그는 종류를 불문하고 모든 다리를 폭파하는 방법을 알고 있었고, 크기와 상관없이 다양한 구조의 다리를 폭파한 바 있었다. 안셀모가 일러주었던 크기보다, 그리고 예전 1933년 걸어서 라그랑하*를 여행할 때 그 다리를 건너갔던 기억 속의 크기보다, 그리고 그저께 밤 에스코리알 궁전** 밖의 어느 집 2층 방에서 골스가 읽어주며 설명했던 다리의 크기보다 두 배 더 큰 다리라도 폭파시키기에 충분한 폭약과 장비가 두 꾸러미 안에 들어 있었다.

*마드리드 북서편 세고비아 근처에 있는 마을. 원래 명칭은 '산일데폰소'이나, 스페인 왕실의 궁전인 라그랑하가 있기 때문에 라그랑하로 불린다.
**마드리드 북서부 엘에스코리알에 있는 수도원 겸 왕궁.

"그 다리를 폭파하는 건 아무것도 아니다." 골스가 말했다. 그는 흉터 있는 민머리 위로 떨어지는 램프 불빛을 받으며 커다란 지도 위를 연필로 가리켰다. "알겠나?"

"네, 알겠습니다."

"완전히 아무것도 아니야. 단순히 다리를 폭파시키기만 하는 것은 실패다."

"네, 장군 동지."

"공습 시간에 맞춰 정확한 시간에 다리를 폭파해야 한다. 말 안 해도 당연히 알 테지. 그것이 자네의 권한이고, 임무는 그런 식으로 수행되어야 한다."

골스는 연필을 바라보다가 그 연필로 자기 이를 두드렸다.

로버트 조던은 아무 말도 하지 않았다.

"그것이 자네의 권한이고 임무 수행 방식임을 자네도 알고 있겠지." 골스는 계속해서 조던을 바라보다 머리를 끄덕였다. 그는 이제 연필로 지도를 두드렸다. "나는 작전을 그런 방식으로 수행해야 하네. 하지만 그건 우리 마음대로 안 되는 문제이기도 하지."

"왜입니까, 장군 동지?"

"왜냐고?" 골스가 화를 했다. "자네 공격을 몇 차례나 봤기에 왜냐고 묻는 건가? 내 명령이 변경되지 않는다는 보장이 어디 있나? 공습이 취소되지 말라는 보장이 어디 있는가 말이야. 공습이 연기되지 말라는 보장이 어디 있어? 원래 시작하기로 한 시간이 여섯 시간 이상 지나서도 공격이 개시되지 않는 경우도 있단 말이다. 원칙대로 정확히 이루어진 공습이 있기나 했던가?"

"장군 동지의 공격 작전이라면 제시간에 시작하겠지요." 로버트 조던이 말했다.

"이건 절대 내 공격이 아니다." 골스가 말했다. "수행은 내가 하지. 하지만 내 소유는 아니다. 대포는 내 것이 아니야. 지원해달라고 요청을 해야 한다. 그들이 충분히 갖고 있을 때조차도 난 요청한 걸 다 받은 적이 없어. 그 정도는 약과야. 다른 문제도 많지. 그자들이 어떤 자들인지는 자네도 알 거야. 시시콜콜 다 예를 들 필요도 없어. 매번 무슨 일이 생기지. 항상 누군가가 끼어들고. 자, 이제는 자네도 확실히 이해하겠지."

"그럼 언제 다리를 폭파해야 합니까?" 로버트 조던이 물었다.

"공습이 시작된 후에. 공습이 시작되자마자. 그전엔 안 돼. 그래야 적의 지원 병력이 그 도로를 타고 진군해 오지 못할 테니까." 그가 연필로 가리켰다. "저 도로를 타고 아무것도 진격해 오지 않는다는 걸 내가 확신할 수 있어야 한다."

"그렇다면 공습은 언제입니까?"

"내 말해주지. 하지만 날짜와 시간은 공격 가능성의 지표로만 이용하도록. 자네는 그때를 대비해서 준비를 해두어야 해. 공습이 시작된 후에 다리를 폭파시키는 거야. 알겠나?" 그가 연필로 가리켰다. "저곳이 적이 지원 병력을 불러올 수 있는 유일한 통로다. 적이 탱크 또는 대포, 하다못해 트럭 한 대라도 내가 공격하는 골짜기 쪽으로 진군시킬 수 있는 유일한 통로란 말이야. 그 다리가 없어졌다는 걸 내가 확실히 알아야 한다는 말이지. 그전에는 안 돼. 공습이 지연되면 그사이에 적이 다리를 보수할 수 있을 테니까. 안 돼. 다리는 공습이 시작될 때 폭파되어야 하고, 내가 그 사실을 알아야 하지. 보초병은 두 명뿐이야. 자네와 동행할 자는 방금 그 지역에 갔다 온 사람이네. 아주 믿을 만한 자라고들 하더군. 자네가 두고 보면 알겠지. 그는 산속에 동지들이 있어. 자네가 필요한 만큼 인원을 취하게. 가능한 한 적은 인원을 쓰되 필요한 만큼 충분히 쓰게. 내가 이런 것들까지 얘기해줄 필요는 없는데."

"그럼 공습이 시작되었다는 걸 무엇으로 판단하면 됩니까?"

"공습에는 사단 전체가 출격할 것이다. 준비 단계로 공중 폭격이 있을 거야. 자네 귀머거리는 아니겠지?"

"그렇다면 전투기들이 폭탄을 투하하면 공습이 시작된 것으로 받아들여도 되겠습니까?"

"무조건 그렇게 받아들여서는 안 되지." 골스가 말하며 고개를 저었다. "하지만 이 경우에는 그렇게 하게. 내 공격이니까."

"알겠습니다." 로버트 조던이 말했다. "썩 내키는 일은 아닙니다만."

"그건 나도 마찬가지야. 맡고 싶지 않으면 지금 말하게. 못하겠다는 생각이 들면 그렇다고 지금 얘기해."

"하겠습니다." 로버트 조던이 대답했다. "제대로 해내겠습니다."

"내가 알아야 할 것은." 골스가 말했다. "그 다리 위로 아무것도 올라오지 않는 것뿐이다. 반드시 그래야만 해."

"알겠습니다."

"나는 사람들한테 어떤 일을 하라느니 어떤 식으로 하라느니 요구하는 걸 좋아하지 않아." 골스가 말을 이었다. "나는 자네에게 그 일을 하라고 명령할 수 없네. 내가 이런 조건을 달아놓음으로 해서 자네가 감수해야 할 위험을 나도 알지. 그래서 자네가 납득할 수 있도록 발생할 수 있는 모든 난관과 중요성을 아주 조심스럽게 설명하는 거야."

"그럼 그 다리가 폭파되면 어떻게 라그랑하로 진군할 예정이십니까?"

"우리는 그 고개를 돌격해 넘은 다음 진군해서 다리 보수 준비를 한다. 무척 까다롭고 아름다운 작전이지. 늘 그렇듯 복잡하고 아름다워. 그 계획은 마드리드에서 세워졌다. 성공하지 못한 교수 비센테 로호*의 또 하나의 걸작이지. 내가 그 공격을 수행할 예정인데, 매번 그렇듯 병력은 충분하지 않은 상태야. 그럼에도 성공 가능성이 매우 높은 작전이다. 나는 다른 때보다 훨씬 낙관적으로 보고 있네. 다리가 제거되면 작전은 성공할 수 있어. 우리가 세고비아**를 접수할 수 있는 거지. 자, 어떻게 진행되는지 내 보여주지. 보이나? 우리가 공격할 곳은 그 고갯마루가 아니야. 거긴 남겨둘 거야. 훨씬 아래쪽이지. 보게, 여기, 이렇게……."

"전 모르는 편이 낫겠습니다." 로버트 조던이 말했다.

"좋아." 골스가 말했다. "모르는 쪽이 부담이 적겠지, 그렇지?"

"저는 항상 모르는 쪽을 선호합니다. 그러면 불상사가 발생해도 제가 자백한 것이 되지 않을 테니까요."

"모르는 편이 낫지." 골스는 연필로 이마를 문질렀다. "나역시 모르면 좋겠다고 생각할 때가 많아. 하지만 자네, 다리에 대해 명심해야 할 그 한 가지는 알고 있겠지?"

"네, 알고 있습니다."

---

*비센테 로호 루츠(1894~1966). 스페인 내전 당시 스페인 공화군 참모총장으로 군사작전에 능했다. '성공하지 못한 교수'라는 수식어를 붙인 것은 로호가 사라고사 사관학교에서 학생들을 가르쳤던 경력을 가리킨다.
**과다라마 산맥에 위치한 고도가 높은 도시. 이 소설의 시간적 배경인 1937년 5월 공화군은 마드리드에서 북쪽의 세고비아 공략에 나섰고, 암벽이 많은 험준한 과다라마 산맥이 공격의 무대가 되었다.

"자네 말만 믿겠네." 골스가 말했다. "자네에게 연설 따윈 하지 않겠어. 이제 술이나 한잔하지. 떠들고 나니 목이 마르군, 호르단 동지. 자네 이름은 스페인어로 우습단 말이야, 호르단 동지."

"골스는 스페인어로 뭐라고 합니까, 장군 동지?"

"호체." 골스는 씩 웃더니, 지독한 감기에 걸려 목이 쉰 것처럼 목 깊은 곳에서 그르렁대는 소리를 냈다. "호체." 그가 쉰소리로 말했다. "크호체 장군 동지. 스페인어로 골스를 어떻게 발음하는지 알았더라면, 이곳 전장에 오기 전에 더 나은 이름을 지어 오는 건데 말이야. 사단을 지휘하게 되고 원하는 이름을 고를 수 있게 됐을 때 선택한 게 호체였다네. 호체 장군. 이제 와서 바꾸기엔 너무 늦었지. 자네, 빨치산 일은 마음에 드나?" 빨치산은 전선 후방에서 행하는 게릴라 작전을 가리키는 러시아 용어였다.

"아주 좋습니다." 로버트 조던이 말하고는 씩 웃었다. "바깥에서 하는 일이니 건강에 무척 좋지요."

"나도 자네 나이 때는 그 일을 아주 좋아했지." 골스가 말했다. "자네가 다리 폭파에 전문가라고 얘기들 하더군. 대단히 과학적이라고. 소문일 뿐이지. 나는 자네가 작업하는 걸 직접 본 적이 없으니. 실은 아무 일도 일어나지 않을지도 모를 일이지. 자네 정말 다리를 폭파시키기는 하나?" 그는 이제 농담조로 말하고 있었다. "이걸 마시게." 그가 스페인산 브랜디 한 잔을 로버트 조던에게 건넸다. "자네, '진짜로' 폭파시키나?"

"때때로요."

"이 다리는 때때로가 아닌 게 좋을 거야. 아니지, 다리 얘기는 그만하세. 다리에 대해서는 자네도 이제 충분히 이해했을 테니까. 우리같이 아주 진지한 사람들이 농담도 거하게 할 수 있는 법이지. 이보게, 자네 다른 전선에서는 여자들이 좀 있었나?"

"아닙니다. 여자를 사귈 시간은 없습니다."

"난 동의할 수 없군. 임무 수행이 불규칙할수록 인생도 점점 불규칙해지는 법이지. 자네는 아주 불규칙한 복무를 하고 있어. 게다가 자네 머리도 좀 손을 봐야겠고."

"필요한 만큼 자른 겁니다." 로버트 조던은 말했다. 그는 골스처럼 머리를 밀어버리는 것은 참을 수 없었다. "여자 말고도 생각할 거리는 충분합니다." 그는 무뚝뚝하게 말했다.

"어떤 제복을 입어야 합니까?" 로버트 조던이 물었다.

"아무것도." 골스가 말했다. "자네 머리는 괜찮아. 자네를 좀 놀려본 걸세. 자네는 나하고는 영 딴판이군." 골스는 이렇게 말하고 술잔을 다시 채웠다.

"어디 자네가 여자 생각만 하겠나. 나도 전혀 생각 안 하네. 내가 왜 그래야 하겠나? 난 소비에트 장성인걸. 난 생각 안 해. 날 꼬여서 여자 생각이나 하게 만들려 들지 말게."

의자에 앉아 제도판 위의 지도에다 무언가를 하던 골스의 부하 중 하나가 로버트 조던이 알아듣지 못하는 언어로 으르렁거렸다.

"닥쳐." 골스가 영어로 말했다. "난 농담을 하고 싶으면 할 거야. 누구보다 진지하기 때문에 농담을 할 수 있는 거야. 이제 이걸 마시고 가보게. 알아듣겠나?"

"네, 알겠습니다." 로버트 조던이 말했다.

그는 장군과 악수를 나눈 다음 경례를 하고 밖으로 나와 대기하고 있는 참모 전용차로 갔다. 차 안에는 노인이 그를 기다리다 잠들어 있었다. 그들을 태운 차가 과다라마*를 관통하는 도로를 지났다. 노인은 여전히 잠들어 있었고, 차는 나바세라다 고개를 올라가 알파인클럽 오두막에서 멈췄다. 그곳에서 그, 로버트 조던은 세 시간쯤 눈을 붙이고 다시 출발했다.

그것이 그가, 한 번도 볕에 타본 적 없는 듯 이상하리만치 하얀 얼굴에 매처럼 날카로운 눈, 커다란 코, 얇은 입술, 그리고 주름살과 흉터가 지그재그로 그어진 민머리의 골스를 본 마지막이었다. 내일 밤이면 골스 휘하의 군인들은 에스코리알 궁전을 빠져나와 어둠 속 도로에 있을 것이다. 어둠 속에는 보병들을 태운 트럭의 긴 행렬, 중무장을 하고 트럭에 올라타는 병사들, 기관총을 트럭에 싣는 기관총 부대, 몸체가 긴 탱크 운송 트럭들에 위태위태하게 실리는 탱크들이 있을 것이고, 산 고개에서의 공격을 위해 그 밤 탱크를 진군시키려고 사단을 출동시키고 있을 것이다. 그는 그런 일은 생각하고 싶지 않았다. 그것은 그의 소관이 아니었다. 그것은 골스의 일이었다. 그가 해야 할 일은 단 하나였고, 그것만 생각하면 되었다. 그 일만큼은 처음부터 끝까지 분명하게 생각해놓아야 했고, 어떤 일이 벌어지든 다 받아들이되 걱정은 금물이었다. 걱정하는 것은 두려워하는 것만큼이나 나빴다. 그것은 일을 더 어렵게 만들 뿐이었다.

그는 이제 바위틈에 흐르는 맑은 물을 바라보며 개울가에 앉아 있었다. 개울 건너에 무성한 물냉이가 보였다. 그는 개울을 건너가 두 움큼을 뜯어내서 뿌리에 묻은 진흙을 개울물에 깨끗이 씻어낸 다음 다시 꾸러미 옆에 앉아 그 깨끗하고 시원

---

*서쪽으로 이어지는 그레도스 산맥과 함께 카스티야 지방을 남북으로 나누는 경계가 되는 산맥. 나바세라다, 과다라마, 소모시에라의 고개를 통하여 양쪽의 교통이 이루어진다.

한 초록잎과 후추 맛이 나는 아삭한 대를 먹었다. 그는 개울가에 무릎을 꿇고 벨트에 찬 자동소총이 젖지 않도록 등 뒤로 돌려놓은 뒤 두 바위를 한 손씩 짚고 몸을 숙여 개울물을 마셨다. 물은 얼얼할 정도로 차가웠다.

두 손을 짚고 몸을 일으켜 고개를 돌려보니 암벽을 내려오는 노인이 보였다. 한 사람과 동행이었는데, 그 역시 지역의 제복이나 다름없는 검정색 작업복과 진회색 바지에 밧줄로 밑창을 댄 신발을 신었고, 카빈총을 등에 걸쳐 메고 있었다. 이 남자는 모자를 쓰지 않은 채였다. 두 사람이 염소처럼 바위를 기어 내려오고 있었다.

그들이 다가오자 로버트 조던은 일어섰다.

"살루드, 카마라다.(안녕하시오. 동지.)" 그는 카빈총을 든 남자에게 인사하고 미소를 지었다.

"살루드." 그 남자가 탐탁지 않은 듯한 어투로 말했다. 로버트 조던은 넙데데하고 수염이 덥수룩한 남자의 얼굴을 바라보았다. 둥글둥글한 얼굴에 역시 둥글둥글한 머리가 어깨에 바짝 붙어 있었다. 눈이 작았고 양미간이 지나치게 넓었으며, 작은 귀가 머리에 납작하게 붙어 있었다. 5피트 10인치쯤 되어 보이는 육중한 몸에 손발도 넓적했다. 코뼈가 부러진 적이 있는 것 같았고 한쪽 입꼬리가 잘려 있었는데 긴 흉터가 윗입술을 가로질러 나 있었다. 얼굴 전체를 덮은 수염 사이로 아래턱이 살짝 보였다.

노인은 이 남자에게 고개를 끄덕이고 미소를 지어 보였다.

"이 사람이 여기 대장이오." 노인은 씩 웃더니, 알통을 만들어 보이려는 듯 팔을 굽혔다 폈다 하며 카빈총을 든 남자를 장난스럽게 짐짓 경외하는 눈으로 바라보았다. "힘이 보통이 아니라오."

"제가 보기에도 그런 것 같군요." 로버트 조던은 이렇게 말하면서 다시 미소를 지었다. 그는 이 남자의 생김새가 마음에 들지 않았기 때문에 속으로는 전혀 웃고 있지 않았다.

"신분을 증명할 만한 것이 있소?" 카빈총을 멘 사내가 물었다.

로버트 조던이 플란넬 셔츠의 왼쪽 가슴께 있는 주머니 덮개의 안전핀을 풀고 접힌 종이를 꺼내 남자에게 건네자, 남자는 종이를 펼치고는 의심스러운 눈초리로 들여다보더니 그것을 거꾸로 돌렸다.

글을 읽지 못하는 자로군, 로버트 조던은 생각했다.

"인장을 보시오." 그가 말했다.

노인이 인장을 가리키자 사내는 그것을 손가락으로 돌려가며 살펴보았다.

"이건 무슨 인장이오?"

"본 적 없습니까?"

"없소."

"인장은 두 개가 있습니다." 로버트 조던이 말했다. "하나는 SIM, 즉 군정보국 인장이고, 다른 하나는 사령부 인장입니다."

"그렇군, 전에 본 적이 있어. 하지만 여기서는 나 말고는 아무도 명령할 수 없어." 남자는 무뚝뚝하게 말했다. "꾸러미에는 뭐가 들어 있지?"

"다이너마이트라네." 노인이 자랑스레 대답했다. "어젯밤에 어둠 속에서 전선을 건너 오늘 하루 종일 이 다이너마이트를 들고 산을 넘어왔지."

"다이너마이트라면 나도 좀 쓸 줄 알지." 카빈총의 사내가 말했다. 그는 서류를 로버트 조던에게 돌려주면서 그를 훑어보았다. "그래, 나한테도 다이너마이트는 쓸 데가 있어. 내 몫으로는 얼마나 가져왔소?"

"당신한테 가져온 다이너마이트가 아니오." 로버트 조던이 남자에게 침착하게 말했다. "이 다이너마이트는 다른 용도로 쓸 겁니다. 이름이 어떻게 됩니까?"

"댁이 무슨 상관이쇼?"

"파블로라오." 노인이 대신 알려주었다. 카빈총의 사내가 두 사람을 무뚝뚝하게 쳐다보았다.

"그렇군요. 당신에 대한 좋은 평판은 익히 들었습니다." 로버트 조던이 말했다.

"나에 대해 무슨 얘길 들었단 말이오?" 파블로가 물었다.

"훌륭한 게릴라 대장이고 공화국에 충성하며 자신의 충성을 행동으로 증명한다고. 진지하면서도 용맹한 사람이라고 하더군요. 장군께서 안부를 전해달라고 하셨습니다."

"그런 걸 다 어디서 들었소?" 파블로가 물었다. 로버트 조던은 아부하고 있는 것이 아니라는 표정을 지었다.

"부이트라고*에서 에스코리알까지 소문이 다 퍼져 있더군요." 그것은 다른 쪽 전선의 전 지역을 의미했다.

"부이트라고나 에스코리알에는 아는 사람이 하나도 없는데." 파블로가 말했다.

"산 너머에는 그곳 출신이 아닌 사람들이 많습니다. 당신은 어디 출신입니까?"

"아빌라. 그런데 다이너마이트로 뭘 할 거요?"

---

*마드리드를 지키는 최고의 요새 역할을 하던 과다라마 산맥의 마을.

"다리를 폭파할 겁니다."

"무슨 다리?"

"그건 당신이 상관할 바 아니오."

"이 지역에 있는 다리라면 내가 알아야 해. 우리가 사는 곳 가까이에 있는 다리를 폭파할 순 없어. 사는 곳과 작전을 펼치는 곳은 달라야 해. 내 일이 뭔지는 내가 알고 있어. 전쟁이 난지 1년이 지났는데 아직까지 살아 있는 자라면 당연히 자기 할 일쯤은 알고 있어야지."

"이건 내 일이오." 로버트 조던이 말했다. "같이 상의할 수는 있을 거요. 우리 짐 좀 들어주시겠소?"

"싫소." 파블로가 고개를 저었다.

노인이 갑자기 그에게 고개를 돌리더니 로버트 조던이 알아듣기 어려운 사투리로 잔뜩 흥분하여 빠르게 말했다. 마치 케베도*의 시를 읽는 듯했다. 안셀모는 카스티야 고어로 말했는데 내용은 대략 이런 것이었다. "네가 짐승이냐? 그래. 네가 짐승이냐고? 그래, 여러 번 그랬지. 대체 머리가 있기는 하냐? 아니. 있을 리가 없지. 지금 우리는 엄청나게 중요한 일로 왔으니 네가 사는 그 여우굴을 통째로 인도주의적 대의를 위해 내놓으란 말이다. 네 민족의 이익을 위해서 말이야. 내가 어쩌고저쩌고, 니 애비가 씨부럴 씨부럴. 구시렁구시렁. 저 가방이나짊어져."

파블로는 고개를 떨어뜨렸다.

"사람은 누구든지 자기가 할 수 있는 일을 잘하는 방식으로해야 해." 그는 말했다. "나는 여기 이 산속에 살고 있어도 작

---

*케베도 이 비예가스(1580~1645). 스페인의 시인이자 소설가. 풍자시인으로 명성을 얻었으며, 잔인하고 냉소적인 소설도로 유명하다.

전은 세고비아 밖에서 펼친다고. 당신이 여기서 분란을 일으킨 다면 우리는 이 산에서 쫓겨날 거야. 여기서 아무 짓도 하지 말 아야 우리가 이 산속에서 살 수 있단 말이야. 그것이 여우의 원 칙이지."

"그래." 안셀모가 날카롭게 말했다. "그게 여우의 원칙인데 우리한테 필요한 건 늑대야."

"영감보다는 내가 더 늑대에 가까울걸." 파블로가 말했다. 로버트 조던은 그가 짐을 들어줄 생각임을 알아차렸다.

"이보게, 호……." 안셀모가 그를 바라보았다. "자네가 나보 다 더 늑대에 가깝지. 난 예순여덟이나 먹었으니."

그는 땅에 침을 뱉고는 고개를 저었다.

"연세가 그렇게 많으십니까?" 로버트 조던은 이제 상황이 어느 정도 진정된 듯하자 분위기를 부드럽게 돌려볼 양으로 물 었다.

"7월이면 예순여덟이라오."

"우리가 그때까지 살아서 볼 수 있다면야." 파블로가 말했 다. "짐을 들어드리리다." 그가 로버트 조던에게 말했다. "다른 하나는 영감에게 맡기시오." 그는 이제 무뚝뚝한 것이 아니라 거의 슬퍼 보였다. "저 영감은 힘이 장사거든."

"내가 들겠습니다." 로버트 조던이 말했다.

"아니오." 노인이 말했다. "저 장사에게 맡기시오."

"내가 맡겠소." 파블로가 그에게 말했다. 그의 무뚝뚝함 속 에 담긴 슬픔이 로버트 조던의 주의를 끌었다. 그는 그런 슬픔 을 알았고, 이곳에서 그런 기색을 보게 되니 영 신경이 쓰였다.

"그럼 카빈총은 내게 주시오." 그는 파블로가 건네주는 총 을 받아 등에 멨다. 두 남자가 앞서 가며 무거운 발걸음을 내디

덮다. 화강암 암벽을 기어 올라가 꼭대기에 서니 거기서부터 숲 속의 푸른 개간지가 펼쳐져 있었다.

그들은 작은 풀밭 가장자리를 지나갔다. 이제 무거운 짐 꾸러미를 짊어지느라 땀을 흘리던 데서 벗어나 홀가분하게 카빈 총만 어깨에 멘 로버트 조던에게 군데군데 풀이 잘리고 말뚝이 땅속에 박혀 있는 모습이 눈에 띄었다. 풀밭 위로 길이 나 있는 것도 보였다. 말들이 물가로 가서 물을 마시느라 난 자국 같았다. 방금 누고 간 듯 보이는 말의 배설물도 널려 있었다. 여기 사람들은 밤새 여기다 말뚝을 박아놓고 말이 풀을 뜯게 두었다가 낮 동안에는 숲 속에 감춰두는 모양이군, 그는 생각했다. 이 파블로라는 자는 말을 몇 필이나 가지고 있는 것일까?

그는 이제야 파블로의 바지가 무릎과 허벅지 부분이 비누칠한 듯 반들반들 닳아 있는 것을 본 게 기억났다. 저자가 부츠를 가지고 있는지 아니면 알파가타스*를 신고 말을 타는지 궁금하군. 파블로는 장비들을 꽤나 잘 갖추고 있는 게 틀림없어. 하지만 그 슬픈 기색은 마음에 들지 않아, 그는 생각했다. 그 슬픔은 좋지 않았다. 사람들이 발을 빼거나 배반하기 전에 갖게 되는 것이 바로 그런 슬픔이다. 그것은 배신 전에 오는 슬픔이었다.

그들 앞에서 말 한 마리가 히힝 우는 소리가 났다. 꼭대기가 거의 서로 맞닿을 정도로 무성한 갈색 소나무 가지 사이로 햇빛이 살짝 비치는 가운데, 나무줄기를 새끼줄로 엮어서 만든 가축우리가 보였다. 사람들이 다가오자 말들이 머리를 사람들 쪽으로 쫑긋거렸다. 울타리 밖에 있는 나무 발치에 방수천으로 덮어놓은 안장들이 쌓여 있었다.

*짚으로 만든 스페인 전통 신발.

말에 가까이 다가가자 짐 꾸러미를 든 두 사람이 멈춰 섰다. 로버트 조던은 자신이 말들에 대해 감탄을 해야 할 상황이라는 것을 알아차렸다.

"아, 말들이 훌륭하군요." 그는 파블로 쪽으로 얼굴을 돌렸다. "기병대를 두고 있는 줄 몰랐습니다."

새끼줄로 만든 울타리 안에는 다섯 마리의 말이 있었다. 적갈색 세 마리, 밤색 한 마리, 황색 한 마리였다. 로버트 조던은 처음에는 말들을 한꺼번에 눈으로 좇다가 곧 그것들을 주의 깊게 분류하면서 각각의 말들을 하나하나 살폈다. 파블로와 안셀모는 말들이 얼마나 훌륭한지 알고 있었고, 파블로가 이제 말들을 사랑스럽게 바라보면서 조금은 슬픔이 가신 듯한 표정으로 자부심에 차서 서 있는 동안, 노인은 마치 그 말들이 자신이 갑자기 내놓은 엄청난 깜짝 선물이라도 되는 듯 굴었다.

"댁이 보기에 말들이 어떤 것 같소?" 그가 물었다.

"전부 내가 잡아온 거요." 파블로가 말했고, 그가 자랑스럽게 말하는 소리를 들으니 로버트 조던도 기뻤다.

"저놈이야말로 말 중의 말이군요." 로버트 조던이 적갈색 말들 중 이마에 흰 점이 있고 한쪽 발이 하얀, 앞쪽에 있는 커다란 종마를 가리키며 말했다.

마치 벨라스케스의 그림에서 튀어나온 듯한 아름다운 말이었다.

"모두 좋은 말들이지." 파블로가 말했다. "말에 대해 좀 아쇼?"

"좀 압니다."

"그나마 다행이군." 파블로가 말했다. "이놈들 중에 문제 있는 놈이 어떤 놈인지 알아보겠소?"

로버트 조던은 지금 까막눈의 사내가 자신을 제대로 시험하고 있음을 깨달았다.

말들은 모두 여전히 고개를 든 채 그를 보고 있었다. 로버트 조던은 마구간을 이중으로 둘러놓은 새끼줄 사이로 들어가 적갈색 말의 엉덩이를 때렸다. 그는 새끼줄에 기댄 채 말들이 우리 안을 도는 것을 바라보았다. 말들이 멈춘 후에도 잠시 더 말들을 바라보며 서 있다가 허리를 굽혀 새끼줄 사이로 빠져나왔다.

"밤색 말이 뒷발을 저는군요." 그는 파블로를 보지 않은 채 말했다. "발굽이 갈라졌어요. 편자를 제대로 박으면 당분간 더 나빠지지는 않겠지만 너무 굳은 땅을 달리면 넘어질 수 있겠어요."

"발굽은 우리가 데려올 때부터 그랬어." 파블로가 말했다.

"당신이 갖고 있는 가장 좋은 말인 얼굴이 흰 적갈색 말은 정강이뼈 윗부분이 부어 있는 게 마음에 걸리는군요."

"그건 별일 아니오." 파블로가 말했다. "사흘 전에 부딪혔지. 심각한 거라면 벌써 뭔 사단이 났을 거요."

그는 방수천을 걷고 안장들을 보여주었다. 미국식 말안장과 비슷한 일반적인 목동용 안장이 두 개, 수공예로 만든 가죽에 덮개가 있는 묵직한 등자가 달린 화려한 목동용 안장 한 개, 검은색 가죽으로 된 군사용 안장이 두 개 있었다.

"가르디아 시빌* 두 놈을 해치우고 얻었지." 그는 군사용 안장들을 설명하며 말했다.

"대단한 전리품이군요."

"보안군 두 놈이 세고비아와 산타마리아 델 레알로 가는 도

---

*파시스트 보안군. 준군사적 성격의 프랑코 정부 산하 조직.

중에 말에서 내려서 있더군. 어느 마차의 마부를 검문하려고 내렸던 거지. 우리는 말에게 상처를 입히지 않고 그놈들을 죽일 수 있었지."

"보안군도 많이 죽였소?" 로버트 조던이 물었다.

"몇 명." 파블로가 말했다. "하지만 말을 해치지 않고 죽인 건 이 둘뿐이었어."

"아레발로에서 열차를 폭파시킨 것도 파블로였다오." 안셀모가 말했다. "그게 파블로였지."

"외국인 한 명이 같이 있었는데 폭탄은 그가 설치했소." 파블로가 말했다. "그 사람을 아쇼?"

"이름이 뭐였습니까?"

"기억이 안 나. 흔치 않은 이름이었는데."

"어떻게 생겼던가요?"

"당신처럼 머리가 노랗지만 키는 당신보다 작고 손이 넓적했어. 코뼈가 부러졌는지 휘어 있었고."

"카시킨." 로버트 조던이 말했다. "카시킨일 겁니다."

"맞아, 아주 드문 이름이었지. 그런 이름이었어. 그자는 어떻게 됐소?"

"4월에 죽었어요."

"누구에게나 일어나는 일이지." 파블로가 음울하게 말했다. "우리 모두 그렇게 끝이 나고 말 거야."

"사람은 누구나 그렇게 끝나는 법이야." 안셀모가 말했다. "사람은 언제나 그렇게 죽어왔어. 자네 왜 그래? 배 속에 뭐라도 들어 있는 게야?"

"그놈들은 아주 강해." 파블로가 중얼거렸다. 마치 혼잣말을 하는 것 같았다. 그는 우울하게 말들을 바라보았다. "그놈들이 얼마나 강한지 당신은 모를 거야. 볼 때마다 더 세지고 군장도 더 잘 갖추지. 항상 우리보다 뭐든지 더 많이 갖추고 있어. 내가 갖고 있는 건 이런 말들뿐인데 말이야. 내가 기대할 수 있는 건 뭐지? 사냥당해서 죽는 것뿐이야. 그뿐이란 말이지."

"자넨 사냥당한 적보다 사냥한 적이 더 많잖나." 안셀모가 말했다.

"아니." 파블로가 말했다. "이젠 그렇지도 않아. 게다가 지금 우리가 이 산을 떠나면 대체 어디로 갈 수 있단 말이야? 대답해보쇼. 어디로 갈 수 있지?"

"스페인에 산은 많아. 여기를 떠나면 그레도스 산맥으로 갈 수도 있고."

"난 싫어." 파블로가 말했다. "쫓겨 다니는 거라면 이제 신물이 나. 우리는 여기서 잘 지내고 있어. 지금 당신이 여기 다리를 날려버리면 우리는 다시 쫓기게 될 거야. 우리가 여기에 있다는 사실을 그놈들이 알게 돼서 비행기로 우릴 찾아다니면, 금방 발각돼서 다시 도망가야 할 테지. 놈들이 무어인*들을 풀어서 우리를 추격하면 우린 떠나야 해. 나는 이 모든 게 지긋지긋해. 알겠어?" 그는 로버트 조던에게 고개를 돌렸다. "외국인인 주제에, 댁이 무슨 권리로 나한테 와서 이래라 저래라 하는 거야?"

"나는 이래라 저래라 한 적 없소." 로버트 조던이 그에게 말했다.

"어쨌든 앞으로 그럴 거잖아." 파블로가 말했다. "저기. 저기에 나쁜 게 들어 있단 말이지."

*일반적으로 스페인의 이슬람인들을 말하나, 여기서는 파시즘 진영이 지휘하던 무어인 정규군을 지칭한다.

그는 그들이 말을 살펴보느라 땅에 내려놓은 두 꾸러미의 무거운 짐을 가리켰다. 말들을 보자 그의 머릿속에 이런 생각들이 떠올랐고, 로버트 조던이 말에 대해 잘 안다고 생각되자 말문이 트인 모양이었다. 세 사람은 이제 밧줄 울타리 옆에 서 있었다. 적갈색 종마의 털에 군데군데 햇빛이 비쳤다. 파블로는 그를 쏘아본 다음 그 무거운 꾸러미를 발로 걸어찼다. "나쁜 게 들어 있단 말이야."

"나는 단지 임무를 수행하러 왔을 뿐이오." 로버트 조던이 말했다. "전쟁을 지휘하는 사람들의 명령에 따라 왔단 말이오. 만약 당신이 내 요청을 거절한다면, 나는 나를 도와줄 다른 사람들을 찾아야 할 거요. 게다가 나는 아직 당신한테 도와달라는 말을 꺼내지도 않았소. 난 명령받은 대로 임무를 수행해야 하고, 매우 중요한 일이라는 것만은 당신에게 맹세할 수 있소이다. 내가 외국인인 건 내 잘못이 아니잖소. 나도 여기서 태어나는 편이 더 좋았을 거라고 생각하오."

"나한테 지금, 제일 중요한 건 여기서 우리가 곤란을 겪지 않는 거야." 파블로가 말했다. "나한테 지금, 내 의무는 나와 함께 있는 사람들과 나 자신을 지키는 거라고."

"자네 자신이겠지." 안셀모가 말했다. "그래. 오래전부터 자네 말고는 안중에 없었어. 자네와 자네 말들만. 말들을 얻기 전까지는 우리와 함께 있었는데 말일세. 그런데 이젠 자네도 자본가처럼 변했어."

"그건 모함이야." 파블로가 소리쳤다. "나는 언제나 대의를 위해서 내 말들을 내놓았어."

"거의 없었지." 안셀모가 비꼬듯이 말했다. "내가 보기에는 거의 없었어. 도둑질하기 위해서는 그랬지. 잘 먹기 위해서도 그랬고. 사람 죽이는 데도 내놓았어. 한데 싸우기 위해서는 안 내놓지."

"당신은 그 입 때문에 화를 자초하는 영감이야."

"난 아무도 두려울 게 없는 늙은이지. 그리고 말[馬] 없는 늙은이기도 하고."

"오래 살긴 글러먹은 영감이야."

"명까지는 살 늙은일세." 안셀모가 말했다. "게다가 난 여우들 따윈 무섭지 않아."

파블로는 아무 말 없이 꾸러미를 들어 올렸다.

"늑대도 안 무섭고." 안셀모는 나머지 꾸러미를 집어 들며 말했다. "자네가 늑대라도 되겠냐마는."

"닥쳐." 파블로가 말했다. "입만 살아서 나불대는 영감 같으니."

"그리고 나는 하겠다고 말한 건 꼭 하고 말지." 안셀모는 꾸러미를 짊어지느라 허리를 구부렸다. "그리고 지금은 배가 고픈 늙은이기도 하지. 목도 마르고. 가자고, 울상 짓는 게릴라 대장. 뭐 좀 먹을 게 있는 데로 우리를 데려가 보시게."

시작이 좋지 않군, 로버트 조던은 생각했다. 하지만 안셀모는 사나이야. 좋을 때는 참 좋은 사람들이지. 좋을 땐 그들같이 좋은 사람들이 없지만, 나쁠 땐 그들보다 더 나쁜 자들도 없어. 안셀모는 상황을 다 파악한 다음 우리를 여기로 데리고 온 게 분명해. 하지만 마음에는 들지 않는군. 마음에 안 들어.

다만 한 가지 좋은 징조는 파블로가 꾸러미를 들고 있다는 것과 그에게 카빈총을 건네주었다는 것이었다. 어쩌면 그는 항상 그런 식인지도 모르지, 로버트 조던은 생각했다. 그냥 침울한 성격일 뿐인지도 몰라.

아니야, 그는 스스로에게 말했다. 바보같이 굴지 마. 저자가 전에 어땠는지 너는 모르잖아. 하지만 지금 그가 빠르게 타락하고 있는 데다 그걸 숨기지도 않는다는 건 알지. 그걸 숨기기 시작할 때쯤에는 이미 마음을 정한 후일 거야. 그걸 명심해야 해. 파블로가 처음으로 우호적인 행동을 한다면, 그건 이미 마음을 정했다는 뜻일 거야. 그건 그렇고 말들은 정말 좋은 놈들이군. 훌륭해. 그 말들로 인해 파블로가 느끼는 감정을 나는 무엇으로 느낄 수 있을지 모르겠군. 노인이 옳았어. 그 말들은 그를 부자로 만들어주었고, 부자가 되자 삶을 즐기고 싶어진 거야. 머지않아 그는 경마 클럽에 들 수 없는 걸 슬퍼할지도 모르겠군. 포브르 파블로. 일 라 망케 송 저케.(불쌍한 파블로. 경마 클럽에 들지 못했네.)

그런 생각을 하자 그는 기분이 나아졌다. 그는 저 앞에서 나무 사이를 걸어가는 두 사람의 굽은 등과 커다란 꾸러미들을 바라보며 씩 웃었다. 그는 하루 종일 자신에게 농담 한 번 하지 않았었고, 이제 농담을 하고 나니 기분이 훨씬 좋아졌다. 너도 여기 사람들을 닮아가는구나, 그가 자신에게 말했다. 침울해져 있기도 하고. 분명히 그는 골스와 함께 있을 때면 엄숙하고 침울했다. 임무는 그에게 부담스러웠다. 꽤 부담스러웠지, 그가 생각했다. 엄청난 부담이었어. 골스는 쾌활했고 그도 골스를 떠나기 전에 쾌활해지고 싶었으나, 그렇게 되지 않았다.

생각해보면 훌륭한 사람들은 하나같이 쾌활했다. 쾌활한 편이 훨씬 나았고, 그것은 무언가의 징표이기도 했다. 마치 살아 있는 동안 불멸성을 얻는 것과도 같았다. 그것은 복잡한 문제였다. 하지만 그들 중 살아남아 있는 사람은 많지 않았다. 아니, 쾌활한 사람이 별로 남아 있지 않았다. 정말이지 거의 남아

있지 않군. 그리고 계속 이렇게 생각하다 보면, 이런, 너 자신
도 남아 있지 않겠는걸. 이제 그만 생각을 꺼버려, 구세대, 구
식 동지. 넌 이제 다리 폭파꾼이야. 사색가가 아니라고. 아, 배
가 고프군. 파블로한테 먹을 게 많았으면 좋겠는데.

2장

그들은 울창한 나무숲을 가로질러 작은 골짜기 꼭대기에 컵 모양처럼 솟아오른 지대에 도착했다. 그는 나무 사이로 고개를 내민 벼랑 끝 편편한 바위 아래 캠프인 것이 틀림없어 보이는 장소를 발견했다.

제법 괜찮은 캠프였고, 좋은 막사였다. 가까이 다가가기 전까지는 전혀 눈에 띄지 않았다. 로버트 조던은 그곳이 공중에서 보아도 발각되지 않을 만한 곳임을 알았다. 위에서는 아무것도 보이지 않을 것이었다. 그곳은 곰의 동굴처럼 잘 감추어져 있었다. 그러나 곰의 동굴보다 경비가 더 잘되고 있는 것 같지는 않았다. 그는 찬찬히 살펴보며 그곳으로 다가갔다.

벼랑 끝에 있는 바위 안에 큰 동굴이 있었고, 입구 옆에는 한 남자가 다리를 뻗고 바위에 기대앉아 있었다. 카빈총은 바위에 기대놓은 채였다. 그는 칼로 막대기를 잘라내고 있었고, 그들이 다가오는 것을 물끄러미 바라보다가 이내 칼질을 계속했다.

"올라.*" 앉아 있는 남자가 말했다. "같이 오는 치들은 뭐요?"

"영감이랑 폭약반원 하나." 파블로가 대답하면서 꾸러미를 동굴 입구 안쪽에 내려놓았다. 안셀모도 꾸러미를 내려놓았고, 로버트 조던은 소총을 벗어 바위에 기대놓았다.

"그걸 그렇게 동굴 가까이에 놓으면 어떡해." 칼질하던 남자가 말했다. 푸른 눈동자에 무두질한 가죽처럼 거무튀튀하고 게을러 보이는 집시의 얼굴이었다. "안에서 불을 피우고 있는데 말이야."

"네가 일어나서 치워." 파블로가 말했다. "저 나무 옆에 갖다 놔."

집시는 움직이지 않은 채 욕지거리 같은 말을 지껄이더니 이내 "그냥 거기 둬. 자폭을 하든 말든" 하고 게으르게 말했다. "그럼 네놈 속이 시원하겠지."

"뭘 만들고 있습니까?" 로버트 조던이 집시 옆에 앉았다. 집시는 만들던 것을 그에게 보여주었다. 그것은 4자 형태의 덫이었고, 그는 가로 막대를 깎고 있는 중이었다.

"여우를 잡을 거요." 그는 말했다. "통나무로 덫을 만들어서. 이게 그놈들의 등을 부러뜨려놓는 거지." 그는 조던을 보고 씩 웃었다. "이렇게. 알겠수?" 그는 덫의 틀이 부러지면서 통나무 막대가 내려앉는 동작을 해 보이고는, 고개를 젓고 손을 잡아당겼다 팔을 벌리면서 등이 부러져 널브러진 여우 시늉을 했다. "꽤 쓸모 있지." 그는 설명했다.

"토끼를 잡는 거요." 안셀모가 말했다. "이 친구는 집시라서 토끼를 잡고도 여우를 잡았다고 하지. 아마 여우를 잡으면 코

*만났을 때 하는 스페인어 인사말.

끼리를 잡았다고 할걸."

"그럼 코끼리를 잡으면?" 집시가 물으면서 다시 흰 이를 드러내고 로버트 조던에게 눈을 찡긋했다.

"탱크라고 할 테지." 안셀모가 말했다.

"난 탱크를 잡고 말 거요." 집시가 그에게 말했다. "탱크를 잡을 거야. 그때 영감은 영감 마음대로 그게 뭔지 떠들어보시구려."

"집시들은 말만 많고 적을 해치우는 건 신통치 않거든." 안셀모가 말했다.

집시는 로버트 조던에게 눈을 찡긋하고는 계속 칼로 나무를 깎았다.

파블로는 동굴 속으로 들어가서 이미 보이지 않았다. 로버트 조던은 그가 음식을 가지러 갔기를 바랐다. 그는 집시 옆의 땅바닥에 앉아 있었다. 오후의 햇볕이 나뭇가지 사이로 내리쬐어 그의 쭉 뻗은 두 다리를 따뜻하게 비추었다. 이제 동굴 안에서 음식 냄새가 풍겨 나왔다. 기름에 양파와 고기를 볶는 냄새였다. 그의 배 속은 허기로 요동쳤다.

"우리는 탱크를 잡을 수 있습니다." 그는 집시에게 말을 걸었다. "별로 어려운 일도 아니지요."

"이걸로?" 집시는 두 꾸러미를 가리켰다.

"그럼요." 로버트 조던이 그에게 말했다. "내가 가르쳐주지요. 당신은 덫도 만들 줄 알잖아요. 그리 어렵지 않습니다."

"댁과 내가?"

"물론이지요. 안 될 리가 있겠어요?"

"어이." 집시가 안셀모에게 일러두었다. "그 꾸러미들을 안전한 데로 옮기쇼, 알겠소? 귀중한 것들이니까."

안셀모가 툴툴거렸다. "포도주를 가져오리다." 그는 로버트 조던에게 말했다. 로버트 조던은 일어나서 꾸러미를 동굴 입구에서 멀리 떨어진 곳으로 가져간 다음 나무 양쪽에 하나씩 기대어놓았다. 그는 안에 들어 있는 것이 무엇인지 알고 있었으므로 둘을 가까이 두고 싶지 않았다.

"나도 한 잔 줘야지." 집시가 그에게 말했다.

"포도주도 있습니까?" 로버트 조던이 다시 집시 옆에 앉으며 물었다.

"포도주? 왜 없겠소? 가죽 부대에 하나 가득 있지. 어쨌든, 반 부대 정도는 있어."

"먹을 건 뭐가 있나요?"

"뭐든 다 있지, 젊은 양반." 집시가 말했다. "우린 장군 못지않게 잘 먹고 살거든."

"집시들은 전쟁에서 무슨 일을 합니까?" 로버트 조던이 그에게 물었다.

"계속 집시로 지내지."

"좋은 직업이군요."

"최고지." 집시가 말했다. "다들 당신을 뭐라고 부르오?"

"로베르토. 당신은?"

"라파엘. 아까 탱크 얘기 진담이쇼?"

"물론이죠. 아닐 리가 있겠어요?"

안셀모가 손가락에 컵 세 개를 건 채 적포도주가 가득 담긴 움푹한 돌그릇을 들고 동굴 입구에서 나왔다. "보쇼." 그가 말했다. "이 사람들은 컵이고 뭐고 없는 게 없다니까." 파블로가 그의 뒤를 따라 나왔다.

"곧 음식이 나올 거요. 담배 좀 가진 거 있소?" 파블로가 말했다.

로버트 조던은 꾸러미 쪽으로 가서 그중 하나를 열고 속주머니를 뒤져 골스의 사령부에서 받아 온 납작한 러시아산 담배한 갑을 꺼냈다. 그는 엄지손톱으로 담뱃갑의 모서리를 돌려덮개를 연 다음 파블로에게 건넸고, 파블로는 그중 반을 집었다. 파블로는 담배 개비들을 큼직한 손에 쥐고는 그중 한 개비를 들어 햇빛에 비춰보았다. 입에 닿는 부분이 판지로 되어 있는, 원통형 필터가 달린 길고 가느다란 담배였다.

"공기만 잔뜩 들고 담배는 얼마 안 들었군." 그가 말했다. "이 담배 본 적 있어. 희한한 이름을 가진 누군가도 이걸 가지고 있었지."

"카시킨." 로버트 조던이 말하고, 집시와 안셀모에게 담배를 권했다. 두 사람은 각각 한 개비씩 꺼냈다.

"더 가져가요." 그가 말하자 두 사람은 한 개비씩 더 가져갔다. 그는 두 사람에게 네 개비씩 더 주었고, 그들은 담배를 쥔손을 두 번 흔들어 감사 인사를 했다. 담배 끝이 아래로 내려가는 모양새가 마치 군인들이 장검을 들고 경례를 하는 것 같았다.

"맞아." 파블로가 중얼거렸다. "매우 드문 이름이었지."

"포도주 들게." 안셀모가 컵째 그릇에 담가 술을 채운 다음로버트 조던에게 건네고, 자신과 집시의 컵에도 그렇게 술을채웠다.

"내 몫은 없는 거야?" 파블로가 물었다. 그들은 모두 동굴입구에 모여 앉아 있었다.

안셀모는 들고 있던 컵을 파블로에게 넘겨주고 컵을 더 가지러 동굴 안으로 들어갔다. 자리로 돌아온 그는 술이 담긴 그

룻 위로 몸을 숙여 컵으로 하나 가득 포도주를 채웠다. 그들은 다 같이 건배를 했다.

포도주는 맛이 좋았다. 가죽 부대에서 나는 가죽 냄새가 약하게 배어 있기는 했지만 혀끝에 닿는 맛이 가볍고 깔끔한 게 훌륭했다. 로버트 조던은 포도주를 천천히 마셨다. 피곤한 몸 전체로 술기운이 뜨끈하게 퍼지는 것이 느껴졌다.

"음식은 곧 나올 거요." 파블로가 말했다. "그런데 그 이름 특이한 외국인 말인데, 그 사람은 어떻게 죽은 거요?"

"적에게 잡혀서 자살했소."

"어쩌다 그렇게 된 거야?"

"부상을 입었는데 포로가 되고 싶지는 않았던 거죠."

"자세히 좀 말해보쇼."

"나도 잘 모릅니다." 그는 거짓말을 했다. 누구보다 상세하게 알고 있었지만, 지금 그 얘기를 해서 좋을 게 없다는 걸 알고 있었다.

"그자는 자기가 열차 폭파 임무 중에 부상을 입고 도망칠 수 없게 되면 우리더러 자기를 쏴달라고 했었어." 파블로가 말했다. "그자는 말투도 아주 특이했지."

그 친구 그때도 신경과민이었던 모양이군, 로버트 조던은 생각했다. 불쌍한 카시킨.

"그자는 자살을 꺼리더군." 파블로가 말했다. "그가 나한테 그렇게 말했어. 그리고 고문당하는 것도 무진장 무서워했고."

"당신한테 그렇게 말하던가요?" 로버트 조던이 물었다.

"그랬지." 집시가 말했다. "우리 전부한테 그렇게 말했어."

"당신도 그 열차에 탔었습니까?"

"당연하지. 우리 모두 그 열차에 있었어."

"말투가 특이한 자였어." 파블로가 말했다. "하지만 아주 용감했지."

딱한 친구 카시킨, 로버트 조던은 생각했다. 이곳에 득이 되기보다는 해를 더 많이 끼친 게 틀림없어. 그때 당시에 그가 그렇게 신경과민이라는 것을 알았다면 좋았을 텐데. 이 사람들은 그 친구를 쫓아냈어야 했어. 사람들에게 이런 일을 하게 해놓고 그런 말을 하다니. 그 친구가 그렇게 말해서는 안 되는 거였는데. 자신의 임무를 해냈다고 해도 그런 말을 하면 득이 되기보다는 해를 끼치는 셈이 돼.

"좀 이상한 친구였어요." 로버트 조던이 말했다. "약간 제정신이 아니었던 것 같아요."

"그렇지만 폭탄 하나는 기막히게 만들던데." 집시가 말했다. "그리고 아주 용감하고."

"하지만 미쳤어요." 로버트 조던이 말했다. "이런 일은 아주 치밀하고 냉철하게 판단해야 합니다. 그런 식으로 말해서는 안 되지요."

"그런데 댁도." 파블로가 말했다. "이번 다리 폭파 임무를 수행하다가 부상을 입는다면, 기꺼이 뒤에 남을 건가?"

"이봐요." 로버트 조던이 앞으로 몸을 구부려 포도주를 한 잔 더 뜨면서 말했다. "내 말 똑똑히 들어요. 내가 누군가에게 부탁을 해야 할 때가 오게 되면, 그때 부탁하겠소."

"좋아." 집시가 찬성했다. "훌륭한 사람들은 이렇게 말하지. 아! 이제 오네."

"네 녀석은 벌써 먹었잖아." 파블로가 말했다.

"난 두 번은 더 먹을 수 있다고." 집시가 그에게 말했다. "이제 누가 가져오나 보쇼."

어린 여자 하나가 허리를 굽히고 커다란 요리용 철판을 들고 동굴 입구에서 나왔다. 로버트 조던은 그녀가 한쪽으로 돌아섰을 때 그녀의 얼굴을 보고는 이상한 데가 있다고 생각했다. 그녀는 웃으며 말했다. "올라, 동지." 로버트 조던은 "살루드"라고 대답하고는 그녀를 빤히 쳐다보지도 그렇다고 눈길을 거두지도 못한 채 어색하게 있었다. 그녀는 납작한 철판을 그의 앞에 내려놓았고, 그는 그녀의 매력적인 갈색 손을 쳐다보았다. 이제 그녀는 그를 정면으로 바라보며 미소 지었다. 그녀의 치아는 갈색 얼굴과 대비되어 하얗게 빛났다. 피부색과 두 눈은 금빛이 도는 갈색이었고, 도드라진 광대뼈와 명랑한 두 눈 아래로 도톰한 입술이 곧게 뻗어 있었다. 머리카락은 햇볕에 그을린 밀밭처럼 황금빛이 도는 갈색이었지만, 전체적으로 비버의 털만큼이나 짧게 깎여 있었다. 그녀는 로버트 조던의 얼굴을 보며 미소를 지었고, 갈색 손으로 자신의 머리를 쓸어넘겼다가 쭈뼛 선 머리칼을 다시 손으로 정리했다. 아름다운 얼굴이군, 로버트 조던은 생각했다. 놈들이 머리카락을 잘라버리지 않았다면 꽤 미인일 텐데.

"저는 이렇게 머리를 빗어요." 그녀는 로버트 조던에게 말을 건네고 웃었다. "어서 드세요. 그렇게 빤히 쳐다보지 말고. 바야돌리드*에서 놈들이 내 머리를 이렇게 만들어놨어요. 하지만 이제 거의 다 자랐어요."

그녀는 맞은편에 앉아 그를 바라보았다. 그가 그녀를 바라보자 그녀는 미소를 지으며 두 손을 포개어 무릎 위에 올려놓았다. 포갠 손을 무릎 위에 얹고 앉은 그녀의 바짓단 아래로 길

---

*파시스트 반란군에 의해 함락된, 스페인 북서부에 있는 도시.

고 단정한 다리가 비스듬히 뻗어 나왔다. 그는 회색 셔츠 아래 솟아 있는 그녀의 봉긋한 가슴을 보았다. 로버트 조던은 그녀를 바라볼 때마다 목에 뭔가가 걸린 듯한 느낌이 들었다.

"접시가 없군." 안셀모가 말했다. "각자 칼로 들어야겠소." 젊은 여자는 포크 네 개를 뾰족한 부분이 아래로 향하게 해서 철판 가장자리에 기대어놓았다.

그들은 스페인의 풍습에 따라 아무 말 없이 커다란 철판에서 음식을 떠먹었다. 양파와 풋고추를 넣어 익힌 토끼 요리로, 적포도주 소스 속에는 병아리콩도 들어 있었다. 충분히 푹 익어서 살점이 뼈에서 잘 떨어져 나왔고, 소스 맛도 좋았다. 로버트 조던은 식사를 하면서 포도주를 한 잔 더 마셨다. 젊은 여자는 식사하는 내내 그를 바라보았다. 다른 사람들은 모두 자기 음식만 내려다보며 먹느라 정신이 없었다. 로버트 조던은 자기 앞에 있던 소스를 빵 조각으로 남김없이 문질러 닦고, 토끼 뼈를 옆으로 밀어서 쌓아놓은 다음 뼈들이 있던 자리의 소스까지 빵으로 닦아낸 후, 포크에 묻은 소스도 빵으로 훔치고, 칼까지 문질러 닦아 옆으로 치워버리고는, 소스가 듬뿍 묻은 빵을 먹어치웠다. 그는 몸을 숙여 포도주를 잔에 가득 채웠다. 젊은 여자는 여전히 그를 바라보고 있었다.

로버트 조던은 포도주를 반 잔이나 마셨지만 여전히 그녀에게 말을 걸려고 하면 목구멍이 묵직해졌다.

"아가씨 이름이 뭐죠?" 그가 물었다. 파블로가 그의 목소리를 듣더니 재빨리 그를 흘끗 살폈다. 그러고는 자리에서 일어나 저쪽으로 가버렸다.

"마리아. 당신은요?"

"로베르토. 산에서 지낸 지는 오래됐나요?"

"세 달 됐어요."

"세 달?" 그는 그녀의 머리를 바라보았다. 그녀가 쑥스러워하며 짧고 풍성한 머리카락을 손으로 쓸어 넘기자, 언덕 위의 밀밭이 바람에 흔들리듯 머리칼이 물결쳤다. "면도기로 밀어버렸어요." 그녀가 말했다. "바야돌리드의 수용소에선 정기적으로 머리를 밀어요. 이만큼 기르는 데 세 달이 걸렸어요. 난 그 열차에 타고 있었어요. 놈들한테 끌려 남쪽으로 가는 중이었죠. 포로들 중에 열차가 폭파된 후 다시 잡힌 사람들이 태반이었지만, 난 아니었어요. 이분들과 함께 왔지요."

"바위틈에 숨어 있는 걸 내가 발견했지." 집시가 말했다. "우린 막 떠나려던 참이었어. 맙소사, 그런데 이 아이 정말 못생겼었어. 데려오기는 했지만 난 여러 번이나 그냥 두고 올걸 그랬다고 생각했다니까."

"열차 폭파 때 같이 있던 그 사람은요?" 마리아가 물었다. "금발 남자요. 그 외국인. 그는 어디 있어요?"

"죽었어요." 로버트 조던이 말했다. "4월에."

"4월에요? 그 열차 사건이 4월이었는데."

"맞아요. 열차 사건이 있고 열흘 뒤에 죽었어요."

"가엾어라." 그녀가 말했다. "아주 용감했는데. 당신도 같은 일을 하나요?"

"그래요."

"당신도 열차를 폭파시킨 적이 있어요?"

"있어요. 세 번."

"여기서요?"

"에스트레마두라에서." 그가 말했다. "여기에 오기 전 에스트레마두라에 있었어요. 우리는 에스트레마두라에서 많은 작

전을 수행하지요. 에스트레마두라에는 우리 동지들이 여럿 일
하고 있어요."

"그럼 이번에는 왜 이 산속까지 온 건가요?"

"그 금발 요원을 대신해서 온 겁니다. 이 공화주의 운동*에
참가하기 전부터 이 지역을 알고 있기도 했고."

"잘 안다고요?"

"아니, 아주 잘 아는 건 아니에요. 하지만 나는 뭐든 빨리 배
우죠. 좋은 지도와 훌륭한 인술자도 있고."

"영감님 말이지요." 그녀가 고개를 끄덕였다. "영감님은 참
좋으세요."

"고맙구나." 안셀모가 그녀에게 말했다. 로버트 조던은 그
제야 자기가 여자와 단둘이 있는 것이 아님을 깨달았다. 그녀
를 보고 있자면 자신의 목소리가 너무 변해서 쳐다보기가 힘들
다는 것 역시도 깨달았다. 그는 스페인 말을 하는 사람들과 잘
지내기 위한 두 가지 수칙, 즉 남자에게는 담배를 주고 여자는
건드리지 말라는 수칙 중 두 번째를 어기고 있었다. 그러다 문
득 그는 자신이 그런 문제에 신경 쓰지 않고 있음을 깨달았다.
신경 쓰지 않고 살아온 일이 그렇게나 많은데 왜 그런 일까지
신경 써야 한단 말인가.

"예쁜 얼굴이에요." 그는 마리아에게 말했다. "머리가 짧아
지기 전에 당신을 만나지 못한 게 안타깝군요."

*1930년대 나치와 파시스트 등에 위협을 느낀 유럽은 공산당과 사회당을 연립하
는 인민전선을 성립했고, 그 결과 스페인에서도 정교 분리와 농지 개혁 등을 내세
운 인민전선파가 1936년 2월 총선거에서 승리하여 자유주의적 공화파의 연립정부
가 출범했다. 그러나 교회와 대지주의 대자본을 기반으로 한 파시즘 진영은 이에
반대하여 프랑코 장군의 지휘하에 1936년 7월 17일 쿠데타를 일으켰고 이로써 스
페인 내전이 발발했다.

"머리는 금방 자라요. 여섯 달 후면 충분히 길어질걸요."

"우리가 열차에서 데려왔을 때 얘를 봤어야 했는데 말이야. 너무 못생겨서 토할 것 같았다니까."

"당신은 누구의 여잔가요?" 로버트 조던은 물러서지 않을 기세로 물었다. "파블로의 여잔가?"

그녀는 그를 쳐다보고 깔깔 웃으며 그의 무릎을 찰싹 때렸다.

"파블로요? 파블로를 보고도 그런 말을 하는 거예요?"

"음, 그럼, 라파엘이겠군요. 난 라파엘도 봤지만."

"라파엘도 아니에요."

"누구의 여자도 아니야." 집시 라파엘이 말했다. "이 여잔 아주 이상해. 누구의 여자도 아니라니까. 하지만 요리 하나는 잘하지."

"정말 누구의 여자도 아니에요?" 로버트 조던이 그녀에게 물었다.

"누구의 여자도 아니에요. 아무도요. 농담으로든 진담으로든 아니에요. 당신의 여자도 아니고요."

"아니라고?" 이렇게 말한 로버트 조던은 다시 목이 메어오는 것 같았다. "잘됐군. 나는 여자를 사귈 시간 따윈 없으니까. 정말이에요."

"15분도?" 집시가 짓궂게 물었다. "한 시간의 4분의 1도 없단 말이오?" 로버트 조던은 대답하지 않았다. 그는 그 여자, 마리아를 바라보았고 너무나 목이 멘 나머지 말을 할 수 있을 것 같지가 않았다.

마리아는 그를 보고 웃다가 돌연 얼굴을 붉혔지만 그에게서 눈을 떼지는 않았다.

"얼굴이 붉어졌어요." 로버트 조던이 그녀에게 말했다. "자주 얼굴을 붉히나요?"

"아니에요."

"지금은 얼굴이 붉어졌어요."

"그럼 동굴로 들어갈래요."

"여기 있어요, 마리아."

"싫어요." 그녀는 그에게 미소를 짓지 않았다. "이제 동굴로 들어가겠어요." 그녀는 사람들이 식사를 마친 철판과 포크 네 개를 집어 들었다. 그녀는 망아지처럼 어색하게 움직였지만, 어린 동물에게서 풍겨 나오는 우아한 데가 있었다.

"컵은 그냥 둘까요?" 그녀가 물었다.

로버트 조던이 여전히 빤히 바라보자, 그녀는 다시 한 번 얼굴을 붉혔다.

"날 얼굴 붉히게 만들지 말아요." 그녀가 말했다. "그러기 싫단 말이에요."

"그냥 둬." 집시가 그녀에게 말했다. "여기." 집시가 움푹한 그릇에 컵을 깊숙이 넣었다가 가득 채운 컵을 로버트 조던에게 건넸다. 로버트 조던은 여자가 무거운 철판을 든 채 고개를 숙이고 동굴로 들어가는 것을 지켜보았다.

"고맙소." 그녀가 사라지자 그의 목소리는 다시 원래대로 돌아왔다. "이게 마지막 잔입니다. 이제 충분히 마셨어요."

"그릇에 담겨 있는 건 곧 다 동이 나겠군." 집시가 중얼댔다. "가죽 부대에는 반 이상 남아 있어. 말 등에다 얹어서 가져왔지."

"파블로의 마지막 공격 때였어." 안셀모가 말했다. "그때 이후로는 아무것도 안 했으니."

"여기는 모두 몇 명이 있습니까?" 로버트 조던이 물었다.

"일곱 명에 여자가 둘."

"둘이라고요?"

"그렇네. 파블로의 뮤제르*지."

"그럼 그 여자는?"

"동굴 안에 있네. 저 애는 음식을 좀 하는 정도일 뿐이야. 아까 요리 잘한다고 말한 건 그 애 기분 좋으라고 한 말이었어. 보통은 파블로의 뮤제르를 돕는 정도지."

"그럼 그녀는, 그러니까 파블로의 뮤제르는 어떤가요?"

"사나운 물건이지." 집시가 씩 웃었다. "아주 야만스러운 물건이야. 파블로가 못생겼다고 생각한다면 그의 여자를 봐야 해. 하지만 용맹하지. 파블로보다 백배는 더 용감해. 하지만 사나운 물건이야."

"파블로도 처음에는 용감했어." 안셀모가 말했다. "파블로도 처음에는 제법 진지했지."

"콜레라로 죽은 사람보다 그가 죽인 사람 수가 더 많았으니까." 집시가 말했다. "운동이 시작된 무렵에는 파블로가 장티푸스보다 더 사람을 많이 죽였어."

"하지만 약해진 지 오래됐지." 안셀모가 말했다. "아주 축 늘어져버렸어. 죽을까 봐 겁에 질려 있어."

"처음에 너무 많은 사람들을 죽였기 때문일지도 몰라." 집시가 생각에 잠겨 말했다. "파블로는 선페스트 병보다 더 사람을 많이 죽였거든."

"그것도 그렇고 재산이 모인 탓도 있지." 안셀모가 말했다. "게다가 술도 너무 많이 마셔. 이제 그는 마타도르 데 토로스

*'여자'라는 뜻의 스페인어.

처럼 은퇴하고 싶어 해. 투우사 말이야. 하지만 은퇴를 할 수가 없다는 게 문제인 게야."

"전선 반대편으로 건너가기만 해봐. 그랬다간 당장 말들을 몰수당하고 군대로 끌려갈걸." 집시가 말했다. "나도 역시 군대엔 가고 싶지 않지만."

"그건 다른 집시들도 마찬가지지." 안셀모가 말했다.

"그럴 수밖에 없잖아?" 집시가 물었다. "군대에 가고 싶어 하는 사람이 어디 있어? 우리가 군대 가려고 혁명하는 건가? 나는 싸우고 싶기는 하지만 군대에는 가고 싶지 않아."

"나머지 대원들은 어디에 있습니까?" 로버트 조던이 물었다. 이제 그는 포도주 때문인지 긴장이 풀리며 나른해졌다. 바닥에 등을 대고 누우니 나무들 사이로 스페인의 드높은 오후 하늘을 유유히 흘러가는 작은 구름들이 보였다.

"두 명은 동굴 안에서 자고 있고." 집시가 대답했다. "두 명은 총을 놓아둔 저 위에서 보초를 서고 있지. 한 명은 아래서 보초를 서고. 아마 다들 잠이나 자고 있을걸."

로버트 조던은 옆으로 돌아누웠다.

"어떤 종류의 총이 있는데요?"

"희한한 이름인데." 집시가 말했다. "영 생각이 나질 않네. 기관총인데."

분명 자동소총일 테지, 로버트 조던은 생각했다.

"무게가 얼마나 되던가요?" 그가 물었다.

"한 사람이 혼자 들 수 있긴 한데 엄청 무겁다오. 접이식 다리가 세 개 있고. 마지막으로 치른 공격다운 공격으로 얻은 전리품이지. 포도주를 얻기 바로 전 공격 때."

"한 번에 몇 발이나 발사되지요?"

"한도 끝도 없어." 집시가 말했다. "엄청나게 무거운 탄약 한 통이 한 번에 다 쏟아져 나오는 것 같아."

500발쯤 되는 모양이군, 로버트 조던은 생각했다.

"총알이 탄창에서 나오던가요 탄띠에서 나오던가요?"

"총 위쪽에 달려 있는 둥근 쇠 깡통에서 나오던데."

이런, 루이스 경기관총*이군, 로버트 조던은 생각했다.

"기관총에 대해 좀 아십니까?" 그가 노인에게 물었다.

"나다.(전혀.)" 안셀모가 짧게 대답했다. "전혀 몰라."

"그럼 당신은요?" 집시에게도 물었다.

"총알이 엄청 빠르게 튀어 나가는 거랑 총의 몸통이 아주 뜨겁게 달궈져서 잡고 있는 손이 데인다는 정도." 집시는 자랑스레 말했다.

"그 정도도 모르는 사람이 있나." 안셀모가 가소롭다는 듯이 말했다.

"그럴지도 모르지." 집시가 말했다. "하지만 이 사람이 내게 마키나**에 대해 아는지를 물어봐서 말해줬을 뿐이야." 그는 말을 이었다. "그리고 보통 소총하고는 다르게, 그 총은 방아쇠를 당기고 있는 동안 총알이 끊임없이 튀어 나간다고."

"총알이 중간에 끼거나 다 떨어지거나 아니면 너무 뜨거워서 녹아버리지만 않는다면 그렇지." 로버트 조던이 영어로 말했다.

"뭐라고 한 거요?" 안셀모가 그에게 물었다.

"아무것도 아닙니다." 로버트 조던이 말했다. "그냥 영어로

---

*1911년 미국에서 개발된 드럼형 탄창의 기관총. 성능이 좋아 2차 세계대전까지 쓰였다.

**'기계'를 뜻하는 스페인어로 여기서는 기관총(machine gun)을 가리킨다.

미래를 내다보았을 뿐입니다."

"그거 정말 신기한데." 집시가 말했다. "잉글레스*로 미래를 내다보다니. 손금도 읽을 줄 아쇼?"

"아뇨." 로버트 조던은 이렇게 말하며 포도주를 한 잔 더 떴다. "하지만 당신이 손금을 볼 줄 안다면 내 손금을 보고 앞으로 사흘 동안 어떤 일이 일어날지 말해주시죠."

"손금은 파블로의 뮤제르가 볼 줄 아는데." 집시가 말했다. "그렇지만 그 여편네는 워낙 성질이 고약하고 사나워서 봐줄지 모르겠네."

로버트 조던은 이제 윗몸을 일으키고 앉아서 포도주를 들이 켰다.

"이제 파블로의 뮤제르를 만나봅시다." 그가 말했다. "그렇게나 나쁜 일이라면 어서 그냥 해치워버리죠."

"나라면 그 여편네는 안 건드리겠어." 라파엘이 말했다. "그 여편네는 날 무진장 싫어하거든."

"왜요?"

"그 여편네는 나를 시간이나 축내는 놈 취급한다고."

"불공평하다 이거지." 안셀모가 비아냥거렸다.

"그 여편네는 집시를 싫어하거든."

"그런 잘못을 저지르다니." 안셀모가 말했다.

"그 여편네한테도 집시의 피가 흘러." 라파엘이 말했다. "그 여편네도 뭘 알고 지껄이는 거긴 해." 그는 씩 웃었다. "그런데 그놈의 혀가 채찍처럼 사람을 할퀴고 물어뜯거든. 그 혀로 누구든 껍질을 벗겨버리지. 한 겹 한 겹. 정말이지 지독하

---

* '영어' 또는 '영국인'이라는 뜻의 스페인어.

게 사나워."

"그 젊은 아가씨 마리아와는 사이가 어떤가요?" 로버트 조
던이 물었다.

"잘 지내. 그 여편네는 그 애를 좋아하지. 하지만 그 애한테
누구든 수작을 걸려고 가까이 다가갔다가는……." 그는 고개
를 내두르며 혀를 찼다.

"그 여자는 그 애와 아주 잘 지낸다오." 안셀모가 말했다.
"아주 잘 돌봐주지."

"우리가 열차에서 그 여자애를 데려왔을 때 그 애는 정상이
아니었어." 라파엘이 말했다. "말도 한마디 안 하고 계속 울면
서 누가 건드리기만 해도 물에 젖은 강아지처럼 벌벌 떨었지.
요즘 들어 좀 나아진 거야. 최근에는 아주 좋아졌어. 오늘은 상
태가 좋더군. 좀 전에 댁한테 말할 때는 제법 좋던데. 그때 열
차에서는 그 여자애를 그냥 두고 오는 게 나았을지도 몰라. 후
줄근한 데다 못생기고 별 쓸모도 없어 보이는 애 때문에 시간
을 지체할 필요는 없었으니까. 그런데 저 늙은 여편네가 여자
애를 밧줄로 묶어서는 그 애가 더는 못 가겠다고 할 때마다 밧
줄로 후려쳐서 걷게 했지. 그러다가 정말로 더 이상 움직이지
못하게 되면 여편네가 그 애를 어깨에 짊어졌어. 그 늙은 여편
네가 여자애를 짊어지고 갈 힘이 빠지면 내가 지고 왔고. 가시
금작화와 히스가 사람 가슴께까지 자라 있는 저 언덕을 올라
왔다니까. 그리고 내가 더 이상 지고 갈 수 없게 되면 파블로
가 짊어졌고. 그 여편네가 우리를 얼마나 닦달했는지, 원!" 그
는 그때의 일을 회상하며 머리를 저었다. "그 애는 다리가 길기
는 하지만 사실 별로 무겁지는 않았어. 뼈가 가벼워서 몸무게
가 별로 안 나가거든. 그래도 짊어지고 가다가 멈춰서 총을 쏘

고 그러고 나서 다시 업으면 무겁기는 했어. 게다가 늙은 여편네는 밧줄로 파블로를 채찍질하면서 그의 소총을 들고 갔지. 파블로가 여자애를 떨어뜨리기라도 하면 얼른 다시 들어 올리게 만들었어. 그런 다음 그에게 온갖 욕을 퍼부어가며 그의 총에 총알을 재어 넣고, 그의 주머니에서 탄약을 꺼내서 탄창에 밀어 넣고는 다시 욕을 퍼부어댔지. 그러다 땅거미가 지고 밤이 되자 그제야 괜찮아졌어. 적의 기병대가 오지 않은 게 다행이었지."

"열차에서는 어지간히 고생을 한 모양이로군." 안셀모가 말했다. "나는 거기에 없었소." 그가 로버트 조던에게 설명했다. "파블로의 부대와 오늘 밤 우리가 만날 엘 소르도 영감 부대, 그리고 이 산속의 다른 두 부대가 참가했었지. 난 전선 저편에 가 있었고."

"특이한 이름의 금발 남자도 있었고……." 집시가 말했다.

"카시킨."

"맞아. 난 도통 못 외울 이름이지. 기관총을 가진 사람이 둘 있었는데 그들도 금발 남자처럼 공화국 군대에서 보낸 사람들이었어. 그치들은 기관총을 들고 도망칠 수가 없어서 그걸 내버리고 와버렸지. 저 여자애만큼이나 가벼운 걸 갖고 말이야. 저 늙은 여편네가 그치들을 족쳤더라면 어떻게든 들고 왔을 텐데." 그는 그때의 기억을 떠올리며 고개를 내젓고는 이야기를 계속했다. "내 평생 그런 광경은 처음 봤지. 열차는 천천히 들어오고 있었어. 우리는 멀리서 열차를 바라보고 있었지. 그때 느낀 흥분은 말로 다 할 수가 없어. 증기가 뿜어져 나오는 게 보였고, 그런 다음 기적 소리가 들렸어. 그러고는 열차 소리가 칙칙칙칙 점점 커졌어. 그때 폭발이 일어나면서 열차 앞바퀴가 위로 치솟았지. 온 세상이 시커먼 구름 속으로 치솟아 오르는 것 같았어. 열차는 엄청난 소리를 내면서 먼지구름 속으로 높이 튀어 올랐고, 꼭 꿈속에서나 일어나는 일인 것처럼 철로의 나무 목침들도 공중으로 솟아올랐어. 그러고는 곧바로 상처 입은 커다란 짐승처럼 쿵 하고 옆으로 쓰러졌지. 그러자 폭발물 파편들이 우리한테로 쏟아져 내리더니 그게 다 끝나기도 전에 하얀 증기가 폭발하고, 곧바로 마키나 소리가 탓탓탓탓 나기 시작했어." 집시는 마치 진짜로 기관총을 들고 있는 양 엄지를 위로 올린 채 꼭 쥔 두 주먹을 앞으로 내밀더니 위아래로 마구 흔들었다. "타! 타! 탓! 탓! 탓! 타!" 그는 흥분해서 소리쳤다. "내 평생 그런 광경은 본 적이 없다니까. 적군들이 열차에서 쏟아져 나오다가 마키나의 총알 세례에 픽픽 쓰러져댔지. 바로 그때 내가 너무 흥분해서 마키나에 손을 갖다 댔더니 총이 무지 뜨겁더라고. 순간 그 늙은 여편네가 내 뺨을 후려치더니 이렇게 말하는 거야. '쏴, 이 멍청아! 쏴, 안 그러면 네 머리통을 밟아 부숴놓을 테다!' 그래서 겨우 총을 쏘기 시작했는데, 총을 제대로 잡고 있는 것조차 엄청 힘들더라고. 적군은 저 멀리 언덕으로 달아나고 있었지. 나중에 우리가 챙길 만한 게 없는지 보러 열차로 내려갔는데, 적군 장교가 병사들 몇몇에게 권총을 겨눈 채 우리 쪽으로 진격하라고 명령하고 있었어. 그 장교는 권총을 계속 흔들면서 병사들에게 소리를 질렀지. 우리는 전부 그자를 향해 총을 쏘아댔지만 아무도 맞추지 못했어. 그때 병사 몇 명이 엎드려서 총을 쏘기 시작했어. 장교는 그들 뒤에서 권총을 들고 서성거렸는데도 여전히 우리는 그를 맞추지 못했어. 열차의 위치 때문에 마키나도 소용이 없었거든. 장교가 엎드려 있는 병사 둘에게 총을 쏘았지만 그들은 꼼짝도 하지 않앉어. 그가 병사들에게 욕을 해대자 그제야 군인들이 하나둘 차례로 일어나서 우리가 있는 열차 쪽으로 달려왔지. 그들은 다시 납작 엎드려서 총을 쏘기 시작했어. 그때쯤 우리는 자리를 떴는데, 마키나는 우리가 떠날 때도 여전히 우리 머리 위에서 탕탕대고 있었어. 바로 그때 내가 그 여자애를 발견했지 뭐야. 열차에서 도망쳐 나와 바위틈에 숨어 있었더라고. 그 애는 우리와 함께 도망쳤지. 적군은 그날 밤 늦게까지 우리를 뒤쫓아 다녔고."

"힘든 일이었을 게야." 안셀모가 말했다. "조마조마했겠어."

"그게 우리가 유일하게 잘한 일이었지." 누군가가 낮은 목소리로 말했다. "지금 뭐 하고 있는 거야? 이 게을러터진 주정뱅이, 니미 결혼도 안 한 집시 갈보년의 새끼야. 뭔 짓을 하고 있냐고?"

로버트 조던은 파블로만큼이나 덩치가 큰 오십쯤 돼 보이는 한 여인을 보았다. 큰 키만큼 몸집도 떡 벌어진 그녀는 검은색 농부 치마를 입고 있었고, 육중한 다리에는 묵직한 털양말과 밧줄로 바닥을 댄 검은색 신발을 신고 있었다. 갈색 얼굴은 마치 화강암으로 만든 기념비의 모델같이 보였다. 그녀의 손은 큼지막하기는 했지만 보기 좋았고, 풍성한 검은색 곱슬머리는 돌돌 꼬아서 목 뒤에 묶고 있었다.

"묻는 말에나 대답해." 그녀는 다른 사람들은 거들떠보지도 않고 집시에게 말했다.

"이 동지들하고 얘기하는 중이었어. 이 동지는 폭파원으로 왔대."

"나도 알아." 파블로의 뮤제르가 말했다. "당장 여기서 꺼져. 위에서 보초 서는 안드레스하고 교대나 해."

"메 보이.(가요.)" 집시가 말했다. "간다고." 그는 로버트 조던에게 고개를 돌렸다. "밥 먹을 때 보자고."

"농담이라도 안 되지." 여자가 그에게 말했다. "내 계산으로는 넌 오늘 세끼를 다 챙겨 먹었어. 어서 가서 안드레스나 나한테 보내."

"올라." 그녀가 로버트 조던에게 말하며 손을 내밀고 미소를 지어 보였다. "안녕하시오, 공화국은 어찌 잘 돌아가고 있소?"

"좋습니다." 그는 이렇게 말하고 그녀의 억센 악수에 화답했다. "저도, 공화국도요."

"잘됐군." 그녀는 그의 얼굴을 들여다보며 미소를 지었다. 그는 그녀의 눈이 고운 회색임을 알아보았다. "또 열차를 폭파하러 온 거요?"

"아닙니다." 로버트 조던은 본능적으로 그녀를 믿었다. "다리 때문입니다."

"노 에스 나다.(그건 식은 죽 먹기지.)" 그녀가 말했다. "다리 정도는 아무것도 아냐. 이제 말들도 있는데 열차는 또 언제 폭파할 거요?"

"나중에요. 이 다리는 아주 중요합니다."

"여자애 말이 우리랑 같이 열차를 폭파한 당신네 동지가 죽었다던데."

"네."

"참 안됐군. 그런 폭발은 본 적이 없었어. 재주가 많은 사람이었는데. 그 사람 덕에 참 즐거웠지. 지금 열차를 다시 폭파하는 건 불가능한 거요? 이제 여기 언덕 위에도 사람들이 많거든. 너무 많아. 벌써 먹을 걸 구하기가 힘들어. 떠나는 게 낫겠어. 게다가 우리한테는 말도 있으니."

"우리는 이 다리 임무를 수행해야 합니다."

"다리는 어디 있소?"

"꽤 가까워요."

"더 잘됐네." 파블로의 뮤제르가 말했다. "여기 있는 다리란 다리는 죄다 날려버리고 여길 뜹시다. 이놈의 산골짝은 이제 신물이 나. 여긴 사람들이 너무 많이 몰려 있어. 그래선 좋을 게 없지. 여긴 썩은 내 나는 물웅덩이가 되어버렸어."

그녀는 나무 사이로 파블로가 서 있는 것을 보았다.

"보라초!(술주정뱅이!)" 그녀가 그를 불렀다. "주정뱅이. 저 썩어빠진 주정뱅이!" 그러고는 기분 좋게 로버트 조던에게로 다시 고개를 돌렸다. "저자는 혼자 퍼 마시려고 숲 속으로 포도주 부대를 가져갔어. 밤낮없이 술만 마셔대고 있으니. 이런 생활이 그를 망치고 있는 거야. 젊은이, 나는 당신이 와서 아주 기뻐." 그녀가 그의 등을 두드렸다. "아, 보기보다 덩치가 좋구먼." 그러고는 그의 어깨를 쓰다듬으며 플란넬 셔츠 속의 근육을 만졌다. "좋아, 당신이 와서 참 기쁘군."

"저 역시 그렇습니다."

"우린 서로를 이해하게 될 거요." 그녀가 말했다. "포도주 한 잔 들게."

"이미 꽤 마셨습니다." 로버트 조던이 말했다. "드릴까요?"

"저녁 전엔 안 마셔. 속이 쓰려져서 말이야." 그런 다음 그녀는 파블로를 다시 건너다보았다. "보라초!" 그녀가 소리를 질렀다. "주정뱅이!" 그러고는 로버트 조던을 보며 고개를 저었다. "저자도 원래는 아주 좋은 남자였는데. 하지만 이젠 끝장이 났어. 그건 그렇고 다른 얘기 하나 들어보쇼. 그 여자애한테 잘

해주고 잘 돌봐줘요. 마리아 말이오. 그 애는 힘든 시간을 견뎌 냈거든. 아시겠소?"

"그러지요. 그런데 왜 그런 말을 하십니까?"

"그 아이가 당신을 보고 동굴에 들어올 때 표정을 내 봤지. 동굴로 들어오기 전에 당신을 한참이나 바라보더군."

"그 아가씨하고 농담을 좀 했거든요."

"그 아이는 상태가 아주 안 좋았어." 파블로의 여자가 말했다. "지금은 나아졌으니 여기서 벗어나야 해."

"물론이죠. 안셀모 영감한테 전선 너머로 데려가 달라고 하면 될 텐데요."

"당신과 그 안셀모란 자가 이 일이 끝난 다음 그 아이를 데리고 가줄 수도 있겠지."

로버트 조던은 다시 목 안이 따끔거리고 목소리가 탁해지는 것을 느꼈다. "그럴 수도 있겠지요."

파블로의 뮤제르는 그를 바라보고는 고개를 저었다. "이런이런, 사내들은 다 그런 건가?"

"전 아무 말도 안 했습니다. 아가씨가 참 아름답더군요, 그건 당신도 아시잖습니까."

"아니, 그 애는 예쁘지 않아. 하지만 예뻐지기 시작했다는 말이겠지." 파블로의 여자가 말했다. "사내들이란. 그런 놈들을 낳은 우리 여자들도 창피한 노릇이지. 아니, 진심으로. 공화국에선 그 애 같은 애들을 보살펴줄 집이 없는 거요?"

"있어요." 로버트 조던이 말했다. "좋은 곳들이 있을 겁니다. 발렌시아 근처 해변 쪽에요. 다른 곳들도 있고요. 모두들 잘해줄 거고, 저 아가씨는 아이들을 돌보는 일을 할 수도 있을 겁니다. 피난 명령이 떨어진 마을에서 온 아이들이 있으니까.

일도 배울 수 있을 거예요."

"내가 원하는 게 그런 거요." 파블로의 뮤제르가 말했다. "파블로는 진즉부터 그 애 때문에 병이 났어. 그를 폐인으로 만들고 있는 이유 중 하나가 그거라우. 그 애만 보면 마치 환장한 사람 같다니까. 그 아이는 지금 떠나는 게 최선이야."

"이 일이 끝나면 우리가 데려갈 수 있습니다."

"당신한테 맡기면 그 애를 잘 돌봐줄 테지? 내가 꼭 당신을 오래전부터 알고 있던 것처럼 말하는구려."

"그런 법이죠." 로버트 조던이 말했다. "서로 이해하게 되면."

"앉으시우." 파블로의 뮤제르가 말했다. "난 약속 같은 건 바라지도 않아. 어차피 일어날 일은 일어나게 되어 있으니까. 다만 당신이 그 아이를 데려가지 않겠다면, 그렇다면 약속 하나만 해주게."

"뭐 때문에 그러는 건가요?"

"왜냐하면 자네가 떠난 뒤에 그 아이가 미쳐버리는 걸 원치 않기 때문이우. 난 다시 보지 않아도 충분할 정도로 예전에 그 아이가 미친 모습을 이미 봤으니까."

"다리를 폭파한 후에 우리가 데려가겠습니다." 로버트 조던이 말했다. "다리 폭파 후에도 목숨이 붙어 있다면, 데리고 가지요."

"그런 식으로 말하는 건 마음에 안 드는군. 그런 식으로 말하면 행운이 찾아오지 않는 법이야."

"약속을 하려고 그런 것뿐이에요." 로버트 조던이 말했다. "난 비관적으로 말하는 사람은 아닙니다."

"자네 손 좀 보여주게." 여자가 말했다. 로버트 조던이 손을 내밀자 여자는 자신의 커다란 손 위에 그의 손을 놓고 엄지손가락으로 손바닥을 문지르고는 유심히 살펴보았다. 잠시 후 그녀는 손을 내려놓고 일어섰다. 그도 따라 일어섰다. 여자가 웃음기 없는 얼굴로 그를 바라보았다.

"뭘 봤습니까?" 로버트 조던이 그녀에게 물었다. "전 그런 건 믿지 않아요. 겁먹을 일 없습니다."

"아무것도." 그녀가 그에게 말했다. "난 아무것도 못 봤어."

"뭔가를 봤잖습니까. 그냥 궁금해서 그래요. 전 그런 건 안 믿는다니까요."

"그럼 뭘 믿으시우?"

"그것 빼고는 많은 것들을요."

"뭘?"

"내가 하는 일."

"그래, 손금에도 그렇게 나와 있더군."

"다른 것도 말해주시죠."

"다른 건 못 봤수." 그녀는 톡 쏘듯 말했다. "그 다리 일이 아주 어렵다고 했소?"

"아니요, 아주 중요하다고 말했지요."

"하지만 어렵기도 하겠지?"

"그렇죠. 이제 다리를 살펴보러 내려갈 겁니다. 여기 사람이 몇 명이나 되지요?"

"쓸 만한 놈은 다섯이오. 집시는 쓸모가 없어, 사람은 좋지만 말이야. 착하기는 하지. 파블로는 더 이상 믿기 어렵고."

"엘 소르도한테는 쓸 만한 사람이 몇이나 되나요?"

"여덟 명쯤. 오늘 밤이면 알게 될 게요. 그 영감이 이리로 올 거니까. 그 영감은 아주 쓸 만한 사람이지. 다이너마이트도 좀 가지고 있고. 얼마 되지는 않지만. 당신도 곧 영감과 얘기할 일이 있을 거요."

"와달라고 전갈을 보낸 건가요?"

"그 영감은 매일 밤 와. 우리 이웃이니까. 동지이자 친구이 기도 하고."

"그 사람은 어떤가요?"

"아주 좋은 사람이지. 꽤 쓸모도 있고. 열차 일에 관해선 대 단하고."

"다른 게릴라 부대는요?"

"미리 지시만 해놓으면 쓸 만한 소총 50대는 모을 수 있을 거요."

"얼마나 쓸 만하다는 건가요?"

"뭐 그리 대단하겠소만 그나마 쓸 만하단 말이지."

"소총 하나에 탄약통은 몇 개나 있습니까?"

"한 스무 개 정도. 그들이 몇 개나 가져오느냐에 달렸지만. 그들이 이 일을 하러 온다면 말이지. 이 다리 폭파 작전에는 들 어오는 돈도 전리품도 없고, 자네 말에 따르면 아주 위험한 데 다 일을 끝낸 다음엔 이 산에서 떠나야 하잖소. 아마도 다리 일 을 반대할 사람들이 꽤 많을 거요."

"그렇겠죠."

"이런 상황에서는 불필요한 말은 하지 않는 게 좋을 거요."

"동감합니다."

"그럼 당신이 다리를 정찰한 다음 오늘 밤에 엘 소르도와 같 이 이야기를 나눠보지."

"전 이만 안셀모 영감과 함께 내려가겠습니다."

"그럼 영감을 깨우게." 그녀가 말했다. "카빈총 가져가겠 소?"

"고맙습니다만." 그는 그녀에게 말했다. "있으면 좋겠지만 쓰지는 않을 겁니다. 그냥 살펴보러 가는 거지 분란을 일으키러 가는 건 아니니까요. 하지만 말씀은 고맙군요. 당신이 말하는 방식이 마음에 들어요."

"뭐든 솔직한 편이라오."

"그럼 손금에서 뭘 봤는지 말해주세요."

"안 돼." 그녀가 고개를 저었다. "아무것도 못 봤어. 이제 다리에나 가보슈. 난 당신의 장비를 지키고 있을 테니."

"덮어두면 아무도 건드리지 않을 겁니다. 동굴 안에 두는 것보다는 거기에 두는 편이 나아요."

"덮어놓고 아무도 못 만지게 하리다." 파블로의 여자가 말했다. "이제 다리에나 가봐."

"안셀모 영감님." 로버트 조던이 팔베개를 하고 잠들어 있는 노인의 어깨에 손을 얹었다.

노인이 올려다보았다. "그래." 그가 말했다. "자, 가세."

3장

그들은 그늘 속으로 나무와 나무 사이를 조심스럽게 헤치며 마지막 200야드를 내려왔다. 이제 가파른 언덕의 마지막 소나무들 사이로 보이는 그 다리는 겨우 50야드밖에 떨어져 있지 않았다. 갈색 산등성이에 드리워진 늦은 오후의 햇살에 깎아지른 듯 푹 꺼지는 골짜기를 배경으로 시커먼 다리가 보였다. 교각이 하나인 철재 다리로, 양쪽 끝에 초소가 하나씩 있었다. 자동차 두 대가 한꺼번에 지나갈 만큼 폭이 넓었고, 철재 다리 특유의 견고한 우아함을 내뿜으며 깊은 골짜기를 가로질러 서 있었다. 골짜기 저 멀리 아래쪽으로는 개울물이 돌멩이와 바위틈 사이로 하얀 포말을 일으키며 본류로 흘러 내려갔다.

햇빛이 로버트 조던의 눈 쪽으로 비치고 있었기 때문에 다리는 윤곽밖에 보이지 않았다. 곧 햇빛이 약해지더니 이내 져버렸다. 그는 해가 지고 난 갈색의 둥근 언덕을 나무들 사이로 올려다보았다. 번쩍이던 햇빛이 사라지자, 새롭게 돋는 연한 초록색으로 덮인 산비탈과 오래된 눈이 군데군데 쌓여 있는 산봉우리가 눈에 들어왔다.

그는 남아 있는 희미한 빛이 잠깐 환해지는 틈을 타서 다시 다리를 살펴보고 그 구조를 파악했다. 다리를 무너뜨리는 일은 어려울 것이 없었다. 그는 다리를 보면서 가슴주머니에서 수첩을 꺼내 다리 도면을 스케치했다. 도면을 그리면서 폭약의 양까지 셈하지는 않았다. 그건 나중에 해도 될 일이었다. 이제 그는 교각을 끊은 다음 다리가 골짜기로 무너져 내리도록 하기 위해 폭발물을 설치할 지점들을 표시했다. 여섯 개의 폭약을 설치하고 그것들이 동시에 폭발하도록 서로 연결시켜, 침착하고 과학적으로 정확하게 수행하면 될 것 같았다. 아니면 대형 폭약 두 개로도 대강 해결될 것 같았다. 대신 아주 큰 것이어야 하고 양쪽 끝에서 동시에 터져야 했다. 그는 유쾌한 기분으로 재빨리 스케치를 했다. 드디어 문제를 손안에 쥐게 되어 기뻤다. 드디어 실제적으로 그 일에 뛰어들게 되어 기뻤다. 잠시 후 그는 수첩을 덮고 수첩 덮개의 가장자리에 달린 가죽꽂이에 연필을 꽂은 뒤 주머니에 넣은 다음 단추를 채웠다.

그가 스케치를 하는 동안 안셀모는 도로와 다리와 초소들을 정찰했다. 안셀모는 다리에 너무 가까이 접근해서 위험할지도 모른다고 생각했기에, 로버트 조던이 서둘러 스케치를 끝내자 비로소 마음이 놓였다.

로버트 조던이 주머니 덮개의 단추를 채우고 소나무 등걸 뒤에 바싹 엎드려서 밖을 내다보자, 안셀모는 한 손을 손목 위에 얹고 손가락으로 초소를 가리켰다.

그들을 마주 보고 있는 도로 위의 초소 안에는 보초 한 명이 총검이 달린 소총을 양 무릎 사이에 끼우고 앉아 있었다. 그는 담배를 피우고 있었고, 털모자를 쓰고 담요 같은 망토를 두르고 있었다. 50야드나 떨어져 있어서 그의 얼굴 생김새는 분간할 수 없었다. 로버트 조던은 이제 더 이상 햇빛이 남아 있지 않은데도 야전용 쌍안경 윗부분을 손으로 가리고 들여다보았다. 손을 뻗으면 닿을 듯이 다리의 난간이 선명하게 보였고, 보초병의 얼굴도 너무나 선명해서 푹 꺼진 볼이며 담배에 붙어 있는 담뱃재와 총검이 기름칠한 듯 번쩍이는 것까지 보였다. 보초병은 전형적인 농부의 얼굴이었다. 튀어나온 광대뼈 아래로 볼이 푹 꺼져 있었고, 짧은 수염이 듬성듬성 나 있었으며, 눈은 무성한 눈썹 숲에 가려서 잘 보이지 않았다. 그는 큼지막한 손으로 소총을 들고 있었고, 망토 자락 밑으로 묵직한 부츠가 보였다. 낡아서 거무죽죽해진 가죽 술 부대가 초소 벽 위에 걸려 있었고, 신문도 몇 장 있었지만 전화기는 보이지 않았다. 물론 안 보이는 쪽에 전화가 있을 수도 있겠지만 초소에서 나오는 전선은 보이지 않았다. 도로를 따라서는 전화선 하나가 이어져 있었고, 몇 줄의 전선이 다리를 가로질러 뻗어 있었다. 초소 밖에는 석탄 화로가 놓여 있었는데, 오래된 석유통의 윗부분을 잘라내고 구멍을 뚫어서 만든 것으로 바닥에는 돌멩이 두 개가 괴어 있었다. 하지만 불이 피워져 있지는 않았고 화로 밑 잿더미 속에는 까맣게 그을린 빈 깡통들이 널려 있었다.

로버트 조던은 쌍안경을 바로 옆에 납작 엎드려 있는 안셀모에게 건넸다. 노인은 씩 웃으며 고개를 저었다. 그는 손가락으로 한쪽 관자놀이를 톡톡 두드렸다.

"야 로 베오.(본 적이 있어.)" 안셀모가 스페인어로 말했다. "언젠가 본 적이 있는 놈이야." 그는 입술을 거의 움직이지 않고 어떤 속삭임보다도 더 작게 입 끝으로 소곤거렸다. 로버트 조던이 노인을 보며 미소를 짓는 동안 노인은 보초병을 바라보았다. 노인은 한쪽 손가락으로 보초병을 가리키며 다른 손가락으로 자신의 목을 긋는 시늉을 했다. 로버트 조던은 고개를 끄덕였지만 웃지 않았다.

다리의 건너편 끝에 있는 초소는 입구가 그들이 있는 곳의 반대쪽 도로로 나 있어 안을 살펴볼 수 없었다. 널찍하게 잘 포장된 도로는 다리 건너편 끝에서 왼쪽으로 돌아 나가다가 오른쪽으로 커브를 그리며 시야에서 사라졌다. 그 지점에서 골짜기 끝 쪽의 단단한 암반을 잘라내고 길을 터서, 옛 도로가 지금 현재의 폭으로 확장되어 있었다. 그리고 도로의 왼쪽, 즉 골짜기와 다리에서 보면 아래쪽에 있는 서쪽 끝은 낭떠러지를 따라 바위 조각들이 일렬로 늘어서 있어 표석 역할을 할 뿐 아니라 만일의 사태를 대비해 도로를 보호하는 역할도 하고 있었다. 골짜기는 여기서 거의 협곡이 되고, 개울물은 다리를 가로질러 강의 본류와 합류했다.

"다른 쪽 초소는 어떻습니까?" 로버트 조던이 안셀모에게 물었다.

"저기 꺾어지는 곳에서부터 아래로 500미터 떨어진 곳에 있네. 바위 옆에 지어진 도로 보수 인부들의 오두막에 있지."

"몇 명이나 있습니까?" 로버트 조던이 물었다.

그는 쌍안경으로 보초병을 다시 살폈다. 보초병은 초소의 판자벽에 담배를 비벼 끈 다음 주머니에서 가죽으로 된 담배쌈지를 꺼내 방금 피운 꽁초 찌꺼기를 털어 넣었다. 보초병은 일어서서 소총을 초소 벽에 기대어놓고는 기지개를 켠 다음 소총을 다시 어깨에 메고 다리 위로 나왔다. 안셀모는 땅에 납작 엎드렸고, 로버트 조던은 쌍안경을 셔츠 주머니에 밀어 넣고 소나무 뒤로 머리를 숨겼다.

"병사 일곱 명과 하사 한 명이야." 안셀모가 로버트 조던에게 귀엣말로 일러주었다. "집시가 그러더군."

"보초병이 조용해지는 대로 움직이지요." 로버트 조던이 말했다. "너무 가까이 왔습니다."

"필요한 건 보았나?"

"다 봤습니다."

해가 지자 이제 급격히 서늘해졌다. 산봉우리에 걸쳐 있던 여명이 사라지며 어둠이 깔렸다.

"어때 보이던가?" 안셀모가 조용히 물었다. 그들은 보초병이 다리를 건너 반대쪽 초소로 걸어가는 것을 바라보았다. 총검이 마지막 여명 속에서 반짝였고, 담요 같은 망토로 몸을 싸매고 있어서 형체를 제대로 구분할 수 없었다.

"아주 좋아요." 로버트 조던이 말했다. "아주, 아주 좋습니다."

"잘됐군." 안셀모가 말했다. "이만 가도 되겠나? 이제 저자에게 들킬 일은 없을 것 같은데."

보초병은 저 멀리 다리 끝에서 그들을 등진 채로 서 있었다. 골짜기에서 바위 사이를 흘러가는 물소리가 들렸다. 잠시 후 그 소리를 뚫고 또 다른 소리가, 일정하게 윙윙대는 소음이 들려왔다. 그들은 보초병이 털모자를 뒤로 젖히며 고개를 드는 모습을 보았다. 그들도 고개를 돌려 올려다보았다. 높은 저녁 하늘 위에 작은 단엽(單葉) 비행기 세 대가 브이자 대형을 그리며 비행하고 있었다. 비행기는 아직 햇빛이 남아 있는 하늘에서 은빛으로 빛나며 엄청나게 빠른 속도로 하늘을 가르며 날아오고 있었다. 기체의 모터 소리가 일정하게 윙윙 울려댔다.

"아군일까?" 안셀모가 물었다.

"그런 것 같아요." 로버트 조던은 이렇게 말했지만, 저렇게 높은 곳에 있으면 확실히 알 수가 없었다. 어느 편이든 저녁 정찰 중일 것이었다. 그러나 사람들은 전투기가 보일 때면 언제나 아군이라고 말했다. 그래야 마음이 놓였기 때문이다. 물론 폭격기는 또 다른 문제였다.

안셀모 역시 분명 같은 심정이었다. "아군이야." 그가 말했다. "나는 다 알아볼 수가 있어. 모스카* 전투기지."

"잘됐군요." 로버트 조던이 말했다. "제 눈에도 모스카 전투기 같아요."

"모스카가 틀림없어." 안셀모는 말했다.

쌍안경으로 확인해보면 바로 알 수 있는 일이었지만 로버트 조던은 그렇게 하지 않았다. 그들이 누구든 그에게는 어차피 상관없었고, 아군이라고 기뻐하는 노인에게 찬물을 끼얹고 싶지도 않았다. 곧 비행기들은 세고비아 쪽으로 사라졌다. 사실 그 비행기들은 스페인 사람들이 모스카라고 부르는, 녹색 몸체에 빨간 날개가 달린 보잉 P32기의 러시아 전투기로는 보이지 않았다. 무슨 색인지는 보이지 않았지만 동체의 모양새가 달랐다. 아니다. 그것은 본부로 돌아가는 파시스트군 정찰기였다.

보초병은 아직도 그들을 등진 채 반대편 초소 앞에 서 있었다.

"가시죠." 로버트 조던이 말했다. 그는 적군의 눈에 띄지 않을 때까지 나무 그늘을 이용하여 조심스럽게 움직이며 언덕을 오르기 시작했다. 안셀모는 100야드 정도 간격을 두고 그의 뒤를 따랐다. 다리에서 보이지 않을 만큼 거리를 꽤 벗어났을 때 그가 멈춰 섰고, 노인이 다가와 그를 앞지르더니 어둠 속 골짜기의 가파른 능선을 일정한 속도로 올라갔다.

*스페인 내전 당시 공화군들은 자신들의 전투기를 '작은 파리'라는 뜻의 '모스카'로, 프랑코군은 '생쥐'라는 뜻의 '라타'라는 별칭으로 불렀다.

"우리 편 전투기들 대단하군." 노인이 흐뭇해하며 말했다.

"그렇군요."

"그러니 우리가 이길 거요."

"이겨야지요."

"그렇고말고. 우리가 이기면 사냥하러 오게."

"뭘 사냥하나요?"

"멧돼지, 곰, 늑대, 산양……."

"사냥 좋아하세요?"

"그럼, 젊은 양반. 제일 좋아하지. 내가 사는 마을에서는 다들 사냥을 한다네. 사냥을 안 좋아하나?"

"네. 동물들을 죽이고 싶지 않아서요."

"난 그 반대일세." 노인이 말했다. "사람을 죽이는 게 싫지."

"그건 머리가 돈 사람이 아니고서야 다 싫어하지요." 로버트 조던이 말했다. "하지만 꼭 필요한 경우라면 별로 반감은 느끼지 않습니다. 대의를 위해서라면요."

"그렇지만 그건 다른 문제요." 안셀모가 말머리를 돌렸다. "우리 집에, 그러니까 지금은 없지만 나한테도 집이 있던 시절에 말이오, 저 아래 숲에서 잡은 멧돼지 송곳니가 있었다오. 내가 잡은 늑대의 가죽도 있었고. 겨울이면 눈 속에서 사냥을 했었지. 11월의 어느 날 밤인가는 집으로 가는 도중에 마을 외곽에서 아주 큰 놈을 잡은 적도 있었다오. 우리 집 마룻바닥에는 늑대 가죽이 네 장이나 있었는데, 하도 밟아서 낡긴 했어도 늑대 가죽은 늑대 가죽이지. 이 지역 높은 산의 고원에서 잡은 산양 뿔도 있었고, 아빌라에서 조류를 전문적으로 박제하던 자가 만들어준 독수리 박제도 있었고. 날개를 펼친 모습하며 노란 눈알은 진짜 살아 있는 독수리 같았다니까. 정말 멋진 놈이었는데. 그것들을 생각하면 기분이 절로 좋아지지."

"그렇군요." 로버트 조던이 말했다.

"우리 동네의 교회 문짝에는 내가 봄에 눈 쌓인 비탈에서 발견하고 잡은 곰의 발바닥이 붙어 있는데, 그 발바닥으로 통나무도 쓰러뜨렸던 놈이라오."

"그게 언제 일인가요?"

"6년 전. 사람 손처럼 생겨서는 동그랗게 말린 기다란 발톱이 교회 문에 박혀 있는 그 발바닥을 볼 때마다 기분이 정말 좋았지."

"자랑스러웠겠군요."

"자랑스럽지. 초봄 그 언덕에서 곰과 마주쳤던 기억을 떠올리면. 그렇지만 우리하고 똑같은 사람을 죽이는 건, 뭐 하나 좋은 게 남지를 않아."

"사람 발바닥을 교회에 걸어둘 수는 없을 테니까요." 로버트 조던이 말했다.

"당연하지. 그런 야만적인 일은 상상도 할 수 없어. 하지만 사람 손이 곰 발바닥이랑 닮긴 닮았지."

"사람 가슴도 곰 가슴과 닮았고요." 로버트 조던이 말했다. "곰의 껍질을 벗겨놓고 보면 사람 근육과 비슷한 데가 많아요."

"그렇지. 집시들은 곰이 인간의 형제라고 믿기도 하니."

"미국의 인디언들도 그래요." 로버트 조던이 말했다. "그래서 곰을 죽이면 곰에게 사과를 하고 용서를 빌죠. 곰의 대가리를 나무 속에 넣어주고 그곳을 떠나기 전에 용서를 빌어요."

"집시들은 곰을 사람의 형제라고 믿는다오. 가죽 속에 사람이랑 똑같은 몸을 하고 있다고 믿는 거지. 맥주도 마시고, 음악을 좋아하고 춤추기를 좋아한다고 해서 말이오."

"인디언들도 그렇게 믿어요."

"그럼 인디언들도 집시들인가?"

"아니요, 하지만 곰에 대해서는 똑같이 믿는군요."

"정말 그렇군. 또 집시들은 곰이 장난으로 물건을 훔쳐 간다는 이유로 자기들 형제라고 믿는다오."

"영감님도 집시의 피가 섞여 있나요?"

"아니야. 하지만 워낙 많이 봐와서, 이 운동이 시작되고 나서부터는 더 많이 봤고. 언덕에 많이들 산다오. 그자들은 자기네 종족이 아닌 사람들을 죽이는 건 죄가 아니라고 생각하지. 아니라고 우기지만 사실이야."

"무어인들처럼요."

"맞아. 하지만 집시들은 자기들끼리는 당연하다고 믿고 있으면서도 외부인들에게는 아니라고 우기는 것들이 아주 많다오. 전쟁 통에 많은 집시들이 예전으로 돌아간 것처럼 나빠졌어."

"그들은 왜 전쟁이 일어나게 된 건지 모르지요. 우리가 무엇을 위해 싸우는지도 모르고요."

"모르지." 안셀모가 말했다. "그자들이 아는 거라곤 지금이 전쟁 중이라는 것과 옛날처럼 사람을 죽여도 되고, 그렇더라도 처벌받을 염려가 없다는 것뿐이지."

"사람을 죽인 적이 있나요?" 로버트 조던은 종일 같이 지낸 데다 어둠 속에서 친근함을 느껴 이렇게 물었다.

"있지. 여러 번. 하지만 즐겁지 않았어. 나한테 사람을 죽이는 건 죄요. 심지어 우리가 죽여야 하는 파시스트라도 그렇지. 나에게 곰과 사람은 전혀 다르고, 동물들과 형제라는 집시들의 미신도 믿지 않아. 안 믿지. 난 사람을 죽이는 것에 반대요."

"그래도 사람을 죽였잖아요."

"그랬지. 그리고 앞으로도 그럴지 모르지. 하지만 나중에 내가 살아남게 되면, 용서를 비는 뜻으로 누구한테도 해를 끼치지 않고 살기 위해 노력할 거요."

"누구에게 용서를 빌 건가요?"

"그야 누가 알겠나? 이 세상엔 더 이상 신도 없고, 그의 아들도, 성령도 없으니 누가 용서를 하겠나? 나도 모르겠소."

"영감님은 신을 더 이상 믿지 않나요?"

"안 믿네, 젊은 양반. 절대 안 믿어. 신이 있다면, 내 이 눈으로 본 것들을 신이 허락했을 리가 없어. 놈들이나 신을 가지라고 하시오."

"그들은 신을 주장하지요."

"나 역시 신을 그리워하는 건 분명하네. 신앙 속에서 자랐으니. 하지만 이제 인간들은 스스로에 대해 책임을 져야 해."

"그럼 영감님이 저지른 살인을 용서해주는 건 영감님 자신이겠군요."

"난 그렇게 믿네." 안셀모가 말했다. "자네가 그렇게 분명하게 말을 해주니 그게 맞는 것 같군. 하지만 신이 있든 없든, 나는 죽이는 건 죄라고 생각해. 다른 이의 목숨을 빼앗는 건 내겐 아주 심각한 일이지. 필요하다면 언제든 그 짓을 하긴 하겠지만, 난 파블로 같은 족속은 아니올시다."

"전쟁에서 이기려면 적을 죽여야 해요. 그건 언제나 진리였어요."

"물론 그렇지. 전쟁에서는 죽여야지. 하지만 난 생각이 좀 특이해서 말이야." 안셀모가 말했다.

그들은 이제 어둠 속에서 가까이 붙어 걷고 있었다. 노인은 부드럽게, 언덕을 올라가다가 가끔씩 고개를 돌려가며 말했다.

"나는 추기경이라도 죽이고 싶지 않아. 어떤 종류의 자본가도 죽이고 싶지는 않아. 우리가 밭에서 일해온 것처럼, 산에서 목재를 다루며 일한 것처럼, 그들도 남은 생을 매일같이 일하게 만들고 싶다네. 그래서 사람이 무엇을 하라고 태어난 건지 깨닫게 해야지 않겠나. 그들도 우리가 자는 곳에서 자봐야지. 우리처럼 먹어봐야 하고. 하지만 무엇보다 그자들도 일을 해야 해. 그래야 뭘 좀 깨닫게 되겠지."

"그러면 그자들은 살아남아서 다시 영감님을 노예로 삼을걸요."

"놈들을 죽여서는 아무것도 가르칠 수 없으니까." 안셀모가 말했다. "놈들을 멸종시킬 수는 없어. 놈들의 씨에서 더 큰 증오를 품은 놈들이 나올 테니. 감옥은 아무 소용이 없어. 감옥은 증오만 낳을 뿐이야. 이런 걸 적들이 모두 배워야만 하는데."

"그렇지만 영감님도 사람을 죽였잖아요."

"그랬지." 안셀모가 말했다. "여러 번 그랬고 또 죽이겠지. 하지만 달가워하지 않고 죄악으로 여기면서 할 거네."

"그럼 보초병은요? 아까 보초병 죽이는 시늉을 하셨으면서."

"그건 농담이었네. 보초병을 죽일 수도 있겠지. 물론 그래. 우리 임무를 생각한다면 분명하고 확실해. 하지만 즐거운 일은 아니야."

"그건 즐기는 자들이 하게 두지요." 로버트 조던이 말했다. "여덟하고 다섯 놈이 있었으니, 살생을 즐기는 자들에게 열세 명을 안겨주게 되겠군요."

"그 짓을 즐기는 놈들이야 허다하지." 안셀모가 어둠 속에서 말했다. "우리 편에도 많이 있어. 전투에 복무하려는 자들보다 그런 자들이 더 많지."

"전투에 나가본 적이 있나요?"

"아니." 노인이 말했다. "우리는 운동 초기에 세고비아에서 싸웠는데 져서 도망쳤지. 나도 다른 사람들과 함께 도망쳤고. 우리는 우리가 뭘 하고 있는지 잘 몰랐고, 어떻게 그 일을 해야 하는지도 몰랐어. 게다가 난 커다란 납산탄이 든 엽총 한 대밖에 없었고, 가르디아 시빌은 모제르총*을 갖고 있었지. 납산탄으로는 100야드 정도 떨어진 데서도 그놈들을 맞출 수가 없는데, 그놈들은 300야드나 되는 거리에서도 우리를 토끼쯤이나 되는 것처럼 마음대로 맞출 수가 있었거든. 그놈들이 많이 쏘기도 했지만 잘 쏘기도 했어. 우린 놈들 앞에서 양이나 마찬가지였지." 그는 말을 그쳤다. 그러고는 이렇게 물었다. "다리에서 전투가 일어날 것 같은가?"

"가능성은 있지요."

"전투가 일어나면 난 항상 줄행랑을 쳤지." 안셀모가 말했다. "어떻게 행동해야 할지 모르겠더라고. 난 노인인 데다 떠돌아 다녔으니."

"제가 도와드리죠." 로버트 조던이 노인에게 말했다.

"그럼 젊은 양반은 전투를 많이 해본 거요?"

"몇 번이요."

"그럼 이 다리 일에 대해서는 어떤 생각을 하시오?"

"우선은 다리를 생각합니다. 그게 제 일이죠. 다리를 폭파하는 건 그리 어렵지 않아요. 그다음에 나머지 일을 처리할 겁니다. 준비 작업을 하면서 모든 사항들을 써서 보여드리겠습니다."

"여기 사람들은 대부분 글을 읽을 줄 모르는데." 안셀모가

---

*19세기말 독일의 마우저에 의해서 개발된 소총. 연발식으로 구조가 간단하고 명중률이 높다.

말했다.

"다들 알 수 있게 써놓을 겁니다. 설명도 확실하게 하고요."

"나도 지시받은 임무는 꼭 해내겠네." 안셀모가 말했다. "하지만 세고비아에서의 총격을 기억하면, 전투든 총격이 오가는 일이든, 무슨 일이 있어도 줄행랑치는 건 꼭 피하고 싶구먼. 세고비아에서 난 줄행랑칠 생각만 했었거든."

"우린 함께 있을 겁니다." 로버트 조던이 말했다. "뭘 해야 하는지 항상 제가 말씀드리지요."

"그럼 문제없겠군." 안셀모는 말했다. "난 명령받은 대로는 뭐든 할 수 있다네."

"우리가 할 일은 다리 폭파와 전투입니다. 전투가 벌어진다면 말이죠." 로버트 조던은 말했고, 어둠 속에서 그런 말을 하니 다소 연극적이라는 느낌이 들었지만, 스페인어로는 꽤 그럴듯하게 들렸다.

"그게 가장 중요하겠군." 안셀모가 말했다. 솔직하고 분명하며 전혀 허식 없는, 영어식의 절제도 라틴어적인 허세도 없이 말하는 것을 듣고 있으니, 로버트 조던은 이 노인을 얻은 것이 행운이라는 생각이 들었다. 다리를 정찰한 다음 초소를 습격하고 평범한 방법으로 다리를 폭파하면 된다는 것을 깨닫고 문제를 단순화하고 나자, 그는 골스의 명령에 대해, 그리고 그 필요성에 대해 화가 치밀었다. 그 명령으로 인해 자신과 이 노인이 처하게 될지도 모를 일 때문에 화가 났다. 그 명령은 그것을 수행해야 하는 사람들에게는 틀림없이 나쁜 것이었다.

그는 그런 생각은 하지 말아야 한다고 스스로에게 되뇌었다. 너는 없다. 그리고 나쁜 일을 겪어서는 안 되는 사람이란 없다. 너나 이 노인이나 별 볼일 없는 존재다. 너는 임무를 수행하는 도구다. 꼭 필요한 명령이란 있는 법이고, 그것은 네 잘못이 아니다. 여기 다리가 하나 있다. 그 다리는 인류의 미래가 달려 있는 전환점이 될지도 모른다. 이 전쟁에서 일어나는 모든 일들이 그렇듯이 말이다. 네게는 해야 할 일이 단 하나 있고, 너는 그것을 해내야만 한다. 단 하나, 이런, 그는 생각했다. 하나만이라면 쉽지. 걱정일랑 그만둬, 이 수다쟁이 녀석아, 그는 자신에게 말했다. 뭐 좀 다른 생각이나 해봐.

그래서 그는 마리아라는 처녀에 대해 생각했다. 그녀의 피부와 머리카락, 눈은 전부 황금빛이 도는 갈색이었다. 머릿결은 다른 데에 비해 색이 좀 짙었지만, 창백한 금빛 살갗에 속은 짙은 그 부드러운 살결이 볕에 더 그을리면 머릿결이 더 밝아 보일 것이었다. 살결이 부드럽고, 몸 전체가 부드러운 그녀는 자신의 무언가가, 자신에 대한 무언가가 부끄러운 듯이 어색하게 움직였다. 그건 마음속에나 있는 것이지 보이지는 않는데도 마치 그것이 눈에 보이는 듯이 그랬다. 그리고 그가 쳐다보면 얼굴을 붉혔고, 두 손으로 무릎을 꼭 감싸고 앉았다. 목까지만 터놓은 셔츠 위로 가슴이 봉긋이 솟아 있었다. 그녀에 대해 생각하자 그는 목이 잠겼고 걷기가 힘들었다. 그와 안셀모는 더이상 아무 말이 없었다. 이윽고 노인이 말했다. "이제 이 바위들 사이로 내려가면 캠프라네."

어둠 속에서 바위 사이를 내려가고 있을 때, 한 남자가 그들에게 말했다. "정지. 누구냐?" 소총의 노리쇠가 짤깍하고 뒤로 당겨지는 소리가 들렸고, 그다음 소총이 앞으로 겨눠졌다가 나무 그루터기를 타고 내려가면서 나무에 부딪히는 소리가 들렸다.

"동지들이네." 안셀모가 말했다.

"어느 동지?"

"파블로의 동지." 노인이 그에게 말했다. "자네 우리를 모르나?"

"알고 있어." 그 목소리가 말했다. "그렇지만 명령이야. 암호를 대시오."

"모르네. 우린 저 아래에서 왔어."

"나도 알아." 목소리가 어둠 속에서 말했다. "다리에서 오는 길이지. 난 죄다 알고 있어. 그 명령은 내가 내린 게 아니야. 암호의 뒷부분을 알아야만 지나갈 수 있다."

"그럼 앞부분은 뭐요?" 로버트 조던이 물었다.

"나도 잊어버렸어." 남자가 어둠 속에서 소리 내어 웃었다. "그럼 제기랄 당신의 빌어먹을 다이너마이트로 캠프파이어나 하러 가봐."

"이런 걸 게릴라 규율이라 하는 모양이군." 안셀모가 말했다. "노리쇠 풀게."

"풀어놨어." 어둠 속에서 남자가 말했다. "엄지와 집게손가락으로 풀어놨다고."

"골이 없는 모제르총에다 그렇게 했다가는 발사될 거야."

"이게 모제르총인데." 남자가 말했다. "그렇지만 난 엄지와 집게손가락 힘이 장사야. 난 늘 그렇게 노리쇠를 내린다고."

"소총이 어디를 겨누고 있나?" 안셀모가 어둠 속을 향해 물었다.

"영감한테." 그 남자가 말했다. "걸쇠를 내릴 때부터 죽. 캠프에 가거들랑 누군가 나 대신 보초 설 사람을 보내라고 해줘. 난 말로도 다 못 하고 글로도 다 못 쓸 정도로 엄청나게 배가 고프니 암호 같은 건 기억 못 할 수밖에."

"이름이 어떻게 되시오?" 로버트 조던이 물었다.

"아구스틴." 남자가 말했다. "아구스틴이라 불러. 여기서는 지루해 죽을 지경이야."

"당신 뜻은 잘 전하겠소." 로버트 조던이 말했다. 그리고 스페인어로 지루함을 뜻하는 단어인 '아부리미엔토'가 다른 어느 나라 말에서도 농부가 쓸 법한 단어는 아니라는 생각을 했다. 그러나 그것은 모든 계급의 스페인 사람들이 입에 달고 사는 말 가운데 하나였다.

"내 말 좀 들어보라고." 아구스틴이 말하고는, 로버트 조던에게 다가와 어깨에 손을 올렸다. 그러고는 부싯돌과 철을 맞부딪친 다음 코르크 끝에 입김을 후 불어 그 불빛으로 젊은이의 얼굴을 비춰보았다.

"당신 그 사람과 닮았군. 하지만 뭔가 달라. 들어봐." 그는 불을 내리고 소총을 들고 일어섰다. "말해봐. 다리에 대한 얘기가 사실이야?"

"다리에 대한 무슨 얘기 말이오?"

"우리가 그놈의 더러운 다리를 날려버리고, 그다음 이놈의 더러운 산을 더럽게 잘 떠나야 한다는 거 말이야."

"나도 모르오."

"댁이 모른다." 아구스틴이 말했다. "이런 젠장! 그럼 다이너마이트는 누구 거야?"

"내 겁니다."

"그런데 그게 뭘 위한 건지 당신이 모른다고? 거짓말 마."

"나는 그게 뭘 위한 건지 알고 있고, 당신도 곧 알게 될 거요." 로버트 조던이 말했다. "하지만 지금은 캠프로 좀 갑시다."

"그 빌어먹을 놈들한테나 가봐." 아구스틴이 말했다. "가서 당신도 똑같이 빌어먹어보라고. 그런데 도움되는 말 좀 해줄까?"

"해보시오." 로버트 조던이 말했다. "빌어먹을 일만 아니라면" 하고 그가 상스러운 말을 덧붙였다. 그 남자, 아구스틴은 명사를 말할 때마다 상스러운 욕을 형용사로 붙였고, 같은 말을 동사로도 쓰면서 상스럽게 말했다. 로버트 조던은 그가 제대로 된 문장을 과연 말할 수 있는지 궁금할 지경이었다. 아구스틴이 그 말을 듣고 어둠 속에서 웃었다. "내 말버릇이 그래, 흉할 수도 있겠지. 무슨 상관이야? 누구나 자기 식으로 말하는 법인데. 내 말이나 좀 들어봐. 다리는 나한테는 아무것도 아니야. 다리든 뭐든. 이 산은 너무 지루해. 떠나야 한다면 떠나야지. 이 산은 나한테 아무 말도 하지 않아. 우린 여길 떠나야 해. 그런데 한 가지만 말하지. 당신, 폭탄 간수 잘 하라고."

"고맙군요." 로버트 조던이 말했다. "당신한테서 잘 간수하면 됩니까?"

"아니. 나보다 훨씬 무장을 못한 사람들한테서."

"그래서요?" 로버트 조던이 물었다.

"당신, 스페인 말을 잘 알아듣잖아." 아구스틴이 이제 진지해진 말투로 말했다. "당신 그 빌어먹을 폭탄 조심하라고."

"고맙소."

"아니, 나한테 고마워하지 마. 댁의 물건이나 잘 챙겨."

"내 물건에 무슨 일이라도 있습니까?"

"아니. 그랬다면 내가 이런 식으로 얘기하느라 당신 시간을 뺏진 않았겠지."

"어쨌든 고맙소. 우린 이제 캠프로 가겠습니다."

"좋아." 아구스틴이 말했다. "그리고 암호 아는 사람 좀 여기로 보내라고 해."

"우리 캠프에서 또 만날 일이 있겠소?"

"그럼, 젊은 양반. 그것도 곧."

"가시죠." 로버트 조던이 안셀모에게 말했다.

그들은 이제 풀밭의 가장자리를 걸어 내려가고 있었다. 주위에는 잿빛 안개가 자욱했다. 발밑에는 떨어진 솔잎들에 뒤이어 풀이 우거져 있었고, 풀에 맺힌 이슬이 캔버스 천으로 된 신발에 축축하게 스며들었다. 나무들 사이로 앞쪽에 동굴 입구임이 틀림없는 곳에서 불빛이 보였다.

"아구스틴은 좋은 친구야." 안셀모가 말했다. "입버릇은 고약해도 다 농담으로 그러는 거지. 아주 진지한 사람이네."

"그를 잘 아세요?"

"잘 알지. 오래됐으니까. 난 그를 굳게 믿는다오."

"그 사람이 하는 말도요?"

"물론, 젊은 양반. 이 파블로란 작자는 이제 몹쓸 인간이 됐어. 보다시피."

"그럼 어떻게 하는 게 최선일까요?"

"한 사람이 물건을 계속 지켜야지."

"누가요?"

"당신이든 나든. 그 여자든 아구스틴이든. 그는 상황이 위험한 걸 아니까."

"예전에도 지금처럼 상황이 안 좋았나요?"

"아니." 안셀모가 말했다. "아주 갑자기 나빠졌지. 그래도 자네가 여기 오는 건 필요했어. 여기는 파블로와 엘 소르도의 나라요. 그들의 나라이니 혼자 해낼 일이 아니라면 그들과 상대를 해야 하지."

"엘 소르도는요?"

"좋은 사람이오." 안셀모가 말했다. "다른 하나가 나쁜 만큼 좋은 사람이지."

"파블로가 정말 나쁜 사람이라고 믿으세요?"

"오후 내내 그 생각을 했는데, 우리가 그간 들은 얘기들을 종합해보니 이젠 그렇다는 생각이 드는군. 진심이오."

"여길 떠나서 다른 게릴라단을 찾아다니며 다리 얘기를 하고 인원을 얻는 게 낫지 않을까요?"

"아니." 안셀모가 말했다. "여기는 그의 나라요. 그 작자 모르게 움직일 수는 없어. 그렇지만 아주 조심스럽게 행동해야 하오."

4장

그들은 동굴 입구로 내려갔다. 동굴 입구에 쳐놓은 담요 사이로 불빛이 새어 나오고 있었다. 짐 꾸러미 두 개가 캔버스 천으로 덮여 나무 옆에 놓여 있었고, 로버트 조던은 무릎을 꿇고 앉아 눅눅하고 뻣뻣한 캔버스 천을 만져보았다. 어둠 속에서 그는 천에 덮여 있는 배낭들 중 하나의 바깥쪽 주머니를 더듬어 가죽 덮개를 씌운 물통을 꺼내 자신의 주머니에 밀어 넣었다. 배낭 덮개를 고정시키는 쇠고리에 달린 긴 막대 자물쇠를 열고 윗부분의 끈을 푼 그는 배낭 안을 손으로 더듬으며 내용물을 확인했다. 한쪽 배낭 깊숙이에서 자루들 속에 묶어놓은 덩이들이 만져졌다. 그 자루들은 잠옷에 쌓여 있었다. 그는 끈을 묶고 다시 자물쇠를 잠근 다음 다른 한쪽 배낭에 손을 넣었다. 오래된 폭탄을 넣은 나무 상자의 날카로운 모서리와 덮개가 달린 담배 상자, 두 갈래로 뻗어 나온 전선이 감겨 있는 각각의 작은 원통(이것들은 모두 그가 어릴 적에 모았던 들새 알을 쌀 때처럼 조심스럽게 싸여 있었다), 총열에서 분리해 가죽 재킷으로 싸놓은 기관단총의 개머리판, 큰 배낭의 한쪽 안주머니에 들어 있는 둥근 탄창 두 개와 탄알집 다섯 개, 다른 편 주머니 속에 든 작은 구리선 코일들과 큰 절연선 코일이 만져졌다. 구리선과 절연선이 든 주머니 속에는 펜치 몇 개와 폭탄 덩이 끝에 구멍을 내는 데 쓰는 나무 송곳 두 개가 집혔다. 그는 마지막 안쪽 주머니에서 골스의 사령부에서 받아 온 큼지막한 러시아제 담배 한 갑을 꺼냈다. 그러고는 배낭의 입구를 묶고 자물쇠를 걸어 덮개를 채운 다음, 다시 짐 꾸러미를 캔버스 천으로 덮었다. 안셀모는 이미 동굴 안으로 들어간 후였다.

로버트 조던은 그를 따라가려고 일어났다가 생각을 고쳐먹고, 짐 꾸러미를 덮고 있는 캔버스 천을 걷어내고는 양손에 배낭을 하나씩 들고 간신히 동굴 입구로 갔다. 그는 배낭 하나를 내려놓고, 동굴 입구에 걸쳐 있는 담요를 젖힌 다음, 고개를 숙여 두 손으로 배낭에 달린 가죽 끈을 하나씩 잡고 동굴 안으로 들어갔다.

동굴 안은 따뜻하고 연기가 자욱했다. 한쪽 벽에는 탁자가 놓여 있었고, 그 위에는 쇠기름 초가 유리병 속에 꽂혀 있었다. 탁자에는 파블로와 그가 모르는 세 남자, 그리고 집시 라파엘이 앉아 있었다. 촛불이 남자들 뒤로 벽면에 그림자를 그리고 있었고, 안셀모는 탁자 오른편, 방금 들어온 그 자리에 그대로 서 있었다. 파블로의 부인은 동굴 한쪽 구석에 피워놓은 화덕 불을 굽어보며 서 있었다. 젊은 여자는 그녀 옆에서 무릎을 꿇고 쇠솥 안을 젓고 있었다. 그녀는 동굴 입구에 서 있는 로버트 조던을 발견하고, 나무 주걱을 들어 올린 채 그를 바라보았다. 그는 불빛 속에서 나이 든 여자가 풀무질을 하는 모습과 처녀의 얼굴과 팔, 그리고 주걱에서 흘러내리는 액체가 쇠솥으로 뚝뚝 떨어지는 것을 보았다.

"뭘 옮기는 거야?" 파블로가 물었다.

"내 짐들이오." 로버트 조던은 두 개의 배낭을 탁자에서 조금 떨어진 동굴 입구 쪽에 약간의 간격을 두고 내려놓았다.

"밖에다 두는 게 좋지 않겠어?" 파블로가 물었다.

"어두워서 누군가 발에 걸려 넘어질 수 있으니까." 로버트 조던은 이렇게 말하고 탁자로 걸어가서 그 위에 담뱃갑을 올려놓았다.

"동굴 안에 다이너마이트를 두고 싶진 않은데." 파블로가 말했다.

"불에서 멀리 두었소." 로버트 조던이 말했다. "담배 좀 태우시오." 그는 앞면에 큰 전함이 그려져 있는 담뱃갑의 옆쪽을 따라 엄지손톱을 놀려 덮개를 연 다음 그것을 파블로 쪽으로 밀어주었다.

안셀모가 그에게 생가죽을 씌운 의자를 가져다주었고 그는 탁자 한쪽에 앉았다. 파블로는 무언가 더 할 말이 있는 듯 그를 쳐다보다가 이내 담뱃갑으로 손을 뻗었다.

로버트 조던은 담뱃갑을 다른 사람들에게도 밀어주었다. 그는 아직 그들을 쳐다보지 않았다. 그러나 한 사람만 담배를 꺼내 들고 두 사람은 꺼내지 않은 것을 알아차렸다. 그의 관심은 온통 파블로에게 쏠려 있었다.

"어떻소, 집시 양반?" 그가 라파엘에게 말했다.

"좋군." 라파엘이 말했다. 로버트 조던은 자신이 들어왔을 때 그들이 자기 얘기를 하고 있던 중임을 눈치 챘다. 집시까지도 편하지 않은 기색이었다.

"여자가 당신에게 먹을 걸 또 줄까?" 로버트 조던이 집시에게 물었다.

"그럼 주지. 왜 안 주겠소?" 집시가 말했다. 오후에 친근하게 농담을 주고받던 것과는 태도가 사뭇 달랐다.

파블로의 여자는 말없이 석탄에 풀무질만 계속했다.

"아구스틴이라는 자가 위에서 지루해 죽겠다고 하더군요." 로버트 조던이 말했다.

"그런 걸로 죽지는 않아." 파블로가 말했다. "좀 죽어보라고 하지 뭐."

"포도주 있나요?" 로버트 조던이 몸을 앞으로 숙여 두 손을 탁자 위에 올려놓고, 탁자에 앉아 있는 사람들에게 물었다.

"별로 없어." 파블로가 퉁명스럽게 말했다. 로버트 조던은 다른 세 명을 살펴보고, 자신이 어떤 입장에 처해 있는지 알아보는 편이 낫겠다고 판단했다.

"그럼 물이나 한 잔 줘요. 아가씨." 그가 젊은 여자를 불렀다. "물 컵 좀 주십시오."

젊은 여자는 나이 든 여자를 바라보았지만 늙은 여자가 대꾸도 없고 들은 척도 하지 않자 그녀는 물이 담긴 주전자 쪽으로 가서 컵에 물을 가득 담았다. 그녀는 물컵을 탁자로 가져와 그 앞에 놓았다. 로버트 조던은 그녀에게 미소를 지어 보였다. 동시에 그는 배 근육에 힘을 주어 숨을 들이마시면서 몸을 왼쪽으로 살짝 기울여 권총이 벨트에서 미끄러져 내려와 자신이 원하는 쪽으로 가까이 오도록 했다. 그는 손을 바지 뒷주머니 쪽으로 내렸고, 파블로는 그런 그를 유심히 살펴보았다. 그는 다른 사람들도 모두 자신을 주시하고 있는 것을 알았지만, 파블로만 빤히 쳐다보았다. 그는 가죽으로 싸인 물통을 뒷주머니에서 꺼냈다. 뚜껑을 돌려 물통을 연 다음, 컵에 든 물을 반쯤 마시고 물통에 든 것을 천천히 컵에 따랐다.

"워낙 독해서요. 그렇지 않으면 좀 권할 텐데." 그는 젊은 여자에게 말하며 다시 미소를 지었다. "별로 안 남았군. 그렇지만 않으면 당신에게도 줄 수 있을 텐데." 그는 파블로에게 말했다.

"난 아니스*는 안 좋아해." 파블로가 말했다.

톡 쏘는 향이 탁자 주변에 퍼졌고, 그는 그 친숙한 향기를 들이마셨다.

"잘됐군요." 로버트 조던이 말했다. "정말 조금밖에 안 남아서."

"그건 무슨 술이오?" 집시가 물었다.

"약이에요." 로버트 조던이 말했다. "맛 좀 보겠소?"

"뭐에 좋은 거요?"

"뭐든지 다." 로버트 조던이 말했다. "뭐든 다 낫게 해주지요. 어디든 아픈 데가 있으면 이 약이 다 고쳐줄 거요."

"어디 맛 좀 봅시다." 집시가 말했다.

로버트 조던은 컵을 그에게 내밀었다. 물에 희석된 술은 이제 뿌연 노란색을 띠고 있었다. 그는 집시가 한 모금 이상 마시지 않길 바랐다. 거의 남아 있지 않았고, 그 술 한 잔은 그에게 석간신문과 카페에서 보낸 수많은 저녁, 이맘때면 꽃이 만발할 밤나무들, 외곽의 대로를 느릿느릿 달리던 말들, 책방, 간이매점, 화랑, 몽수리 공원, 버팔로 사이클 경기장, 뷔트 쇼몽 공원, 개런티 트러스트 은행, 시테 섬, 오래된 포요트 호텔, 저녁에 책을 읽고 쉴 수 있는 여유 등 예전에 그가 즐겼으나 지금은 잊힌 모든 것이었다. 그 뿌옇고 쓰디쓴, 혀를 얼얼하게 하고 머리와 배 속을 뜨끈하게 하며 생각을 바꿔주는 마법의 술은 그에

---

*지중해의 특산물인 아니스를 넣은 술로, 향이 매우 강한 독주.

게 이 모든 것들을 떠오르게 했다.

집시는 얼굴을 찌푸리고는 컵을 돌려줬다. "아니스 향은 나지만 맛은 쓸개즙처럼 쓰구먼." 그는 말했다. "그런 약을 먹느니 그냥 아프고 말겠네."

"쑥 때문에." 로버트 조던이 그에게 말했다. "이건 진짜 압생트*인데 안에 쑥이 들어 있어요. 머리를 썩게 만든다고도 하는데, 난 믿지 않아. 생각을 바꿔줄 뿐이지요. 물을 조금씩 천천히 섞어야 해요, 한 번에 몇 방울씩만. 하지만 난 물에다 한 번에 털어 넣었죠."

"무슨 말을 하고 있는 거야?" 파블로는 자기를 놀리려고 하는 말이라고 생각했는지 성을 내며 말했다.

"약에 대해 설명하고 있었소." 로버트 조던은 그에게 말하면서 씩 웃었다. "마드리드에서 이 술을 샀지요. 이게 마지막 한 병이군요. 3주 동안 잘 마셨는데." 그는 입안 한가득 술을 들이켜고는 마취된 듯한 몽롱한 상태에서 술이 혀끝을 맴도는 것을 느꼈다. 그는 파블로를 바라보며 다시 씩 웃었다.

"일은 어떻게 되고 있습니까?" 그가 물었다.

파블로는 대답하지 않았다. 로버트 조던은 탁자에 앉아 있는 다른 세 명의 남자들을 유심히 살펴보았다. 한 명은 얼굴이 크고 납작했다. 세라노 햄**처럼 납작한 갈색 얼굴에 코는 눌리고 코뼈가 부러진 상태였는데, 길고 가느다란 러시아 담배를 한쪽으로 삐죽이 물고 있으니 더욱 납작해 보였다. 남자는 짧게 자른 회색 머리에 회색 수염이 나 있었고, 목에 단추를 채운

---

*알코올 도수 50도가 넘는 독주. 아니스, 회향풀, 향쑥으로 증류해서 만든다. 환각 작용이 있다는 이유로 유럽에서 판매 금지를 당하기도 했다.
**적갈색을 띤 스페인의 대표적인 햄 종류. 보통 칼로 얇게 썰어서 먹는다.

평범한 검은색 작업복을 입고 있었다. 로버트 조던이 쳐다보자 재빨리 탁자로 고개를 숙였지만 눈빛은 흔들림이 없었고 눈도 깜빡이지 않았다. 다른 두 사람은 누가 봐도 형제 같았다. 서로 똑 닮았는데, 둘 다 작고 통통한 체격에 머리색이 짙고 앞머리가 길었으며 눈은 짙은 갈색이었다. 한 명은 왼쪽 눈 위로 이마에 흉터가 있었다. 그가 바라보자 그들도 당황하는 기색 없이 마주 보았다. 한 명은 스물여섯이나 여덟 정도 되어 보였고, 다른 하나는 두 살쯤 더 많아 보였다.

"뭘 그렇게 보시오?" 그들 중 흉터 있는 남자가 물었다.

"그쪽을 보고 있습니다." 로버트 조던이 말했다.

"뭐 특별한 거라도 있소?"

"없군요." 로버트 조던이 말했다. "담배 한 대 하겠소?"

"안 될 거 없지." 형제가 말했다. 그는 그전까지 한 대도 가져가지 않았었다. "이 담배는 그자가 가지고 있던 것과 같군. 열차 사건 때 왔던."

"당신도 그 열차에 있었소?"

"우리 모두 그 열차에 있었소." 형제가 침착하게 말했다. "영감만 빼고."

"우리가 지금 해야 하는 일이 그거야." 파블로가 말했다. "다시 열차를 폭파시켜야 한다고."

"할 수 있소." 로버트 조던이 말했다. "다리를 폭파시킨 후에."

그는 파블로의 여자가 이제 화덕에서 고개를 돌리고 이야기를 듣고 있는 것을 보았다. 그가 다리라는 말을 꺼내자 모두들 조용해졌다.

"다리를 폭파시킨 후에." 그는 일부러 다시 한 번 말하며 압생트를 한 모금 마셨다. 내가 말을 꺼내는 게 나을지도 몰라,

그는 생각했다. 어차피 할 얘기니까.

"다리 일은 하지 않아." 파블로가 탁자를 내려다보며 말했다. "나도, 내 부하들도 전부 다."

로버트 조던은 아무 말도 하지 않았다. 그는 안셀모를 바라보고 컵을 들었다. "그러면 우리 둘이서 해야겠군요, 영감님." 그는 미소를 지으며 말했다.

"이 겁쟁이는 빼지." 안셀모가 말했다.

"뭐라고?" 파블로가 노인의 말에 대꾸했다.

"자네한텐 아무 말 안 했어. 자네한테 한 말이 아닐세." 안셀모가 그를 향해 말했다.

로버트 조던은 이제 탁자 너머, 파블로의 여자가 서 있는 화덕 쪽을 바라보았다. 여자는 아직까지 아무 말도, 어떤 몸짓도 하지 않았다. 하지만 이제 그녀는 그에게는 들리지 않는 소리로 처녀에게 뭔가를 말했고, 처녀는 음식을 만들던 화덕에서 일어나 벽을 따라 미끄러지듯 걸어가 동굴 입구에 쳐놓은 담요를 걷고 밖으로 나갔다. 이제 올 것이 오는 모양이군, 로버트 조던은 생각했다. 때가 온 것이 분명해. 이런 식으로 되기를 바라지는 않았지만 어쨌든 이렇게 되는 모양이었다.

"그럼 우리는 당신들 도움 없이 다리 작전을 진행하겠소." 로버트 조던이 파블로에게 말했다.

"아니." 파블로가 말했다. 로버트 조던은 그의 얼굴에서 땀이 흐르는 것을 보았다. "여기서 다리 폭파는 안 돼."

"안 된다고?"

"다리 폭파는 안 돼." 파블로가 심각하게 말했다.

"그럼 당신은?" 로버트 조던은 화덕 옆에 굳건히 서 있는 육중한 체구의 파블로의 여자에게 말했다. 그녀는 그들 쪽으로 몸을 돌리고 말했다. "난 다리 작전에 찬성이야." 그녀의 얼굴은 화덕 불빛으로 상기되어 있었다. 불빛에 비친 그녀의 얼굴은 따뜻하고, 검고, 멋있게 빛났으며, 그것은 그녀의 본모습이기도 했다.

"무슨 소릴 하는 거야?" 파블로가 그녀에게 말했다. 로버트 조던은 그의 얼굴에 떠오른 배신당한 표정을 보았다. 다시 로버트 조던 쪽으로 고개를 돌린 파블로의 이마에는 땀이 맺혀 있었다.

"난 다리에 찬성이고 당신한텐 반대야." 파블로의 부인이 말했다. "그뿐이야."

"나도 다리에 찬성이야." 납작한 얼굴에 부러진 코를 한 사내가 탁자에 담뱃불을 비벼 끄며 말했다.

"다리는 어떻게 되든 상관없어." 형제 중 한 명이 말했다. "나도 파블로의 뮤제르 편이야."

"나도." 형제 중 다른 한 명이 동의했다.

"나도." 집시가 말했다.

로버트 조던은 파블로를 살펴보면서, 만일의 경우에 대비해 오른손을 점점 아래로 내리고 필요하다면 반쯤은 그렇게 되기를 바라면서(아마도 그것이 가장 간단하고 쉬운 방법이겠지만 이제까지 잘 되어가는 일을 망치고 싶지는 않다고 느끼면서, 하지만 모든 가족과 친족과 일당이 다툼이 벌어지면 얼마나 쉽게 외부인을 배척하는지 잘 알고 있었으므로 이렇게 된 이상 손으로 해치우는 것이 가장 간단하면서도 최선이고 안전하다고 생각하면서) 파블로의 여자가 서 있는 모습을 바라보았다. 충성 맹세가 이어지자 그녀는 자신만만하고 확고하며 건강하게 얼굴을 붉히고 있었다.

"난 공화국 편이야." 파블로의 여자가 행복하게 말했다. "그리고 공화국이 곧 다리지. 나중에 우리는 다른 작전도 할 시간이 있을 거야."

"아니 이 여편네가." 파블로가 격분해 말했다. "암소 대가리에 갈보 심보를 가진 주제에. 이 다리 다음에 뭐가 있을 거라고 생각하는 거야? 그냥 살아서 넘어갈 수 있을 거라고 생각해?"

"어차피 겪어야 할 일이야." 파블로의 여자가 말했다. "겪어야 하는 건 겪고 넘어가야겠지."

"그럼 우리한테는 아무 이득도 없는 이 일을 한 다음 짐승처럼 쫓겨 다니는 게 네년한텐 아무렇지도 않단 말이야? 그러다가 죽어도?"

"전혀." 파블로의 여자가 말했다. "나한테 겁줄 생각일랑 마, 겁쟁이 같으니."

"겁쟁이라고?" 파블로가 분한 듯이 말했다. "전략적으로 생각한다고 겁쟁이 취급을 해? 바보 같은 짓거리의 결과를 내다볼 수 있다고 겁쟁이라고? 바보 같은 짓이 뭔지 아는 건 겁쟁이가 아니야."

"겁쟁이 같은 게 뭔지 아는 게 어리석은 건 아니지." 안셀모가 참다못해 한마디 했다.

"죽고 싶나?" 파블로가 그에게 심각하게 말했고, 로버트 조던은 그 질문이 농담이 아니란 것을 알았다.

"아니."

"그럼 아가리 조심해. 영감은 알지도 못하면서 너무 지껄여. 이게 얼마나 심각한 일인지 모르겠어?" 그는 거의 불쌍할 정도로 말했다. "이게 심각하다는 걸 아는 자가 나밖에 없단 말이야?"

그런 것 같군, 로버트 조던은 생각했다. 딱한 파블로, 이 늙은 친구, 그런 것 같소. 물론 나는 알고 있지만, 당신은 상황을 제대로 파악하고 있고, 나도 그걸 알아. 저 여자는 내 손금에서 그것을 읽었지만 아직 제대로 보지 못하고 있지. 저 여자는 아직 상황을 직시하지 못하고 있어.

"대장인 내가 아무것도 아닌 것 같아?" 파블로가 물었다. "나는 뭘 알고 말하는 거야. 너희들은 몰라. 이 영감은 말도 안 되는 소리나 지껄이고, 고작 외국인들의 심부름꾼 노릇이나 하고 길잡이나 해먹는 자라고. 이 외국인은 자기들한테 이익이 되는 일을 하러 여기에 온 거야. 이 작자 좋으라고 우리가 희생을 해야 한단 말인가? 난 모두의 이익과 안전을 위하는 사람이라고."

"안전이라." 파블로의 여자가 말했다. "이런 일에 안전 같은 건 어디에도 없어. 지금 여긴 안전하게 숨어 있으려는 자들이 너무 많아서 위험해지고 있어. 안전을 찾다가 당신은 이제 모든 걸 잃게 됐다고."

이제 그녀는 커다란 주걱을 손에 들고 탁자 옆에 서 있었다.

"방법은 있어." 파블로가 말했다. "위험한 와중에도 어떤 기회를 잡아야 하는지 알면 안전하다고. 투우사가 자기 할 일을 정확히 알고 요행 따위 바라지 않아야 안전한 것과 마찬가지지."

"소뿔에 받히기 전까지는 그렇겠지." 여자가 신랄하게 말했다. "뿔에 받히기 전까지 그렇게들 말하는 건 나도 여러 번 들었어. 피니토도 자기는 다 알고 하는 거라고, 소는 절대 뿔로 사람을 들이받지 않는다고 말하는 걸 내 얼마나 자주 들었는데. 오히려 사람이 스스로 소뿔에 받히는 거라 하더군. 뿔에 받히기 전에는 항상 그렇게 우쭐대며 말하지. 하지만 나중에 우리는 병원 신세를 지는 그네들을 문병 가야 한다고." 이제 그녀는 문병 가서 하는 말을 큰 소리로 흉내 냈다. "안녕, 퇴물 양반. 안녕." 그러고는 부상당한 투우사의 힘없는 목소리를 흉내 내며 "부에나스, 콤파드레.(안녕, 친구.) 잘 지내, 필라르?"라고 말했다. 이어서 "어찌 이런 일이 있수, 피니토, 당신, 이런 끔찍한 사고가 어떻게 일어났단 말이우?" 하고 원래 자기 목소리대로 말하더니, 잠시 후 기운 없는 작은 소리로 "별일 아니오, 부인. 필라르, 아무 일도 아니야. 이런 일이 일어나지 말았어야 했는데. 난 그놈을 아주 잘 죽였어. 당신도 알겠지. 누구도 나만큼 잘 죽일 수는 없었을 거야. 빈틈없이 정확하게 죽였다고. 그 황소 놈이 완전히 숨을 거둬서 다리를 휘청거리면서 쓰러지려는 찰나였어. 내가 자신만만해서는 멋들어지게 걸어 나오는데, 뒤에서 그놈이 내 엉덩이 사이를 들이받지 뭔가. 그래서 그놈의 뿔이 내 간을 뚫고 나와버렸어." 그녀는 여자 같은 투우사 목소리 흉내를 멈추고 웃기 시작하다가 다시 큰 소리로 말했다. "당신과 당신의 안전 좋아하시네! 내가 세상에서 제일 돈 못 버는 투우사 세 놈이랑 9년을 살았는데 두려움과 안전에 대해서 배운 게 없을 것 같아? 다른 건 다 몰라도 나한테 안전에 대해서는 지껄이지 마. 그리고 당신. 내가 어쩌다 당신 같은 사람한테 환상을 품었는지, 원! 전쟁이 터지고 1년 만에 게으른 술주정뱅이, 겁쟁이가 되어버렸어."

"당신은 그런 말 할 자격이 없어." 파블로가 말했다. "여기 사람들이랑 낯선 사람 앞에서는 더더욱."

"난 내 식대로 말할 거야." 파블로의 여자가 계속했다. "못 들었어? 아직도 당신이 여기 대장이라고 믿고 있냐고?"

"그래." 파블로가 말했다. "여기서는 내가 명령해."

"천만에." 여자가 말했다. "여긴 내가 지휘한다! 라 헨테* 말 못 들었어? 여기서는 나 말고는 아무도 지휘하지 못해. 계속 있고 싶으면 그래도 되고, 밥도 먹고 술도 마셔. 하지만 너무 많이는 말고. 원한다면 일도 같이 해. 하지만 여기 지휘는 내가 한다."

"네년과 저 외국 놈 둘 다 쏴버릴 수도 있어." 파블로가 퉁명스럽게 말했다.

"해볼 테면 해봐." 여자가 말했다. "그러면 무슨 일이 일어날지 두고 보라지."

"물 한 잔 좀 주시오." 로버트 조던이 말했다. 머리통이 큼지막한 무뚝뚝한 남자와 커다란 주걱을 지휘봉이라도 되는 양 위엄 있게 들고 확신에 차서 자신만만하게 서 있는 여자에게서 눈을 떼지 않은 채였다.

"마리아." 파블로의 여자가 불렀고, 처녀가 문으로 들어오자 말했다. "이 동지에게 물을 가져다줘."

로버트 조던은 손을 뻗어 자기의 물통을 꺼냈고, 그러면서 케이스에서 권총을 꺼내 무릎에 올려놓았다. 그는 압생트를 두 잔째 컵에 따르고 처녀가 가져다준 물을 받아 조금씩 컵에 떨어뜨리기 시작했다. 처녀는 옆에 바싹 붙어 서서 그를 바라보았다.

"밖으로 나가." 파블로의 여자가 주걱을 휘두르며 처녀에게 말했다.

"밖은 추워요." 처녀는 이렇게 말하고, 자기 볼을 로버트 조

---

*'사람들'을 뜻하는 스페인어.

던의 볼에 가까이 대고 술이 뿌옇게 되어가는 것을 바라보았다.

"그럴 수도 있겠군." 파블로의 여자가 말했다. "하지만 이 안은 너무 더워." 그러고는 상냥하게 말했다. "오래 걸리지 않을 거야."

처녀는 고개를 저으며 밖으로 나갔다.

저자가 이 상태로 오래 견딜 것 같지는 않군, 로버트 조던은 생각했다. 그는 한 손에 컵을 들고 다른 한 손은 이제 보란 듯이 권총에 대고 있었다. 그는 안전장치를 풀고 원래는 오돌토돌했으나 닳아서 거의 매끈해진 손잡이를 매만졌다. 방아쇠를 싸고 있는 둥글고 차가운 부분도 만졌다. 파블로는 더 이상 그를 바라보지 않고 여자만 쳐다보았다. 그녀는 계속 말했다. "내말 들어, 주정뱅이. 여기서 누가 명령하는지 알겠어?"

"내가 명령한다."

"아니. 들어봐. 털투성이 귓속을 좀 파내고. 잘 들어. 명령은 내가 해."

파블로는 그녀를 바라보았다. 그의 얼굴만 봐서는 그가 무슨 생각을 하고 있는지 알 수 없었다. 그는 그녀를 한동안 빤히 쳐다보다가, 이윽고 탁자 건너편에 있는 로버트 조던을 쳐다보았다. 그는 그를 오랫동안 찬찬히 쳐다보다가, 다시 여자에게로 눈을 돌렸다.

"좋아. 네가 명령해." 그가 말했다. "그리고 네가 원한다면 저자가 명령해도 되고. 너희 둘 다 지옥에나 떨어지게 말이야." 그는 여자를 정면으로 노려보고 있었다. 그녀에게 지배당하거나 그녀의 영향을 받는 것처럼은 보이지 않았다. "내가 게으르고 술을 많이 마신다는 건 맞는 말일 테지. 날 겁쟁이라고 생각할 수도 있을 거야. 하지만 네가 틀린 게 있어. 난 멍청하지는 않아." 그는 잠시 말을 멈췄다. "그렇게 원한다면 당신이 명령해. 자 이제 네가 대장이고 여자라면, 우리가 뭐 좀 먹게 해줘."

"마리아." 파블로의 여자가 소리쳤다.

처녀는 동굴 입구의 담요 사이로 머리를 들이밀었다. "이제 들어와서 저녁상 차려."

처녀는 안으로 들어와 화덕 옆의 낮은 탁자로 걸어갔고, 에나멜로 만든 그릇들을 들어다가 탁자에 놓았다.

"술은 다들 마실 만큼 충분히 있네." 파블로의 여자가 로버트 조던에게 말했다. "저 주정뱅이가 하는 말은 신경 쓰지 말고. 이거 다 마시면 더 가져다 마십시다. 당신이 마시는 그 특이한 술을 다 마시거든 포도주도 한 잔 받구려."

로버트 조던은 남은 압생트를 쭉 들이켰다. 그렇게 단숨에 들이켜고 나니 배 속이 뜨거워지면서, 화학 성분이 변하며 발생한 뜨끈하고 축축한 열기가 훅 치밀고 올라왔다. 그는 빈 잔을 건넸다. 처녀는 술을 가득 따라주며 미소 지었다.

"그래, 다리는 좀 살펴봤나?" 집시가 물었다. 충성의 대상이 바뀐 다음부터 입을 열지 않고 있던 나머지 사람들은 이제야 이야기를 들으려고 모두들 몸을 앞으로 기울였다.

"그럼요." 로버트 조던이 말했다. "식은 죽 먹기겠더군요. 좀 보겠소?"

"그러시오, 젊은 양반. 엄청 궁금하다오."

로버트 조던은 셔츠 주머니에서 노트를 꺼내 스케치를 보여주었다.

"이것 좀 봐." 얼굴이 납작한, 프리미티보라는 이름의 남자가 말했다. "그 다리랑 똑같네."

로버트 조던은 연필로 짚어가며 어떻게 다리를 폭파시킬 것인지, 또 폭약을 왜 그 위치에 설치해야 하는지를 설명했다.

"무지 간단하군." 형제 중 흉터 있는 자가 말했는데, 그의 이름은 안드레스였다. "그럼 그것들을 어떻게 폭파시킬 거요?"

로버트 조던은 그것 역시 설명해주었다. 그는 스케치를 보여주는 동안 처녀가 노트를 보기 위해 자신의 어깨에 팔을 올려놓고 있는 것을 눈치 챘다. 파블로의 여자도 보고 있었다. 파블로만 관심을 보이지 않고, 마리아가 동굴의 왼쪽 입구에 매달아놓은 술 부대에서 술을 받아다가 탁자 위에 올려놓은 큰 대접에서 술을 뜨며 혼자 앉아 있었다.

"이런 일 많이 해봤어요?" 처녀가 부드러운 목소리로 로버트 조던에게 물었다.

"그럼요."

"그럼 그 일을 하는 걸 우리도 볼 수 있나요?"

"그럼요. 왜 안 되겠어요."

"보게 될 거야." 파블로가 탁자 끝에서 말했다. "분명 보게 될 게야."

"입 닥쳐." 파블로의 여자가 그에게 말하다가, 그날 오후 로버트 조던의 손금에서 봤던 것을 퍼뜩 기억해내고는 갑자기 미친 듯이 화를 냈다. "닥쳐, 이 겁쟁이. 닥쳐, 재수 없는 놈. 닥쳐, 이 살인자."

"좋아." 파블로가 말했다. "입 닥치고 있지. 이제 명령하는 건 너고, 넌 계속 좋은 그림만 봐야 할 테니까. 하지만 내가 멍청하지 않다는 건 기억해둬."

파블로의 여자는 자신의 분노가 슬픔으로, 모든 희망과 기대가 절망으로 바뀌는 것을 느꼈다. 그녀는 젊은 시절부터 이런 기분을 알고 있었고, 무엇 때문에 그런 감정이 생기는지도 평생 동안의 경험으로 잘 알고 있었다. 그 기분이 지금 갑자기 몰려오자 그녀는 그것을 애써 외면했다. 그럼으로써 그녀나 공화국이나 모두 불안함에 휩쓸리지 않도록 하려는 것이었다. 그녀는 말했다. "이제 뭘 좀 먹읍시다. 솥에 있는 걸 그릇에 떠서 나눠줘라, 마리아."

5장

로버트 조던은 동굴 입구에 걸려 있는 안장용 담요를 옆으로
밀어젖히고 밖으로 나와 차가운 밤공기를 깊이 들이마셨다. 안
개는 걷혔고 별이 반짝이고 있었다. 바람도 없었다. 이제 동굴
의 따뜻한 공기와 자욱한 담배 연기와 석탄 연기, 고기와 샤프
란, 피망을 넣고 기름에 볶은 밥 냄새, 네 다리를 쫙 벌린 채 목
부분이 문 옆 벽면에 걸려 있는 커다란 양가죽 술 부대에서 나
는 타르와 포도주가 섞인 냄새, 술 부대의 한쪽 다리 끝에 끼워
져 있는 마개에서 흘러나와 땅바닥에 떨어진 포도주가 흙냄새
와 섞인 냄새, 천장에 매달려 있는 갖가지 이름 모를 약초와 긴
줄에 매달아놓은 마늘에서 나는 냄새, 구리 동전과 적포도주와
마늘, 옷에 전 말의 땀과 사람의 땀 냄새(사람의 땀은 코를 찌
르는 칙칙한 냄새였고, 말려서 빗질한 말가죽의 땀은 달착지근
하면서 메스꺼웠다)로부터 벗어나 밖으로 나온 로버트 조던은
소나무 향과 개울가의 풀잎에 내려앉은 이슬 냄새가 나는 산속
의 맑은 밤공기를 깊이 들이마셨다. 바람이 잦아든 후로 이슬
이 흠뻑 맺혀 있었지만, 이슬은 아침이면 얼어서 서리가 될 것

이었다.

깊은 숨을 들이마시고 밤의 소리에 귀 기울여보니, 처음에는 멀리서 포탄 소리가 들려왔고, 곧이어 말 울타리가 있는 아래쪽 수풀에서 올빼미 울음소리가 들렸다. 잠시 후 동굴 안에서 집시의 노랫소리와 부드러운 기타 선율이 흘러나왔다.

"나는 아버지에게 물려받은 것이 있다네." 일부러 굵게 짜낸 목소리가 쉿소리를 내며 고음으로 올라가 잠시 걸려 있었다. 다시 노랫소리가 이어졌다.

"그것은 해와 달.
내가 온 세상을 떠돌아다녀도
해와 달은 아무리 써도 끝이 없다네."

기타 소리가 가수에게 화음을 넣듯 쿵쿵 박자를 맞췄다. "좋다." 누군가가 하는 말이 들렸다. "카탈루냐 노래를 들려줘, 집시."

"싫어."

"해봐. 해보라고. 카탈루냐 노래."

"좋아." 집시는 말한 다음 구슬픈 목소리로 노래를 불렀다.

"내 코는 납작하다오.
내 얼굴은 시커멓다오.
하지만 그래도 나는 사람이라오."

"올레!" 누군가가 말했다. "계속해봐, 집시!"

집시의 목소리가 비극적이면서도 비웃는 듯한 어조로 높아졌다.

"신이여, 감사합니다. 나는야 깜둥이.

카탈루냐 사람이 아니라오!"

"거참 시끄럽네." 파블로의 목소리였다. "그만 닥쳐, 집시."

"그래." 여자의 목소리가 들렸다. "너무 시끄럽군. 그런 소리를 내다간 가르디아 시빌이 쫓아오겠어. 그렇게 형편없어서야."

"다른 노래도 알아." 집시가 말하며 기타 연주를 시작했다.

"나중을 위해 아껴둬." 여자가 그에게 말했다.

기타 소리가 멈췄다.

"오늘 밤은 목 상태가 영 좋지 않군. 그러니 이쯤해도 손해는 없겠어." 집시는 이렇게 말하고는 담요를 옆으로 밀고 어두운 밖으로 나왔다.

로버트 조던은 그가 나무 쪽으로 걸어 나오는 것을 보고 그에게 다가갔다.

"로베르토." 집시가 조용하게 말했다.

"왜요, 라파엘." 그가 말했다. 그는 집시의 목소리가 아까 마신 포도주로 취해 있음을 알았다. 그 자신도 압생트 두 잔에 포도주를 조금 마시긴 했지만, 파블로와의 날카로운 신경전 때문에 그의 머리는 맑고 차가웠다.

"왜 파블로를 죽이지 않았수?" 집시가 목소리를 낮추고 조용히 물었다.

"왜 죽여요?"

"어차피 조만간 죽여야 할 텐데. 왜 아까 해치우지 않았어?"

"진심으로 하는 말이오?"

"사람들이 다들 뭘 기다렸다고 생각하쇼? 여자가 그 애를 왜 밖으로 내보냈다고 생각해? 그런 얘기들을 다 하고도 일이 그대로 잘 흘러갈 수 있을 거라고 생각하는 게요?"

"당신들이 다 같이 그를 죽여야 한단 말이군요."

"케 바.*" 집시가 낮은 소리로 말했다. "죽이는 건 당신이 해야지. 우리는 서너 번 당신이 그를 죽이길 기다렸수다. 파블로 편은 아무도 없어."

"나도 생각은 했지만." 로버트 조던이 말했다. "하지만 그만 뒀소."

"다들 분명히 알아차렸어. 당신이 준비하는 걸 봤거든. 그런데 왜 안 했소?"

"다른 사람들이나 여자를 괴롭게 하는 일일지도 모른다고 생각했어요."

"케 바. 게다가 여자는 창녀처럼 잔뜩 기대하며 기다리고 있었는데. 댁은 보기보다 어리구면."

"그럴지도 모르지요."

"지금 그놈을 죽여." 집시가 부추겼다.

"그건 비열한 암살이오."

"그럼 더 좋지." 집시가 나지막한 소리로 말했다. "덜 위험하기도 하고. 가봐. 당장 가서 그를 죽이라고."

"그런 식으로는 못 해요. 나는 그렇게 하고 싶진 않소. 대의를 위한 일은 그렇게 하면 안 돼요."

"그럼 그자를 열 받게 해보든가." 집시가 말했다. "어쨌든 당신이 그자를 죽여야만 해. 고칠 수가 없는 위인이거든."

그들이 말하는 사이, 아까 울던 올빼미가 나무 사이를 사뿐

* '글쎄' 또는 '천만에'라는 뜻의 스페인어. 불신과 부정을 나타낼 때 자주 쓰인다.

히 날아서 내려오더니 이내 날아올랐다. 날개를 재빠르게 퍼덕이는데도 죽은 새처럼 깃털이 움직이는 소리는 전혀 들리지 않았다.

"저 새를 보쇼." 집시가 어둠 속에서 말했다. "사람도 저렇게 움직여야 하는 법이거든."

"하지만 낮에는 까마귀 떼에 둘러싸여 나무에서 숨어 지내지요." 로버트 조던이 말했다.

"별로." 집시가 말했다. "그럼 위험을 무릅쓰고 정정당당하게 그를 죽이든가." 그는 말을 이었다. "일을 너무 어렵게 만들지 마쇼."

"지금은 때를 놓쳤어요."

"그놈을 약 올리라니까." 집시가 말했다. "아니면 조용한 틈을 타서 해치우거나."

동굴 입구를 덮고 있는 담요가 열리고 불빛이 새어 나왔다. 누군가가 그들이 있는 쪽으로 다가왔다.

"아름다운 밤이군." 가라앉고 둔탁한 남자의 목소리였다. "날씨가 좋겠어."

파블로였다.

그는 러시아제 담배를 피우고 있었다. 담배를 빨아들일 때마다 불빛을 통해 그의 둥근 얼굴이 보였다. 그들은 별빛 속에서 그의 육중하고 팔이 긴 체형을 볼 수 있었다.

"저 여편네한텐 신경 쓰지 마." 그는 로버트 조던에게 말했다. 어둠 속에서 담뱃불이 밝게 빛났고, 그가 손을 아래로 떨어뜨리자 불빛도 따라서 내려갔다. "그 여편네는 가끔 까다롭게 굴 때가 있어. 좋은 여자이긴 하지. 공화국에 아주 충성이고." 그가 말하는 동안 담뱃불이 약간 흔들렸다. 담배를 한쪽 입 끝에 물고 말하는 것이 분명하다고 로버트 조던은 생각했다. "우린 서로 어려울 것이 없어. 다들 마음이 잘 맞거든. 당신이 와서 기뻐." 담뱃불이 환하게 탔다. "말다툼은 신경 쓰지 말게." 그가 말했다. "이곳에 온 걸 환영하네."

"난 이만 가보겠소." 파블로가 말했다. "말들이 잘 묶여 있나 보러 가야겠어."

그는 나무들 사이를 가로질러 목초지 끝으로 걸어갔다. 아래쪽에서 말 울음소리가 들렸다.

"봤수?" 집시가 말했다. "이제 알겠지? 이렇게 기회를 놓친 거요."

로버트 조던은 아무 말도 하지 않았다.

"내가 저 아래로 내려가지." 집시가 화가 나서 말했다.

"뭘 하려고요?"

"케 바, 뭘 하든. 저놈이 도망가지 못하게 막기라도 해야지."

"그자가 아래에서 말을 타고 달아날 수도 있겠소?"

"아니."

"그럼 그를 막을 수 있는 곳으로 가시오."

"거긴 아구스틴이 있어."

"그럼 가서 아구스틴에게 말해요. 여기서 있었던 일을 얘기하시오."

"아구스틴이라면 신이 나서 그를 해치울걸."

"그것도 나쁘지 않군요." 로버트 조던이 말했다. "그럼 위로 가서 그에게 여기서 있었던 일을 전부 말하시오."

"그러고 나서는?"

"내가 아래 목초지로 가보지요."

"좋아. 젊은 양반. 좋다고." 그는 어두워서 라파엘의 얼굴을 볼 수는 없었지만 그가 미소 짓고 있다는 것을 느낄 수 있었다.

"그럼 이제 댁도 채비를 단단히 했겠지." 집시가 만족스러운 듯이 말했다.

"아구스틴에게 가보시오." 로버트 조던이 그에게 말했다.

"알았수, 로베르토, 간다고." 집시가 말했다.

로버트 조던은 나무들을 차례차례 더듬어가며 소나무 숲을 지나 목초지로 걸어갔다. 어둠 속에서 목초지를 살펴보니 탁 트인 곳이 별빛을 받고 있어 다른 곳보다 환하게 보였다. 말뚝에 묶인 말들이 시커멓게 무리를 짓고 있었다. 그는 자기와 개울 사이에 흩어져 있는 말들을 세어보았다. 다섯 마리였다. 로버트 조던은 소나무 둥치에 앉아서 초지를 내다보았다.

피곤하군, 그는 생각했다. 그리고 아마도 판단력이 흐려진 것 같아. 하지만 내 임무는 다리 작전이고, 임무를 완수하기 위해서는 일을 마칠 때까지 쓸데없이 나 자신을 위험에 빠뜨려서는 안 된다. 물론 때로는 기회를 받아들이지 않는 게 더 위험할 수도 있지만, 난 지금까지 이 일을 해오면서 상황이 자연스럽게 흘러가도록 하려고 노력해왔다. 집시가 말한 대로 그들이 내가 파블로를 죽이기를 바랐다는 것이 사실이라면, 나는 그렇게 했어야 했을지 몰라. 하지만 나는 그들이 그러기를 바랐는지 확신이 서지 않았어. 외부인이 나중에 같이 일해야 할 현지인을 죽이는 건 아주 안 좋은 경우야. 작전상 또는 충분한 규율이 뒷받침된다면 그렇게 할 수도 있지. 이번에는 그렇게 하는쪽으로 마음이 끌렸고 그것이 빠르고 간단한 방법이기는 했어도, 결과는 아주 안 좋았을 것 같다. 그러나 이 나라에서 그렇게 간단하고 쉬운 일은 아무것도 없다고 봐. 그 여자를 전적으로 믿기는 하지만, 그런 극단적인 일이 닥쳤을 때 그 여자가 어떤 반응을 보일지 나로서는 알 수 없는 노릇이지. 그런 곳에서 한 명이 죽는 것은 아주 추악하고 더럽고 불쾌할 수도 있어. 그 여자가 어떻게 반응할지는 아무도 알 수 없어. 그 여자 없이는 조직이나 규율도 없는 곳이지만, 그녀와 함께라면 일이 순조롭게 진행될 것이다. 그녀가 그를 죽이거나 집시가 죽이거나(하지만 그는 하지 않을 거야) 또는 보초병 아구스틴이 죽인다면 이상적일 텐데. 안셀모는 사람을 죽이는 데 반대한다고 말하지만 내가 부탁하면 죽일 것이다. 그는 파블로를 싫어하는 것이 확실하고 이미 나를 신뢰하고 있는 데다 나를 그가 믿는 가치의 대변자라고 믿고 있으니까. 내가 보기에는 그와 그 여자만이 공화주의를 믿고 있어. 하지만 아직 속단하기는 이르지.

눈이 별빛에 익숙해지자, 파블로가 말 옆에 서 있는 것이 보였다. 그 말은 풀을 뜯다 말고 고개를 들었다가 이내 급히 숙였다. 파블로는 말에 기대어 서서, 밧줄에 묶여 있는 말이 움직이는 대로 따라 움직이면서 말의 목을 쓰다듬었다. 말은 계속 풀을 뜯고 있었다. 파블로의 부드러운 손길이 성가신 눈치였다. 로버트 조던은 파블로가 무엇을 하는지 볼 수 없었고, 그가 말에게 무슨 말을 하는지도 들을 수 없었다. 그러나 밧줄을 풀거나 안장을 얹거나 하지는 않는다는 것은 알 수 있었다. 그는 앉은 채로 자신의 문제를 명쾌하게 판단하려 애쓰며 파블로를 주시했다.

"내 커다랗고 착한 조랑말." 파블로가 어둠 속에서 말에게 이야기를 하고 있었다. 그가 말을 걸고 있는 말은 커다란 적갈색 종마였다. "사랑스러운 흰 얼굴을 한 커다랗고 예쁜 녀석. 두툼한 목덜미가 우리 마을에 있는 다리처럼 둥글게 휘어 있구나" 하고는 잠시 말을 멈췄다. "하지만 다리보다 더 둥글고 더 멋지지." 말은 풀을 뜯고 있었다. 파블로가 밧줄을 잡아당기자 사람도 그의 말소리도 다 귀찮은지 고개를 좌우로 흔들어댔다. "넌 계집도 아니고 바보도 아니야." 파블로가 적갈색 말에게 말했다. "너, 아, 너, 너, 내 커다란 조랑말아. 넌 불타는 바위 같은 계집이 아니야. 삐죽삐죽 난 짧은 머리에다 움직임은 어미의 태반 때문에 아직도 축축한 어린 암망아지도 아니지. 너는 무시하지도 않고 거짓말 하지도 않고 이해를 못 하지도 않아. 너, 아, 너, 아, 내 착하고 커다란 조랑말아."

파블로가 적갈색 말에게 하는 말을 로버트 조던이 들었다면 아주 흥미로웠을 것이다. 하지만 그는 듣지 못했기 때문에 파블로가 그저 말들을 살펴보러 내려간 것이라 확신하고, 이런 때 그를 죽이는 건 실용적인 행동이 아니라고 판단했다. 그는 일어서서 동굴로 돌아갔다. 파블로는 말에게 이야기하며 오랫동안 초지에 머물렀다. 말은 그의 말을 전혀 이해하지 못했고, 다만 목소리에서 자기를 아껴준다는 느낌만 받았으며, 하루 종일 울타리 안에 있던 데다 지금 배가 고파서 자기를 묶어놓은 밧줄이 닿을 수 있는 한도 내에서 정신없이 풀을 뜯어먹고 있었으므로 그 남자가 귀찮을 뿐이었다. 파블로는 결국 말뚝을 옮겨 박고는 이제 아무 말 없이 말 옆에 서 있었다. 말은 남자가 귀찮게 하지 않자 마음껏 풀을 뜯었다.

6장

동굴 안, 로버트 조던은 화덕 옆 구석에서 생가죽이 덮인 의자에 앉아 여자의 말을 듣고 있었다. 그녀는 설거지를 하고 있었고, 젊은 여인 마리아는 무릎을 꿇은 채 그릇의 물기를 닦아서 선반으로 사용하는 벽 위 빈 구멍에다 정리하고 있었다.

"이상하군." 그녀가 말했다. "엘 소르도 영감이 안 오다니. 한 시간 전에 왔어야 맞는데."

"그 사람한테 오라고 했나요?"

"아니. 그 영감은 매일 밤 오거든."

"다른 할 일이 있나 보군요. 다른 작업이."

"그럴지도 모르지." 여자가 말했다. "그가 오지 않으면 우리가 내일 그를 보러 가야 해."

"그러지요. 여기서 먼가요?"

"아니, 걸을 만한 정도야. 안 그래도 운동이 부족했는데."

"저도 가도 돼요?" 마리아가 물었다. "저도 가도 돼요, 필라르 아주머니?"

"그럼, 되고말고." 여자가 말했다. 그러고는 그 커다란 얼굴을 돌려 "이 아이 예쁘지 않나?" 하고 로버트 조던에게 물었다. "이 아이, 자네가 보기에는 어때? 좀 말라깽이지?"

"전 좋아 보이는데요." 로버트 조던이 말했다. 마리아가 그의 잔에 술을 채웠다. "드세요." 그녀가 말했다. "그러면 제가 더 괜찮아 보일 거예요. 제가 아름다워 보이려면 아주 많이 드셔야 해요."

"그럼 그만 마시는 게 좋겠군." 로버트 조던이 말했다. "이미 당신이 아름다워 보이니까. 사실 그 이상이지요."

"말은 그렇게 해야지." 여자가 말했다. "말하는 걸 보니 좋은 사람 같구먼. 이 아이가 그 이상 어떻게 보이는가?"

"지적으로 보인달까." 로버트 조던이 어색해하며 말했다. 마리아는 키득거렸고, 여자는 애석한 듯 고개를 흔들었다. "시작은 좋았는데 끝이 안 좋군, 돈 로베르토."

"돈 로베르토라고 부르지 마세요."

"농담이네. 여기선 농담으로 돈 파블로라고 부르지. 농담 삼아 세뇨리타 마리아라고 부르는 것처럼."

"그런 농담은 안 좋아합니다." 로버트 조던이 말했다. "이번 전쟁 동안은 모두들 진지하게 동지라고 불러야 해요. 농담에서 부패가 시작되는 법이니까.*"

"정치에 대한 믿음이 대단하군." 여자가 그를 놀렸다. "그럼 자네는 전혀 농담을 안 하는가?"

"합니다. 농담을 상당히 좋아하는 편이지만, 사람을 가리키는 이름으로 농담을 하지는 않아요. 그건 깃발과도 같은 거니

---

* '돈'이나 '세뇨리타'는 원래 사회계층이 높은 사람들을 지칭하는 호칭이다. 따라서 공화파들에게는 봉건적, 파시즘적 잔재가 남아 있는 용어로 간주되었다.

까요."

"난 깃발 가지고도 농담할 수 있지. 어떤 깃발이든." 여자가 소리 내어 웃었다. "무슨 얘기든 농담으로는 날 당해낼 자가 없을걸. 노랑과 금색으로 된 옛 국기를 우리는 고름과 피라고 불렀지. 자주색이 더 들어간 공화국의 깃발은 피와 고름, 그리고 과망간산염이라고 불렀고. 그런 게 농담이지."

"저분은 공산주의자예요." 마리아가 말했다. "공산주의자들은 아주 진지한 사람들이잖아요."

"자네, 공산주의자요?"

"아뇨, 나는 반파시스트주의자입니다."

"오래전부터?"

"파시즘을 이해하게 된 후부터요."

"얼마나 됐소?"

"10년 가까이 됐습니다."

"그리 오래되지는 않았구먼." 여자가 말했다. "난 20년 동안 공화주의자로 살아왔소."

"우리 아버지는 평생 공화당원이었어요." 마리아가 말했다. "그 때문에 놈들이 아버지를 쐈죠."

"내 아버지도 평생 동안 공화당원이었습니다. 할아버지도요." 로버트 조던이 말했다.

"어느 나라에서?"

"미국에서요."

"사람들이 그들을 쐈소?" 여자가 물었다.

"케 바." 마리아가 말했다. "미국은 공화당원들의 나라예요. 거기서는 공화당원이라고 해서 사람을 쏘지 않아요."

"어쨌든 공화당원 할아버지를 두었다니 잘됐군." 여자가 말했다. "혈통이 좋다는 얘기니까."

"할아버지는 공화당 전국위원회 대의원이셨지요." 로버트 조던이 말했다. 그 말은 마리아에게도 인상적이었다.

"그럼 아버지는 아직도 공화당 활동을 하고 계신가?" 필라르가 물었다.

"아니요. 돌아가셨습니다."

"어떻게 돌아가셨는지 물어도 되나?"

"권총으로 자살하셨어요."

"고문을 피하려고?"

"네." 로버트 조던이 말했다. "고문을 피하려고."

마리아는 눈물을 글썽이며 그를 바라보았다. "우리 아버지는." 그녀가 말했다. "무기를 손에 넣을 수 없었어요. 아, 당신의 아버지는 무기를 손에 넣을 수 있었다니 운이 좋으셨네요."

"그래요. 무척 운이 좋았지요." 로버트 조던이 말했다. "이제 다른 얘기를 할까요?"

"그럼 당신도 나와 똑같네요." 마리아가 말했다. 그녀는 그의 팔에 손을 얹고 그의 얼굴을 바라보았다. 그는 그녀의 갈색 얼굴과 눈을 바라보았다. 그는 그녀의 눈이 나이에 비해 성숙해 보인다고 생각했는데 지금은 갑자기 어리고 굶주린 데다 무언가를 원하는 것처럼 보였다.

"생긴 것으로만 보면 꼭 남매 같구먼." 여자가 말했다. "하지만 아니라 천만다행이야."

"이제 왜 제가 그렇게 느꼈는지 알겠어요." 마리아가 말했다. "이제 확실해졌어요."

"케 바." 로버트 조던은 이렇게 말하고 그녀의 정수리로 손을 뻗었다. 하루 종일 그렇게 하고 싶었는데 이제 그렇게 하고 나니 목이 메어왔다. 그녀는 그의 손 밑에서 머리를 움직이더니 미소를 지으며 그를 올려다보았다. 그는 숱이 많지만 부드러우면서도 짧게 깎아 까끌까끌한 그녀의 머리카락이 자신의 손가락 사이로 물결치는 것을 느꼈다. 그런 다음 손을 그녀의 목으로 가져갔다가 이내 밑으로 내렸다.

"다시 해주세요." 그녀가 말했다. "하루 종일 당신이 이렇게 해주길 바라고 있었어요."

"나중에." 로버트 조던이 대꾸했다. 그의 목소리가 탁했다.

"그럼 난?" 파블로의 여자가 큰 소리로 말했다. "나보고 이걸 죄다 지켜보고 있으라는 거야? 아무 느낌도 없이? 그럴 순 없지. 더 나은 것도 없으니 파블로나 돌아와주면 좋겠군."

마리아는 이제 여자에게는 아무 관심도 없었고, 촛불 아래에서 카드게임을 하고 있는 다른 사람들도 안중에 없었다.

"한 잔 더 들겠어요, 로베르토?" 그녀가 물었다.

"그러죠." 그가 말했다. "안 될 것 없지."

"너도 나처럼 주정뱅이를 얻게 될 거야." 파블로의 여자가 말했다. "그 이상한 것도 컵으로 전부 마셨고 말이지. 내 말 좀 들어보구려, 잉글레스."

"잉글레스가 아닙니다. 미국인이지."

"그럼 들어보시오, 미국 양반. 잠은 어디서 잘 텐가?"

"밖에서요. 침낭이 있거든요."

"좋군." 그녀가 말했다. "날은 맑은가?"

"맑긴 한데 춥겠죠."

"그럼 밖에서." 그녀가 말했다. "당신은 밖에서 자도록 해. 그리고 당신 물건들은 내가 가지고 자도 되고."

"좋습니다." 로버트 조던이 말했다.

"잠깐 둘이서만 있게 해주겠어요?" 로버트 조던이 처녀의 어깨에 손을 얹으며 말했다.

"왜요?"

"필라르와 할 말이 있어서요."

"꼭 가야 하나요?"

"그래요."

"할 말이 뭐요?" 처녀가 동굴 입구 쪽에 있는 커다란 포도주 가죽 부대 옆에 서서 카드 치는 사람들을 바라보고 있을 때, 파블로의 여자가 말했다.

"집시 말이 내가 했어야 했다고……." 그가 이야기를 시작했다.

"아니." 여자가 말을 끊었다. "그자가 잘못 안 거요."

"필요하다면 내가……." 로버트 조던은 조용히 그러나 어렵게 말을 꺼냈다.

"댁은 그렇게 할 수도 있었겠지." 여자가 말했다. "아니, 그럴 필요 없소. 나도 댁을 지켜보고 있었어. 하지만 댁의 판단이 옳았어."

"하지만 만약 필요하다면……."

"아니." 여자가 말했다. "필요 없어. 그 집시 놈의 정신 상태는 썩었어."

"하지만 궁지에 몰리면 사람은 아주 위험해질 수도 있어요."

"아니. 당신은 이해 못 해. 이 사람은 말썽을 일으킬 만한 힘조차 남아 있지 않아."

"이해하기 힘들군요."

"당신은 아직 너무 어려." 그녀가 말했다. "이해할 날이 올 거요." 그러고는 처녀에게 말했다. "이리 와, 마리아. 우리 얘기 끝났다."

처녀가 오자 로버트 조던은 손을 뻗어 그녀의 머리를 쓰다듬었다. 그녀는 새끼 고양이처럼 그의 손바닥에 자신의 머리를 비볐다. 그러자 그는 그녀가 울음을 터뜨릴 것 같다고 생각했다. 하지만 그녀는 입꼬리를 다시 끌어당기고는 그를 바라보며 웃었다.

"이제 그만 자는 게 좋겠소." 파블로의 여자가 로버트 조던에게 말했다. "먼 길을 왔으니."

"좋습니다." 로버트 조던이 말했다. "제 물건들을 챙겨 가지요."

7장

그는 침낭 속에서 잠이 들었고 꽤 오랫동안 잔 듯했다. 침낭
은 동굴 입구 뒤쪽 바위 밑 숲 바닥에 깔려 있었다. 그는 자면
서 여러 번 뒤척였고, 한쪽 손목에 끈으로 단단히 묶어 옆에 두
었던 권총도 깔고 누웠다. 어깨와 등이 뻐근한 데다 다리도 무
거웠고, 땅바닥이 부드럽게 느껴질 만큼 근육이 굳고 피곤했
던 나머지 그저 침낭의 플란넬 안감 속에서 몸을 쭉 뻗는 것만
으로도 묘한 쾌감이 몰려왔다. 잠에서 깨자 그는 자신이 어디
에 있는지 몰라 어리둥절했다. 곧 알아차린 그는 권총을 옆구
리 밑에서 빼놓고, 행복하게 등을 쭉 뻗고 다시 잠에 빠져들었
다. 그의 손은 속에 신발을 넣고 그 위로 옷가지를 깔끔하게 말
아서 만든 베개 위에 놓여 있었다. 그는 한쪽 팔로 베개를 감싸
안았다.

그때 그는 자신의 어깨 위에 여자의 손이 닿는 것을 느꼈다.
그는 재빨리 몸을 돌려서 오른손으로 침낭 밑에 있는 권총을
쥐었다.

"아, 당신이군." 그는 권총을 내려놓고 두 팔을 위로 뻗어

그녀를 껴안았다. 그의 팔 안에서 그녀가 떨고 있는 것이 느껴졌다.

"들어와요." 그가 부드럽게 말했다. "밖은 추워요."

"아니에요. 그러면 안 돼요."

"들어와요." 그가 말했다. "얘기는 그런 다음에 하고."

그녀는 떨고 있었다. 그는 한 손으로 그녀의 손목을 잡고 다른 팔로 그녀를 가볍게 안았다. 그녀는 그에게서 고개를 돌렸다.

"들어와요, 어린 토끼." 그는 그녀의 목 뒤에 입을 맞추었다.

"무서워요."

"아니. 겁내지 말고 들어와요."

"어떻게요?"

"그냥 미끄러지듯이 들어오면 돼요. 자리는 넓으니까. 도와줄까요?"

"아니에요." 그녀는 말하고 침낭으로 들어왔다. 그는 그녀를 꼭 끌어안고 입을 맞추려 했다. 그녀는 옷으로 만든 베개에 얼굴을 파묻었지만 두 팔은 그의 목을 감고 있었다. 잠시 후 그는 그녀의 팔에서 힘이 빠지는 것을 느꼈고, 그가 안자 그녀는 또다시 몸을 떨었다.

"아니." 그가 웃으며 말했다. "겁낼 것 없어요. 그건 권총이에요."

그는 권총을 들어 등 뒤에 놓았다.

"부끄러워요." 그녀는 그에게서 고개를 돌리면서 말했다.

"그러지 말아요. 그래서는 안 돼. 이리 와요, 자."

"아니에요, 안 돼요. 부끄럽고 무서워요."

"괜찮아요. 토끼 아가씨. 제발."

"안 돼요. 당신이 날 사랑하지 않으면."

"당신을 사랑해요."

"사랑해요. 오, 당신을 사랑해요. 제 머리에 손을 얹어주세요." 그녀는 그를 보지 않고, 여전히 머리를 베개에 파묻은 채 말했다. 그는 그녀의 머리에 손을 얹고 쓰다듬었다. 그녀는 갑자기 얼굴을 베개에서 떼더니 그의 품에 안긴 채로 그와 얼굴을 마주 보았다. 그녀는 울고 있었다.

그는 그녀를 가만히 끌어안고 젊고 가녀린 몸을 느꼈다. 그리고 그녀의 머리를 쓰다듬고, 눈물에 젖어 축축하고 짠 눈에 입을 맞추었다. 그녀는 계속 눈물을 흘렸고, 그는 그녀가 입은 셔츠 위로 봉긋하게 솟은 가슴을 느꼈다.

"전 키스를 못 해요." 그녀가 말했다. "어떻게 하는지 몰라요."

"키스할 필요 없어요."

"아니에요. 키스해야 해요. 뭐든지 다 해야 해요."

"뭘 하려고 할 필요 없어요. 괜찮아. 그런데 당신, 옷을 많이도 껴입었군요."

"제가 어떻게 하면 돼요?"

"내가 도와줄게요."

"그게 나을까요?"

"그럼, 훨씬. 당신에게도 그 편이 더 좋지 않아요?"

"네. 훨씬 좋아요. 그런데 필라르 아줌마가 말한 것처럼 당신하고 함께 떠나도 돼요?"

"그럼."

"하지만 집으로 가는 게 아니라요. 당신과 함께요."

"아니, 집으로 가야지."

"안 돼. 안 돼. 안 돼요. 당신이랑 같이. 당신의 여자가 될 거예요."

함께 누워 있는 가운데 이제 그들 사이를 가로막고 있던 보호막이 전부 벗겨졌다. 둘 사이에 있던 거친 직물이 사라지고 모든 것이 부드러워졌다. 두 몸은 단단하고 둥글게 서로의 몸을 누르고 있었다. 밖은 추웠지만 침낭 안은 따뜻했고, 긴 몸에 따스함과 차가움이 공존했다. 길고 가벼운 두 몸이 서로의 몸을 꼭 붙잡고 얽혀 있었다. 외로움 속에서도 깊은 공동(空洞)을 찾아가는, 행복을 만들어가는 젊은 연인은 이제 온통 따뜻하고 부드러워졌다. 가슴 터질 듯 아파오는 외로움 속에서 로버트 조던은 더 이상 참을 수 없을 것만 같았다. "다른 사람을 사랑한 적이 있어요?" 그가 물었다.

"한 번도 없어요."

그러더니 그녀는 갑자기 그의 품 안에서 죽은 듯이 움직임을 멈추고 말했다. "하지만 제게 어떤 일들이 저질러졌어요."

"누가 그런 거지?"

"여러 사람들이요."

이제 그녀는 완벽한 침묵 속에서 마치 죽은 듯 눕더니 그에게서 고개를 돌려버렸다.

"이제 당신은 날 사랑하지 않겠죠."

"사랑해." 그가 말했다.

그러나 그의 감정에 어떤 변화가 일어났고 그녀도 그것을 알아차렸다.

"아뇨." 그녀의 목소리는 죽은 듯 생기가 없었다. "당신은 나를 사랑하지 않을 거예요. 아마 나를 집으로 데려다 주겠죠. 난 집으로 갈 거고, 당신의 여자 따윈 되지 않을 거예요."

"당신을 사랑해, 마리아."

"아니에요. 진심이 아니에요." 그녀가 말했다. 그러고는 마지막인 듯 애처롭지만 희망을 품은 말투로 의미심장하게 말했다.

"하지만 난 어떤 남자하고도 키스한 적은 없어요."

"그럼 지금 내게 키스해줘."

"그러고 싶었어요." 그녀가 말했다. "하지만 어떻게 하는지 몰라요. 일을 당했을 때, 난 눈앞이 캄캄해질 때까지 저항했어요. 그러다 그만…… 그만…… 그만 한 놈이 내 머리를 깔고 앉았고…… 난 그놈을 깨물었는데…… 그다음엔 놈들이 내 입을 막고, 내 팔을 머리 뒤로 잡고…… 다른 놈들이 내게 그 짓을 했어요."

"사랑해, 마리아." 그가 말했다. "아무도 당신에게 어떤 짓도 안 했어. 당신을, 놈들은 건드릴 수 없어. 누구도 당신에게 털끝 하나 건드리지 않았어, 작은 토끼."

"그렇게 믿으세요?"

"난 알아."

"그럼 나를 사랑할 수 있나요?" 그녀는 다시 그에게 따뜻하게 다가왔다.

"당신을 더 많이 사랑할 수 있어."

"키스를 능숙하게 잘할 수 있도록 노력할게요."

"살짝 키스해줘."

"어떻게 하는지 몰라요."

"그냥 하면 돼."

그녀는 그의 볼에 입을 맞췄다.

"아니."

"코는 어디에 둬야 해요? 코를 어디에 둬야 하는지 항상 궁금했거든요."

"이렇게, 고개를 살짝 옆으로 돌려서." 그런 다음 그들의 입은 꼭 겹쳐졌고, 그녀는 그에게 몸을 바싹 붙이고 누웠다. 그녀의 입은 조금씩 열렸고, 그녀를 꼭 껴안은 그는 갑자기 마음이 가볍고, 사랑과 기쁨이 가득 차올라 마음속 깊이 지금껏 느껴 보지 못한 행복을 느꼈다. 생각할 것도 없었고, 피곤하지도 않고, 걱정도 잊었다. 오직 엄청난 기쁨만을 느꼈다. "내 작은 토끼. 내 사랑. 늘씬한 내 사랑."

"뭐라고요?" 그녀는 아주 멀리 있는 사람처럼 말했다.

"내 사랑." 그가 말했다.

그들은 그곳에 그대로 누워 있었다. 그는 그의 가슴에 딱 붙어 있는 그녀의 심장이 고동치는 것을 느꼈다. 그는 자신의 발로 그녀의 발을 가볍게 비볐다.

"당신, 맨발로 왔군." 그가 말했다.

"네."

"그럼 자러 온다는 걸 알고 있었군."

"알고 있었어요."

"그런데도 겁내지 않았네."

"아뇨. 무척 떨렸어요. 하지만 신발을 어떻게 벗어야 할지가 더 겁났어요."

"그런데 지금 몇 시지? 로 사베스?(알아요?)"

"몰라요. 당신은 시계가 없나요?"

"있어. 그런데 당신 뒤에 있어서."

"그럼 꺼내요."

"아니야."

"그럼 제 어깨 너머로 보세요."

1시였다. 캄캄한 침낭 속에서 숫자판이 환하게 보였다.

"당신 턱이 내 어깨를 할퀴었어요."

"미안. 면도 도구가 없어서."

"그대로도 좋아요. 당신 수염은 금빛인가요?"

"그래."

"길게 자랄까요?"

"다리 작전 전까지는 길어지지 않을걸. 마리아, 들어봐. 당신……?"

"제가 뭐요?"

"당신도 원해?"

"네. 뭐든지요. 제발요. 우리가 모든 걸 함께하면, 예전의 일은 없었던 일이 될 거예요."

"어떻게 그런 생각을 다 했지?"

"아니에요. 저도 그렇게 생각하긴 했지만 필라르 아줌마가 말해줬어요."

"참 현명한 여자군."

"그리고 또 있어요." 마리아가 부드럽게 속삭였다. "필라르 아줌마가 난 병이 없다고 당신한테 말하랬어요. 아줌마는 그런 걸 잘 알거든요. 그래서 당신한테 그 얘기를 하랬어요."

"나한테 말하라고 했다고?"

"그래요. 난 필라르 아줌마한테 말했어요, 당신을 사랑한다고. 오늘 당신을 처음 봤을 때부터 당신을 사랑했어요. 어쩌면 당신을 예전부터 항상 사랑해왔는데 전에는 당신을 못 만났던 걸 거예요. 필라르 아줌마한테 말했더니 당신한테 그 일에 대해 얘기하게 되거든 내가 병에 걸리지 않았다고 말하라고 했어요. 아줌마는 오래전에 다른 이야기도 해줬어요. 열차 사건이 있고 바로 다음에요."

"그녀가 뭐라고 했지?"

"인정하지 않으면 아무 일도 일어난 게 아니라고요. 내가 누군가를 사랑하면 그런 건 모두 사라져버릴 거라고요. 사실, 난 죽고 싶었거든요."

"필라르의 말은 진실이야."

"그때 죽지 않아서 정말 다행이에요. 살아 있어서 너무 좋아요. 당신은 날 사랑해줄 수 있나요?"

"당연하지. 지금도 사랑하고 있는걸."

"그럼 당신의 여자가 될 수 있나요?"

"이 일을 하는 동안에는 아내를 가질 수 없어. 하지만 이제 당신은 내 여자야."

"당신의 여자가 된 이상, 난 앞으로도 당신의 여자로 살겠어요. 난 이제 당신의 여자죠?"

"그래, 마리아. 그렇고말고, 내 작은 토끼."

그녀는 그에게 몸을 딱 붙였다. 그녀의 입술이 그의 입술을 찾아 헤매다가 드디어 찾아내서는 입을 맞추었다. 그는 따뜻하면서도 날카롭게 찌르는 듯한 냉기 속에서, 생기 넘치고, 신선하고, 부드러우며 젊고, 사랑스러운 그녀를 느꼈다. 자신의 옷이나 신발, 임무만큼이나 익숙한 침낭 속에 있다고는 믿어지지 않을 지경이었다. 그때 그녀가 겁먹은 듯 말했다. "우리 이제 빨리 할 일을 해요. 그 일이 다 사라져버리게요."

"하고 싶어?"

"네." 여자는 격렬하게 숨을 쉬며 말했다. "네. 해요. 얼른요."

8장

밤은 추웠지만 로버트 조던은 단잠을 잤다. 잠에서 깨어 기지 개를 켜던 그는 그녀가 아직 거기, 침낭 안에서 몸을 웅크리고 누워 얕고 규칙적인 숨을 쉬는 것을 알아차렸다. 어둠 속에서 추위와, 별들이 단단하고 뾰족뾰족하게 돋아 있는 하늘과, 콧 속의 찬 공기를 피해, 그는 따뜻한 침낭 속으로 머리를 집어넣 고 그녀의 부드러운 어깨에 입을 맞췄다. 그녀는 깨지 않았다. 그는 그녀에게서 돌아누워 차가운 바깥에 머리를 다시 내놓고, 길게 늘어지듯 스며 나오는 노곤한 쾌감 속에서 두 몸이 맞닿 은 부드러운 감촉에 행복을 느끼며 잠시 동안 누워 있었다. 그 러다가 다리를 침낭 끝까지 쭉 뻗고는 순식간에 다시 잠에 빠 져들었다.

먼동이 틀 무렵 그가 잠에서 깼을 때에는, 그녀는 이미 가고 없었다. 그는 눈을 뜨자마자 그것을 알았다. 팔을 뻗어보니 침 낭 속 그녀가 누워 있던 곳이 아직도 따뜻했다. 그는 입구에 걸 린 담요에 서리가 맺혀 있는 동굴을 바라보았다. 부엌 화덕에 불을 지폈는지 바위 틈새로 회색 연기가 피어오르고 있었다.

담요를 판초처럼 머리에 뒤집어쓴 한 남자가 수풀 뒤에서 걸어 나왔다. 로버트 조던은 그가 파블로임을 알아차렸다. 그는 담배를 피우고 있었다. 말 울타리를 돌보러 아래에 내려갔었군, 로버트 조던은 생각했다.

파블로는 로버트 조던 쪽은 쳐다보지도 않고, 입구의 담요를 열어젖히고 동굴 안으로 들어갔다.

로버트 조던은 5년 동안 써온 초록색 오리털 침낭의 낡고 얼룩덜룩한 실크 커버에 엷게 맺힌 서리를 만져보았다. 그러고는 다시 그 속으로 들어갔다. 다리를 넓게 펴고 플란넬 안감의 익숙한 포근함을 느끼면서 부에노(좋군), 하고 중얼거렸다. 그런 다음 다리를 다시 움츠리고 해가 떠오르는 쪽의 반대 방향으로 몸을 돌렸다. 케 마스 다(뭐 어때), 좀 더 자두지, 뭐.

그는 비행기 모터 소리에 잠에서 깰 때까지 줄곧 잤다.

등을 대고 누운 채 그는 그들, 피아트 전투기 세 대로 이루어진 파시스트 정찰대가 하늘을 가로질러 안셀모와 그가 어제 지나온 방향으로 향하는 모습을 보았다. 세 대가 지나가자 그 뒤에 다시 아홉 대가 훨씬 높은 고도에서 세 대씩 정교하게 삼각편대를 이루어 지나갔다.

파블로와 집시는 동굴 입구의 그늘 밑에 서서 하늘을 올려다보고 있었다. 로버트 조던이 아직 누워 있는 동안, 망치로 두드리는 듯한 높은 톤의 전투기 모터 소리로 가득한 하늘에 새로 윙윙거리는 폭음이 일더니, 또 다른 비행기 세 대가 개간지에서 1천 피트도 되지 않는 높이에서 나타났다. 쌍발 폭격기 하인켈 111기였다.

바위 틈새의 그늘에 머리를 숨긴 로버트 조던은 그들이 자신을 볼 수 없음을 알았고, 그들이 본다 해도 문제될 것이 없다고 생각했다. 만약 그들이 이 산속에서 무언가를 찾고 있는 것이라면, 울타리에 있는 말들도 눈에 띌 터였다. 뭔가를 찾는 것이 아니어도 어쨌든 말들은 볼 수도 있을 테지만, 당연히 자기편 기마대의 말이라고 여길 것이었다. 이내 또 다른 폭음이 이전보다 더 큰 소리를 내며 울렸다. 새로운 하인켈 111기 세 대가 꼿꼿하게 급강하를 하며 정확한 편대를 이루고 다가오는 것이 보였고, 지축을 울리는 듯한 굉음이 점점 더 커지면서 끔찍한 소음으로 다가오다가, 개간지를 벗어나자 이내 소리가 잦아들었다.

로버트 조던은 베개로 쓰던 옷가지들을 풀어서 그중 셔츠를 집어 들었다. 옷가지를 감아서 만든 베개는 그의 머리 위에 있었고, 또 다른 비행기들이 오는 소리가 들리자 그는 그것을 침낭 속으로 끌어당겨 옷가지 속에서 바지를 꺼냈다. 그러고는 하인켈 쌍발 폭격기 세 대가 더 지나가는 동안 그대로 조용히 누워 있었다. 전투기들이 산마루를 넘어 사라지기 전, 그는 권총을 차고 침낭을 개서 바위에 기대어놓은 다음 바위에 바짝 붙어 앉아 신발 끈을 맸다. 그때 윙윙거리는 소음이 전에 없는 굉음으로 바뀌더니 하인켈 경폭격기 아홉 대가 사다리꼴 편대를 지어 다시 날아왔다가 하늘을 찢어놓을 듯한 소리를 내며 지나갔다.

로버트 조던은 바위 사이를 미끄러지듯 지나 동굴 입구로 들어갔다. 그곳에는 두 형제와 파블로, 집시, 안셀모, 아구스틴, 그리고 여자가 밖을 내다보고 있었다.

"예전에도 이렇게 비행기들이 온 적이 있소?" 그가 물었다.

"전혀." 파블로가 말했다. "얼른 들어와. 이러다 저놈들 눈에 띄겠어."

태양은 아직 동굴 입구까지 비치지 않았다. 이제 겨우 개울가의 초지에만 햇빛이 들고 있었다. 로버트 조던은 이른 아침의 나무 그늘과 바위들이 만들어내는 짙은 그늘 밑 어두운 곳에서는 눈에 띄지 않는다는 것을 알았지만, 그들이 불안해하지 않도록 동굴 안으로 들어갔다.

"수가 많구먼." 여자가 말했다.

"이보다 더 많이 올 겁니다." 로버트 조던이 말했다.

"어떻게 알지?" 파블로가 의심스럽다는 투로 물었다.

"좀 전에 지나간 것들은 추격기와 함께 다니는 것들이오."

바로 그때 흐느끼는 듯이 윙윙거리는 소리가 더 높은 곳에서 들렸다. 약 5천 피트 상공을 지날 때 로버트 조던이 세어보니, 열다섯 대의 피아트기가 세 대씩 브이자 대형을 이루며 야생 기러기 떼처럼 사다리꼴 편대로 지나갔다.

동굴 입구에서 모두 심각한 표정을 짓고 있는 그들을 보고 로버트 조던이 물었다. "이렇게 많은 비행기들은 본 적이 없습니까?"

"없어." 파블로가 말했다.

"세고비아에도 많지 않았소?"

"안 많았어. 그래 봤자 보통 세 대 정도였는데. 가끔은 추격기 여섯 대 정도가 있었지. 모터가 세 개 달린 덩치 큰 융커기 세 대가 추격기들을 대동하고 온 적은 있긴 했지. 하지만 이렇게 많은 비행기들은 본 적이 없어."

불길한 징조군, 로버트 조던은 생각했다. 이건 정말 좋지 않은데. 적의 전투기들이 이곳으로 집결하고 있다니 심상치 않은 일이었다. 놈들이 폭탄을 떨어뜨리는지 잘 들어봐야겠군. 하지만 아니지, 그들이 벌써 공습을 위해 군대를 들여왔을 리는 없지. 오늘 밤이나 내일 밤까지는 분명 안 올 거야, 분명히. 분명 지금 이 시간에 움직이고 있지는 않을 거야.

전투기는 멀어져갔지만 윙윙거리는 소리는 아직까지 들려 왔다. 그는 시계를 보았다. 지금쯤이면 적어도 선두에 선 놈들은 전선을 넘고 있을 것이다. 그는 시계의 스위치를 눌러 초침이 돌아가게 해놓고 그것이 숫자판을 한 바퀴 도는 것을 보았다. 아니, 아마 아직은 아닐 것이다. 지금쯤. 그래, 지금쯤이면 충분히 넘었겠지. 111기는 어쨌든 시속 250마일이니까. 5분이면 그곳까지 갈 거야. 지금쯤 고개를 한참 넘어 아침이면 온통 노랗고 황갈색인 카스티야, 노란색 사이로 흰색 길들이 서로 어지럽게 나 있고 작은 마을들이 점처럼 펼쳐진 카스티야가 그들 아래에 펼쳐지고 있겠지. 상어들의 그림자가 심해의 모랫바닥을 지나는 것처럼 하인켈기의 그림자가 땅 위에서 움직이고 있겠지.

쿵, 쿵, 쿵 하는 폭탄 소리는 들리지 않았다. 그의 시계는 계속 똑딱거렸다.

그들은 콜메나르나 에스코리알로 가고 있거나, 아니면 만자나레스 엘 레알 평원을 날고 있을지도 모른다. 그곳엔 호수 위에 자리한 고성(古城)과 오리들이 노니는 갈대숲이 있는 가운데, 숨겨진 진짜 비행장 뒤편에 있는 적군 유인용 가짜 비행장에 모형 비행기들이 거의 가려지지 않은 채 놓여 있을 것이고, 비행기의 프로펠러가 바람에 돌아가고 있을 것이다. 그곳이 그들이 향하고 있는 곳임이 틀림없다. 놈들이 우리의 공격 계획을 알아차렸을 리 없어, 그는 자신에게 말했다. 하지만 그의 내면에서는, 알 리가 없다니 왜? 지금껏 놈들은 우리의 모든 공격을 간파했었는데, 하고 반문하고 있었다.

"놈들이 말들을 봤을까?" 파블로가 물었다.

"놈들은 말을 찾고 있던 게 아니오." 로버트 조던이 말했다.

"그래도 그들이 보지 않았을까?"

"말을 찾으라는 명령을 받은 게 아니라면 못 봤을 거요."

"놈들이 봤을까?"

"아마 보지 못했을걸." 로버트 조던이 말했다. "햇빛이 숲을 비추지 않았다면."

"아주 일찌감치 비췄어." 파블로가 심란한 듯 말했다.

"놈들은 당신 말들 말고도 다른 것들을 생각할 거요."

그가 스톱워치의 단추를 누른 지 8분이 지났지만 아직도 폭탄 소리는 들리지 않았다.

"시계로 뭘 하는 건가?" 여자가 물었다.

"놈들이 어디로 갔는지 듣고 있어요."

"아." 그녀가 말했다. 10분이 지나자 그는 소리의 속도 1분을 감안하더라도 이제 소리가 들리기에는 너무 멀리 갔음을 깨달았다. 그는 시계 보기를 멈추고 안셀모에게 말했다. "영감님께 할 말이 있습니다."

안셀모가 동굴 입구에서 나왔고, 두 사람은 입구에서 약간 떨어진 곳으로 걸음을 옮기다가 소나무 옆에 멈춰 섰다.

"케 탈?(어떠세요?)" 로버트 조던이 그에게 물었다. "몸은 좀 괜찮으세요?"

"괜찮네."

"아침은 드셨습니까?"

"아니. 아무도 안 먹었어."

"그럼 드시고 점심에 먹을 것도 좀 싸 오세요. 영감님이 도로를 정찰하러 가셔야겠습니다. 지나가는 모든 것들을 기록하세요."

"난 글을 쓸 줄 모르는데."

"글씨는 쓰지 않아도 돼요." 로버트 조던은 노트에서 종이 두 장을 뜯어내고 칼로 연필을 1인치 정도 잘라냈다. "이걸 가져가서 이렇게 탱크들을 표시하세요." 그는 탱크를 비스듬하게 그렸다. "이렇게 한 대당 하나씩, 네 대가 될 때까지 표시를 하고 나서 다섯 대가 되면 네 대 위에 반대 방향으로 빗금을 그으세요."

"이렇게는 우리도 셀 수 있지."

"좋아요. 다른 표시도 하세요. 바퀴 두 개, 상자 하나가 트럭 표시예요. 비어 있으면 동그라미를 치세요. 트럭에 군인들이 가득 차 있으면 작대기를 그으세요. 총도 표시하고. 큰 것은 이렇게, 작은 것은 이렇게. 차도 표시하세요. 구급차도 표시하세요. 그러니까 바퀴 두 개와 상자를 그리고 그 위에 십자가를 그리면 됩니다. 보병 중대는 이렇게 표시하고요, 알겠죠? 작은 네모를 그린 다음 그 옆에 표시하세요. 기병대는 이렇게요, 알겠죠? 말처럼, 상자 모양에 다리 네 개를 그리는 거예요. 그게 말 스무 마리의 기마대예요. 이해되시죠? 군단마다 표시 하나씩이요."

"알겠네. 기발하군."

"이제." 그는 큰 바퀴 두 개 주위에 길쭉한 타원을 그린 다음, 짧은 선을 그어 포신을 그렸다. "이건 장갑차예요. 고무 타이어가 달려 있죠. 그것들도 표시하세요. 이건 대공포입니다." 바퀴 두 개에 총신이 위로 기울어 있었다. "그것들도 표시하세요. 알겠죠? 대공포를 본 적 있어요?"

"그럼." 안셀모가 말했다. "물론이지. 잘 알아."

"집시를 데려가서 영감님이 어느 지점에서 정찰할지 그에게 알려주세요. 나중에 교대하러 가야 하니까. 너무 가깝지 않으면서 편하게 잘 볼 수 있는 안전한 곳을 택하세요. 임무 교대를 할 때까지 그곳에 머무르는 겁니다."

"알았네."

"좋습니다. 그리고 돌아올 때는 길 위에서 움직인 모든 것을 제가 파악할 수 있어야 합니다. 종이 한 장은 오르막 차선으로 움직이는 것들을 그리고, 다른 한 장은 내리막 차선으로 움직이는 것들을 그리는 데 쓰세요."

그들은 동굴 쪽으로 걸어갔다.

"라파엘을 불러주세요." 로버트 조던은 이렇게 말하고 나무 옆에서 기다렸다. 그는 안셀모가 동굴 안으로 들어가는 것과 담요가 그의 뒤에서 펄럭이는 것을 보았다. 얼마 후 집시가 손으로 입가를 닦으며 어슬렁어슬렁 걸어 나왔다.

"케 탈?" 집시가 물었다. "어젯밤 기분 전환 좀 했겠구려?"

"잤소."

"그리 나쁘지 않았네." 집시가 말하며 씩 웃었다. "담배 있수?"

"잘 들어요." 로버트 조던은 주머니 속에서 담배를 더듬어 찾았다. "안셀모 영감이랑 같이 가서 그가 도로를 정찰할 만한 곳을 찾아요. 그곳에 영감을 두고 오되, 나든 다른 누구든 나중에 그와 교대할 사람을 안내할 수 있도록 그 장소를 잘 표시해 두어야 합니다. 그리고 나서 제재소를 살펴볼 수 있는 곳으로 가서 그곳 초소에 무슨 변화가 있는지 알아보시오."

"무슨 변화?"

"지금 거기에 몇 명이나 있지요?"

"여덟 명. 마지막으로 봤을 땐 그랬어."

"지금은 몇 명이 있는지 알아봐요. 다리에서 몇 시간 간격으로 보초병들이 교대하는지도 알아보고."

"간격?"

"보초병이 몇 시간 동안 있고, 몇 시에 사람이 바뀌는지 말이오."

"난 시계가 없는데."

"내 걸 가져가요." 그가 시곗줄을 풀었다.

"멋진 시계구면." 라파엘이 감탄했다. "이거 복잡한 것 좀 봐. 이런 시계는 읽고 쓸 줄도 알겠네. 숫자가 얼마나 복잡한지 보라고. 다른 시계들을 죄다 능가할 물건이로구면."

"시계 가지고 장난치면 안 됩니다." 로버트 조던이 말했다. "시계 읽을 줄 아시오?"

"못 읽을 게 뭐람. 12시는 정오, 배가 고플 때. 밤 12시는 자정, 잠잘 때. 아침 6시에는 배가 고프고. 밤 6시는 술 취할 시간이지. 운이 좋다면 밤 10시에는……."

"그만." 로버트 조던이 말했다. "광대처럼 굴 필요는 없소. 큰 다리의 보초병과 아래쪽 도로의 초소를 제재소와 작은 다리의 보초병과 초소와 똑같은 방법으로 감시하시오."

"일이 많겠군." 집시가 웃었다. "나 말고 보낼 사람이 진짜 없는 거요?"

"없소, 라파엘. 이건 아주 중요한 일이오. 조심 또 조심해야 하고 적들의 눈에 띄지 않도록 해야 합니다."

"들키지 않을 자신은 있지." 집시가 말했다. "왜 나보고 들키지 말라고 하는 거지? 내가 총에 맞고 싶어 하기라도 한다고 생각하쇼?"

"좀 진지해져봐요." 로버트 조던이 말했다. "이 일은 심각한 일이란 말이오."

"나보고 일을 심각하게 받아들이라고? 어젯밤에 그런 짓을 하고도? 사람을 죽여야 할 때 그러기는커녕 그런 짓을 해놓고 말이지? 사람을 죽여야 했다고, 만들 게 아니라! 뒤로는 우리 할아버지들까지, 앞으로는 태어나지도 않은 손자들까지, 고양이며 염소며 빈대며 죄다 죽여버릴 만큼 엄청나게 많은 비행기들이 하늘을 뒤덮는 꼴을 금방 봐놓고선. 비행기들이 하늘이 시커멓게 되도록 지나가면서 네 어미의 젖통을 굳어버리게 할 만큼 끔찍한 소리를 내면서 사자처럼 으르렁대고 지나가는 걸 봐놓고, 그러고도 당신이 나한테 일을 심각하게 받아들이라고 하다니. 난 진작부터 너무 심각하게 생각하고 있어."

"좋소." 로버트 조던이 웃으며 집시의 어깨에 손을 얹었다. "그럼 너무 심각하게 받아들이지 마시오. 자, 아침을 마저 다 먹고 출발합시다."

"그럼 댁은?" 집시가 물었다. "댁은 뭘 할 거요?"

"난 엘 소르도를 만나러 갈 겁니다."

"그 비행기들을 봤으니 아마 이 산중에선 개미 한 마리도 찾기 힘들 거요." 집시가 말했다. "오늘 아침 비행기들이 지나갈 때 진땀 꽤나 흘린 놈들이 많았을 게 뻔해."

"그자들은 게릴라 잡는 일 말고도 할 일이 많습니다."

"그래." 집시가 말했다. 그러고는 고개를 저었다. "하지만 놈들이 맘만 먹으면."

"케 바." 로버트 조던이 말했다. "그들은 최정예 독일 경폭격기들이오. 집시들을 잡으려고 그런 비행기를 보내지는 않아."

"난 겁이 났어." 라파엘이 말했다. "그런 것들은, 그래, 좀 무섭지."

"그들은 군용 비행장을 폭격하러 가는 거요." 로버트 조던이 동굴 안으로 들어가면서 말했다. "그럴 거라고 난 거의 확신해요."

"무슨 얘기요?" 파블로의 여자가 물었다. 그녀는 그에게 커피를 한 잔 따라주고 연유 통을 건넸다.

"우유가 있나요? 아, 이렇게 황송할 데가!"

"뭐든 있지." 그녀가 말했다. "비행기들이 지나간 후로 다들 겁에 질려 있어. 그것들이 어디로 갔다고 말한 거요?"

로버트 조던은 깡통 구멍으로 걸쭉한 연유를 커피에 붓고, 컵 가장자리에 깡통을 문지른 다음, 옅은 갈색이 될 때까지 커피를 저었다.

"분명 군용 비행장을 폭격하러 가는 길일 거예요. 에스코리알과 콜메나르로 갔을 수도 있고. 어쩌면 세 군데 다."

"먼 곳으로 가서 여기로는 오지 않을 거라 이거지." 파블로가 말했다.

"그럼 왜 여길 왔지?" 여자가 물었다. "그들이 왜 온 거지? 우린 그런 비행기들은 본 적이 없는데. 게다가 그렇게 여러 대를 본 적도 없고. 놈들이 공격을 준비하는 건가?"

"어젯밤에 도로에서는 어떤 움직임이 있었습니까?" 로버트 조던이 물었다. 마리아가 곁에 있었지만 그는 그녀를 쳐다보지 않았다.

"너." 여자가 말했다. "페르난도. 너 어젯밤에 라그랑하에 있었지. 거긴 어떤 동요가 있던가?"

"아무것도 없었어요." 서른다섯쯤 되어 보이는, 키가 작고 솔직해 보이는 사팔뜨기의 남자가 대답했다. 전에 본 적이 없는 자였다. "보통 때처럼 트럭 몇 대요. 승용차 몇 대랑. 내가 거기 있을 동안 부대 이동은 없었어요."

"댁이 매일 밤 라그랑하에 갑니까?" 로버트 조던이 그에게 물었다.

"나 아니면 다른 사람이." 페르난도가 말했다. "누군가가 가지요."

"소식을 들으러 가기도 하고 담배를 얻거나 잡화를 얻으러 가기도 하지." 여자가 말했다.

"거기에도 우리 쪽 사람들이 있습니까?"

"물론. 왜 없겠어? 발전소에서 일하는 사람들이지. 다른 사람들도 있고."

"무슨 소식이 있소?"

"푸에스 나다.(없어.) 아무것도 없어요. 북쪽은 여전히 상황이 안 좋아요. 그건 소식 축에도 못 끼지요. 북쪽은 처음부터 지금껏 계속 나빠지기만 해왔으니까."

"세고비아 소식은?"

"아뇨, 옴브레.(젊은 양반.) 물어보지 않았는데."

"세고비아에 가기도 합니까?"

"가끔." 페르난도가 말했다. "하지만 거긴 위험해요. 신분증을 요구하는 검문소들이 있거든."

"군용 비행장을 아시오?"

"아뇨, 옴브레. 어딘지는 알지만 가까이 가본 적은 없어요. 거기, 거기는 단속이 워낙 심해서."

"어젯밤에 이 비행기들에 대해 말하는 사람이 아무도 없었나요?"

"라그랑하에서? 아무도. 하지만 오늘 밤엔 분명 말들을 하겠지요. 사람들이 키에포 데 라노*의 방송에 대해서 얘기하더군요. 그것 말고는 없었어요. 아, 맞다. 공화군이 공격을 준비하고 있는 것 같더군요."

"뭐라고요?"

"공화군이 공격을 준비하고 있다고요."

"어디에서?"

"확실치는 않아요. 아마 여기에서 하거나 어쩌면 여기 산맥의 다른 편에서 할지도. 당신은 그런 얘기 못 들어봤어요?"

"라그랑하에서 그런 얘기들을 한단 말이오?"

"그래요, 옴브레. 깜빡 잊고 있었네. 하지만 공격에 대한 얘기는 언제나 많이들 했어요."

"이 얘기는 어디에서 흘러나온 거요?"

"어디에서? 아, 여러 사람들한테서 나왔겠지. 장교들이 세고비아와 아빌라의 카페에서 말하면 웨이터들이 그걸 엿들으니까. 소문은 돌고 돌거든. 때로는 여기 이 지역에서 공화군이 공격한다는 얘기들을 하기도 하니까요."

"공화군이, 아니면 파시스트들이?"

"공화군이요. 파시스트들이 할 거라면 다들 알게. 아니에요, 이건 꽤 큰 규모의 공격이에요. 두 군데라고 말하는 사람들도 있어요. 한 번은 여기 그리고 다른 한 번은 에스코리알 근처 알토 델 레온에서 있을 거래요. 이런 얘기 못 들어봤어요?"

"다른 얘긴 들은 거 없습니까?"

"나다, 옴브레. 아무것도. 아, 맞다. 공격이 있다면 공화군이 다리를 폭파시킬 거라는 소문도 있더군요. 하지만 다리는 보초

---

*1936년 프랑코와 함께 공화정부에 반대하여 파시스트 쿠데타를 일으켜 스페인 내전을 발발시킨 인물.

병들이 지키고 있잖아요."

"농담하는 겁니까?" 로버트 조던은 커피를 마시며 말했다.

"아니, 옴브레." 페르난도가 말했다.

"이 사람은 농담 같은 건 안 해." 여자가 말했다. "농담을 너무 안 해서 탈이지."

"그럼, 소식 전해줘서 고맙소. 더 이상은 들은 게 없습니까?" 로버트 조던이 물었다.

"없어요. 언제나처럼 그들은 이 산을 깨끗하게 소탕하기 위해 군대를 보낼 거라고들 하더군요. 군대가 이미 오고 있는 중이라는 소문도 있고. 이미 바야돌리드에서 파병을 했다고 말이오. 하지만 항상 그런 식으로 얘기들을 해요. 별로 중요한 얘기는 아니죠."

"이런데도 당신." 파블로의 여자가 파블로에게 표독스럽게 말했다. "안전 좋아하고 자빠졌네."

파블로가 생각에 잠긴 듯 그녀를 바라보다가 턱을 긁었다. "너." 그가 말했다. "그리고 네 다리들."

"다리라뇨?" 페르난도가 명랑하게 물었다.

"어리석기는." 여자가 그에게 말했다. "둔한 놈. 톤토.(명청하긴.) 커피나 한 잔 더 마시고 새로운 소식이나 더 기억해봐."

"화내지 말아요, 필라르." 페르난도가 차분하고도 쾌활하게 말했다. "괜한 소문들 가지고 너무 놀라서도 안 되고. 난 당신하고 이 동지에게 기억나는 건 모조리 다 말했어요."

"더 이상은 기억이 안 납니까?" 로버트 조던이 물었다.

"안 납니다." 페르난도가 점잖게 말했다. "이 정도 기억하는 것도 운이 좋은 거지, 그냥 소문일 뿐이었기 때문에 관심을 안 가졌거든요."

"그럼 뭔가 더 있었겠네요?"

"그럴 수도 있지. 하지만 난 열심히 안 들었어요. 1년째 뜬소문들만 주워듣다 보니."

로버트 조던은 바로 뒤에 서 있는 마리아가 웃음을 참다못해 큿큿 소리를 내는 걸 들었다.

"소문 한 가지만 더 얘기해줘요, 페르난디토." 그녀는 말하고 나서 다시 어깨를 들썩였다.

"기억이 난다 해도 기억하지 않겠어." 페르난도가 말했다. "소문이나 듣고 그걸 중요하게 생각하는 건 사내의 위엄을 깎아먹는 일이니까."

"그래도 우린 이걸로 공화국을 지킬 수 있는걸." 여자가 말했다.

"아니. 네년은 다리를 폭파해서 그걸 구하겠지." 파블로가 그녀에게 말했다.

"자, 다 드셨으면 가시죠." 로버트 조던이 안셀모와 라파엘에게 말했다.

"우린 이제 가보겠소." 노인이 말했고, 두 사람은 일어났다. 로버트 조던은 자신의 어깨에 얹힌 손을 느꼈다. 마리아였다. "뭐라도 좀 먹어야 해요." 그녀는 손을 얹은 채 말했다. "잘 먹고 당신 배가 소문을 더 많이 견딜 수 있도록요."

"소문이 식욕의 자리를 빼앗아버렸군."

"안 돼요. 그래선 안 돼요. 소문이 더 많이 들어오기 전에 지금 이걸 드세요." 그녀는 그릇을 그의 앞에 놓았다.

"놀리지 마." 페르난도가 그녀에게 말했다. "난 네 좋은 친구잖아."

"당신한테 농담하는 거 아니에요, 페르난도. 이 사람한테 농담하는 것뿐이에요. 이 사람도 먹어야지 안 그러면 배고플 거예요."

"우린 다 먹어야 해." 페르난도가 말했다. "필라르, 무슨 연유로 밥을 안 주는 거예요?"

"아무 일도 없어, 이 사람아." 파블로의 여자가 그의 그릇에 고기 스튜를 채워주었다. "먹어. 그래, 그건 너도 할 수 있는 일이겠군. 이제 먹어."

"아주 훌륭하군요, 필라르." 페르난도는 짐짓 위엄을 차려가며 말했다.

"고맙군." 여자가 말했다. "고마워, 고마워."

"나한테 화났어요?" 페르난도가 물었다.

"아니야. 먹어. 어서 먹기나 하라고."

"그럴게요." 페르난도가 말했다. "고마워요."

로버트 조던은 마리아를 바라보았고, 그녀는 다시 어깨를 들썩이더니 고개를 다른 쪽으로 돌렸다. 페르난도는 자신만만하고 위엄이 깃든 표정을 지으며 계속 먹었고, 그가 쓰고 있는 엄청나게 큰 숟가락이나 입 끝으로 흘러내리는 약간의 스튜 국물도 그 위엄을 깎아내리지 못했다.

"음식이 마음에 드나?" 파블로의 여자가 그에게 물었다.

"좋아요, 필라르." 그는 입안 가득 음식을 문 채 말했다. "언제나처럼."

로버트 조던은 자신의 팔 위에 놓인 마리아의 손을 느꼈고, 그녀가 손가락에 힘을 꽉 쥐는 것에 기분이 좋았다.

"그래서 좋은 거야?" 여자가 페르난도에게 물었다.

"그래." 그녀가 스스로 대답했다. "알겠어. 언제나 마찬가지라서 좋단 말이지. 코모 시엠프레.(변함없이 말이야.) 북쪽은 상황이 안 좋지. 언제나처럼. 여기 공세도 마찬가지고. 언제나처럼. 군대가 우리를 소탕하러 온다고. 언제나처럼. 자넨 기념비 노릇을 할 수 있겠군, 언제나처럼."

"하지만 마지막 두 얘긴 그저 소문일 뿐이에요, 필라르."

"스페인이란." 파블로의 여자가 씁쓸하게 말했다. 그리고 로버트 조던에게 고개를 돌렸다. "다른 나라에도 이런 사람들이 있소?"

"스페인 같은 나라는 또 없지요." 로버트 조던은 공손하게 말했다.

"당신 말이 맞아요." 페르난도가 말했다. "세상에 스페인 같은 나라는 없어요."

"다른 나라에 가본 적이나 있어?" 여자가 그에게 물었다.

"아뇨." 페르난도가 말했다. "가고 싶지도 않고."

"이것 좀 보라니까?" 파블로의 여자가 로버트 조던에게 말했다.

"페르난디토." 마리아가 그에게 말했다. "발렌시아에 갔던 얘기 좀 해줘요."

"난 발렌시아가 싫었어."

"왜요?" 마리아가 물으면서 다시 로버트 조던의 팔을 눌렀다. "왜 거기가 싫었는데요?"

"거기 사람들은 예의도 없고 도통 이해가 안 되더라고. 서로 '체'* 하고 소리나 질러대고 말이야."

"그 사람들은 당신 말을 알아듣던가요?" 마리아가 물었다.

"못 알아듣는 척하던데." 페르난도가 말했다.

---

*'이봐', '어이' 등 누군가를 부를 때 쓰는 스페인어.

142

"그럼 당신은 거기에서 뭘 했어요?"

"바다도 못 보고 왔어." 페르난도가 말했다. "난 그 사람들이 싫었어."

"아, 꺼져버려, 노처녀 같은 놈." 파블로의 여자가 말했다. "속 뒤집어지기 전에 얼른 꺼져. 나는 발렌시아에서 내 인생 최고의 시절을 보냈어. 바모스!* 발렌시아. 나한테 발렌시아 얘기는 하지 마."

"아주머니는 거기서 뭘 하셨는데요?" 마리아가 물었다. 파블로의 여자는 커피 한 잔과 빵 한 조각 그리고 스튜 한 그릇을 놓고 탁자에 앉았다.

"케?(뭐라고?) 우리가 거기서 뭘 했느냐. 피니토가 그 지방 페리아**에서 세 차례의 투우 경기에 계약을 했던 때 나도 거기에 있었어. 그렇게 많은 사람은 본 적이 없었지. 카페가 그렇게 사람들로 북적거리는 것도 본 적이 없고. 몇 시간을 기다려도 자리를 잡을 수 없고, 전차도 탈 수 없었지. 발렌시아에선 하루 종일, 밤새도록 사람들이 돌아다녔어."

"그런데 아줌마는 뭘 했어요?" 마리아가 물었다.

"뭐든 다." 여자가 말했다. "해변에도 가고 물속에 누워 있기도 했고. 거기선 황소들을 이용해서 돛단배를 바다에서 끌고 나오더군. 황소들을 물속으로 끌고 가는데, 너무 깊어서 나중엔 황소들이 헤엄을 쳐야 할 지경이었어. 그러고는 황소를 배에다 잡아맸지. 황소들이 휘청거리며 모래밭에 발을 디디더군. 아침에 황소 열 마리가 해변에 부딪히는 작은 파도를 가르며

* '아!', '이런!', '가자!' 등 주로 감탄의 의미로 자주 쓰이는 스페인어 표현.
** '축제'라는 뜻의 스페인어. 페리아 기간에 보통 투우 경기나 소몰이 경기가 벌어진다.

돛단배를 바다에서 끌고 오더란 말이야. 그게 발렌시아라는 곳이야."

"황소 보는 것 말고는 뭘 했어요?"

"우린 모래밭 천막 안에서 식사를 했지. 잘게 잘라 익힌 생선이랑, 청고추, 홍고추, 쌀알 같은 작은 견과류가 들어간 패스트리. 얇게 부서지는 맛 좋은 패스트리에다 어마어마하게 푸짐한 생선이라니. 바다에서 갓 잡은 싱싱한 새우에다는 라임 즙을 뿌리고 말이야. 분홍빛에 달콤한, 한 마리가 네 입이나 되는 큰 새우였어. 그런 걸 우린 배 터지게 먹었다고. 그리고 껍데기속에 든 조개랑 홍합, 가재, 실뱀장어 같은 싱싱한 해산물이 들어간 파에야도 먹었지. 또 실뱀장어만 따로 기름에 볶은 것도 먹었는데, 콩나물처럼 쪼그라들어서는 온통 배배 꼬인 게 어찌나 부드럽던지 씹지 않아도 입에서 살살 녹아버리더군. 언제나 차갑고 가벼운, 한 병에 30센티모* 하는 질 좋은 백포도주도 마셨지. 그리고 마지막으로 멜론을 먹었지. 그곳은 멜론의 본고장이거든."

"카스티야 멜론이 더 좋은데." 페르난도가 말했다.

"케 바." 파블로의 여자가 말했다. "카스티야 멜론은 고문이야. 발렌시아 멜론이야말로 먹는 거지. 사람 팔뚝만큼 길고 바다처럼 파란 멜론을 썰면 얼마나 아삭하고 즙은 또 얼마나 많은지. 여름날 이른 아침보다 더 달콤한 그 멜론들만 생각하면. 아, 그 실뱀장어, 접시에 수북했던 작고 맛난 고것들만 생각하면. 그리고 오후 내내 마시던 주전자에 든 맥주, 물통만 한 크기의 주전자 속에 든, 너무 차가워서 주전자에 물방울이 맺히

*스페인의 화폐 단위. 1유로에 해당하는 1페세타의 100분의 1의 가치가 있는 돈.

던 그 맥주."

"먹거나 마시지 않을 땐 뭘 하셨어요?"

"사랑을 나눴지. 발코니에는 나무 블라인드가 내려져 있고, 경첩이 달린 문 위쪽 트인 곳으로 바람이 들어오는 방 안에서 말이야. 블라인드를 쳐놓아서 낮에도 어둡고, 길거리에서는 꽃 시장의 향기와 축제 기간이면 매일 정오에 사방에서 타닥타닥 터지는 트라카 폭죽 냄새가 스며 들어오는 그 방에서 우리는 사랑을 나눴어. 일렬로 이어진 줄 모양의 폭죽이었는데 도시 전체에서 마구 터졌다고. 폭죽을 서로 연결해놓고 불을 붙이면 전봇대나 선로 위에서 차례로 날뛰듯이 터지는데, 이 전봇대에 서 저 전봇대로 옮겨 가면서 엄청난 소리를 냈지. 그 고막이 터 질 듯한 소리라니, 너흰 상상도 못할 거야.

우린 사랑을 나누고, 그다음엔 유리잔에 물방울이 맺히는 시원한 맥주를 한 주전자 더 보내달라고 했지. 종업원 여자가 그걸 가지고 오면, 난 문 앞에서 받아다가 차가운 주전자를 잠 들어 있는 피니토의 등에 갖다 댔지. 맥주가 배달되었을 때는 일어나지도 않던 그가 '안 돼, 필라르, 그만해, 이 여자야. 나도 좀 자자' 하고 말하면 난 이렇게 대꾸했지. '안 돼, 일어나서 얼 마나 시원한지 좀 마셔봐.' 그러면 그는 눈도 뜨지 않은 채로 맥주를 마시고는 다시 잠들었고, 난 침대 발치에 베개를 등에 받치고 누웠어. 그러고는 갈색 피부와 짙은 색 머리의 젊은 그 이를, 조용하게 잠들어 있는 그를 지켜봤지. 그런 다음 지나가 는 밴드의 음악을 들으며 맥주 한 주전자를 다 마셨어. 이봐." 그녀가 파블로에게 말했다. "당신, 그런 거 알기나 해?"

"그 짓이야 우리도 같이 했잖아." 파블로가 말했다.

"그래." 여자가 말했다. "어련하겠어? 당신도 한창때는 피니토보다 더 남자다웠지. 하지만 우린 발렌시아엔 가본 적이 없어. 침대에 같이 누워 지나가는 밴드 소리를 들은 적은 없다고."

"그건 불가능하지." 파블로가 그녀에게 말했다. "우린 발렌시아에 갈 기회가 없었으니까. 너도 제정신이면 알 거 아냐. 하지만 피니토랑 열차 따위를 날려버린 적은 없잖아."

"그래." 여자가 말했다. "그게 우리한테 남겨진 거야. 열차. 그래, 밤낮 열차 타령. 그것에 대해서는 아무도 반대 못 하지. 게으르고, 나태하고, 실패만 거듭해도 그건 남겠지. 지금은 겁만 잔뜩 먹고 있지만 그래도 열차는 남을 거야. 그전에도 많은 일들이 있었지. 나도 인정할 건 깨끗하게 인정하겠어. 하지만 벨렌시아에 대해 나쁘게 말하지는 마. 알겠어?"

"난 싫었어요." 페르난도가 작은 소리로 말했다. "난 발렌시아가 싫었어."

"하긴 거기 사람들 말씨가 노새처럼 뻣뻣하긴 하지." 여자가 말했다. "치워라, 마리아, 이제 출발해야지."

그녀가 이렇게 말했을 때, 비행기들이 돌아오는 소리가 들리기 시작했다.

9장

그들은 동굴 입구에 서서 비행기들을 바라보았다. 못생긴 화살촉 모양의 폭격기들이 하늘을 갈라놓을 듯한 날카로운 굉음을 내며 높은 고도에서 빠르게 날아오고 있었다. 꼭 상어같이 생겼군, 로버트 조던은 생각했다. 지느러미가 넓적하고 콧대가 날카로운 멕시코 만류의 상어같이 생겼어. 하지만 넓적한 은빛 지느러미, 으르렁거리는 굉음, 햇빛 속에서 프로펠러가 돌아가며 옅은 안개를 내뿜는 이것들은, 상어처럼 움직이지 않아. 과거에 보았던 그 어떤 것과도 다르게 움직여. 마치 최후의 심판을 하러 온 기계들처럼.

넌 글을 써야만 해, 그는 자신에게 말했다. 아마 또 시간이 있겠지. 마리아가 팔을 잡는 것이 느껴졌다. 그녀는 위를 올려다보고 있었다. 그는 그녀에게 물었다. "저것들이 뭐처럼 보여, 구아파*?"

"난 잘 모르겠어요." 그녀가 말했다. "죽음, 같아요."

---

*'예쁜이', '미남', '미녀'를 뜻하는 스페인어.

"내 눈엔 비행기로 보이는데." 파블로의 여자가 말했다. "작은 것들은 어디 있지?"

"다른 곳을 지나고 있을 겁니다." 로버트 조던이 말했다. "그 폭격기들은 워낙 빨라서 저 비행기들을 기다릴 수 없어 먼저 돌아왔을 겁니다. 우리 편은 절대 전선을 가로질러 쫓아오지 않아요. 그런 위험을 감수할 정도로 비행기가 많은 건 아니니까."

바로 그때 하인켈 전투기 세 대가 브이자 대형으로 개간지 위를 낮게 날아서 그들에게 다가왔다. 덜커덩거리며 날개를 기울이더니 코를 꼬집힌 못생긴 장난감처럼 나무 꼭대기 바로 위를 지났다. 갑자기 그것들의 크기가 실제처럼 커지며 으르렁대는 굉음을 쏟아냈다. 비행기들이 동굴 입구에서 너무나 가까운 곳까지 내려와 있어서 조종사들의 얼굴까지 보였다. 그들은 헬멧에 고글을 끼고 있었고, 정찰대 대장의 머리 뒤로는 스카프가 펄럭였다.

"놈들이 말들을 보겠어." 파블로가 말했다.

"당신 담배 끄트머리도 보겠군." 여자가 말했다. "어서 담요를 쳐."

비행기는 더 이상 오지 않았다. 다른 것들은 더 높은 고개 너머로 지나간 모양이었다. 윙윙거리는 소리가 사라지자 그들은 동굴에서 바깥으로 나왔다.

이제 하늘은 텅 빈 채 구름 한 점 없이 높고 맑았다.

"꿈속에서 비행기들을 보다가 깬 것 같아요." 마리아가 로버트 조던에게 말했다. 소리가 가청 거리를 벗어나자 손가락으로 살짝 톡톡대는 것 같던 마지막 윙윙 소리까지도 거의 들리지 않았다.

"꿈이 아니었어. 넌 들어가서 씻기나 해라." 필라르가 그녀에게 말했다. "어떻소?" 그녀는 로버트 조던에게 고개를 돌렸다. "말을 타고 갈까 아니면 걸어갈까?"

파블로는 그녀를 바라보고 구시렁거렸다.

"좋을 대로 하세요." 로버트 조던이 말했다.

"그럼 걸어가지." 그녀가 말했다. "간을 위해서 그러는 편이 좋겠어."

"말을 타고 달리는 것도 간에 좋지요."

"그렇기는 하지만 엉덩이가 배겨서. 우린 걸어갈 테니 당신은……." 그녀는 파블로에게로 고개를 돌렸다. "내려가서 당신 짐승들 수나 세어보고 도망간 놈 없나 살펴보쇼."

"말을 타고 가겠소?" 파블로가 로버트 조던에게 물었다.

"아니. 괜찮소. 아가씨는 어떻게 할까요?"

"그 아이도 걷는 게 나아." 필라르가 말했다. "몸이 여기저기 굳어지면 아무 데도 쓸모가 없어질 테니까."

로버트 조던은 얼굴이 화끈거렸다.

"잠은 잘 잤소?" 필라르가 말을 이었다. "병이 없다는 건 사실이야. 걸릴 뻔하긴 했지. 왜 안 걸렸는지는 나도 몰라. 어쨌든 아직은 신이 있나 봐, 우리가 신을 거부했어도 말이지. 어서 가슈." 그녀는 파블로에게 말했다. "이건 당신이 신경 쓸 일이 아니야. 당신보다 젊은 사람들 얘기야. 당신과는 질적으로 다른 사람들 얘기라고. 어서 가." 그러고는 로버트 조던에게 말했다. "아구스틴이 당신 물건들을 지킬 거요. 그 친구가 오고 나면 출발하지."

날씨는 맑고 화창했고, 햇볕이 들어 따뜻했다. 로버트 조던은 커다란 갈색 얼굴의 여자를 바라보았다. 다정하고 미간이 넓은 눈, 주름지고 못생겼지만 호감 가는 넓적하고 선 굵은 얼굴, 쾌활한 눈을 가졌지만 입술을 움직이기 전까지는 슬퍼 보이는 얼굴이었다. 그는 그녀를 바라보다가, 육중하고 무신경하게 나무들 사이로 말 울타리를 향해 걸어가는 남자 쪽으로 시선을 돌렸다. 여자 역시 그 남자를 보고 있었다.

"그 애랑은 잘 했수?" 여자가 말했다.

"그녀가 뭐라고 하던가요?"

"나한테야 말 안 하지."

"저도 안 하렵니다."

"그럼 하긴 했구먼." 여자가 말했다. "그 아이에겐 되도록 조심해줘."

"아이를 가지게 되면 어쩌지요?"

"나쁠 것 없지." 여자가 말했다. "그럼 더 좋을 거요."

"여기는 그럴 만한 곳이 못 되잖아요."

"저 애는 여기 계속 있지 않을 거야. 당신이랑 같이 떠나야지."

"그런데 제가 어딜 가겠어요? 제가 가는 곳으로 그녀를 데려갈 수는 없어요."

"누가 알아? 두 명을 데리고 가게 될지."

"그건 말도 안 됩니다."

"들어보시우." 여자가 말했다. "난 겁쟁이는 아니지만, 오늘 아침 일찍 모든 걸 분명하게 보게 되었수다. 우리가 아는 사람들 중에 지금은 살아 있지만 다음 일요일은 살아서 보지 못하게 될 사람들이 많을 거야."

"오늘이 무슨 요일인데요?"

"일요일."

"케 바." 로버트 조던이 말했다. "다음 일요일은 아직 멀었는걸요. 수요일까지 살아 있다면 우린 괜찮을 겁니다. 하지만 이런 얘기는 듣고 싶지 않군요."

"모든 사람은 누군가에게 말을 해야 해." 여자는 말했다. "종교나 뭐 다른 말도 안 되는 것들을 가지기 전까지는. 이제 모든 사람한테는 솔직하게 말할 누군가가 필요해. 용기가 아무리 있어도 사람은 아주 외로워지는 법이거든."

"외롭지 않아요. 우린 모두 하나입니다."

"그놈의 기계들을 보고 나니 마음이 심란하구먼." 여자가 말했다. "우린 그런 기계들에 맞설 게 아무것도 없어."

"그래도 우린 그들을 이길 수 있어요."

"이보슈." 여자가 말했다. "내가 슬픈 속내를 털어놨다고 해서 내가 결심이 약해졌다고는 생각지 마슈. 내 결심은 변하지 않아."

"슬픔은 해가 뜨면 날아가버릴 겁니다. 그건 안개와도 같으니까요."

"분명 그렇겠지." 여자가 말했다. "당신이 그렇게 되길 바란다면. 아마 발렌시아에 대해서 바보 같은 얘기를 해서 그런가 봐. 게다가 말을 살펴보러 간 그 실패자 때문이기도 하고. 난 말로 그 사람한테 상처를 줬어. 그자를 죽여도 되고, 욕을 해도 돼. 하지만 상처를 주는 건 안 돼."

"어쩌다 그자와 함께 살게 된 건가요?"

"어쩌다 같이 살게 됐냐고? 이 운동이 시작하던 날도 그 이전에도 그는 대단한 사람이었어. 진지한 인물이었지. 하지만 이제 그는 끝장이 나버렸어. 마개가 빠져서 가죽 부대에 있던 포도주가 다 흘러나와버린 꼴이지."

"전 그자가 마음에 들지 않습니다."

"그 작자도 당신을 안 좋아해. 그럴 만도 하지. 어젯밤에 난 그 작자와 잤다우." 그녀는 이제 미소를 지으며 고개를 저었다. "바모스 아 베르.(이것 좀 보게.)" 그녀가 말했다. "내가 그 작자한 테 말했지. '파블로, 당신 왜 그 외국인을 죽이지 않았수?'

그랬더니 말하더군. '그자는 좋은 젊은이야, 좋은 젊은이.'

내가 말했지. '이제 내가 명령한다는 걸 당신도 알겠지?'

'그래, 필라르. 알아.' 그가 말했어. 나중에 그 사람이 잠에서 깨어 울고 있는 소리가 들리더군. 꼭 몸속에서 어떤 동물이 흔 드는 것처럼 짧게 흐느끼며 흉하게 울고 있었어.

'왜 그러우, 파블로?' 내가 물으며 그를 끌어안았지.

'아무것도 아니야, 필라르. 아무것도 아니야.'

'아냐. 무슨 일이 있는데.'

'사람들 때문에.' 그가 말했어. '그자들이 나를 떠나는 것 때 문에 그래. 헨테 때문에.'

'그렇지. 하지만 그자들은 이제 내 부하들이야.' 내가 말했 지. '그리고 나는 당신의 여자고.'

'필라르. 열차 일을 기억해봐.' 그러고는 그가 말했어. '신의 가호가 있길, 필라르.'

'신 얘기는 뭣 하러 꺼내?' 내가 그에게 말했어. '왜 그런 말 을 하는 거야?'

'그래.' 그가 말했어. '신과 비르헨* 말이야.'

'케 바, 신과 비르헨은 무슨.' 내가 그에게 말했어. '그렇게밖 에 말하지 못하는 거유?'

---

*'성모'를 뜻하는 스페인어.

'난 죽는 게 무서워, 필라르.' 그가 말했어. '텡고 미에도 데 모리르.(죽는 게 무섭다고.) 알아듣겠어?'

'그럼 침대에서 나가.' 내가 그에게 말했어. '나랑 당신이랑 당신 두려움까지 한 침대에 다 있기엔 너무 좁으니까.'

그랬더니 그제야 그 작자는 부끄러워하면서 조용해지더군. 그리고 난 잠들었지. 하지만 그자는 말이오, 완전히 망가졌어."

로버트 조던은 아무 말도 하지 않았다.

"평생 동안 때때로 이런 슬픔을 느껴왔지." 여자가 말했다. "하지만 이건 파블로가 느끼는 슬픔하곤 달라. 그건 내 결심을 흔들리게 하지 않아."

"나도 그렇다고 믿습니다."

"어쩌면 여자들의 달거리 같은 건지도 모르지." 그녀가 말했다. "아무것도 아닐지도 모르고." 그녀는 잠시 멈췄다가 다시 말을 이었다. "난 공화국에 엄청난 환상을 갖고 있다우. 난 확고하게 공화국을 믿고 신념도 가지고 있어. 난 종교를 가진 자들이 미신 따위를 믿듯이 열렬하게 공화국을 믿지."

"난 당신을 믿습니다."

"당신도 이런 신념이 있소?"

"공화국에요?"

"그래."

"물론, 있지요." 그것이 사실이기를 바라며 그가 말했다.

"기분 좋구려." 여자가 말했다. "두렵지도 않고?"

"죽는 건 두렵지 않아요." 그는 진심이었다.

"그럼 다른 두려움은?"

"임무를 제대로 해내지 못할까 봐 두려운 것뿐입니다."

"옛날 그 사람처럼 포로로 잡힐까 봐 두렵지는 않고?"

"전혀." 그는 진심을 담아 말했다. "그런 걸 두려워하면, 두려움에 집착하게 되면 쓸모없는 인간이 될 겁니다."

"당신 참 냉철한 젊은이로구먼."

"아니." 그가 말했다. "그렇지 않은 것 같아요."

"아니야. 당신은 머릿속이 아주 차가워."

"그건 제 일에 집중하고 있어서 그렇지요."

"살면서 즐기는 일들은 좋아하지 않수?"

"좋아합니다. 무척 좋아하죠. 하지만 임무에 방해가 되지 않는 선에서만요."

"술 마시기를 좋아하는 건 내 알지. 봤으니까."

"네. 아주 많이요. 그것도 임무에 방해가 되지 않는 선에서만."

"그럼 여자는?"

"아주 좋아하지만, 여자를 그리 중요하게 여겨본 적은 없어요."

"여자를 별로 좋아하지 않소?"

"좋아합니다. 하지만 사람들이 말하는 만큼 그렇게 절 감동시키는 여자를 찾지 못했어요."

"거짓말인 것 같은데."

"그럴지도 모르죠."

"하지만 마리아는 좋아하지 않나."

"맞아요. 갑자기 푹 빠져버렸어요."

"나도 그렇다우. 나도 그 아이를 아주 많이 좋아하지. 그래. 정말 그래."

"저도 그렇습니다." 로버트 조던은 목소리가 가라앉는 것을 느꼈다. "네, 저도 그래요." 그렇게 말하니 기분이 좋아졌다. 그런 다음, 그는 상당히 정중하게 스페인어로 말했다. "저는 그녀를 아주 좋아합니다."

"엘 소르도를 만난 다음에 둘이만 있게 해주지."

로버트 조던은 아무 말도 하지 않았다. 잠시 후 그가 말했다. "그럴 필요는 없습니다."

"아니, 젊은 양반. 그럴 필요가 있어. 시간이 별로 없으니."

"손금에 그렇게 쓰여 있던가요?" 그가 물었다.

"아니. 손금 따위 말도 안 되는 건 잊어버려."

그녀는 공화국에 해가 될 다른 모든 것들과 함께 그 일에 대해서도 이미 깨끗이 지워버린 상태였다.

로버트 조던은 아무 말도 하지 않았다. 그는 마리아가 동굴 안에서 그릇들을 정리하는 모습을 보고 있었다. 그녀는 손을 씻고 나서 몸을 돌려 그에게 미소를 지었다. 그녀는 필라르의 말은 들을 수 없었지만, 황갈색 피부에 짙은 홍조를 띠며 로버트 조던에게 미소를 보냈고, 그다음 또 한 번 미소를 지었다.

"낮도 있지." 여자가 말했다. "밤도 있지만, 낮도 있다고. 분명히 내 젊은 시절 발렌시아에서같이 화려하진 않겠지만. 그래도 산딸기 같은 거라도 딸 수 있지." 그녀가 소리 내어 웃었다.

로버트 조던은 그녀의 넓은 어깨에 팔을 얹었다. "난 당신이 마음에 들어요." 그가 말했다. "아주 마음에 들어요."

"이런 돈 후안 테노리오* 같으니." 그런 애정 표현에 당황한 여자가 말했다. "누구에게나 사랑의 시작은 있는 법이지. 저기 아구스틴이 오는군."

로버트 조던은 동굴 안으로 들어가서 마리아가 서 있는 곳으로 다가갔다. 그녀는 그가 자신을 향해 오는 것을 보고 눈을 반짝이며 다시 얼굴과 목에 홍조를 띠었다.

---

* '바람둥이'를 뜻하는 스페인어.

"안녕, 어린 토끼." 그는 그녀의 입에 키스를 했다. 그녀는 그에게 바짝 다가가 그의 얼굴을 들여다보며 말했다. "안녕. 아, 안녕. 안녕."

아직까지 탁자에 앉아 담배를 피우고 있던 페르난도가 일어서서 고개를 젓더니 벽에 기대어놓았던 카빈총을 들고 밖으로 나갔다.

"내 참, 점잖지 못하게." 그가 필라르에게 말했다. "난 저런 거 싫어요. 저 아이 단속 좀 잘 하시오."

"하고 있어." 필라르가 말했다. "저 동지는 그 아이의 노비오*야."

"아." 페르난도가 말했다. "그렇다면, 약혼을 한 경우라면, 점잖게 받아들여야겠군요."

"기분 좋군." 여자가 말했다.

"저도요." 페르난도가 진지하게 동의했다. "살루드, 필라르."

"어디로 가나?"

"프리미티보와 교대하러 위쪽 초소로요."

"네놈 대체 어딜 가는 거야?" 아구스틴이 다가오면서 그 진지하고 키 작은 남자에게 물었다.

"임무 수행하러 가오." 페르난도가 위엄 있게 말했다.

"네놈 임무라." 아구스틴이 비꼬았다. "임무는 무슨 얼어 죽을." 그러고는 여자에게 고개를 돌려 말했다. "내가 지켜야 한다는 그 빌어먹을 고약한 물건은 어딨소?"

"동굴 안에." 필라르가 말했다. "두 꾸러미야. 네놈 욕지거리는 이제 신물이 나."

---

*'약혼자'를 뜻하는 스페인어.

"당신이 신물 난다는 고 우유 같은 것에 내가 한번 빠져볼까." 아구스틴이 말했다.

"그럼 가서 혼자 더러운 짓이나 해." 필라르가 화도 내지 않은 채 그에게 말했다.

"니미." 아구스틴이 대꾸했다.

"넌 에미도 없으면서." 필라르가 그에게 말했다. 이런 욕지거리들은 스페인어의 극적인 형식주의를 보여주는 것으로, 동사가 직접 언급되지는 않고 단지 암시되기만 했다.

"저 안에서 뭔 짓들이야?" 아구스틴이 은밀히 물었다.

"아무것도 아니야." 필라르가 그에게 말했다. "아무것도. 우린 어차피 봄날의 동물들 아니겠나."

"동물이라." 아구스틴이 그 말뜻을 음미했다. "동물. 그럼 당신은 갈보 중에도 상갈보의 딸이군. 난 봄날 우유에다 그 짓이나 할까나."

필라르가 그의 어깨를 후려쳤다.

"이런 사람 같으니." 그녀는 말하며 큰 소리로 웃어젖혔다. "욕지거리가 왜 맨날 그 타령이야. 그래도 힘은 좋군. 자네 비행기들 봤어?"

"그놈의 모터들, 그 큰 물건들엔 나도 기가 차더군." 아구스틴은 고개를 끄덕이고 아랫입술을 깨물면서 말했다.

"엄청나." 필라르가 말했다. "정말 굉장해. 그런 걸 해치우긴 꽤나 힘들겠지."

"그런 높이라면 그렇지." 아구스틴이 씩 웃었다. "데스데 루에고.(물론 그래.) 차라리 농지거리나 지껄이는 게 낫지."

"그래." 파블로의 여자가 말했다. "농담하는 게 훨씬 낫지. 게다가 네놈은 좋은 남자고 걸쭉한 농담을 하니까."

"이봐, 필라르." 아구스틴이 진지하게 말했다. "뭔가 준비 중이지. 아니오?"

"어때 보이는데?"

"지독한 냄새가 나. 비행기가 많았어, 이 여자야. 비행기가 많았다고."

"그래 너도 다른 녀석들처럼 그걸 보고 겁에 질렸단 말이냐?"

"케 바." 아구스틴이 말했다. "놈들이 뭘 준비하고 있는 것 같소?"

"이봐." 필라르가 말했다. "저 젊은이가 다리 때문에 온 걸 보면 분명 공화군이 공격을 준비 중인 모양인데. 비행기들을 보니 분명 파시스트들도 그 공격에 대비할 준비를 하고 있는 모양이란 말씀이야. 그런데 왜 비행기들을 보여줄까?"

"이놈의 전쟁에선 바보 같은 일들이 많이 일어나지." 아구스틴이 말했다. "이 전쟁에선 바보짓이 끝도 없어."

"맞아." 필라르가 말했다. "안 그랬다면 우리가 여기 있을 리도 없었겠지."

"그래." 아구스틴이 말했다. "우린 지금 1년째 바보짓에 빠져 허우적거리고 있어. 하지만 파블로는 아는 게 많은 작자야. 아주 꾀가 많은 작자라고."

"왜 그런 말을 하는 거야?"

"그냥 하는 말이야."

"하지만 너도 알아둬야 해." 필라르가 설명했다. "이젠 약삭빠른 잔꾀로 구원받기에는 너무 늦어버렸고, 그 작자는 사리 분별을 잃어버렸어."

"나도 알아." 아구스틴이 말했다. "우리가 떠나야 한다는 것도 알지. 결국 살아남으려면 이겨야 하니까, 다리는 폭파시켜야 해. 하지만 파블로는 이제 겁쟁이이긴 해도 아주 영리해."

"나도 못지않게 영리해."

"아니, 필라르." 아구스틴이 말했다. "당신은 영리하지 않아. 용감하지. 충직하고, 결단력 있고. 직관이 있지. 결단력과 열정도 있고. 하지만 영리하지는 않아."

"그렇게 생각한단 말이지?" 여자가 생각에 잠겨 말했다.

"그래, 필라르."

"저 젊은이는 영리해." 여자가 말했다. "영리하고 냉철하지. 머릿속이 아주 차가워."

"맞아." 아구스틴이 말했다. "그자는 자기 할 일을 잘 알겠지. 안 그러면 공화군에서 이런 임무를 맡겼을 리가 없지. 하지만 영리한 것 같지는 않아. 난 파블로가 영리하단 걸 알아."

"그래도 두려워하는 거랑 행동에 옮기지 않는 것 때문에 쓸모가 없게 됐어."

"그래도 여전히 영리해."

"그래서 어쩌라는 거야?"

"아무것도 아니야. 잘 좀 생각해보려고. 지금 우리는 신중하게 행동해야 해. 다리를 폭파한 다음엔 당장 떠나야 한다고. 준비를 다 해놔야 해. 어디로 가고 어떻게 갈 건지 알아야 한다고."

"당연하지."

"이런 덴 파블로가 최고야. 똑똑하게 처리해야 하니까."

"파블로는 미덥지가 않아."

"이런 일에는 그가 적임자야."

"아니. 그 작자가 얼마나 심하게 썩었는지 몰라서 그래."

"페로 에스 무이 비보.(하지만 그는 아직 팔팔하잖아.) 아주 영리하고. 게다가 이 일을 똑똑하게 해내지 못했다가는, 우린 그냥 좆 되는 거야."

"그건 나도 잘 생각해보지." 필라르가 말했다. "하루쯤은 생각해볼 시간이 있어."

"다리에 관한 일은 저 젊은이가 최고겠지." 아구스틴이 말했다. "이건 저 젊은이가 꼭 알아둬야 해. 파블로가 열차 폭파 작전을 얼마나 잘 짰는지 생각해봐."

"그래." 필라르가 말했다. "정말 파블로가 모든 걸 계획했지."

"힘하고 결단력 하면 당신이지." 아구스틴이 말했다. "하지만 움직이는 거 하면 파블로야. 퇴각하는 것도 그렇고. 이제 그에게 연구 좀 해보라고 시켜."

"자네 참 똑똑한 남자군."

"똑똑하다고, 그렇고말고." 아구스틴이 말했다. "하지만 신 피카르디아.(교활하지는 않아.) 그거라면 파블로지."

"그렇게 두려워하는데도?"

"그렇게 두려워하는데도."

"그럼 다리에 대해서는 어떻게 생각하는 거야?"

"필요하다고 봐. 내가 아는 한은. 우리는 두 가지를 꼭 해야 해. 여기를 떠나야 하고 이겨야 해. 이기려면 다리 폭파가 필요하고."

"파블로가 그렇게 똑똑하다면, 왜 그걸 모르는 거지?"

"마음이 약해서 그냥 주저앉아 있고 싶은 거지. 약해빠진 상태로 소용돌이 속에 머무르고 싶은 거라고. 하지만 강물이 불어나고 있어. 변화할 수밖에 없으니, 그도 상황이 변하면 똑똑해질 거야. 에스 무이 비보."

"젊은이가 파블로를 죽이지 않아 다행이군."

"케 바. 어젯밤에 집시가 나보고 파블로를 죽이라고 하더군. 그 집시는 짐승 같은 놈이야."

"너도 짐승이야." 그녀가 말했다. "대신 똑똑하지."

"우린 둘 다 똑똑해." 아구스틴이 말했다. "하지만 재능이 있는 사람은 파블로야!"

"하지만 그 작자를 참아주기가 힘들군. 얼마나 타락했는지 네놈은 모를 거야."

"그래. 하지만 재능은 있어. 이봐, 필라르. 전쟁을 하려면 지략만 있으면 돼. 하지만 이기려면 재능과 물자가 필요해."

"생각해보지." 그녀가 말했다. "이제 출발해야 해. 늦었어." 그러고는 목청을 돋우었다. "영국 양반!" 그녀가 불렀다. "잉글레스! 이봐! 갑시다."

10장

"좀 쉽시다." 필라르가 로버트 조던에게 말했다. "마리아, 여기 앉아 좀 쉬자."

"계속 가야 합니다." 로버트 조던이 말했다. "거기 도착해서 쉬죠. 그 사람을 만나야 해요."

"만나게 될 거요." 여자가 그에게 말했다. "서두를 것 없어. 여기 앉아라, 마리아."

"그러지 말고." 로버트 조던이 말했다. "꼭대기까지 가서 쉽시다."

"난 지금 쉬겠어." 여자가 말하고 냇가에 앉았다. 젊은 여자도 그녀의 옆 히스가 우거진 풀밭에 앉았다. 햇빛이 그녀의 머리를 비추고 있었다. 로버트 조던만 혼자 서서 송어가 뛰노는 냇물과 높은 산의 초지를 둘러보고 있었다. 초지 아래편에는 히스 대신 노란 고사리가 나 있었고 그 사이사이로 회색 돌들이 솟아 있었다. 그 아래로는 짙은 색 소나무 숲이 있었다.

"엘 소르도의 캠프까지는 얼마나 멉니까?" 그가 물었다.

"별로 안 멀어." 여자가 말했다. "이 개간지 지나서 다음에 나오는 계곡으로 내려가면 개울의 수원지가 있는 숲이 나오는데 그 위에 있소. 앉아서 긴장 좀 풀라고."

"그를 만나서 일을 마무리 짓고 싶습니다."

"난 발이나 씻고 싶군." 여자는 말하고 신발과 두꺼운 털양말을 차례대로 벗고는 오른발을 물에 담갔다. "세상에, 차갑기도 하지."

"말을 가져올걸 그랬군요." 로버트 조던이 말했다.

"난 이런 게 좋아." 여자가 말했다. "이런 걸 못 해보고 있었거든. 왜 그러우?"

"아무것도 아닙니다. 마음이 급해서요."

"진정 좀 하시게. 시간은 많아. 날씨도 좋고 소나무 숲에서 나오니 얼마나 좋은지 모르겠네. 내가 소나무에 얼마나 질렸는지 댁은 상상도 못 할 거유. 너도 소나무가 지겨우냐, 구아파?"

"전 좋아요." 젊은 여자가 말했다.

"소나무가 도대체 어디가 어떻게 좋다는 거야?"

"향도 좋고 솔잎이 발에 닿는 느낌도 좋아요. 키 큰 나무에 바람이 부는 것도 좋고 나무끼리 부딪혀서 나는 삐걱거리는 소리도 좋고요."

"넌 뭐든 좋아하는구나." 필라르가 말했다. "넌 요리만 좀 더 잘하면 어떤 사내에게든 선물이 되겠어. 하지만 소나무는 지루한 숲이야. 넌 너도밤나무 숲이나 참나무 숲, 밤나무 숲을 다 잘 모르지. 그런 게 바로 숲이란다. 그런 숲에선 나무 한 그루 한 그루가 다 개성 있고 아름답지. 소나무 숲은 지루해. 어떻게 생각하오, 잉글레스?"

"저도 소나무가 좋습니다."

"페로, 벵가.(하지만, 이봐.)" 필라르가 말했다. "두 사람 다 그렇단 말이지. 나도 소나무가 좋긴 하지만, 우린 이 소나무 숲에 너무 오래 있었어. 이 산도 지겨워. 산속에는 딱 두 방향밖에 없어. 아래하고 위. 그리고 아래는 도로하고 파시스트 점령 도시로만 이어져 있지."

"세고비아에 가본 적 있습니까?"

"케 바. 이 얼굴로? 내 얼굴이 오죽 많이 알려져 있어야 말이지. 못생기면 어떤 기분일지 상상이나 할 수 있겠어, 이 예쁜 것아?" 그녀는 마리아에게 말했다.

"아주머니는 못생기지 않았어요."

"이런, 내가 못생기지 않았다고? 나는 날 때부터 못생기게 태어났어. 평생 못생겼다고. 이보쇼, 여자에 대해선 도통 모르는 잉글레스. 못생긴 여자가 어떤 기분인지 아슈? 일평생 못생긴 채로 살면서 속으로는 자기가 아름답다고 느끼는 게 어떤 건지 아시겠소? 그건 참으로 희한한 일이라오." 그녀는 반대쪽 발을 냇물에 담갔다가 꺼냈다. "이런, 차갑구먼. 백할미새 좀 봐라." 그녀는 냇물 쪽 바위 위에서 오르락내리락 날갯짓을 하고 있는 회색 털북숭이 새를 가리켰다. "저것들은 아무짝에도 쓸모가 없어. 노랫소리도 별로고 먹을 수도 없고. 꼬리를 위아래로 씰룩거리기나 하지. 담배 한 대 주게, 잉글레스." 그녀는 담배를 받아 들고는 치마 속주머니에서 부싯돌과 철로 만들어진 라이터를 꺼내 불을 붙였다. 그녀는 담배 연기를 내뿜고 마리아와 로버트 조던을 바라보았다.

"인생은 참 알다가도 모르겠어." 그녀는 콧구멍으로 담배 연기를 뿜었다. "잘난 남자로 태어났으면 좋았으련만, 겨우 여자로 태어난 데다 아주 못생겼잖아. 그래도 날 사랑한 남자는 많았고, 나도 많은 남자들을 사랑했지. 참 묘해. 들어보게, 잉글레스, 이거 참 재밌어. 나 좀 보라고, 내가 얼마나 못생겼나. 자세히 보슈, 잉글레스."

"당신은 못생기지 않았어요."

"케 노?(설마 아니라고?) 거짓말하지 마. 아니면……." 그녀는 껄껄 웃었다. "내 이 얼굴이 당신을 홀리기 시작했나? 아니. 농담이야, 농담. 이 못생긴 걸 봐. 하지만 내 안에도 남자가 날 사랑하는 동안은 그 남자를 눈멀게 하는 무언가가 있지. 얘야, 너도 그런 느낌으로 저 남자를 눈멀게 하고 너도 눈이 머는 거란다. 그러다가 어느 날, 아무런 까닭도 없이, 저 남자가 진짜 네 모습을 보고 네가 못생겼다는 걸 알면 더 이상 눈멀지 않는 거지. 그러면 너도 그가 널 본 것처럼 너 자신의 못난 모습을 보게 되고, 넌 남자도 잃고 네 느낌도 잃게 되는 거야. 알겠냐, 구아파?" 그녀는 소녀의 어깨를 토닥였다.

"아니에요." 마리아가 말했다. "아주머니는 못생기지 않았으니까요."

"가슴 말고 머리를 써봐. 그리고 들어보렴." 필라르가 말했다. "난 너한테 아주 재미있는 얘기를 하고 있는 거야. 재밌지 않나, 잉글레스?"

"재밌네요. 그런데 우린 가야 합니다."

"케 바, 가긴 뭘 가. 난 여기가 아주 좋아." 그녀는 이제 학생들에게 말하듯이, 거의 강의하는 듯한 말투로 로버트 조던에게 말했다. "그러니 좀 지나서 네가 나처럼 못생겨지면, 여자가 못생겨질 수 있는 최대한으로 못생겨지면, 그다음에는 말이다, 네가 아름답다는 그 바보 같은 느낌이 천천히 다시 네 속으로 들어오게 돼. 그건 양배추처럼 자라지. 그리고 그 느낌이 다 자라면 다른 남자가 너를 보고 아름답다고 생각하고, 또다시 모든 게 시작되는 거야. 이제 난 내게는 그런 시절이 지나갔다고 생각하지만 아직도 또 올지 모르지. 넌 운이 좋구나, 구아파, 못생기지 않았으니."

"그렇지만 전 못생겼어요." 마리아가 주장했다.

"저 남자에게 물어봐." 필라르가 말했다. "냇물에 발은 담그지 마라, 발이 얼어버릴 거야."

"로베르토가 우리가 가야 한다고 말한다면, 우린 가야 해요." 마리아가 말했다.

"너 자신의 말을 들어." 필라르가 말했다. "네 애인 로베르토만큼이나 나도 이 일에 많은 걸 걸었어. 하지만 난 여기 냇가에서 쉬는 게 좋다고. 그리고 시간이 많다고 말하잖니. 게다가 난 말을 좀 하고 싶어. 그게 우리의 유일한 문화생활이니까. 얘기하는 것 말고 어떻게 우리가 기분을 풀겠냐? 내 말이 전혀 재미없소, 잉글레스?"

"말씀 참 잘하시는군요. 하지만 나한테는 아름답거나 아름답지 않거나 하는 얘기보다 더 관심이 가는 일들이 있습니다."

"그럼 댁이 관심 있는 것에 대해 얘기합시다."

"이 운동의 초창기에 당신은 어디에 있었습니까?"

"우리 마을에."

"아빌라 말인가요?"

"케 바, 아빌라라니."

"파블로가 아빌라에서 왔다고 하던데."

"거짓말이야. 그 작자는 대도시 출신이라고 말하고 싶었나 보군. 이 동네였어." 그녀는 동네 이름을 댔다.

"그럼 무슨 일이 있었나요?"

"많은 일이 있었지." 여자가 말했다. "많은 일이. 죄다 추한 일들이야. 영광스러운 것까지도."

"얘기를 좀 해주시죠." 로버트 조던이 말했다.

"잔혹한 얘기야." 여자가 말했다. "이 아이 앞에서 그 얘기는 안 하고 싶군."

"말해주세요." 로버트 조던이 말했다. "마리아가 들어선 안 되다면, 듣지 않게 하면 되죠."

"저도 들을 수 있어요." 마리아가 말했다. 그러고는 자기 손을 로버트 조던의 손 위에 얹었다. "제가 못 들을 얘기란 없어요."

"네가 들을 수 있고 없고의 문제가 아니야." 필라르가 말했다. "내가 너한테 얘기를 해서 널 악몽에 시달리게 하느냐 마느냐의 문제지."

"얘기 같은 걸 듣고 악몽을 꾸지는 않아요, 전." 마리아가 그녀에게 말했다. "모든 걸 겪은 제가 그깟 이야기 때문에 악몽을 꿀 거라고 생각하세요?"

"아마 잉글레스는 듣고 나면 악몽을 꾸게 될걸."

"들어보고 난 다음에 어떻게 되나 보죠."

"아니, 잉글레스. 농담이 아니오. 어느 작은 마을에서 이 운동이 시작되는 걸 봤소?"

"못 봤어요." 로버트 조던이 말했다.

"그럼 댁은 아무것도 못 본 셈이야. 댁은 지금 만신창이가 된 파블로를 보고 있지만, 그날의 파블로를 봤어야 해."

"말해보세요."

"아니. 말하고 싶지 않아."

"말해주세요."

"좋아, 그럼 있는 그대로 말해주지. 하지만, 얘, 구아파, 들다가 정 못 견디겠으면 말해라."

"힘들면 듣지 않을게요." 마리아가 그녀에게 말했다. "제가 겪은 많은 일들보다 더 참혹할 리는 없지만요."

"더 심할 수도 있어." 여자가 말했다. "담배 한 대 더 주구려, 잉글레스. 바모노스.(그럼 시작해볼까.)"

소녀는 히스 풀이 무성한 개울둑에 기대어 있었고, 로버트 조던은 몸을 쭉 펴고 누워서 어깨는 바닥에 대고 머리는 히스 더미에 비스듬히 기댔다. 그는 팔을 뻗어 마리아의 손을 찾은 다음 그 손을 꼭 쥔 채 바닥의 히스 풀을 매만졌다. 필라르가 입을 열자 마리아는 손을 펴서 그의 손 위에 얹고 이야기를 들었다.

"파시스트 보안군 가르디아 시빌이 막사 앞에서 항복한 건 이른 아침이었어." 필라르가 이야기를 시작했다.

"막사를 공격했습니까?" 로버트 조던이 물었다.

"파블로가 밤중에 막사를 포위했다우. 전화선을 끊고, 다이너마이트를 한쪽 벽 아래에 설치하고는 가르디아 시빌에게 항복을 명령했어. 놈들은 항복하려 들지 않았지. 새벽에 파블로가 막사 벽을 부숴버렸고, 놈들은 저항했소. 두 놈은 죽어 있었고, 네 놈은 부상을 입었고, 네 놈은 투항했지.

우리는 모두 이른 아침 햇살을 받으며 지붕에, 땅바닥에, 건물 처마에 엎드려 있었어. 폭발하면서 공중으로 솟았다가 바람이 없어 날아가지 못한 폭탄의 먼지구름 속이었지. 우린 모두 건물의 부서진 곳에다 총격을 가했고, 포탄 연기 속에서 총알을 장전하고 발사했다우. 건물 안쪽에선 아직도 권총이 불을 뿜고 있었고, 곧이어 연기 속에서 총을 쏘지 말라는 외침이 들리더니 보안군 네 놈이 손을 들고 나오더군. 지붕은 한쪽이 쑥 내려앉은 뒤였고 벽도 사라진 상태였어. 놈들은 걸어 나와서 항복을 했어.

'안에 더 있나?' 파블로가 외쳤지.

'부상자들이 있다.'

'이놈들을 감시해.' 파블로가 투항하러 나온 네 놈에게 말했지. '저기 서. 벽을 등지고.' 그가 보안군에게 명령했어. 보안군 네 놈은 벽에 기대어 섰는데, 지저분하고 먼지투성이인 데다 연기에 그을린 게 꼴이 말이 아니더군. 네 사람이 총을 들고 그들을 감시했고, 파블로와 다른 사람들은 부상당한 놈들을 끝장내러 들어갔지.

얼마 후 일을 다 끝냈는지 막사 안에서는 더 이상 부상당한 놈들이 끙끙대는 소리, 울부짖는 소리, 총소리가 들리지 않았어. 파블로와 부하들이 밖으로 나왔지. 파블로는 등 뒤로 엽총을 메고 손에는 모제르 권총을 들고 있었어.

'이봐, 필라르.' 그가 말했어. '이게 자살한 장교 놈 손에 있었어. 난 권총은 쏴본 적이 없는데. 거기.' 그가 보안군들 중 한 명에게 말했다우. '어떻게 쏘는 건지 보여봐. 아니. 보여주지 마. 말로만 해.'

보안군 네 놈은 막사 안에서 총격이 있는 동안 땀을 뻘뻘 흘리며 아무 말 없이 벽에 기대어 서 있었지. 그놈들은 키가 크고 나만큼이나 험상궂은 낯짝을 하고 있었다우. 다만 나하고는 달리 놈들의 얼굴엔 놈들 일생의 마지막이 될 그날 아침 미처 깎지 못한 짧은 수염이 까칠하게 나 있었다는 것만 빼고 말이야. 놈들은 벽에 기대어 서서 아무 말도 없더군.

'이봐.' 파블로가 자기한테 제일 가까이 있는 놈에게 말했지. '어떻게 쏘는 건지 말해봐.'

'맨 뒤에 달린 작은 레버를 아래로 당겨라.' 그놈이 아주 심각한 목소리로 말하더군. '그리고 노리쇠를 뒤로 당겼다가 앞으로 탁 놓으면 된다.'

'노리쇠가 뭐야?' 파블로가 보안군 네 놈을 보며 물었지. '뭐가 노리쇠냐고?'

'발사장치 위에 솟아 있는 부분.'

파블로가 그걸 뒤로 당겼는데 그래도 총이 꼼짝도 안 하는 거야. '이게 뭐야?' 그가 말했지. '끼었잖아. 이놈 나한테 거짓말을 했겠다.'

'더 뒤로 당겼다 가볍게 앞으로 나가게 해라.' 그 보안군이 말했는데 그런 말투는 내 생전 처음 들었지. 해가 뜨지 않은 아침보다 더 음침했어.

파블로가 그놈이 말한 대로 잡아당겼다가 났더니 노리쇠가 앞으로 튕겨 나가서 제자리로 가고 권총이 공이치기와 함께 뒤로 당겨졌어. 손잡이가 둥글고 총열이 넓은 데다 납작하고 다루기 거추장스러운 못생긴 권총이었지. 그때까지 그 보안군 놈들은 파블로를 바라볼 뿐 아무 말도 없었어.

'우리를 어떻게 할 건가?' 한 놈이 물었어.

'쏴버릴 거야.' 파블로가 말했지.

'언제?' 그놈 역시 음침한 말투였어.

'지금.' 파블로가 말했지.

'어디에서?' 그놈이 물었어.

'여기서.' 파블로가 말했지. '여기서. 지금. 여기서 할 거라고. 무슨 할 말이라도 있나?'

'없다.' 보안군이 말하더군. '하지만 너무 비열하지 않나.'

'비열한 건 바로 네놈들이야.' 파블로가 소리쳤어. '농부들을

죽인 이 살인자 놈들. 제 어미도 쏴 죽일 놈들.'

'난 아무도 죽인 적 없다.' 그 보안군이 말했지. '그리고 우리 어머니는 입에 담지 마라.'

'어떻게 죽는 건지 우리한테 보여줘보시지. 죽이는 역할만 해온 네놈들이.'

'우릴 모욕할 필요는 없다.' 다른 보안군이 말했지. '그리고 우린 죽는 방법을 알고 있다.'

'무릎을 꿇고 머리를 벽에 대고 있어.' 파블로가 그놈들한테 말했어. 보안군 놈들이 서로를 쳐다보더군.

'무릎 꿇으라고.' 파블로가 말했어. '앉아서 무릎 꿇어.'

'어떻게 할까요, 파코?' 보안군 한 놈이 파블로한테 권총 쏘는 법을 얘기했던 제일 키 큰 놈한테 말했어. 그놈은 소매에 줄무늬 하사 견장을 차고 있었는데, 이른 아침이라 쌀쌀한데도 땀을 줄줄 흘리고 있었지.

'무릎을 꿇는 게 좋겠다.' 그가 대답하더군. '어차피 별 상관 없어.'

'땅에 더 가까워지는 거죠.' 처음에 말했던 놈이 농담이랍시고 이렇게 말했는데, 그놈들 다 농담을 하기엔 너무 심각해서 아무도 웃지 않았어.

'그럼 무릎을 꿇읍시다.' 첫 번째 보안군 놈이 말했고, 네 놈 모두 머리는 벽에 대고 두 손은 옆구리에 댄 채 아주 어색하게 무릎을 꿇었지. 파블로는 놈들 뒤로 가서 한 놈씩 차례로 뒤통수에다 권총을 들이댔고, 그가 발사하자 한 놈씩 미끄러지듯 쓰러졌지. 날카로우면서도 놈들의 머리에 막혀 살짝 둔탁해진 그 총소리가 아직도 들리는 것 같아. 총열이 반사되어 홱 움직이는 거랑 놈들의 머리가 앞으로 고꾸라지던 모습이 지금도 생생해. 한 놈은 권총을 머리에 들이대도 꿈쩍도 않고 고개를 들고 있었지. 한 놈은 머리를 쑥 내밀어 돌담에 찧었고. 한 놈은 온몸을 떨며 머리를 흔들어댔지. 다른 한 놈은 두 손으로 눈을 가렸는데, 그놈이 마지막이었어. 시체 네 구가 벽으로 쓰러지자, 파블로는 돌아서서 권총을 손에 든 채 우리에게로 걸어왔다우.

'이걸 나 대신 가지고 있어, 필라르.' 그가 말했지. '공이치기를 어떻게 내리는지 모르겠어.' 그는 내게 권총을 건네주고는 보안군 네 놈이 막사 벽에 기대 누워 있는 걸 바라보더군. 우리 편 사람들이 모두 거기에서 우리와 함께 그놈들을 쳐다봤는데, 아무도 말이 없었지.

그렇게 우리는 마을을 접수했던 거야. 아직 이른 아침이어서 다들 아침도 못 먹고 커피도 못 마신 상태였지. 우린 서로를 바라봤다네. 막사가 폭파되면서 일어난 먼지를 뒤집어써서 다들 꼴이 말이 아니더군. 곡식 낟알 타작할 때처럼 말이야. 난 권총을 들고 서 있었는데, 권총은 무겁고, 벽에 기대 쓰러져 있는 보안군 놈들을 보고 있자니 속이 메스꺼웠지. 놈들도 우리랑 똑같이 먼지투성이였어. 놈들이 쓰러져 있는 벽 근처의 마른 먼지가 놈들이 흘린 피로 축축해졌지. 우리가 거기 서 있는데 먼 언덕으로 해가 떠오르더니 이젠 우리가 서 있는 길과 막사의 흰 벽을 비추기 시작했네. 공중에 떠다니는 먼지가 그 첫 햇빛을 받아 금빛으로 물들었지. 내 옆에 있던 농부는 막사 벽과 거기에 널브러져 있는 시체들을 보다가, 그다음 우리를 보고, 그다음 해를 보더니 말했어. '바야*, 새날이 시작됐네.'

*'어럽쇼', '어머나', '젠장' 등 만족이나 실망, 불쾌감 등을 표현할 때 자주 쓰이는 스페인어.

'이제 가서 커피나 마시지.' 내가 말했어.

'좋아, 필라르, 좋지.' 그가 말했어. 우리는 마을 안 광장으로 올라갔고, 그 보안군들 말고는 마을에서 총에 맞은 사람은 없었어."

"다른 사람들은 어떻게 되었나요?" 로버트 조던이 물었다. "마을에 다른 파시스트들은 없었나요?"

"다른 파시스트는 없었냐고? 케 바, 스무 명도 넘게 있었지. 하지만 아무도 쏴 죽이지 않았어."

"그럼 어떻게 했습니까?"

"파블로가 도리깨로 죽도록 패서 벼랑에서 강으로 던져버렸네."

"스무 명을 전부 다요?"

"내 다 얘기해주지. 그렇게 간단한 일이 아니라우. 벼랑 끝에서 죽도록 도리깨질하는 그런 장면은 내 평생 다시는 보고 싶지 않아.

우리 마을은 강 위쪽의 높은 제방 위에 있었어. 광장, 분수, 벤치도 있고, 벤치에 그늘을 드리우는 큰 나무도 있었지. 발코니들은 광장을 향해 나 있었고, 광장은 여섯 개의 길과 이어져 있었어. 광장을 빙 둘러 집들에 붙은 아케이드가 있어서 햇볕이 뜨거울 때는 지붕 밑 그늘로 걸어 다닐 수 있었지. 광장의 삼면에 지붕 덮인 아케이드가 있고 나머지 한쪽은 벼랑 끝이었는데, 거기에 나무 그늘 산책로가 나 있었어. 낭떠러지 저 아래로는 강물이 흘렀고. 벼랑에서 강물까지 300피트는 될 거야.

막사 공격도 그렇고 이 작전도 그렇고 전부 파블로가 짰다네. 우선 그는 도로 입구들을 여러 대의 수레로 막아놓았지. 아마추어 소몰이 시합인 카페아를 할 때처럼 말이야. 파시스트들은 아윤타미엔토, 그러니까 시청에 죄다 갇혀 있었는데 그건 광장 한쪽에 있는 제일 큰 건물이었어. 바로 그 건물 벽에 시계가 세워져 있었고 아케이드가 쳐진 그 건물 안에 파시스트 클럽도 있었지. 아케이드 그늘이 가려진 그 클럽 앞 보도가 놈들이 자기네 클럽 의자며 탁자를 놓아두던 곳이었어. 운동이 일어나기 전에는 바로 그곳에서 놈들이 술을 마시곤 했지. 등나무로 만든 탁자와 의자였는데. 카페랑 비슷하게 생겼지만 더 우아했지."

"놈들을 잡을 때 충돌은 없었나요?"

"파블로가 막사 공격 전날 밤에 이미 놈들을 잡아놓았었어. 막사도 미리 포위를 해놨고. 공격이 시작됨과 동시에 놈들은 자기들 집에서 모두 잡힌 거지. 영리한 작전이었어. 그 작전을 짠 사람이 파블로야. 그렇지 않았으면 보안군 막사 공격 때 놈들이 측면이나 배후에서 반격을 해 왔을 텐데 말이우.

파블로는 아주 똑똑하지만 아주 잔인하지. 그는 이 마을 작전을 잘 계획하고 조직했어. 들어보게. 공격이 성공하고 나서, 마지막 네 명의 보안군이 투항하고 그들마저 쏴 죽이고 나서, 우리는 제일 일찍 문을 여는 카페에 가서 커피를 마셨다우. 버스 첫차가 출발하는 정류장 옆에 있는 카페였지. 그러고 나서 파블로는 광장을 정렬하기 시작했어. 수레들을 카페아 때랑 똑같이 쌓았는데, 강 쪽 면만은 둘러싸지 않고 열어놓았어. 그다음 파블로는 사제에게 파시스트들의 고해성사를 받고 필요한 성찬식을 치르도록 명령했네."

"어디에서 그런 일을 했죠?"

"아윤타미엔토에서, 아까 내가 말했잖우. 밖에는 엄청난 군중이 모였지. 안에서 사제가 의식을 치르는 동안 밖에서는 몇 몇 사람들이 욕지거리를 해댔지만 대부분은 진지하고 정중했어. 농담을 해댄 자들은 막사를 접수한 기념으로 축하주를 마시고 취한 사람들이었고, 개중에는 시도 때도 없이 술에 취해 있는 쓸모없는 인간들도 있었고.

사제가 의식을 치르는 동안 파블로는 광장에 모인 사람들을 두 줄로 세웠어.

줄다리기 시합을 할 때 사람들을 줄 세우거나 자전거 경주 결승점을 보기 위해 자전거 선수들이 간신히 지나갈 공간만 남기고 줄 서 있는 것처럼, 또는 성상 행렬이 지나갈 공간만 남겨두고 서 있는 것처럼 사람들을 두 줄로 세웠지. 두 줄 사이에는 2미터 정도의 공간이 남아 있었고 줄은 아윤타미엔토 문에서 낭떠러지까지 죽 이어져 있었어. 아윤타미엔토 입구에서 광장을 가로질러 바라보면 사람들이 두 줄로 빽빽이 서서 기다리는 모습이 보이도록 말이야.

사람들은 곡식을 타작하는 데 쓰는 도리깨로 무장을 하고, 도리깨를 휘두르기에 충분한 거리를 두고 서 있었어. 모두 다 도리깨를 들고 있던 건 아니야. 도리깨가 충분하지 않았거든. 하지만 대부분은 파시스트였던 돈 기예르모 마르틴의 농기구 가게에서 도리깨를 가져왔어. 도리깨를 못 구한 사람들은 목동들이 쓰는 몽둥이나 가축을 몰 때 쓰는 막대를 가져왔고, 나무 갈퀴를 가져온 사람들도 있었지. 왜 그 타작한 다음에 겨와 지푸라기를 공중에 털어내는 나무 갈퀴 있잖아. 낫을 가지고 온 자들도 있었는데, 파블로는 이들을 행렬의 맨 끝인 낭떠러지에 세워두었다우.

대열은 조용했고, 날씨는 오늘처럼 맑았다네. 지금처럼 구름들이 하늘 높이 떠 있었고, 광장은 간밤에 이슬이 내려앉아서 아직 먼지도 일지 않았지. 나무들은 줄지어 선 사람들 위로 그늘을 드리우고 있었고, 사자상의 입에 달린 놋쇠 파이프에서 흘러나온 물이 분수 통으로 떨어지는 소리도 들렸어. 그 통에서 여인들이 물을 길어 가곤 했지.

사제가 파시스트들에게 의식을 치르고 있는 아윤타미엔토 주변에서만 부랑자들의 욕지거리가 들렸어. 아까도 말했지만 그 작자들은 벌써 술에 취해서는 창문의 철 난간 틈으로 음탕한 말과 농담을 고래고래 지껄이고 있었다우. 줄 서 있는 대부분의 남자들은 조용히 기다리고 있었는데, 누군가의 말소리가 들리더군. '여자도 있을까?'

그러자 다른 사람이 말했어. '그리스도께 빌어야지, 없기를.'

그런 다음 누군가가 소리쳤어. '여기 파블로의 여자가 있다. 이봐, 필라르. 저 안에 여자들도 있을까?'

그 사람을 봤더니 일요일에나 입는 외출용 재킷을 입고 땀을 뻘뻘 흘리고 있는 농부더군. 그래서 내가 말했지. '아니, 호아킨. 여자는 없어. 우린 여자는 안 죽일 거야. 왜 놈들의 여편네들을 우리가 죽여야 하겠나?'

그랬더니 그 사람이 이렇게 말하더군. '그리스도님, 감사합니다. 여자가 없다니 말이죠. 그런데 언제 시작하지?'

그래서 내가 알려줬지. '사제가 일을 끝내는 대로 바로.'

'그럼 사제는 어떡한담?'

'낸들 알겠수.' 내가 그 농부에게 말했는데, 그의 얼굴이 실룩거리고 이마에서 땀이 뚝뚝 떨어지는 게 보이더군. '난 한 번도 사람을 죽여본 적이 없어' 하고 그가 말했지.

'그럼 이제 배우게 되겠구먼.' 그 사람 옆에 있던 농부가 말했어. '그렇지만 이거 한 방에 사람이 죽을 것 같지는 않아.' 그자는 도리깨를 양손에 들고는 못미덥다는 듯이 바라보았지.

'그게 묘미지.' 다른 농부가 말하더군. '여러 대 쳐야 한다고.'

'놈들이 바야돌리드를 점령했어. 아빌라도 빼앗았지.' 누군가가 말했어. '마을에 들어오기 전에 내가 들었어.'

'놈들은 이 마을은 점령할 수 없을 거야. 이 마을은 우리 거라고. 우리가 그놈들보다 선수를 쳤지' 하고 내가 말했다우. '파블로는 놈들이 공격할 때까지 기다리는 사람이 아니거든.'

'파블로는 능력 있어.' 다른 사람이 말했네. '하지만 보안군들을 끝장낼 땐 너무 제멋대로 군 것 같아. 안 그래, 필라르?'

'그랬지. 하지만 이제 모두들 이 일에 참가하고 있잖아.'

'그래.' 그가 말했네. '조직이 잘되었어. 그런데 혁명이 어떻게 진행되고 있는지 새 소식이 왜 안 들리지?'

'파블로가 막사를 공격하기 전에 전화선을 끊어버렸거든. 아직 복구가 안 되었어.'

'아.' 농부가 말했네. '그래서 아무 소식도 안 들리는 거로군. 난 오늘 아침 일찍 도로 보수 인부들의 초소에서 소식을 들었거든.'

'그런데 왜 이렇게 하는 거요, 필라르?' 농부가 나에게 물었어.

'총알을 아끼려고. 그리고 모두들 각자 자기 몫의 의무를 다해야 하니까.'

'그럼 시작해야겠군. 시작해야겠어.' 그런 다음 그를 쳐다봤는데 그는 울고 있었어.

'왜 우는 거유, 호아킨?' 내가 물었어. '이건 울 일이 아니야.'

'나도 어쩔 수가 없어, 필라르.' 그가 말했어. '난 사람을 죽여본 적이 없단 말이야.'

주민들 모두가 서로 알고, 예전부터 계속 알고 지내온 사이인 어느 작은 마을에서 일어난 혁명을 보지 못했다면, 당신은 아무것도 못 본 셈이우. 그날 광장에 두 줄로 늘어선 사람들은 밭에서 일하다가 급히 마을로 오느라 대부분 작업복 차림이었지만, 혁명의 첫날 어떻게 차려입어야 하는지 몰라서 일요일이나 명절 때 입는 옷을 입고 온 사람들도 있었어. 그들은 막사를 공격한 사람들을 포함해 다른 사람들이 제일 오래된 옷을 입은 걸 보고는 자기들이 잘못 입고 온 걸 부끄러워했지. 그래도 그들은 잃어버리거나 부랑자들한테 도둑맞을까 봐 재킷을 벗으려 하지 않고 햇빛 아래 땀을 뚝뚝 흘리며 일이 시작되기를 기다리고 서 있었어.

그때 바람이 불었지. 광장의 흙은 이제 사람들이 걷고 서고 움직이느라 일으킨 먼지 덕에 말라버려서 먼지바람이 일기 시작했어. 짙푸른 색의 일요일 외출용 재킷을 입은 남자가 '아구아*! 아구아!' 하고 소리쳤지. 매일 아침 호스로 광장에 물을 뿌리던 광장 관리인이 와서 이리저리 호스를 대며 광장 가장자리의 먼지를 잠재우고 중앙에도 물을 뿌렸어. 줄을 선 사람들은 뒤로 물러서서 광장 중앙에 물을 뿌리게 해줬고. 호스가 커다란 원을 그리며 쓱 지나가자 물이 햇빛에 반짝였다네. 사람들은 도리깨나 몽둥이나 허연 나무 갈퀴에 기대서 물줄기가 지나가는 걸 보고 있었지. 그런 다음 광장이 충분히 젖고 먼지가 잦아드니 사람들이 다시 줄을 섰어. 그때 한 농부가 외쳤어. '언제쯤 첫 번째 파시스트 놈을 해치우게 되는 거야? 언제 첫 번째 놈이 나오느냐고?'

'곧 나올 거다.' 파블로가 아윤타미엔토의 문가에서 소리쳤

*'물'을 뜻하는 스페인어.

어. '금방 첫 번째 놈이 나올 거야.' 공격 중에 워낙 고함을 치기도 했고 또 막사에서 있던 폭발 연기 때문에 그의 목소리는 쉬어 있었지.

'뭘 그렇게 꾸물거리는 거야?' 누군가가 물었어.

'아직도 죄를 불고 있어.' 파블로가 소리쳤어.

'당연하지, 스무 명이나 되니.' 한 남자가 말했어.

'그보다 더 돼.' 다른 남자가 말했어.

'스무 명이면 고백할 죄가 많을 테지.'

'그래, 하지만 시간을 벌려는 수작 같은데. 이런 위급한 상황에서 제일 큰 죄 말고 기억이나 나겠냐고.'

'그러니 좀 참자고. 스무 명도 넘으면 제일 큰 죄만 말하려고 해도 시간이 꽤 걸리겠어.'

'난 인내심은 있어.' 다른 사람이 말했어. '하지만 어서 끝내는 게 낫겠어. 그놈들한테나 우리한테나. 7월이라 농사일도 많은데 말이야. 추수는 했지만 타작은 아직 못 했잖아. 아직 장날이나 축제를 벌일 시기가 아닌데.'

'하지만 오늘이 장날이자 축제날이 될 거야.' 또 다른 누군가가 말했어. '자유의 축제 말이야. 이 일만 끝나고 나면 오늘 이후로는 이 마을과 땅이 우리 게 될 거라고.'

'우린 오늘 파시스트들을 타작하는 거야.' 누군가가 외쳤어. '왕겨를 털면 인민의 자유가 온다.'

'우린 그에 걸맞게 잘 다스려야 해.' 다른 이가 말했어. '필라르, 우리 조직 회의는 언제 하지?'

'이 일이 끝나자마자 바로.' 내가 그에게 말했지. '이 아윤타미엔토 건물에서.'

나는 장난 삼아 보안군의 삼각형 에나멜가죽 모자를 쓰고 있었어. 권총의 공이치기를 내리고, 방아쇠를 당길 때 자연스러워 보이도록 엄지손가락을 아래로 향하게 해서 쥐고 있었지. 권총은 허리에 두른 노끈에 매달아놓았고, 긴 총열은 노끈 밑에 고정되어 있었어. 그런 복장을 하고 있을 때는 그 장난이 꽤나 그럴듯해 보였는데, 나중에는 모자 대신 권총 가죽케이스를 가져올걸 그랬나 싶더군. 줄지어 선 사람들 중 한 명이 내게 말했어. '필라르, 이 여자야. 그 모자를 쓰다니 취미가 여간 고약한 게 아니구려. 보안군 따위는 우리가 벌써 끝장냈는데.'

'그럼 벗지' 하고 나는 벗어버렸지.

'그거 나한테 줘.' 그 사람이 말하더군. '없애버려야겠어.'

우리는 행렬의 맨 끝, 그러니까 산책로가 강가 낭떠러지를 따라 나 있는 곳에 있던 터라 그가 내 보안군 모자를 들고는 목동이 소몰이할 때 아래쪽으로 돌을 던지듯이 모자를 낭떠러지로 떨어뜨렸지. 모자는 저 멀리 공중을 날아가다가 점점 작아졌고, 에나멜가죽이 맑은 공기 속에 반짝이다가 강 아래로 떨어졌어. 고개를 돌려 광장을 보니 창문과 발코니마다 사람들이 가득 차 있더군. 광장을 가로질러 아윤타미엔토 문간까지 사람들이 두 줄로 서 있었어. 그 바깥쪽에는 군중이 건물 창문에 무리 지어 기대 있었고, 여러 사람들이 웅성거리는 와중에 누군가가 소리쳤어. '여기 첫 번째 놈이 나온다.' 바로 시장인 돈 베니토 가르시아였지. 모자를 벗은 채 천천히 문에서 걸어 나와 현관을 내려왔지만 아무 일도 일어나지 않았어. 이어서 도리깨를 쥔 사람들의 행렬 사이로 걸어갔지만 역시 아무 일도 일어나지 않았지. 두 사람, 네 사람, 여덟 사람, 열 사람을 지나가도 아무 일도 일어나지 않았어. 그는 잿빛이 되어버린 살찐 얼굴을 들고 눈은 정면을 향한 채 사람들의 행렬 사이를 지나갔지.

그러다가 가끔씩 좌우를 힐긋거리며 천천히 걸었어. 그런데도 아무 일도 일어나지 않았지.

발코니에서 누군가가 고함쳤어. '케 파사, 코바르데스?(어떻게 된 거야, 겁쟁이들아?) 왜들 그러냐고.' 여전히 돈 베니토는 사람들 사이를 걸어갔고 아무 일도 일어나지 않았어. 그때 내가 서 있는 곳에서 세 명 건너에 있던 한 남자가 눈에 들어왔어. 얼굴을 일그러뜨리며 입술을 깨물었는데 도리깨를 든 그의 손이 하얘지면서 돈 베니토가 다가오는 걸 주시하더군. 그래도 아무 일도 일어나지 않았지. 그러다가 돈 베니토가 그 남자 바로 앞으로 오게 되자 그자는 옆 사람에게 부딪힐 정도로 도리깨를 높이 쳐들더니 돈 베니토에게 한 방 내리쳤네. 머리 옆쪽을 말이야. 돈 베니토가 그자를 바라봤고, 그자는 다시 도리깨를 휘두르고는 소리쳤어. '이거나 먹어라, 카브론*.' 그러자 돈 베니토는 두 손으로 얼굴을 감쌌고, 그들은 그가 쓰러질 때까지 마구 두들겨댔어. 처음에 그를 쳤던 남자가 다른 사람들에게 도와달라고 소리치고는 돈 베니토의 멱살을 잡았고, 다른 사람들은 두 팔을 잡았지. 돈 베니토는 얼굴을 광장의 먼지 속에 처박힌 채 낭떠러지 끝까지 끌려갔어. 사람들은 그를 강으로 던져버렸다네. 그를 맨 처음 때렸던 남자가 벼랑 끝에 무릎을 꿇고 앉아서 돈 베니토가 떨어지는 걸 굽어보고는 말했어. '카브론! 카브론! 아, 카브론!' 그 사람은 돈 베니토의 소작인이었고 원래 서로 사이가 나빴네. 돈 베니토가 이 남자에게 소작을 주고 있던 강가의 땅을 빼앗아 다른 사람한테 소작을 줘서 다툼이 있었고, 그래서 이 사람은 돈 베니토를 오랫동안 미워했던 거

---

* '나쁜 놈', '비열한 놈' 등을 의미하는 스페인어 욕설.

야. 그 남자는 자리로 돌아가지 않고 낭떠러지 옆에 앉아 돈 베니토가 떨어진 곳을 내려다보고 있더군.

돈 베니토 다음으로 아무도 나오지 않고 있었어. 이제 다들 누가 나오나 기다리느라 광장은 정적이 흘렀지. 그때 어떤 주정뱅이가 크게 소리쳤어. '케 살가 엘 토로!(황소를 내보내라!) 황소를 내보내!'

그러자 아윤타미엔토 창가에 있던 누군가가 소리치더군. '놈들이 움직이려 들지 않아! 다들 기도하고 있어!'

또 다른 주정뱅이가 외쳤어. '놈들을 끌어내. 이봐, 끌어내라고. 기도 시간 끝났어.'

그래도 아무도 나오지 않았는데, 잠시 후 한 남자가 문에서 나오는 게 보이더군.

방앗간과 사료 가게 주인인 일급 파시스트 돈 페데리코 곤살레스였어. 그는 키가 크고 마른 편이었는데, 대머리를 가리려고 한쪽 머리칼을 반대쪽으로 빗어 넘기고 잠옷 윗도리를 바지에 찔러 넣고 있었지. 자기 집에서 끌려나올 때와 마찬가지로 여전히 맨발이었고. 그자는 두 손을 머리 위로 올린 채 파블로 앞에서 걸어 나왔고, 파블로는 그의 뒤에서 엽총을 등에 들이댄 채 걸어오더군. 드디어 돈 페데리코 곤살레스가 사람들의 행렬이 시작되는 곳에 섰지. 그런데 파블로가 그를 남겨두고 아윤타미엔토의 입구로 돌아가자 돈 페데리코는 앞으로 걸어 나가지 못하고 그 자리에 서 있었어. 눈을 하늘로 향하고 두 손을 위로 뻗어 하늘을 움켜쥘 것처럼 하고 말이야.

'다리몽둥이가 부러졌나.' 누군가가 말했어.

'왜 그래, 돈 페데리코? 걷지도 못하냐?' 누군가가 그에게 고함을 쳤어. 그래도 돈 페데리코는 그곳에 서서 두 손을 치켜든 채 입술만 부르르 떨고 있었지.

'가.' 파블로가 계단에서 소리쳤어. '걸으란 말이다.'

돈 페데리코는 멈춰 선 채 움직이지 않았어. 주정뱅이들 중 한 명이 도리깨 손잡이로 그의 등을 찔렀는데, 돈 페데리코는 덩치 큰 말처럼 한 번 펄쩍 뛰더니 여전히 같은 자리에 서 있었어. 두 손을 들고 눈은 하늘을 향한 채로 말이야.

그때 내 옆에 있던 농부가 '이거 참 못 봐주겠군. 난 저놈한 테 원한은 없지만 저런 꼴은 끝을 내야 해' 하고는 행렬 앞쪽으로 걸어갔어. 그는 돈 페데리코가 서 있는 곳까지 나가서 말했어. '미안하게 됐수다.' 그러고는 몽둥이로 그의 머리를 세게 내리쳤어.

그러자 돈 페데리코는 두 손을 떨어뜨리더니 정수리를 부여잡고 머리를 숙였지. 대머리를 가리고 있던 몇 가닥 안 되는 긴 머리털이 손가락 사이로 흘러내렸어. 그는 사람들 행렬 사이로 빠르게 뛰었어. 도리깨가 그의 등과 어깨에 사정없이 내리쳐졌고, 마침내 그는 넘어졌지. 그러자 행렬의 끝에 서 있던 사람들이 그를 끌어다가 벼랑 아래로 떨어뜨렸어. 파블로의 엽총에 밀려 나온 순간부터 그는 전혀 입을 열지 않았어. 그가 제일 힘들어한 건 앞으로 가는 거였어. 다리가 마음대로 움직이지 않는 모양이더군.

돈 페데리코가 끝장난 다음, 낭떠러지 쪽 행렬이 끝나는 곳에 제일 건장한 자들이 무리 지어 있는 게 보이더군. 난 아윤타미엔토의 아케이드로 가서 주정뱅이 두 놈을 옆으로 밀쳐내고 창문 너머로 안을 훔쳐봤어. 아윤타미엔토의 큰 방에는 놈들이 모두 반원형으로 앉아 기도하고 있었어. 사제도 무릎을 꿇고 그들과 함께 기도하고 있더군. 파블로와 당시 그와 붙어 다니던 '네 손가락', 즉 쿠아트로 데도스라는 별명을 가진 구두 수선공하고 또 다른 두 사람이 엽총을 들고 서 있었어. 파블로가 사제에게 말했어. '이제 누가 갈 테냐?' 사제는 기도만 계속할 뿐 대답이 없었어.

'이봐, 이봐.' 파블로가 쉰 목소리로 사제에게 재촉했어. '이제 누가 갈 거냐? 준비된 놈이 누구야?'

사제는 파블로의 말에 아무 대꾸도 하지 않았고, 마치 파블로가 그 자리에 없는 양 행동하더군. 그러자 파블로는 단단히 화가 났지.

'우리 모두 함께 가게 해주시오.' 돈 리카르도 몬탈보가 기도를 멈추고는 머리를 들어 파블로에게 말했어. 돈 리카르도는 대지주였지.

'케 바.' 파블로가 말했어. '준비되는 대로 한 번에 한 놈씩 가는 거야.'

'그럼 이제 내가 가지.' 돈 리카르도가 말했어. '준비는 충분히 됐으니.' 그가 말하는 동안 사제가 그에게 축도를 했지. 그가 일어서자 그의 기도를 방해하지 않으면서 한 번 더 축도를 해주더군. 사제가 십자가를 들어 돈 리카르도에게 입 맞추게 하자, 돈 리카르도는 입을 맞추었고, 그런 다음 돌아서서 파블로에게 말했어. '다시는 준비니 뭐니 안 한다. 이 썩은 우유 같은 카브론 놈. 우릴 가게 해줘.'

돈 리카르도는 백발에 목이 굵고 키가 작은 사람이었는데, 칼라가 없는 셔츠를 입고 있었어. 말을 하도 많이 타서 다리가 휘어 있었지. '안녕히 계시오.' 그는 무릎을 꿇고 있는 사람들에게 인사를 했어. '슬퍼 마시오. 죽는 건 아무것도 아니오. 다만 이 썩을 놈의 손에 죽는 게 억울할 뿐이오. 내 몸에 손대지

마.' 그는 파블로에게 말했어. '엽총으로 건드리지 마.'

그는 아윤타미엔토 앞으로 걸어 나왔는데, 백발에 작은 회색 눈, 굵은 목은 그를 더 작고 화나 보이게 만들었지. 그는 두 줄로 늘어선 농부들을 보고는 땅에 침을 뱉었어. 진짜로 침을 뱉었지. 그런 상황에선 자네도 알아야 하는데, 잉글레스, 그런 건 아주 흔치 않은 일이야. 그는 말했지. '아리바 에스파냐!(스페인 만세!) 망할 놈의 공화국, 지옥에나 떨어져라. 제 어미의 젖이나 빨 나쁜 새끼들.'

그 욕지거리 때문에 사람들이 득달같이 달려들어 그를 몽둥이로 패 죽였지. 그가 첫째 줄에 닿자마자 때리고, 고개를 빳빳이 들고 걸어가려 하자 때리고, 쓰러질 때까지 때려서 말이야. 추수용 갈고리와 낫으로 난도질을 하고, 여럿이 그를 짊어지고 벼랑 끝으로 가서 아래로 던져버렸어. 이제 사람들의 손과 옷은 피투성이가 되었고, 다들 이제는 안에서 나오는 사람들이 죽어 없어져 마땅한 진짜 적이라고 느끼기 시작했지.

돈 리카르도가 그렇게 사납게 욕을 해대기 전까지는, 내 확신건대, 줄을 선 사람들 중 많은 이들이 그 줄에 서지 않을 수 있다면 뭐든 할 용의가 있었어. 그래서 줄에 서 있던 누군가가 '이봐요. 나머지 사람들은 용서해줍시다. 이제 그들도 배울 만큼 배웠겠지'라고 말했다면, 분명 대부분 동의했을 거요.

하지만 너무 용감했던 돈 리카르도가 나머지 같은 편 사람들에게 엄청난 해를 끼친 거지. 그가 줄 서 있는 사람들을 자극하는 바람에 그전까지는 마지못해 있을 뿐 별로 흥미를 보이지 않던 사람들도 이제는 화가 나서 완전히 달라졌거든.

'사제 놈을 밖으로 내보내. 그러면 일이 더 빨라질 거야.' 누군가가 소리쳤지.

'사제 놈을 끌어내.'

'우리가 도둑놈 세 놈을 해치웠다. 이제 사제 놈을 끝장내자.'

'도둑은 두 놈이지.' 어느 키 작은 농부가 방금 소리 지른 사람에게 말했어. '도둑 두 놈과 영주라고.'

'누구네 영주란 말이야?' 화가 난 남자의 얼굴이 붉어졌어.

'원래 그렇게 부르게 되어 있잖아.'

'그놈은 우리 영주가 아니야. 웃기는 소리 하지 마.' 소리를 질렀던 사람이 쏘아붙였어. '너도 저 행렬 사이로 들어가고 싶은 게 아니라면 입조심하는 게 좋을 거야.'

'나도 너 못지않게 훌륭한 자유 공화당원이야.' 키 작은 농부가 외쳤어. '나는 돈 리카르도의 입을 내리쳤어. 돈 페데리코의 등도 후려쳤고. 돈 베니토는 놓쳤지만, 그자를 부르는 공식 명칭은 내 영주라고, 나도 도둑 두 놈이었다고 말했잖아.'

'공화국 좋아하시네. 넌 놈들을 돈 어쩌고 돈 저쩌고 했잖아.'

'여기서는 다들 그렇게 부르는데 뭐가 어쨌다는 거야?'

'난 아냐, 그놈의 카브론들. 그리고 네 영주는……. 어이! 여기 새로운 놈이 나오는구나!'

바로 그때 우리는 볼썽사나운 장면을 봤다우. 아윤타미엔토 입구에서 걸어 나온 자가 바로 지주인 돈 셀레스티노 리베로의 장남 돈 파우스티노 리베로였거든. 큰 키에 금발을 단정하게 뒤로 빗어 넘기고 있었어. 놈은 항상 주머니에 빗을 가지고 다녔거든. 이번에도 밖으로 나오기 직전에 머리를 빗었던 게야. 여자들에게 치근덕대기로 유명한 놈이었는데, 겁쟁이인 주제에 만날 아마추어 투우사가 되고 싶어 안달이었지. 집시들, 투우사들, 황소 사육자들과 자주 어울려 다녔고, 안달루시아 복장을 하고 다니기를 좋아했지만 용기라고는 눈을 씻고 찾아봐도 없어서 사람들한테 조롱거리나 되었지. 한번은 그가 아빌라의 양로원을 위한 아마추어 자선 투우 경기에 출전해서 안달루시아식으로 말을 타고 황소를 해치울 거라는 소식이 전해졌어. 오랫동안 연습해왔던 거라고 하더군. 그런데 원래 싸움 상대로 정해져 있던 작은 황소 대신 엄청나게 커다란 황소로 교체된 걸 보더니, 다리에 힘이 풀려서는 슬금슬금 뒷걸음치면서 아프다는 거야. 누가 그러는데, 손가락 세 개를 목에 집어넣어서 일부러 토했다나.

행렬에 있던 사람들은 그를 보자 소리를 지르기 시작했어. '올라, 돈 파우스티노. 토하지 않게 조심하라고.'

'내 말 좀 들어봐, 돈 파우스티노. 저기 낭떠러지 밑에 예쁜 여자들이 있어.'

'돈 파우스티노. 잠깐만 기다려. 우리가 그때 그놈보다 더 큼직한 황소를 데려다 주마.'

또 다른 사람이 소리쳤어. '이봐, 돈 파우스티노. 너 죽는 거에 대한 얘기 들어본 적 있냐?'

돈 파우스티노도 아직까지는 용감한 척하고 그 자리에 서 있었어. 아직은 아윤타미엔토 안에서 다른 이들에게 자기가 나가겠다고 선언했던 그 충동이 남아 있었던 거야. 그건 예전에 투우 경기에 나가겠다고 큰소리를 치던 때와 같은 충동이었지. 자기가 아마추어 투우사가 될 수 있다고 믿고 희망하게 만든 충동 말이우. 지금 그는 돈 리카르도를 보고 자극을 받아 잘생기고 용감한 척 있는 대로 폼을 잡고 서서 경멸하는 듯한 표정을 지어 보였어. 하지만 입 한 번 제대로 떼지 못했지.

'이봐, 돈 파우스티노.' 행렬 안에 있는 누군가가 불렀어. '이리 와봐, 돈 파우스티노. 여기 세상에서 제일 큰 황소가 있어.'

돈 파우스티노는 여전히 앞을 내다보며 서 있었고, 양쪽 줄 어디에도 그를 불쌍히 여기는 사람은 없었어. 그래도 여전히 그는 잘생긴 척 도도하게 서 있었지. 하지만 시간은 얼마 없었고, 그가 가야 할 곳이라고는 한 방향뿐이었어.

'돈 파우스티노.' 누군가가 불렀어. '뭘 기다리고 있는 거야, 돈 파우스티노?'

'토할 준비를 하고 있는 모양이지.' 누군가가 말하자 행렬에 선 사람들이 웃어댔어.

'돈 파우스티노.' 한 농부가 소리쳤어. '토하고 싶으면 토해. 어차피 마찬가지니까.'

우리가 지켜보고 있는데도 돈 파우스티노는 눈으로 행렬을 따라 죽 훑으면서 광장을 가로질러 절벽 쪽까지 바라보고는 절벽 뒤편이 허공인 것을 보자 재빨리 뒤돌아서 아윤타미엔토 입구 쪽으로 내빼지 뭔가.

줄에 선 사람들은 모두 고함을 쳤고, 그중 몇몇이 소리를 높여 외쳤어. '어디 가냐, 돈 파우스티노? 어디 가는 거야?'

'저놈 토하러 가는 모양일세.' 누군가가 소리치자 모두들 또 웃었어.

그때 파블로가 뒤에서 총을 겨눈 채 돈 파우스티노를 몰고 나오는 게 보이더군. 폼 잡던 모습은 이제 온데간데없더라고. 행렬을 보자 체면이고 멋이고 다 날아가버리고 만 거지. 이제는 파블로가 뒤에서 길거리의 쓰레기를 쓸어내고 돈 파우스티노가 그 쓸려 나오는 쓰레기인 것 같은 모양새였어. 돈 파우스티노는 이제 나와서 성호를 긋더니 기도를 하고, 두 손으로 눈을 가린 채 행렬 앞을 향해 계단을 내려왔지.

'놈을 내버려둬.' 누군가가 소리쳤어. '건드리지 마.'

행렬에 선 사람들은 그 말뜻을 바로 이해했고, 아무도 돈 파우스티노를 건드리지 않았어. 그는 덜덜 떨리는 두 손으로 눈을 가리고 입을 씰룩거리며 행렬 사이로 걸어갔지.

다들 아무 말도 하지 않았고 아무도 그를 건드리지 않았는데도, 행렬을 반쯤 지나왔을 때 그는 더 이상 걷지 못하고 무릎을 꿇고 쓰러졌어.

아무도 그를 때리지 않았지. 내가 무슨 일이 일어났는지 보려고 그쪽으로 가봤더니, 농부 한 명이 몸을 굽혀서 그를 일으켜 세우고는 '일어나, 돈 파우스티노, 계속 걸어. 황소는 아직 나오지도 않았다고' 하고 말하더군.

돈 파우스티노는 혼자서 걸을 수 없는 상태였어. 검은색 작업복을 입은 그 농부가 한쪽에, 그리고 검정색 작업복에 목동 장화를 신은 또 다른 농부가 다른 한쪽에서 돈 파우스티노의 팔을 잡아 부축하더군. 돈 파우스티노는 양손으로 눈을 가리고, 입술을 벌벌 떨고, 햇빛을 받아 번들거리는 금발을 번쩍이며 행렬 사이를 걸어갔어. 그가 지나가는 동안 농부들은 말했지. '돈 파우스티노, 부엔 프로베초.(많이 먹어라.) 돈 파우스티노, 너 식욕 좀 돌겠다.' 그러자 다른 사람이 말을 넘겨받았어. '돈 파우스티노, 아 수스 오르데네스.(분부 받사옵겠나이다.) 돈 파우스티노, 뭐든 말씀만 하십시오.' 그리고 투우에서 진 적이 있는 누군가가 말했어. '돈 파우스티노. 투우사 양반, 아 수스 오르데네스.' 그러자 또 다른 누군가가 말했지. '돈 파우스티노, 천국에는 예쁜 여자들이 넘쳐난단다, 돈 파우스티노.' 그들은 돈 파우스티노를 양쪽에서 단단히 부축한 채 행렬 사이를 쭉 지나갔고, 그는 내내 손으로 눈을 가리고 있었지. 하지만 손가락 사이로 밖을 다 보고 있던 모양인지 사람들이 벼랑 끝으로 데려오자 다시 풀썩 주저앉아 몸을 숙이고는 땅바닥을 붙잡은 채 풀을 움켜쥐며 애걸복걸하더군. '안 돼요. 안 돼. 안 돼. 제발. 안 돼요. 제발. 제발. 안 돼. 안 돼.'

그러자 그를 부축한 농부들과 다른 이들, 그러니까 행렬 끝에 있던 건장한 자들이 재빨리 그의 뒤쪽으로 바싹 다가가 앉더니 그를 거칠게 떠밀었지. 그렇게 해서 그는 매 한 대 맞지 않고 벼랑 끝으로 떨어진 거야. 그는 떨어지면서 크고 높은 소리로 울부짖었어.

바로 그때 그 행렬이 잔인해졌다는 걸 나는 알게 됐네. 처음에는 돈 리카르도의 욕지거리가, 그리고 두 번째로 돈 파우스티노의 비겁함이 그들을 그렇게 잔인하게 만들었던 거지.

'다른 놈도 해치우자.' 농부 한 명이 외쳤고, 다른 농부가 그의 등을 치며 말했어. '돈 파우스티노! 참 웃기는 놈이야! 돈 파우스티노!'

'그놈이 이제야 큰 황소를 만났군.' 또 다른 누군가가 말했어. '이제 토해봤자 아무 소용 없을 거야.'

'내 평생.' 또 다른 농부가 말했어. '내 평생 돈 파우스티노 같은 놈은 처음 봤어.'

'다른 놈들도 있잖아.' 또 다른 농부가 말했다우. '좀 기다려봐. 앞으로 뭘 보게 될지 누가 알아?'

'거인도 있을 거고 혹 난장이가 있을지도 모르지.' 처음에 말했던 농부가 말했네. '깜둥이도 있고 아프리카의 보기 드문 짐승이 있을지도 모르지. 그렇지만 내가 보기엔 말이지, 절대, 절대, 돈 파우스티노 같은 놈은 없을 거야. 그래도 다른 놈을 잡자고! 이보게들, 어서 다른 놈을 잡아보자고!'

주정뱅이들은 파시스트 클럽에서 약탈해 온 아니스와 코냑

병을 서로 돌려가며 값싼 포도주인 양 마구 마셔댔어. 대열에 끼어 있는 사람들도 돈 베니토, 돈 페데리코, 돈 리카르도, 그리고 특히 돈 파우스티노를 해치우고 난 다음 심하게 흥분한 나머지 술을 들이켜면서 조금씩 취하기 시작했다우. 술병에 든 술을 마시지 않은 사람들은 이 사람 저 사람 돌고 있던 가죽 부대에 든 술을 마셨어. 누군가가 나한테 술 부대를 건네기에 나도 길게 한 모금 들이켰지. 포도주가 목으로 시원하게 넘어가더군. 나도 꽤나 목이 말랐거든.

'죽이고 나니 엄청 목이 타는군.' 술 부대를 건네준 사람이 내게 말하더군.

'케 바.' 내가 대꾸했지. '당신도 사람을 죽였수?'

'우리가 넷이나 죽였잖아.' 그가 자랑스럽게 말했지. '보안군은 셈에 안 넣고도 말이야. 당신이 보안군들 중 한 놈을 죽였다는 게 사실이야, 필라르?'

'아니. 난 벽이 무너졌을 때 연기 속으로 총을 쐈어. 다른 사람들도 그랬고. 그뿐이야.'

'어디에서 권총을 구했어, 필라르?'

'파블로가 줬어. 파블로가 보안군을 죽인 다음 나한테 줬어.'

'그가 그들을 이 권총으로 죽였나?'

'물론이지.' 내가 대답했어. '그러고 나서 나한테 이 권총을 주더라고.'

'나도 그거 좀 봐도 돼, 필라르? 좀 쥐어봐도 돼?'

'안 될 거 없지.' 그런 다음 노끈에서 권총을 꺼내서 그에게 건넸지. 그러면서 왜 아무도 안 나오나 궁금해하고 있었는데, 바로 그때, 글쎄 우리가 도리깨하고 목동용 몽둥이랑 나무 갈퀴를 가져온 바로 그 농기구 가게의 주인인 돈 기예르모 마르

틴이 나오지 뭔가. 돈 기예르모는 파시스트이기는 했지만, 그
거 빼고는 누구의 원한을 산 일이 없는 사람이었어.

그가 도리깨를 만든 수공업자들에게 임금을 짜게 준 건 사
실이지만, 대신 농기구 값을 아주 싸게 받았고, 돈 기예르모
한테서 도리깨를 사고 싶지 않은 사람은 그냥 나무랑 가죽 값
만 들여서 만들면 되는 일이었으니까. 말을 건방지게 했고 파
시스트였던 것도 분명하긴 하지. 파시스트 클럽의 회원이기도
했고, 정오와 저녁시간에 클럽의 등나무 의자에 앉아《엘 데바
테》*를 읽었고, 구두닦이에게 구두를 닦게 하고, 베르무트**와
탄산수를 마시고, 구운 아몬드, 말린 새우, 멸치 같은 걸 먹긴
했지. 하지만 뭐 그 정도 했다고 사람을 죽이지는 않는 법이거
든. 돈 리카르도 몬탈보의 욕설과 돈 파우스티노의 한심한 꼴
과 사람들의 감정에 불을 지핀 술기운이 없었다면, 누군가 이
렇게 소리쳤을지도 몰라. '저 돈 기예르모는 그냥 곱게 보내줘
야 해. 우리가 그의 도리깨를 가지고 있잖아. 그냥 보내주자.'

이 마을 사람들은 잔인한 것 못지않게 친절한 데다 타고난
정의감과 옳은 일을 하고 싶어 하는 마음이 있는 사람들이야.
하지만 잔인함이 이미 행렬에 스며들었고 다들 술에 취했거나
막 취하기 시작한 상태였지. 행렬은 돈 베니토가 나왔을 때와
는 달라져 있었어. 다른 나라에서는 어떤지 모르지만, 그리고
나만큼 술 마시길 좋아하는 사람도 없긴 하지만, 스페인에선
포도주 외에 다른 술을 마시고 취하면 아주 추한 꼴이 되고, 그
렇게 취한 사람들은 원래의 자기라면 하지 않을 짓을 저지르곤
하지. 당신네 나라에선 안 그런가, 잉글레스?"

*스페인 내전 당시 공화주의 정부에 반대한 가톨릭계 신문.
**와인에 향초 등을 가미한 술. 식전주로 많이 마시고, 칵테일에도 쓰인다.

"우리도 마찬가지예요." 로버트 조던이 말했다. "일곱 살 때 어머니를 따라 결혼식에 참석하러 오하이오 주로 간 적이 있었지요. 결혼식에서 어떤 여자아이와 함께 화동을 맡기로 되어 있었는데……."

"당신, 그런 걸 했어요?" 마리아가 물었다. "정말 멋져요!"

"그 마을에서는 검둥이 하나를 가로등에 목매달아 죽이고 불에 태웠어요. 그 등은 아크전기등이라서 가로등 관리하는 사람이 가로등 기둥 위에서 전등을 꺼내서 인도로 내리는 식이었죠. 그래서 처음엔 그 검둥이를 아크등을 들어 올릴 때 쓰는 장치로 들어 올렸는데, 그만 그 장치가 부러져버려서……."

"검둥이를요." 마리아가 말했다. "어쩜 그렇게 잔인한 짓을!"

"사람들이 취해 있었수?" 필라르가 물었다. "술에 취해서 검둥이를 태워버린 건가?"

"나도 잘 몰라요." 로버트 조던이 말했다. "그 아크등이 세워져 있던 모퉁이 집의 창문에 달린 블라인드 틈새로 내다봤을 뿐이니까. 거리는 사람들로 가득했고, 사람들이 검둥이를 두 번째로 들어 올렸을 땐……."

"겨우 일곱 살에 집 안에서 본 거였다면 그들이 술에 취해 있었는지 아닌지 알 수는 없었겠군." 필라르가 말했다.

"이미 얘기한 대로 그들이 두 번째로 검둥이를 들어 올렸을 때 어머니가 절 창문에서 떼어놓아서 더 이상 볼 수 없었지요." 로버트 조던이 말했다. "내 경험상, 술에 취한 게 추하고 야만적이기는 우리 나라도 마찬가집니다."

"일곱 살이면 너무 어렸네요." 마리아가 말했다. "그런 일을 겪기엔 너무 어렸어요. 전 서커스에서 말고는 검둥이를 본 적이 없어요. 무어인도 검둥이라고 치면 모르겠지만."

"검둥이인 무어인도 있고 아닌 자들도 있지." 필라르가 말했다. "무어인들에 대해선 내가 해줄 만한 얘기가 있지."

"저보다는 못하실걸요." 마리아가 말했다. "그럼요, 저보단 못하실 거예요."

"그런 얘긴 하지 말자." 필라르가 말했다. "건강에 안 좋아. 어디까지 얘기했더라?"

"줄 선 사람들이 술 취했다는 데까지요." 로버트 조던이 말했다. "계속하시죠."

"술에 취해 있었다고 하긴 좀 그랬지." 필라르가 말했다. "아직 곤드레만드레 취하려면 먼 상태였으니까. 하지만 이미 그들 사이에서 변화가 일어났던 건 사실이었네. 돈 기예르모 그자가 똑바로 나와 섰지. 근시에다 머리는 희끗희끗하고 키는 중간쯤이었는데, 칼라를 다는 단추가 달렸지만 칼라는 없는 셔츠를 입고 있었어. 그는 거기 서서 성호를 한 번 긋고 앞을 봤지만 안경이 없어서 거의 아무것도 보지 못했는데도 앞으로 차분히 걸어 나왔네. 그런 그의 모습은 동정심을 일으킬 만했어. 그런데 줄에 서 있던 누군가가 이렇게 소리쳤지. '어이, 돈 기예르모. 여기 위야, 돈 기예르모. 이쪽이야. 여기 우리 다 네놈이 만든 물건을 가지고 있다고.'

그들은 돈 파우스티노를 데리고 신나게 장난을 치고 난 뒤라 이제 돈 기예르모는 죽이더라도 되도록 빨리, 위신을 지켜주면서 죽여야 하는, 이전의 자들과는 전혀 다른 인물이라는 생각을 하지 못했어.

'돈 기예르모.' 다른 사람이 소리쳤지. '안경 가지러 집에 가게 해줄까?'

돈 기예르모의 집은 변변치 못했네. 나무 농기구 가게를 하면서 벌이가 시원치 않아 돈이 얼마 없었고, 단지 잘난 체하고 자기만족을 얻고 싶어서 파시스트가 되었기 때문이지. 그가 파시스트가 된 건 부인의 종교적인 영향 때문이기도 했어. 부인을 사랑해서 그 종교를 받아들였던 거야. 그는 광장에서 세 집 건너에 있는 아파트에 살고 있었지. 돈 기예르모가 근시 때문에 눈을 찌푸리며 그가 들어서야 하는 두 줄 행렬을 보고 서 있는데, 그때 그가 사는 건물의 아파트 발코니에서 한 여자의 비명 소리가 들려왔어. 발코니에서 보고 있던 그의 부인이었지.

'기예르모.' 그녀가 울부짖었어. '기예르모. 기다려요, 내가 당신과 함께 갈게요.'

돈 기예르모는 소리가 들리는 쪽으로 고개를 돌렸지만 그녀를 볼 수는 없었지. 무슨 말인가를 하려고 했지만 할 수 없는 모양이더라고. 그런 다음, 그는 여자가 부르는 방향으로 손을 흔들더니 행렬 사이로 걷기 시작했어.

'기예르모!' 여자가 울부짖었지. '기예르모! 오, 기예르모!' 여자는 발코니 난간을 부여잡고 울부짖었어. '기예르모!'

돈 기예르모는 여자의 목소리가 나는 방향으로 다시 한 번 손을 흔들고는 고개를 들고 행렬 사이로 걸어 들어갔다우. 그 낯빛이 아니었다면 그의 기분을 도저히 알아차리지 못했을 거야.

그때 행렬에 서 있던 어떤 주정뱅이가 돈 기예르모의 부인을 흉내 내며 찢어지는 듯한 고음으로 '기예르모!' 하고 외쳤어. 그러자 돈 기예르모는 잘 보이지 않는데도 그자에게 달려들었지. 그의 볼엔 눈물이 흘러내리고 있었어. 그 남자가 얼굴을 도리깨로 후려치자 돈 기예르모는 충격으로 주저앉은 채 울어버렸어. 무서워서는 아니었지. 그러는 동안 술 취한 사람들이 그를 두들겨 팼고, 그중 한 명이 그 위에 올라타더니 어깨를 깔고 앉아서는 술병으로 그를 내리쳤어. 그러고 나자 많은 사람들이 행렬에서 벗어났어. 대신 아윤타미엔토의 창문을 통해 조롱과 지저분한 말을 지껄였던 술주정뱅이들이 그들의 자리를 차지해버렸지."

"나는 파블로가 가르디아 시빌들을 쏴 죽일 때 마구 흥분을 했었어." 필라르가 말했다. "그건 굉장히 추악한 일이었지. 하지만 그렇게 해야만 한다면 해야 한다고 생각했어. 적어도 잔인한 건 없으니까. 지난 몇 년 동안 우리가 경험을 통해 배운 대로, 생명을 빼앗는 건 추한 일이지. 그러나 승리하려면, 그리고 공화국을 지키려면 필요한 일이라고 생각했어.

광장을 막고 대열을 짰을 때에도 난 그것을 파블로의 작전답다고 존경하고 이해했어. 좀 멋져 보이기도 했지. 어차피 해야 할 일이라면 혐오스럽지 않은 선에서 좋게 처리하는 게 필요하겠다고 생각했으니까. 파시스트들이 마땅히 인민의 손에 처형되어야 한다면, 모든 사람들에게 관여하게 하는 편이 나았어. 그래서 나도 마을이 우리 것이 되었을 때 얻게 되는 이익 중 내 몫을 가지고 싶은 것처럼, 가능한 한 그 죄도 분담하고 싶었어. 하지만 돈 기예르모 일이 있고 난 뒤로 나는 수치심과 역겨움을 느꼈다네. 주정뱅이들과 부랑자들이 행렬에 끼고, 돈 기예르모 일에 대한 항의로 행렬에서 빠져나와 기권하는 사람들을 보면서, 나도 여기서 완전히 빠지고 싶어지더군. 그래서 광장을 가로질러 걸어가, 그늘을 드리운 큰 나무 아래 벤치에 걸터앉았다네.

행렬에서 나온 농부 두 명이 서로 이야기하고 있다가 그중 한 명이 나를 부르더군. '어떻게 된 일이야, 필라르?'

'아무 일도 아니야.' 내가 그에게 말했지.

'아닌 게 아니구먼. 말해봐. 무슨 일인지.'

'신물이 나서.'

'우리도 그래.' 그는 말했고 그 둘은 벤치에 앉았어. 그중 한 명이 가죽 술 부대를 들고 있었는데, 그걸 내게 건네더군.

'입이나 좀 헹궈.' 그가 말했어. 그러고는 나머지 한 사람이 하고 있던 대화를 이어갔어. '무엇보다 나쁜 건 이런 일에는 불행이 따라오기 마련이라는 거야. 돈 기예르모를 그런 식으로 죽여놨으니 불운이 닥쳐오지 않을 거라고 누가 장담을 할 수 있겠어.'

그러자 나머지 한 사람이 말했어. '그자들을 모두 죽여야 한다면, 사실 난 꼭 그럴 필요가 있는지도 확실히 모르겠지만, 어쨌든 그렇다면 예의를 지켜서 놀리지 말고 죽여야지.'

'모욕을 주는 건 돈 파우스티노 경우에는 그럴 만해.' 나머지 한 사람이 말하더군. '그놈은 항상 웃음거리였고 진지한 놈이 아니었으니까. 하지만 돈 기예르모 같은 진지한 사람을 조롱하는 건 옳지 않아.'

'난 이제 신물이 나.' 내가 그에게 말했는데, 그건 말 그대로 진심이었어. 속이 온통 토할 것 같았고, 상한 해산물을 삼켰을 때처럼 식은땀이 나고 구역질도 났으니까.

'그럼, 이제 끝이야.' 한 농부가 말했어. '우린 더 이상 함께 하지 않겠어. 그런데 다른 마을에서는 어떤 일이 벌어지고 있는지 궁금하군.'

'아직 전화선을 안 고쳤어.' 내가 말했지. '빨리 고쳐야 할 텐데.'

'그러게.' 그가 말했어. '모르긴 몰라도 이렇게 천천히 잔인하게 사람을 죽여대는 것보다는 마을을 지키는 일에 힘쓰는 게

나을지도 모르지.'

'내가 가서 파블로랑 얘기해보지.' 나는 그들에게 이렇게 말하고, 벤치에서 일어나 아윤타미엔토 문과 연결되어 있는, 광장으로 뻗은 행렬이 시작되는 아케이드 쪽으로 걸어갔어. 행렬은 삐뚤빼뚤 엉망진창이었고 고주망태가 된 사람들도 있었어. 두 남자가 광장 중앙에 대자로 뻗어서는 서로 술병을 주거니 받거니 하고 있더군. 그중 한 놈이 술을 한 모금 마시고 소리쳤어. '비바 라 아나르키아!(무정부 상태 만세!)' 대자로 누워서 미친놈처럼 고함을 치더라고. 그 작자는 목에 붉은색과 검은색이 섞인 손수건*을 매고 있었어. 나머지 한 작자가 소리치더군. '비바 라 리베르타드!(자유 만세!)' 그러고는 두 발을 공중에서 허우적대더니 '비바 라 리베르타드!'를 또 외치더군. 그 작자도 붉은색과 검은색이 섞인 손수건을 매고 있었는데, 한 손으로는 그것을 들고 흔들고, 다른 손으로는 술병을 흔들었어.

행렬에서 벗어나 아케이드 그늘 밑에 서 있던 한 농부가 그들을 역겹다는 듯이 쳐다봤어. 그러고는 이렇게 말했어. '저자들은 "술 만세"라고 외치는 게 낫겠군. 저놈들이 믿는 건 그것밖에 없으니.'

'저놈들은 그나마도 안 믿어.' 다른 농부가 맞장구쳤어. '놈들은 아무것도 이해하지도 못하고 믿지도 않아.'

바로 그때, 그 주정뱅이들 중 하나가 벌떡 일어나더니 주먹을 불끈 쥔 채 두 팔을 머리 위로 들어 올리며 소리쳤어. '무질

---

*붉은색과 검은색은 무정부주의자들을 상징하는 색으로, 스페인 내전 당시 공화정부의 좌파인민전선에 속해 있던 무정부주의자들을 지칭한다. 공화정부는 무정부주의자, 공산주의자, 노동당, 사회주의자, 급진공화주의자 등 다양한 정치 세력들이 연합해 있었고, 그중 무정부주의자들은 스페인 내전 기간 중 공화국 정부에 대해서도 반란을 일으켰다.

서와 자유 만세! 공화국? 웃기고 자빠졌네!'

누워 있던 나머지 하나가 소리를 지른 주정뱅이의 손목을 잡고는 몸을 굴려서 소리친 자를 자빠뜨리더니 서로 뒤엉켜 구르다가 일어나더군. 잡아당겼던 놈이 소리친 놈의 목에 자기 팔을 얹고 술병을 건넨 다음 두르고 있던 손수건에 입을 맞추고 둘이 함께 술을 마셨어.

바로 그때, 행렬에서 비명 소리가 들렸어. 아케이드를 올려다봤지만 누가 나오는지 보이지 않았어. 아윤타미엔토 입구 주변에 몰려 있는 사람들의 머리에 가려졌기 때문이지. 보이는 거라곤 총을 겨누고 누군가를 밀고 나오는 파블로와 쿠아트로 데도스뿐이었어. 그게 누군지는 보이지 않아서 사람들이 문에 기대어 북적거리는 행렬 쪽으로 가까이 다가가서 보려고 했어.

이제 사람들은 서로 엄청 밀어댔고, 파시스트 클럽의 의자와 탁자들은 전부 내동댕이쳐졌어. 멀쩡한 건 주정뱅이가 머리를 젖히고 입을 헤 벌린 채 누워 있는 탁자 하나뿐이었지. 난 의자를 하나 집어서 한쪽 기둥에 기대어놓고 그 위에 올라서서 사람들의 머리 너머로 내다봤어.

파블로와 쿠아트로 데도스에게 밀려 나온 사람은 돈 아나스타시오 리바스였어. 의문의 여지없는 파시스트에다 우리 마을 최고의 뚱뚱보였지. 곡물 구매업자였어. 몇 군데 보험회사 대리점을 운영하기도 했고, 고리대금업도 했어. 나는 의자에 서서 그가 계단을 내려와 행렬 쪽으로 가는 걸 봤어. 살찐 목이 셔츠 뒤쪽 칼라 위로 툭 불거져 나와 있고, 대머리가 햇빛에 반짝거렸지. 그는 차마 행렬로 들어서지 못했어. 모두가 한목소리로 고함을 질렀기 때문이지. 이 사람 저 사람 여기저기서 소리치는 게 아니라, 아주 듣기 싫은 소리로 행렬에 선 주정뱅이들이 한꺼번에 서로 고함을 지른 거였지. 그에게 달려드는 사람들 때문에 행렬은 금세 무너졌고, 돈 아나스타시오가 두 손을 머리 위로 올린 채 쓰러지는 게 보였어. 사람들이 그 위로 겹겹이 올라타는 바람에 더 이상 그를 볼 순 없었지. 사람들이 그에게서 떨어져 나왔을 때, 돈 아나스타시오는 아케이드의 보도블록에 머리를 대고 죽어 있었다우. 이제 더 이상 행렬은 없고 폭도만 있던 거지.

'들어가자.' 그들은 소리치기 시작했어. '우리가 놈들을 쫓아 들어가자.'

'이놈은 너무 무거워서 나를 수가 없잖아.' 한 남자가 머리를 땅에 박은 채 널브러진 아나스타시오의 시체를 걷어찼어. '여기 그냥 두자.'

'저 비곗덩어리 뚱보를 벼랑까지 질질 끌고 갈 필요가 뭐람? 그냥 거기 둬.'

'우리가 들어가서 안에 있는 놈들을 끝장내자.' 한 남자가 말했어. '우리가 들어가자.'

'왜 하루 종일 땡볕에서 기다려야 해?' 다른 사람이 소리쳤어. '이봐, 들어가자고.'

폭도들은 이제 아케이드 안으로 밀고 들어왔어. 그들은 고함을 지르고 서로 밀치며 짐승처럼 울부짖었어. 모두들 '문 열어! 문 열란 말이야!' 하고 소리를 질렀지. 행렬이 무너졌을 때 이미 경비들이 아윤타미엔토의 문을 닫아버렸거든.

나는 의자 위에 서서, 창살이 달린 창문 너머로 안을 들여다볼 수 있었다우. 안의 상황은 그전과 똑같았어. 사제는 서 있고, 나머지 사람들은 전부 그의 주위에 반원형을 그리고 꿇어앉아 있었지. 그들은 기도를 하고 있었어. 파블로는 엽총을 둘러메고 시장 의자 앞에 있는 커다란 탁자에 걸터앉아 다리는 탁자 아래에 늘어뜨리고 담배를 말고 있었지. 쿠아트로 데도스는 다리를 탁자 위에 걸쳐놓고 시장 의자에 앉아서 담배를 피우고 있었고. 경비들은 모두 총을 들고 각자 의원들 의자에 앉아 있었어. 큰 문 열쇠는 탁자 위 파블로 옆에 놓여 있더군.

폭도들이 노래를 하듯 '문 열어! 문 열어!' 하고 소리쳤지만, 파블로는 못 들은 척 그대로 탁자에 앉아 있었어. 그가 사제에게 뭔가 말을 건넸지만, 말소리는 폭도들의 소리에 묻혀 들리지 않았어.

예전과 마찬가지로 사제는 대답 없이 기도만 계속했어. 여럿이 등 뒤에서 밀어대는 바람에 의자를 앞으로 밀어서 벽에 더 가까이 옮겼지. 창살에 얼굴을 들이대고 손으로 창살을 잡은 채 의자 위에 서 있는데 어떤 남자가 내 의자 위로 올라서더니 나를 팔로 감고 더 넓은 창살을 쥐고 서지 뭐유.

'이러다 의자 부러지겠어.' 내가 그에게 말했지.

'그러면 좀 어때?' 그가 말했어. '저놈들이나 봐. 기도하는 거나 좀 보라고.'

내 목에 끼쳐 온 그의 입김에서 길가에 토해놓은 토사물같이 시큼한 폭도의 냄새가 났어. 술에 취한 냄새였지. 그가 내 어깨 너머로 머리를 들이밀고 창살 틈에 대고 소리치는 거야. '문 열어! 열라고!' 꿈속에서 악마가 등에 매달려 있는 것처럼 폭도가 내 등에 올라타 있는 것 같더구먼.

이제 폭도들은 문에 찰싹 들러붙어 있었어. 앞쪽에 있는 자들은 밀어대는 사람들 때문에 깔려버릴 지경이었지. 그때 광장에서 검정 작업복에 붉은색과 검은색이 섞인 손수건을 목에 두른 어느 덩치 큰 주정뱅이가 달려오더니 밀어젖히는 폭도들

쪽으로 몸을 던져 그들 위로 쓰러졌어. 그런 다음 일어서서 다시 뒤로 물러섰다가 다시 한 번 앞으로 달려오면서 '나 만세, 무질서 만세'를 외치며 밀어대는 사람들의 등에 또다시 몸을 던졌어.

내가 보고 있자니, 이자는 폭도들의 무리에서 떨어져 나와 병째로 술을 들이켜며 앉아 있더군. 그렇게 앉아 있다가 돌바닥에 얼굴을 파묻고 널브러져 있는, 사람들에게 처참하게 짓밟힌 돈 아나스타시오를 보게 된 거지. 주정뱅이는 일어나서 돈 아나스타시오에게 다가가 몸을 숙이고 돈 아나스타시오의 머리와 옷에 술을 붓기 시작했어. 그러고는 주머니에서 성냥을 꺼내 돈 아나스타시오의 시체에 불을 붙이려고 했지. 하지만 때마침 바람이 세게 불어서 성냥불이 꺼져버렸어. 그렇게 얼마간 있던 거구의 주정뱅이는 다시 돈 아나스타시오 옆에 주저앉아서 고개를 저으며 병나발을 불다가 가끔씩 몸을 숙여 돈 아나스타시오의 어깨를 두드렸어.

이러는 동안에도 폭도들은 문을 열라며 아우성을 치고 있었고, 나와 함께 의자 위에 서 있던 남자는 창살을 꽉 쥐고 문을 열라고 소리쳤어. 나는 그의 고함 소리 때문에 귀가 멀 지경이었다우. 게다가 그의 지독한 입 냄새 때문에 숨 쉬기도 힘들 지경이었지. 나는 돈 아나스타시오의 몸에 불을 지르려는 주정뱅이에게서 고개를 돌려 다시 아윤타미엔토의 방 안을 들여다봤어. 아까랑 똑같은 상황이더군. 그들은 아까와 마찬가지로 다들 무릎을 꿇고 기도를 하고 있었어. 그중에는 셔츠 단추를 푼 채 고개를 숙인 사람도 있었고, 고개를 들어 사제와 그가 들고 있는 십자가를 바라보는 사람도 있었어. 사제는 그들의 머리 위로 멀리 밖을 내다보면서 열심히 기도를 올렸어. 그들 뒤에서는 담배를 피워 문 파블로가 엽총을 등에 메고 다리를 흔들면서 탁자 위에 걸터앉아 열쇠를 만지작거리고 있었지.

파블로가 탁자에서 몸을 숙여 다시 사제에게 말하는 것이 보였지만, 고함 소리 때문에 무슨 말인지는 들리지 않았어. 하지만 사제는 그에게 대답은 안 하고 계속 기도만 했지. 그때 한 남자가 기도하고 있는 사람들의 대열에서 일어섰어. 그는 나가고 싶어 하는 눈치더군. 돈 페페라고 불리던 돈 호세 카스트로였는데 골수 파시스트로 말 장수였지. 자그마한 체구에 수염을 깎지 못했는데도 깔끔해 보였어. 잠옷 윗도리 자락을 회색 줄무늬 바지에 끼워 넣은 차림이었지. 그가 십자가에 입을 맞추자 사제가 그에게 축도를 하더군. 그는 일어서서 파블로를 보고는 문 쪽으로 고개를 휙 돌렸어.

파블로는 고개를 젓고 나서 계속 담배만 피워댔지. 돈 페페가 파블로에게 무언가 말하는 게 보였지만 무슨 얘기인지는 들리지 않았어. 파블로는 대답하지 않더군. 그저 다시 고개를 절레절레 내젓고는 턱으로 문 쪽을 가리키더라고.

그때 돈 페페가 정면으로 문을 바라봤는데, 그제야 문이 잠겨 있는 걸 알게 된 모양이더군. 파블로가 그에게 열쇠를 보여주자, 그는 잠시 그걸 보며 서 있다가 돌아서서 다시 무릎을 꿇고 앉았어. 사제가 파블로를 돌아보는 게 보였고, 파블로가 사제에게 씩 웃으며 열쇠를 보여주었어. 그제야 사제도 문이 잠겨 있다는 사실을 알게 된 것 같았어. 그는 고개를 젓는 것처럼 보였지만, 머리를 살짝 기울일 뿐 다시 기도를 하더군.

그들이 기도와 자기들의 생각에 너무 집중하지 않은 이상 어떻게 문이 잠긴 걸 모를 수 있었는지 이해가 안 갔네만, 이제 그들도 분명히 알고 군중의 고함 소리를 이해하게 되었지. 이제 모든 것이 변했다는 걸 똑똑히 알게 된 거야. 하지만 그들은 여전히 그대로 있었어.

이제는 고함 소리가 너무 커서 아무 소리도 들리지 않았어. 나와 함께 의자 위에 서 있던 주정뱅이가 창살을 마구 잡아 흔들면서 목이 쉬도록 고함을 질렀지. '문 열어! 문 열란 말이야!'

파블로가 사제에게 다시 뭔가를 얘기하는 게 보였는데, 사제는 대답하지 않더군. 그러자 파블로는 엽총을 꺼내 들고 손을 뻗어 총으로 사제의 어깨를 두드렸어. 사제는 모른 척했고, 파블로는 고개를 젓는 게 보였어. 그다음 그는 고개를 돌려 쿠아트로 데도스에게 말을 했지. 그러자 쿠아트로 데도스가 다른 경비병에게 뭐라고 하고, 그들은 모두 일어나서 방 한쪽 구석으로 걸어가 엽총을 들고 서더라고.

파블로가 쿠아트로 데도스에게 뭔가 이야기를 하자 그는 탁자 두 개와 긴 의자 몇 개를 옮겨놓았어. 경비병들은 그들 뒤에 엽총을 들고 섰고. 그렇게 방 한쪽 구석에 바리케이드가 설치된 거지. 파블로는 몸을 구부리고 사제의 어깨를 다시 엽총으로 두드렸지만 사제는 그에게 신경을 쓰지 않았어. 다른 사람들도 모두 신경 쓰지 않고 기도를 계속했는데, 돈 페페만은 파블로를 쳐다보고 있더군. 파블로는 고개를 젓다가 돈 페페가 자기를 보는 걸 알아차리고는 돈 페페에게 고개를 저으며 손으로 열쇠를 들어 올려 그에게 보여주었어. 돈 페페는 무슨 뜻인지 이해하고, 다시 고개를 떨어뜨리더니 아주 빠르게 기도를 하기 시작했지.

파블로는 탁자에서 쿵 하는 소리를 내며 내려왔어. 그리고는 탁자를 빙 돌아 기다란 시의회 탁자 뒤편에 높이 솟은 강단 위의 커다란 시장용 의자로 걸어갔어. 그는 의자에 앉아서 담배를 마는 동안 사제와 함께 기도하는 파시스트들을 줄곧 지켜보았어. 그의 얼굴은 완전히 무표정했고 열쇠는 그의 앞 탁자 위에 놓여 있었지. 쇠로 된 큼직한 열쇠였는데, 길이가 1피트도 넘었어. 그다음, 알아들을 수는 없었지만, 파블로가 경비병들에게 무언가 얘기를 했고 그러자 경비병 한 명이 문 쪽으로 걸어갔어. 그들이 모두들 어느 때보다 빠르게 기도하는 걸 보니 이제 그들도 모두 상황을 알아차리게 된 모양이었어.

파블로가 사제에게 무슨 얘기를 했지만 사제는 대답하지 않았지. 그러자 파블로가 몸을 앞으로 숙이고는 열쇠를 들어 문가에 있는 경비병에게 던졌어. 경비병이 열쇠를 받자 파블로가 그에게 미소를 지어 보였고 곧이어 경비병이 열쇠를 돌려 문을 열더니 폭도들이 몰려 들어오는 동안 문 뒤로 몸을 숨겼지.

그들이 들어오는 게 보였고, 바로 그때 나와 함께 의자에 서 있던 주정뱅이가 소리를 지르기 시작했어. '아아! 이런! 아이!' 하며 고개를 앞으로 빼고 있는 통에 난 아무것도 볼 수 없었어. 그는 소리쳤어. '놈들을 죽여! 놈들을 죽여버려! 몽둥이로 내려쳐! 놈들을 죽이라고!' 그가 두 팔로 밀쳐대는 바람에 난 아무것도 볼 수가 없었어.

내가 그치의 배를 팔꿈치로 콱 찌르면서 말했지. '이놈의 주정뱅이야, 이게 누구 의자냐? 나도 좀 보자.'

하지만 그는 계속 쇠창살을 치고 흔들면서 소리쳤어. '놈들을 죽여라! 몽둥이로 내려쳐! 몽둥이로 쳐! 그렇지. 몽둥이로 쳐! 놈들을 죽여! 카브론! 카브론! 개새끼들!'

나는 팔꿈치로 그자를 세게 밀치며 소리쳤다우. '카브론! 이 주정뱅이야! 나도 좀 보자니까.'

그러자 그자가 두 손으로 내 머리를 짚더니 안을 더 잘 보려고 날 누르면서 자기 몸무게를 온통 내 머리에 기대고는 계속 소리치는 거야. '몽둥이로 쳐! 그렇지. 몽둥이로 쳐!'

'너나 몽둥이찜질 한번 당해봐라.' 내가 말하면서 그자의 급소를 퍽 쳤더니 그제야 내 머리에서 손을 치우고는 급소를 쥐고 낑낑대더군. '노 헤이 데레초(부당한 일이야), 뮤제르. 넌 이럴 권리가 없어, 이 여자야.' 그때 창살 사이로 방 안이 온통 사람들로 가득 차 있는 게 보였어. 몽둥이로 매타작을 하고, 도리깨로 치고, 이제는 붉게 물든, 살도 부러진 흰색 갈퀴로 찌르고 때리고 밀고 사람들을 향해 치켜들고, 아주 난리도 아니더군. 파블로는 엽총을 무릎에 올려놓은 채 커다란 의자에 앉아서 상황을 지켜보고 있었어. 사람들은 고함을 치고 몽둥이질을 하고 서로 찔러댔어. 당하는 사람들은 말들이 불 속에서 비명을 지르듯 소리를 질러댔어. 사제는 사제복 치맛자락을 끌어올리고 의자 위로 가까스로 기어오르고 있었는데, 그를 뒤쫓는 사람들이 낫과 추수용 갈고리로 그를 난도질하는 모습이 보이더군. 그다음 누군가가 그의 옷을 잡았고 그러자 비명 소리가 연달아 났어. 두 남자가 그의 등을 낫으로 찌르고 있었던 거야. 그러는 사이 세 번째 사람이 사제복 치맛단을 붙잡고 있었고 사제는 두 팔이 위로 들린 채 의자 등받이에 매달렸어. 바로 그때 내가 올라서 있던 의자가 부러지는 바람에 주정뱅이와 나는 쏟아진 포도주와 토사물 냄새가 코를 찌르는 보도 위로 나뒹굴었지. 주정뱅이가 나한테 손가락질을 하며 소리쳤어. '노 헤이 데레초, 뮤제르, 네년 때문에 다칠 뻔했잖아.' 그리고 사람들이 아윤타미엔토에 들어가려고 우리를 밟고 넘어가는 바람에 난 출입구로 들어가는 사람들 다리밖에 보지 못했어. 주정뱅이는 그 자리에서 나를 노려보며 내가 때렸던 부위를 잡고 있었지.

그게 우리 마을의 파시스트 처형의 끝이었고, 난 더 이상을 보지 못한 게 다행이라고 생각해. 그 주정뱅이 놈이 아니었으면 그 사건을 끝까지 다 봐버렸을 테니 말이야. 그러니 그놈이 나한테 좋은 일을 한 셈이지. 아윤타미엔토 안에서는 보지 않으면 좋을 광경이 벌어졌으니까.

하지만 또 다른 주정뱅이는 정말 봐주기 힘들었지. 의자가 부서진 뒤 우리가 일어섰을 때에도 사람들은 여전히 아윤타미엔토로 몰려들고 있었어. 붉은색과 검은색이 섞인 손수건을 매고 있는 그 주정뱅이가 아직도 돈 아나스타시오의 시체 위에 뭔가를 붓는 게 보이더군. 고개를 이리저리 흔드는 게 앉아 있기도 힘든 모양이던데, 그런데도 술을 붓고 성냥불을 붙이고, 또 술을 붓고 성냥불을 붙이기에, 내 다가가서 말했지. '뭘 하는 짓이야? 이 개망나니야.'

'아무것도 아니야, 뮤제르, 나다.' 그가 말했어. '날 내버려둬.'

그런데 내가 거기에 서서 바람을 막아준 때문인지 성냥에 불이 붙었고, 파란 불꽃이 돈 아나스타시오의 코트 어깨 부분에서 일더니 그의 뒷목으로 번져갔지 뭐요. 그 주정뱅이는 고개를 들고는 큰 소리로 소리쳤어. '죽은 놈한테 불이 붙었다! 죽은 놈한테 불이 붙었어!'

'누구야?' 누군가가 말했어.

'어디에?' 다른 누군가가 소리쳤지.

'여기야.' 주정뱅이가 고함을 쳤어. '바로 여기라고!'

그러자 누군가가 주정뱅이의 머리를 도리깨로 후려쳤어. 그자는 바닥으로 벌렁 나자빠졌는데, 자기를 때린 사람을 올려다보더니 두 팔을 가슴에 얹고는 눈을 감고 마치 잠든 듯 돈 아나스타시오 옆에 누웠지. 그 남자는 주정뱅이를 더 이상 때리지 않았고 주정뱅이는 거기 그대로 누워 있었어. 그동안 사람들은 아윤타미엔토 안을 모두 청소하면서 파시스트들의 시신을 손수레에 옮겨 싣고 돈 아나스타시오의 시신도 수레에 실은 다음 전부 벼랑으로 끌고 가서 던져버렸네. 그 주정뱅이들 중 스무 명이나 서른 명 정도를, 특히 붉은색과 검은색 손수건을 매고 있던 그 작자들을 벼랑에 던져버렸으면 마을에 더 도움이 됐을 뻔했어. 우리가 다시 한 번 혁명을 일으킨다면 그놈들을 제일 먼저 처단해야 해. 하지만 그때는 그걸 몰랐지. 그걸 알게 된 건 그 며칠 후였지.

하지만 그날 밤 우리는 무슨 일이 일어날지 알지 못했어. 아윤타미엔토에서의 학살 이후 더 이상의 살인은 없었지만, 술 취한 자들이 너무 많아서 그날은 회합을 열 수가 없었다우. 질서를 되찾기가 불가능했고 회합은 다음 날로 연기되었지.

그날 밤 나는 파블로와 잤어. 이런 말은 구아파 너한테는 하면 안 되는데, 한편으로는 네가 모든 걸 알아두는 게 좋을 것 같기도 하구나. 적어도 내가 너한테 하는 말은 사실이란다. 들어보슈, 잉글레스. 아주 재미있어.

내가 말한 대로 그날 밤 우리는 저녁을 먹었는데 분위기가 묘했어. 폭풍이나 홍수나 전투가 지나가고 난 뒤처럼 다들 지쳐서 별로 말이 없었지. 나도 속이 허했고 몸도 좋지 않은 데다 치욕스럽고 나쁜 짓을 했다는 느낌에 휩싸여 있었으니까. 난 압박감을 심하게 느꼈어. 오늘 아침에 비행기들을 보고 난 뒤처럼, 뭔가 나쁜 일이 생길 것 같은 느낌이 들더군. 아니나 다를까 나쁜 일은 사흘 안에 일어나고 말았지.

식사를 할 때 파블로는 거의 말이 없었어.

'좋았어, 필라르?' 마침내 그가 구운 새끼 염소 고기를 한입 가득 물고 묻더군. 우리는 버스가 출발하는 여인숙에서 저녁을 먹고 있었는데, 방 안은 사람들로 북적였어. 사람들은 노래를 부르고 있었고, 너무 복잡해서 음식을 나르기도 곤란한 지경이었어.

'아니.' 내가 말했지. '돈 파우스티노를 빼고는, 마음에 안 들었어.'

'난 좋았어.' 그가 말했어.

'전부 다?' 내가 그에게 물었지.

'전부 다.' 그는 이렇게 말하고는 커다란 빵을 칼로 잘라 그걸로 고기 국물을 닦기 시작했어. '전부 다. 사제만 빼고.'

'사제를 처리한 게 안 좋았다고?' 내가 물었어. 그가 파시스트보다 사제들을 더 싫어하는 걸 알고 있었기 때문이지.

'그자가 내 환상을 깨버렸어.' 파블로는 슬픔에 빠진 말투로 말했어.

워낙 많은 사람들이 노래를 불러대는 통에 고함을 질러야 서로의 말을 겨우 알아들을 수 있을 지경이었네.

'왜?'

'그자가 아주 볼썽사납게 죽었거든.' 파블로가 말했어. '위엄이 없었어.'

'폭도한테 쫓기는 마당에 어떻게 위엄이 있기를 바라겠어?' 내가 말했지. '그 직전까지는 꽤나 위엄이 있던데. 누구보다도 위엄이 대단했어.'

'그래. 그런데 마지막 순간에는 겁에 질려 있더군.'

'누구든 안 그렇겠수? 사람들이 뭘 들이대면서 그를 쫓았는지 못 봤어?'

'왜 못 봤겠어? 어쨌든 난 그가 아주 험한 꼴로 죽는 걸 봤어.'

'그런 상황에선 누구나 볼썽사납게 죽게 돼 있지.' 내가 그에게 말했지. '당신 돈으로 뭘 하고 싶수? 아윤타미엔토에서 있었던 일은 전부 골치 아픈 일뿐이었어.'

'그래. 조직적이지 못했지. 하지만 사제란 말이야. 사제는 모범을 보이는 사람이라고.'

'난 당신이 사제들을 미워하는 줄 알았는데.'

'그래.' 파블로가 말하고는 빵을 더 잘랐어. '하지만 스페인 사제잖아. 스페인 사제는 죽을 때도 아주 잘 죽어야 하는 거야.'

'내 생각엔 꽤 괜찮게 죽었어.' 내가 말했지. '예의를 다 빼앗긴 것 치고는.'

'아냐. 내가 보기엔 아주 실망스러웠어. 하루 종일 나는 그 사제의 죽음을 기다렸어. 그가 행렬 앞에 들어서는 마지막 사람이 될 거라고 생각했지. 나는 엄청난 기대를 안고 기다렸어. 최고로 성스러운 어떤 장면을 기대했다고. 사제가 죽는 건 본 적이 없었으니까.'

'시간은 있어.' 내가 그에게 비꼬듯 말했네. '오늘 겨우 운동이 시작되었는걸.'

'아니야. 난 환상이 깨졌어.'

'이런. 당신은 얼마 안 가 신념을 잃어버리고 말겠군.'

'당신은 이해 못 해, 필라르. 그자는 스페인 사제였단 말이야.'

'스페인 사람들이 어떤 사람들인데?' 내가 그에게 물었지. 이들이 자존심에 얼마나 목숨을 거는지 알겠나, 잉글레스? 참 대단한 민족이지."

"이제 그만 일어나야 합니다." 로버트 조던이 말했다. 그는 해를 바라보았다. "정오가 다 됐어요."

"그러지." 필라르가 말했다. "이제 가세. 하지만 파블로에 대해 자네에게 내 한마디만 하지. 그날 밤 그가 내게 말했다우. '필라르, 오늘 밤엔 우리 그 짓일랑 하지 말자.'

'잘됐군.' 내가 그에게 말했지. '그러면 나도 좋아.'

'그렇게 많은 사람들을 죽이고 그 짓을 하는 건 너무한 것 같아.'

'케 바.' 내가 그에게 말했어. '당신 정말 성자구먼. 내가 투우사들하고 몇 년을 같이 살았는데, 투우 경기가 끝난 다음에 그들이 어떤 상태가 되는지 모를 것 같아?'

'정말이야, 필라르?' 그가 내게 물었어.

'내가 언제 당신한테 거짓말하는 거 봤어?'

'맞아, 필라르, 난 오늘 경기를 끝낸 사람이야. 당신은 날 욕하지 않겠지?'

'아니, 옴브레.' 내가 그에게 말했어. '하지만 매일 사람을 죽이지는 마, 파블로.'

그리고 그는 그날 밤 아기처럼 잠만 잤어. 나는 동이 트자마자 그를 깨워줬지. 하지만 난 밤새 잠이 오질 않아서 의자에 앉아 창밖을 내다보았어. 행렬이 있던 광장에 달빛이 비치고 있었어. 광장을 가로질러 나무들이 달빛에 빛났고, 나무 그늘도 어둡게 드리워져 있었지. 의자들도 달빛에 빛났고, 흩어져 나뒹구는 술병들도 반짝였어. 그자들이 던져졌던 벼랑 너머까지 보였지. 분수에서 나는 물소리 말고는 아무 소리도 들리지 않았어. 난 거기 앉아서, 시작이 좋지 않았다고 생각했네.

창문이 열려 있었는데 광장 위쪽에서 어떤 여자가 우는 소리가 들려왔다우. 나는 발코니로 나가서 맨발로 철 난간에 섰지. 달빛이 광장의 모든 건물들 벽을 환하게 비추고 있었어. 울음소리는 돈 기예르모의 집 발코니에서 흘러나오고 있는 거더군. 그의 부인이 무릎을 꿇고 울고 있었던 거야.

나는 방 안으로 돌아왔어. 앉아서 아무 생각도 하고 싶지 않았지. 또 다른 날이 오기 전까지는 그날이 내 생애 최악의 날이 었으니까 말이야."

"또 다른 날이라뇨?" 마리아가 물었다.

"사흘 후에 파시스트들이 마을을 점령했거든."

"그 얘기는 저한테 하지 마세요." 마리아가 말했다. "그 얘기는 듣고 싶지 않아요. 이걸로 충분해요. 아니, 너무 많이 들었어요."

"네가 듣지 않는 게 좋다고 내가 말했잖니." 필라르가 말했다. "애야. 난 네가 듣기를 바라지 않았다. 이제 넌 악몽을 꾸게 될 거야."

"아니에요." 마리아가 말했다. "그렇지만 더 이상은 듣고 싶지 않아요."

"내게는 언젠가 얘기해주었으면 합니다." 로버트 조던이 말했다.

"그러지. 하지만 그건 마리아에겐 좋지 않아."

"전 듣고 싶지 않아요." 마리아가 애원하듯 말했다. "제발, 필라르 아줌마. 제가 있을 땐 그 얘긴 하지 말아주세요. 저도 모르게 듣게 될지도 모르니까요."

그녀는 당장이라도 울음을 터뜨릴 듯 입술을 파르르 떨었다.

"제발, 필라르 아줌마, 그 얘기는 하지 마세요."

"걱정 마라, 귀여운 까까머리야. 걱정 마. 하지만 잉글레스에게는 언젠가 얘기를 해주련다."

"그렇지만 이 사람이 있는 곳엔 저도 항상 같이 있고 싶어요." 마리아가 말했다. "아, 필라르 아주머니, 아예 그 얘기를 하지 마세요."

"네가 일할 때 얘기하마."

"아니에요. 안 돼요. 제발. 그 얘기는 아예 하지 않기로 해요." 마리아가 말했다.

"우리가 한 짓을 말한 이상 그 얘기도 해야 공평한데." 필라르가 말했다. "하지만 넌 절대 못 듣게 하마."

"즐거운 얘기는 없나요?" 마리아가 물었다. "항상 끔찍한 얘기만 해야 하나요?"

"오늘 오후에." 필라르가 말했다. "너와 잉글레스 둘이서 서로 하고 싶은 얘기를 실컷 하려무나."

"그럼 오후가 빨리 와야겠네요." 마리아가 말했다. "쏜살같이 와야겠어요."

"올 거야." 필라르가 그녀에게 말했다. "쏜살같이 올 거고 역시 쏜살같이 지나갈 게다. 내일도 쏜살같이 지나갈 거고."

"오늘 오후." 마리아가 말했다. "오늘 오후, 오늘 오후가 어서 왔으면."

11장

그들은 여전히 소나무 숲이 우거진 그늘 속을 지나 산등성이를 올라가다가, 높은 초원에서 숲이 우거진 계곡으로 내려갔다. 그리고 개울을 따라 나 있는 오솔길을 따라 올라갔다. 오솔길을 벗어나 벼랑 끝 암벽 꼭대기까지 가파르게 올라가자 카빈총을 든 한 남자가 나무 뒤에서 걸어 나왔다.

"꼼짝 마." 그가 말했다. "올라, 필라르. 같이 온 사람은 누구예요?"

"잉글레스." 필라르가 말했다. "세례명은…… 로베르토. 여기로 오는 길은 우라지게도 가파르군."

"살루드, 카마라다." 보초병이 로버트 조던에게 손을 내밀었다. "안녕하시오, 동지?"

"안녕한가?" 로버트 조던이 말했다.

"좋아요." 보초병이 말했다. 가볍고 마른 체구의 그는 약간 매부리코에 튀어나온 광대뼈, 회색 눈을 한 아주 어린 청년이었다. 모자를 쓰지 않은 그의 머리카락은 검고 덥수룩했다. 악수를 기운차고 친근하게 했고, 눈빛 역시 다정했다.

"안녕, 마리아." 그가 마리아에게 말했다. "피곤하지 않아?"

"케 바, 호아킨." 그녀가 말했다. "걷는 것보다 앉아서 얘기를 더 많이 한걸."

"당신이 폭파 전문가인가요?" 호아킨이 물었다. "당신이 여기 왔다는 말은 우리도 들었거든요."

"파블로의 숙소에서 밤을 보내고 오는 길이지." 로버트 조던이 말했다. "맞아, 내가 그 폭파 전문가란다."

"만나서 반갑습니다." 호아킨이 말했다. "열차를 폭파하러 왔나요?"

"그쪽도 지난번 열차 작전 때 같이 있었나?" 로버트 조던이 물으며 미소를 지었다.

"그렇고말고요." 호아킨이 말했다. "바로 거기서 요걸 주워 왔는걸요." 그가 마리아를 보며 씩 웃었다. "이젠 예뻐졌네." 그가 마리아에게 말했다. "사람들이 너보고 얼마나 예쁘다고 하니?"

"닥쳐, 호아킨. 정말 고맙네." 마리아가 말했다. "너도 머리를 좀 깎으면 예뻐질 거야."

"내가 널 짊어지고 왔어." 호아킨이 그녀에게 말했다. "내가 널 어깨에 메고 왔다고."

"다른 사람들도 많았지." 필라르가 굵은 목소리로 말했다. "이 아이를 업고 오지 않은 사람이 어디 있어? 영감은 어디 있나?"

"캠프에요."

"어젯밤엔 어디 있었지?"

"세고비아에요."

"소식을 좀 가져왔던가?"

"네." 호아킨이 말했다. "소식이 있어요."

"좋은 거야, 나쁜 거야?"

"나쁜 것 같아요."

"너도 비행기를 봤어?"

"아." 호아킨이 말하고 고개를 저었다. "말도 마세요. 폭파 전문가 동지, 그건 무슨 비행기였나요?"

"하인켈 111 폭격기. 하인켈 추격기랑 피아트 추격기도 있었고."

"날개가 낮은 커다란 비행기들은 뭐였어요?"

"하인켈 111기."

"이름이 뭐든 하여간 끔찍하네요." 호아킨이 말했다. "그건 그렇고 내가 여러분을 붙잡고 있군요. 사령관님께 모셔다 드리지요."

"사령관?" 필라르가 물었다.

호아킨이 진지하게 고개를 끄덕였다. "'대장'보단 그게 더 좋아서요." 그가 말했다. "좀 더 군대 냄새가 나잖아요."

"꽤나 군대식이 되었구먼, 이 녀석." 필라르가 말하고는 소리 내어 웃었다.

"아니에요. 그런 건 아니지만, 전 군대 용어가 좋더라고요. 서열이 확실해지고 규율도 잡히니까요."

"여기 자네 입맛에 맞을 인물이 있구먼, 잉글레스." 필라르가 말했다. "아주 진지한 소년이야."

"내가 업어줄까?" 호아킨이 마리아에게 어깨동무를 하며 그녀의 얼굴을 보고 미소 지었다.

"한 번으로 족해." 마리아가 말했다. "어쨌든 고마워."

"그때 기억나?"

"업혀 온 건 기억나." 마리아가 말했다. "네가 업어줬던 건 아니고, 집시가 업어준 게 기억나. 날 여러 번이나 떨어뜨리는 바람에. 하지만 고마워, 호아킨. 나도 언젠가는 널 업어줄게."

"난 기억이 생생한데." 호아킨이 말했다. "내가 네 두 다리를 잡고 네 배를 어깨에 짊어졌었지. 네 머리는 내 등에 있었고, 네 두 팔은 내 등에서 대롱거렸어."

"기억력도 참 좋구나." 마리아가 그에게 미소를 지었다. "난 그런 거 하나도 기억 안 나는데. 네 팔도 어깨도 등도."

"뭐 하나 알려줄까?" 호아킨이 그녀에게 물었다.

"뭔데?"

"우리 등 뒤에서 총알이 날아올 때, 네가 내 등에 업혀 있어서 좋았어."

"이런 나쁜 놈." 마리아가 말했다. "그럼 집시가 날 그렇게 많이 업었던 것도 그래서 그런 거야?"

"그것도 그렇고 네 다리를 만지고 싶은 것도 있었겠지."

"내 영웅들." 마리아가 말했다. "내 구원자들 같으니라고."

"들어봐라, 구아파." 필라르가 말했다. "이 아이가 널 많이 업었고, 그때 네 다리 같은 건 아무도 신경 쓸 상황이 아니었어. 오로지 총알만이 문제였지. 만약 널 던져버렸다면 이 아이는 빨리 달려서 총알 세례를 피할 수 있었을 거다."

"그래서 고맙다고 했잖아요." 마리아가 말했다. "저도 나중에 업어줄 거예요. 그냥 농담한 거예요. 절 업어다 줬다고 해서 제가 고맙다고 울기라도 해야 되나요, 그럼?"

"널 던져버리고 그냥 내뺄 수도 있었는데." 호아킨이 계속 그녀를 놀려댔다. "필라르 아줌마가 날 쏴 죽일까 봐 겁이 나더라고."

"난 아무도 쏘지 않아." 필라르가 말했다.

"노 아세 팔타.(그럴 필요 없죠.)" 호아킨이 그녀에게 말했다. "당신은 그럴 필요가 없잖아요. 입만 가지고도 사람들을 죽도록 겁먹게 만드니."

"요놈 말하는 것 좀 보게." 필라르가 말했다. "예전에는 예의 바른 녀석이었는데. 운동 전에는 뭘 했지, 꼬마야?"

"별거 안 했어요." 호아킨이 말했다. "열여섯 살이었는걸요."

"그래도 뭘 했어, 정확히?"

"가끔 신발 몇 켤레를."

"만들었다고?"

"아니요, 닦았어요."

"케 바." 필라르가 말했다. "뭔가 더 있는 것 같은데." 그녀는 그의 갈색 얼굴과 호리호리한 몸, 헝클어진 머리와 경보하듯 빠르게 걷는 걸음걸이를 쳐다보았다. "왜 실패했지?"

"뭘 실패해요?"

"뭐? 뭔지 알잖아. 넌 지금 머리를 길러서 땋고 다니잖냐."

"아마 두려워서였을 거예요." 소년이 말했다.

"넌 체형이 쓸 만해." 필라르가 그에게 말했다. "하지만 얼굴은 별로야. 두려워서였단 말이지? 열차 작전 때는 잘했어."

"이제 그런 건 무섭지 않아요." 소년이 말했다. "전혀. 황소보다도 훨씬 끔찍하고 위험한 것들을 봤으니까요. 어떤 황소도 기관총만큼 위험하지는 않아요. 하지만 지금 당장 투우장에서 황소와 맞붙게 된다면, 두 발로 설 수나 있을지 자신 없어요."

"저 애는 투우사가 되고 싶어 했다우." 필라르가 로버트 조던에게 설명했다. "하지만 두려워했어."

"황소를 좋아하세요, 폭파 전문가 동지?" 호아킨이 흰 이를 드러내며 씩 웃었다.

"엄청 좋아하지." 로버트 조던이 말했다. "아주, 아주 좋아해."

"바야돌리드에서 황소를 본 적 있어요?" 호아킨이 물었다.

"있지. 9월 축제에서."

"거기가 내 고향이에요." 호아킨이 말했다. "얼마나 좋은 동네인지 몰라요. 그런데 그곳의 부에나 헨테, 선량한 사람들이 이 전쟁으로 얼마나 고통을 겪었는지 몰라요." 그러고는 심각한 표정으로 말했다. "그놈들이 내 아버지를 쏴 죽였어요. 어머니도. 매형도, 그리고 누나도."

"잔인한 놈들 같으니." 로버트 조던이 말했다.

이런 얘기를 얼마나 여러 번 들었던가? 사람들이 힘겹게 그런 얘기를 꺼내는 걸 얼마나 많이 봤던가? 눈에 눈물이 가득 고이고, 내 아버지, 또는 형, 또는 어머니, 혹은 누나라는 말을 하기가 힘들어 목이 메는 모습을 얼마나 많이 봤던가? 이런 식으로 고인이 된 가족들에 대해 말하는 것을 몇 번이나 들었는지 기억도 할 수 없었다. 거의 언제나 그들은 이 소년이 지금 말하는 것처럼 똑같이 말했다. 갑자기, 그러니까 고향 마을의 이름을 말하고 나서 그 얘기를 꺼냈고, 그러면 그는 항상 "잔인한 놈들 같으니"라고 받아주었다.

듣게 되는 건 그저 가족이 죽었다는 얘기뿐이었다. 필라르가 냇가에서 해준 이야기에서 파시스트들이 죽어간 장면을 묘사했던 것처럼, 그렇게 아버지가 쓰러지는 모습을 본 사람은 없었다. 아버지가 마당에서, 혹은 벽에 기대서, 또는 밭에서, 과수원에서, 한밤중에 트럭 불빛 아래서, 어떤 길가에서 죽었다는 얘기는 들어보았다. 언덕에서 내려오는 자동차의 불빛이 보였는데 총소리가 들렸고, 나중에 길을 내려가 보니 시체들을 발견하는 것이다. 자기 어머니나 누나, 형이 총살당하는 장면을 봤다고 하는 사람은 없었다. 소리만 들었다고들 했다. 총소리를 들었고, 그리고 시체를 봤다고.

필라르는 그 마을에서 그에게 죽음의 모습을 보게 했다.

이 여자가 글을 쓸 줄만 알았더라면. 그는 그 이야기를 쓰고 싶었고, 운이 좋다면, 그리고 기억할 수만 있다면 아마 그녀가 말해준 그대로 기록할 수도 있을 것이다. 세상에, 그녀는 이야기를 어찌나 잘하던지. 그녀가 케베도보다 낫다고 생각되었다. 그 시인도 그녀가 이야기한 만큼 돈 파우스티노의 죽음에 대해 그렇게 잘 쓸 수는 없을 것이다. 그 이야기를 쓸 수 있을 만큼 내가 글을 잘 쓰면 얼마나 좋을까, 그는 생각했다. 우리가 한 일이었다. 다른 이들이 우리에게 한 짓이 아니었다. 그런 것은 이미 충분히 알고 있었다. 후방에서 일어난 일들은 많이 알고 있었다. 그러나 그 사람들이 전에 어땠는지를 알아야 했다. 그들이 마을에서 어떻게 살았는지를 알아야 했다.

우리는 이동하기 때문에, 작전이 끝난 다음 그곳에 머물며 형벌을 받을 필요가 없기 때문에, 어떤 일이든 실제로 어떻게 끝나는지를 알지 못했다. 너는 한 농부 가족과 함께 머무른다. 밤에 그곳에 도착해서 그들과 저녁을 먹는다. 낮 동안 숨어 있다가 그다음 날 밤 떠난다. 너는 네 임무를 완수하고 철수한다. 나중에 그곳에 가면, 너는 그들이 총살당했다는 말을 듣는다. 그만큼 간단했다.

하지만 그런 일이 일어날 때, 이미 너는 떠난 뒤다. 빨치산들은 피해를 주고 퇴각한다. 농부들은 남아서 그 죄를 받는다. 나는 항상 다른 것에 대한 것만 알아왔구나, 그는 생각했다. 우리가 애초에 그들에게 저질렀던 일이었다. 나는 항상 그것을 알아왔고, 그러한 이야기를 혐오했다. 나는 그러한 이야기들이 부끄러움도 없이, 치욕스럽게, 과장되어, 자랑하듯, 옹호를 받고, 설명되고, 부정되는 것을 들어왔다. 하지만 그 빌어먹을 여자는 마치 내가 그곳에 있었던 것처럼 생생하게 그것을 보여주었다.

그래, 그는 생각했다. 이것도 하나의 교훈이다. 모든 일이 끝나고 나면 상당한 교훈이 될 것이다. 사람들의 이야기를 잘 들으면 이 전쟁에서도 배울 것들이 있다. 분명히 그랬다. 그는 전쟁이 일어나기 전에 스페인에서 10년쯤 산 적이 있으니 운이 좋은 편이었다. 그들은 대개 언어 때문에 너를 신뢰하지. 스페인어를 완전히 알아듣고, 관용적인 표현까지 써가며 말할 수 있고, 스페인의 여러 지역들에 대해 알고 있어서 너를 신뢰하지. 스페인 사람은 결국 진정으로 충성하는 건 자기 고향뿐이다. 최우선 순위는 물론 스페인이지만, 그다음이 자기 민족, 그다음이 자기 지방, 그다음이 고향 마을, 가족, 그리고 마지막이 자기 직업이다. 스페인 말을 알면 스페인 사람은 너에게 호감을 가지고, 그의 지역에 대해 알고 있으면 훨씬 더 좋아한다. 그의 고향 마을과 직업에 대해서까지 알고 있으면 외국인으로서는 그들 안으로 최대한 깊이 파고들 수 있다. 그는 스페인 말을 써도 전혀 외국인 같은 느낌이 들지 않았고, 그들도 대체로 그를 외국인으로 대하지 않았다. 그를 배신할 때는 얘기가 달라지지만 말이다.

물론 그들은 너를 배신한다. 그들은 자주 너를 배신하지만, 어차피 그들은 모든 사람을 배신한다. 자기들끼리도 배신한다. 셋이 모이면 둘이 뭉쳐서 다른 한 사람을 배척한다. 그다음에는 그 둘이 서로를 배신하기 시작한다. 항상 그런 것은 아니지만, 꽤나 자주 이런 일들이 일어나는 것을 보면 그런 결론을 내리게 된다.

이런 식으로 생각하면 안 된다. 하지만 누가 그의 생각을 검열하겠는가? 그 자신밖에는 없다. 그는 패배주의에 빠지지 않으려 했다. 가장 중요한 건 전쟁에서 이기는 것이었다. 전쟁에서 지면 모든 것을 잃게 된다. 하지만 그는 모든 것에 주의를 기울이고, 귀담아듣고, 기억했다. 그는 전쟁에 참가해 있고, 참전 중에는 절대적인 충성하며 자신이 할 수 있는 한 완벽하게 작전을 수행했다. 하지만 그의 정신은 다른 사람의 소유가 아니었고, 보고 듣는 것 역시 그러했다. 만일 그가 판단을 내리려고 한다면 나중에 해도 될 것이었다. 취할 만한 자료는 넘치도록 많을 것이다. 이미 충분히, 때로는 지나치게 많았다.

필라르라는 여자를 놓고 보자, 그는 생각했다. 무슨 일이 벌어지든 시간이 생기면 아까 그 이야기의 나머지 사연을 꼭 들어야겠다. 저 두 젊은이를 데리고 걸어가는 그녀를 보라. 저 셋보다 보기 좋은 스페인 사람은 찾을 수는 없을 것이다. 그녀는 산 같고, 소년과 소녀는 어린 나무들 같다. 고목은 다 잘려 나가고, 어린 나무들은 저렇게 깨끗하게 자라고 있다. 두 젊은이에게 벌어진 끔찍한 일들에도 불구하고 그들은 불행이라는 것은 들어본 적도 없다는 듯 싱싱하고, 깨끗하고, 새롭고, 상처가 없어 보인다. 하지만 필라르의 말에 따르면, 마리아는 이제 막 다시 회복되었다고 한다. 아주 끔찍한 상태였던 모양이다.

그는 11여단에 있던 벨기에 출신 청년을 떠올렸다. 그는 같은 고향 마을에서 다섯 명의 다른 청년들과 함께 입대했다. 그곳은 주민이 200명 정도 되는 마을이었는데, 그 청년은 전쟁이 일어나기 전까지는 한 번도 마을 밖으로 나가본 적이 없다고 했다. 그가 그 청년을 한스 여단에서 처음 만났을 때, 같은 고향에서 온 나머지 다섯 명은 이미 전사한 후였다. 그 청년은 매우 상태가 안 좋았는데, 군대에서는 그를 사령부 식당에서 시중을 드는 급사로 쓰고 있었다. 몸집이 크고 금발에 플랑드르 사람답게 얼굴이 불그레한 청년이었다. 큼직하고 둔탁한 농부의 손으로 짐수레용 말처럼 힘차고 서투르게 접시를 날랐다. 그러나 그는 항상 울고 있었다. 식사 시간 내내 소리 없이 울었다.

올려다보면 그가 그곳에서 울고 있었다. 포도주를 주문해도 울었고, 스튜 먹은 접시를 건네줘도 고개를 돌리고 울었다. 울음을 멈출 때도 있었지만 올려다보면 눈물이 다시 흘러내리기 시작했다. 식사 준비를 하는 동안에는 부엌에서 울었다. 모든 사람들이 그에게 친절했다. 하지만 아무 소용이 없었다. 그는 자기가 뭐가 될지, 증세가 나아질지 그리고 다시 군인 노릇을 하는 것이 맞을지를 알아내야 할 것이었다.

마리아는 이제 충분히 건강해졌다. 어쨌든 그렇게 보인다. 하지만 그는 정신과 의사가 아니었다. 필라르야말로 정신과 의사였다. 지난밤을 함께 보낸 것은 그들 두 사람에게 좋은 일이었던 것 같다. 그랬다, 도중에 끝나기는 했지만. 분명 그에게는 좋았다. 그는 오늘 기분이 좋았다. 개운하고 즐거웠고, 걱정근심도 안 생기고 행복했다. 전체적인 상황이 상당히 안 좋은 데 비해 그는 굉장히 운이 좋았다. 그는 스스로 운이 나쁘다고 떠들어대는 사람들 사이에서 지내왔다. 스스로 떠들어댄다. 그것이 스페인식 사고였다. 마리아는 사랑스러웠다.

그녀를 봐, 그는 자신에게 말했다. 그녀를 좀 보라고.

그는 그녀가 햇빛을 받으며 큰 걸음으로 행복하게 걸어가는 것을 보았다. 그녀의 카키색 셔츠 목 부분이 열려 있었다. 망아지처럼 걷는구나, 그는 생각했다. 저런 여자를 만나기란 쉬운 일이 아니지. 그런 일은 일어나지 않아. 어쩌면 전혀 일어나지 않을지도 모른다고 생각했다. 꿈을 꾼 것이거나 상상으로 지어낸 것일 뿐, 실제로 일어나지 않은 일인지도 몰라. 어쩌면 그가 꾸곤 했던, 영화 속 여주인공이 그의 침대로 와서 친절하고 사랑스럽게 구는 꿈 같은 것이었는지도 모른다. 그는 잠잘 때 그런 식으로 그 여자들과 함께 잤다. 가르보*는 지금도 생각난다. 그리고 할로**도. 그래, 할로는 여러 번이었지. 아마 어젯밤의 일도 그런 꿈들과 같은 것일지도 몰라.

  그는 포소블랑코*** 공격이 있기 전날 밤, 가르보가 그의 침대로 왔던 때를 지금도 잊지 못한다. 그녀는 부드럽고 매끄러운 모직 스웨터를 입고 있었다. 그는 한 팔로 그녀를 껴안았다. 그녀가 몸을 숙이자 그녀의 머리칼이 앞으로 쏟아져 내려 그의 얼굴을 덮었다. 그때 그녀가 말했다. 자기는 지금껏 그를 사랑하고 있었는데 왜 자기에게 사랑한다는 말을 하지 않았느냐고. 그녀는 부끄러워하지도 않았고, 차갑거나 도도하게 굴지도 않았다. 그녀는 안고 있기에 너무나 사랑스러웠고, 잭 길버트와 지내던 옛 시절처럼 친절하고 사랑스러웠다. 그것은 실제로 벌어졌던 일처럼 생생했다. 가르보는 딱 한 번밖에 나타나지 않았지만 그는 할로보다 그녀를 훨씬 더 사랑했다. 할로는……아마 어제 일도 그런 꿈과 같은 것이었을지도 모른다.

  어쩌면 아닐지도 모르지, 그는 스스로에게 말했다. 지금 마

*그레타 가르보(1905~1990). 무성영화 시대를 대표한 할리우드 여배우.
**진 할로(1911~1937). 1930년대 미국 영화계 섹스심벌이던 할리우드 여배우.
***스페인 남부 코르도바에 있는 주. 1937년 3월 6일부터 4월 16일까지 벌어졌던 포소블랑코 전투에서 파시스트군의 공격에 맞서 공화군이 포소블랑코를 지켜냈다.

리아에게 손을 뻗어 확인해볼까? 아마 넌 겁나서 못 하겠지, 그는 스스로에게 말했다. 그 일이 전혀 일어나지 않았던 일이라는 걸 확인하게 될지도 모르니까. 그것은 사실이 아니라고, 영화 속 주인공들이 등장하던 그런 꿈처럼 네가 지어낸 것이었다는 걸 말이야. 아니면 너의 옛 연인들이 모두 돌아와서 밤마다 맨바닥 위에서, 침낭 속에서, 헛간의 건초 더미 속에서, 마구간에서, 농장에서, 숲, 차고, 트럭, 스페인의 모든 언덕에서 잠을 자는 그런 꿈들과 같은 것이었음을 말이야. 그들은 모두 그가 잠들어 있을 때 침낭으로 찾아왔고, 실제의 그들보다 훨씬 그에게 잘해주었다. 아마 어젯밤 그 일도 그런 것이었을지 모른다. 어쩌면 그는 그녀에게 손을 뻗어 그것이 현실이었는지 아니었는지를 알아보기가 두려운지도 모른다. 넌 두려운 걸 거야. 아마 그것은 네가 지어낸 환상이었거나 꿈이었을 거야.

그는 오솔길을 한걸음에 가로질러 처녀의 팔에 손을 얹었다. 카키색 셔츠 속 그녀의 부드러운 팔이 손에 느껴졌다. 그녀는 그를 보며 미소 지었다.

"안녕, 마리아." 그가 말했다.

"안녕, 잉글레스." 그녀가 대답했다. 그는 그녀의 황갈색 얼굴과 황회색 눈, 미소를 짓고 있는 도톰한 입술, 햇볕에 그을린 짧은 머리를 바라보았다. 그녀는 고개를 들어 그의 눈을 바라보며 미소를 지었다. 어제의 일은 현실이었다.

이제 소나무 숲 끝에 있는 엘 소르도의 캠프가 그들의 눈에 들어왔다. 세숫대야를 뒤집어놓은 것처럼 생긴 둥그런 고갯마루가 보였다. 여기 고지대 석회암 분지는 분명 동굴 천지겠군, 그는 생각했다. 앞에도 동굴이 두 개나 있었다. 바위틈에 자란 작은 소나무들이 동굴을 잘 가려주고 있다. 파블로의 캠프만큼 괜찮거나 그보다 더 좋군.

"네 가족들이 총살당한 건 어떻게 된 일이었냐?" 필라르가 호아킨에게 묻고 있었다.

"별거 아니에요." 호아킨이 말했다. "다른 많은 바야돌리드 사람들처럼 우리 가족도 좌익이었어요. 파시스트들이 마을 사람들을 숙청할 때 우리 아버지를 제일 먼저 쐈지요. 아버지는 사회주의당에 찬성투표를 했거든요. 놈들은 그다음으로 어머니를 쐈어요. 어머니도 마찬가지로 찬성투표를 했지요. 그건 어머니가 태어나 처음으로 한 투표였는데. 그런 다음, 놈들은 매형들 중 한 명을 총살했어요. 그 매형은 전차 조합원이었고요. 분명 매형은 그 조합에 들지 않으면 전차를 운전할 수 없어서 조합에 들어갔던 걸 거예요. 매형은 정치에는 관심이 없었거든요. 전 매형을 잘 알아요. 좀 뻔뻔한 사람이었죠. 좋은 동지였다고도 생각하지 않아요. 그때 역시 전차 일을 하던 또 다른 매형은 저처럼 산속으로 들어왔어요. 놈들은 누나가 매형이 있는 곳을 알 거라고 생각했어요. 하지만 누나는 몰랐거든요. 놈들은 누나가 매형이 있는 곳을 말하지 않는다는 이유로 누나를 총살했어요."

"짐승 같은 놈들." 필라르가 말했다. "엘 소르도 영감은 어디 있지? 영감이 안 보이네."

"여기 계세요. 아마 안에 계실 거예요." 호아킨은 잠시 이야기를 멈추고 소총 끝을 땅에 기대어놓은 채 대답했다. "필라르, 제 말 좀 들어보세요. 그리고 너, 마리아도. 제가 가족 얘기를 해서 괴롭게 했다면 미안해요. 누구나 같은 어려움을 겪고 있고, 말하지 않는 것이 더 가치 있다는 걸 저도 알아요."

"그래도 말해야 해." 필라르가 말했다. "서로 돕지 않는다면 우리가 뭣 하러 태어났겠냐? 그리고 말 안 하고 들어주기만 해도 마음을 가라앉히는 데 꽤 도움이 되지."

"마리아를 괴롭게 할 수도 있잖아요. 얘도 나름대로 힘든 일이 너무 많은데."

"케 바." 마리아가 말했다. "내가 이래 봬도 마음이 워낙 넓어서 네 괴로운 얘기가 들어와도 절대 채워지지 않아. 정말 안됐어, 호아킨, 누나가 무사하길 바랄게."

"아직까지는 무사해." 호아킨이 말했다. "놈들이 누나를 감옥에 가두었는데, 놈들이 심하게 괴롭히지는 않는 것 같아."

"가족 중 다른 사람들도 있나?" 로버트 조던이 물었다.

"아니요." 청년이 말했다. "저만요. 더 이상 없어요. 산으로 간 매형만 빼고요. 그런데 아마 그 매형도 죽었을 거예요."

"아마 무사하실 거야." 마리아가 말했다. "다른 산에서 게릴라단과 같이 계실지도 몰라."

"그 매형은 죽었을 거야." 호아킨이 말했다. "매형은 여기저기 돌아다니는 일엔 안 맞는 사람이었어. 전차 차장이었거든. 그런 건 산으로 들어가기 위한 준비 운동으론 맞지 않았지. 1년이나 버텼을까? 폐도 좀 약했거든."

"그래도 무사하실 거야." 마리아가 그의 어깨를 팔로 안았다.

"그럼, 그럴 거야. 왜 아니겠어?" 호아킨이 말했다.

마리아는 손을 위로 뻗어 그의 목에 두 팔을 두르고 그에게 입을 맞췄다. 호아킨은 눈물을 보이지 않으려 고개를 돌렸다.

"남매로서 한 거야." 마리아가 그에게 말했다. "남매로서 키스한 거라고."

소년은 소리 없이 울면서 고개를 저었다.

"난 네 누나야." 마리아가 말했다. "널 사랑해. 너에게도 가족이 있어. 우리 모두가 네 가족이야."

"잉글레스도 마찬가지야." 필라르가 소리쳤다. "안 그렇수, 잉글레스?"

"그래요." 로버트 조던이 소년에게 말했다. "우리 모두 네 가족이다, 호아킨."

"저 사람은 네 형이야." 필라르가 말했다. "이봐, 잉글레스?"

로버트 조던은 소년의 어깨에 팔을 얹었다. "우리는 모두 형제야." 그가 말했다. 소년은 고개를 저었다.

"말하고 나니 창피해요." 그가 말했다. "그런 일을 이야기하면 모두를 더 힘들게 하잖아요. 여러분을 괴롭게 한 게 부끄러워요."

"부끄럽긴 제기랄." 필라르가 굵고 다정한 목소리로 말했다. "마리아가 또 뽀뽀하면, 나도 너한테 뽀뽀할 거다. 투우사랑 뽀뽀해본 지도 오래됐는데, 너 같은 별 볼일 없는 투우사라도 말이다. 별 볼일 없는 투우사 출신 공산주의자한테 뽀뽀하고 싶군. 놈을 꽉 붙잡고 계슈, 잉글레스, 내가 놈한테 진하게 뽀뽀할 때까지."

"데하.(가만두세요.)" 청년이 말하고 고개를 획 돌렸다. "절 내버려두세요. 난 괜찮아요. 창피하단 말이에요."

그는 울음을 꾹 참으며 서 있었다. 마리아가 로버트 조던의 손을 잡았다. 필라르는 두 손을 엉덩이에 얹고 이제 놀리듯 소년을 바라보았다.

"내가 너한테 뽀뽀를 하면." 그녀가 그에게 말했다. "더 이상 누나로 안 보일 게다. 누나로서 뽀뽀한다는 건 말도 안 돼는 농담이야."

"농담할 필요 없어요." 소년이 말했다. "괜찮다고 했잖아요.

이야기해서 미안해요."

"자, 그럼 가서 영감을 만나보자." 필라르가 말했다. "감정을 많이 썼더니 피곤하구먼."

소년이 그녀를 바라보았다. 그의 눈에 갑작스럽게 상처받은 기색이 떠올랐다.

"네 녀석 감정 말고." 필라르가 그에게 말했다. "내 감정 말이다. 네놈은 정말이지 투우를 하기엔 물러터진 녀석이로구나."

"전 실패자였어요." 호아킨이 말했다. "계속 그렇게 말할 필요 없다고요."

"그래도 넌 다시 많은 머리를 기르고 있잖아."

"그래요, 안 될 건 없잖아요? 소싸움은 경제적으로도 기여를 해요. 많은 사람들에게 일자리를 줄 거고 국가는 그걸 관리할 거고요. 그리고 아마 이제는 나도 겁먹지 않을지 몰라요."

"아마 아닐 게다." 필라르가 말했다. "아닐 게야."

"왜 그렇게 심하게 말씀하세요, 필라르 아주머니?" 마리아가 그녀에게 말했다. "전 아주머니를 진심으로 사랑하지만 아주머니는 너무 가혹한 데가 있어요."

"가혹할 수도 있지." 필라르가 말했다. "이봐요, 잉글레스. 당신 엘 소르도에게 할 말은 잘 생각해뒀수?"

"그럼요."

"그 사람은 나나 당신, 그리고 이 감상적인 동물하고는 달리 말이 짧은 사람이오."

"왜 말을 그렇게 하세요?" 마리아가 다시 화가 나서 물었다.

"나도 모른다." 필라르가 성큼성큼 걸어가며 말했다. "왜 이러는 것 같냐?"

"모르겠어요."

"나도 만사가 귀찮을 때가 있어." 필라르가 화를 내며 말했다. "알겠니? 그 이유 중 하나는 내가 마흔여덟이나 먹었다는 거야. 알아듣겠냐? 마흔여덟에 얼굴도 못났지. 그리고 또 하나는 내가 농담으로 뽀뽀하겠다고 했더니만 공산주의자랍시는 저 실패한 투우사의 얼굴이 겁에 질리는 걸 봤기 때문이다."

"그건 사실이 아니에요, 필라르." 소년이 말했다. "겁에 질리지 않았어요."

"케 바, 거짓말 마. 이 육시랄 놈아. 저기 오는군. 올라, 산티아고! 케 탈?"

필라르가 인사말을 건넨 남자는 키가 작고 단단했으며, 갈색 얼굴에 광대뼈가 넓적했다. 머리는 희끗희끗했고 황갈색 눈은 양미간이 넓었다. 콧날은 날카로웠지만 인디언처럼 매부리코였고, 윗입술이 긴 입은 크고 가늘었다. 그는 깔끔하게 면도를 한 모습으로, 목동용 바지와 장화를 신고 동굴 입구에서 그들 쪽으로 안짱걸음으로 다가왔다. 날은 따뜻했지만 그는 테두리에 양털이 달린 짧은 가죽 재킷을 입고 단추를 목까지 채우고 있었다. 그가 커다란 갈색 손을 필라르에게 내밀었다. "올라." 그가 말했다. "올라." 그는 로버트 조던에게 인사하고 악수를 하며 그의 얼굴을 날카롭게 뜯어보았다. 로버트 조던은 고양이 눈처럼 노랗고 파충류의 눈처럼 속을 알 수 없는 그의 눈을 보았다. "구아파." 그가 마리아에게 말을 건네며 그녀의 어깨를 가볍게 두드렸다.

"먹었소?" 그는 필라르에게 물었다. 그녀는 고개를 저었다.

"먹지." 그는 로버트 조던을 바라보며 말했다. "한잔하겠소?" 그는 엄지손가락을 밑으로 내리며 술을 따르는 시늉을 했다.

"좋지요. 감사합니다."

"좋소." 엘 소르도는 말했다. "위스키?"

"위스키가 있나요?"

엘 소르도는 고개를 끄덕였다. "잉글레스?" 그가 물었다. "루소* 아니고?"

"아메리카노**입니다."

"여긴 아메리카 사람 별로 없는데." 그가 말했다.

"전보단 좀 더 많아졌어요."

"나쁘지 않군. 북미요, 남미요?"

"북미요."

"잉글레스나 마찬가지군. 다리는 언제 폭파하나?"

"다리 작전을 알고 계십니까?"

엘 소르도는 고개를 끄덕였다.

"모레 아침입니다."

"좋군." 엘 소르도가 말했다.

"파블로는?" 그가 필라르에게 물었다.

그녀는 고개를 저었다. 엘 소르도는 씩 웃었다.

"저쪽에 가 있어라." 그가 마리아에게 말하며 다시 씩 웃었다. "잠깐 동안만." 그는 코트 안쪽에서 가죽 끈에 달린 큼지막한 시계를 꺼내 보았다. "반시간만."

그는 그들에게 벤치로 쓰는 납작한 통나무에 앉으라고 손짓했고, 호아킨을 보고는 엄지손가락으로 그들이 올라온 쪽인 오솔길 아래를 가리켰다.

"전 호아킨하고 같이 내려갔다가 돌아올게요." 마리아가 말했다.

*'러시아인'을 뜻하는 스페인어.
**'미국인'을 뜻하는 스페인어.

엘 소르도는 동굴 안에서 허리가 잘록한 병에 든 스카치 위스키와 잔 세 개를 가지고 나왔다. 술병은 한쪽 옆구리에 끼고 그 팔로 잔 세 개를 손가락에 하나씩 쥐고 있었으며, 다른 손으로는 토기 물병의 목 부분을 감고 있었다. 그는 술잔과 술병을 통나무 위에 놓고 물병은 땅에 내려놓았다.

"얼음은 없어." 그는 로버트 조던에게 말하면서 술병을 건넸다.

"난 됐수다." 필라르가 손으로 잔을 덮었다.

"땅 위에 있는 얼음은." 엘 소르도가 말하며 씩 웃었다. "어제 다 녹았어. 저 위 얼음은." 엘 소르도는 민둥산 꼭대기에 있는 눈을 가리켰다. "너무 멀어."

로버트 조던은 엘 소르도의 잔에 술을 따르기 시작했지만 그 귀머거리 노인은 고개를 저으며 로버트 조던 자신의 잔에 술을 따르라고 손짓했다.

로버트 조던은 스카치 위스키를 잔에 가득 부었다. 엘 소르도는 그를 뚫어져라 살펴봤다. 그가 술을 다 따르자 엘 소르도는 그에게 물병을 건넸다. 로버트 조던이 물병을 기울이자 주둥이에서 물줄기가 흘러나왔고, 그는 차가운 물을 잔에 가득 따랐다.

엘 소르도는 손수 위스키를 반 잔만 따르고, 물을 부어 잔을 가득 채웠다.

"포도주?" 그가 필라르에게 물었다.

"괜찮소. 물이나 주쇼."

"가져가." 그가 말했다. "좋은 건 아니지만." 그는 로버트 조던에게 말하고 씩 웃었다. "영국 사람 많이 알았어. 위스키 많이 마셔."

"어디에서요?"

"목장." 엘 소르도가 말했다. "목장주 친구들."

"위스키는 어디에서 구했습니까?"

"뭐?" 그는 듣지 못했다.

"큰 소리로 해야 한다우." 필라르가 말했다. "반대편 귀에 대고."

엘 소르도는 더 잘 들리는 쪽 귀를 가리키며 씩 웃었다.

"어디에서 위스키를 구하셨습니까?" 로버트 조던이 큰 소리로 말했다.

"만들어." 엘 소르도가 말했다. 그는 로버트 조던이 잔을 입으로 가져가다 멈칫하는 것을 보았다.

"아니야." 엘 소르도가 그의 어깨를 툭 치며 말했다. "농담일세. 라그랑하에서 구해 왔네. 어젯밤 영국인 폭파 전문가가 왔다고 들었지. 좋아. 기분 좋아. 위스키 드세. 자네를 위해. 맛은 좋은가?"

"아주 좋습니다." 로버트 조던이 말했다. "아주 좋은 위스키군요."

"다행이군." 소르도가 씩 웃었다. "오늘 밤 정보와 함께 가져갈 참이었지."

"어떤 정보입니까?"

"큰 부대 이동."

"어디에서요?"

"세고비아. 비행기 봤지 않나."

"봤죠."

"안 좋아, 그렇지?"

"안 좋죠."

"부대 이동은요?"

"비야카스틴과 세고비아 사이에 많아. 바야돌리드 도로에도. 비야카스틴과 산라파엘 사이에도 많아. 암, 아주 많아."

"어떻게 생각하십니까?"

"아군이 뭔가를 준비하나?"

"아마도요."

"놈들도 알아. 놈들도 준비해."

"그럴 수도 있겠죠."

"왜 오늘 밤 다리를 폭파하지 않나?"

"명령입니다."

"누구 명령?"

"사령부요."

"그렇군."

"폭파 시간이 중요한 거유?" 필라르가 물었다.

"제일 중요합니다."

"하지만 놈들이 부대를 위쪽으로 이동시키고 있으면 어떡하나?"

"안셀모를 보내서 모든 병력의 이동과 집중을 기록하게 할 겁니다. 그가 도로를 정찰하고 있어요."

"도로에 누군가를 심어놨다고?" 엘 소르도가 물었다.

로버트 조던은 그가 얼마나 알아들었는지 알 수 없었다. 귀가 먼 사람과 얘기하다 보면 누구나 그럴 것이다.

"그렇습니다." 그가 말했다.

"나도 그렇다네. 지금 다리를 폭파하면 왜 안 되나?"

"명령을 받았습니다."

"난 싫네." 엘 소르도가 말했다. "이건 난 싫어."

"저도 싫습니다." 로버트 조던이 말했다.

엘 소르도는 고개를 젓더니 위스키를 한 모금 마셨다. "내가 필요한가?"

"부하가 몇 명이나 됩니까?"

"여덟."

"전화선을 끊고, 도로 보수 인부들의 숙소에 있는 초소를 공격해서 접수하고, 다리로 퇴각하는 겁니다."

"쉽군."

"전부 적어드리겠습니다."

"그럴 거 없소. 그럼 파블로는?"

"아래쪽 전화선을 끊고, 제재소에 있는 초소를 공격해서 접수한 다음, 다리로 퇴각할 겁니다."

"그럼 다 끝낸 다음에 퇴각은?" 필라르가 물었다. "우린 남자 일곱, 여자 둘, 말 다섯이오. 당신네는?" 그녀가 소르도의 귀에 대고 소리쳤다.

"남자 여덟에 말 넷. 팔탄 카발로스.(말이 부족하군.)" 그가 말했다. "말이 모자라."

"사람 열일곱에 말 아홉이군." 필라르가 말했다. "짐 운반은 제하고도."

소르도는 아무 말이 없었다.

"말을 구할 방법은 없습니까?" 로버트 조던이 소르도의 더 잘 들리는 귀에 대고 말했다.

"전쟁한 지 1년에." 소르도가 말했다. "네 마리." 그는 손가락 네 개를 보여주었다. "그럼 내일 여덟 마리가 부족하군."

"그렇습니다." 로버트 조던이 말했다. "떠나실 거잖습니까? 그러니 예전처럼 이 근방에서 조심하실 필요는 없을 겁니다. 이제 조심할 필요도 없는데, 뚫고 가서 말 여덟 필을 훔쳐 올 수는 없겠습니까?"

"어쩌면." 소르도가 말했다. "어쩌면 한 마리도 없을 수도 있고. 더 많을 수도 있고."

"자동소총은 있습니까?" 로버트 조던이 물었다.

소르도가 고개를 끄덕였다.

"어디에 있습니까?"

"언덕 위에."

"어떤 종류죠?"

"이름은 몰라. 둥근 탄창이 달린 걸세."

"몇 연발입니까?"

"둥근 탄창 다섯."

"사용법을 아는 사람이 있습니까?"

"나. 조금. 많이 안 쏴. 여기서 시끄럽게 하기 싫어서. 탄약 아끼려고."

"나중에 제가 그 총을 좀 보겠습니다." 로버트 조던이 말했다. "수류탄은 있습니까?"

"많지."

"소총 한 대당 탄알이 몇 발이나 있습니까?"

"많지."

"얼마나 많죠?"

"150발. 더 많을 수도 있고."

"다른 사람들은 어떻습니까?"

"뭐가 어때?"

"초소를 점령하고, 제가 다리를 폭파시키는 동안 다리를 엄호하려면 충분한 인력이 필요합니다. 지금 있는 수의 두 배는 필요합니다."

"초소 해치우는 건 걱정 말게. 몇 시에?"

"동틀 녘에요."

"걱정 마시오."

"정확히 스무 명 정도만 더 있으면 좋겠습니다." 로버트 조던이 말했다.

"쓸 만한 병력이 없어. 믿을 만하지 않은 자들도 괜찮은가?"

"아닙니다. 괜찮은 병력은 몇 명입니까?"

"아마 넷 정도."

"왜 그렇게 적지요?"

"믿을 수가 없어."

"말지기로는요?"

"말지기라면 더더욱 믿을 수 있어야지."

"가능하다면 좋은 사람이 열 명은 더 있었으면 합니다."

"넷."

"안셀모 영감 말이 이 산에는 100명도 더 산다고 하던데요."

"쓸 만한 것들이 아니야."

"서른 명이라고 했잖아요." 로버트 조던이 필라르에게 말했다. "어느 정도 믿을 만한 자들이 서른 명이라고."

"엘리아스네 부하들은 어떻수?" 필라르가 소르도에게 소리쳤다. 그는 고개를 저었다.

"안 좋아."

"열 명이 안 되겠습니까?" 로버트 조던이 물었다. 소르도는 속을 알 수 없는 황색 눈으로 그를 바라보며 고개를 저었다.

"넷." 그는 말하면서 손가락 네 개를 들었다.

"영감의 부하들은 믿을 만합니까?" 로버트 조던은 말을 꺼내자마자 후회가 되었다.

소르도는 고개를 끄덕였다.

"덴트로 데 라 그라베다드." 그는 스페인어로 말했다. "그나마 그중에선." 그는 씩 웃었다. "안 좋겠나, 어?"

"어쩌면요."

"나한테도 마찬가질세." 소르도는 간단하게, 허풍 없이 말했다. "믿을 만한 네 명이 못 미더운 여럿보다 나아. 이 전쟁에선 항상 못 미더운 놈은 많고, 믿을 만한 놈은 아주 드물어. 매일 좋은 놈들이 줄어들지. 그런데 파블로는?" 그는 필라르에게 고개를 돌렸다.

"알다시피." 필라르가 말했다. "매일 더 나빠지고 있다우."

소르도는 어깨를 으쓱했다.

"마시게." 소르도는 로버트 조던에게 말했다. "난 내 부하들에다 넷을 더 데려가지. 다 해서 열둘. 오늘 밤 전부 상의해보세. 나한테 다이너마이트가 60개 있네. 필요한가?"

"위력이 얼마나 되는 겁니까?"

"몰라. 보통 다이너마이트야. 내 가져오지."

"그걸로 위쪽의 작은 다리를 폭파하도록 하죠." 로버트 조던이 말했다. "좋습니다. 오늘 밤 내려오실 건가요? 그걸 가져오실 거죠? 그 작은 다리에 대해선 명령받은 바 없지만, 그곳도 날려버려야 합니다."

"난 오늘 밤 가네. 그런 다음엔 말 사냥 가고."

"말을 얻을 가능성은 있습니까?"

"글쎄. 자, 먹지."

저 사람은 누구한테나 저런 식으로 말을 할까? 로버트 조던은 생각했다. 아니면 외국인이 알아듣게 하려면 그렇게 말해야 한다고 생각하는 걸까?

"작전이 끝나면 우린 어디로 가는 게 좋겠수?" 필라르가 소르도의 귀에 대고 외쳤다.

그는 어깨를 으쓱했다.

"미리 다 준비해놔야지 않겠수." 여자가 말했다.

"물론." 소르도가 말했다. "왜 안 그렇겠나."

"상황이 꽤 안 좋소." 필라르가 말했다. "계획을 아주 잘 세워야 할 거유."

"그래, 알겠네." 소르도가 말했다. "대체 뭘 걱정하는 건가?"

"전부 다." 필라르가 소리쳤다.

소르도는 그녀에게 빙그레 웃음을 지었다.

"당신은 파블로하고 여기저기 다녀봤잖아." 그가 말했다.

이제 보니 저 영감, 외국인한테만 그런 어눌한 스페인 말을 쓰는 거군, 로버트 조던은 생각했다. 좋아. 어쨌든 저자가 제대로 말하는 걸 들으니 좋군.

"우리가 어디로 가야 한다고 생각하우?" 필라르가 물었다.

"어디로?"

"그래, 어디 말이우?"

"갈 데야 많지." 소르도가 말했다. "많고말고. 그레도스 알지?"

"거기도 사람이 많소. 그런 곳은 전부 놈들이 틈만 나면 소탕 작전을 벌일 거요."

"그래. 하지만 거긴 큰 도시고 지대도 워낙 험하니까."

"거긴 가려면 여간 힘들지 않을 텐데." 필라르가 말했다.

"뭐든 다 힘든 법이야." 엘 소르도가 말했다. "어디든 마찬가지인 것처럼 그레도스에도 갈 수 있어. 밤에 행군하는 거지. 여긴 이제 너무 위험해. 여기서 이렇게 오래 지내온 건 기적이야. 그레도스는 여기보다 안전한 지역이지."

"내가 어디로 가고 싶은지 아슈?" 필라르가 그에게 물었다.

"어디? 파라메라? 거긴 안 좋아."

"아니." 필라르가 말했다. "파라메 산은 말고. 난 공화국으로 가고 싶소."

"그것도 가능하지."

"당신네 사람들도 가시겠수?"

"그럼. 내가 그러라고만 하면 가지."

"우리 패는, 잘 모르겠수." 필라르가 말했다. "파블로는 분명 거기가 더 안전하다고 느끼기는 할 텐데, 그래도 안 가려고 할 거요. 그 작자는 군인 노릇하기에는 너무 나이가 들어버렸지 뭐요. 그들이 더 높은 계급을 주지 않는다면 말이우. 집시는 안 가려고 할 거요. 다른 사람들은 모르겠고."

"워낙 오랫동안 여기서 지내면서 아무 일도 일어나지 않았으니 자기들이 위험하다는 걸 깨닫지 못해서 그렇지." 엘 소르도가 말했다.

"오늘 비행기들을 봤으니 그들도 뭔가 깨달은 게 있겠지요." 로버트 조던이 말했다. "하지만 그레도스에서는 당신들이 작전을 상당히 잘할 것 같군요."

"뭐?" 엘 소르도는 속을 알 수 없는 쑥 들어간 눈으로 그를 바라보며 물었다. 말투에는 친근한 느낌이 전혀 없었다.

"거기에서는 습격을 더 효과적으로 할 수 있겠다는 말입니다." 로버트 조던이 말했다.

"그래." 엘 소르도가 말했다. "그레도스를 아시오?"

"알지요. 그곳에서라면 간선철도를 공격할 수 있습니다. 우리가 에스트레마두라에서 더 남쪽으로 작전을 펼치는 동안 당신은 계속 철도를 끊어놓을 수 있겠지요. 거기서 작전을 펼치는 게 공화국으로 돌아가는 것보다 나을 겁니다." 로버트 조던이 말했다. "그곳에서 당신은 더 쓸모가 많을 겁니다."

소르도와 필라르는 그가 말하는 동안 표정이 굳어졌다.

소르도가 필라르를 바라보았고, 그녀도 그를 쳐다보았다.

"자네가 그레도스를 안단 말인가?" 소르도가 물었다. "정말인가?"

"물론입니다." 로버트 조던이 말했다.

"자네라면 어디로 가겠나?"

"바르코 데 아빌라 이북으로요. 여기보다 더 나을 겁니다. 베하르와 플라센시아 사이의 주요 도로와 철도를 습격하기에는 말입니다."

"꽤 힘들걸." 소르도가 말했다.

"우리는 에스트레마두라의 훨씬 더 위험한 지역에서도 바로 그 철도를 습격한 적이 있습니다." 로버트 조던이 말했다.

"우리가 누군데?"

"에스트레마두라의 게릴라 부대입니다."

"수가 많나?"

"마흔 명쯤 됩니다."

"그 신경 예민하고 이상한 이름을 가진 사람도 거기 소속이었수?" 필라르가 물었다.

"네."

"그 사람은 지금 어디 있지?"

"죽었습니다. 전에도 말했다시피."

"당신도 거기 소속이고?"

"그렇습니다."

"내 말뜻이 뭔지 알겠수?" 필라르가 그에게 말했다.

실수를 했군, 로버트 조던은 혼자 생각했다. 스페인 사람들에게 우리가 그들보다 뭔가를 더 잘할 수 있다고 말해버렸어. 자기의 공적이나 능력에 대해 말하면 안 되는 법인데. 그들을 치켜세워야 할 때에 그들에게 이렇게 저렇게 하라는 식으로 말해버렸으니 화가 난 거군. 뭐, 그냥 넘어가든가 그렇지 않든가 하겠지. 확실히 저들이 여기 있는 것보다는 그레도스에 있는 게 훨씬 유용할 텐데. 카시킨이 이끌었던 열차 작전 이후 그들이 여기서 아무 일도 하지 않았다는 게 그 증거잖아. 성과가 별 볼일 없었던 거지. 열차 작전은 파시스트의 열차 한 대를 빼앗고 적군을 몇 명 전사시켰을 뿐인데도 이곳 사람들은 모두 그것이 엄청난 전투였던 것처럼 말하지. 그들은 기분 나빠하면서도 내 말대로 그레도스로 가게 될지도 모른다. 아니면 내가 여기서 쫓겨날지도 모를 일이고. 어쨌든, 네가 들여다보고 있는 것은 그리 달콤해 보이는 요리는 아니구나.

"이봐, 잉글레스." 필라르가 그에게 말했다. "자네 담력은 어떤가?"

"괜찮아요." 로버트 조던이 말했다. "좋습니다."

"지난번에 그들이 파견했던 폭파 전문가는 기술은 대단했지만 담력이 약했거든."

"우리 중에도 겁이 많은 사람은 있지요." 로버트 조던이 말했다.

"그 사람이 겁쟁이였다는 말은 아니오. 행동거지는 바른 사람이었으니." 필라르는 계속했다. "하지만 그자는 좀 특이하게 배배 꼬아서 말을 했지." 그녀가 목소리를 높였다. "그렇지 않았수, 산티아고, 예전에 열차 작전 했던 그 폭파 전문가, 좀 이상하지 않았나?"

"알고 라로.(특이한 인물이었어.)" 귀먹은 남자는 고개를 끄덕였다. 그가 진공청소기 끝의 둥근 구멍을 연상시키는 눈으로 로버트 조던을 쳐다보았다. "시, 알고 라로, 페로 부에노.(그래, 특이한 인물이었지, 하지만 선량했어.)"

"무리오.(죽었어요.)" 로버트 조던이 귀머거리 남자의 귀에 대고 말했다. "그는 죽었어요."

"어쩌다가?" 귀머거리 남자가 로버트 조던의 눈에서 입술 쪽으로 시선을 옮기며 물었다.

"제가 그를 쐈습니다." 로버트 조던이 말했다. "이동하기엔 너무 심한 부상을 입어서 제가 그를 쐈습니다."

"그자는 항상 그렇게 해야 한다고 말했었는데." 필라르가 말했다. "그런 일에 거의 강박관념이 있었지."

"네." 로버트 조던이 말했다. "그는 항상 그런 얘기를 했고 강박관념이 있었어요."

"코모 푸에?(어쩌다 그렇게 되었나?)" 귀머거리 남자가 물었다. "열차를 폭파하다가 그랬나?"

"열차 폭파를 마치고 돌아오다가 그랬습니다." 로버트 조던이 말했다. "열차 작전은 성공이었어요. 어둠 속에서 퇴각하다가 파시스트 순찰대와 마주쳤고, 도망가다가 그가 등 위쪽에 총을 맞았습니다. 하지만 견갑골을 빼고는 다른 뼈는 멀쩡했어요. 꽤 먼 길을 걸었지만 그런 상태로 더 가는 것은 불가능했어요. 그는 뒤에 남기를 원하지 않았고, 그래서 제가 그에게 총을 쏴주었습니다."

"메노스 말.(그나마 다행이군.)" 엘 소르도가 말했다. "그나마 다행이야."

"그럼 당신은 담력이 확실한가?" 필라르가 로버트 조던에게 물었다.

"그렇죠." 그가 그녀에게 말했다. "담력이 좋은 건 분명합니다. 저는 이 다리 작전이 끝난 후에 당신들이 그레도스로 가는 게 좋을 거라고 생각합니다."

그가 이 말을 하자마자 여자는 거친 욕설을 폭포처럼 쏟아내기 시작했다. 갑자기 터진 간헐 온천이 희뿌연 뜨거운 물을 쏟아내는 것처럼 욕설이 그를 휘감았다.

귀머거리 남자는 로버트 조던을 향해 고개를 저으며 즐거운 듯 씩 웃었다. 그는 필라르가 욕설을 내뱉는 동안에도 행복한 듯 고개를 계속 저었으므로, 로버트 조던은 이제 다시 상황이 괜찮아졌음을 알 수 있었다. 마침내 그녀는 욕설을 멈췄고, 물병에 손을 뻗어 물을 따라 마신 다음 차분히 말했다. "우리더러 이래라저래라 하지 마. 알겠어, 잉글레스? 당신은 공화국으로 돌아가고 당신 짝꿍도 같이 데리고 가. 나머지 우리들이 이 산속 어디쯤에서 죽을지는 우리가 결정하게 내버려두란 말이야."

"살 거야." 엘 소르도가 말했다. "진정해, 필라르."

"살든 죽든." 필라르가 말했다. "난 끝이 보여. 난 잉글레스 당신을 좋아하긴 하지만, 당신 일이 끝난 다음에 우리가 뭘 해야 할지에 대해선 입 닥쳐."

"그건 당신의 일입니다." 로버트 조던이 말했다. "전 거기에 참견하지 않습니다."

"하지만 참견했잖아." 필라르가 말했다. "조그만 까까머리 갈보년이나 데리고 공화국으로 돌아가. 하지만 외국인이 아닌 사람들, 공화국을 사랑하는 사람들이 못 들어가게 문이나 닫지 마. 그놈의 입이나 씻고 나면 그만일 거면서."

마리아는 그들이 이야기하는 사이 오솔길에서 돌아왔다. 그리고 필라르가 다시 목소리를 높여 로버트 조던에게 고함치듯 말한 마지막 말을 그녀도 들어버렸다. 마리아는 로버트 조던을 향해 머리를 세게 흔들고는 경고하듯 손가락을 흔들었다. 필라르는 로버트 조던이 처녀를 보면서 미소 짓는 것을 보고는 고개를 돌려 말했다. "그래, 갈보년이라고 그랬다. 진심이야. 너희 두 연놈은 발렌시아로 가고, 우리는 그레도스에 가서 염소고기 찌꺼기나 먹을 모양이다."*

"아주머니가 원하신다면 전 갈보예요." 마리아가 말했다. "아주머니가 그렇게 말하시면 전 그런 거겠죠. 하지만 진정하세요. 무슨 일이세요?"

"아무것도 아니야." 필라르가 긴 의자에 앉으며 말했다. 목소리는 다시 차분해져서 날카로운 쇳소리는 모두 사라진 상태였다. "난 널 그렇게 부르지 않아. 하지만 난 너무나 공화국에 가고 싶단다."

"우리 다 같이 가면 돼요." 마리아가 말했다.

"그렇지요." 로버트 조던이 말했다. "당신은 그레도스를 별로 안 좋아하는 것 같으니."

소르도가 그를 보고 씩 웃었다.

"곧 알게 될 테지." 필라르가 말했다. 화는 이제 가라앉은 상태였다. "그 희귀한 술 한 잔 나도 좀 주쇼. 화를 냈더니 목이 쉬었군. 두고 보지. 무슨 일이 일어나는지 지켜보자고."

"이보오, 동지." 엘 소르도가 설명했다. "그 일은 아침에 하긴

---

*작품의 배경인 1937년 5월 당시 스페인 제2공화국이 프랑코 반군의 공격을 막아내며 다스리고 있던 지역은 마드리드, 발렌시아, 바르셀로나 등 동부 지역 일대였다. 반면, 그레도스는 스페인 중부 아빌라 주에 속한 지역으로 험준한 그레도스 산맥에 위치한다.

어렵소." 그는 이제 어눌한 스페인어로 말하지 않았다. 그는 로버트 조던의 눈을 차분하고도 설득하는 듯이 들여다보았다. 정탐을 하거나 의심스러운 눈초리도 아니었고, 좀 전까지 보이던 나이 든 활동가로서의 우월감이 깃든 눈빛도 아니었다. "당신이 필요로 하는 걸 나도 잘 알고 있소. 초소들을 끝장내야 하고 당신이 폭파 작업을 하는 동안 다리를 지켜야 한다는 것도 안다오. 충분히 이해하오. 이 일은 동트기 전이나 새벽에 하는 편이 쉽소."

"네." 로버트 조던이 말했다. "잠깐 자리 좀 비켜주겠어?" 그는 마리아를 쳐다보지 않고 말했다.

그녀는 대화가 들리지 않는 곳까지 가서 쪼그려 앉았다. 그러고는 두 손으로 발목을 꽉 감싸 쥐었다.

"이보시오." 소르도가 말했다. "그건 문제없소. 그런데 일이 끝난 다음 퇴각해서 날이 밝은 후에 이 지역을 떠나는 게 심각한 문제요."

"분명 그렇지요." 로버트 조던이 말했다. "저도 그 문제에 대해 생각해봤습니다. 날이 밝는 게 문제지요."

"그래도 당신은 혼자잖소." 엘 소르도가 말했다. "우린 여럿이라오."

"캠프에 돌아와 있다가 밤에 출발할 수도 있지." 필라르가 말하고는 유리잔을 입술에 댔다가 다시 내려놓았다.

"그것도 너무 위험해." 엘 소르도가 설명했다. "어쩌면 더 위험할지도 모르지."

"어떻게 해야 할지 알겠습니다." 로버트 조던이 말했다.

"다리를 밤에 해치우면 쉬울 텐데." 엘 소르도가 말했다. "새벽에 해야 한다는 조건을 다니 일이 심각해지는군."

"저도 알고 있습니다."

"밤에 할 수는 없는 건가?"

"그랬다간 제가 총살당하게 될 겁니다."

"새벽에 한다면 우리 모두가 총살당할 가능성이 아주 높지."

"제 입장만 본다면 일단 다리를 폭파시키고 나면 그 후는 큰 문제가 없습니다만." 로버트 조던이 말했다. "하지만 당신의 입장은 알겠습니다. 새벽에 퇴각할 방법을 강구해볼 수 없겠습니까?"

"해보지." 엘 소르도가 말했다. "방도를 궁리해보리다. 하지만 내가 왜 걱정하고 화가 났는지 설명을 해주지. 자네는 그레도스로 가는 게 마치 꼭 수행해야 하는 군사작전인 것처럼 얘기하더군. 그레도스에 도착한다면 그건 기적일 걸세."

로버트 조던은 말이 없었다.

"내 말 좀 들어보게." 귀머거리 남자가 말했다. "내가 말을 많이 하게 되는군. 그래도 서로 이해해보려고 이러는 거요. 우리가 여기서 살아남아 있는 것도 기적이지. 파시스트들의 기적 같은 나태와 멍청함 덕분인데, 놈들은 곧 그런 데서 벗어날 거요. 물론 우리가 이 산에서 조심하고 분란을 일으키지 않기 때문이기도 하지만."

"저도 알고 있습니다."

"하지만 이제 이 일이 있고 나면, 우린 여길 떠야 하오. 우리는 떠나는 방법에 대해 신중할 수밖에 없어."

"물론입니다."

"그럼." 엘 소르도가 말했다. "이제 그만 식사하세. 말을 너무 많이 했어."

"영감이 이렇게 말을 많이 하는 걸 듣긴 처음이군. 이거 때문이유?" 필라르가 술잔을 들어 올리며 물었다.

"아닐세." 엘 소르도가 고개를 저었다. "위스키 때문이 아니야.

그동안은 이렇게 말을 많이 할 만한 얘깃거리가 없었던 거지."

"도움과 충심에 감사드립니다." 로버트 조던이 말했다. "다리 폭파 시간 때문에 어려움을 드려 죄송합니다."

"그런 말 마시게." 엘 소르도가 말했다. "우리는 우리가 할 수 있는 일을 하기 위해 이곳에 있는 거니까. 하지만 이 일은 복잡하긴 하군."

"서면상으론 아주 간단하죠." 로버트 조던이 씩 웃었다. "서면상으로는 적들이 도로에 진입하지 못하게 군사 공격이 시작되는 순간 다리를 폭파한다, 아주 간단합니다."

"그들은 종이 위에서 우리한테 임무를 주지." 엘 소르도가 말했다. "우리가 종이 위에서만 일을 계획하고 임무를 수행해야 한다면 뭐가 대수겠나."

"종이에서는 피가 안 나지요." 로버트 조던이 속담을 인용했다.

"그거 아주 유용한 말이군." 필라르가 말했다. "에스 무이 유틸.(아주 쓸모 있어.) 내가 원하는 건 우리를 생각해서 작전을 잘 운용해달라는 거요."

"저도 그러고 싶습니다." 로버트 조던이 말했다. "하지만 그렇게 해서는 전쟁에서 이길 수 없습니다."

"그렇지." 몸집 큰 여자가 말했다. "아마 그럴 거야. 하지만 내가 하고 싶은 게 뭔지 아나?"

"공화국으로 가고 싶겠지." 엘 소르도가 말했다. 그는 필라르가 말할 때마다 잘 들리는 귀를 그녀 쪽으로 가까이 대고 열심히 들었다. "야 이라스, 뮤제르.(당장 가세. 이 여자야.) 이 작전을 승리로 이끌자고. 그러면 세상천지가 공화국이 될 테니."

"좋수다." 필라르가 말했다. "그럼 이제, 제발 밥 좀 먹읍시다."

12장

그들은 식사를 마친 후 엘 소르도의 거처를 떠나 오솔길을 내려가기 시작했다. 엘 소르도는 아래쪽 초소까지 그들을 배웅했다.

"살루드." 그가 말했다. "오늘 밤에 봅시다."

"살루드, 카마라다." 로버트 조던이 그에게 말했다. 세 사람은 오솔길을 따라 계속 내려갔고, 귀머거리 영감은 그들이 가는 모습을 바라보며 서 있었다. 마리아는 뒤돌아 엘 소르도에게 손을 흔들어 인사를 했다. 그 역시 손을 흔들기는 했으나, 그것은 뭔가를 멀리 던지듯 팔뚝을 위로 무뚝뚝하게 휙 치켜드는, 업무와 상관없는 인사는 별 필요 없다는 듯한 성의 없는 스페인식 인사였다. 식사하는 내내 그는 양가죽 코트의 단추를 풀지 않았다. 조심스럽게 예의를 차리며 주의 깊게 머리를 돌려 이야기를 들었고, 어눌한 스페인어로 돌아가 로버트 조던에게 공화국의 정세를 묻기도 했다. 그러나 그들에게서 벗어나고 싶은 기색이 역력했다.

그들이 헤어질 때 필라르가 그에게 말했다. "괜찮은 게요,

산티아고?"

"음, 아무것도 아닐세." 귀머거리 남자가 말했다. "괜찮아. 그냥 생각 좀 하느라고."

"나도 그렇수." 필라르가 말했다. 이제 그들은 아까 힘들게 걸어 올라갔던 소나무 숲의 가파른 오솔길을 가볍고 경쾌한 걸음으로 내려갔다. 그 사이 필라르는 말이 없었다. 로버트 조던도 마리아도 말이 없었다. 세 사람은 발걸음을 바삐 재촉했다. 오솔길은 숲이 우거진 골짜기 위로 가파르게 솟더니, 숲을 거쳐 높은 초원으로 이어졌다.

5월 하순의 오후는 더웠다. 마지막 가파른 비탈을 반쯤 올라갔을 때 필라르가 멈춰 섰다. 로버트 조던이 걸음을 멈추고 뒤를 돌아보았다. 그녀의 이마에 땀방울이 맺혀 있는 게 보였다. 그는 그녀의 갈색 얼굴이 창백하고 누렇게 뜬 데다 눈 밑이 거무죽죽해 보인다고 생각했다.

"잠시 쉽시다." 그가 말했다. "걸음이 너무 빨랐나 봅니다."

"아니." 그녀가 말했다. "계속 가지."

"쉬세요, 필라르 아줌마." 마리아가 말했다. "힘들어 보이세요."

"닥쳐." 여자가 말했다. "아무도 너한테 충고해달라고 안 했어."

그녀는 오솔길을 오르기 시작했지만 꼭대기에 이르자 숨을 거칠게 내쉬었다. 그녀의 얼굴은 땀으로 얼룩졌고 이제 안색이 창백한 건 의심의 여지가 없었다.

"앉으세요, 필라르 아줌마." 마리아가 말했다. "제발, 제발 좀 앉으세요."

"그래." 필라르가 말했다. 세 사람은 소나무 아래에 앉아서 산꼭대기에서 풀밭을 둘러보았다. 산봉우리들이 굽이진 고지대 위로 불쑥불쑥 솟아 있었고, 그 위에 덮인 눈이 이른 오후의 햇빛에 밝게 빛나고 있었다.

"눈이란 건 무진장 더러운 물건인데 보기엔 또 엄청 아름답단 말이야." 필라르가 말했다. "눈이란 참 허깨비 같은 거야." 그녀는 마리아에게 고개를 돌렸다. "아까 너한테 심하게 했던 거 미안하다, 구아파. 오늘 왜 이러는지 모르겠구나. 이 고약한 성질머리라니."

"아주머니가 화나셨을 때 한 말은 신경 쓰지 않아요." 마리아가 말했다. "그런데 아주머니는 자주 화를 내시죠."

"아니, 그냥 화나는 정도가 아니라 그보다 기분이 더 안 좋아." 필라르는 산봉우리들을 건너다보며 말했다.

"몸이 안 좋으신 것 같아요." 마리아가 말했다.

"그래서도 아니야." 필라르가 말했다. "이리 온, 구아파, 내 무릎을 베고 누우려무나."

마리아는 그녀에게 가까이 다가가, 베개 없이 잘 때처럼 두 팔을 모아 베고 누웠다. 그녀는 얼굴을 들어 필라르를 보고 미소를 지었지만, 그 몸집 큰 여자는 건너편의 산들만 바라볼 뿐이었다. 그녀는 내려다보지도 않은 채 마리아의 머리를 쓰다듬었고, 뭉툭한 손가락으로 이마를 쓸고는 이어서 귓바퀴를, 뒷목덜미를 쓸어내렸다.

"이제 잠시 이 아이를 가지게, 잉글레스." 그녀가 말했다. 로버트 조던은 그녀의 뒤에 앉아 있었다.

"그런 식으로 말씀하지 마세요." 마리아가 말했다.

"저 사람은 너를 가질 수 있어." 필라르는 말하면서도 두 사람 모두에게 눈길을 주지 않았다. "난 널 바란 적이 없는데. 그런데도 샘이 나는구나."

"아주머니, 그런 말씀 마세요."

"그는 널 가져도 돼." 필라르는 손가락으로 처녀의 귓불을 만지며 말했다. "그런데 난 아주 질투가 나."

"하지만 아주머니." 마리아가 말했다. "저한테 우리 사이에 그런 건 없다고 말씀하신 건 아주머니였잖아요."

"그런 건 항상 있단다." 여자가 말했다. "있어서는 안 되는 그런 게 항상 있기 마련이야. 하지만 내게 그런 건 없어. 정말 없어. 난 네가 행복하길 바랄 뿐이란다."

마리아는 아무 말도 하지 않은 채, 자신의 머리를 받치고 있는 필라르의 다리가 무겁지 않도록 머리를 가볍게 괴려고 애썼다.

"얘야, 구아파." 필라르가 말하며 손가락으로 무심하게 마리아의 볼 선을 어루만졌다. "들어봐라, 구아파, 난 너를 사랑한단다. 그래도 저 남자는 너를 가질 수 있어. 그리고 난 토르틸레라*가 아니라 남자를 위한 여자란다. 그건 사실이야. 하지만 대낮에 내가 널 좋아한다고 말하니 기분은 좋구나."

"저도 아주머니를 사랑해요."

"케 바. 헛소리 마라. 내 말이 무슨 뜻인지도 모르면서."

"저도 알아요."

"케 바, 알긴 뭘 알아. 넌 잉글레스 거다. 그게 눈에 보이고 당연한 거야. 내가 가질 수만 있다면. 다른 건 안 바랄 텐데. 난 헛소리하고 있는 게 아니야. 네게 사실을 말해주는 것뿐이다. 너한테 진심으로 얘기를 해주는 사람은 없을 거다, 여자들은 더더욱. 난 질투가 나는구나. 솔직히 그래. 그래도 말해주마."

"하지 마세요." 마리아가 말했다. "말하지 마세요, 아주머니."

*'레즈비언'을 뜻하는 스페인어.

"포르 케(뭣 때문에), 뭣 때문에 말하지 말라는 거냐?" 여자는 여전히 두 사람을 쳐다보지 않고 말했다. "난 더 이상 말하기 싫어질 때까지 그 얘길 할 거야. 그런데." 그녀는 그제야 마리아를 내려다보았다. "벌써 말하기가 싫어져버렸구나. 그 얘긴 더 이상 안 하마, 됐니?"

"필라르 아줌마." 마리아가 말했다. "그렇게 말씀하지 마세요."

"넌 정말 귀여운 아기 토끼야." 필라르가 말했다. "이 바보 같은 짓거리는 끝났으니 이제 머리를 들어."

"바보 같지 않았어요." 마리아가 말했다. "그리고 머리를 이렇게 하니 편한데요."

"아니다. 일어나." 필라르가 말하며 커다란 손을 처녀의 머리 밑으로 넣어 일으켰다. "그리고 당신, 잉글레스?" 그녀는 마리아의 머리를 받친 채로 산봉우리들을 건너다보며 말했다. "고양이가 혀라도 먹어버렸수?"

"고양이가 아닙니다." 로버트 조던이 말했다.

"그럼 무슨 동물이야?" 그녀는 마리아의 머리를 땅에 내려놓았다.

"동물이 그런 게 아니에요." 로버트 조던이 말했다.

"그럼 자네가 자기 혀라도 삼켰나, 어?"

"그런 것 같네요." 로버트 조던이 말했다.

"그래 맛이 좋던가?" 필라르는 이제 고개를 돌려 그를 바라보며 웃었다.

"별로요."

"나도 그럴 거라 생각했수." 필라르가 말했다. "그럴 거라 '생각했다고'. 하지만 자네 토끼를 돌려주지. 자네 토끼를 훔칠

생각 따윈 없었어. 그 별명이 이 아이한텐 딱이군. 오늘 아침에
자네가 이 아이를 그렇게 부르는 걸 들었거든."

로버트 조던은 얼굴을 붉혔다.

"당신은 참 짓궂으시군요." 그가 그녀에게 말했다.

"아니네." 필라르가 말했다. "난 아주 단순하지만 또 아주
복잡하지. 당신은 복잡한 사람이오, 잉글레스?"

"아뇨. 단순하지도 않지만요."

"재미있구먼, 잉글레스." 필라르가 말했다. 그녀는 미소를
짓고는 몸을 앞으로 숙이고 웃으며 고개를 저었다. "당신한테
서 요 토끼를 빼앗을 수 있다면, 토끼한테서 당신을 빼앗을 수
있으면 좋겠구먼."

"그럴 수 없으실걸요."

"나도 알아." 필라르가 말하고는 또다시 웃었다. "그러고 싶
지도 않아. 내가 젊었다면 빼앗을 수 있었을 텐데."

"저도 그렇게 생각합니다."

"자네도 그렇게 생각한다고?"

"물론이죠." 로버트 조던이 말했다. "하지만 그런 건 실없는
얘기예요."

"아주머니답지 않아요." 마리아가 말했다.

"나도 오늘은 별로 나답지가 않구나." 필라르가 말했다. "전
혀 나 같지가 않아. 다리 문제 때문에 골치 아파 죽겠군, 잉글
레스."

"그럼 그 다리를 '골머리 다리'라고 불러야겠군요." 로버트
조던이 말했다. "하지만 제가 그놈을 부서진 새장 꼴로 만들어
서 골짜기 밑으로 내던질 겁니다."

"좋아." 필라르가 말했다. "계속 그렇게 얘기하라고."

"껍질 벗긴 바나나를 짓이기듯 그놈을 빠뜨려버릴 거예요."

"나도 그럼 이제 바나나 맛을 좀 볼 수 있겠군." 필라르가 말했다. "계속해, 잉글레스. 마구 떠들어보라고."

"그럴 필요 없지요." 로버트 조던이 말했다. "캠프로 갑시다."

"임무 때문이군." 필라르가 말했다. "곧 때가 올 게야. 그래서 내가 자네 둘만 있게 해주겠다고 했잖나."

"아닙니다. 저는 할 일이 많습니다."

"그 일도 진짜 중요해. 오래 걸리지도 않고."

"그만하세요, 아주머니." 마리아가 말했다. "말씀이 지나치세요."

"난 저질이야." 필라르가 말했다. "하지만 조신하기도 하다우. 소이 무이 델리카다.(아주 조신해.) 둘만 두고 난 물러가리다. 질투 얘긴 헛소리야. 내가 호아킨한테 화낸 건 그 애 표정에서 내가 얼마나 못생겼는지를 봤기 때문이야. 난 그저 네가 열아홉 살이어서 질투가 나지만 그런 질투는 오래가진 않는단다. 너도 천년만년 열아홉은 아닐 테니까. 자, 난 이제 간다."

그녀는 일어나서 한쪽 엉덩이에 손을 대고는 역시 서 있는 로버트 조던을 보았다. 마리아는 고개를 숙인 채 나무 아래 땅바닥에 앉아 있었다.

"다 같이 캠프로 가지요." 로버트 조던이 말했다. "그게 좋겠어요. 할 일도 많고요."

필라르가 앉아 있는 마리아를 향해 고개를 끄덕였고, 마리아는 고개를 다른 쪽으로 돌리고 말없이 앉아 있었다.

필라르는 미소를 지으며 살며시 어깨를 으쓱하고는 말했다. "길은 알지?"

"알아요." 마리아가 고개를 숙인 채 말했다.

"푸에스 메 보이.(그럼 난 간다.)" 필라르가 말했다. "그럼 난 가네. 자네가 먹을 푸짐한 음식을 마련해주지, 잉글레스."

그녀는 히스 풀밭을 가로질러 캠프로 이어지는 냇가 쪽으로 걸어가기 시작했다.

"기다려요." 로버트 조던이 그녀를 불렀다. "우리 다 같이 가는 게 좋겠어요."

마리아는 아무 말 없이 앉아 있었다.

필라르는 뒤돌아보지 않았다.

"케 바, 같이 가긴." 그녀가 말했다. "캠프에서 보자고."

로버트 조던은 제자리에 서 있었다.

"필라르는 괜찮을까?" 그가 마리아에게 물었다. "아까 보니 몸이 안 좋아 보이던데."

"가시게 두세요." 마리아가 여전히 고개를 숙인 채 말했다.

"같이 가야 할 것 같은데."

"가시게 두세요." 마리아가 말했다. "그냥 두세요!"

13장

그들은 산속 목초지의 히스 풀밭을 걸어가고 있었다. 로버트 조던은 히스 풀이 다리에 스치는 것을 느꼈다. 권총 케이스 속에 든 총이 넓적다리를 묵직하게 눌러왔다. 햇빛이 그의 머리 위를 비추었고, 산봉우리를 덮은 만년설에서 불어오는 바람이 그의 등에 시원하게 불었다. 그와 처녀는 서로 손가락을 깍지 낀 채 단단하게 서로의 손을 맞잡고 있었다. 그것에서, 그의 손바닥에 맞닿은 그녀의 손바닥에서, 그의 손가락을 꽉 쥔 그녀의 손가락에서, 그의 손목 위에 엇갈려 놓인 그녀의 손목에서 무언가가 그에게 전해져 왔다. 유리처럼 매끄러운 평온함에 잔물결도 일지 않는 첫 실바람처럼 신선하고, 입술에 스치는 깃털처럼 또는 바람이 잠잠할 때 떨어지는 나뭇잎처럼 가벼운 무언가가. 그것은 너무나 가벼워서 손가락만 살짝 갖다 대도 느낄 수 있었지만, 한편 두 사람의 꽉 잡은 손가락과 손바닥, 맞닿은 손목의 압력 속에 너무나 강력하고 강렬하고, 다급하고 아프게 다가와서, 마치 거친 물길이 그의 팔을 타고 올라와 뭔가를 애타게 갈구하는 허한 느낌으로 온몸을 고통스럽게 채우는 것 같았다. 태양이 그녀의 밀밭 같은 황갈색 머리와 부드럽고 사랑스러운 황갈색 얼굴과 목선을 비출 때, 그는 그녀의 머리를 뒤로 젖혀 그녀를 꼭 끌어안고 입을 맞췄다. 그녀는 떨고 있었다. 그는 그녀의 긴 몸을 끌어당겨 자신의 몸에 꼭 붙였다. 카키색 셔츠를 통해 그의 가슴에 그녀의 작고 단단한 가슴이 부딪히는 것이 느껴졌다. 그는 손을 뻗어 그녀의 셔츠 단추를 끄르고 고개를 숙여 그녀에게 키스했다. 그녀는 고개를 뒤로 한 채 그녀를 받친 그의 팔 안에서 떨고 있었다. 잠시 후 그녀는 고개를 바로 한 다음 두 손으로 그의 머리를 들어 자신의 머리에 맞댔다. 그는 몸을 곧추세우고 두 팔로 그녀를 세게 들어 올려 자신의 몸에 꼭 붙였다. 그녀는 여전히 떨고 있었다. 다음 순간 그녀의 입술이 그의 목에 닿았다. 그는 그녀를 내려놓고 말했다. "마리아, 오, 나의 마리아."

잠시 후 그가 말했다. "우린 어디로 가야 하지?"

그녀는 아무 말도 하지 않고 그의 셔츠 속으로 손을 집어넣었다. 그는 그녀가 자신의 셔츠 단추를 푸는 걸 느꼈다. 그녀가 말했다. "당신도 그렇죠? 저도 키스하고 싶어요."

"안 돼, 어린 토끼 아가씨."

"돼요. 돼요. 당신처럼 다요."

"아냐. 그건 안 돼."

"자, 그럼. 아, 그럼. 아, 그럼. 아."

그런 다음 짓이겨진 진한 히스 향이 났고, 그녀의 머리 아래에서 풀잎 줄기들이 마구 거칠게 부러졌다. 그녀의 꼭 감은 눈 위에 햇빛이 빛났다. 히스 뿌리에 머리를 뭉개면서 도드라지던 그녀의 목선을, 무의식중에 살짝 실룩거리던 그녀의 입술을, 햇빛과 모든 것들로부터 꼭 감은 눈 위에서 파르르 떨리던 속

258

눈썹을 그는 평생 기억할 것이었다. 감고 있는 눈에 비친 햇살을 통해 그녀의 모든 것이 빨강, 주황, 황금빛으로 빛났다. 모든 것이 그 빛깔이었다. 모든 것이 그 빛깔로 충만했다. 모든 것이 그 빛깔을 담고 있었다. 모든 것이 그 빛깔이었다. 모든 것이 그 색에 눈이 멀어버렸다. 그에게 그것은 무(無)의 공간으로 이어지는, 그곳을 지나면 또다시 무의 공간으로, 그다음 또 무의 공간으로 이어져 언제나 그리고 영원히 무의 공간으로 이어지는 어두운 통로였다. 팔꿈치가 땅속에 박혀버릴 정도로 무거운 몸을 지탱하면서 어두운 무의 세계, 끝도 없는 무의 공간으로 달려갔고, 언제나 알 수 없는 무의 공간에 매달린 채, 이번에도 또 다음에도 언제나 무의 공간으로, 참을 수 없을 듯하다가 다시 한 번 언제까지나 무의 공간으로, 모든 것을 뛰어넘어 위로, 위로, 그리고 무의 공간으로 달렸다. 그리고 갑자기, 끓어오르듯, 멈칫하듯, 그 모든 무의 공간은 사라지고, 시간이 완전히 멈췄다. 두 사람은 시간이 멈춰버린 그곳에 그렇게 함께 있었다. 그는 그들 아래의 대지가 요동치며 어디론가 쑥 빠져나가는 것만 같았다.

다음 순간 그는 모로 누워 히스에 머리를 처박은 채 그 냄새를, 히스 뿌리의 냄새와 흙냄새를 맡았다. 햇빛이 히스 풀 사이로 비쳤고, 벗은 어깨와 옆구리가 쓰라렸다. 그녀는 그의 맞은편에서 여전히 눈을 감은 채 누워 있었다. 잠시 후 그녀가 눈을 뜨고 그에게 미소를 지었다. 그는 기운이 다 빠진 듯한 목소리로, 아련하게 그러나 친근함이 묻어나는 목소리로 말했다. "안녕, 토끼." 그녀는 미소 지으며 친근하게 말했다. "안녕, 나의 잉글레스."

"난 잉글레스가 아니야." 그가 나른하게 말했다.

"아, 아니에요. 당신 맞아요." 그녀는 말했다. "당신은 나의 잉글레스예요." 그러고는 손을 뻗어 그의 두 귀를 잡고 그의 이마에 키스했다.

"봐요." 그녀가 말했다. "어때요? 내가 키스 더 잘하죠?"

그 후 그들은 함께 냇가를 거닐었다. 그가 말했다. "마리아, 당신을 사랑해. 당신은 너무나 사랑스럽고, 너무나 놀랍고, 너무나 아름다워. 당신과 함께하는 게 얼마나 굉장한 일인지 난 당신을 사랑하고 있을 땐 그대로 죽어도 좋을 것 같아."

"아." 그녀가 말했다. "난 매번 죽어요. 당신은 안 죽어요?"

"죽어. 거의. 그런데 당신도 땅이 흔들리는 걸 느꼈어?"

"네. 죽었을 때요. 날 안아줘요, 제발."

"아니. 난 당신 손을 잡을래. 당신 손으로도 충분해."

그는 그녀를 바라보고는 풀밭을 둘러보았다. 매 한 마리가 사냥을 하고 있었고, 커다란 오후의 구름이 산으로 다가오고 있었다.

"다른 여자들하고는 그런 느낌이 없었어요?" 마리아가 그에게 물었다. 이제 그들은 두 손을 맞잡고 걷고 있었다.

"없었어. 정말이야."

"여러 여자들을 사랑했겠죠."

"몇 명 정도. 하지만 당신만큼은 아니야."

"그런데 그렇지 않았어요? 정말?"

"좋기는 했지만 이렇지는 않았어."

"그리고 땅이 흔들렸죠. 전에는 땅이 흔들린 적 없었나요?"

"없었어. 정말 한 번도 없었어."

"아아." 그녀가 말했다. "게다가 하루 만에 이렇게 된 거지요."

그는 말이 없었다.

"어쨌든 지금 방금은 그랬던 거잖아요." 마리아가 말했다. "제가 좋은가요? 제가 당신을 기쁘게 하나요? 나 앞으론 더 예뻐질 거예요."

"지금도 아주 아름다운걸."

"아니에요." 그녀가 말했다. "손으로 머리를 쓰다듬어주세요."

그는 그렇게 했고, 그녀의 부드러운 짧은 머리가 납작하게 눌렸다가 그의 손가락 사이로 삐죽삐죽하게 삐져나오는 것을 느꼈다. 그는 양손을 그녀의 머리에 대고 그녀의 얼굴을 자기 쪽으로 돌려 그녀에게 키스했다.

"나도 너무너무 키스하고 싶어요." 그녀가 말했다. "하지만 난 잘하질 못해요."

"당신은 키스할 필요 없어."

"아니에요, 있어요. 당신의 여자가 되려면, 당신을 온갖 방법으로 즐겁게 해줘야 하니까요."

"당신은 날 충분히 즐겁게 해주는걸. 난 더 안 즐거워도 돼. 더 즐거웠다간 어떻게 될지도 몰라."

"그래도 두고 보세요." 그녀는 행복에 겨워 말했다. "내 머리 모양은 특이해서 당신을 즐겁게 해주잖아요. 하지만 매일 자라고 있어요. 길어지면 난 못생겨 보이지 않을 거예요. 그리고 아마 당신은 나를 아주 많이 사랑하게 될 거예요."

"당신 몸은 정말 사랑스러워." 그가 말했다. "세상에서 제일 예뻐."

"그저 젊고 말랐을 뿐인걸요."

"아냐. 아름다운 몸에는 마법이 숨어 있지. 왜 어떤 몸은 그렇고 다른 몸은 안 그런지는 나도 몰라. 하지만 당신 몸은 그 래."

"당신한테만 그런 거예요." 그녀가 말했다.

"아니야."

"맞아요. 당신한테만, 영원히 당신을 위한, 당신만을 위한. 하지만 당신께 드릴 게 별로 없어요. 당신을 잘 돌봐드리는 법을 배울 거예요. 그런데 솔직히 말해봐요. 전엔 한 번도 땅이 흔들리지 않았나요?"

"절대 없었어." 그가 진심으로 말했다.

"이제 전 행복해요." 그녀가 말했다. "이제 정말 행복해요."

"당신, 지금 뭔가 다른 걸 생각하고 있나요?" 그녀가 그에게 물었다.

"응, 내 일."

"우리가 함께 말을 타고 달릴 수 있다면 좋겠어요." 마리아가 말했다. "난 행복에 빠져서 멋진 말을 타고 당신과 함께 빠르게 달릴 거예요. 우리는 더 빨리 더 빨리 달리다 전속력으로 질주해서 행복이 우리를 지나쳐 가지 못하게 할 거예요."

"당신의 행복을 비행기에 태워도 되겠지." 그가 건성으로 말했다.

"그럼 햇빛에 반짝이는 작은 추격기처럼 하늘을 날고 또 날아요." 그녀가 말했다. "둥글게 원을 그리기도 하고 급강하도 하고요. 케 부에노!(얼마나 좋을까!)" 그녀가 깔깔 웃었다. "내 행복은 그렇게 움직이는 걸 알아차리지도 못할 거예요."

"당신의 행복은 식욕이 왕성하군." 그는 그녀의 말을 반쯤은 흘려들으며 건성으로 말했다.

그는 이제 그곳에 있지 않았다. 그녀 옆에서 걷고 있었지만 그의 마음은 이제 다리에 가 있었다. 카메라 렌즈에 초점이 맞았을 때처럼, 그 문제는 아주 분명하고 견고하고 날카로웠다. 그는 초소 두 곳을 살펴봤고, 안셀모와 집시가 그곳을 정찰 중이었다. 그는 도로가 비어 있는 것과 그 위로 병력이 이동하는 것을 보았다. 그는 사격 범위를 최대화하기 위해 기관 단총 두 대를 어디에 설치해야 할지 생각했다. 그럼 누가 그 총들을 책임질 것인가? 결국 나겠지만, 시작은 누가 할 것인가? 그는 생각했다. 그는 화약을 설치하고, 쐐기못을 박아 끈으로 묶고, 뇌관을 장전하고, 철사를 끌어와 걸쳐놓은 다음, 오래된 발파기 상자를 둔 곳으로 돌아오면 되는 것이었다. 그는 일어날 수 있는 모든 경우의 수와 잘못될 경우의 수를 따져보기 시작했다. 그만 멈춰, 그는 자신에게 말했다. 이 처녀와 사랑을 나누더니 이제 머리가 맑아져서, 제대로 맑아져서 걱정을 시작하는구나. 네가 해야 할 일을 생각하는 것과 걱정하는 것은 별개다. 걱정 마라. 걱정해서는 안 된다. 너는 해야 할 일을 알고 있고 어떤 일이 일어날지 알고 있다. 틀림없이 네 계획대로 될 것이다.

너는 네가 무엇을 위해 싸우는지 알고 여기에 뛰어들었다. 너는 이 임무에 반감을 가졌지만, 승리의 가능성을 높이기 위해서는 이 일을 할 수밖에 없었다. 그러니 이제 그는 성공할 수만 있다면 아무런 동정 없이 부대를 이용해야 하는 것처럼, 자신이 좋아하는 이 사람들을 이용할 수밖에 없었다. 파블로는 분명 가장 똑똑한 사람이었다. 그는 당장에 형세가 좋지 않다는 것을 알아차렸다. 그 여자는 찬성했고, 지금도 그렇다. 하지만 그 작전이 실제로 어떤 성질의 것인지를 깨닫고는 계속 괴로워했고, 이미 그 영향으로 충분히 힘들어하고 있었다. 소르도는 그것을 당장 알아차렸고, 일을 하긴 하겠지만 그, 즉 로버트 조던만큼이나 그것을 내키지 않아 했다.

그러니까 너는 그 일을 너 자신에게는 일어나지 않을 일이라고 보고 있군. 그 여자와 처녀, 그리고 나머지 이곳 사람들에게만 일어날 수 있는 일이라고 말하고 있어. 좋아. 네가 오지 않았다면 그들에게 어떤 일이 일어났을까? 네가 여기 오기 전에는 그들에게 무슨 일이 일어났고, 그들이 무슨 일을 겪었지? 그런 식으로 생각해서는 안 된다. 작전 수행 외에 너는 그들에게 책임이 없다. 명령은 네가 내린 것이 아니다. 골스가 내린 것이다. 그럼 골스는 누구지? 훌륭한 장군이다. 네가 모시고 일해본 장군들 중 최고다. 하지만 결과가 어떻게 될지 뻔히 알면서도 가능성 없는 명령을 수행해야 할까? 아무리 당이자 군대인 골스가 내린 명령이라 해도? 그렇다. 해야 한다. 그것이 가능성 없는 명령이라는 것을 증명할 길은 오직 실제로 수행하는 것뿐이기 때문이다. 실제로 해보기 전에는 그것이 불가능한지 어떻게 알겠는가? 모든 사람이 명령을 받고 그것은 수행하기 불가능한 명령이라고 말한다면 어떻게 되겠는가? 명령이 내려졌을 때 "불가능합니다"라고 말해버린다면, 우리 모두는 어떻게 되겠는가?

그는 모든 명령은 불가능한 명령이라고 생각하는 사령관들을 충분히 봐왔다. 에스트레마두라의 그 돼지 같은 고메스. 그는 전선의 양 측면으로 진격해 나가지 못하는 공격을 많이 봐왔고, 그 이유는 애초에 불가능한 작전이라고 못 박은 탓이었다. 아니, 그는 명령을 수행할 것이다. 함께 작전을 수행해야 하는 사람들을 좋아하게 된 것은 불운한 일이었다.

그들 빨치산들이 했던 모든 일은, 그들을 숨겨주고 도와준 사람들을 더욱 위험에 처하게 하고 불운에 빠지게 했다. 무엇 때문이지? 결국에는 더 이상 위험이 없도록 하기 위해서, 그리고 살기 좋은 나라를 만들기 위해서였다. 진부하게 들릴지 몰라도 그것은 사실이었다.

공화국이 패배한다면, 그 대의를 신봉하는 사람들은 스페인에서 살 수 없게 될 것이었다. 그런데 정말 그렇게 될까? 그렇다, 파시스트들이 이미 점령한 지역에서 일어난 일들을 보면 알 수 있었다.

파블로는 돼지였지만, 다른 사람들은 선량한 이들이야. 그들을 이 작전에 참여시키는 건 그들 모두에 대한 배신이 아닐까? 아마 그럴 것이다. 하지만 그들이 참여하지 않는다 해도, 일주일 내에 기갑부대 두 중대가 출동하여 그들을 이 산속에서 소탕할 것이었다.

그렇다. 그들을 내버려둔다고 해서 나을 것은 없었다. 다만 모든 사람들은 내버려두어야 하고 누구도 그들에게 끼어들면 안 된다. 그는 그렇게 믿지 않았던가? 그렇다, 그는 그렇게 믿었다. 그런데 혁명 후에 계획된 사회와 그 나머지 일들은 어떻게 되는 거지? 그것은 다른 사람들이 할 일이었다. 그에게는 이 전쟁 후에 다른 할 일이 있었다. 그가 이 전쟁에서 싸우고 있는 이유는 그가 사랑한 나라에서 시작된 전쟁이기 때문이었다. 또한 그는 공화국을 믿었다. 그리고 그것이 패배한다면 그것을 믿는 모든 사람들의 삶은 견디기 힘들어질 것이었다. 그는 전쟁 동안 공산주의 규율하에 있었다. 이곳 스페인에서 공산주의자들은 전쟁을 추진하는 데 가장 훌륭하고 건전하고 정상적인 규율을 제공했다. 그는 전쟁 동안 그들의 규율을 받아들였고, 그건 전쟁을 수행하는 데에 그들이 그가 존경할 만한 과정과 규율을 제공하는 유일한 당이기 때문이었다.

그럼 그의 정치적 입장은 무엇인가? 없다, 그는 스스로에게 말했다. 하지만 이런 얘기는 아무한테도 하지 말자, 그는 생각했다. 절대 그것을 인정하지 말자. 그럼 전쟁 후에는 무엇을 할 것인가? 나는 돌아가서 예전처럼 스페인어를 가르치며 밥벌이를 할 것이다. 그리고 진짜 책을 쓸 것이다. 확신해, 그는 말했다. 쉬울 것이라고 확신해.

그는 파블로와 정치에 대해 이야기해야 할 것이었다. 파블로의 정치적 입장이 어떻게 변해왔는지를 보는 일은 분명 흥미로울 것이었다. 좌익에서 우익으로의 고전적인 전향일 테니까. 옛날 레루*처럼. 파블로는 레루와 상당히 많이 닮았다. 프리에토**도 못지않게 나빴다. 파블로와 프리에토는 거의 똑같이 궁극적인 승리를 믿었다. 그들은 모두 말〔馬〕 도둑 같은 썩은 정치학을 가졌다. 나는 공화국을 하나의 정부 형태로서 신봉한다. 하지만 공화국은 파시스트들의 반란이 시작된 이래로 그들을 여기까지 있게 한 그 수많은 말 도둑 떼를 제거했어야 했다. 이 국민들처럼 지도자가 실제로는 그들의 적인 그런 국민이 또 있었을까?

민중의 적들. 그것이 그가 빠뜨린 표현이었다. 그것이 그가 건너뛴 문구였다. 이런 것도 마리아와 함께 밤을 지낸 일의 영향이었다. 그는 비타협적인 침례교인처럼 자신의 정치적 입장에 편협하고 완고했다. 민중의 적들이라는 문구는 별 비판의식

---

*알레한드로 레루(1864~1949). 스페인의 정치가. 급진당 지도자로 의회에 진출했으나 후에 급진 좌파 노선을 포기하고 우파로 전향하여 총리를 지냈다.
**인달레시오 프리에토(1883~1962). 공화정부의 국방부 장관을 지낸 인물로 사회주의 노동자당 내의 온건 세력을 대표하는 인물.

없이 그의 마음에 떠올랐다. 혁명적이든 애국적이든 어떤 종류의 진부한 표현도. 그의 정신은 그런 표현들을 비판 없이 사용했다. 물론 진심을 담아 그 표현들을 사용하긴 했지만 너무 쉽게 남용했던 것도 사실이었다. 하지만 어젯밤과 오늘 오후의 그 일 이후 그의 정신은 훨씬 명확하고 선명해졌다. 편협성이란 요상한 것이다. 편협해지려면 자신이 옳다고 완전히 확신하고, 그 확신과 정당성이 무엇에도 절제되지 않아야 한다. 절제란 신념의 이단 같은 적이다.

그가 전제를 시험한다면 그 전제의 유효성이 어떻게 유지될까? 바로 그 때문에 공산주의가 항상 보헤미안적인 경향을 비판하고 있는지도 모른다. 술에 취했을 때나 간음이나 간통을 저지를 때, 우리는 자신이 사도신경과도 같은 절대적인 당의 강령 대신 개인적 오류 가능성의 지배를 받는다는 것을 인정하게 된다. 마야콥스키*가 퍼뜨려놓은 죄악인 보헤미안주의는 꺼져버려라.

하지만 다시 생각해보면 마야콥스키는 성인(聖人)이었지. 안전하게 죽었으니까. 너도 안전하게 죽을 수 있어, 그는 자신에게 말했다. 그런 생각은 이제 그만하자. 마리아에 대해 생각하자.

마리아는 그의 완고한 신념에 가혹한 짐이었다. 지금까지 그녀는 그의 결심에 영향을 끼치지 않았다. 하지만 죽고 싶지 않은 마음이 강해진 건 사실이었다. 그는 영웅적 전사나 순교자적 죽음을 기꺼이 포기할 수 있을 것 같았다. 그는 어떤 다리

---

*블라디미르 마야콥스키(1893~1930). 러시아를 대표하는 혁명 시인이자 전위주의 예술가. 사회주의 리얼리즘 시의 창시자로 공산주의 혁명을 열렬히 찬양했으나, 혁명 이후 관료주의화된 소비에트 공산주의 정부와 멀어졌다. 개인주의적 성향과 정부 비판을 담은 작품들이 실패를 거듭하면서 절망감에 빠졌으며 1930년 권총 자살로 생을 마감했다.

에서든 테르모필레*처럼 장엄하게 전사하는 전쟁터를 만들 생각도, 스스로 호라티우스**가 될 생각도, 손가락으로 제방을 막았다는 그 네덜란드 소년이 될 생각도 없었다. 그렇다. 그는 마리아와 함께 시간을 보내고 싶었다. 그것이 가장 간단한 표현이었다. 그는 긴긴 시간을 그녀와 함께 보내고 싶었다.

그는 긴 시간이 존재할 것이라고는 더 이상 믿지 않았지만, 그런 것이 있다면 그 시간을 그녀와 함께하고 싶었다. 우리는 호텔에 가서 가령 리빙스턴 박사와 부인이라는 이름으로 체크인을 할 수도 있을 거야, 그는 생각했다.

그녀와 결혼하면 안 될 것도 없잖아? 물론이지, 그는 생각했다. 난 그녀와 결혼할 거야. 그리고 우리는 아이다호 주 선밸리의 로버트 조던 부부가 되는 거지. 아니면 텍사스 주 코퍼스크리스티, 혹은 몬태나 주 뷰트도 좋겠다.

스페인 아가씨들은 좋은 신붓감이지. 아직 신부로 맞아본 적은 없어도 나는 알아. 그리고 내가 대학으로 복직하게 되면, 그녀는 강사의 아내가 될 수 있다. 그리고 스페인어 4 강좌를 수강하는 대학생들이 저녁이면 우리 집에 와서 파이프 담배를 피우고 케베도, 로페 데 베가, 갈도스, 그리고 언제나 칭송받는 다른 죽은 시인들에 대해 가치 있고 격의 없는 토론을 할 때, 마리아는 자기들 나름으론 진정한 신념을 위해 싸우던 푸른 셔츠를 입은 병사들 중 몇몇이 그녀의 팔을 비틀고 그녀의 치마를 들어 올리고 그것으로 그녀의 입을 틀어막는 동안 그녀의 머리를 어떻게 찍어 눌렀는지 학생들에게 말해줄 수 있을지도

*BC 480년 스파르타의 장군 레오니다스가 인솔하는 그리스군이 페르시아군과 싸워 전멸한 그리스의 옛 싸움터.
**고대 로마 전설에 등장하는 영웅.

모른다.

몬태나 주 미줄라 사람들이 마리아를 어떻게 받아들일지 궁금하군. 그러니까 내가 미줄라로 돌아가 자리를 잡을 수 있다면 말이야. 지금쯤이면 나는 거기에서 영영 빨갱이 딱지가 붙어서 블랙리스트에 오를지도 모른다. 알 수는 없지만. 절대 알 수 없지만. 그들은 네가 한 일에 대한 증거가 없고, 사실은 네가 그들에게 말을 한다 해도 그들은 결코 믿으려 하지 않을 것이다. 그리고 내 여권은 그들이 출입국 제한 서류를 발급하지 않는 한 스페인에서 유효했다.

돌아갈 시간은 1937년 가을까지는 오지 않을 것이다. 나는 1936년 여름에 떠났고 휴직 기간은 1년이니, 다음 해 가을 학기가 시작될 때까지는 돌아갈 필요가 없다. 지금부터 모레까지는, 그렇게 표현하고 싶다면, 시간이 많이 남았다. 아니야. 대학 문제를 걱정할 필요는 없을 것이다. 가을에 그곳에 돌아가기만 하면 별 문제는 없을 것이다. 일단 시도해보기로 하고 그곳으로 돌아가자.

하지만 지금까지 오랫동안 난 이상한 삶을 살아왔어. 아니라면 말도 안 되지. 스페인은 너의 일이자 직업이니, 스페인에서 지내는 것은 자연스럽고 정상적인 거였지. 넌 여름날을 토목 공사를 하며 보냈지. 임업조에서 도로 건설 작업에 참여하고, 공원에서도 일했고, 화약 다루는 법을 배워 폭파 작업도 견고하고 정상적인 네 일로 만들었어. 항상 좀 서두는 경향이 있었지만 안정된 직업.

일단 폭파라는 개념을 과제로 인정하게 되면, 그것은 그저 과제일 뿐이다. 하지만 그것을 쉽게 받아들인다 해도 그에 수반되는 안 좋은 것들은 많이 있었다. 폭파에 수반되는 인명 살상을 성공적으로 이끌기 위한 조건들을 계속 계산해야 했다. 거창한 말로 그런 것들이 옹호될 수 있을까? 그런 말을 한다고 살인이 미화될 수 있을까? 사실 좀 너무 쉽게 뛰어들긴 했어, 그는 자신에게 말했다. 공화국에 대한 복무를 마쳤을 때, 과연 네가 어떤 사람이 될지 또는 정확히 무엇에 네가 맞을지는 난 영 모르겠어, 그는 자신에게 말했다. 하지만 아마 글을 씀으로써 그 모든 것들을 없앨 수 있을 거야, 하고 그는 말했다. 일단 그것에 대해 글을 쓰면 그런 것들은 모두 사라질 거야. 쓸 수만 있다면 좋은 책이 될 것이다. 다른 책보다 훨씬 좋은 책이 될 것이다.

하지만 그때까지는 네가 갖거나 앞으로 가질 모든 삶은 오로지 오늘, 오늘 밤, 내일, 오늘, 오늘 밤, 내일, 그리고 다시 그 반복이니, (희망하건대) 주어진 시간을 효율적으로 쓰고 그 시간에 감사해야 한다고 그는 생각했다. 만약 다리 작전이 잘못되면. 지금으로서는 상황이 그리 좋아 보이지 않는다.

하지만 마리아는 좋았다. 그렇지 않나? 아, 그렇지 않던가, 그는 생각했다. 아마 그것이 지금 내가 인생에서 얻을 수 있는 것인지 모른다. 어쩌면 그것이 내 인생이고, 그 인생이 70년이 아니라 48시간이거나 겨우 70시간 혹은 72시간일지도 모른다. 하루가 24시간이라면 사흘 꼬박이면 72시간이다.

70시간에 70년 못지않은 충만한 삶을 사는 것도 가능할 것이다. 그 70시간이 시작하는 시점까지 너의 삶이 풍요로웠고, 일정한 나이에 이른 상태라면 말이다.

말도 안 되는 소리, 그는 생각했다. 너 혼자 무슨 헛소리를 하고 있는 거냐. 정말 말도 안 된다. 하지만 헛소리가 아닐 수도 있어. 자, 보자고. 내가 마지막으로 여자와 잔 건 마드리드에서였어. 아니, 아니지. 에스코리알에서였는데, 한밤중에 깨어서 다른 누군가라고 착각하고 흥분했다가 결국 실제로 그녀가 누군지 알고 나니 재를 뒤적이는 기분이었어. 꽤 즐겁기는 했지만. 그리고 그 전이 마드리드에서였지, 일을 치르는 동안 누워서 혼자 누군가를 상상했는데, 실제 상대 여자는 그냥 그저 그런 여자였어. 그러니 나는 원래 스페인 여자를 찬양하는 사람 따윈 아닌 거야. 나는 어느 나라 여자가 됐든 우연한 하룻밤 상대를 그 이상 대단한 존재로 생각하지도 않잖아. 하지만 마리아와 함께 있을 때는 그녀를 말 그대로 죽도록 사랑한다는 기분이 들어. 지금껏 그런 일이 일어날 수 있다고 믿지도 생각하지도 않았었는데.

그러니 너의 삶이 70년을 팔아 지금 이 소중한 70시간과 바꾼다 해도 손해 볼 것 없어. 그걸 알다니 운이 좋은 거야. 긴 시간이니, 남은 생이니, 지금부터 계속이니 하는 것들이 존재하지 않고 지금 이 순간만 존재한다면, 그렇다면 지금이야말로 찬사 받아 마땅하지. 나는 지금 이 순간 정말 행복하다. 지금, 아오라, 멩트낭, 호이터.* '지금'이라니, 온 세상과 인생이 되기에는 소리가 좀 우스꽝스럽구나. 오늘 밤, 에스타 노체, 스 스아, 호이터 아벤트.** 라이프와 와이프, 비와 마리***. 아니 이것은 운율이 맞지 않는군. 프랑스어 마리는 부인이 아니라 남편이니까. 나우와 프라우****가 있다. 하지만 그것 역시 아무것도 증명하지 않는다. 죽음을 뜻하는 단어들을 따져보자. 모

*각각 '지금'을 나타내는 스페인어, 프랑스어, 독일어.
**각각 '오늘 밤'이라는 뜻의 스페인어, 프랑스어, 독일어.
***'인생과 남편'이라는 뜻의 프랑스어.
****'지금과 여자'라는 뜻의 독일어.

르, 무에르토, 토트.* 토트가 죽음의 느낌을 가장 잘 담고 있는 것 같군. 전쟁, 게르, 게라, 크리크.** 크리크가 제일 전쟁의 느낌이 강하게 나네. 아닌가? 아니면 내가 독일어를 잘 몰라서일까? 애인, 셰리, 프렌다, 샤츠.*** 그는 그것들을 전부 마리아로 바꾸고 싶었다. 마리아야말로 멋진 이름이었다.

글쎄, 그들은 모두 그 임무를 함께할 것이었다. 그리고 이제 때가 그리 멀지 않았다. 확실히 시간이 지날수록 이 작전은 나빠지고 있는 것 같았다. 아침에는 해낼 수 없는 일이었다. 밤에 퇴각할 때까지 불가능한 상황에서 버텨야 한다. 밤에 돌아갈 때까지 살아남아 있도록 노력해야 한다. 어두워질 때까지 버텼다가 그다음에 도망가면 아마 무사할 것이다. 그렇다면 버티기를 새벽에 시작하면 어떻게 될까? 그것은 어떨까? 그걸 자세히 설명하려고 엉터리 스페인어를 걷어치운 그 제기랄 불쌍한 소르도 영감. 골스가 처음 그 작전을 얘기했을 때부터 특별히 나쁜 어떤 생각이 들 때마다 그 역시 그런 생각을 안 해본 게 아니었다. 엊그제 밤부터 명치끝에 소화되지 않은 덩어리가 걸린 듯 답답한 채로 지내고 있거늘.

일도 참 고약하군. 너는 평생을 살면서 그 일들이 대단한 의미라도 있는 듯 보이겠지만, 결국은 아무 의미도 없어. 이런 일은 없었다. 넌 다시는 이런 일은 맡지 않겠다고 생각하고 있지. 그런데 그때, 이처럼 거지 같은 쇼에서, 불가능한 상황에서 다리를 폭파시키고, 이미 시작되었을지도 모르는 적의 반격을 무력화하기 위해 형편없는 두 게릴라 패거리를 조직해야

*각각 '죽음'을 뜻하는 프랑스어, 스페인어, 독일어.
**각각 '전쟁'을 뜻하는 프랑스어, 스페인어, 독일어.
***각각 '연인'을 뜻하는 프랑스어, 스페인어, 독일어.

하는 판국에, 마리아 같은 여자에게 빠져버린 것이다. 물론이야. 그게 바로 네가 하게 될 일이야. 오히려 너무 늦게 빠져버렸을 뿐이지.

그 필라르라는 여자가 사실상 이 아가씨를 내 침낭 속에 밀어 넣은 셈인데, 그래서 무슨 일이 일어나지? 그래, 무슨 일이 일어나지? 어떻게 되지? 어떻게 되는지 네가 말해줘, 제발. 그래. 그냥 그 일이 일어나는 거야. 그냥 그렇게 되는 거야.

필라르가 그녀를 네 침낭에 밀어 넣었다고 네 자신에게 거짓말해서 그것을 아무것도 아닌 일로 만들거나 지저분한 일로 만들려 하지 마. 그녀에게 첫눈에 반했으면서. 그녀가 처음 입을 열어 너에게 말을 걸었을 때, 이미 무언가가 싹텄어. 너도 알잖아. 생각지도 못했던 걸 손에 넣게 되었다고 해서, 몸을 숙여 요리용 쇠 쟁반을 들고 나오는 그녀를 처음 본 순간 그것이 찾아왔다는 걸 뻔히 알면서도, 그것에 흙을 뿌리는 건 말도 안 돼.

그때 그것은 너를 강타했고, 너도 그 사실을 알고 있으면서 왜 거짓말을 하는 거지? 넌 그녀를 볼 때마다, 그녀가 너를 바라볼 때마다 마음이 뭉클해졌잖아. 왜 인정하지 않는 거냐? 좋다, 인정하마. 그리고 필라르가 그녀를 너에게 떠밀어 보냈다는 데 대해 말하자면, 필라르는 현명한 여자 노릇을 한 것뿐이었어. 그녀는 그 처녀를 잘 돌봐주었고, 처녀가 요리용 쟁반을 들고 동굴로 돌아온 그 순간에 바로 무슨 일이 벌어졌는지 알아차렸던 거야.

그래서 그녀가 일을 쉽게 만들어준 거지. 그녀는 어젯밤과 오늘 오후에 그 일을 치르도록 길을 터주었어. 그녀는 너보다 더 개화된 인물이고, 시간이 무엇인지를 알고 있다고. 그래, 그

녀가 시간의 가치에 대한 혜안을 가지고 있다는 건 인정해. 그
녀는 패배를 맛봤고, 자신이 잃은 것을 다른 사람들은 잃지 않
기를 바란 거야. 그것을 잃었다는 걸 인정하는 건 감당하기 힘
든 일이었을 테지. 그래서 그녀는 산 위에서 패배를 맛봤던 것
인데, 우리는 그녀를 마음 편하게 해주지 못했던 것 같아.

글쎄, 그런 일이 일어나는 거야. 이미 일어났지. 너도 인정
해야 해. 이제 넌 그녀와 이틀 밤도 꼬박 함께하지 못할 거야.
평생을 함께하지도, 함께 살지도, 보통의 사람들이 항상 누리
게 되는 것을 누리지도 못할 것이다. 지나간 하룻밤, 오후에 한
번, 오늘 밤, 오늘 밤은 아마도. 아니야, 이 양반아.

시간도, 행복도, 쾌락도, 자식도, 집도, 욕실도, 깨끗한 잠옷
도, 조간신문도, 아침에 함께 눈을 뜨는 일도, 일어나서 그녀가
옆에 있고 네가 혼자가 아니라는 걸 알게 되는 일도 없을 것이
다. 없다. 그중 아무것도. 그런데 왜, 이것이 네가 삶에서 얻고
자 하는 모든 것인데도, 네가 그것을 찾았는데도, 시트가 깔린
침대에서의 단 하룻밤은 왜 안 되는 걸까?

불가능한 일을 요구하는구나. 말도 안 되게 불가능한 걸 요
구하고 있군. 그럼 네가 말하는 만큼 그렇게 이 아가씨를 사랑
한다면, 그녀를 더 많이 강렬하게 사랑해서, 이 관계에 부족한
기간과 지속성을 강렬함으로 보충해야 해. 알아듣겠냐? 옛날
사람들은 그걸 위해 일생을 바쳤다. 그런데 지금 넌 그것을 찾
아내 겨우 이틀 밤을 얻고서는 어떻게 그런 큰 행운이 왔는지
의아해하고 있군. 이틀 밤. 사랑하고 존중하고 아껴줄 이틀 밤.
기쁠 때나 슬플 때나. 아플 때나 죽을 때나. 아니 틀렸다. 아플
때나 건강할 때나. 죽음이 우리를 갈라놓을 때까지. 이틀 밤 동
안. 충분히 그럴 수 있다. 충분히 가능하니 이제 그런 생각일랑

집어치우자. 그런 생각은 당장 그만두자. 이런 생각은 너에게 좋을 것이 없다. 너에게 안 좋은 일은 아무것도 하지 말자. 그래 이걸로 끝.

이것이 골스가 말하던 것이었나 보다. 그 주위에 있을수록 점점 더 골스가 현명해 보였다. 그러니까 이것이 바로 골스가 물어보던 것, 즉 불규칙한 특수 임무의 보상이었던 것이다. 골스도 이런 경험을 했을까? 절박함과 부족한 시간과 불안한 정세 때문에 이런 경험을 하게 되었던 것일까? 그는 그저 자신에게 일어난 일이라는 이유로 그것을 특별하다고 생각하는 것일까? 골스는 붉은 군대에서 특별 기갑부대를 지휘할 때 바쁘게 이 아가씨 저 아가씨들과 자고 다녔을까? 전쟁 중이라는 상황과 나머지 조건들이 그 아가씨들을 마리아처럼 운명적인 여인으로 보이게 만들었을까?

아마 골스도 이 모든 것을 알고 있었고, 주어진 이틀 밤에 네 인생 모두를 바쳐야 한다는 것을, 지금처럼 사는 삶, 기존의 삶 모두를 주어진 짧은 시간 속으로 집중시켜야 한다는 것을 밝히려 했던 것이다.

그럴듯한 논리다. 그러나 그는 마리아가 그저 상황 때문에 만들어진 것이라고는 믿지 않았다. 물론 그녀 역시 자신이 처한 절박한 상황 때문에 그렇게 반응한 것이라면 몰라도. 그녀도 안 좋은 상황이지, 그는 생각했다. 그래, 좋지 않아.

일이 이렇게 되어가도록 정해져 있다면, 그냥 그런 거지 뭐. 하지만 그래서 꼭 좋다고 말해야 하는 법은 없어. 나는 이런 감정을 느낄 수 있을 줄 몰랐어, 그는 생각했다. 이런 일이 내게 일어날 수 있다는 것도 몰랐어. 난 일생 동안 이 사랑을 지키고 싶어. 그렇게 될 거야, 하고 또 다른 그가 말했다. 그럴 거야.

넌 지금 그것을 누리고 있고, 지금 이 순간이 바로 네 일생이니까. 지금 외에 다른 것은 없어. 어제도 없고, 내일 같은 건 더더욱 없다. 그것을 알려면 몇 살이나 돼야 할까? 현재만 존재하며, 현재가 이틀뿐이라면 이틀이 네 평생이고, 똑같은 비율로 그 이틀 안에 모든 것이 들어가 있을 것이다. 이것이 네가 이틀 안에 일생을 살아내는 방법이야. 그리고 불평하고 가질 수 없는 것을 요구하지만 않는다면, 너는 훌륭한 삶을 살게 될 것이다. 훌륭한 삶이란 어떠한 성서적인 잣대로도 잴 수 있는 것이 아니다.

그러니 걱정하지 말고 가진 걸 즐기면서 네 일을 해라. 그러면 긴 인생, 아주 즐거운 인생을 살게 될 거야. 요 근래 꽤나 즐겁지 않았어? 뭘 불평하고 있는 거냐? 이쪽 일이 원래 다 그렇잖아, 그는 자신에게 말했고 자신의 생각에 만족했다. 네가 뭘 배우는지가 아니라 네가 만나는 사람들이 중요한 거야. 그때 그는 자신이 농담을 할 수 있다는 데 흐뭇해하며 그녀에게로 돌아왔다.

"사랑해, 토끼." 그는 그녀에게 말했다. "당신이 무슨 얘기를 하고 있었더라?"

"이런 말을 하고 있었죠." 그녀가 말했다. "당신은 당신 일에 대해 걱정할 필요 없다고요. 난 당신을 귀찮게 하거나 방해하지 않을 거거든요. 내가 도울 수 있는 일이 있으면 얘기해주세요."

"아무것도 없어." 그가 말했다. "정말 아주 간단한 일이거든."

"필라르 아주머니한테서 남편 시중드는 법을 배울 거예요." 마리아가 말했다. "그러면 난 배운 대로 할 일들을 알아서 찾아할 테니 다른 일들은 당신이 말해주세요."

"해야 할 일은 아무것도 없어."

"케 바, 이봐요, 아무것도 없다니요! 당신 침낭이요. 오늘 아침 그걸 털어서 바람을 쐬게 하고 햇볕에 널었어야 했는데 말예요. 그리고 이슬이 내리기 전에 걷어야 하고요."

"계속해봐, 토끼 아가씨."

"당신 양말도 빨아서 말려야 해요. 당신 양말이 두 켤레 있던데요."

"또?"

"당신이 보여준다면 당신의 권총을 청소하고 기름칠을 해놓겠어요."

"키스해줘." 로버트 조던이 말했다.

"안 돼요, 이건 심각한 얘기란 말예요. 저한테 권총 좀 보여줄래요? 필라르 아줌마한테 걸레랑 기름이 있거든요. 동굴 안에 있는 총 청소용 막대로 닦으면 될 거예요."

"물론이지, 보여줄게."

"그다음에." 마리아가 말했다. "당신이 총 쏘는 법을 가르쳐주면 우리 둘 중 하나가 서로를 쏴줄 수 있어요. 당신이든 나든, 한 사람이 부상을 입어서 포로로 잡히는 걸 막을 필요가 있다면요."

"아주 재미있군." 로버트 조던이 말했다. "자주 그런 생각을 해?"

"자주 하는 건 아니고요." 마리아가 말했다. "하지만 멋진 생각이잖아요. 필라르 아줌마가 나한테 이걸 주면서 사용법을 알려줬어요." 그녀는 셔츠 주머니를 열어 빗을 넣어 가지고 다니는 주머니 같은 가죽 쌈지를 꺼내 양쪽 끝을 묶었던 넓은 고무 밴드를 풀고 젬*사 제품인 외날 면도칼을 꺼냈다. "전 항상 이걸 지니고 다녀요." 그녀가 설명했다. "필라르 아줌마 말이 여기 귀 바로 아래를 찔러서 이쪽으로 그어야 한대요." 그녀는 손가락으로 그 동작을 해 보였다. "대동맥이 지나는 자리라서 거기부터 칼날을 그으면 실패할 리가 없댔어요. 또 고통도 없다고 했고요. 그냥 귀 아래를 칼로 세게 누른 다음 아래로 그으면 된댔어요. 아줌마는 아무것도 아니라고, 그렇게 하고 나면 놈들이 피를 멈추게 할 수 없다고 말했어요."

"맞아." 로버트 조던이 말했다. "그게 경동맥이야."

그러니까 그녀는 계속 그걸 가지고 다닌단 말이지, 그가 생각했다. 언제든 그런 가능성을 기꺼이 받아들이고 취할 조치까지 제대로 갖춰놓았단 말이지.

"하지만 난 그보다는 차라리 당신이 날 쏴줬으면 좋겠어요." 마리아가 말했다. "그럴 필요가 생긴다면 당신이 절 쏘겠다고 약속해줘요."

"물론." 로버트 조던이 말했다. "약속할게."

"정말 고마워요." 마리아가 그에게 말했다. "쉬운 일이 아니라는 건 나도 알아요."

"괜찮아." 로버트 조던이 말했다.

이 모든 걸 잊었구나, 그는 생각했다. 네 임무에만 너무 마음을 쓰고 있으면 이 스페인 내전의 아름다움을 잊게 된다. 너는 이것을 잊어버리고 있었다. 글쎄, 그렇게 잊는 것이 네 본분인지도 모르지만. 카시킨은 그것을 잊을 수 없어서 일을 망친 것이다. 아니면 넌 혹시 그 옛 친구가 직감이 있었다고 생각하

*미국의 면도기 제조회사명.

278

나? 그가 카시킨에게 총을 쏠 때 전혀 아무런 느낌이 없었다는 건 참 이상했다. 그는 언젠가는 어떤 기분이 들 것이라고 예상했다. 하지만 지금까지도 아무런 느낌이 들지 않았다.

"제가 당신을 위해서 해드릴 일이 그것 말고도 또 있어요." 마리아가 그의 옆에 붙어서 걸으며, 아주 진지하고 여성스럽게 말했다.

"내게 총을 쏴주는 것 말고?"

"네. 담배가 떨어지면 당신을 위해 담배를 말아줄 거예요. 필라르 아줌마가 담배를 아주 잘 마는 법을 가르쳐줬거든요. 단단하고 가지런하게 흘리지 않고 말 수 있어요."

"훌륭하군." 로버트 조던이 말했다. "침도 당신이 발라줄 건가?"

"그럼요." 그녀가 말했다. "그리고 당신이 부상을 입으면 내가 당신을 돌보고 상처를 치료해주고, 씻겨주고, 밥도 먹여주고……."

"아마 난 부상 같은 건 안 당할 거야." 로버트 조던이 말했다.

"그럼 당신이 아프면 내가 당신을 돌봐주고 스프도 끓여주고, 씻겨주고, 당신을 위해서 뭐든 다 할게요. 그리고 책도 읽어줄게요."

"난 아프지도 않을걸."

"그럼 아침에 당신이 일어나면 커피를 가져다줄게요……."

"아마 난 커피도 안 마실걸." 로버트 조던이 그녀에게 말했다. "아니에요, 커피 마시잖아요." 그녀가 행복하게 말했다. "오늘 아침에도 두 잔이나 마셨으면서."

"내가 커피에 질렸고, 나한테 총을 쏴줄 필요도 없고, 내가 부상당하지도 아프지도 않고, 담배도 끊고, 양말은 한 켤레밖에 없고, 침낭은 내가 널면. 그럼 어쩌지, 토끼 아가씨?" 그가 그녀의 등을 토닥였다. "그럼 어떡할 건가?"

"그럼." 마리아가 말했다. "필라르 아줌마한테 가위를 빌려다가 당신 머리를 잘라줄게요."

"난 머리 자르기 싫은데."

"나도 싫어요." 마리아가 말했다. "저도 지금 제 머리가 좋아요. 그럼, 당신한테 해줄 게 없다면, 당신 옆에 앉아서 당신을 바라보고 밤마다 사랑을 나누죠 뭐."

"좋아." 로버트 조던이 말했다. "마지막 계획은 꽤 그럴듯하군."

"저도 그렇게 생각해요." 마리아가 미소 지었다. "아, 잉글레스." 그녀가 말했다.

"내 이름은 로베르토야."

"아뇨. 그래도 전 필라르 아줌마처럼 당신을 잉글레스라고 부를래요."

"그래도 내 이름은 로베르토야."

"아니에요." 그녀가 그에게 말했다. "오늘 하루 동안은 잉글레스예요. 제가 당신의 일을 좀 도울까요?"

"아니. 지금 내가 하는 일은 나 혼자 해야 해. 머릿속으로 굉장히 냉철하게 생각해야 하지."

"좋아요." 그녀가 말했다. "그럼 일은 언제 끝나요?"

"오늘 밤. 운이 좋으면."

"좋아요." 그녀가 말했다.

그들 아래로 캠프로 이어진 마지막 숲이 나타났다.

"저게 누구지?" 로버트 조던이 가리키며 말했다.

"필라르 아줌마요." 그의 팔이 가리키는 곳을 보고 그녀가 말했다. "분명히 필라르 아줌마예요."

목초지 아래쪽 맨 끝, 숲이 시작되는 곳에 여자가 머리를 팔에 얹고 앉아 있었다. 그들이 서 있는 곳에서는 그녀가 시커먼 꾸러미처럼 보였다. 갈색의 나뭇등걸과 대비되어 아주 어두웠다.

"이런." 로버트 조던은 이렇게 말하고, 무릎 높이로 자란 히스 풀을 헤치며 필라르를 향해 달려가기 시작했다. 히스 풀은 묵직해서 헤치고 달리기 힘들었다. 그는 조금 달리다가 속도를 줄여 걸어갔다. 여자는 두 팔을 베고 엎드려 있었다. 그녀는 나뭇등걸과 대비되어 펑퍼짐하고 검게 보였다. 그는 다가가 그녀의 이름을 날카롭게 불렀다. "필라르!"

여자는 고개를 들고 그를 올려다보았다.

"아." 그녀가 말했다. "벌써 끝난 거야?"

"어디 아픈 겁니까?" 그는 그녀에게 몸을 숙이며 물었다.

"케 바." 그녀가 말했다. "좀 졸려서."

"필라르 아줌마." 어느새 다가온 마리아가 그녀 옆에 무릎을 꿇고 앉아 말했다. "어떠세요? 괜찮으세요?"

"난 힘이 장사인걸." 필라르는 말했지만 일어나지 않았다. 그녀는 두 사람을 바라보았다. "그래, 잉글레스." 그녀가 말했다. "또 사내구실 좀 했나?"

"괜찮은 겁니까?" 로버트 조던이 그 말을 무시하고 물었다.

"안 좋을 게 뭐 있나? 좀 잤네. 자네는?"

"아뇨."

"흠." 필라르가 마리아에게 말했다. "너는 좋았나 보구나."

마리아는 얼굴을 붉히고 아무 말도 하지 않았다.

"그녀는 그냥 내버려두세요." 로버트 조던이 말했다.

"자네한테 한 말 아니야." 필라르가 그에게 말했다. "마리아." 그녀의 목소리는 딱딱했다. 처녀는 고개를 들지 않았다.

"마리아." 여자가 다시 말했다. "좋았나 보다고 내가 말하지 않냐."

"좀 내버려두세요." 로버트 조던이 다시 말했다.

"입 닥쳐, 자넨." 필라르가 그를 보지 않고 말했다. "자, 마리아, 나한테 한 가지만 말해봐라."

"싫어요." 마리아가 고개를 저었다.

"마리아." 필라르의 목소리는 그녀의 얼굴만큼이나 굳어 있었다. 얼굴에서 친근한 표정이란 찾아볼 수 없었다. "자진해서 한마디만 해봐."

처녀는 고개를 저었다.

로버트 조던은 생각하고 있었다. 이 여자와 그녀의 주정뱅이 남편, 그리고 그녀의 무리와 작전을 수행할 필요만 없다면 저 상판을 한 대 후려갈길 텐데…….

"어서 말해봐." 필라르가 처녀에게 말했다.

"싫어요." 마리아가 말했다. "싫어요."

"그냥 놔두세요." 로버트 조던은 말했다. 그의 목소리는 평소와 전혀 달랐다. 제기랄, 어쨌든 갈겨버리자, 그는 생각했다.

필라르는 그에게 어떤 말도 건네지 않았다. 뱀이 새를 꾀거나 고양이가 새를 꾀어내는 것하고는 달랐다. 포식 동물처럼 잡아먹을 듯한 기색은 없었다. 변태적인 데도 없었다. 대신 코브라가 머리를 쭈뼛하며 곧추세우는 모양새에 가까웠다. 그는 느낄 수 있었다. 그는 뱀의 머리를 쭈뼛 세우는 듯한 태도에서 위협을 느꼈다. 하지만 그녀에게는 사악한 의도보다는 탐색하고 찔러보려는 의도가 더 큰 듯했다. 이런 꼴은 안 봤으면 좋았을걸, 로버트 조던은 생각했다. 하지만 따귀를 갈길 일까지는 아니었다.

"마리아." 필라르는 말했다. "너한테 손가락 하나 까딱하지 않으마. 이제 자진해서 말해봐."

"데 투 프로피아 볼룬타드.(너의 의지로, 자진해서.)" 스페인어로 하면 이랬다.

마리아는 고개를 저었다.

"마리아." 필라르가 말했다. "지금부터는, 네 의지대로. 듣고 있냐? 무슨 말이든 해봐."

"싫어요." 그녀는 힘없이 말했다. "싫어요, 싫어요."

"당장 말해봐." 필라르가 그녀에게 말했다. "뭐든 말이다. 두고 봐라. 나한테 말을 하게 될 테니."

"땅이 흔들렸어요." 마리아는 여자를 쳐다보지 않고 말했다. "정말로요. 아줌마한테는 할 수 없는 말이에요."

"그래서." 필라르가 대답했다. 그녀의 목소리는 따뜻하고 친근했으며 강압적인 기색은 없었다. 하지만 로버트 조던은 그녀의 이마와 입술에 작은 땀방울이 맺힌 것을 보았다. "그래, 그랬구나. 그랬어."

"사실이에요." 마리아가 말하며 입술을 깨물었다.

"물론 사실이겠지." 필라르가 정답게 말했다. "하지만 너희 일당들한테는 말하지 마라. 그들은 네 말을 안 믿을 테니까. 당신 피는 알칼리성은 아니유, 잉글레스?"

그녀는 일어섰고, 로버트 조던은 그녀가 일어서는 것을 도왔다.

"아니에요." 그가 말했다. "제가 아는 한은."

"마리아도 자기가 아는 한은 아니겠지." 필라르가 말했다.

"푸에스 에스 무이 라로.(그것 참 희한하군.) 참 희한해."

"하지만 정말 그런 일이 일어났어요, 아주머니." 마리아가 말했다.

"코모 케 노, 이하?(왜 아니겠니, 딸아?)" 필라르가 말했다. "왜 아니겠어? 내가 젊었을 땐 사방이 죄다 들썩이는 느낌이 들 만큼 땅이 흔들려서 몸 아래가 푹 꺼지는 게 아닌가 걱정했단다. 매일 밤 그랬어."

"거짓말도 참." 마리아가 말했다.

"맞아." 필라르가 말했다. "거짓말이야. 평생 세 번밖에 안 흔들리더군. '정말' 흔들렸니?"

"네." 처녀가 말했다. "정말이에요."

"당신도, 잉글레스?" 필라르가 로버트 조던을 바라보았다. "거짓말 말고."

"그랬어요." 로버트 조던이 말했다. "정말로요."

"좋아." 필라르가 말했다. "좋아. 그거 대단하군."

"세 번이라니 무슨 말씀이세요?" 마리아가 물었다. "왜 그런 말씀을 하신 거죠?"

"세 번." 필라르가 말했다. "넌 이제 한 번 경험했구나."

"세 번뿐이라고요?"

"대부분의 사람들은 한 번도 못 느껴보지." 필라르가 그녀에게 말했다. "정말 흔들린 게 확실해?"

"떨어지는 줄 알았어요." 마리아가 말했다.

"그럼 땅이 흔들리긴 흔들린 모양이군." 필라르가 말했다. "자, 그럼 캠프로 가자."

"세 번이라니 무슨 헛소리입니까?" 로버트 조던이 소나무 숲을 함께 걸어가면서 몸집 큰 여자에게 말했다.

"헛소리?" 그녀가 기분 나쁜 듯 그에게 말했다. "나한테 헛소리라고 하지 말게, 애송이 영국 양반."

"이것도 손금 같은 마술입니까?"

"아니, 흔한 얘긴데. 집시들한테는 기정사실로 알려진 거라우."

"하지만 우리는 집시가 아니잖아요."

"아니지. 하지만 자넨 운이 좀 좋았어. 집시가 아닌 자들도 가끔은 운이 좋은 경우가 있지."

"세 번이라는 게 정말입니까?"

그녀는 다시 이상하게 그를 쳐다봤다. "나 좀 내버려두쇼, 잉글레스." 그녀가 말했다. "날 좀 괴롭히지 마. 내 말상대가 되기엔 자네는 너무 어려."

"하지만 필라르 아줌마." 마리아가 말했다.

"닥쳐." 필라르가 그녀에게 말했다. "넌 이제 한 번 경험했고, 앞으로 너한텐 두 번이 남아 있어."

"그럼 당신은요?" 로버트 조던이 그녀에게 물었다.

"두 번 있었어." 필라르가 손가락 두 개를 들어 올리며 말했다. "두 번. 그리고 세 번째는 영원히 없을 거야."

"왜 없어요?" 마리아가 물었다.

"아, 입 닥쳐." 필라르가 말했다. "닥치라고. 너희 어린애들 얘긴 지루해."

"세 번째가 왜 없을 거란 말입니까?" 로버트 조던이 물었다.

"아, 제발 그 입 좀 다물 수 없겠나?" 필라르가 말했다. "닥치라고!"

그렇군, 로버트 조던은 자신에게 말했다. 나만 그런 경험이 없군. 집시들을 많이 봐왔지만 그들은 아주 이상한 족속들이야. 하지만 우리도 마찬가지지. 차이가 있다면 우리는 정직한 삶을 살아야 한다는 것. 우리가 어느 종족 출신이고 우리의 종족적 유산이 무엇인지, 우리 종족이 살던 숲에 어떤 신비가 숨어 있는지, 우리는 아무도 모른다. 우리가 아는 것은 그저 우리가 모른다는 사실뿐이야. 우리는 밤중에 우리에게 무슨 일이 일어나는지 전혀 모르지. 하지만 그런 일이 낮에 일어나는 날이면 난리가 나는 거지. 그게 무엇이 됐든 어쨌든 일어났다. 그런데 지금 이 여자는 소녀가 말하고 싶어 하지 않는데도 말을 하게 만들 뿐만 아니라 그것을 전달 받아서 자기 것으로 삼으려 하고 있어. 뭐든 집시식으로 해석해버려야 직성이 풀리는 모양이다. 나는 그녀가 산에서 패배를 경험했다고 생각했다. 하지만 실제로는 그곳을 지배하고 있던 거야. 악의에 찬 행동이었다면 그녀는 총을 맞았어야 했어. 하지만 악의는 아니었다. 다만 삶을 지배하고 싶어서였을 뿐이다. 마리아를 통해서 삶을 지배하고 싶었던 것이다.

이 전쟁이 끝나고 나면 여자들에 대해 공부를 좀 해볼까 싶군, 그는 자신에게 말했다. 필라르부터 시작해도 되겠어. 내 생각으론 그녀는 아마도 꽤나 복잡한 하루를 보낸 모양이야. 예전에는 한 번도 집시 얘기를 꺼낸 적이 없었는데 이런 얘길 꺼낸 걸 보면. 손금만 빼고, 그는 생각했다. 그렇다, 물론 손금 얘기는 했지. 그리고 나는 그녀가 손금에 대해서 거짓말을 했다고는 생각하지 않는다. 그녀는 물론 내 손금에서 본 것을 말하려 하지 않았다. 그녀가 무엇을 봤든 그녀는 자신의 예지력을 믿었다. 하지만 증명된 것은 아무것도 없다.

"이봐요, 필라르." 그가 여자에게 말했다.

필라르가 그를 바라보며 미소를 지었다.

"무슨 일이우?" 그녀가 물었다.

"그렇게 아리송하게 굴지 말아요." 로버트 조던이 말했다. "이런 신비주의 미신은 정말 지겹습니다."

"그래?" 필라르가 말했다.

"전 도깨비도 안 믿고 점쟁이들도 안 믿고 예언가들도 안 믿어요. 그 빌어먹을 집시의 마술도 안 믿고요."

"아." 필라르가 말했다.

"네. 그러니 이 아가씨 좀 내버려두세요."

"내 저 아이를 내버려두지."

"그리고 미신 얘기도 그만둬요." 로버트 조던이 말했다. "말도 안 되는 미신 따위로 상황을 복잡하게 만들지 않아도 할 일이 태산입니다. 미신은 집어치우고 일이나 더 합시다."

"알겠네." 필라르가 말하며 동의의 뜻으로 고개를 끄덕였다. "그런데 이봐, 잉글레스." 그녀는 그에게 미소를 지었다. "땅이 흔들렸소?"

"그래요, 제기랄. 흔들렸다니까요."

필라르는 웃고 또 웃더니 일어섰다. 어느새 로버트 조던도 웃고 있었다.

"오, 잉글레스. 잉글레스." 그녀는 웃으며 말했다. "당신 참 웃기구먼. 이제 일을 많이 해서 위엄을 되찾으시구려."

지옥에나 떨어져라, 로버트 조던은 생각했다. 하지만 그 말을 입 밖에 내지는 않았다. 그들이 이야기를 나누는 동안 해는 이미 구름에 가려졌다. 그가 뒤돌아 산을 올려다보니 하늘은 무겁게 내려앉아 이제 잿빛이 되어 있었다.

"확실해." 필라르가 하늘을 보며 그에게 말했다. "눈이 올 거야."

"지금요? 6월이 다 됐는데?"

"오지 않을 건 또 뭐야? 이 산속은 달 같은 건 몰라. 음력으로는 아직 5월이고."

"눈이 올 리 없어요." 그가 말했다. "눈이 올 리 없습니다."

"그래 봤자 소용없수, 잉글레스." 그녀가 그에게 말했다. "눈이 올 거요."

로버트 조던은 구름 낀 잿빛 하늘을 올려다보았다. 해가 희미한 황색으로 바뀌어 있었고 그가 바라보는 사이 완전히 졌다. 이제 하늘은 온통 잿빛으로 물들어 부드럽고 무거워 보였다. 잿빛 하늘은 이제 산봉우리에 걸려 있었다.

"그래요." 그가 말했다. "당신 말이 맞는 것 같군요."

14장

그들이 캠프에 도착할 무렵 이미 눈이 내리고 있었다. 소나무 사이로 눈송이들이 비스듬하게 떨어지고 있었다. 눈송이들은 처음에는 드문드문 원을 그리며 나무 사이로 떨어지다가, 나중에는 찬바람이 산으로 불어오자 소용돌이를 치며 함박눈이 되었다. 로버트 조던은 화가 난 채로 동굴 앞에 서서 그 광경을 지켜보았다.

"눈이 많이 오겠군." 파블로가 말했다. 그의 목소리는 탁했고, 눈은 빨갛게 충혈되어 흐릿했다.

"집시는 돌아왔습니까?" 로버트 조던이 그에게 물었다.

"아니." 파블로가 말했다. "그자도 영감도 다 안 왔어."

"도로 위쪽 초소로 같이 가보겠소?"

"아니." 파블로가 말했다. "난 이 일에 끼지 않겠어."

"그럼 혼자 찾아봐야겠군."

"이 눈보라 속에선 찾지 못할걸." 파블로가 말했다. "나라면 지금은 안 가겠어."

"그냥 도로 쪽으로 내려간 다음에 그 도로를 따라 올라가면 되잖소."

"찾을 수 있을지도 모르지. 하지만 당신이 보낸 두 정찰병들이 지금 눈을 맞으며 올라오고 있을 텐데, 중간에 서로 길이 엇갈릴 거야."

"영감님이 날 기다리고 있어요."

"아니. 영감은 지금 눈을 맞으며 오고 있을걸."

파블로는 이제 눈발이 강해져 동굴 입구로 펑펑 쏟아지고 있는 눈을 바라보고 말했다. "눈을 싫어하는 모양이지, 잉글레스?"

로버트 조던은 욕지거리를 내뱉었고, 파블로는 퀭한 눈으로 그를 바라보며 웃었다.

"이로써 댁의 공격 작전도 물 건너갔구먼, 잉글레스." 그가 말했다. "안으로 들어오쇼. 당신 패거리들이 곧 도착할 거요."

동굴 안에서는 마리아가 바삐 화덕에 불을 피우고 있었고, 필라르는 부엌 탁자에 앉아 있었다. 불에서 연기가 조금씩 피어올랐다. 마리아가 나무 불쏘시개로 쑤신 다음 접은 종이로 부채질을 하며 불을 피우자 연기가 휙 한 번 솟더니 불꽃이 일었고, 천장에 있는 구멍으로 센 바람이 들어오자 이내 밝게 타올랐다.

"눈이 많이 올 것 같소?" 로버트 조던이 말했다.

"많이 오지." 파블로가 만족스러운 듯 말했다. 그러고는 필라르를 불렀다. "당신도 눈 오는 게 맘에 안 들지, 이 여자야? 이제 대장이 되고 보니 눈 오는 게 싫지?"

"아 미 케?(무슨 상관이야?)" 필라르가 어깨 너머로 대답했다. "그깟 눈 올 테면 오라지."

"포도주 좀 드쇼, 잉글레스." 파블로가 말했다. "난 하루 종일 눈 오기를 기다리며 술을 마시고 있었지."

"한 잔 주시오." 로버트 조던이 말했다.

"눈을 위해 건배." 파블로는 말하며 로버트 조던의 잔에 자신의 잔을 부딪쳤다. 로버트 조던은 그의 눈을 바라보고는 건배를 했다. 썩은 동태 눈깔을 한 망할 자식, 그는 생각했다. 이 잔을 네놈 이빨에다 꽉 박아버리고 싶구나. 침착하자, 그는 자신에게 되뇌었다. 침착하자.

"참 아름답구먼, 저 눈." 파블로가 말했다. "자네, 눈이 내리는데 오늘 밤도 밖에서 자고 싶지는 않겠지."

그래 아까 집시도 그러더니만 네놈도 '어젯밤 일'이 마음에 걸리냐? 로버트 조던은 생각했다. 너도 맘고생이 많았겠지, 그렇지 파블로?

"그렇겠지요?" 그는 정중하게 말했다.

"그렇지. 아주 춥잖아." 파블로가 말했다. "엄청 축축하고."

그 오리털 침낭이 왜 65달러나 하는지 너는 모를 거다. 로버트 조던은 생각했다. 눈이 오는 동안 그 침낭 속에서 잘 때마다 내기를 걸어 1달러씩 받고 싶군.

"그럼 제가 이 안에서 자도 되겠습니까?" 로버트 조던이 정중하게 물었다.

"그럼."

"고맙군요." 로버트 조던이 말했다. "하지만 난 밖에서 자겠소."

"눈이 오는데?"

"그럼요." (이 썩어빠진 돼지 눈깔에 멧돼지 똥구멍 같은 상판대기하고는.) "눈이 와도요." (우라질, 빌어먹을, 제기랄, 난데없이 뭔 놈의 얼어 죽을 눈이야, 이런 망할.)

그는 마리아가 방금 화덕에 소나무를 새로 넣은 곳으로 건너갔다.

"아름다워, 눈 말이야." 그는 처녀에게 말했다.

"하지만 작전에는 불리하지 않나요?" 그녀가 그에게 물었다. "걱정되지 않아요?"

"케 바." 그가 말했다. "걱정은 좋을 게 없어. 저녁은 언제쯤 준비될까?"

"자네가 시장할 거라고 내 생각했지." 필라르가 말했다. "지금 치즈 한 조각 들겠나?"

"고맙습니다." 그가 말하자 그녀는 손을 뻗어 천장에 매달아놓은, 치즈가 담긴 커다란 그물을 끌러서 연 다음 치즈 덩이의 한쪽 끝을 칼로 잘라내 묵직한 조각을 그에게 건넸다. 그는 서서 그것을 먹었다. 염소 냄새가 지나치게 강해서 그리 맛있지는 않았다.

"마리아." 파블로가 탁자에 앉아서 말했다.

"왜요?" 그녀가 물었다.

"탁자 좀 깨끗이 닦아, 마리아." 파블로가 말하고는 로버트 조던을 보며 씩 웃었다.

"당신이 흘린 건 당신이 닦아." 필라르가 그에게 말했다. "당신 턱이랑 셔츠 먼저 닦고, 그다음에 탁자도 닦으라고."

"마리아." 파블로가 불렀다.

"저 인간 말은 신경 쓰지 마라. 술 취해서 그래." 필라르가 말했다.

"마리아." 파블로가 불렀다. "아직도 눈이 오고 있어. 눈이 참 아름답군."

저놈 내 침낭이 어떤 물건인지 모르고 저렇게 고소해하고 있군, 로버트 조던은 생각했다. 저 돼지 눈깔을 한 작자가 내가 왜 우즈 상점 점원들한테 65달러나 내고 그 침낭을 샀는지 알 턱이 없지. 그나저나 집시가 들어오면 좋을 텐데. 집시가 오면 난 바로 영감을 찾으러 가야지. 그들을 놓치기 십상이라 지금 가야 하는데. 그가 어디에 있는지 알 수가 없으니.

"눈덩이 만들어볼 생각 있소?" 그가 파블로에게 말했다. "눈싸움이나 하시겠소?"

"뭐라고?" 파블로가 물었다. "뭘 하자는 거야?"

"아무것도 아니오." 로버트 조던이 말했다. "안장은 잘 덮어 두셨소?"

"그래."

그러고는 로버트 조던이 영어로 말했다. "가서 말들에게 곡식을 주든가 말뚝을 빼서 먹이를 찾아 파먹도록 해주든가 하지 그래?"

"뭐?"

"아무것도 아니오. 그건 당신 문제지, 늙은 친구. 난 내 발로 걸어서 여길 빠져나갈 거요."

"당신 왜 영어로 말하는 거야?" 파블로가 물었다.

"모르겠어." 로버트 조던이 계속 영어로 말했다. "가끔 아주 지칠 때는, 영어를 하게 되는군. 아니면 아주 비위가 상할 때 나. 혹은 당황할 때도. 당황해서 어쩔 줄 모를 때 난 영어로 말하고 그 말소리를 듣지. 마음이 놓이는 소리거든. 너도 언젠가 해봐."

"뭐라고 하는 거요, 잉글레스?" 필라르가 말했다. "말소리가 아주 재밌긴 한데 뭔 말인지 하나도 못 알아듣겠네."

"아무것도 아닙니다." 로버트 조던이 말했다. "'아무것도 아니다'라고 영어로 말했어요."

"좋아 그럼, 스페인 말로 하슈." 필라르가 말했다. "스페인 말이 더 짧고 간단하구먼."

"물론이죠." 로버트 조던이 말했다. 그러나 아 이런, 그는 생각했다. 아 파블로, 아 필라르, 아 마리아, 아 구석에 있는 두 형제. 그들의 이름이 기억나지 않네. 기억해야 하는데. 하지만 난 가끔 지겨워진다. 스페인어도, 너도, 나도, 전쟁도. 그런데 왜, 도대체 왜 지금 눈이 와야 한단 말인가? 너무 심했다. 아니, 아니다. 그 무엇도 너무 심하지는 않다. 너는 그저 현실을 받아들여야 해. 이런 상황에서 벗어나기 위해 싸우되, 이제 주역인 체하기는 그만두고 좀 전처럼 눈이 온다는 사실을 받아들여야 해. 다음으로 할 일은 집시를 만나 영감을 찾는 일이다. 하지만 눈이 오다니! 지금이 몇 월인데. 그만하자, 그가 자신에게 말했다. 그만하고 받아들이자. 이게 다 저 술잔 때문이야, 너도 알다시피. 술잔을 뭐라고 하더라? 기억력을 기르든지 아예 인용구를 생각하지 않든지 해야겠군. 한 가지 표현이 기억나지 않을 때는, 깜빡 잊어버린 이름처럼 마음에 남고 머릿속에서 사라지지 않아 괴로우니. 술잔에 대한 관용 표현이 뭐더라?

"포도주 한 잔 주십시오." 그가 스페인어로 말했다. 그러고는 파블로를 향해, "눈이 참 많군, 그렇지?" 하고 말했다. "무차 니에베.(많은 눈이라.)"

술 취한 파블로가 그를 올려다보며 웃음을 지었다. 그는 고개를 끄덕이고 다시 씩 웃었다.

"공격도 없고. 비행기도 없고. 다리도 없고. 그저 눈만." 파블로가 말했다.

"오래 내릴 것 같소?" 로버트 조던이 그의 옆에 앉아 물었다. "여름 내내 눈 속에 갇혀 있게 될 것 같소, 파블로 양반?"

"여름 내내, 아니." 파블로가 말했다. "오늘 밤이랑 내일, 그럴 거야."

"왜 그렇게 생각하시오?"

"눈보라엔 두 가지가 있거든." 파블로가 진지하고 신중하게 말했다. "하나는 피레네 산맥에서 오는 거. 이건 엄청 춥지. 이런 눈이 오기엔 시기가 너무 늦었지."

"다행이군요." 로버트 조던이 말했다. "그건 대단하겠는데요."

"지금 이 눈보라는 칸타브리아에서 오는 거요." 파블로가 말했다. "바다에서 오는 거란 말이야. 이 방향에서 바람이 불어오면 굉장한 폭풍에 눈이 많이 오지."

"이런 걸 다 어디서 배웠소, 구시대 양반?" 로버트 조던이 물었다.

이제 분노는 사그라졌고, 그는 원래 모든 폭풍에 그렇듯 이 눈보라에도 흥분했다. 눈보라, 강풍, 스콜, 열대 폭풍, 또는 산에서 여름철에 천둥번개를 달고 오는 소나기를 만나면 그는 다른 그 무엇과도 비할 수 없이 강한 흥분의 도가니에 빠졌다. 그것은 깨끗하다는 것만 빼면 전투의 흥분과도 비슷했다. 전투에서도 바람이 불지만, 그것은 뜨거운 바람이었다. 사람의 입김처럼 뜨겁고 건조한 바람. 그것은 강하게 불었고, 뜨거웠고, 먼지투성이였다. 그 바람은 그날의 운에 따라 일어나기도 하고 가라앉기도 했다. 그는 그 바람을 잘 알고 있었다.

하지만 눈보라는 그런 바람과는 반대였다. 눈보라 속에서는 야생동물들에게 가까이 가도 동물들이 겁을 먹지 않았다. 그들은 자기가 어디 있는지도 모른 채 여기저기를 뛰어다녔고, 사슴이 때때로 사람이 사는 오두막 처마 밑에 서 있기도 했다. 한

번은 눈보라 속에서 말을 타고 가다가 큰 사슴과 마주쳤는데, 그놈은 말을 다른 큰 사슴으로 잘못 알고 반가워하며 달려왔다. 눈보라 속에서는, 잠시 동안이기는 하지만, 이 세상에 적(敵)이 없는 것처럼 보였다. 눈보라는 강풍을 동반하기도 하지만 새하얗고 깨끗한 바람이고, 대기는 떠다니는 하얀 눈으로 가득 차 있다. 눈 속에선 모든 사물이 변한다. 그리고 바람이 멈추면 정적이 감돈다. 오늘도 거센 눈보라가 불고 있으니, 즐기는 편이 나았다. 그 눈 때문에 모든 계획이 엉망이 되고 있었지만 차라리 즐기는 편이 나았다.

"난 오랫동안 화물 운송 인부로 일했지." 파블로가 말했다. "우리는 화물 트럭이 사용되기 전까지 큰 짐마차에 화물을 싣고 산을 넘었어. 그 일을 하면서 날씨에 대해 배웠지."

"그럼 이 운동에는 어떻게 참여하게 되었소?"

"난 항상 좌파였어." 파블로가 말했다. "우리는 아스투리아스 지방 사람들과 접촉이 많았는데, 그네들은 정치적으로 아주 선진적이더군. 난 항상 공화국 편이었어."

"운동이 일어나기 전엔 무슨 일을 하셨고?"

"그때는 사라고사의 말 계약업자 밑에서 일했소. 투우장에서 쓰는 말과 군용 보충 말을 제공하는 업자였지. 바로 그때 필라르를 만난 거야. 그 여편네는, 자기도 말했다시피, 투우사 피니토 데 팔렌시아와 살고 있었고."

그는 이 말을 상당히 자랑스럽게 했다.

"그자는 대단한 투우사도 아니었잖아." 탁자에 앉아 있던 형제 중 하나가 화덕 앞에 서 있는 필라르의 등을 보며 말했다.

"아니라고?" 필라르가 돌아서서 그 남자를 노려보았다. "그 사람이 대단한 투우사가 아니었다고?"

동굴 안의 요리용 화덕 옆에 선 그녀의 눈에는 키가 작고 수수한 갈색 얼굴을 한, 슬픈 눈에 볼이 움푹 팬 피니토가 보이는 것만 같았다. 그의 검은 머리는 젖어서 이마 위에서 곱슬거리고 있었고, 그 이마에는 아무도 눈치 채지는 못했지만 딱 맞는 투우사 모자 때문에 생긴 붉은 선이 한 줄 그어져 있었다. 그녀의 눈에는 이제 5년생 황소와 마주하고 서 있는 그가 보였다. 그 황소는 조금 전 뿔로 말을 높이 들이받고 그 두꺼운 목으로 말을 위로, 위로 밀어붙였었다. 그사이 말 위에 탄 기수가 그 목에 작살을 꽂았지만 그래도 황소는 멈추지 않고 계속 밀어붙였고, 결국 말은 쓰러졌다. 기수도 나무 울타리에 부딪혀 넘어졌다. 황소는 다리로 기수를 밀치며 그 커다란 목과 뿔을 휘둘러 기수의 숨통을 끊어놓으려 했다. 드디어 바로 그 소위 시원찮은 투우사, 피니토가 황소 앞에 서서 황소를 향해 옆으로 선회했다. 이제 그녀의 눈에는 그가 붉은색 플란넬 천을 막대에 감아올리는 모습이 선명하게 보였다. 그 플란넬 천은 피에 젖어 묵직하게 처져 있었다. 그 천으로 황소의 머리와 어깨를 스친 다음, 솟아오르는 피로 축축하게 번득이는 양 어깨 사이의 불룩한 살을 지나 아래로 내려가 등을 덮는 일련의 과정을 거쳤기 때문이었다. 황소가 일어나자 황소 등에 꽂혀 있던 창들이 서로 부딪히며 쨍그랑거렸다. 그녀는 피니토가 황소의 머리로부터 다섯 걸음 떨어져 옆으로 서 있는 모습을 보았다. 황소가 꿈쩍도 하지 않고 육중하게 서 있는 가운데, 그는 피가 뚝뚝 떨어지는 칼을 어깨 높이까지 서서히 들어 올린 다음, 저 높이 황소 등 위의 어느 지점을 겨냥하고 있었다. 황소의 머리가 그의 눈높이보다 훨씬 위에 있었으므로 그가 겨냥한 급소는 아직 그의 눈에 직접 보이지는 않았다. 그는 피에 젖어 무거워진 천을 왼팔로 휘둘러 황소가 머리를 낮추게 만들 것이었다. 하지만 지금은 그는 발뒤꿈치로 몸을 지탱한 채 살짝 뒤로 몸을 흔들면서, 양 갈래로 갈라진 황소 뿔 앞에 칼을 조준하고 자기 몸의 옆면을 보이며 서 있었다. 황소의 가슴이 부풀어 올랐고, 그 눈은 천을 노려보고 있었다.

그녀는 이제 그의 모습이 아주 선명하게 보였고, 그의 가늘고 맑은 목소리도 들렸다. 그는 고개를 돌려 투우장의 붉은 울타리 너머 맨 첫 줄에 앉은 관중을 바라보며 말했다. "우리가 이렇게 놈을 죽일 수 있는지 봅시다!"

그녀는 그 목소리를 들었고, 잠시 후 그가 출발하면서 무릎을 구부리는 것과 뿔을 향해 내달리는 것을 보았다. 그가 천을 아래로 휙 휘두르자 황소의 주둥이가 천을 따라갔고 소뿔은 이제 마법처럼 아래로 내려가 있었다. 그의 가느다란 갈색 손목은 빈틈없이 움직여 황소의 뿔을 이리저리 휘저었고, 그사이 칼은 황소의 먼지투성이 두 어깨 사이에 꽂혔다.

마치 황소가 날뛰며 투우사에게서 칼을 빼앗아 스스로 찌르기라도 하는 듯 반짝이는 칼이 천천히 황소의 살 속을 파고들었다. 칼은 점점 안으로 들어가 그의 갈색 손가락 마디가 황소의 팽팽한 가죽에 닿을 때까지 박혔다. 칼이 꽂힌 지점에서 내내 눈을 떼지 않고 있던 그 키 작은 갈색 피부의 투우사는, 이제 숨을 들이마셔 쏙 들어간 배를 황소와 황소 뿔을 피해 흔들었다. 그러고는 왼손에 붉은 천이 달린 막대를 들고 황소가 죽어가는 것을 지켜보며 서 있었다.

그녀는 그가 서 있는 모습을 보았다. 그는 황소가 땅 위에 버티고 서 있으려고 안간힘을 쓰는 모습을 지켜보았다. 황소는 쓰러지기 직전의 나무처럼 휘청거리며 다리로 땅을 버티고 서 있었고, 그 키 작은 남자는 승리의 몸짓으로 손을 높이 들어 올렸다. 그녀는 그가 거기, 어떤 충격이나 뿔에 받히는 일도 없이 경기가 끝나고 황소가 죽어가고 있다는 텅 빈 안도감 속에서 땀을 흘리며 서 있는 모습을 보았다. 그가 서 있는 동안 황소는 더 이상 버티지 못하고 옆으로 쿵 쓰러져 네 다리를 허공에 쳐들고 죽어버렸고, 키 작은 갈색 피부의 남자는 지치고 웃음기 없는 표정으로 울타리를 향해 걸었다.

그녀는 그가 목숨이 달린 위급한 일이 있다고 해도 경기장을 뛰어나갈 힘조차 없다는 것을 알았다. 그녀는 그가 천천히 울타리로 걸어가는 것을 보았고, 수건으로 입을 닦고 관객석에 있는 그녀를 올려다보며 고개를 젓고, 수건으로 얼굴을 닦은 다음 승리를 축하하는 의미로 경기장을 한 바퀴 도는 것을 지켜보았다.

그녀는 그가 발을 질질 끌듯 천천히 걸으면서 미소 짓고, 고개 숙여 인사하고, 또 미소를 지으며 경기장을 도는 모습을 지켜보았다. 보조 투우사들이 그의 뒤를 따르면서 몸을 굽혀 관객들이 던져준 담배를 줍고는 답례로 모자를 던져주는 모습도 보았다. 그는 슬픈 눈으로 미소를 지으며 경기장을 한 바퀴 돌았고, 행진은 그녀 앞에서 멈추었다. 다음 순간 그녀는 관객석 아래를 굽어보았고, 이제 그가 나무 울타리의 계단에 앉아 수건을 입에 대고 있는 것을 보았다.

필라르는 화덕 옆에 서서 이 모든 장면을 보았다. 그녀가 말했다. "그래 그 사람이 좋은 투우사가 아니었다고? 내가 이런 수준 낮은 놈들하고 같이 지내게 될 줄이야!"

"그자는 좋은 투우사였어." 파블로가 말했다. "키가 작은 게 단점이었지만."

"분명히 결핵에 걸려 있었다고." 프리미티보가 말했다.

"결핵?" 필라르가 말했다. "그 사람처럼 심한 형벌을 받고 결핵에 안 걸릴 사람이 어디 있어? 가난뱅이들은 후안 마르치* 같은 악한이 되든가, 투우사 아니면 오페라 테너 가수가 되지 않고서는 돈을 벌 희망을 가질 수 없는 이 나라에서? 그가 어떻게 결핵에 안 걸릴 수가 있었겠냐? 부르주아는 배 속이 다 썩을 지경으로 배 터지게 먹어대서 탄산염 소화제 없이는 살 수 없을 지경인데, 가난뱅이들은 태어날 때부터 죽을 때까지 배를 곯는 이런 나라에서 말이야. 어린 시절 축제를 따라 다니며 투우를 배울 때, 차비가 없어서 열차 삼등칸 좌석 밑, 사람들이 방금 뱉은 젖은 침과 이미 말라붙은 침이 뒤섞인 그 먼지투성이, 흙투성이 좁은 틈에 숨어서 다녔다면, 가슴을 소뿔에 들이받혔다면, 너 같으면 결핵에 안 걸렸겠냐?"

"그랬겠지." 프리미티보가 말했다. "난 그저 그가 결핵환자였다고 말했을 뿐이야."

"물론 그는 결핵환자였어." 필라르가 커다란 나무 주걱을 손에 들고 서서 말했다. "그 사람은 키가 작았고, 목소리도 가늘었어. 그리고 황소를 꽤나 무서워했지. 투우 경기 전에는 누구보다 두려움에 떨었지만, 대신 경기장 안에서는 누구보다도 두려움이 없었지."

"당신." 그녀는 파블로에게 말했다. "당신은 지금 죽기를 두려워하고 있어. 당신은 그게 엄청나게 중요한 일인 줄 알지. 피니토는 항상 두려워했지만, 경기장 안에서만큼은 사자처럼 용감했어."

---

*후안 알베르토 마르치 오르디나스(1880~1962). 스페인 내전 당시 친국민당파 사업가.

"그는 용감한 걸로 아주 유명했지." 형제 중 동생이 말했다.

"그렇게 두려워하는 사람은 본 적이 없어." 필라르가 말했다. "그 사람은 황소 대가리를 집에 가지고 오는 것도 싫어했어. 한번은 바야돌리드 축제 때 그 사람이 파블로 로메로의 황소를 아주 멋지게 죽였는데……."

"나도 기억나." 형제 중 형이 말했다. "그의 경기를 본 적이 있거든. 이마가 주름지고 뿔이 아주 높이 솟은 비눗빛 나는 황소였어. 무게가 30아로바*도 넘었을걸. 그 황소가 그가 바야돌리드에서 죽인 마지막 황소였지."

"맞아." 필라르가 말했다. "경기가 끝나고 콜론 카페에서 작은 연회가 있었어. 그의 이름을 딴 팬클럽에서 그 황소 대가리를 박제해 그에게 선물했지. 식사하는 동안 박제한 소머리는 천으로 덮여 벽에 걸려 있었어. 나도 식탁에 있었고, 나보다 더 못생긴 파스토라, 니나 데 로스 페이네스, 그리고 다른 집시들이며 여러 매춘부들도 다 있었어. 규모는 작았지만 아주 열렬한 연회였지. 게다가 파스토라와 당시 제일 유명한 매춘부 사이에서 사내 쟁탈전이 벌어지는 바람에 분위기가 험악해지기도 했고. 나는 행복에 겨워서 피니토 옆에 앉아 있었는데, 그 사람은 절대로 소머리를 올려다보지 않더군. 예수 고난주간에 교회에서 성인들의 상을 덮어놓는 것처럼 보라색 천으로 덮여 있었지.

피니토는 팔로탁소**를 당한 이후로, 그러니까 사라고사에서의 마지막 투우 경기 때 소를 죽이러 갔다가 뿔에 받힌 이후로 음식을 별로 먹지를 못했어. 그 사고 때문에 그는 한동안 의

---

*스페인의 무게 단위. 1아로바는 약 11킬로그램이다.
**투우사가 황소 뿔에 찔리는 것을 지칭하는 스페인어. '팔로타소'라고도 한다.

식불명 상태였지. 이날까지도 음식을 위에 담아둘 수가 없었던 거야. 그래서 그는 연회 내내 손수건을 수시로 입에 대고 꽤 많은 피를 뱉어냈어. 내가 무슨 애길 하려고 했더라?"

"황소 대가리." 프리미티보가 말했다. "황소 대가리 박제."

"맞아." 필라르가 말했다. "그래. 하지만 좀 자세한 것들을 먼저 말해야 자네들이 이해할 수 있을 거 같군. 피니토는 자네들도 알다시피 결코 쾌활한 사람이 아니었어. 그 사람은 성격 자체가 근엄했고, 우리 둘이 있을 때도 난 그가 웃는 꼴을 한 번도 본 적이 없었지. 아주 우스꽝스러운 것을 봐도 웃지 않았어. 그 사람은 모든 걸 너무 심각하게 받아들였어. 거의 페르난도만큼이나 진지했지. 하지만 그 연회는 아피시오나도* 클럽이 '클럽 피니토'라는 이름으로 뭉쳐서 그를 위해 연 연회였으니까, 그가 즐겁고 친근하고 쾌활한 인상을 줄 필요가 있었지. 그는 식사시간 내내 미소를 짓고 친근한 말도 했어. 그래서 그가 손수건으로 하는 일은 나만 눈치 채고 있었지. 손수건을 세 개 가지고 있었는데, 그 세 개에 다 피를 쏟고 나서야 나에게 아주 낮은 목소리로 말했어. '필라르, 나 더 이상 못 견디겠어. 가야 할 것 같아.'

'그럼 갑시다.' 내가 말했지. 그가 고통스러워하는 게 보였으니까. 그즈음 연회장 안은 아주 흥겨운 분위기였고 엄청나게 시끌벅적했어.

'아니야. 갈 수 없어.' 피니토가 내게 말했어. '어쨌든 내 이름을 딴 클럽이니 책임을 다해야지.'

'당신이 아프다면 가야지.'

*투우 애호가.

'아니야.' 그가 말했어. '더 있을래. 저 만자니야* 좀 줘.'

난 그가 술을 마시는 건 좋지 않을 거라고 생각했어. 아무것도 안 먹은 데다 위도 그렇게 안 좋은 상태였으니까. 하지만 술이라도 좀 마시지 않고서는 그 쾌활하고 활기찬 분위기와 시끌벅적한 소음을 견딜 수 없었던 거야. 그래서 난 그가 술 마시는 걸 바라보고 있을 수밖에 없었지. 순식간에 만자니야를 한 병 가까이 다 마셔버리더군. 손수건을 다 써버린 그는 그전까지 손수건에 하던 일을 이제 냅킨을 써서 했어.

이제 연회는 그야말로 열광의 도가니가 됐지. 매춘부들 중 제일 몸이 가벼운 몇몇이 식탁에 둘러앉은 클럽 회원들의 어깨 위를 발로 디뎌가며 행진하고 있었어. 파스토라는 사람들의 성화에 못 이겨 노래를 불렀고, 엘 니뇨 리카르도가 기타 반주를 맡았는데 정말 감동적이었지. 정말 최고의 취객들이 모인 즐거운 우정의 행사였어. 난 진짜 플라멩코 같은 열광의 도가니가 된 그런 연회는 본 적이 없었어. 연회의 축하 이유인 황소 대가리를 덮고 있는 천을 벗기는 순서는 아직 돌아오지도 않은 상태인데도 그랬단 말이지.

나도 적당히 흥에 겨워서 리카르도의 연주에 맞춰 박수를 치고 니나 데 로스 페이네스의 노래에 맞출 박수부대를 채우느라 피니토가 자기 냅킨을 피로 다 채우고 내 것까지 가져간 걸 몰랐지 뭐야. 그는 만자니야를 더 마시고 있었어. 그의 눈은 아주 반짝였고, 매우 만족스러운 듯이 모두에게 고개를 끄덕이고 있었지. 말은 별로 할 수가 없었어. 말할 때는 항상 냅킨이 필요했기 때문이지. 하지만 그는 아주 쾌활하고 즐거운 표정을

*달고 쌉쌀한 맛이 나는 스페인산 셰리주.

지었어. 어쨌든 그것이 그가 거기에 있는 이유였으니까.

그렇게 연회는 계속되었어. 내 옆에 앉아 있던 남자는 라파엘 엘 갈로의 전 매니저였는데, 그가 나에게 어떤 얘기를 해 줬고 그 이야기의 끝은 이런 거였어. '그래서 라파엘이 나한테 오더니 이러더군. "자네는 세상에서 가장 좋은 나의 친구, 가장 품위 있는 친구야. 난 자네를 친형제처럼 사랑하기에 선물을 하나 하고 싶네." 그러더니 아름다운 다이아몬드 넥타이핀을 주면서 내 두 볼에 입을 맞추더군. 우리 둘 다 감동했지. 나한테 다이아몬드 넥타이핀을 선물한 라파엘 엘 갈로는 그런 다음 카페에서 나갔고, 나는 같은 식탁에 앉아 있던 레타나에게 말했어. "저 더러운 집시 녀석이 좀 전에 다른 매니저랑 계약을 한 게 분명해."

"무슨 말이에요?" 레타나가 물었지.

"내가 10년이나 놈의 매니저 노릇을 해왔는데, 나한테 선물을 준 적이 한 번도 없었단 말이야." 엘 갈로의 매니저는 말했었어. '이러는 데는 그 이유밖에 없어.' 그리고 정말 그 말이 맞았고, 그렇게 해서 엘 갈로는 그를 떠났지.

그런데 그때 파스토라가 대화에 끼어들었어. 그 여자야말로 라파엘을 더 심하게 욕하던 여자니 그를 옹호하려는 것은 아니었고, 매니저가 '지저분한 집시 녀석'이라고 집시들을 욕했기 때문이었지. 그 여자가 워낙 막무가내로 끼어들어 심한 말을 했기 때문에 매니저도 입이 쏙 들어갔어. 내가 끼어들어서 파스토라를 조용히 시켰는데, 또 다른 집시 여자가 끼어들어서는 내 말을 끊는 거야. 주위가 어찌나 시끄러운지 다른 말들보다 훨씬 큰 소리로 외쳐대는 '매춘부'라는 말 말고는 한마디도 들리지가 않았어. 그러다가 다시 조용해졌고, 대화에 끼어들었던 우리 셋은 고개를 숙여 술잔을 내려다보고 앉아 있었어. 그때 피니토가 여전히 보라색 천으로 덮여 있는 황소 대가리를 두려운 표정으로 쳐다보고 있는 게 내 눈에 들어오더군.

그 순간, 천을 걷기에 앞서 클럽 회장이 연설을 시작했지. '올레!' 하는 환호성과 탁자 두드리는 소리로 갈채를 받은 그의 연설이 진행되는 내내 나는 피니토를 주시했어. 그는 자기 냅킨을, 아니, 내 냅킨을 써가며 갈수록 의자 속으로 몸을 푹 감추면서 겁먹은 데다 무언가에 홀린 듯한 표정으로 맞은편 벽에 천으로 덮어놓은 황소 대가리를 뚫어져라 보고 있었어.

연설이 끝날 때쯤 피니토는 머리를 떨기 시작했고, 계속 의자 안으로 점점 더 깊이 몸을 웅크렸어.

'괜찮아, 작은 양반?' 내가 그에게 물었는데, 그는 날 보고도 내가 누군지 알아보지 못했어. 그는 고개만 저으며 '안 돼. 안 돼. 안 돼'라고만 했지.

드디어 클럽 회장이 연설을 마쳤어. 그다음 그는 모두에게 환호를 받으며 의자 위로 올라가 손을 뻗어 보라색 천과 황소 대가리를 감고 있던 끈을 풀고는 천천히 잡아당겨 소머리에서 천을 벗겨냈지. 천이 한쪽 뿔에 걸리자 천을 들어 올려 뾰족하고 광택 나는 뿔에서 걷어냈어. 그러자 거대한 황소가 나타났지. 끝이 하얗고 고슴도치 가시처럼 날카롭고 뾰족한 검은 뿔의 황소가 앞으로 쑥 튀어나와 있더군. 그 황소 대가리는 꼭 살아 있는 것만 같았어. 살아 있을 때처럼 이마는 주름지고 콧구멍은 열려 있는 데다 두 눈은 번쩍였지. 황소는 피니토를 정면으로 바라보고 있었어.

모두들 소리 지르며 환호하는데 피니토만 의자 속으로 몸을 낮추었지. 얼마 후 모두들 조용해지더니 그를 바라보았어.

그는 '안 돼. 안 돼'라면서 황소를 쳐다보았고 더욱 몸을 움츠렸어. 그러다가 아주 큰 소리로 '안 돼!'라고 외쳤는데 그만 큰 핏덩어리가 튀어나온 거야. 냅킨을 대고 있지 않았던 바람에 피가 그의 턱으로 흘러내렸지. 그는 여전히 황소를 바라보면서 말했어. '투우 시즌도 좋다. 돈 벌이도 좋아. 먹는 것도 좋아. 하지만 난 먹을 수가 없어. 내 말 들려? 내 배 속이 엉망이라고. 이제 투우 시즌도 끝이야! 싫어! 싫어! 싫어!' 그는 식탁 주위를 둘러본 다음 황소 대가리를 바라보더니 '싫어' 하고 다시 한 번 말했어. 그러고는 머리를 숙여 냅킨을 입에 갖다 댔고, 그렇게 자리에 앉아 아무 말도 하지 않았지. 시작은 너무나 좋았고, 유쾌함과 우정의 극치를 보여줄 예정이던 연회는 결국 성공을 거두지 못했어."

"그 후 얼마 있다가 죽은 거지?" 프리미티보가 물었다.

"그해 겨울에." 필라르가 말했다. "사라고사에서 뿔의 옆면으로 들이받힌 충격에서 회복되지 못했어. 그건 뿔 끝에 찔리는 것보다 더 나쁜 거야. 상처가 몸속에 나서 치료를 할 수가 없거든. 그는 경기에 나갈 때마다 거의 매번 부상을 입었고 그래서 더 성공하지 못한 거지. 키가 작아서 뿔을 피해 빠져나오기가 힘들었어. 거의 항상 뿔의 옆면에 들이받힌 거지. 물론 대부분 빗맞았지만."

"그렇게 키가 작으면 투우사가 될 생각을 말았어야 했는데." 프리미티보가 말했다.

필라르는 로버트 조던을 바라보며 고개를 저었다. 그러고는 여전히 고개를 가로저으며 커다란 쇠솥 위로 몸을 숙였다.

고약한 사람들이야, 그녀는 생각했다. 스페인 놈들이란. 그렇게 키가 작으면 투우사가 되려고 하지 말았어야 했다니. 난 그런 말을 들었지만 아무 말도 하지 않아. 화가 나는 건 아니고 설명을 다 했으니 입을 닫는 거야. 아무것도 모르는 놈들이란 얼마나 단순한지. 케 센실로!(얼마나 단순하냐고!) 쥐뿔도 모르니까 어떤 놈은 그가 별 볼일 없는 투우사라고 말하는 거지. 쥐뿔도 모르니 또 어떤 놈은 그 사람이 결핵에 걸렸다 말하고. 또 다른 놈은 뭘 좀 안답시고 한 술 더 떠서, 그렇게 키가 작으면 투우사가 되려고 하지 말았어야 한다고 지껄이네.

지금 화덕에 몸을 구부리고 있는 그녀의 눈에 다시 침대 위에 발가벗고 있는 갈색 몸이 보였다. 양쪽 넓적다리에 울퉁불퉁한 흉터들이 있고, 오른쪽 가슴의 갈비뼈 아래에는 불로 지진 듯한 깊은 소용돌이무늬 흉터가 있었으며, 옆구리를 따라 겨드랑이까지는 길고 하얗게 부은 자국이 있었다. 그녀는 감은 그의 눈과 엄숙한 갈색 얼굴을 보았다. 검은 곱슬머리는 이제 이마부터 뒤쪽까지 넘겨져 있었고, 그녀는 침대 위 그의 옆에 앉아서 그의 다리를 문질러 닦아주고, 종아리를 문지르고, 주무르고, 늘려주고, 그리고 주먹으로 가볍게 두드려서 뭉친 근육을 풀어주고 있었다.

"좀 어때?" 그녀가 그에게 말했다. "다리는 괜찮은 거야, 작은 양반?"

"아주 좋아, 필라르." 그는 눈을 감은 채 말했다.

"가슴도 문질러줄까?"

"아니야, 필라르. 거긴 건드리지 마."

"그럼 허벅지는?"

"아니야. 거긴 너무 아파."

"그래도 주무르고 약을 좀 바르면 근육이 따뜻해져서 훨씬 나아질 텐데."

"아니야, 필라르. 고마워. 그냥 건드리지 않으면 좋겠어."

"그럼 알코올로 좀 닦아주리다."

"그래. 아주 살살 해줘."

"지난번 황소 때 당신 정말 멋지더구려." 그녀가 그에게 말하면 그는 이렇게 대답했다. "그래, 내가 그놈을 확실하게 해치웠지."

그를 다 닦아주고 이불을 덮어준 다음 그녀는 그의 옆에 누웠다. 그는 갈색 손을 뻗어 그녀를 만지며 말했다. "당신은 참 여자답군, 필라르." 그것은 그가 한 말 중 가장 농담에 가까운 말이었다. 그러고는 보통 경기가 끝난 다음이면 그렇듯 그는 곧 잠이 들었다. 그러면 그녀는 그의 옆에 누워 양손으로 그의 손을 잡고, 그의 숨소리를 들었다.

그는 자다가 악몽을 꾸는 경우가 많았다. 그녀는 그가 주먹을 꽉 쥔 것을 느끼고 이마에 땀방울이 맺힌 걸 보곤 했다. 그리고 그가 잠에서 깨면 그녀는 "아무 일도 아냐"라고 말해주었다. 그러면 그는 다시 잠이 들었다. 그녀는 그렇게 그와 다섯 해를 살았고, 한 번도 그를 배신한 적이 없었다. 그러니까 거의 없었다. 장례식을 마친 후, 그녀는 투우장으로 피카도르*의 말을 끌고 들어오는 일을 맡았던 파블로와 사귀게 되었는데, 그는 피니토가 평생 죽여온 황소를 닮은 사내였다. 그러나 그에겐 이제 황소의 힘도 황소의 용기도 남아 있지 않았고, 그녀도 그 사실을 알고 있었다. 그럼 뭐가 남았지? 내가 남았군, 그녀는 생각했다. 그래, 내가 남았구나. 그런데 과연 무엇을 위해 남아 있는 걸까?

*투우에서 말을 탄 채 창으로 황소를 찌르는 창잡이.

"마리아." 그녀가 말했다. "일에 신경 좀 써라. 그건 요리용 불이야. 도시 하나를 다 태워버리려는 불이 아니고."

바로 그때 집시가 입구로 들어왔다. 그는 온통 눈으로 덮여 있었고, 카빈총을 들고 서서 다리의 눈을 털어냈다.

로버트 조던은 일어서서 입구로 갔다. "어떻소?" 그가 집시에게 물었다.

"여섯 시간 경비, 큰 다리에선 한 번에 두 명씩." 집시가 말했다. "도로 인부 초소에는 여덟 명과 하사 한 명. 이거는 당신 시계."

"제재소 초소는 어떻던가요?"

"영감이 거기 있어. 영감이 거기랑 도로를 다 살펴봐."

"그럼 도로는?" 로버트 조던이 물었다.

"평소랑 같았어." 집시가 말했다. "특이한 건 없었어. 자동차 몇 대."

집시는 추워 보였다. 어두운 얼굴이 추위로 일그러져 있었고 손은 빨갰다. 동굴 입구에 선 채 그는 외투를 벗어서 털었다.

"놈들이 교대할 때까지 있다가 왔어." 그가 말했다. "정오와 6시에 교대하더군. 보초 시간이 길어. 그런 군대의 병사가 아닌 게 천만다행이지."

"영감을 찾으러 갑시다." 로버트 조던이 가죽 코트를 입으며 말했다.

"난 싫어." 집시가 말했다. "난 이제 불 좀 쬐고 따뜻한 스프를 먹어야겠어. 이 사람들 중 한 명한테 영감이 있는 곳을 말해줄 테니 그를 따라가쇼. 어이, 게으름뱅이들." 그는 탁자에 앉아 있는 남자들을 불렀다. "누가 영감이 정찰하고 있는 곳까지 잉글레스를 안내해줄래?"

"내가 가겠소." 페르난도가 일어섰다. "어딘지 말해줘요."

"잘 들어." 집시가 말했다. "어디냐면 말이야……" 하면서 집시는 그에게 안셀모 영감이 있는 곳을 알려주었다.

15장

안셀모는 커다란 나무 밑에서 눈을 피해 웅크리고 있었다. 눈이 그의 양옆으로 떨어져 내렸다. 그는 나무에 바짝 기댄 채 두 손을 각각 반대쪽 외투 소매 속에 찔러 넣고, 머리는 최대한 외투 속으로 움츠리고 있었다. 여기 오래 있다가는 얼어 죽겠군, 그는 생각했다. 그래 봤자 아무 소용 없을 텐데. 잉글레스는 교대할 사람이 올 때까지 있으라고 했지만 그때야 그자도 이런 눈보라가 올 줄 몰랐겠지. 도로에 특이한 움직임 같은 건 없고, 도로 건너편 제재소 안쪽 초소의 특성과 습성도 알아냈다. 이제 캠프로 가야겠다. 상식이 있는 사람이라면 내가 캠프로 돌아갈 거라고 예상할 거야. 조금만 더 있다가 캠프로 가야지, 그는 생각했다. 이런 게 지나치게 엄격한 명령의 허점인 거지. 상황 변화에 대한 고려가 전혀 없다는 것. 그는 두 발을 서로 비비다가 외투 소매에서 두 손을 꺼내 손으로 다리를 비볐고, 두 발을 서로 부딪치며 혈액순환이 잘되게 했다. 나무가 막아주는 덕에 바람을 맞지 않아 덜 추웠지만, 그는 곧 걸어 나가야 할 것이기 때문이었다.

그가 몸을 웅크리고 앉아서 발을 문지르는데, 도로에서 자동차 소리가 들렸다. 체인이 감긴 차였고, 한쪽 체인의 연결 부분에서 철컥철컥 소리가 나고 있었다. 그가 살펴보는 가운데 그 차는 눈 덮인 도로를 올라왔다. 차체 외벽은 초록과 갈색으로 덕지덕지 조잡하게 칠해져 있었고, 창문들은 하나만 차에 탄 사람이 밖을 내다볼 수 있도록 반원 모양으로 투명하게 남겨둔 채 나머지는 차 안이 보이지 않도록 푸른색 칠이 되어 있었다. 2년 된 롤스로이스 타운차로, 사령부 용도로 위장된 차였지만 안셀모는 그런 사실은 알지 못했다. 그는 차 안을 볼 수 없었는데, 그 안에는 세 명의 장교가 망토를 뒤집어쓰고 있었다. 두 명은 뒷좌석에 한 명은 접이식 의자에. 접이식 의자에 탄 장교는 차가 움직일 때 파란 창문의 뚫린 곳으로 밖을 내다보고 있었지만 안셀모는 이것을 알지 못했다. 장교 역시 안셀모를 못 보기는 마찬가지였다.

차는 눈을 맞으며 그가 있는 곳 바로 아래로 지나갔다. 안셀모는 기사를 보았다. 그는 붉은 얼굴에 철모를 쓰고 있었는데, 입고 있는 담요 망토 밖으로 얼굴과 철모가 삐죽이 나와 있었다. 기사 옆에 탄 당번병이 들고 있는 자동소총이 앞으로 쑥 나와 있는 것도 보였다. 차는 도로를 타고 올라갔다. 안셀모는 외투 속으로 손을 넣어 셔츠 주머니에서 로버트 조던이 자기 노트에서 뜯어준 종이 두 장을 꺼내서 자동차 그림 뒤에 표시를 했다. 그날 하루 중 도로를 타고 올라간 열 번째 차였다. 여섯 대가 내려왔으니 네 대가 여전히 위쪽에 남아 있는 셈이었다. 그 정도면 그 도로를 타는 차 대수가 특이할 정도로 많은 것은 아니었다. 하지만 안셀모는 포드, 피아트, 오펠, 르노와 그 계곡과 산을 담당하고 있는 연대의 장교들이 타는 시트로엥, 사령부 소속의 롤스로이스, 랜시아, 메르세데스, 이소타를 구분할 줄 몰랐다. 이런 차종 구분은 로버트 조던이 했어야 했다. 노인이 아니라 그가 거기에 있었다면 그는 올라간 이 차들이 얼마나 중요한 차들인지 알아봤을 것이었다. 그러나 그는 그곳에 없었고 노인은 그저 차 한 대가 올라갔다는 표시만을 할 뿐이었다.

안셀모는 이제 너무 추워서 어두워지기 전에 캠프로 돌아가는 게 최선이라는 결론을 내렸다. 길을 잃는 것은 두렵지 않았지만 더 오래 머물러 있어봤자 별 소용이 없다고 생각했다. 바람은 갈수록 더 차갑게 불었고 눈도 잦아들 기미가 보이지 않았다. 하지만 일어서서 발을 털고 눈발이 휘몰아치는 도로를 내다보던 그는 언덕 위로 출발하지 못하고 소나무 밑에 계속 머물렀다.

잉글레스가 나한테 여기 있으라고 했는데, 그는 생각했다. 지금 그가 오는 길인데 내가 움직이면 그는 날 찾다가 눈 속에 길을 잃을지도 모르지. 이 전쟁을 치르는 내내 우리는 규율의 부재와 명령 불복종 때문에 고전해왔으니, 난 아직 좀 더 잉글레스를 기다리련다. 하지만 그가 빨리 오지 않으면, 명령에도 불구하고 난 가야 해. 해야 할 보고가 있고, 요즘 할 일도 많고, 여기서 얼어 죽는 건 과장된 행동이고 쓸모도 없으니 말이다.

길 건너 제재소 굴뚝에서 연기가 나오고 있었다. 안셀모는 눈 속을 뚫고 그에게 불어오는 연기 냄새를 맡을 수 있었다. 파시스트 놈들은 따뜻하고 편안하군, 그는 생각했다. 그렇지만 내일 밤이면 우리가 놈들을 죽이겠지. 그건 이상한 일이고 생각하고 싶지 않은 일이긴 해. 놈들을 하루 종일 정찰해보니 그들도 우리와 똑같은 사람들이더라. 내가 제재소로 걸어가서 문을 두드리면 그들은 분명히 나를 반갑게 맞아주겠지. 물론 명령대로 모든 통행자들에게 하듯이 나한테도 신분증을 요구하겠지만. 저들과 나 사이를 가로막고 있는 것은 그 명령뿐이야. 저자들은 파시스트가 아니야. 나는 그들을 파시스트라고 부르지만, 저들은 파시스트가 아니야. 우리와 똑같은 가난한 사람들이지. 저들은 우리와 싸워서는 안 되고, 나는 저들을 죽이는 건 생각하고 싶지 않아.

이 초소에 있는 사람들은 갈리시아* 사람들이야. 오늘 오후에 저희들끼리 얘기하는 걸 들으니 그렇더군. 갈리시아 사람들은 탈영할 수가 없어. 그랬다간 온 가족이 총살을 당하거든. 그들은 아주 똑똑하든지 아니면 아주 멍청하고 야만스럽지. 난 두 부류를 다 만난 적이 있어. 리스테르**는 프랑코와 같은 마을 출신의 갈리시아 사람이지. 이런 계절에 이렇게 눈이 오는 걸 이 갈리시아 사람들은 어떻게 생각하는지 궁금하군. 그들이 살던 지역에는 이런 높은 산이 없고 만날 비가 오고 푸르니 말이야.

제재소 창문으로 불빛이 보였고 안셀모는 추위에 덜덜 떨면서 생각했다. 제기랄 놈의 잉글레스! 갈리시아 놈들은 여기 우리 땅에서 집 안에 들어가 따뜻하게 있는데, 나는 나무 뒤에서 얼어 죽어가고 있는 데다 우리는 산짐승처럼 바위 속 동굴에서나 살잖아. 하지만 내일이면 그 짐승들이 구멍에서 나올 테고, 지금 저렇게 편하게 있는 놈들은 담요 속에서 따뜻하게 죽게

---

*스페인 북서부의 루고, 라코루냐, 폰테베드라, 오렌세 주로 구성된 지방. 수많은 강과 그 지류들이 이 지역을 지나 바다로 흘러간다.
**엔리케 리스테르(1907~1994). 스페인 갈리시아 출신의 공산주의자. 스페인 내전에서 반프랑코 게릴라 부대를 조직하며 공화군의 주요 지휘관으로 활동했다.

되겠지. 우리가 오테로를 습격했을 때 한밤에 죽어간 그놈들처럼. 그는 오테로를 기억하고 싶지 않았다. 그날 오테로에서 그는 처음으로 사람을 죽였다. 그는 이 초소들을 진압할 때는 사람을 죽이지 않아도 되었으면 좋겠다고 희망했다. 안셀모가 보초병의 머리에 담요를 씌우고 파블로가 그 보초병을 칼로 찌른 것이 오테로에서였다. 담요 속에서 숨이 막힌 보초병은 안셀모의 발을 붙잡고 흐느끼는 소리를 냈고, 안셀모는 담요 속을 더 들어 발을 떼어낸 다음 보초병이 조용해질 때까지 칼을 휘둘러야 했다. 그는 무릎으로 상대의 목을 눌러 소리를 못 내게 만든 다음 그 담요 더미를 마구 찔렀고, 그때 파블로는 창문 너머로 초소의 사람들이 모두 잠들어 있는 방 안에 수류탄을 던졌다. 번쩍하는 섬광이 터지자 눈앞에서 온 세상이 빨갛고 노랗게 터지는 듯했고, 곧이어 수류탄 두 개가 더 터졌다. 파블로는 안전핀을 뽑고 재빨리 창문으로 그것들을 던졌으며, 침대에 누워 있던 사람들은 일어났다가 두 번째 폭탄을 맞았다. 그때는 파블로가 타타르족처럼 신출귀몰하던 그의 황금기였고, 어떤 파시스트 초소도 밤에 안전하지 못했다.

그런데 파블로는 이제 거세된 수퇘지만큼 끝장이 나버렸지, 안셀모는 생각했다. 거세가 끝나고 꽥꽥거리는 비명 소리도 끝났을 때 불알 두 개를 멀리 던지면 수퇘지는, 이제 더 이상 수퇘지도 아니지만, 주둥이를 실룩거리며 그것들을 쫓아가서 먹어치우지. 아니, 그렇게까지 나빠진 건 아니야. 안셀모는 씩 웃었다. 파블로에 대해 너무 나쁘게 생각하는군. 그는 아주 추악하고, 너무 변하긴 했지만.

너무 춥군, 그는 생각했다. 잉글레스가 와야 하는데, 그리고 이 초소들 안에서 사람을 죽여야 하는 일은 없어야 할 텐데. 이 갈리시아 사람 네 명과 그들의 하사는 살인하기 좋아하는 자들 못이다. 잉글레스가 그랬잖아. 난 내 임무라면 죽이긴 죽이겠지만, 잉글레스가 자기가 나랑 같이 도로로 출동할 것이라고 말했으니까 여기는 다른 사람들이 맡을 테지. 도로에서도 전투가 있을 거고, 내가 그 전투에서 살아남을 수 있다면, 늙은이가 이 전쟁에서 할 수 있는 건 다 한 셈이 되는 거야. 하지만 이제 잉글레스 좀 보내주시지. 나는 추운데 제재소 불빛이 보이고 그 안에서 갈리시아 놈들이 따뜻하게 있다는 걸 아니 더 춥구나. 나도 다시 내 집에서 살았으면, 이 전쟁이 끝났으면 좋으련만. 하지만 이제 난 집도 없잖아, 그는 생각했다. 집에 돌아갈 수 있으려면 우선 이 전쟁에서 이겨야 한다.

제재소 안에서는 병사 한 명이 침상에 앉아 장화에 기름칠을 하고 있었다. 다른 한 명은 침상에서 잠을 자고 있었다. 세 번째 병사는 요리를 하고 있었고, 하사는 신문을 읽고 있었다. 그들의 철모는 벽에 걸려 있었고, 소총들은 판자벽에 기대 놓여 있었다.

·"이 동네는 어떻게 돼먹은 동네기에 6월이 다 되었는데 눈이 내리는 거야?" 침상에 앉아 있던 병사가 말했다.

"기상이변이야." 하사가 말했다.

"지금은 5월인데." 요리하던 병사가 말했다. "5월이 아직 끝나지도 않았는데 말입니다."

"무슨 동네가 5월에도 눈이 내리냐고?" 침상에 앉아 있던 병사가 또다시 말했다.

"이 산속에서 5월에 눈이 내리는 건 드문 일이 아니야." 하사가 말했다. "마드리드에서는 5월이 1년 중 제일 추운 적도 있었어."

"제일 더울 때도 있고요." 요리하던 병사가 말했다.

"5월은 기온 변화가 아주 심한 달이지." 하사가 말했다. "여기 카스티야 지방에서는 5월이 가장 더운 달이지만 아주 추울 때도 있어."

"비도 그렇습니다." 침상에 앉은 병사가 말했다. "이번 5월엔 거의 매일 비가 왔어요."

"아냐." 요리하던 병사가 말했다. "어쨌든 이번 5월은 음력으로는 4월이었으니."

"네놈의 음력 달 얘기에 미쳐버리겠다." 하사가 말했다. "음력 달 얘기는 좀 집어치워."

"바다에서 고기를 잡거나 땅에서 농사를 짓는 사람들은 달력에 나오는 월이 아니라 음력 달로 날짜를 세요." 요리하던 병사가 말했다. "자, 예를 들어 음력으로 치면 이제 막 5월의 달이 뜨기 시작한 건데, 달력에는 6월이 거의 다 되었잖아요."

"그렇다면 왜 계절을 정확하게 늦추지 않는 거야?" 하사가 말했다. "그런 셈법은 정말 머리 아파."

"하사님은 도시 출신이시군요." 요리하던 병사가 말했다. "루고 출신이시죠. 바다와 땅에 대해 뭘 알고 계세요?"

"자네 무식쟁이들이 바다와 땅에서 배우는 것보다 난 도시에서 더 많은 걸 배워."

"이 달에는 커다란 정어리 떼가 몰려오기 시작하지요." 요리하던 병사가 말했다. "이 달에는 정어리 잡는 배가 출항을 준비하고, 고등어는 북쪽으로 떠나버려요."

"자네는 노야 출신이면서 왜 해군으로 안 갔나?" 하사가 물었다.

"노야가 아니라 제가 태어난 네그레이라 출신으로 등록되어 있어서 그렇습니다. 네그레이라는 탐브레 강 상류에 있는데, 거기서는 육군으로 징병이 되거든요."

"운이 나빴군." 하사가 말했다.

"해군도 위험이 없지는 않을걸요." 침상의 병사가 말했다. "전투의 위험은 없다고 쳐도 그쪽은 겨울에 위험한 해안이거든요."

"아무리 그래도 육군보다 못하려고." 하사가 말했다.

"하사님." 요리하던 병사가 말했다. "무슨 말씀을 그렇게 하십니까?"

"아닐세." 하사가 말했다. "난 위험한 걸 얘기하는 거야. 폭격을 견뎌야 한다는 것, 공격을 나가야 한다는 것, 참호에서 지내야 한다는 것 말이야."

"여기선 그런 거 별로 없는데요." 침상의 병사가 말했다.

"신의 은총 덕이지." 하사가 말했다. "하지만 언제 또 그런 상황에 처할지 누가 아나? 영원히 이렇게 쉽게 지내지는 못할 게 뻔하지 않느냔 말이다!"

"얼마나 오래 이 초소 임무를 해야 할 것 같습니까?"

"나도 모른다." 하사가 말했다. "하지만 전쟁 기간 내내 여기 있었으면 좋겠구나."

"여섯 시간 보초 근무는 너무 길어요." 요리하던 병사가 말했다.

"이 눈보라가 그치는 대로 세 시간 보초로 한다." 하사가 말했다. "그 정도면 양호하지."

"그 사령부 차들은 웬일이랍니까?" 침상의 병사가 물었다. "그 사령부 차를 보면 불길해요."

"나도 그래." 하사가 말했다. "그런 건 안 좋은 징조야."

"그리고 비행기 말입니다." 요리하던 병사가 말했다. "비행기들도 나쁜 징조지요."

"하지만 우리 공군은 정말 대단해." 하사가 말했다. "빨갱이들은 우리 같은 비행기들이 없지. 오늘 아침 그 비행기들을 보니 참 흐뭇하더군."

"전 빨갱이들의 비행기들이 제법 그럴듯해 보이게 날아가는 걸 본 적이 있어요." 침상의 병사가 말했다. "쌍발 폭격기였는데, 꽤나 무섭던데요."

"그랬지. 하지만 우리 공군만큼 위력이 세지는 않아." 하사가 말했다. "우리 공군은 천하무적이라고."

그들은 제재소 안에서 이런 대화를 나누고 있었고, 그사이 안셀모는 눈 속에서 도로와 제재소 안의 불빛을 주시하면서 기다리고 있었다.

사람을 죽이는 일에는 끼지 않았으면 좋겠군, 안셀모는 생각하고 있었다. 전쟁이 끝난 후에 살인에 대한 어떤 큰 참회 행사가 있을 것이다. 종전 후에 우리가 더 이상 종교를 갖지 않게 된다면, 어떤 시민 단위의 참회라도 조직되어서 모두들 살인죄를 씻을 수 있게 되어야지 그렇지 않았다간 우린 절대 진실하고 인간적인 삶의 기반을 다질 수 없을 거야. 살인이 필요하다는 건 나도 알지만, 그래도 그런 짓을 하는 건 인간에게 정말이지 나쁜 일이고 결국 이 전쟁이 끝나고 우리가 승리를 거둔 후에는, 우리 모두를 정화시킬 어떤 종류의 참회가 있어야 할 거야.

안셀모는 선량한 사람이었고, 오랫동안 혼자 있을 때면 언제나, 게다가 그는 혼자 있는 시간이 많았는데, 이 살인의 문제가 다시 떠올랐다.

그 잉글레스는 참 이상해, 그는 생각했다. 그는 살인을 꺼리지 않는다고 했지. 하지만 그는 예민하기도 하고 친절한 사람 같기도 해. 젊은이들에게는 그런 게 별로 중요하지 않아서 그런지도 모르지. 외국인이나 우리네 종교를 믿지 않는 사람들은 태도가 다르기 때문인지도 모르지. 하지만 살인을 저지르는 사람은 누구든 시간이 지나면 잔인해질 테니. 그리고 필요한 경우라 해도 살인은 큰 죄고 나중에 그걸 보상하기 위해서는 아주 강력한 무언가를 해야 하지.

이제 어두워졌고, 그는 길 건너 불빛을 바라보았다. 그는 가슴에 대고 팔을 비벼 몸을 따뜻하게 했다. 그는 이제 캠프로 출발해도 되겠다고 생각했다. 하지만 뭔가 알 수 없는 힘이 그를 도로 위 그 나무 옆에 계속 붙잡아두었다. 눈은 더 심해지고 있었다. 안셀모는 생각했다. 오늘 밤 다리를 폭파할 수만 있다면. 이런 날 밤에는 초소를 점령하고 다리를 폭파하는 건 식은 죽 먹기일 테니 다 그냥 끝날 텐데. 이런 날엔 뭐든지 할 수가 있지.

그는 나무에 기대어 서서 발을 가볍게 구르고 있었고, 다리에 대해서는 더 이상 생각하지 않았다. 어둠이 오면 그는 항상 외로웠는데, 오늘 밤은 너무나 외로워서 공허함이 그의 안에 허기처럼 자리 잡았다. 옛날에는 기도 구절을 외우면서 이런 외로움을 달랠 수 있었다. 사냥을 나갔다가 집에 돌아오는 길에 그는 같은 기도 구절을 수백 번 반복해서 말하곤 했는데, 그러고 나면 기분이 나아졌다. 그러나 그는 이 운동이 시작된 후로는 기도를 한 적이 한 번도 없었다. 기도를 하고 싶었지만, 기도 구절을 말하는 것이 불공정하고 위선적이라는 생각이 들었다. 신에게 부탁을 하거나, 다른 모든 사람들이 받을 처우와 다른 처우를 해달라고 빌고 싶지는 않았다.

그래, 그는 생각했다. 나는 외롭다. 하지만 모든 병사들도, 그 병사들의 부인도, 가족이나 부모를 잃은 모든 사람들도 마찬가지지. 내게는 아내가 없지만, 아내가 운동이 시작되기 전에 죽은 건 다행이야. 그녀는 상황을 이해하지 못했을 거야. 난 자식도 하나 없고 앞으로도 없을 테지. 일을 나가지 않는 날에도 외롭지만, 어두워지고 나면 정말 고독한 시간이 찾아와. 그러나 어느 누구도, 신조차도 빼앗아 갈 수 없는 한 가지를 나는 가지고 있지. 바로 공화국을 위해 잘 복무해왔다는 것. 나는 우리 모두가 나중에 함께 누릴 수 있는 공통의 선을 위해 열심히 일해왔어. 운동 처음부터 나는 최선을 다해왔고 부끄러운 짓은 한 적이 없어.

후회되는 것은 살생뿐이야. 하지만 보상할 기회가 분명 있을 거야. 많은 사람들이 짊어지고 있는 그런 종류의 죄는 어떤 구원의 방법이 분명 준비되어 있을 테니까. 그 문제에 대해 잉글레스와 이야기를 하고 싶지만 그는 아직 너무 젊어서 이해하지 못할 거야. 그 사람도 예전에 살생에 대해 말한 적이 있었지. 아니 그 말을 꺼낸 건 나였던가? 그자는 살상을 많이 한 게 틀림없을 텐데, 그것을 좋아하는 기색은 전혀 안 보여. 살상을 좋아하는 자들은 항상 썩은 데가 있는데 말이야.

그건 정말이지 큰 죄야, 그는 생각했다. 아무리 필요하다고 해도 그건 분명 우리가 행할 권리는 없는 일이지. 그러나 스페인에서는 그 일이 너무나 가볍게, 꼭 필요하지 않은 경우에도 저질러지고, 돌이킬 수 없이 섣부르게 불공정한 살인 행위가 벌어져. 이런 것들을 너무 많이 생각하지 않으면 좋으련만, 그는 생각했다. 지금부터 시작할 수 있는 참회의 방법이 있으면 좋겠구나. 그게 내 평생 한 일 중 유일하게 혼자 있을 때 마음을 아프게 하는 일이니. 다른 모든 일들은 용서를 받거나 아니면 선행을 행하는 등의 도덕적인 방법으로 보상할 기회가 있었다. 하지만 이 살상 행위는 아주 큰 죄가 틀림없으니 그것을 바로잡고 싶다. 나중에 내가 공화국 정부를 위해 일하거나 무언가 내가 할 수 있는 일을 해서 죄 사함을 받을 날이 올지도 모른다. 교회가 존재하던 시절처럼 사람이 죄의 빚을 갚을 수 있는 무언가가 있겠지, 그는 이렇게 생각하고 웃었다. 교회는 죄의 문제를 해결하는 데 조직이 잘되어 있으니까. 그런 생각에 기분이 좋아져서 어둠 속에서 웃고 있을 때 로버트 조던이 그에게 다가왔다. 조용히 다가왔기 때문에 노인은 그가 바로 앞에 올 때까지도 그를 보지 못했다.

"올라, 비에호*." 로버트 조던이 속삭이며 노인의 등을 두드렸다. "좀 어떠세요?"

"아주 춥네." 안셀모가 말했다. 페르난도는 약간 떨어져 눈발이 날리는 방향으로 등을 지고 서 있었다.

"영감님." 로버트 조던이 속삭였다. "캠프로 올라가서 몸 좀 녹이십시오. 영감님을 여기 이렇게 오래 계시게 한 건 큰 잘못이었어요."

"저게 놈들의 불빛이오." 안셀모가 말했다.

"보초병은 어디에 있나요?"

"여기서는 안 보인다우. 길모퉁이 돌아서 있거든."

"제기랄 놈들." 로버트 조던이 말했다. "캠프에 돌아가서 얘기해주세요. 자, 어서 가십시다."

"내 보여주리다." 안셀모가 말했다.

*'노인'을 뜻하는 스페인어.

"아침에 보기로 하지요." 로버트 조던이 말했다. "여기, 이 거나 한 모금 들이켜세요."

그는 노인에게 휴대용 술병을 건넸다. 안셀모는 술병을 기울여 술을 마셨다.

"아." 그는 탄성을 내며 입을 문질렀다. "불같네그려."

"자." 로버트 조던이 어둠 속에서 말했다. "가시죠."

이제 제법 어두워져서, 휘몰아치는 눈송이들과 칠흑 같은 소나무 등걸밖에는 보이지 않았다. 페르난도는 언덕 위쪽에 서 있었다. 저 담배 장수 인디언 좀 보게, 로버트 조던은 생각했다. 저자에게도 마실 걸 줘야겠군.

"어이, 페르난도." 그는 페르난도에게 다가가면서 말했다. "한 모금 하겠소?"

"됐소." 페르난도가 말했다. "고맙소."

나야말로 고맙네, 정말로, 로버트 조던은 생각했다. 담배 장수 인디언이 술을 안 마시겠다니 다행이다. 별로 안 남았는데. 이런, 이 영감을 만나서 정말 다행이야, 로버트 조던은 생각했다. 그는 안셀모를 바라보고는 그의 등을 다시 두드렸고, 그들은 언덕을 올라가기 시작했다.

"만나서 정말 다행입니다, 비에호." 그가 안셀모에게 말했다. "기분이 아주 침울할 때 영감님을 만나면 기분이 좋아지더라고요. 자, 올라가십시다."

그들은 눈 속을 헤치며 언덕을 올라갔다.

"다시 파블로의 궁전으로." 로버트 조던이 안셀모에게 말했다. 그 말은 스페인어로 제법 멋있게 들렸다.

"엘 팔라시오 델 미에도.(공포의 궁전이지.)" 안셀모가 말했다. "공포의 궁전."

"라 쿠에바 데 로스 우에보스 페르디도스.(잃어버린 달걀의 동굴이지요.)" 로버트 조던이 구절을 덧붙이고는 기분 좋아 했다. "잃어버린 달걀의 동굴."

"달걀이라니?" 페르난도가 물었다.

"농담이오." 로버트 조던이 말했다. "그냥 농담이오. 달걀이 아니라 다른 거요."

"그런데 왜 잃어버렸담?" 페르난도가 물었다.

"나도 모르오." 로버트 조던이 말했다. "당신한테 알려주려면 책 한 권은 필요해. 필라르한테 물어봐요." 그러고는 한쪽 팔을 안셀모의 어깨에 둘러 꽉 안고 걸으며 그를 흔들었다. "보세요." 그가 말했다. "영감님을 만나서 정말 기뻐요, 들리세요? 이 나라에서, 있기로 약속한 바로 그 장소에서 누군가를 발견한다는 것이 무슨 뜻인지 영감님은 모르실 겁니다."

이 나라에 대해 그런 부정적인 말을 할 수 있다는 것 자체가 그가 노인에게 얼마나 신뢰와 친근감을 가지고 있는지를 보여 주었다.

"나도 기쁘네." 안셀모가 말했다. "막 가려던 참이었는데."

"물론 그러셨겠죠." 로버트 조던이 기분 좋게 말했다. "가기도 전에 먼저 얼어 죽을 뻔했잖아요."

"위엔 어떻소?" 안셀모가 물었다.

"좋아요." 로버트 조던이 말했다. "다 좋습니다."

그는 혁명군을 지휘하는 사람이라면 누구에게나 찾아올 수 있는 갑작스럽고 희귀한 행복감에 젖어 있었다. 그건 좌우군(左右軍) 중 어느 한쪽이 믿음직하다는 걸 확인할 때의 행복이었다. 양쪽이 다 믿음직하다면 그것도 너무 부담스러울지도 몰라, 그는 생각했다. 그런 부담감을 견딜 수 있는 사람이 누가 있을지 모르겠다. 그리고 좌우 어느 쪽이든 손을 뻗어가다 보면, 결국 만나게 되는 건 사람이다. 그래, 사람이다. 이런 게 그가 원하는 명제는 아니었지만. 그러나 이 사람은 선량한 사람이었다. 아주 좋은 사람. 영감님은 전투가 시작되면 제 왼팔 노릇을 하시게 될 겁니다, 그는 생각했다. 아직은 당신에게 말하지 않는 게 좋겠지만요. 아주 작은 전투가 될 거야, 그는 생각했다. 글쎄, 난 항상 내가 온전히 지휘하는 전투를 원해왔지. 난 아쟁쿠르 전투* 이래 역사상 유명한 전투들에서 벌어진 과오들에 대해 나만의 견해를 가지고 있지. 난 이번 전투를 훌륭한 전투로 만들어야 해. 규모는 작겠지만 아주 우수한 전투가 될 거야. 내가 생각한 대로만 할 수 있다면, 아주 훌륭한 전투가 될 거야.

"있잖아요." 그는 안셀모에게 말했다. "영감님을 만나서 정말 기뻐요."

"나도 그렇다네." 노인이 말했다.

그들은 어둠 속에서 언덕을 올랐다. 바람이 그들의 등 뒤로 불어왔고, 위로 올라갈수록 눈보라가 그들을 스쳐 지나갔다. 안셀모는 외롭지 않았다. 그는 잉글레스가 어깨를 두드려준 이후로 외롭지 않았다. 잉글레스는 기분이 좋았고 행복해했다. 그들은 농담을 주고받았다. 잉글레스가 상황이 다 좋다고 했기에 노인은 걱정을 떨쳐버렸다. 그의 몸은 배 속의 술기운 때문에 따뜻해졌고 산을 오르니 발에도 열이 올랐다.

"도로에는 별다른 이상이 없었소." 그가 잉글레스에게 말했다.

---

*백년전쟁에서 잉글랜드가 프랑스에 대승을 거둔 전투.

"잘됐군요." 잉글레스가 그에게 말했다. "도착하면 보여주세요."

안셀모는 이제 행복했고, 정찰 지점에 계속 있기를 잘했다는 생각이 들었다.

영감이 캠프로 돌아왔더라도 괜찮았을 거야, 이런 상황에서는 그게 현명하고 올바른 행동이었을지 모르지, 로버트 조던은 생각하고 있었다. 하지만 그는 명령받은 대로 그곳을 지켰어. 그건 스페인에선 아주 드문 일이다. 눈보라 치는 폭풍 속에서 자리를 지킨다는 것은 큰 의미가 있었다. 독일인들이 괜히 공격을 폭풍이라고 부르는 것이 아니다. 자리를 지켜줄 사람이 두어 명만 더 있었으면 좋겠는데. 아마 분명 있을 것이다. 저 페르난도가 자리를 지켜줄지는 의문이지만. 아마 가능할지도 모르지. 어쨌든 그는 좀 전에 나오겠다고 지원한 사람이니까. 그가 자리를 지켜줄 것 같은가? 그러면 좋지 않을까? 그도 꽤나 고지식한 사람이다. 질문을 좀 해봐야겠군. 저 담배 장수 인디언이 지금 무슨 생각을 하고 있는지 모르겠네.

"무슨 생각을 하고 있소, 페르난도?" 로버트 조던이 물었다.

"그건 왜 물어요?"

"그냥 궁금해서." 로버트 조던이 말했다. "난 호기심이 아주 많은 사람이거든요."

"저녁밥 생각을 하고 있었지." 페르난도가 말했다.

"배고파요?"

"그렇소. 아주 많이."

"필라르는 요리를 잘하나요?"

"보통이지." 페르난도가 대답했다.

이자는 제2의 쿨리지*라 해도 될 만큼 말이 짧군, 로버트 조

던은 생각했다. 하지만 왠지 이자는 남아줄 것 같다는 직감이
드는걸.

세 사람은 눈을 맞으며 언덕을 터벅터벅 올라갔다.

*캘빈 쿨리지(1872~1933). 미국의 30대 대통령. '과묵한 칼'이라는 별명으로 불
릴 만큼 무뚝뚝한 인물로 알려져 있다.

16장

"엘 소르도 영감이 왔다 갔네." 필라르가 로버트 조던에게 말했다. 그들은 눈보라를 피해 따뜻하고 연기 자욱한 동굴로 들어와 있었다. 여자는 로버트 조던에게 고개를 끄덕여 자기 쪽으로 오라고 신호를 보냈다. "지금은 말을 구하러 갔소."

"잘됐네요. 저한테 전할 말을 남기고 갔나요?"

"그냥 말 구하러 간다고만 했어."

"그럼 우리는요?"

"노 세.(모르겠어.)" 그녀가 말했다. "저 작자 좀 보슈."

로버트 조던이 들어오면서 파블로를 봤을 때 파블로는 그를 향해 씩 웃어 보였다. 이제 그는 널빤지 탁자에 앉아 씩 웃으며 손을 흔드는 파블로를 보았다.

"잉글레스." 파블로가 불렀다. "눈이 아직도 내리네, 잉글레스."

로버트 조던이 그에게 고개를 끄덕였다.

"신발을 벗으세요. 말려드릴게요." 마리아가 말했다. "화덕 연기가 나는 이쪽에 널어놓을게요."

"타지 않게 조심해줘." 로버트 조던이 그녀에게 말했다. "맨발로 돌아다니고 싶지는 않거든. 무슨 문제라도 있나요?" 그는 필라르에게 고개를 돌렸다. "지금 회의 중인 건가요? 보초병은 내보내지 않았습니까?"

"이런 눈보라에 보초병을? 케 바."

남자 여섯 명이 벽에 등을 기대고 탁자에 앉아 있었다. 안셀모와 페르난도는 아직도 외투와 바지에 묻은 눈을 털어내고 입구 벽을 발로 차면서 신발의 눈을 털고 있었다.

"외투 이리 주세요." 마리아가 말했다. "옷에 묻은 눈이 그대로 녹으면 안 돼요."

로버트 조던은 외투를 벗고, 다리의 눈을 털어낸 다음, 신발 끈을 풀었다.

"자네 때문에 동굴 안이 다 젖어버릴 판이야." 필라르가 말했다.

"당신이 날 불렀잖아요."

"그래도 눈 털러 입구로 돌아가는 걸 막을 사람은 없어."

"그럼 잠깐만요." 로버트 조던은 더러운 바닥에 맨발로 서서 말했다. "양말 한 켤레만 찾아줘, 마리아."

"주인님이 따로 없구먼." 필라르가 말하고는 땔감을 화덕에 넣었다.

"아이 케 아프로베차르 엘 티엠포.(시간을 아껴 써야죠.)" 로버트 조던이 그녀에게 말했다. "있는 시간을 최대한 활용해야 하니까요."

"가방이 잠겨 있어요." 마리아가 말했다.

"열쇠 여기 있어." 그는 열쇠를 던졌다.

"이 배낭에는 안 맞는데요."

"다른 쪽 배낭이야. 양말은 옆쪽 맨 위에 있어."

처녀는 양말 한 켤레를 찾은 다음, 배낭을 닫고 자물쇠로 잠그고 나서 양말과 열쇠를 가지고 왔다.

"앉아서 양말을 신으세요. 발을 잘 문지르고요." 그녀가 말했다. 로버트 조던은 그녀에게 미소를 지었다.

"당신 머리카락으로 말려주면 안 될까?" 그는 필라르가 들으라는 듯 말했다.

"돼지 같으니라고." 필라르는 말했다. "아까는 장원의 영주같이 굴더니. 이젠 아주 한물간 기독교 신 노릇을 하고 있구먼. 장작으로 한 대 패줘라, 마리아."

"아니에요." 로버트 조던이 그녀에게 말했다. "기분 좋아서 농담 좀 한 겁니다."

"기분이 좋수?"

"네." 그가 말했다. "일이 다 잘되고 있는 것 같아서요."

"로베르토." 마리아가 말했다. "앉아서 발을 말리세요. 제가 따뜻한 먹을 것 좀 가져다드릴게요."

"넌 저 사람이 평생 한 번도 발이 젖어본 적 없는 것 같으냐?" 필라르가 말했다. "눈 한 송이 맞아본 적 없다든?"

마리아는 양털 가죽을 가져다가 동굴의 흙바닥에 깔았다.

"자요. 신발이 마를 때까지 이걸 깔고 계세요."

양털 가죽은 새로 건조된 것이었고 무두질도 되어 있지 않았다. 로버트 조던이 양말을 신은 발을 올려놓자 양피지처럼 바스락거렸다.

화덕에서 연기가 피어오르자 필라르는 마리아를 불렀다. "화덕에 바람 좀 불어넣어라, 쓸모없는 계집애 같으니. 훈제 구이를 만들 셈이냐?"

"아주머니가 좀 하세요." 마리아가 말했다. "전 엘 소르도가 두고 간 술병을 찾는 중이에요."

"그건 저 꾸러미 뒤에 있잖아." 필라르가 그녀에게 말했다. "저자를 무슨 젖먹이 어린애처럼 돌봐줘야 하는 거냐?"

"아니요." 마리아가 말했다. "춥고 젖은 남편처럼요. 방금 집에 돌아온 남편요. 여기 있어요." 그녀는 술병을 그가 앉아 있는 곳으로 가져다주었다. "이건 낮에 본 그 술병이에요. 이 병으로 예쁜 등을 만들 수 있어요. 다시 전기가 들어오는 곳에 살게 되면 이 병으로 멋들어진 등을 만들 수 있을 거예요." 그녀는 몸통이 잘록하게 들어간 술병을 감탄스럽다는 듯 바라보았다. "이거 어때요, 로베르토?"

"난 내가 잉글레스인 줄 알았는데." 로버트 조던이 그녀에게 말했다.

"다른 사람들 앞에서는 로베르토라고 부를게요." 그녀는 낮은 목소리로 말하며 얼굴을 붉혔다. "맛이 어때요, 로베르토?"

"로베르토." 파블로가 멍하게 말하더니, 로버트 조던을 향해 고개를 끄덕였다. "맛이 어떤가, 돈 로베르토?"

"좀 드시겠소?" 로버트 조던이 그에게 물었다.

파블로는 고개를 저었다. "난 스스로 알아서 포도주로 취하고 있소." 그는 근엄한 말투로 말했다.

"바쿠스*와 신나게 노시구려." 로버트 조던이 스페인어로 말했다.

"바쿠스가 누구요?" 파블로가 물었다.

"당신 동지." 로버트 조던이 말했다.

---

*로마 신화에 나오는 술의 신.

"그런 이름은 들어본 적 없는데." 파블로가 진지하게 말했다. "이 산속에는 그런 사람 없어."

"안셀모 영감님에게도 한 잔 드려." 로버트 조던이 마리아에게 말했다. "영감님이 제일 추울 거야." 그는 보송보송한 양말을 신고 있었고, 물 탄 위스키는 깔끔했고 몸을 살짝 달아오르게 했다. 하지만 압생트처럼 온몸을 휘감아 도는 느낌은 없군, 그는 생각했다. 역시 압생트만한 게 없어.

이 높은 산골짜기에 위스키가 있을 줄 누가 상상이나 했을까, 그는 생각했다. 그런데 생각해보면 스페인에선 위스키를 구할 가능성이 가장 높은 곳이 라그랑하지. 소르도가 외지에서 온 폭파원을 만나러 오면서 위스키 한 병을 들고 왔다가 일부러 두고 갔다고 생각해봐. 예의로 그런 건 아니야. 예의로 그런 거라면, 술병을 내놓으며 정식으로 마시자고 했겠지. 프랑스 사람들 같으면 그렇게 했겠지. 그러고 나서 남은 것은 다음 번 모임을 위해 보관하고. 아니, 그 귀머거리 영감은 외국인 폭파원이 좋아할 거라고 생각해서 마시라고 가져온 거야. 게다가 당장 해야 할 일로 바쁘고 정신없는 상황에서도 이런 걸 챙겨왔다니. 그거야말로 스페인 사람답지. 그게 스페인 사람들의 특징 중 하나야, 그는 생각했다. 잊지 않고 위스키를 들고 오는 것이 내가 이 스페인 사람들을 사랑하는 이유들 중 하나지. 그들을 너무 미화하지는 말아야 해, 그는 생각했다. 미국 사람들처럼 스페인 사람들도 여러 부류가 있는 법이니까. 하지만 어쨌든 위스키를 가져다준 건 정말 멋지군.

"맛이 어떠세요?" 그가 안셀모에게 물었다.

노인은 화덕 옆에 앉아 미소를 지으며 큼직한 손으로 컵을 쥐고 있었다. 그는 고개를 저었다.

"별론가요?" 로버트 조던이 그에게 물었다.

"저 아이가 물을 탔어." 안셀모가 말했다.

"로베르토가 마시는 거랑 똑같이 한 건데요?" 마리아가 말했다. "특별한 비법이라도 있나요?"

"아니." 안셀모가 말했다. "특별한 건 없어. 그냥 좀 마시면 목구멍이 타들어가는 느낌이 들면 좋겠는데."

"영감님 컵을 나한테 줘." 로버트 조던이 마리아에게 말했다. "그리고 영감님께 타들어가는 걸 좀 따라드려."

그는 컵에 든 술을 자기 컵에 따른 다음 빈 컵을 마리아에게 건네주었다. 그녀는 위스키 병에 든 술을 조심스럽게 컵에 따랐다.

"아." 안셀모는 컵을 받아 들고 머리를 뒤로 젖히며 술을 목구멍으로 넘겼다. 그는 병을 들고 서 있는 마리아를 보고는 윙크를 했다. 그의 두 눈에서 눈물이 흘러나왔다. "이거야." 그가 말했다. "바로 이거야." 그런 다음 그는 자신의 입술을 핥았다. "이게 바로 우리를 괴롭히는 벌레를 죽이는 거지."

"로베르토." 마리아가 말하며 여전히 병을 든 채 그에게 다가왔다. "이제 식사하실래요?"

"음식 준비가 다 됐어?"

"당신이 드시고 싶을 때는 언제든 준비가 되어 있지요."

"다른 사람들은 다 드셨고?"

"당신이랑 안셀모 영감님, 페르난도만 빼고요."

"그럼 먹지." 그가 그녀에게 말했다. "당신은?"

"필라르 아줌마랑 나중에 먹을게요."

"지금 우리랑 같이 먹지."

"아니에요. 그럼 안 좋을 거예요."

"그러지 말고. 같이 먹어. 우리 나라에선 남편이 부인보다 먼저 밥을 먹지 않아."

"그건 당신 나라고요. 여기서는 나중에 먹는 게 나아요."

"같이 먹어." 파블로가 탁자에서 쳐다보며 말했다. "같이 먹어. 같이 마시고, 같이 자고, 같이 죽고. 그네 나라 풍습에 따라."

"당신 취한 거요?" 로버트 조던이 파블로 앞에 서서 말했다. 지저분한 수염투성이 얼굴을 한 남자가 기분 좋은 듯 그를 쳐다보았다.

"그래." 파블로가 말했다. "여자가 남자랑 같이 밥을 먹는다는 네 나라는 어디냐, 잉글레스?"

"에스타도스 유니도스* 몬태나 주요."

"거기서는 사내가 계집처럼 치마를 입나?"

"아니오. 그건 스코틀랜드지."

"이봐." 파블로가 말했다. "자네 그렇게 치마를 입을 때는 말이야. 잉글레스……."

"난 치마를 입지 않소." 로버트 조던이 말했다.

"치마를 입을 때." 파블로가 계속했다. "치마 속엔 뭘 입나?"

"스코틀랜드 사람들이 뭘 입는지는 나도 모르겠소." 로버트 조던이 말했다. "나도 궁금하군."

"에스코세세스** 말고." 파블로가 말했다. "누가 에스코세세스에 관심 있대? 그렇게 이상한 이름을 가진 나라에 누가 관심이나 있대? 당신 말이야, 내 말은, 잉글레스. 너. 너희 나라

---

*'미합중국'을 뜻하는 스페인어.
**'스코틀랜드 사람'을 뜻하는 스페인어.

에서는 치마 속에 뭘 입냐고?"

"두 번이나 말했을 텐데, 우리는 치마를 입지 않는다고." 로버트 조던이 말했다. "술 취했을 때도 안 입고 장난으로라도 안 입소."

"그래도 치마 속에." 파블로가 고집을 부렸다. "당신네가 치마를 입는다는 건 워낙 유명하잖아. 군인들까지도. 사진에서도 봤고, 서커스에서도 봤다고. 치마 속에 뭘 입나, 잉글레스?"

"로스 코호네스.*" 로버트 조던이 말했다.

안셀모가 웃었고 듣고 있던 다른 사람들도 다 웃었다. 그중 페르난도만 웃지 않았는데, 그는 그 말의 발음도 싫었고, 여자들 앞에서 지저분한 단어가 회자되는 것도 불쾌했다.

"하긴 그럴 만도 하지." 파블로가 말했다. "하지만 내가 보기엔 코호네스가 충분하면 치마 따윈 안 입지."

"저자와 다시 말을 섞지 마시오, 잉글레스." 납작한 얼굴에 콧대가 부러진 프리미티보라는 남자가 말했다. "그는 취했어. 근데, 당신네 나라에서는 뭘 기르오?"

"소와 양을 키우지요." 로버트 조던이 말했다. "곡식과 콩도 많이 기르고. 사탕수수도 많이 기르고."

이제 세 사람이 탁자에 앉아 있었고, 파블로만 제외하고는 다른 사람들은 서로 가까이 앉아 있었다. 파블로는 포도주 그릇을 앞에 두고 혼자 떨어져 있었다. 전날 밤에 먹었던 것과 같은 스튜가 차려져 나왔고, 로버트 조던은 그것을 맛있게 먹었다.

"당신네 나라에도 산이 있소? 나라 이름으로 봐서는 산이 많을 것 같은데." 프리미티보는 정중하게 물으며 진지한 대화

---

* '불알'을 뜻하는 스페인어. '배포', '용기'라는 뜻으로도 쓰인다.

를 시도했다. 그는 파블로가 취해 있는 꼴이 부끄러웠다.

"산도 많고 아주 높지요."

"좋은 목초지도 있소?"

"아주 좋지요. 여름에는 숲 속 고지대에 목초지가 있는데, 그곳은 정부에서 관리를 합니다. 그리고 가을에는 소들을 저지대의 목장으로 몰고 와요."

"거기서는 땅을 농부들이 소유하나?"

"대부분의 땅은 그것을 경작하는 사람들의 소유죠. 원래는 국가 소유였는데, 거기서 살면서 개간하겠다고 신고하면 150헥타르까지 소유권을 얻을 수 있거든요."

"어떻게 그렇게 하는지 좀 알려주쇼." 아구스틴이 물었다. "그건 아주 중요한 농업 개혁인데."

로버트 조던은 홈스테드법*의 성립 과정을 설명했다. 그는 그것을 농업 개혁이라고 생각해본 적이 없었다.

"엄청나군." 프리미티보가 말했다. "그럼 당신네 나라는 공산주의요?"

"아닙니다. 그건 공화국하에서 이루어져야죠."

"난 말이야." 아구스틴이 말했다. "공화국 아래선 뭐든 될 수 있다고 봐. 다른 정부 개혁은 필요하지 않은 거지."

"당신네는 대지주는 없소?" 안드레스가 물었다.

"많아요."

"그럼 착취도 있겠네."

"물론이오. 착취가 많지요."

"그래도 당신은 그걸 물리칠 거지?"

*미국 서부의 공유지를 5년간 정주해서 경작하는 주민에게 공여한 1862년의 미국 연방법.

"우리는 노력하고 있습니다. 하지만 아직도 착취가 많이 있지요."

"타도해야 할 부호들은 없소?"

"있소. 하지만 세금으로 그렇게 할 수 있다고 믿는 사람들이 있어요."

"어떻게?"

로버트 조던은 다 먹은 스튜 그릇의 바닥을 빵으로 닦으면서 소득세와 상속세가 어떻게 작용하는지를 설명했다. "하지만 부호들은 여전히 남아 있어요. 토지에 부과되는 세금도 있습니다." 그는 말했다.

"하지만 분명 대기업주들과 부자들은 그런 세금에 반대하는 혁명을 벌이겠지. 그런 세금은 내가 보기엔 혁명적이군. 그자들은 자기들이 위협받는다고 생각하고 정부에 반대해 반란을 일으키겠지. 파시스트들이 여기 스페인에서 하듯이 말이오." 프리미티보가 말했다.

"그럴 수도 있지요."

"그럼 당신네도 우리가 여기서 싸우는 것처럼 당신네 나라에서도 싸워야겠군."

"그렇소, 우리도 싸워야 할 겁니다."

"하지만 당신네 나라에는 파시스트가 별로 많지 않잖소?"

"자기 자신이 파시스트인지도 모르는 파시스트들이 많지만, 때가 되면 그들도 알게 되겠죠."

"하지만 그자들이 반란을 일으키기 전까지는 물리칠 수 없겠지?"

"그럴 거예요." 로버트 조던이 말했다. "우리는 그들을 물리칠 수 없어요. 하지만 민중을 교육시킬 순 있지요. 그러면 그들은 파시즘에 경각심을 가지게 되고, 어디선가 파시즘이 발호하면 알아차리고 맞설 수 있을 겁니다."

"파시스트가 없는 곳이 어딘지 아시오?" 안드레스가 물었다.

"어디죠?"

"파블로의 고향 마을." 안드레스가 말하며 씩 웃었다.

"그 마을에서 무슨 일이 벌어졌는지 아시나?" 프리미티보가 로버트 조던에게 물었다.

"네. 그 얘긴 들었습니다."

"필라르한테서?"

"네."

"그 여자한테선 전부 다 들을 수 없어." 파블로가 심각하게 말했다. "그 여자는 창밖에 있다 의자에서 떨어져서 그 일의 끝을 보지 못했으니까."

"당신이 말해주구려, 그럼." 필라르가 말했다. "난 그 얘길 모르니, 당신이 해봐."

"아니." 파블로가 말했다. "난 그 얘긴 한 적 없어."

"안 했지." 필라르가 말했다. "앞으로도 안 할 테지. 이젠 그런 일이 일어나지 않았기를 바랄 테니까."

"아니야." 파블로가 말했다. "그건 사실이 아니야. 내가 했던 것처럼 파시스트들을 모조리 죽였더라면, 우린 이 전쟁을 겪지 않아도 됐을 거야. 하지만 난 그때, 일이 그렇게 되지 않았다면 더 좋았겠다고 생각해."

"왜 그런 말을 하는 거야?" 프리미티보가 그에게 물었다. "정치관이 바뀌었나?"

"아니. 하지만 그 일은 잔인했어." 파블로가 말했다. "그 시절엔 내가 너무 잔인했어."

"그리고 이젠 술주정뱅이고." 필라르가 말했다.

"그래." 파블로가 말했다. "당신의 허락을 받고 말이지."

"난 당신이 잔인할 때가 더 좋았어." 여자가 말했다. "남정네들 중에 주정뱅이가 제일 역겨워. 도둑은 도둑질하지 않을 때는 정상이지. 갈취범들도 자기 집에서는 그 짓을 안 해. 살인자들도 집에 있을 때는 손을 씻을 수 있고. 하지만 주정뱅이는 냄새 나고 자기 침대 위에 토악질이나 하고, 알코올로 몸을 녹여버린단 말이야."

"당신은 여자라 이해 못 해." 파블로가 태연하게 말했다. "난 포도주에 취해서 행복해. 내가 죽인 자들만 빼면 정말로 행복했을 텐데. 그들 모두가 나를 슬픔으로 가득 채우지." 그는 울적한 듯 고개를 저었다.

"소르도가 가져온 술 좀 저자에게 갖다줘." 필라르가 말했다. "저 사람 기분 좀 낫게 해줘. 너무 슬퍼서 견디기 힘든 모양이니."

"그들을 다시 살려놓을 수만 있다면, 그렇게 하겠어." 파블로가 말했다.

"이런 제기랄 놈의." 아구스틴이 그에게 말했다. "뭐 이런 빌어먹을 데가 다 있어?"

"그 사람들 다 되살리고 싶어." 파블로가 슬픈 어조로 말했다. "한 명 한 명 다."

"이 개새끼." 아구스틴이 그에게 고함을 질렀다. "그 따위 말 집어치우고 꺼져버려. 네놈이 죽인 건 파시스트 놈들이었다고."

"내 말 못 들었어?" 파블로가 말했다. "그 사람들 전부 살려놓고 싶다고."

"그럼 당신은 물 위를 걸을 수도 있겠군." 필라르가 말했다. "옛날엔 내 평생 그런 사내다운 사내는 본 적이 없을 정도였는데. 어제까지만 해도 당신은 남자다운 데가 조금은 남아 있었어. 그런데 오늘은 병든 고양이보다도 못하군. 그런데도 술에 푹 절어서 기분만 좋다니."

"전부 죽이든지 아니면 아무도 죽이지 말았어야 했어." 파블로는 고개를 끄덕였다. "전부든 아무도 아니든."

"이봐, 잉글레스." 아구스틴이 말했다. "자넨 어떻게 스페인에 오게 됐나? 파블로는 신경 꺼. 고주망태가 됐으니까."

"12년 전에 이 나라와 언어를 공부하러 처음 왔소." 로버트 조던이 말했다. "난 대학에서 스페인어를 가르치거든요."

"별로 교수처럼 보이지는 않는데." 프리미티보가 말했다.

"수염도 안 났어." 파블로가 말했다. "좀 봐. 수염도 없잖아."

"정말 교수요?"

"강사예요."

"어쨌든 가르치는 거지?"

"그렇소."

"그런데 왜 스페인 말을?" 안드레스가 물었다. "당신은 영국 사람이니 영어를 가르치는 게 더 쉽지 않아요?"

"저 사람은 우리처럼 스페인 말을 잘하잖아." 안셀모가 말했다. "그러니 스페인어를 가르쳐서 안 될 게 뭐 있겠어?"

"그렇긴 하지만, 외국인이 스페인어를 가르친다는 건 주제넘는 거 같은데." 페르난도가 말했다. "당신을 욕하는 건 아니오, 돈 로베르토."

"가짜 교수야." 파블로가 혼자 신이 나서 말했다. "수염도 안 길렀잖아."

"확실히 당신은 영어를 더 잘 알잖아요." 페르난도가 말했다. "영어를 가르치는 게 더 좋고 쉽고 확실하지 않소?"

"저 사람은 스페인 사람들한테 가르치는 게 아니라……." 필라르가 끼어들기 시작했다.

"나도 아니길 바라오." 페르난도가 말했다.

"말 좀 끝까지 하자, 이놈아." 필라르가 그에게 말했다. "스페인 말을 미국 사람들한테 가르치는 거야. 북미 사람들."

"그 사람들은 스페인 말을 못 하는 거예요?" 페르난도가 물었다. "남미 사람들은 하는데."

"멍청한 놈." 필라르가 말했다. "영어를 하는 북미 사람들한테 스페인 말을 가르친다 이 말씀이야."

"아무리 그래도 자기가 말하는 영어를 가르치는 게 더 쉽겠는데." 페르난도가 말했다.

"저 사람이 스페인 말 하는 거 못 들었어?" 필라르가 로버트 조던을 향해 가망 없다는 듯 고개를 저었다.

"하긴 하지. 사투리 억양이 좀 있지만."

"어디 사투리요?" 로버트 조던이 물었다.

"에스트레마두라 사투리." 페르난도가 깐깐하게 말했다.

"이런 제기랄." 필라르가 말했다. "사람들하고는!"

"그럴 수도 있어요." 로버트 조던이 말했다. "그곳을 거쳐서 여기에 왔거든요."

"저놈 잘도 아는군." 필라르가 말했다. "이 샌님 양반아." 그가 페르난도에게 말했다. "밥은 다 먹었냐?"

"양만 충분하다면 더 먹을 수도 있어요." 페르난도가 그녀에게 말했다. "그리고 내가 당신 욕을 하려는 게 아니라는 걸 알아줘요, 돈 로베르토……."

"얼어 죽을." 아구스틴이 다짜고짜 말했다. "이 얼어 죽을 놈아, 우리가 동지한테 돈 로베르토라고 부르려고 혁명을 한 거냐?"

"내 생각엔 혁명은 다들 서로 '돈'이라고 부르기 위해서 일으킨 거요." 페르난도가 말했다. "공화국 아래에선 그래야 한다고."

"빌어먹을." 아구스틴이 말했다. "썩을."

"난 아직도 돈 로베르토가 영어를 가르치는 게 더 쉽고 확실할 것 같아요."

"돈 로베르토는 수염이 없어." 파블로가 말했다. "가짜 교수야."

"내가 수염이 없다니 무슨 말이오?" 로버트 조던이 말했다. "그럼 이건 뭐요?" 그는 사흘 동안 면도를 안 해서 금빛 털이 나 있는 턱과 볼을 어루만졌다.

"그건 수염 축에도 못 끼지." 파블로가 말하며 고개를 저었다. "그건 수염이 아니야." 그는 이제 거의 흥에 겨운 상태였다. "가짜 교수라고."

"이런 제기랄." 아구스틴이 말했다. "이놈의 구석은 완전 정신병자 집합소 같군."

"네놈도 술을 좀 마셔봐." 파블로가 그에게 말했다. "나한텐 모든 게 정상으로 보이거든. 돈 로베르토가 수염 없는 것만 빼고."

마리아는 로버트 조던의 볼을 만졌다.

"이 사람 수염 있어요." 그녀가 파블로에게 말했다.

"너야 알 테지." 파블로가 이렇게 말하자 로버트 조던이 그를 쏘아보았다.

저자는 술에 취한 것 같지 않아, 로버트 조던은 생각했다. 전혀, 별로 안 취했어. 조심하는 게 좋겠군.

"당신." 그가 파블로에게 말했다. "이 눈이 계속 올 것 같소?"

"당신 생각은 어떤데?"

"내가 당신한테 물었잖소."

"다른 사람한테나 물어봐." 파블로가 그에게 말했다. "난 당신네 정보국이 아니니까. 자넨 정보국에서 서류도 받아왔더구먼. 저 여자한테나 물어봐. 저 여편네가 대장이라니."

"난 당신한테 물었소."

"지랄 염병할." 파블로가 그에게 말했다. "네놈이나 저 여편네나 저 계집애나 다 지옥에나 떨어져라."

"저 사람 취했어." 프리미티보가 말했다. "신경 쓰지 말게, 잉글레스."

"내 보기엔 별로 취한 것 같지 않소." 로버트 조던이 말했다.

마리아는 그의 뒤에 서 있었고, 로버트 조던은 파블로가 어깨 너머로 그녀를 훔쳐보는 것을 보았다. 수퇘지 같은 작은 눈이 머리카락이 짧은 그녀의 둥근 머리를 음흉하게 쳐다보고 있었다. 로버트 조던은 생각했다. 이 전쟁과 그 이전의 다른 전쟁에서 많은 살인자들을 봐왔고, 그들은 모두 각양각색이었어. 공통적인 특징이나 성격은 없지. 범죄자 유형에 속하는 사람들도 아니었고. 하지만 파블로는 정말 질이 나쁘군.

"난 당신이 술을 마실 줄 안다는 걸 믿지 않아." 그는 파블로에게 말했다. "당신이 취했다는 것도."

"난 취했어." 파블로가 근엄한 체하며 말했다. "술 마시는 건 아무것도 아니야. 중요한 건 취하는 거지. 에스토이 무이 보라초.(코가 비뚤어지게 취하는 것.)"

"당신은 취한 것 같지 않아." 로버트 조던이 그에게 말했다. "비겁한 건 맞지만."

갑자기 동굴 안이 쥐 죽은 듯 조용해져서 필라르가 요리하는 화덕에서 장작이 타는 소리까지 들릴 정도였다. 그가 발을 올려놓고 있는 양털 가죽이 스치는 소리까지 들렸다. 밖에서 눈이 내리는 소리까지도 들릴 것 같았다. 그리고 실제로 들을 수는 없었지만, 내려앉은 침묵의 소리까지도 들릴 것만 같았다.

저놈을 죽여버리고 다 끝장을 봤으면 좋겠군, 로버트 조던은 생각하고 있었다. 저놈이 무슨 짓을 할지는 모르지만 아주 나쁜 일일 거야. 모레가 다리 작전 날인데, 저 작자가 저 지경이니 작전 전체의 성공에 위험 요소가 되겠어. 자, 끝장을 내버리자.

파블로는 그를 비웃듯 씩 웃었고, 손가락 하나를 들어 자기 목에 대고 그었다. 그는 고개를 좌우로 저었는데, 목이 너무 굵고 짧아서 조금씩밖에 돌아가지 않았다.

"아니, 잉글레스." 그가 말했다. "날 화나게 하지 마." 그는 필라르를 바라보고 말했다. "네가 날 이런 식으로 없애려고 하면 안 되지."

"신베르구엔자.(돼먹지 못한 놈.)" 로버트 조던은 이제 행동에 옮길 결심을 하고 그에게 말했다. "코바르데.(비겁한 놈.)"

"아주 그럴듯하군." 파블로가 말했다. "하지만 난 꿈쩍도 안 해. 술이나 마셔, 잉글레스. 그러고 나서 저 여편네한테 실패했다고 슬쩍 손짓해."

"입 닥쳐." 로버트 조던이 말했다. "난 혼자 너와 대적한다."

"그럴 필요 없는데." 파블로가 말했다. "난 대적하지 않을 테니까."

"너 같은 희귀한 놈도 없을 거다." 로버트 조던이 말했다. 그는 이 기회를 그냥 보내고 싶지 않았다. 지난밤에 이어 이 두 번째 기회까지 놓치고 싶지는 않았다. 말을 하면서 그는, 전에도 이런 일이 있었다는 생각이 들었다. 책에서 읽었거나 꿈에 보았던 그 무언가에 대한 기억 속에서 자신이 등장인물 중 한 명의 역할을 연기하고 있다는 느낌, 그 모두가 돌고 돈다는 느낌이 들었다.

"내가 아주 드문 인물이긴 하지, 맞아." 파블로가 말했다. "아주 희귀하고 술에도 진창 취하고. 자네의 건강을 위하여 건배, 잉글레스." 그는 포도주가 담긴 그릇에서 컵으로 포도주를 떴다. "살루드 이 코호네스.(불알을 위해 건배.)"

그래, 저놈은 정말 희한한 놈이다, 로버트 조던은 생각했다. 영리하고 아주 복잡하지. 그는 자기 자신의 거친 숨소리 때문에 더 이상 장작 타는 소리가 귀에 들어오지 않았다.

"당신을 위해." 로버트 조던이 말하고, 컵으로 포도주를 떴다. 축배와 충성 서약을 잔뜩 한 후에야 배신이 성공하는 법이지, 그는 생각했다. 건배하자. "살루드." 그는 말했다. "살루드 그리고 또 살루드." 너도 살루드, 그는 생각했다. 살루드, 너도 살루드.

"돈 로베르토." 파블로가 숨찬 목소리로 말했다.

"돈 파블로." 로버트 조던이 말했다.

"넌 절대 교수가 아니야." 파블로가 말했다. "수염이 없으니까. 그리고 날 없애려면 날 죽여야 하는데, 넌 그럴 코호네스*

*여기서는 '용기', '담력'이라는 뜻으로 쓰였다.

가 없어."

그는 입을 앙다문 채 로버트 조던을 바라보았다. 꼭 생선 주둥이 같군, 로버트 조던은 생각했다. 저 둥그런 대가리랑 같이 놓고 보니, 잡히면 공기를 들이마셔 불룩해지는 가시 복어같이 생겼어.

"살루드, 파블로." 로버트 조던은 말했고, 컵을 높이 들어서 술을 마셨다. "당신한테서 많은 걸 배우고 있소."

"내가 교수님을 가르치고 있다니." 파블로가 고개를 끄덕였다. "이보게, 돈 로베르토, 우리 친구가 됩시다."

"우린 이미 친구요." 로버트 조던이 말했다.

"이제 좋은 친구가 될 거란 말이오."

"이미 좋은 친구요."

"난 여기서 나가겠어." 아구스틴이 말했다. "정말이지 평생 1톤 어치의 헛소리를 들어야 한다지만, 난 지금 양쪽 귀에 25파운드씩이나 꽉꽉 차 있다고."

"왜 그래, 네그로*?" 파블로가 그에게 말했다. "돈 로베르토와 나 사이의 우정이 눈꼴시다 이거냐?"

"나한테 검둥이라니, 말조심해." 아구스틴이 그에게 다가가 팔을 아래로 내린 채 파블로 앞에 섰다.

"다들 그렇게 부르잖아." 파블로가 말했다.

"네놈한테는 듣기 싫다."

"음, 그럼 블랑코**……."

"그것도 싫다."

"그럼 뭐냐, 빨갱이?"

---

*'검은색', '흑인'을 뜻하는 스페인어.
**'흰색', '백인'을 뜻하는 스페인어.

"그래, 빨갱이. 로호*. 난 우리 군대의 붉은 별을 사랑하고 공화국을 지지한다. 그리고 내 이름은 아구스틴이다."

"애국지사 나셨구먼." 파블로가 말했다. "이봐, 잉글레스. 이 얼마나 모범적인 애국자요."

아구스틴이 왼손을 뻗어 손등으로 파블로의 입을 후려쳤다. 파블로는 그곳에 앉아 있었다. 그의 양쪽 입꼬리에는 포도주 얼룩이 묻어 있었고 표정에는 변함이 없었지만, 로버트 조던은 그의 눈이 가늘어지는 것을 보았다. 마치 강한 빛을 받으면 세로로 길어지는 고양이 눈 같았다.

"이건 소용없어." 파블로가 말했다. "이건 셈하지 마, 여보." 그는 필라르에게 고개를 돌렸다. "난 화 안 낼 거야."

아구스틴이 그를 또 한 대 쳤다. 이번에는 주먹으로 입을 갈겼다. 로버트 조던은 탁자 밑에서 권총을 쥐고 있었다. 그는 안전장치를 푼 다음 마리아를 왼손으로 밀었다. 그녀가 살짝 움직이자 그는 왼손으로 다시 그녀의 옆구리를 밀어 그녀를 멀찌감치 떨어뜨렸다. 이제 그녀는 멀리 있었다. 그는 그녀가 동굴의 벽을 따라 화덕 쪽으로 조용히 움직여 가는 것을 곁눈질로 살피고 난 뒤, 다시 파블로의 얼굴을 바라보았다.

머리가 둥근 그자는 쑥 들어간 작은 눈으로 아구스틴을 노려보며 앉아 있었다. 눈동자는 더 작아져 있었다. 그는 입술을 핥았고, 팔을 들어 손등으로 입을 닦더니 고개를 숙여 손에 묻은 피를 보았다. 그는 혀로 입술을 빨고는 피를 뱉었다.

"그것도 소용없어." 그는 말했다. "난 바보가 아니야. 난 꿈쩍도 안 한다고."

---

*'빨간색'을 뜻하는 스페인어.

"카브론." 아구스틴이 말했다.

"너는 알 테지." 파블로가 말했다. "너는 저 여편네를 속속들이 잘 알지."

아구스틴은 그의 입을 다시 후려쳤다. 파블로는 붉게 물든 입속의 누렇고, 썩고, 부러진 이를 드러내며 그를 비웃었다.

"내버려둬." 파블로는 컵을 들어 그릇에서 포도주를 떴다. "여기 있는 놈들 중에는 아무도 날 죽일 코호네스가 없군. 이렇게 손으로 치는 건 바보 같아."

"코바르데." 아구스틴이 말했다.

"말도 역시 소용없어." 파블로는 포도주로 입안을 헹구는 듯 쉬쉬 소리를 냈다. 그는 바닥에 침을 뱉었다. "난 네깟 놈 말 따위엔 꿈쩍도 안 하거든."

아구스틴은 그를 굽어보고 서서 천천히, 분명한 조롱조로 경멸하며 욕설을 내뱉었다. 마치 수레에서 똥거름을 갈퀴로 떠 밭에 털썩 쏟아놓을 때 같았다.

"그것도 소용없어." 파블로가 말했다. "그만해, 아구스틴. 그리고 이제 그만 때려. 네놈 손만 아프니까."

아구스틴은 뒤돌아서 입구로 갔다.

"나가지 마." 파블로가 말했다. "눈이 오잖아. 이 안에서 편하게 있어."

"너 이 새끼! 너!" 아구스틴은 문에서 돌아서서 모든 경멸의 감정을 '너'라는 한마디에 담아 말했다.

"그래, 나." 파블로가 말했다. "네놈은 죽어도, 난 살아남을 거다."

그는 포도주를 다시 한 컵 떠서 로버트 조던 쪽으로 들었다. "교수님을 위하여." 그가 말했다. 그러고는 필라르에게로 몸을 돌렸다. "세뇨라 대장을 위하여." 그런 다음 모두를 향해 잔을 들었다. "망상에 빠져 있는 모두를 위하여."

아구스틴은 그에게 걸어가서 손날로 파블로의 컵을 쳐 떨어지게 했다.

"그래 봤자 술만 낭비야." 파블로가 말했다. "멍청하기는."

아구스틴은 그에게 욕지거리를 했다.

"소용없어." 파블로가 또다시 잔을 뜨며 말했다. "난 취했어, 알겠냐? 난 취하지 않을 때는 말을 안 해. 내가 떠들어대는 꼴을 너도 본 적이 없을 거다. 똑똑한 남자는 바보들하고 시간을 보내려면 가끔씩은 술을 마실 수밖에 없는 법이야."

"이 겁쟁이 놈, 나가 뒈져." 필라르가 그에게 말했다. "난 네놈과 네놈의 비겁한 꼬락서니를 너무 잘 알고 있어."

"여편네 말본새하곤." 파블로가 말했다. "난 말이나 보러 나갈란다."

"가서 그놈들하고나 붙어먹어라." 아구스틴이 말했다. "그게 네 관습 아니냐?"

"아니." 파블로는 고개를 저으며 말했다. 그는 커다란 담요 망토를 벽에서 내리고 아구스틴을 바라보았다. "너." 그가 말했다. "폭력을 휘둘렀겠다."

"말하고 무슨 짓 하려고 가는 거냐?" 아구스틴이 말했다.

"보살펴주러." 파블로가 말했다.

"그놈들하고 붙어나 먹어라." 아구스틴이 말했다. "말에 빠진 놈."

"난 그놈들이 참 좋아." 파블로가 말했다. "뒤태만 봐도 여기 이놈들보다 잘생겼고 똑똑하지. 다들 즐기쇼." 그는 말하고 씩 웃었다. "저치들한테 다리 얘기나 하쇼, 잉글레스. 공격할 때 할 일들을 설명해줘. 퇴각은 어떻게 할지 말해주고. 다리 폭파 다음엔 저들을 어디로 데려갈 거지, 잉글레스? 네 애국자들을 어디로 데려갈 거야? 내가 술 마시면서 하루 종일 이 생각을 했는데 말이야."

"무슨 생각을 했다는 거냐?" 아구스틴이 말했다.

"무슨 생각을 했냐고?" 파블로는 입속에서 혀를 이리저리 굴렸다. "케 테 임포르타.(관심이 있는 모양이군.) 내가 무슨 생각을 하는지."

"말해봐." 아구스틴이 그에게 말했다.

"워낙 많아서." 파블로가 말했다. 그가 담요 외투를 머리에 뒤집어쓰자, 둥근 머리가 더럽고 누런 담요 솔기 사이로 쑥 튀어나왔다. "아주 많은 생각을 했지."

"뭘?" 아구스틴이 말했다. "뭘?"

"네놈들이 망상에 사로잡힌 패거리라는 생각." 파블로가 말했다. "뇌가 가랑이 사이에 붙은 여편네와 너희를 몰살시키러 온 외국 놈한테 이끌려 다니기나 하는 멍청한 놈들."

"꺼져버려." 필라르가 그에게 고함을 질렀다. "나가서 눈 속에 고꾸라지기나 하라지. 거지 같은 면상 여기서 치워버려, 이 말에 붙어먹을 마리콘* 놈."

"옳은 말씀." 아구스틴이 경탄하듯 말했지만 생각은 딴 데가 있었다. 그는 걱정을 하고 있었다.

"난 간다." 파블로가 말했다. "하지만 금방 돌아올 거야." 그는 동굴 입구의 담요를 걷고 밖으로 나갔다. 잠시 후 문밖에서 그가 외쳤다. "눈이 아직도 내리고 있군, 잉글레스."

---

* '동성애자'를 뜻하는 스페인어.

17장

이제 동굴 안에는, 천장의 구멍을 통해 눈이 화덕으로 떨어지면서 내는 쉿 소리밖에 들리지 않았다.

"필라르." 페르난도가 말했다. "스튜 좀 더 있어요?"

"아, 입 닥쳐." 여자가 말했다. 그러나 마리아가 페르난도의 그릇을 가지고 화덕 가장자리에 놓인 큰 솥으로 가져가 국자로 스튜를 떴다. 그녀는 그릇을 탁자로 가지고 가서 내려놓고는 페르난도의 어깨를 토닥였고, 그는 고개를 숙이고 먹기 시작했다. 그녀는 잠시 동안 그의 어깨에 손을 얹은 채 그의 옆에 서 있었다. 그러나 페르난도는 올려다보지 않았다. 그는 스튜를 먹는 데만 정신이 팔려 있었다.

아구스틴이 화덕 옆에 서 있었다. 다른 사람들은 앉아 있었다. 필라르는 로버트 조던이 앉은 탁자 맞은편에 앉아 있었다.

"자, 잉글레스." 그녀가 말했다. "그 사람이 어떤 치인지 알아봤겠지."

"그자가 어떻게 할까요?" 로버트 조던이 물었다.

"뭐든지." 여자는 탁자를 내려다봤다. "뭐든지. 그 인간은 뭐든지 할 수 있어."

"기관총은 어디 있죠?" 로버트 조던이 물었다.

"저기 저 구석에 담요에 싸여 있어." 프리미티보가 말했다. "필요하오?"

"나중에요." 로버트 조던이 말했다. "어디 있는지 알아두고 싶었을 뿐이오."

"거기 있어." 프리미티보가 말했다. "내가 가져다가 젖지 말라고 내 담요로 싸뒀거든. 탄창은 저 부대 안에 있고."

"그런 짓은 안 할 거요." 필라르가 말했다. "마키나를 가지고 무슨 짓을 하지는 않을 거야. 수류탄을 던져 넣을 수는 있겠지만. 그게 더 그 인간답지."

"그놈을 죽이지 않은 건 멍청하고 약해빠진 일이었어." 집시가 말했다. 그는 저녁 내내 대화에 끼지 않았었다. "어젯밤에 로베르토가 그놈을 죽였어야 했다고."

"그 인간을 죽여." 필라르가 말했다. 그녀의 큰 얼굴은 어둡고 지쳐 보였다. "이젠 나도 찬성이야."

"난 반대했었어." 아구스틴이 말했다. 그는 긴 팔을 옆으로 내린 채 화덕 앞에 서 있었다. 광대뼈 아래 수염이 듬성듬성 난 그의 볼은 화덕 불빛을 받아 푹 꺼져 보였다. "하지만 이젠 찬성이야." 그는 말했다. "그자는 이제 아주 독기를 품고 있어. 우리가 죄다 죽는 꼴을 보고 싶어 안달이 나 있다고."

"다들 얘기해봐." 필라르는 지친 목소리로 말했다. "너, 안드레스?"

"마타를로.(죽여요.)" 두 형제 중 이마에 검은색 앞머리를 길게 기른 사람이 고개를 끄덕이며 말했다.

"엘라디오는?"

"나도 같아요." 다른 형제가 말했다. "저자는 아무래도 위험한 것 같아. 게다가 쓸모도 없고."

"프리미티보는?"

"나도요."

"페르난도?"

"그자를 죄수로 가둬둘 순 없을까요?" 페르난도가 물었다.

"누가 죄수를 지키겠나?" 프리미티보가 말했다. "죄수를 지키려면 두 명이 필요하다고. 그리고 나중에는 그놈을 어떻게 할 건데?"

"파시스트한테 몸값 받고 팔면 되지." 집시가 말했다.

"그런 건 안 돼." 아구스틴이 말했다. "그런 더러운 짓은 안 돼."

"그냥 한 가지 방안일 뿐이야." 집시 라파엘이 말했다. "반동분자들이 저자를 손에 넣으면 좋아할 것 같아서."

"그건 잊어버려." 아구스틴이 말했다. "너무 더러운 짓이야."

"파블로보다는 안 더러워." 집시가 항변했다.

"그놈이 더럽다고 다른 더러운 짓이 정당화되진 않아." 아구스틴이 말했다. "음, 다 끝났군. 영감과 잉글레스만 빼고."

"저 사람들은 빼." 필라르가 말했다. "그자는 저들의 대장이 아니었으니까."

"잠깐." 페르난도가 말했다. "나 안 끝났어요."

"말해봐." 필라르가 말했다. "그자가 돌아오기 전에 말해. 그놈이 담요 망토 속에 수류탄을 슬쩍 가지고 와서 여길 다 날려버리기 전에 말하란 말이야. 다이너마이트고 뭐고 다 날려버리기 전에."

"과장이 너무 심해요, 필라르." 페르난도가 말했다. "그 사람이 그런 생각까지 할 것 같지는 않은데."

"나도 그럴 것 같아." 아구스틴이 말했다. "그러면 포도주도 다 날아갈 테니까. 그놈은 술 마시러 금방 올 거야."

"그놈을 엘 소르도에게 넘겨서 엘 소르도보고 파시스트한테 팔라고 하면 어떨까?" 라파엘이 제안했다. "그놈을 장님으로 만들면 쉽게 다룰 수 있을 거야."

"입 닥쳐." 필라르가 말했다. "네놈 떠들 때 보면 너도 뭔가 변명을 늘어놓고 있는 수작 같단 말이야."

"파시스트 놈들은 어차피 저놈 몸값 같은 건 내놓지 않을 거야." 프리미티보가 말했다. "다른 사람들도 그런 일을 시도해봤는데 놈들이 돈을 안 내놓더라는군. 놈들은 당신도 쏴 죽일걸."

"눈알을 빼버리면 돈 좀 받고 팔 수 있을 게 분명해." 라파엘이 말했다.

"입 닥쳐." 필라르가 말했다. "그 눈알 얘기 한 번만 더 해봐. 너도 그놈처럼 쫓겨날 줄 알아."

"하지만 그자, 파블로도 가르디아 시빌 부상병의 눈알을 빼냈잖아." 집시가 주장했다. "그 일 잊었어?"

"입 다물어." 필라르가 그에게 말했다. 그녀는 로버트 조던 앞에서 이 눈알 뺀 얘기를 하는 것이 창피했다.

"내 얘기 아직 안 끝났는데요." 페르난도가 끼어들었다.

"끝내봐." 필라르가 말했다. "제기랄, 끝까지 해봐."

"파블로를 죄수로 잡아두는 게 실현 불가능하므로." 페르난도가 말했다. "또한 그자를 적에게 내주고 몸값을 흥정하는 것도……."

"빨리 끝내." 필라르가 말했다. "제기랄, 끝내라고."

"……너무 치졸하니까." 페르난도는 차분하게 말을 이어갔다. "계획 중인 작전의 성공 가능성이 최대한 보장되려면 그자를 끝장내는 게 최선이라는 데 동의합니다."

필라르는 그 키 작은 사람을 바라보며 고개를 젓고 입술을 깨물고는 아무 말도 하지 않았다.

"그게 내 의견이오." 페르난도가 말했다. "그자가 공화국의 위험분자라는 우리의 믿음은 정당화될 수 있다고 보는데……."

"하느님 맙소사." 필라르가 말했다. "여기서도 한 놈이 입으로 관료 노릇을 하다니."

"그자 자신의 말로 보나 최근의 행동으로 보나." 페르난도는 계속 말했다. "물론 그가 운동 초기에 보여준 전과는 상찬받아 마땅하나, 최근까지……."

필라르는 화덕으로 갔다가 탁자 있는 곳으로 돌아왔다.

"페르난도." 필라르가 조용히 말하며 그에게 그릇을 건넸다. "이 스튜나 제발 점잖게 처먹고 더 이상 지껄이지 좀 마. 네 생각은 알았으니까."

"하지만, 그럼 어떻게……." 프리미티보가 질문을 하다 말고 말을 멈췄다.

"에스토이 리스토.(저는 준비됐습니다.)" 로버트 조던이 말했다. "그 일을 할 만반의 준비가 되어 있습니다. 여러분이 만장일치로 결정을 내렸으니, 그것을 실행에 옮기는 책무는 제가 맡겠습니다."

이게 어떻게 된 거야? 그가 생각했다. 페르난도의 말을 계속 들었더니 나도 그 사람처럼 말하고 있잖아. 그런 말투는 전염성이 있는 모양이야. 프랑스어는 외교의 언어, 스페인어는 관료주의의 언어로군.

"안 돼요." 마리아가 말했다. "안 돼요."

"이건 네가 끼어들 일이 아니야." 필라르가 마리아에게 말했다. "입 다물고 있어."

"오늘 밤 처치하겠소." 로버트 조던이 말했다.

그는 필라르가 손가락을 입술에 댄 채 쳐다보는 것을 보았다. 그녀는 문 쪽을 보고 있었다.

동굴 입구에 걸어놓은 담요가 걷히더니 파블로가 얼굴을 들이밀었다. 그는 사람들을 보고 비웃듯 웃더니 담요를 젖히고 들어온 다음 다시 몸을 돌려 담요를 닫았다. 그는 돌아서서 담요 망토를 벗어 눈을 털었다.

"내 얘기를 하고 있었나 보지?" 그는 모두에게 말했다. "내가 방해했나?"

아무도 대답이 없었고, 그는 망토를 벽에 박힌 못에 건 다음 탁자로 걸어왔다.

"케 탈?" 그가 물었다. 그는 탁자 위에 빈 채로 놓여 있는 자기 컵을 들어서 포도주 그릇에 담갔다. "포도주가 없군." 그가 마리아에게 말했다. "가죽 부대에서 좀 가져와."

마리아가 그릇을 집어서 먼지투성이에 묵직하게 늘어진, 검정 타르 칠이 되어 있고 목 부분이 벽에 걸려 있는 양가죽 술부대 쪽으로 갔다. 그리고 양가죽 몸통의 한쪽 다리에 달린 마개를 열었다. 마개 끝에서 포도주가 뿜어 나와 그릇에 떨어졌다. 파블로는 그녀가 무릎을 꿇고 그릇을 높이 드는 모습을 쳐다보고, 연한 색 적포도주가 그릇으로 마구 쏟아져 나와 소용돌이치며 그릇에 채워지는 모습도 보았다.

"조심해라." 그가 그녀에게 말했다. "술이 이제 양가죽 몸통 가슴 아래께로 내려왔어."

아무도 말이 없었다.

"내가 오늘 술 부대 배꼽부터 가슴까지 마셨군." 파블로가 말했다. "흘리지 않게 해."

"술은 많을 거야." 아구스틴이 말했다. "네놈이 취하게 마실 만큼 충분해."

"자네도 혀를 놀리는구먼." 파블로가 말하면서 아구스틴에게 고개를 끄덕였다. "축하해. 난 또 기겁을 해서 벙어리라도 된 줄 알았지."

"뭐에 기겁을 한단 말이야?" 아구스틴이 물었다.

"내가 들어와서."

"네가 들어온 게 뭐 그리 중요한 줄 아냐?"

아구스틴이 일을 해치우려고 하는 모양이다, 로버트 조던은 생각했다. 아마 그가 그 일을 맡을 모양이군. 그는 분명 그러고도 남을 만큼 파블로를 미워하니까. 하지만 나는 파블로를 미워하지는 않는다, 그는 생각했다. 그래, 난 그를 미워하지 않아. 역겹기는 하지만 그래도 미워하지는 않아. 하지만 그의 눈알을 빼버리는 건 그를 특별한 사람으로 만들 뿐이다. 그래도 어쨌든 이건 그들의 싸움이다. 파블로는 분명 앞으로 이틀 동안 해야 할 내 임무와는 관련이 없다. 난 이 일에서 발을 빼고 있어야겠다, 그는 생각했다. 아까 놈을 처치하려고 벼르다가 나만 바보가 됐었지. 난 기꺼이 그놈을 없애버릴 용의도 있어. 하지만 미리부터 그를 상대로 바보짓을 하지는 않겠다. 다이너 마이트를 옆에 두고 이 안에서 총싸움 같은 장난질을 할 수는 없어. 물론 파블로도 그 생각을 했을 것이고. 넌 그 생각을 했던가? 그는 자신에게 말했다. 아니, 넌 그 생각을 하지 못했어. 아구스틴도 마찬가지였고. 무슨 일이 벌어져도 넌 할 말이 없을 거다, 자업자득이니, 그는 생각했다.

"아구스틴." 로버트 조던이 말했다.

"왜 그러나?" 아구스틴이 시무룩하게 고개를 들고 파블로에 게서 고개를 돌렸다.

"당신과 얘기를 좀 하고 싶소." 로버트 조던이 말했다.

"나중에."

"지금요." 로버트 조던이 말했다. "포르 파보르.(제발.)"

로버트 조던은 동굴 입구로 걸어갔고, 파블로는 계속 그를 주시했다. 키가 크고 볼이 움푹 들어간 아구스틴은 일어서서 그에게 왔다. 마지못해 움직이는 기색이 역력했다.

"당신, 저 꾸러미에 뭐가 들었는지 잊었소?" 로버트 조던이 거의 들리지 않게 낮은 소리로 말했다.

"제길!" 아구스틴이 말했다. "그냥 익숙해져서 깜빡했네."

"나도 잊고 있었소."

"제기랄!" 아구스틴이 말했다. "우린 정말 바보로군." 그는 휘청휘청 탁자로 돌아가 앉았다. "한 잔 마셔, 파블로." 그가 말했다. "말들은 잘 있던가?"

"아주 잘 있어." 파블로가 말했다. "눈은 좀 덜 오더군."

"그칠 것 같아?"

"그래." 파블로가 말했다. "이제 눈발이 좀 약해지고 작은 우박이 내리고 있어. 바람은 불겠지만 눈은 그칠 거야. 바람이 바뀌었어."

"내일은 맑을 것 같소?" 로버트 조던이 그에게 물었다.

"그럴 거야." 파블로가 말했다. "춥고 맑을 거야. 바람 방향 이 바뀌고 있어."

저자 좀 봐라, 로버트 조던은 생각했다. 이젠 살갑게 구네. 저놈도 바람처럼 방향을 바꿨군. 얼굴이랑 몸집은 돼지같이 생긴 데다 여러 번 사람을 죽인 걸로 아는데 성능 좋은 기압계처럼 예민하군. 그래, 그는 생각했다. 돼지가 의외로 아주 영악한 데가 있는 동물이거든. 파블로는 우리 모두를 증오해. 아니 어쩌면 우리 계획이 마음에 들지 않는 것뿐인지도 모르지. 자기의 증오심을 이용해 상대가 자기를 죽이고 싶어질 때까지 약을 올리더니, 사태가 심각해진 걸 알게 되자 태도를 바꿔서 완전히 새로 시작하는군.

"우리가 작전하는 데 좋은 날씨가 될 거요, 잉글레스." 파블로가 로버트 조던에게 말했다.

"우리?" 필라르가 말했다. "우리라고?"

"그래, 우리." 파블로가 그녀에게 씩 웃더니 포도주를 마셨다. "왜 안 돼? 밖에서 그 문제를 생각해봤어. 우리가 합의를 못 할 게 뭐 있겠어?"

"뭐에 합의를 해?" 여자가 말했다. "이제 와서 뭐에?"

"전부 다." 파블로가 그녀에게 말했다. "다리 문제에. 나도 이제 당신들한테 찬성이라고."

"그럼 이제 우리 편이란 말이냐?" 아구스틴이 그에게 말했다. "그 따위로 떠들어놓고선?"

"그래." 파블로가 그에게 말했다. "날씨가 바뀌면서 네 편이 됐어."

아구스틴이 고개를 저었다. "날씨라니." 그는 다시 한 번 고개를 저었다. "내가 네 상판을 갈겼는데도?"

"그래." 파블로가 그를 보고 씩 웃더니 손가락으로 입술을 문질렀다. "그래도."

로버트 조던은 필라르를 살피고 있었다. 그녀는 괴상망측한 짐승을 보는 듯한 눈빛으로 파블로를 바라보고 있었다. 그녀의 얼굴에는 그의 눈알을 뽑는다는 말에 짓던 그 표정의 그늘이 아직까지 남아 있었다. 그녀는 그 표정을 털어버리려는 듯 고개를 흔들고는 머리를 제자리로 했다. "이봐." 그녀는 파블로에게 말했다.

"그래, 마누라."

"무슨 꿍꿍이야?"

"그런 거 없어." 파블로가 말했다. "마음을 바꿨다고. 그뿐이야."

"당신 문가에서 엿듣고 있었잖아." 그녀가 그에게 말했다.

"그래." 그가 말했다. "하지만 아무 소리도 안 들렸어."

"우리가 죽일까 봐 겁나는 모양이군."

"아니." 그는 말하고 술잔 너머로 그녀를 응시했다. "난 그런 건 안 무서워. 당신도 알잖아."

"글쎄, 무슨 꿍꿍이속이냐?" 아구스틴이 말했다. "방금 전까지 술에 취해서 입을 함부로 놀리더니. 일에서 손을 뗀다고 하질 않나 우리가 뒈질 거라고 떠들어대질 않나 여자들을 모욕하고 꼭 해야 할 과업에 반대하고…….."

"취해서 그랬어." 파블로가 그에게 말했다.

"그럼 지금은."

"깼어." 파블로가 말했다. "그리고 마음을 바꿨어."

"다른 사람들은 믿을지 모르지만, 난 못 믿어." 아구스틴이 말했다.

"믿든 말든." 파블로가 말했다. "나처럼 당신들을 그레도스로 데려다 줄 수 있는 사람은 없을걸."

"그레도스?"

"다리를 폭파한 다음에 갈 수 있는 유일한 곳이지."

로버트 조던은 필라르를 바라보며 한쪽 손을 파블로의 등 뒤쪽으로 들고는 의심스럽다는 듯 오른쪽 귀를 두드렸다.

여자는 고개를 끄덕였다. 그리고 또 끄덕였다. 그녀는 마리아에게 무언가 이야기를 했고, 마리아는 로버트 조던 옆으로 왔다.

"아줌마는 물론 저자가 엿들었대요." 마리아가 로버트 조던의 귀에 대고 속삭였다.

"그럼 파블로." 페르난도가 공명정대하다는 듯한 말투로 말했다. "당신은 이제 우리 편이니 다리 작전에도 찬성합니까?"

"그래, 이 사람아." 파블로가 말했다. 그는 페르난도를 똑바로 바라보며 고개를 끄덕였다.

"진심으로?" 프리미티보가 물었다.

"데 베라스.(정말로.)" 파블로가 그에게 말했다.

"그럼 작전이 성공할 수 있을 거라고 생각하오?" 페르난도가 물었다. "이제 신념을 가진 거요?"

"안 될 게 뭐 있어?" 파블로가 말했다. "넌 신념이 없었냐?"

"있었소." 페르난도가 말했다. "대신 난 항상 신념을 가지고 있지."

"난 여기서 나가겠어." 아구스틴이 말했다.

"밖엔 추워." 파블로가 친근한 어조로 그에게 말했다.

"그렇겠지." 아구스틴이 말했다. "그래도 더 이상 이런 정신병원엔 못 있겠다."

"이 동굴을 정신병원이라고 부르지 마시오." 페르난도가 말했다.

"또라이 범죄자들의 정신병원이야." 아구스틴이 말했다. "난 나갈 거야. 나까지 미쳐버리기 전에."

18장

이건 꼭 회전목마 같군, 로버트 조던은 생각했다. 요란한 오르간 음악이 흘러나오는 가운데 금박을 입힌 뿔이 달린 젖소 모형 위에 아이들을 태운 채 빠르게 돌아가는 회전목마. 아니 그런 회전목마는 아니겠구나. 고리를 던져 막대에 끼우는 놀이 기구들이 있고, 파란색 가스등이 대로변의 이른 저녁 어둠을 밝히고, 바로 옆 가판대에서는 생선 튀김을 파는 그런 곳. 숫자가 매겨진 각 칸의 기둥이 가죽 조각을 스쳐 지나가면서 행운의 수레바퀴가 돌아가고, 상품으로 제공되는 사탕 꾸러미들이 피라미드 모양으로 쌓여 있다. 아니, 이건 그런 종류의 회전목마가 아니야. 그런데 모자를 쓴 남자들과 털스웨터를 입은 여자들이 가스등 불빛 아래 머리칼을 반짝이며 행운의 수레바퀴가 돌아가는 것을 바로 앞에서 지켜보며 결과를 기다리고 있군. 그렇다, 여기 이 동굴 안 사람들이 딱 그런 모양새다. 하지만 지금 여기는 다른 종류의 수레바퀴가 돌고 있어. 위로 올라갔다가 빙 돌아가는 운명의 수레바퀴.

그 수레바퀴는 이미 두 번 돌았다. 기울어져 있는 거대한 바퀴는 한 바퀴 돌 때마다 출발했던 자리로 다시 돌아온다. 한쪽이 다른 쪽보다 높게 되어 있어서 한 번 휙 돌면 출발했던 자리로 쑥 내려와 있다. 상품 같은 게 있을 리 없지, 그는 생각했다. 아무도 이 바퀴를 타려 하지 않아. 매번 오르지만 결코 타고 싶은 마음이 있는 건 아니야. 회전은 한 번뿐이다. 커다란 타원을 그리며 올라갔다 다시 원점으로 돌아오는 단 한 번의 회전. 우리는 지금 다시 원점으로 돌아와 있는 거야, 그는 생각했다. 그리고 해결된 건 아무것도 없어.

동굴 안은 따뜻했고 바깥의 바람도 그친 상태였다. 이제 그는 노트를 앞에 놓고 탁자에 앉아 다리 폭파의 모든 기술적인 부분들을 점검하고 있었다. 자신이 계산한 공식들을 써 넣은 밑그림을 세 장 그렸고, 혹시 폭파 작전 중에 자신에게 무슨 일이 생길 경우 안셀모가 일을 마무리할 수 있도록 두 장의 밑그림에다는 유치원 아이들 그림처럼 쉽고 정확하게 폭파 방법을 표시했다. 스케치를 끝낸 다음 그는 그것들을 살펴보았다.

마리아는 그의 옆에 앉아 그가 일하는 동안 어깨 너머로 노트를 보았다. 그는 탁자 맞은편에 앉아 있는 파블로를 의식했고, 나머지 사람들이 수다를 떨거나 카드게임을 하고 있는 것도 알았다. 동굴 안은 어느새 요리하는 냄새와 음식 냄새 대신 화덕 연기와 담배, 적포도주, 쇠 냄새에 가까운 썩은 체취가 나는 사내들 냄새로 가득 차 있었다. 마리아는 그가 스케치를 마무리하는 것을 보자 탁자 위에 손을 놓았고, 그는 왼손으로 그녀의 손을 잡아 자신의 얼굴로 가져가서 갓 설거지를 마친 손에 밴 거친 비누와 물 냄새를 맡았다. 그는 그녀의 얼굴을 보지 않은 채 다시 손을 내려놓고 일을 했기 때문에 그녀가 얼굴을 붉히는 것은 알아채지 못했다. 마리아는 손을 계속 그의 손 가까이에 두었으나, 그는 다시 손을 잡지는 않았다.

이제 그는 폭파 계획을 마무리했고, 노트를 넘겨 작전 명령들을 써 내려가기 시작했다. 그는 이 일에 대해 명확하게 알고 있었고, 자기가 쓴 내용을 보고 흡족해했다. 노트에 두 장을 쓰고 나서 자세히 읽어보았다.

이 정도면 다 된 것 같군, 그는 자신에게 말했다. 이 정도면 아주 명확하고 허점은 없다고 봐. 두 지점이 폭파될 것이고, 다리는 골스의 명령에 따라 파괴될 것이며, 그것만이 내 임무다. 파블로 문제는 내가 나설 게 아니고, 그것은 어떻게든 해결이 될 것이다. 파블로가 계속 살아남거나 사라지거나. 어찌 되든 난 상관하지 않는다. 어쨌든 나는 그 운명의 수레바퀴에 다시는 올라타지 않을 것이다. 두 번이나 그 바퀴에 올라탔고, 두 번이나 돌아서 원점으로 돌아왔으니 더 이상은 타지 않겠다.

그는 노트를 덮고 마리아를 올려다보았다. "올라, 구아파." 그는 그녀에게 말했다. "이것들을 다 이해하겠어?"

"아니요, 로베르토." 마리아는 아직 연필을 쥐고 있는 그의 손 위에 자신의 손을 올려놓으며 말했다. "다 끝났나요?"

"응. 이제 다 적어두었고 정리도 끝났어."

"뭘 하고 있었나, 잉글레스?" 파블로가 탁자 맞은편에서 물었다. 그의 눈은 다시 흐리멍덩해져 있었다.

로버트 조던은 그를 자세히 살펴보았다. 운명의 수레바퀴에서 떨어져 있어야 해, 그는 자신에게 되뇌었다. 수레바퀴에 발을 올려놓지 말자. 다시 돌기 시작하는 것 같으니.

"다리 문제를 연구하고 있었소." 그가 정중하게 말했다.

"어떻게 돼가쇼?" 파블로가 물었다.

"아주 잘돼갑니다." 로버트 조던이 말했다. "전부 다 아주 좋소."

"내가 퇴각 문제를 생각해봤는데 말이오." 파블로가 말하자 로버트 조던은 그의 술에 취한 돼지 같은 눈과 술잔을 바라보았다. 잔은 거의 비어 있었다.

수레바퀴에 올라타지 마라, 그는 되뇌었다. 저자는 또 술을 마시고 있다. 물론. 지금 수레바퀴에 타지는 마라. 그랜트*도 남북전쟁 때 대부분의 시간을 술에 취해 있었다고 하지 않았던가? 분명 그랬을 것이다. 그랜트가 파블로를 본다면 자기를 그런 놈팡이와 비교하는 데 격분했겠지. 그랜트는 시가 애호가였다는데. 음, 파블로에게 시가를 한 대 구해줘야겠군. 그러면 저 얼굴이 정말 완벽해질 텐데. 반쯤 씹은 시가라면 말이야. 어디에서 시가를 구해다 준담?

"어떻게 돼가고 있소?" 로버트 조던이 정중하게 물었다.

"아주 잘." 파블로는 진지하게 고개를 끄덕이며 말했다. "무이 비엔.(아주 잘.)"

"뭔가를 생각해냈다고?" 아구스틴이 카드놀이를 하다 말고 물었다.

"그래." 파블로가 말했다. "많은 것들을."

"그런 걸 다 어디에서 찾았어? 그 술 그릇에서?" 아구스틴이 따져 물었다.

"아마도." 파블로가 말했다. "누가 알겠어? 마리아, 술 좀 갖다주겠냐, 응?"

"가죽 술 부대에도 좋은 생각들이 들어 있을 테지." 아구스틴은 다시 카드게임 하는 쪽으로 몸을 돌렸다. "아예 가죽 술

---

*율리시스 그랜트(1822~1885). 미국 18대 대통령으로 남북전쟁 당시 북군의 장군을 지냈다.

부대 속에 기어 들어가서 찾아보지그래?"

"아니야." 파블로가 차분하게 말했다. "난 술 그릇에서 찾을 거야."

저자도 수레바퀴에 타지 않고 있군, 로버트 조던은 생각했다. 수레바퀴는 아무도 태우지 않은 채 제 스스로 돌아갈 모양이다. 누구든 그 수레바퀴에 너무 오래 타고 있을 수는 없겠지. 그건 아마도 죽음의 수레바퀴인 모양이군. 우리가 거기에서 내려와 다행이야. 두어 번 그 위에 올라타 보니 어지럽더군. 그건 주정뱅이들과 정말 비열하고 잔인한 사람들이나 죽을 때까지 타는 수레바퀴야. 그것은 일정하지 않은 각도로 돌면서 올라가지만 결국 아래로 내려온다. 돌게 내버려두자, 그는 생각했다. 그들은 다시 나를 거기에 태우진 않을 것이다. 아닙니다, 그랜트 장군 각하, 전 그 수레바퀴에서 내리렵니다.

필라르는 자신을 등진 채 카드놀이를 하고 있는 두 사람을 어깨 너머로 볼 수 있게 의자를 돌려놓고 화덕 옆에 앉아 있었다. 그녀는 카드놀이를 보고 있었다.

사생결단을 낼 것같이 굴 땐 언제고 어느새 평범한 가족 같은 모습으로 돌아가 있다니 참으로 해괴하군, 로버트 조던은 생각했다. 지금은 그놈의 수레바퀴가 원점에 있는 모양이야. 하지만 난 거기에서 내렸어, 그는 생각했다. 아무도 날 다시 타게 만들지는 못할 것이다.

이틀 전만 해도 나는 필라르나 파블로, 그 외 나머지 사람들이 이 세상에 존재한다는 것조차 몰랐었다. 마리아 같은 존재도 이 세상에는 없었다. 그때는 분명히 세상이 훨씬 단순했다. 골스 장군으로부터 받은 명령은 어느 정도 난점이 있고 얼마간은 부정적인 결과를 낳을 수도 있었지만 확실히 명확하고 수행

가능한 것이었어, 그는 생각했다. 다리 폭파를 완수하고 나면 나는 전선으로 돌아갈 수도 있고 아닐 수도 있지만, 돌아간다면 마드리드에서 잠시 시간을 보내게 해달라고 요청할 생각이었지. 이 전쟁 중에 휴가를 받는 사람은 없겠지만 그래도 분명 마드리드에서 이틀이나 사흘 정도는 지낼 수 있을 테니까.

마드리드에 가면 책을 몇 권 사고 플로리다 호텔에 방을 잡아 뜨거운 물에 목욕도 하고 싶었어, 그는 생각했다. 호텔 포터인 루이스한테 혹시 그가 만테케리아스 레오네사스 레스토랑 또는 그란비아 레스토랑 밖의 상점들 중 어디든 파는 곳을 찾을 수 있다면 그를 시켜 압생트 한 병을 사 오라고 할 생각이었다. 목욕 후엔 침대에 누워 책을 읽으면서 압생트를 두어 잔 마시고, 그다음엔 게일로드 레스토랑에 전화를 걸어 그곳에서 식사를 할 수 있는지 물어볼 작정이었다.

그는 그란비아에서 식사를 하고 싶지 않았다. 음식 맛도 별로인 데다 제시간에 도착하지 않으면 그나마 있던 음식도 다 동나기 때문이다. 또한 그곳에는 그가 아는 신문사 기자들이 너무 많아서 스스로 입단속을 해야 하는데 그는 그러고 싶지 않았다. 그는 좋은 음식이 있고 진짜 맥주가 있는 게일로드에 가서 카르코프와 함께 압생트를 마시며 대화를 나누고 싶었고, 전쟁이 어떻게 진행되고 있는지도 알아내고 싶었다.

그는 러시아인들이 점령한 마드리드의 호텔인 게일로드를 원래는 좋아하지 않았다. 처음 갔을 때 너무 사치스러워 보였기 때문이다. 포위당한 도시치고는 음식이 너무 훌륭했고 전쟁 중인 것치고는 대화가 너무 냉소적이었다. 하지만 나도 꽤나 쉽게 타락했지, 그는 생각했다. 이런 척박한 환경에 있다가 돌아가는 건데 가능한 한 좋은 음식 좀 먹는 게 뭐 어떠랴? 그

리고 처음에 들을 때는 냉소적이라고 생각했던 대화들도 알고
보니 매우 진실을 담고 있었다. 이런 얘기를 게일로드에서 해
야겠군, 그는 생각했다. 그래, 이 일이 끝나고 나면 말이야.

마리아를 데리고 게일로드에 갈 수 있을까? 아니, 그럴 수
없을 거야. 대신 그녀를 호텔에 남겨두면 따뜻한 물에 목욕을
할 수 있을 것이고, 내가 게일로드에서 돌아오면 그녀가 호텔
방에 있겠지. 그래, 그렇게 하면 되겠다. 카르코프에게 그녀에
대해 이야기하고 나면 모두들 그녀에 대해 궁금해하며 만나고
싶어 할 테니 나중에 그녀를 데려가면 된다.

어쩌면 게일로드에 아예 가지 않을지도 모르지. 그란비아에
서 일찍 저녁을 먹고 서둘러 플로리다 호텔로 돌아갈지도 몰
라. 하지만 알다시피 넌 아마 게일로드에 가게 될 거야. 그 모
든 것을 다시 보고 싶어 하니까. 이 일이 끝난 후에 그 음식을
다시 먹고 싶고, 그곳의 안락함과 사치를 보고 싶으니 말이야.
그런 다음 플로리다 호텔로 돌아가면 그곳에 마리아가 있겠지.
물론 그녀는 이 일이 끝난 후 그곳에 갈 것이다. 이 일이 끝난
후. 그래, 이 일이 끝난 후. 이 일을 잘 해낸다면, 그는 게일로
드에서 식사할 자격이 될 것이었다.

게일로드는 유명한 농부와 노동자 출신의 스페인 장군들을
만날 수 있는 장소였다. 그들은 이전에는 전혀 군사 훈련을 받
은 바 없던 사람들이었지만, 전쟁 시작 무렵 민중 사이에서 갑
자기 군인으로 두각을 나타냈다. 그들 중 다수가 러시아어를
할 줄 안다는 것을 로버트 조던이 알게 된 곳도 그곳 게일로드
였다. 그것은 몇 달 전 그가 처음 이 운동의 대의에 대한 환상
에서 깨어난 사건이었고, 그 이후로 그는 회의적인 태도를 가
지기 시작했었다. 하지만 사정을 알고 보니 그럴 만도 하다고

생각됐다. 그들은 실제로 농부였고 노동자였다. 그들은 1934년 혁명* 때 활약했고 혁명이 실패로 돌아가자 스페인에서 러시아로 망명했다. 러시아 정부가 그들을 코민테른이 관리하는 군사학교나 레닌 전문학교로 보내 다음번 전쟁을 위해 지휘관이 되는 데 필요한 군사 교육을 받도록 했던 것이다.

그곳에서 그들을 교육시킨 것은 바로 코민테른이었다. 혁명에서는 자기를 도와주는 외부인이나 뜻밖에도 많은 것을 알고 있는 사람에게 자기 속마음을 내보여서는 안 되었다. 그는 그것을 배웠다. 근본적으로 옳은 일이라면 거짓말쯤은 문제가 되지 않을 것이다. 하지만 그렇다고 해도 거짓말이 너무 많았다. 그는 처음에는 그 거짓말들이 마음에 들지 않았다. 그는 그것을 혐오했다. 그러나 나중에는 그도 좋아하게 되었다. 그것은 내부자가 되는 과정이었지만 매우 타락하는 일이긴 했다.

바로 게일로드에서 '엘 캄페시노', 즉 농부로 불리던 발렌틴 곤살레스**가 실제로는 농부인 적이 없었으며 스페인 외인부대의 전직 중사 출신으로, 탈영하여 아브드 엘크림***과 함께 싸운 사실을 알게 되었다. 그 정도는 괜찮았다. 그러지 말라는 법이 어디 있겠는가? 이런 종류의 전쟁에서는 이런 농부 출신 지도자들이 긴급히 필요했는데, 진짜 농부 지도자들은 너무 지나치게 파블로 같은 부류였을 것이다. 진짜 농부 지도자의 출현을 마냥 기다리고 있을 수만은 없는 일이었다. 게다가 그런 사람이 실제로 나타난다 해도, 그는 지나치게 농부다운 성격일 것

---

*1934년 스페인 아스투리아와 카탈루냐 지역에서 사회주의자들과 무정부주의자들이 우익 정권에 대항해 일으킨 반정부 폭동.
**발렌틴 곤잘레스(1909~1983). '농부'라는 별칭으로 불리며 스페인 내전 때 활약한 공화파 장성.
***아브드 엘크림(1882~1963). '압둘크림'으로도 불리는 모로코의 독립운동 지도자.

이었다. 그래서 그런 인물을 가공으로 만들어내야 했다. 게다가 검은 수염과 흑인처럼 두꺼운 입술, 불타는 듯 노려보는 눈을 가진 캄페시노도 파블로 같은 진짜 농부 지도자만큼이나 골칫거리일 듯했다. 그가 마지막으로 봤을 때, 캄페시노는 대중에게 알려진 대로의 자기 이미지를 스스로도 믿게 된 나머지 자신을 진짜 농부라고 생각하는 것처럼 보였다. 그는 용감하고 거친 사내였다. 세상에 그보다 더 용감한 사람은 없을 터였다. 그러나 맙소사, 그는 말이 너무 많았다. 게다가 흥분하면 자신의 무분별이 어떤 결과를 가져올지 상관 않고 아무 말이나 지껄여대곤 했다. 그리고 그 부정적 결과들은 이미 많이 드러났다. 만사에 패배한 것처럼 보이는 상황에서조차도 그는 훌륭한 여단장이었다. 그는 모든 것을 잃었을 때에도 그것을 알지 못했고, 그런 상황이라 하더라도 그 상황과 싸워 이길 사람이었다.

게일로드에서는 또 단순한 성격의 갈리시아 석공 출신인 엔리케 리스테르도 만났는데, 그는 현재 사단을 지휘하고 있었고 역시 러시아어를 잘했다. 그리고 목공 출신으로 얼마 전 군단장이 된 안달루시아 태생 후안 모데스토*도 만났다. 그의 고향 푸에르토 데 산타마리아에 목공들을 위한 베를리츠 어학원이라도 있으면 모를까, 그런 데서 러시아어를 배웠을 리는 만무했다. 그는 젊은 군인들 중 러시아 사람들에게 가장 신임을 받았다. 그는 진정한 공산당원, 즉 미국적 단어 사용을 자랑스러워하는 러시아인들이 소위 '100퍼센트'라고 부르는 진정한 공산당원이었기 때문이다. 그는 리스테르나 엘 캄페시노보다 훨씬 지적인 사람이었다.

*후안 모데스토 길로토 레온(1906~1969). 스페인 내전 당시 공화군 지휘관.

그랬다. 게일로드는 교육을 완수하는 데 필요한 장소였다. 그는 바로 그곳에서 이상으로서의 혁명이 아니라 현실로서의 혁명을 배웠다. 그는 그때 배움을 시작한 셈이었다고 생각했다. 그는 자신이 그 배움을 오래도록 계속할 수 있을지 알 수 없었다. 게일로드는 훌륭하고 건전하고 그에게 필요한 곳이었다. 그가 그 모든 말도 안 되는 이론들을 아직 믿고 있었던 처음에, 그곳은 그에게 충격으로 다가왔다. 하지만 지금 그는 그런 속임수의 필요성을 인정할 만큼 충분히 의식이 깨었고, 그가 게일로드에서 배운 것들은 그가 진리라고 신봉하는 것들에 대한 신념을 더욱 강화시킬 뿐이었다. 그는 이론적으로가 아니라 실제로 혁명이 어떻게 이루어지는지 알고 싶었다. 전쟁에는 항상 거짓말이 있기 마련이었다. 하지만 리스테르, 모데스토, 그리고 엘 캄페시오의 진실은 거짓말과 전설보다 훨씬 더 좋았다. 글쎄, 언젠가는 그들이 모든 이들에게 진실을 밝힐지도 모르지만, 그전까지는 그는 자신의 배움을 위해 게일로드가 있음을 기뻐했다.

그렇다, 그곳은 마드리드에서 그가 책을 사고 뜨거운 목욕을 하고 술을 두어 잔 마시면서 책을 읽은 후에 갈 곳이었다. 그러나 그것은 이 모든 계획에 마리아가 끼어들기 전의 일이었다. 좋다, 둘이서 방 두 개를 빌려서 그가 게일로드에 간 사이에 그녀가 하고 싶은 대로 하고 있다가 그가 일을 다 보고 돌아오면 되었다. 그녀는 이 산속에서 지금까지 기다려왔다. 그러니 플로리다 호텔에서도 좀 기다려줄 수 있을 것이었다. 그들은 마드리드에서 사흘을 보낼 것이다. 사흘이면 긴 시간이라고 할 수도 있었다. 그녀를 데리고 오페라 극장에 가서 막스 형제*의 공연을 볼 수도 있을 것이다. 그것은 지금 3개월째 공연 중이니 앞으로도 석 달은 더 할 것이었다. 오페라 극장에서 막스 형제의 공연을 보면 마리아가 좋아하겠지, 그는 생각했다. 아주 좋아할 거야.

하지만 게일로드에서 이 동굴까지는 너무 멀었다. 아니다, 그리 먼 거리도 아니었다. 먼 것은 이 동굴에서 게일로드까지 가는 길이었다. 카시킨이 그를 처음 그곳에 데려갔을 때 그는 그곳이 마음에 들지 않았다. 카시킨은 그에게 카르코프를 만나야 한다고, 왜냐하면 카르코프는 미국인들에 대해 알고 싶어 하고, 세상에서 로페 데 베가**를 가장 좋아하며 〈양의 우물〉을 최고의 희곡으로 생각하는 사람이니 그와 만나야 한다고 했다. 그 작품이 최고의 희곡일지도 모르지만 로버트 조던은 견해가 달랐다.

그는 카르코프는 마음에 들었지만, 그 장소는 마음에 들지 않았다. 카르코프는 그가 만나본 사람들 중 가장 지적인 사람이었다. 검은색 승마용 부츠를 신고, 회색 반바지와 헐렁한 회색 상의를 입은 그는 손발이 작았고 부은 듯한 연약한 얼굴과 몸집에 말할 때는 썩은 이 사이로 침이 튀어서 처음엔 좀 우스꽝스러워 보였다. 하지만 그는 로버트 조던이 만나본 사람들 중 가장 머리가 좋고, 내적으로는 위엄이 있었으며, 겉으로는 거만하고 유머가 넘쳐 보였다.

게일로드 자체는 지나치게 사치스럽고 타락한 듯 보였다. 그러나 세계의 6분의 1을 지배하는 권력의 대표자들이 약간의 향락을 즐긴다고 문제가 될 게 있겠는가? 글쎄, 그들은 향락을 즐겼고, 로버트 조던도 처음에는 그런 것들에 반감을 가졌지만

*1930년대에 활약한 미국의 희극 영화배우 4형제.
**로페 데 베가(1562~1635). 르네상스 시대 스페인의 극작가.

나중에는 받아들이고 즐기게 되었다. 카시킨이 그를 아주 대단한 사람으로 소개하는 바람에 카르코프는 처음에는 기분 나쁠 정도로 정중한 태도를 보였다. 그러나 로버트 조던이 영웅 역할 대신 자기 자신을 비하하는 우스꽝스럽고 외설적인 얘기를 하자 그때까지 정중하던 카르코프는 마음 편하고 격의 없는 태도로 바뀌었고, 그다음에는 오만한 태도로 바뀌었으며, 그들은 친구가 되었다.

카시킨은 그곳에서 그닥 인기가 없었다. 카시킨에게는 분명 뭔가 문제가 있었고, 스페인에서 겨우 그럭저럭 지내고 있었다. 사람들은 그 문제가 뭔지 입 밖에 내지 않았는데, 아마 이제 그가 죽었으니 말해줄 수도 있겠다. 어쨌든 그는 카르코프와 친구가 되었고, 믿기지 않을 정도로 깡마르고 헬쑥하고 어둡고 사랑스럽고 신경질적이고 궁핍하고 독기 없는 여자, 꾸미지 않은 마른 몸매에 검은색에 회색이 섞인 머리카락을 짧게 자른 여자, 즉 기갑부대 통역관으로 일하던 카르코프의 부인과도 친해졌다. 그는 카르코프의 정부와도 친했는데, 그녀는 고양이 같은 날카로운 눈매에, 머리는 붉은 기가 도는 금발(어느 미용사가 머리를 자르느냐에 따라 붉은색에 가까워 보일 때도 있고 금발에 가까워 보이기도 했다)이고, 게으르고 (남자들의 몸에 안기기 좋은) 육감적인 몸매에, 키스하기 좋은 도톰한 입술, 멍청하고 야망 있고 충직한 여자였다. 이 정부는 수다 떨기를 좋아했고, 가끔 바람을 피웠지만 도를 넘지는 않았으므로 그것이 오히려 카르코프를 즐겁게 하는 듯했다. 카르코프는 기갑부대에서 일하는 부인 외에 어딘가에 부인이 한 명 더, 어쩌면 두 명 더 있다는 것이 중론이었지만 아무도 확실히 알지는 못했다. 로버트 조던은 그가 아는 그 부인과 정부 모두 마음에 들었다. 그는 아마 다른 부인도 알게 된다면 역시 좋아할 것이라고 생각했다. 카르코프는 여자 보는 눈이 있었다.

게일로드의 아래층 현관에는 총검을 든 보초병들이 지키고 있었으므로 오늘 밤 그곳은 포위된 마드리드에서 가장 흥겹고 가장 편안한 곳일 것이었다. 그는 오늘 밤 이곳이 아니라 그곳에 있었으면 좋겠다고 생각했다. 이제 그들은 수레바퀴를 멈춘 상태였으므로 여기도 그런대로 괜찮았지만. 그리고 눈도 그치고 있었다.

그는 그의 마리아를 카르코프에게 보여주고 싶었지만 카르코프가 먼저 요청하지 않는다면 그녀를 그곳에 데려갈 수 없었다. 그는 이 작전이 끝난 후 자신이 어떤 대접을 받게 될지 살펴야 했다. 골스도 이번 작전이 끝나면 그곳에 올 것이고, 그가 작전을 잘 해내면 사람들은 모두 골스를 통해 그 사실을 알게 될 것이었다. 골스는 역시나 마리아에 대해 농담을 할 것이다. 여자가 없다고 골스에게 말한 적이 있으니 말이다.

그는 파블로 앞에 있는 술 그릇에 손을 뻗어 술을 한 잔 떴다. "한 잔 하겠소." 그가 말했다.

파블로는 고개를 끄덕였다. 저 작자는 자기 나름으로 군사 작전을 구상하는 데 몰두하고 있는 모양이군, 로버트 조던은 생각했다. 대포의 포구 속에서 거품 같은 유명세를 추구하지 않고 저 술 그릇 속에서 문제의 해결책을 찾고 있는 것이다. 그 작자는 오랫동안 그랬던 것처럼 이 패거리를 성공적으로 이끌 능력이 있는 게 틀림없었다. 파블로를 보면서 그는 파블로가 미국의 남북전쟁에 참전했다면 어떤 게릴라 대장이 되었을지 궁금했다. 그런 사람이 많았을 텐데, 그는 생각했다. 우리가 잘 몰라서 그렇지. 콴트릴이나 모스비,* 그의 할아버지 같은 인물 말고, 작은 인물, 군소 게릴라들 말이다. 술 마시는 것에 대해 살펴보자. 그랜트 장군이 정말 주정뱅이였을 것 같은가? 그의 할아버지는 항상 그랜트가 주정뱅이였다고 주장했다. 오후 4시쯤에는 항상 취해 있었고, 빅스버그 전투 이전에는 때때로 포위 공격 동안에도 이틀 동안 심하게 취해 있었다고 말이다. 그러나 할아버지는 그랜트 장군이 아무리 술에 취한 상태라도 평소와 다름없이 업무를 수행했다고 주장했다. 가끔은 깨우기가 무척 힘들기는 했지만 말이다. 하지만 깨울 수만 있으면 장군은 멀쩡했다고 한다.

지금까지는 이 전쟁에서 양쪽 진영에 그랜트 같은 인물도, 셔먼이나 스톤월 잭슨 같은 인물도 없었다. 그렇다, 제브 스튜어트 같은 인물도 없었다. 셰리던 같은 인물도 없었다.** 그런데 매클렐런*** 같은 인물은 넘쳐났다. 파시스트들 중에도 매클렐런 같은 인물은 많았고, 우리 진영에도 최소한 세 명은 있었다.

그는 이 전쟁에서 군사작전의 천재를 본 적이 없었다. 단한 명도. 비슷해 보이는 사람도 없었다. 클레베르****, 루카치*****, 한스는 마드리드 방어 때 국제여단******과 함께 꽤 훌

*윌리엄 클라크 콴트릴(1837~1865), 존 싱클턴 모스비(1833~1916). 미국 남북전쟁 당시 남군 게릴라 지도자들.
**스톤월 잭슨(1824~1863), 제브 스튜어트(1883~1864), 필 셰리던(1831~1888). 미국 남북전쟁 당시 공을 세운 남북군의 장군들.
***조지 매클렐런(1826~1885). 남북전쟁 당시 북군의 장군으로 소극적인 작전을 펼쳤던 인물.
****만프레드 스테른(1896~1954). 에밀리오 클레베르, 라자르 스테른, 마크 질베르트 등 여러 가명으로 활동한 소련 정보국 소속 장교. 스페인 내전 당시 '클레베르 장군'으로 불리며 국제여단을 지휘했다.
*****마테 잘카(1896~1937). 본명은 벨라 프랑클. 스페인 내전 당시 파볼 루카치라는 이름으로 활약한 헝가리 출신의 장군.
******스페인 내전에서 파시즘 세력에 맞서 좌파인민전선 정부를 돕기 위해 설립된 국제적인 좌파 연대 의용군. 총 7개 여단으로 편성되었다.

륭한 전과를 올리긴 했다. 그다음으로 늙은 대머리에 안경을 낀, 건방지고 새대가리처럼 아둔하며 대화할 때는 무식하고 황소처럼 용감하면서도 미련한데 정부의 선전선동으로 영웅 대접을 받고 있던 마드리드의 방위 사령관인 미아하*는 클레베르의 명성을 질투하여 러시아 사람들에게 압력을 가해 클레베르를 지휘관 자리에서 사임시키고 발렌시아로 보내게 했다. 클레베르는 훌륭한 군인이었지만 한계가 있었고 자신의 일에 대해 너무 떠벌리고 다녔다. 골스는 훌륭한 장군이었고 좋은 군인이었지만, 군에서는 그에게 항상 최고보다 낮은 단계를 주었고 절대 재량권을 주지 않았다. 이번 공격은 골스가 자신의 능력을 가장 크게 보여줄 기회가 될 것이었는데, 로버트 조던은 공격에 대한 이야기를 듣고 그리 탐탁지 않아 했다. 그다음으로는 헝가리 사람인 갈**이 있었는데, 그는 게일로드에서 들리는 소문의 반만 사실로 믿더라도 총살감인 인물이었다. 게일로드에서 들은 소문의 10퍼센트만 믿어도 놈은 총살당해 마땅해, 로버트 조던은 생각했다.

　그는 그들이 이탈리아인들을 물리친 과달라하라 너머 고원에서의 전투***를 봤으면 좋았겠다고 생각했다. 하지만 그때 그는 에스트레마두라에 있었다. 2주 전 어느 날 밤 게일로드에서 한스가 그 전투에 대해 이야기해주어 전말을 알게 되었다. 이탈리아 군대가 트리후에케 근방의 전선을 치고 들어오면서

*호세 미아하 메낭(1878~1958). 스페인 출신의 장군. 1936년 11월 공화국 정부가 수도 마드리드에서 퇴각하면서 수도수비대 대장으로 임명되었고, 클레베르 장군이 이끌던 제11국제여단이 도착하면서 그들의 도움으로 수도를 지켜냈다.
**야노스 갈리치. '갈 장군'으로 더 잘 알려진 헝가리계 러시아인 지휘관. 스페인 내전 당시 제15국제여단을 두 개의 연대로 재조직했다.
***1937년 3월 마드리드를 목표로 진군한 이탈리아군 4개 사단을 공화군이 대파시켜 마드리드를 지켜낸 전투를 말한다.

거의 패배를 눈앞에 둔 순간이었고, 토리하와 브리웨가를 잇는 도로가 봉쇄된다면 제12사단은 포위되고 말 것이었다. "하지만 놈들이 이탈리아군이라는 걸 생각해서." 한스가 말했다. "우리는 다른 군대를 상대할 때라면 택도 없을 전술을 썼지. 그리고 결과는 아주 성공적이었어."

한스는 전투 지도를 놓고 모든 사정을 설명해주었다. 한스는 그 지도를 케이스에 담아 가지고 다녔고, 그 전투의 기적적인 승리에 아직도 도취되어 행복해하는 듯했다. 그는 훌륭한 군인이었고 좋은 벗이었다. 리스테르, 모데스토, 캄페시노의 군대들은 모두 그 전투에서 잘 싸웠다고 한스는 그에게 말했고, 그것은 그들의 사령관들과 그들이 시행한 군대 규율의 덕이었다고 했다. 그러나 리스테르와 캄페시노와 모데스토는 러시아 군사 고문들로부터 작전 지시를 받았다. 그들은 자신들이 실수하면 언제든 옆에 있는 정식 조종사가 조종할 수 있도록 이중 조종장치를 단 비행기의 조종 훈련병이나 마찬가지였다. 글쎄, 올해에는 그들이 얼마나 많이, 그리고 잘 배웠는지 드러날 것이었다. 얼마 후면 이중 조종장치는 없어질 것이고, 그러면 우리는 그들이 혼자 힘으로 사단과 육군을 얼마나 잘 이끄는지 보게 될 것이었다.

그들은 공산주의자들이었으며 엄격한 규율을 강조하는 사령관들이었다. 그들이 강제하는 규율은 훌륭한 군대를 만들 것이다. 리스테르는 규율에 있어서는 살인적일 정도로 엄격했다. 그는 엄청난 광신자였고, 스페인의 전형적인 생명 경시 성향을 띠고 있었다. 타타르족이 최초로 유럽을 침략한 이래로 그의 지휘 아래 있던 군대처럼 군사 재판에서 무차별적으로 처형을 당한 경우는 별로 없었다. 그러나 그는 사단을 전투 단위로 조직화하는 방법을 잘 알았다. 진지를 지키는 것과 진지를 공격해서 접수하는 것은 별개의 일이었고, 전장에서 군대를 움직이는 일은 아주 어려운 일이다. 로버트 조던은 탁자에 앉아 생각했다. 이중 조종장치가 사라지고 나면 리스테르는 어떻게 할까? 그렇지만 어쩌면 그 장치는 사라지지 않을지도 모르지, 그는 생각했다. 그들이 떠나기는 하는 걸까? 아니면 더 강해질까? 그 모든 상황에 대한 러시아의 입장은 어떨까? 게일로드는 그런 곳이야, 그는 생각했다. 게일로드에는 오직 그곳에서만 배울 수 있고 알아야 할 것들이 많다.

한때는 게일로드가 그에게 나쁜 영향을 끼쳤다고 생각한 적도 있었다. 그곳은 마드리드 궁전이었던 곳으로, 국제여단 수도 사령부로 바뀐 벨라스케스 63호의 청교도적이고 종교적인 공산주의와는 반대였다. 벨라스케스 63호에서는 사람들이 종교단체의 신도들 같았다. 한편 게일로드는 새로운 군대의 여단들로 나뉘기 이전의 제5연대 사령부에서 받았던 느낌과는 전혀 딴판이었다.

두 곳 모두 십자군에 참가한 느낌이었다. 십자군이란 말은 너무나 닳아빠지고 남발되어온 탓에 그 진정한 의미를 더 이상 전달하지 못하지만 그래도 이 경우에는 그 말이 딱 맞아떨어졌다. 모든 관료주의와 비효율성과 당파 싸움에도 불구하고, 첫 성찬을 받으면 느끼게 될 것이라고 예상했지만 아무것도 느끼지 못한 감정과 비슷한 심정이었다. 그것은 세계의 모든 탄압받는 자들에 대한 책임에 헌신하는 느낌이었다. 그것은 종교적 체험처럼 말로 설명하기 어렵고 쑥스럽지만 바흐를 들을 때나 샤르트르 성당이나 레온 성당 안에서 커다란 창문을 통해 빛이 들어오는 것을 볼 때, 또는 프라도*에서 만테냐와 그레코와 브

뤼헐의 그림을 볼 때 느끼는 감정처럼 진정한 것이었다. 그로 인해 우리는 자신이 절대적으로 믿는 가치와 그 가치를 신봉하는 이들과의 절대적인 형제애를 위해 기꺼이 자신을 던져 일익을 담당하게 되는 것이었다. 예전에는 잘 알지 못했으나 일단 경험하고 나면 엄청난 중요성과 이유를 부여받아, 그 가치를 위해서라면 자신의 죽음까지도 전혀 중요하지 않게 되는 그런 것이었다. 죽음이란 그저 임무 완수에 방해가 되므로 피해야 할 것에 불과했다. 그러나 가장 좋은 점은 이런 감정과 가치를 위해 네가 복무할 수 있다는 것이었다. 너는 싸울 수 있었다.

그래서 너는 싸웠지, 그는 생각했다. 그러나 곧 그 싸움의 과정을 통해 그 투쟁에서 살아남은 자들과 투쟁에 능숙한 자들에 대한 순수한 존경심은 사라져버렸다. 최초의 6개월도 채 지나기 전에 그렇게 되어버렸다.

진지를 지키거나 도시를 사수하는 것은 전쟁에서 그 첫 번째 종류의 감정을 느낄 수 있는 부분이었다. 산악 지대에서의 전투도 그랬다. 그들은 그곳에서 진정한 혁명의 동지애를 느끼며 싸웠다. 그곳에서 강력한 규율 시행의 필요성에 처음 직면했을 때, 그는 그것에 찬성했고 그것을 이해했었다. 포격하에서 사람들은 겁쟁이가 되어 도망갔다. 그들이 총에 맞아 길가에 버려진 채 썩어가고 있는데도 사람들은 그 시체에서 탄창이나 귀중품을 꺼내 가는 것 말고는 아무런 조치도 취하지 않는 것을 그는 보았다. 그들의 탄창과 군화, 가죽 외투를 가져가는 것은 괜찮았다. 귀중품을 가져가는 건 현실적인 것일 뿐이었다. 오직 무정부주의자들만이 그런 것들을 훔쳐 가지 않았다.

*마드리드에 있는 국립미술관.

도망가는 자들을 쏴 죽이는 것은 정당하고 옳고 필요한 일로 보였다. 잘못은 없었다. 탈영은 이기적인 행동이었다. 파시스트들이 공격해 왔다. 우리는 과다라마 산골짜기의 관목 소나무와 가시금작화가 자라는 그 회색 바위의 비탈에서 적들을 막아냈다. 우리는 비행기에서 투하되는 폭탄 아래에서, 그리고 적들이 포병부대를 올려 보냈을 때는 포탄 속에서 도로를 사수했고, 그날 저녁까지 살아남은 자들은 반격을 벌여 적들을 몰아냈다. 나중에, 적들이 바위와 나무들 사이로 체를 빠져나가듯 왼쪽으로 내려가려 시도하자, 우리는 요양소 안에서 창문과 지붕을 통해 사격을 가하면서 막았다. 그러나 그들은 결국 양쪽으로 지나갔고, 우리는 살아서 적에게 포위된다는 것이 무엇인지 절감하게 되었다. 하지만 결국 반격해서 적들을 도로에서 다시 소탕했다.

그 모든 일을 거치는 동안, 입과 목이 바짝바짝 마르는 공포와 부서진 회벽의 먼지 속에서, 섬광과 포탄이 폭발하는 굉음에 벽이 무너져 내리면서 느낀 갑작스런 공황 상태에서, 기관총을 치우고, 그 기관총을 쏘던 병사들의 시신을 끌어내고, 얼굴을 땅에 박고 바싹 엎드리고, 돌더미에 파묻히고, 얼굴을 방어벽 그늘 속에 감춘 채로 멈춘 기관총 포격을 재개하려고 부서진 탄약통을 꺼내고, 탄띠를 다시 제대로 펴고, 이제 방어벽 뒤에 곧게 누워서 총을 도로에 다시 겨누었을 때, 너는 네가 할 수 있는 최선을 다했고, 자신이 옳다고 확신했다. 입이 바짝바짝 마르고, 공포로 인해 정화되고, 모든 것을 정화시키는 전투의 희열을 너는 배웠다. 그해 여름과 가을, 너는 세계의 모든 가난한 자들을 위해 모든 압제에 대항해, 네가 믿는 모든 가치들을 위해, 네가 지향하도록 교육받은 신세계를 위해 싸웠다.

너는 그해 가을 긴 추위와 습기와 진흙 속 포복과 진지 구축의 고통을 견디고 그 고통을 잊는 법을 배웠다. 그리고 그 여름과 겨울의 희열은 피로와 수면 부족, 불안과 불편함 속에 깊이 묻혀버렸다. 하지만 그 희열은 아직도 존재했으며, 네가 겪었던 모든 일들은 그것을 입증하는 데 기여할 뿐이었다. 그 시절에는 깊이 있고 건전하고 이타적인 자신감이 있었지, 그는 생각했다. 그런데 게일로드에서는 그런 것들에 염증을 느끼게 됐지, 그는 갑자기 생각했다. 아니다, 게일로드에 처음 갔을 당시 네가 그렇게 선량한 사람은 아니었을 것이다. 너무 순진할 따름이었다. 일종의 은총을 받고 있었다고나 할까. 하지만 게일로드도 그때는 지금 같지 않았는지도 모른다. 그렇다, 사실 그곳은 지금 같지 않았다. 절대 지금 같지 않았다. 그 당시에는 게일로드란 곳이 없었던 셈이다, 그는 생각했다.

카르코프는 그에게 그 시절에 대해 말해주었다. 당시에 그곳에 있던 러시아 사람들은 팰리스 호텔에서 지냈다. 다들 로버트 조던이 모르는 사람들이었다. 첫 번째 빨치산 부대가 구성되기 전이었고, 카시킨이나 다른 사람들도 만나기 전이었다. 카시킨은 북쪽의 이룬과 산세바스티안에도 있었고, 빅토리아로 진격했던 실패한 전투에도 참가했다. 그는 1월에야 마드리드에 도착했다. 로버트 조던이 카라반첼과 우세라*에서 전투를 벌인 그 사흘 동안, 그러니까 파시스트의 마드리드 공격으로부터 오른쪽 측면을 저지하고, 무어인들과 테르시오** 병사들을

---

*카라반첼과 우세라는 1937년 초 마드리드 공방전 당시 격전의 장소였던 마드리드 인근의 도시들이다. 프랑코가 마드리드 함락을 위해 공격했으나 뜻을 이루지 못했다.
**스페인 치안 경비대 부대.

이 집에서 저 집으로 몰아내고, 햇볕에 탄 고원 끝에 위치한 만신창이가 된 그 회색빛의 교외 지역에서 적들을 쫓아내며 고원을 따라 방어선을 구축해 도시의 그 지역을 보호하는 동안, 카르코프는 마드리드에 있었다.

카르코프는 그 시절에 대해 이야기할 때만큼은 냉소적이지 않았다. 그때는 모든 것을 잃은 듯 보일 때 자기가 어떻게 행동해야 하는지를, 다들 어떤 인용구나 미사여구보다도 더 잘 알고 있던 시절이었다. 정부가 수도를 포기하고 퇴각하면서 국방부에서 자동차들을 모조리 동원해 갔기 때문에 미아하는 자전거를 타고 방어 지점들을 살피러 다녀야 했다고 한다. 로버트 조던은 그 얘기만은 도무지 믿기 어려웠다. 아무리 애국적인 상상력을 발휘한다 해도 자전거를 탄 미아하는 상상이 되지 않았지만 카르코프는 사실이라고 했다. 하지만 그때 카르코프는 그 이야기를 기사로 써서 러시아 신문에 낸 다음이었으므로, 아마도 이미 자기가 쓴 글의 내용이 사실이라고 믿고 싶어서 그렇게 말했을 것이다.

하지만 카르코프가 기사화하지 않은 또 다른 이야기가 있었다. 그는 부상당한 러시아인 세 명을 팰리스 호텔에서 떠맡고 있었다. 이송할 수 없을 만큼 부상이 심한 탱크 운전병 두 명과 전투기 조종사 한 명이었다. 당시에는 러시아군이 내전에 개입했다는 증거를 없앰으로써 파시스트 국가들의 공식적 개입이 정당화되지 않도록 하는 것이 몹시 중요했기 때문에, 수도가 함락될 경우 이 부상병들이 파시스트의 손에 넘어가지 않도록 하는 것이 카르코프의 임무였다.

수도가 함락될 경우, 카르코프는 팰리스 호텔을 떠나기 전 그들을 독살시켜 그들의 신원에 관한 모든 증거를 없애기로 되어 있었다. 부상당해 죽어 있는 세 남자, 한 명은 복부에 총알 세 대를 맞았고, 다른 한 명은 총에 맞아 턱이 날아가서 성대가 드러나 있고, 나머지 한 명은 대퇴골이 산산조각 나고 양손과 얼굴에 화상을 입어 속눈썹과 눈썹, 머리카락도 없이 퉁퉁 부은 채 죽어 있는 세 남자를 두고, 그들이 러시아인임을 증명해낼 수는 없을 것이었다. 그가 펠리스 호텔 침대에 두고 갈 이 부상병들의 시체를 보고 그들이 러시아인이라는 것을 알아볼 수 있는 사람은 아무도 없었다. 발가벗은 죽은 남자가 러시아인이라는 증거는 없었다. 죽고 나면 국적과 정치관은 나타나지 않는 법이었다.

로버트 조던은 카르코프에게 그렇게 독살해야 한다는 것에 대해 어떤 기분이 들더냐고 물어본 적이 있었는데, 카르코프는 실제로 상황이 그렇게 되리라고 예상하지는 않았다고 대답했다. "그 일을 어떻게 할 예정이었나?" 로버트 조던은 물으며 다음과 같이 덧붙였다. "갑자기 사람들을 독살하는 게 간단하진 않잖아." 그러자 카르코프가 말했다. "아, 그렇지. 사람들이 독약을 가지고 다니는 건 보통 자기가 마시려고 하는 거니까." 그런 다음 그는 자기 담뱃갑을 열어서 한쪽 구석에 넣고 다니는 것을 로버트 조던에게 보여주었다.

"하지만 적들이 자네를 포로로 잡는다면 제일 먼저 자네 담뱃갑을 압수할걸." 로버트 조던이 반론을 내놓았다. "그보다 먼저 두 손을 들라고 할 테지."

"하지만 여기에도 더 있지." 카르코프는 씩 웃더니 외투 옷깃을 들어 보여주었다. "그냥 이렇게 옷깃을 입에 물고 독약을 깨물어서 삼키면 돼."

"그편이 훨씬 낫군." 로버트 조던이 말했다. "이봐, 탐정소설에 나오는 것처럼 거기서 씁쓸한 아몬드 냄새가 나나?"

"나도 몰라." 카르코프는 유쾌하게 말했다. "냄새를 맡아본 적이 없어서 말이야. 우리 작은 거 하나 잘라서 맡아볼까?"

"그냥 두는 게 낫겠는데."

"그래." 카르코프는 말하고 담뱃갑을 치웠다. "자네도 알다시피 난 패배주의자는 아니지만, 그런 심각한 때는 언제든 다시 올 수 있으니 이걸 아무 데서나 먹을 수는 없지. 코르도바 전선*에서 발표한 성명서를 봤나? 문장이 정말 아름답더군. 이제 성명서들 중에 내가 제일 좋아하는 것이 됐어."

"무슨 내용인데?" 로버트 조던은 마드리드에 오기 전에 코르도바 전선에서 싸운 바 있었다. 그래서 자신은 그것에 대해 농담을 하면서도 남은 하지 말았으면 하는, 애착의 대상인 어떤 것에 대한 농담을 들을 때 오는 그런 불쾌감을 느꼈다. "말해보게."

"누에스트라 글로리오사 트로파 시가 아반잔도 신 페르데르니 우나 솔라 팔마 데 테레노." 카르코프는 특유의 알아듣기 힘든 스페인어로 말했다.

"그 성명서가 정말 그렇지는 않았겠지." 로버트 조던은 의심스러운 듯 말했다.

"우리 영광스러운 공화군은 1피트의 땅도 적에게 **빼앗기지** 않고 계속 진군한다." 카르코프는 성명서 내용을 다시 영어로 말했다. "그런 내용이 성명서에 담겨 있어. 자네한테도 찾아서 보여주겠네."

---

*1936년 8월 5일 미아하 장군의 지휘 아래 공화군이 코르도바 탈환을 위해 공격을 감행했으나 8월 22일 실패한 전투. 미아하의 무능함 때문에 실패했다는 평가가 지배적이었다.

너는 포소블랑코 주변의 전투에서 전사한 지인들에 대한 기억을 지울 수가 없었다. 하지만 그런 것은 게일로드에선 농담거리에 불과했다.

지금 게일로드는 그런 식이었다. 그래도 게일로드가 괜히 존재하는 것은 아니었고, 운동 초기의 생존자들을 통해 게일로드 같은 곳이 만들어진 것이라면, 그는 기꺼이 게일로드를 보고 그것에 대해 알고 싶었다. 너는 과다라마 산맥, 카라반첼, 우세라에서 느꼈던 순수한 감정으로부터 아주 멀어져버렸어, 그는 생각했다. 너는 아주 쉽게 타락하는구나, 그는 생각했다. 하지만 그것이 타락이었을까, 아니면 단지 처음 시작할 때의 순진함을 잃었을 뿐이었을까? 어차피 다 마찬가지 아닐까? 나 말고도 누가 초짜 의사, 새내기 사제, 신참 병사들이 일을 시작할 때 갖는 순수한 초심을 계속 간직하겠는가? 사제들은 분명 계속 그런 자세를 유지할 것이다. 그렇지 않으면 사제직에서 파면되었을 테니까. 아마 나치들은 그런 태도를 유지할지도 모르고, 가혹하리만치 자기를 규율하는 공산주의자들도 그럴 것이다. 하지만 카르코프를 보라.

카르코프의 경우는 여러 번 생각해도 질리지 않았다. 지난번 게일로드에 갔을 때 카르코프는 스페인에서 많은 시간을 보낸 어떤 영국 경제학자에 대해 훌륭한 견해를 내놓았다. 로버트 조던도 수년 동안 이 학자의 글을 읽어왔고 그에 대해 잘 알지는 못했지만 대단한 인물이려니 생각해오던 참이었다. 그는 이 학자가 스페인에 대해 쓴 글에는 그리 큰 관심을 가진 적이 없었다. 그것은 너무나 뻔하고 간단하며 단순 명료했고, 제시되는 통계치들은 그가 알기로 그 학자의 주관적인 희망 사항을 반영해 조작한 것이었다. 그러나 그는 자신이 잘 아는 나라에 대한 신문 기사는 별로 신경 쓰지 않았으므로 그 의도만 존경했다.

그러다가 카라반첼을 공격했던 날 오후, 드디어 그 학자를 만나게 되었다. 그들은 투우장 벽 뒤에서 총탄을 피해 앉아 있었고, 도로 두 군데서 포격이 있는 중이었기에 다들 긴장하며 공격을 기다리고 있었다. 탱크 한 대가 오기로 되어 있었는데 아직 오지 않고 있었다. 몬테로가 한 손으로 머리를 받치고 앉아 말했다. "탱크가 안 왔어. 탱크가 안 왔다고."

날씨는 춥고 노란 먼지바람이 도로로 불어 내려왔다. 몬테로는 총상을 입은 왼쪽 팔이 굳어가고 있었다. "탱크가 있어야 하는데." 그가 말했다. "탱크를 기다려야 하는데, 기다릴 수가 없겠어." 그는 부상 때문에 매우 초조해하고 있었다.

로버트 조던은 전차 선로 구석에 있는 아파트 건물 뒤에 탱크가 있을 거라는 몬테로의 말에 따라 거기까지 갔다 왔다. 무언가가 있기는 했다. 하지만 탱크는 아니었다. 그 당시 스페인 사람들은 뭐든지 탱크라고 불렀다. 거기엔 오래된 장갑차가 있었다. 그 운전병은 그 아파트 건물의 뒤에서 나와 투우장으로 장갑차를 옮기고 싶어 하지 않았다. 그는 장갑차 뒤에 서서 두 팔을 모아 장갑차의 철판에 대고는 가죽을 덧댄 철모를 쓴 머리를 두 팔 위에 묻고 있었다. 로버트 조던이 그에게 말했을 때 그는 고개를 젓고 머리를 계속 팔에 얹은 채 고개를 들지 않았다. 그러고는 로버트 조던을 보지 않은 채 고개를 돌렸다.

"그곳으로 가라는 명령은 받은 적 없소." 그는 퉁명스럽게 말했다.

로버트 조던은 권총을 케이스에서 꺼내 들고 운전병의 가죽 외투에 총구를 댔다.

"이게 명령이다." 그가 운전병에게 말했다. 운전병은 미식축구선수의 헬멧처럼 가죽을 덧댄 커다란 철모를 쓴 머리를 흔들더니 말했다. "탄약이 없습니다."

"투우장에 탄약이 있다." 로버트 조던이 말했다. "자, 가자. 탄띠에 탄약을 채워주겠다. 자."

"기관총을 쏠 사람이 없습니다." 운전병이 말했다.

"사격 담당은 어디 갔나? 네 짝은 어디 있어?"

"죽었습니다." 운전병이 말했다. "저 안에서."

"시신을 끌어내." 로버트 조던이 말했다. "거기서 끌어내란 말이다."

"난 손대고 싶지 않습니다." 운전병이 말했다. "기관총과 운전대 사이에 쓰러져 있는데 지나갈 수가 없습니다."

"어서." 로버트 조던이 말했다. "둘이 같이 끌어내자."

그는 장갑차로 올라가다가 머리를 부딪쳤다. 눈썹 위가 약간 찢어져서 피가 얼굴로 흘러내렸다. 시신은 무거웠고 몸이 딱딱하게 굳은 상태라 몸을 구부릴 수가 없었다. 로버트 조던은 시신의 머리를 쳐서 시신이 원래 앉았던 좌석과 운전대 사이에서 머리를 빼내야 했다. 드디어 그는 시신의 머리 밑에 자신의 무릎을 밀어 넣어 시신을 들어 올렸다. 그런 다음 축 처진 머리 대신 허리를 뒤에서 잡고 문 쪽까지 끌고 갔다.

"좀 거들어." 그가 운전병에게 말했다.

"손대고 싶지 않습니다." 운전병은 말했고, 로버트 조던은 그가 울고 있는 것을 보았다. 눈물이 코의 양옆을 똑바로 지나 화약 가루로 범벅이 된 얼굴에 흘러내렸고, 콧물도 흐르고 있었다.

그는 문 옆에 서서 시신을 끄집어냈다. 시신은 여전히 등이 굽고 몸이 웅크려진 채로 전차 선로 옆 보도로 떨어졌다. 시신은 시멘트 보도에 창백한 잿빛 얼굴을 묻고, 두 손은 전차에 타고 있을 때처럼 아래로 굽은 채 그곳에 누워 있었다.

"타라, 제기랄." 로버트 조던은 이제 권총으로 운전병에게 손짓을 했다. "이제 타라고."

바로 그때 아파트 건물 뒤에서 한 남자가 걸어 나왔다. 긴 외투를 입고 모자는 쓰지 않은 남자였다. 백발에 광대뼈가 튀어나왔고 눈은 쑥 꺼져 있었으며 미간은 매우 좁았다. 그는 체스터필드 담배 한 갑을 손에 들고 있었는데, 운전병을 권총으로 밀어 장갑차에 태우고 있던 로버트 조던에게 그중 한 개비를 꺼내 건넸다.

"잠깐만, 동지." 그가 스페인어로 로버트 조던에게 말했다. "전투가 어떻게 돌아가고 있는지 설명 좀 해주시겠소?"

로버트 조던은 담배를 받아서 자신의 파란 군복 점퍼 윗주머니에 넣었다. 그는 이 동지를 사진으로 본 적이 있었다. 바로 영국인 경제학자였다.

"가서 똥이나 처드시지." 그는 그 동지에게 영어로 말했고, 그다음 장갑차 운전병에게 스페인어로 말했다. "저 아래. 투우장. 알았나?" 그러고는 묵직한 옆문을 쾅 닫아 잠갔다. 장갑차가 긴 경사로를 내려가기 시작했다. 장갑차로 총알이 쏟아졌고, 철로 된 보일러에 조약돌을 부딪치는 듯한 소리가 났다. 그다음 그들을 향해 기관총이 발사되자, 날카로운 망치로 두드리는 듯한 소리가 들렸다. 그들은 투우장 뒤편에 장갑차를 세웠다. 지난 10월의 경기 포스터들이 아직도 매표소 창문 옆에 붙어 있었다. 탄알 상자들이 열린 채 나뒹굴었고, 권총을 들고 수류탄을 허리띠에 차거나 주머니에 넣은 동지들이 그곳에서 기다리고 있었다. 몬테로가 말했다. "좋아. 탱크가 왔군. 이제 우리도 공격할 수 있겠어."

그날 밤 언덕 위의 집들을 마지막으로 접수하고 나서, 그는 바깥을 감시하기 위해 가운데에 구멍을 낸 벽돌 담장 뒤에 편안하게 누웠다. 벽돌 사이로 보이는 사격 범위 안의 아름다운 평지와 파시스트들이 퇴각해 있는 산등성이를 둘러보았다. 그는 왼쪽 면을 방어하는 무너진 빌라가 있는 언덕의 모양을 살살피며 거의 쾌락에 가까운 편안한 기분에 젖어 있었다. 그는 땀에 전 옷 위에 담요를 둘러 몸을 말리면서 건초 더미 속에 누워 있었다. 그곳에 누워 그는 그 경제학자를 떠올리며 웃었고, 곧 무례하게 대한 것에 대해 미안한 마음이 들었다. 그러나 그때 그 남자가 정보 제공에 대한 팁인 양 그에게 담배를 건넸을 때, 전투에 참여하지 않는 사람에 대한 군인으로서의 증오가 너무나 커서 견딜 수가 없었던 것이다.

이제야 그는 게일로드에서 카르코프가 그 경제학자에 대해 했던 말이 기억났다. "그러니까 거기서 그 사람을 만난 거군." 카르코프가 말했었다. "난 그날 푸엔테 데 톨레도 이상 나가지 않았어. 그자는 전선 쪽으로 꽤나 멀리 나갔던 모양이군. 그게 그가 용감했던 마지막 날이었을 거야. 다음 날 그자는 마드리드를 떠나버렸으니까. 그가 가장 용감했던 곳이 톨레도일 거야, 분명히. 톨레도에서는 대단했거든. 알카사르*를 포위하는 작전을 세운 사람 중 하나였으니까. 톨레도에서 그 사람을 봤어야 해. 그자의 노력과 조언 덕분에 우리 포위 공격이 상당 부분 성공할 수 있었지. 그런 게 전쟁의 가장 어리석은 면이야.

*14~15세기에 축조된 스페인의 건축물.

전쟁은 어리석은 행위 속에서 궁극에 다다르지. 그런데 말해보
게, 미국에서는 그를 어떻게 평가하나?"

"미국에서는." 로버트 조던이 말했다. "그가 모스크바와 무
척 가깝다고 생각하네."

"그렇지 않은데 말이야." 카르코프가 말했다. "하지만 그자
는 신수가 아주 훤하지. 얼굴과 매너로 한몫 보는 사람이야. 이
런 내 상판으로는 아무 일도 못 한다니까. 내가 그나마 이룬 것
들은 사람들에게 좋은 인상을 주지도 못하고 그들이 나를 사랑
하고 믿도록 만들지도 못하는 이런 얼굴을 가졌다는 약점을 극
복하고 이룩한 거야. 하지만 그 사람 미첼은 얼굴이 한밑천 하
는 셈이지. 지략가의 얼굴이거든. 책에서 지략가에 대해 읽은
사람들은 모두 그를 보자마자 신뢰하지. 게다가 진정한 지략가
의 매너도 갖췄어. 그가 방에 들어오는 것을 본 사람이라면 누
구든 자기가 일류급 지략가와 함께 있다는 것을 알게 되지. 자
네 모국의 부자들 중 감상적으로 자기들이 상상하고 믿는 소련
을 돕고 싶거나 공산당이 궁극적으로 성공해 세계를 지배할 때
를 대비해 보험을 들어놓고 싶은 사람들은 모두 이 작자의 얼
굴과 매너를 보면 당장에 그자야말로 바로 코민테른의 믿을 만
한 대리자라고 믿게 되겠지."

"그자가 모스크바와 전혀 내통하고 있지 않단 말인가?"

"전혀. 들어보게, 조던 동지. 두 가지 종류의 바보를 아나?"

"솔직한 바보와 비겁한 바보 말인가?"

"아니야. 우리 러시아에는 두 종류의 바보가 있네." 카르코
프는 씩 웃고 말을 시작했다. "먼저 겨울 바보가 있어. 그 바
보가 우리 집 현관에 와서 큰 소리로 문을 두드리지. 현관으로
나가 보니 전에 본 적이 없는 낯선 사람이란 말이야. 생김새가

아주 인상적이지. 덩치가 큰 데다 굽 높은 부츠를 신고 모피 코트에 털모자를 쓰고, 온통 눈을 뒤집어쓰고 있는 거야. 그는 우선 부츠 신은 발을 땅에 굴러서 눈을 털어내. 그다음 모피 코트를 털어내니 눈이 더 많이 떨어지지. 그러고는 털모자를 벗어서 현관문에 탁탁 터니 털모자에서 또 눈이 우수수 떨어져. 그가 다시 한 번 부츠를 털고 나서 방으로 들어와. 그제야 우리는 그의 모습을 보고 그가 바보라는 것을 알게 되지. 그게 겨울 바보야.

그리고 여름에는 바보가 길을 걸어 내려오면서 팔을 흔들고 머리를 이쪽저쪽으로 끄덕여대는 거야. 그러면 200야드 떨어져 있는 사람들도 전부 대번에 그가 바보라는 걸 알 수 있지. 그게 여름 바보야. 이 경제학자는 겨울 바보고."

"그런데 왜 여기 사람들은 그를 신뢰할까?" 로버트 조던이 물었다.

"얼굴 때문이라니까." 카르코프가 말했다. "그의 아름다운 '겔르 드 콩스피라테르(지략가의 얼굴)' 말일세. 그리고 자신이 어딘가 다른 곳에서 아주 신뢰받고 중요한 인물인데, 그곳에서 이곳으로 방금 온 것처럼 구는 수법도 대단하고." 그는 미소를 지었다. "물론 그 수법이 잘 통하게 하려면 세계 곳곳을 돌아다녀야 하지. 스페인 사람들이 이상한 건 자네도 알잖나." 카르코프는 계속했다. "이 나라 정부는 돈이 아주 많아. 금이 엄청나지. 그들은 친구들한테는 아무것도 안 줘. 자네가 친구지. 맞아, 자네는 한 푼 안 받고 일하고 보상도 안 받잖아. 하지만 중요한 기업이나 우방국은 아니지만 영향력이 큰 국가를 대표하는 사람들이나 뭐 그런 자들한테는 많이 퍼준단 말이야. 가만히 따라가다 보면 참 재밌어."

"난 마음에 들지 않는군. 그리고 그 돈은 스페인 노동자들의 돈이잖아."

"자네 좋으라고 하는 일이 아니야. 자넨 그저 이해해야 하는 거지." 카르코프가 그에게 말했다. "자네를 만날 때마다 내가 조금씩 가르쳐주니까 자네는 결국 배우는 게 있을 거야. 교수가 배우는 거 참 재미있겠군."

"돌아가서도 교수가 될 수 있을지는 알 수 없어. 어쩌면 빨갱이라고 쫓겨날지도 모르지."

"글쎄, 그럼 소련에 가서 연구를 계속해도 되겠네. 그게 제일 좋을 거야."

"하지만 내 전공은 스페인어인걸."

"스페인어를 하는 나라는 많아." 카르코프가 말했다. "스페인처럼 일하기 힘든 곳이 또 어디 있을라고. 그리고 자네가 지금 거의 아홉 달 동안 교수가 아니었다는 것을 기억해야 해. 아홉 달이면 새로운 직업을 얻어서 터득하고도 남겠군. 변증법은 얼마나 읽었나?"

"에밀 번스가 편집한 《마르크스주의 입문》을 읽었네. 그게 다야."

"그 책을 다 읽었다면 상당한 거지. 1500쪽이나 되는 데다 한 쪽 읽는 데도 시간이 꽤 걸렸을 테니까. 하지만 읽어야 할 다른 책들도 있어."

"지금은 독서할 시간이 없는데."

"나도 알아." 카르코프가 말했다. "궁극적으로 그렇단 말일세. 지금 일어나는 이런 일들을 이해하는 데 도움이 될 만한 책들이 많거든. 하지만 이 전쟁을 통해 아주 유용한 책이 탄생할 걸세. 필요한 많은 것들을 설명하는 책이겠지. 어쩌면 나는 그런 책을 쓸 거야. 그 책을 쓰는 사람이 나였으면 좋겠군."

"자네보다 더 잘 쓸 사람이 어디 있겠나."

"아부하지 말게." 카르코프는 말했다. "난 기자야. 기자들이 다 그렇듯 나도 책을 쓰고 싶어. 지금 나는 칼보 소텔로*를 공부하느라 아주 바쁘다네. 아주 훌륭한 파시스트지. 진정한 스페인 파시스트. 프랑코와 그 일당은 그렇지 않거든. 나는 소텔로의 글과 연설을 모두 공부하고 있네. 정말 지적인 사람이야. 죽임을 당한 것조차 아주 지적이었지."

"난 자네가 정치적 암살을 믿지 않는 줄 알았는데."

"그건 아주 광범위하게 자행되고 있다네." 카르코프가 말했다. "아주, 아주 광범위하게."

"하지만……."

"우리는 개인에 의한 테러 행위는 믿지 않아." 카르코프는 미소 지었다. "물론 범죄적 테러리스트와 반동 조직도 안 믿고. 우리는 이중적이고 악독한 부크리니트 약탈자들**처럼 하이에나 같은 살인자들과 지노비예프, 카메네프, 리코프와 그들의 부하들 같은 인간쓰레기들을 두려워하고 혐오하지. 우리는 이 잔인한 악마들을 싫어하고 증오하지." 그는 다시 미소를 지었다. "하지만 난 여전히 정치적 암살이 아주 광범위하게 자행되고 있다고 확신하네."

"그러니까 자네 말뜻은……."

---

*호세 칼보 소텔로(1893~1936). 1930년대 스페인의 우파지도자. 1936년 봄 좌파에 의해 살해당했으며, 이 사건이 파시스트 군부 반란의 도화선이 되었다.
**러시아 공산주의 혁명가 니콜라이 이바노비치 부하린(1888~1938)과 뜻을 같이하는 세력을 뜻하며, 1924년 레닌 사망 후 스탈린이 레온 트로츠키, 그리고리 지노비예프, 레프 카메네프 등 당내 주요 라이벌의 제거를 위해 부하린을 잠정적인 제휴 세력으로 이용한 것을 가리킨다. 부하린은 1938년 스탈린의 정치적 음모에 휘말려 처형되었다.

"아무 뜻도 아니야. 하지만 분명히 우리는 그런 잔인한 악마들과 인간쓰레기들과 반역적인 개 같은 장군과 신뢰를 저버리는 사령관들의 반역 행위를 처단하고 파괴하지. 이자들은 처단된 거야. 암살된 게 아니고. 그 차이를 알겠나?"

"알겠네." 로버트 조던은 말했다.

"그리고 내가 때때로 농담을 한다고 해서, 그런데 자네 농담으로라도 농담을 하는 게 얼마나 위험한지 아나? 좋아. 내가 농담을 한다고 해서, 스페인 사람들이 지금도 지휘권을 가지고 있는 어떤 장군들을 과거에 총살해버릴 걸 잘못했다고 후회하게 될 날이 오지 말라는 법이 없다 이거야. 자네도 알겠지만 나는 총살을 좋아하지는 않아."

"난 총살을 꺼리진 않네." 로버트 조던이 말했다. "좋아하지는 않지만 더 이상 꺼리지도 않아."

"알고 있어." 카르코프가 말했다. "그 소식은 들었으니까."

"그게 중요한가?" 로버트 조던이 말했다. "난 충실하려 했을 뿐인데."

"유감스럽긴 하지만." 카르코프가 말했다. "그런 것이 신뢰할 만한 사람으로 여기게 해주는 것들 중 하나인데, 그런 범주에 들기 위해서는 보통 오랜 시간이 필요하지."

"나도 신뢰할 만한 사람으로 인정받고 있나?"

"업무 면으로는 아주 신뢰할 만한 사람이지. 가끔은 자네 속마음을 알아보기 위해 이야기를 나눠야 하지만. 우리가 심각한 대화를 하지 않은 건 유감스러운 일이야."

"내 마음은 우리가 전쟁에서 승리할 때까지 정지 상태라네." 로버트 조던은 말했다.

"그렇다면 아마 자네는 오랫동안 머리가 필요 없겠군. 하지만 머리를 조심해서 써야 해."

"난 《문도 오브레로》*를 읽네." 로버트 조던이 말하자 카르코프가 말했다. "좋군. 좋아. 나도 농담을 받아들일 줄 안다네. 《문도 오브레로》에는 지적인 내용들이 있지. 이 전쟁에 대한 유일한 지적인 내용들 말이야."

"그래." 로버트 조던이 말했다. "나도 그렇게 생각하네. 하지만 지금 일어나고 있는 일을 전체적으로 조망하려면 당 기관지만 읽어서는 안 되지."

"안 되지." 카르코프가 말했다. "논문 스무 편을 읽어도 전체적으로 조망하지 못할 거야. 그리고 다 읽었다 해도 자네가 그걸 가지고 뭘 할지 모르겠군. 난 항상 그런 전체적인 조망을 하지만 내가 하는 건 그걸 잊어버리려고 노력하는 것이거든."

"자네가 보기에도 상황이 그렇게 나쁜 것 같나?"

"예전보다는 나아졌지. 최악인 것들을 제거하고 있는 중이니까. 하지만 썩어버렸어. 우리는 지금 거대한 군대를 편성하고 있어. 그들 중 일부, 그러니까 모데스토, 엘 캄페시노, 리스테르, 두란의 군대는 믿을 만하지. 믿을 만한 정도 이상이야. 그들은 위대해. 자네도 알게 될 거야. 그리고 역할은 바뀌고 있지만 여단도 여전히 건재하지. 하지만 좋은 요소와 나쁜 요소로 구성된 군대는 전쟁에서 승리할 수 없어. 모두가 일정 수준의 정치적 발전을 위해 협력해야 해. 모두가 자신이 왜 싸우는지 그 싸움의 중요성을 알아야 해. 모두가 자신이 치를 전투에 대한 믿음을 가져야 하고 규율을 받아들여야 해. 우리는 거대한 징집병 군대를 건설하고 있는데, 병사들이 포화 속에서 올

---

* '노동자 세상'이라는 뜻의 스페인 공산당 기관지.

바르게 행동하기 위해 징집병 군대가 갖춰야 하는 규율을 심어 줄 시간이 없어. 우리는 그 군대를 인민의 군대라고 부르지만 진정한 인민의 군대의 자산을 갖추지는 못할 것이고, 징집병 군대에게 필요한 강철 같은 규율도 갖추지 못할 거야. 두고 보라고. 그건 아주 위험한 과정이야."

"오늘은 별로 기분이 좋지 않군."

"맞아." 카르코프가 말했다. "난 발렌시아에서 방금 돌아왔거든. 거기서 많은 사람들을 봤고. 발렌시아에서 기분 좋게 돌아오는 사람은 없어. 마드리드에서야 기분 좋고 명확하고 승리할 가능성밖에 안 느껴지지만. 발렌시아는 달라. 마드리드에서 도망간 겁쟁이들이 아직도 그곳을 다스리니까. 그놈들이 멋대로 자리 잡고는 그 나태한 관료주의 정치를 하고 있다고. 그자들은 마드리드에 있는 사람들을 경멸하지. 이제 그들은 전쟁 병참부를 약화시키는 데 몰두해 있어. 그리고 바르셀로나. 자네가 바르셀로나도 봐야 하는데."

"그곳이 어떤데?"

"아직도 온통 희극 오페라야. 처음에는 괴짜들과 낭만적 혁명주의자들의 천국이었잖나. 이제는 가짜 군인들의 천국이 되었지. 군복에 붉은색과 검은색이 섞인 스카프를 매고는 거드름 피우며 걷고 싶어 하는 군인들 말일세. 전투하는 것만 쏙 빼고 전쟁에 대한 나머지 모든 걸 좋아하는 자들. 발렌시아가 역겹다면, 바르셀로나는 웃음만 나오지."

"POUM* 반란은 어떤가?"

---

*스페인 마르크스주의통일노동자당(Partido Obrero de Unificación Marxista)의 약자. 이들은 스페인 내전 당시 반파시스트 무정부주의 노선을 취했으며, 내전 도중 공화국 정부군을 상대로도 반란을 일으켰다.

"그건 심각하지 않았어. 괴짜와 미치광이들로 이루어진 이 단이었고, 그저 소아병적인 발상에 불과했지. 정직한데 길을 잘못 들어선 사람들도 가끔 있었어. 머리가 엄청 비상한 자도 있었고, 큰 액수는 아니었지만 파시스트 자금이 좀 흘러들기도 했지. 불쌍한 POUM. 정말 어리석은 놈들이었어."

"그 반란에서 사람이 많이 죽었나?"

"나중에 총에 맞았거나 앞으로 총에 맞을 사람들에 비하면 많은 것도 아니었지. POUM 이름 그대로야. 심각한 게 아니라고. 차라리 볼거리(mumps)나 홍역(measles)이라고 불렀어야 했는데 말이야. 아니지 아니야. 홍역이 훨씬 더 위험하지. 눈이 멀고 귀가 막힐 수도 있으니까. 하지만 그자들은 음모를 꾸며서 나와 월터, 모데스토, 프리에토를 죽이려고 했어. 그자들 머리가 얼마나 뒤죽박죽이었는지 알겠지? 우리는 전혀 다르거든. 불쌍한 POUM. 그자들은 아무도 죽이지 못했어. 전선에서도 다른 곳에서도. 바르셀로나에선 몇 명 죽이긴 했지만."

"자네도 그곳에 있었나?"

"그럼. 난 그 트로츠키식 살인자들의 악명 높은 단체와 경멸할 가치조차 없는 그들의 파시즘적 책략을 폭로하는 전보를 쳤지. 근데 우리끼리 얘기지만 POUM은 별로 심각한 게 아니었어. 닌이라는 자가 유일하게 문제가 됐지. 우리가 그자를 잡았는데 도망을 쳐버렸어."

"지금 그자는 어디 있나?"

"파리에. 우리는 그가 파리에 있다고 말해. 그는 아주 유쾌한 친구였지만 이단적인 정치관을 가지고 있었지."

"하지만 파시스트들과 내통했던 것 아닌가?"

"안 그런 사람이 누가 있겠어?"

"우린 안 그렇잖나."

"누가 알아? 우리가 그렇지 않길 나도 바라네. 자네는 그들의 전선 후방에 자주 가잖아." 그는 씩 웃었다. "파리 주재 공화국의 대사관 서기들 중 한 명의 형제가 지난주 생장드뤼즈로 가서 부르고스에서 온 사람들을 만났어."

"난 전선에 있는 편이 더 좋네." 로버트 조던이 말했다. "전선에 가까울수록 더 좋은 사람들이 있더군."

"파시스트 전선 후방은 어떤가?"

"아주 좋네. 그곳에도 좋은 사람들이 있지."

"음, 적들도 똑같이 우리 전선 후방에 첩자들을 심어놓고 있을 것이 뻔해. 우리는 그들을 찾아서 총살하고, 적들은 우리 편 사람들을 찾아내서 총살하지. 그들의 지역에 있을 때는, 자네는 항상 적들이 우리에게 얼마나 많은 첩자를 보냈을지 생각해야 해."

"그에 대해서는 나도 생각해봤네."

"그럼." 카르코프가 말했다. "자네는 아마 오늘도 생각할 게 많을 테니 저 주전자 속에 남은 맥주나 좀 마시고, 이제 가보게. 난 위층에 가서 사람들을 만나야 하니까. 위층 사람들 말이야. 조만간 와서 나랑 만나세."

그렇다, 로버트 조던은 생각했다. 나는 게일로드에서 많은 것을 배웠다. 카르코프는 그가 출판했던 유일한 책을 읽었다. 그 책은 성공하지 못했다. 200쪽밖에 되지 않았고, 읽은 사람이 2천 명이나 될지 의심스러웠다. 그는 자신이 10년 동안 도보로, 삼등칸 열차로, 버스로, 말이나 노새로, 그리고 트럭으로 스페인을 여행하면서 스페인에 대해 발견한 것들을 그 책에다 썼다. 그는 바스크 지역과 나바레, 아라곤, 갈리시아, 카스티야라는 이름이 붙은 두 지방, 그리고 에스트레마두라를 잘 알았다. 보로*와 포드**가 집필한 책과 그 밖의 작가들이 쓴 훌륭한 스페인 관련 책들이 있어서 그가 덧붙일 것은 많지 않았다. 그래도 카르코프는 그 책을 좋은 책이라고 말해주었다.

"그래서 내가 자네를 상대하는 걸세." 그가 말했다. "자네는 아주 진심으로 글을 쓰지. 그리고 그건 아주 드문 일이고. 그래서 나는 자네가 뭔가를 알았으면 하고 바라는 걸세."

좋다. 이 일을 끝내고 나면 그는 책을 쓸 것이다. 그러나 그가 진정으로 아는 것들에 대해서, 그가 아는 것에 대해서만 쓸 것이다. 그러나 그것들을 다루려면 나는 지금보다 훨씬 좋은 작가가 되어야겠지, 그는 생각했다. 이 전쟁에서 그가 알게 될 것들은 그리 단순하지 않을 것이기 때문이다.

---

*조지 보로(1803~1881). 영국의 소설가이자 문헌학자. 러시아와 스페인 등 여러 곳을 여행하고 책을 썼다.
**리처드 포드(1796~1858). 영국의 작가. 작품으로 4년간 스페인을 여행하고 쓴 《스페인 여행자들을 위한 가이드》가 있다.

19장

"거기 앉아서 뭐 해요?" 마리아가 그에게 물었다. 그녀는 그의 옆에 가까이 서 있었다. 그는 고개를 돌려 그녀에게 미소를 지었다.

"아무것도." 그가 말했다. "생각 좀 하느라고."

"무슨 생각이요? 다리?"

"아니. 다리 일은 끝났어. 당신 생각, 그리고 러시아 사람들을 만났던 마드리드의 한 호텔에 대해서, 그리고 언젠가 내가 쓸 책에 대해서."

"마드리드에는 러시아 사람들이 많아요?"

"아니. 별로 없어."

"파시스트 기관지에서는 수십만 명이 있다고 하던데요."

"그건 거짓말이야. 아주 적어."

"러시아 사람들 좋아해요? 여기에 왔던 그 사람도 러시아 사람이었어요."

"당신은 그가 좋았어?"

"네. 난 그때 아팠지만, 그 사람이 아주 아름답고 용감하다고 생각했어요."

"아름답다니, 무슨 허튼소리." 필라르가 말했다. "코는 내 손처럼 넓적한 데다 광대뼈는 양 궁둥이처럼 컸는데."

"그는 내 좋은 친구이자 동지였어." 로버트 조던이 마리아에게 말했다. "난 그를 아주 많이 좋아했지."

"물론 그랬겠지." 필라르가 말했다. "하지만 당신은 그를 쐈어."

그녀가 이 말을 하자, 카드게임을 하던 사람들이 탁자에서 고개를 들었고, 파블로는 로버트 조던을 바라보았다. 아무도 말이 없었다. 얼마 후 집시 라파엘이 물었다. "사실인가, 로베르토?"

"그렇소." 로버트 조던이 말했다. 그는 필라르가 이 얘기를 꺼내지 않았으면 좋았겠다고 생각했다. 엘 소르도의 캠프에서 그 얘기를 했던 것이 후회되었다. "그가 원해서였소. 그는 심각한 부상을 당했었으니까."

"케 코사 마스 라라.(참 희한한 일이군.)" 집시가 말했다. "우리랑 같이 있을 때 그자는 툭하면 그럴 가능성을 얘기했는데. 내가 그에게 그렇게 해주겠다고 얼마나 많이 약속했는지 몰라. 참 희한한 일일세." 그는 다시 말하고는 고개를 저었다.

"그는 독특한 사람이었어." 프리미티보가 말했다. "아주 유별났지."

"이보시오." 형제들 중 한 명인 안드레스가 말했다. "교수인가 뭔가 하는 양반. 사람이 자기에게 일어날 일을 미리 보는 게 가능하다고 믿으시오?"

"그 친구가 그런 걸 봤다고는 믿지 않아요." 로버트 조던은 말했다. 파블로는 호기심 어린 눈으로 그를 쏘아보고 있었고,

필라르는 무표정하게 그를 바라보고 있었다. "그 러시아 동지의 경우, 전선에 너무 오래 있어서 신경이 아주 날카로웠소. 당신들도 알다시피 그는 전세가 안 좋은 이룬에서 싸웠으니까. 아주 안 좋았지. 나중엔 북부 지방에서 싸웠고. 그리고 전선 후방 교란부대가 처음 구성되고는 이 지방과 에스트레마두라, 안달루시아에 있었지요. 내 생각에 그 친구는 너무 피곤하고 불안해서 추악한 것들을 상상했던 것 같소."

"그 사람은 분명 악마 같은 것들을 많이 봤을 거야." 페르난도가 말했다.

"세상 사람들처럼 말이지." 안드레스가 말했다. "하지만 좀 들어보시오, 잉글레스. 자기에게 일어날 일을 미리 아는 사람 같은 게 있다고 생각하쇼?"

"아니." 로버트 조던이 말했다. "그건 무지고 미신이오."

"계속해봐." 필라르가 말했다. "교수님의 의견 좀 들어보자고." 그녀는 조숙한 아이에게 말하는 듯한 어조로 말했다.

"난 두려움 때문에 사악한 환영이 보이는 거라고 믿고 있소." 로버트 조던이 말했다. "불길한 징조를 보면……."

"오늘 비행기들 같은." 프리미티보가 말했다.

"댁이 이곳에 온 일 같은." 파블로가 나직하게 말했다. 로버트 조던이 탁자 너머로 그를 쏘아보았으나 화를 돋우려는 말이 아닌 그냥 속마음이 입 밖으로 튀어나온 것임을 알고는 말을 이어갔다. "불길한 징조를 보면 사람들은 공포를 느끼면서 자신의 종말을 상상하는데, 또 그 공상이 신이 내려준 것이라고 생각하지요." 로버트 조던은 결론지었다. "그 이상은 아무것도 없다고 믿고 있소. 난 귀신도 점쟁이도 초자연적인 것들도 믿지 않소."

"하지만 그 특이한 이름을 가진 사람은 자기 운명을 또렷하게 봤어." 집시가 말했다. "그리고 그런 일이 벌어졌고."

"그는 본 게 아니오." 로버트 조던은 말했다. "그런 가능성을 두려워했고 그게 강박관념이 되어버린 거지. 그가 무언가를 봤다고는 아무도 말할 수 없어요."

"나도 아닌가?" 필라르가 그에게 묻고는 화덕에서 재를 한 줌 집어 자신의 손바닥에 놓고 불었다. "나도 말할 수 없단 말이지?"

"그래요. 마법이든 집시든 뭐든, 당신도 내게 그런 말을 할 수 없어요."

"당신은 터무니없는 귀머거리니까." 필라르가 말했고, 그녀의 큰 얼굴은 촛불 아래서 거칠고 넓어 보였다. "당신이 멍청해서가 아니야. 그저 귀가 멀어서지. 귀머거리는 음악을 들을 수 없거든. 라디오도 들을 수 없고. 그래서 들어본 적이 없으니 그런 건 없다고 말하는 거지. 케 바, 잉글레스. 나는 그 희한한 이름을 가진 자의 얼굴에서 죽음을 봤어. 꼭 낙인으로 태운 것 같은 걸 말이야."

"당신은 그걸 본 게 아니오." 로버트 조던이 주장했다. "당신은 두려움과 불안을 본 거예요. 두려움은 그가 겪은 일들 때문에 생긴 거고. 불안은 그가 악마가 있을지도 모른다고 상상했기 때문이고요."

"케 바." 필라르가 말했다. "난 거기서 죽음을 봤어. 죽음이 그자의 어깨에 앉아 있는 것 같았어. 게다가 그 사람은 죽음의 냄새도 풍겼다고."

"죽음의 냄새를 풍겼다." 로버트 조던이 비웃었다. "두려움의 냄새였겠지요. 두려움에는 냄새가 있으니까."

"데 라 무에르테.(죽음의 냄새였어.)" 필라르가 말했다. "이봐, 훌륭한 페온 데 브레가*였던 블랑케트가 마놀로 그라네로 밑에서 일할 때 말이야, 마놀로 그라네로가 죽던 날 투우장으로 가는 길에 성당에 들렀는데 그때 마놀로한테서 죽음의 냄새가 너무 심하게 나서 토할 뻔했다고 나한테 말해줬다고. 투우장으로 출발하기 전 호텔에서 마놀로가 목욕하고 옷 입는 동안에도 같이 있었고 투우장으로 가는 차 안에서 둘이 바짝 붙어 앉아 갔는데도 나지 않던 냄새가 말이야. 성당에서는 후안 루이스 데 라 로사만 그 냄새를 맡았다지. 마르시알과 치쿠엘로는 그때도 냄새를 맡지 못했고, 그 넷이 투우장으로 입장하기 전 일렬로 서 있을 때도 맡지 못했다더군. 하지만 블랑케트는 후안 루이스의 얼굴이 죽은 듯 창백해진 걸 본 거야. 블랑케트가 그에게 물었지. '자네도 맡았나?'

'그래서 숨도 못 쉬겠네.' 후안 루이스가 대답했지. '자네 마타도르한테서 나.'

'푸에스 나다.(어쩔 수 없지.)' 블랑케트가 말했어. '어쩔 도리가 없어. 우리가 잘못 안 것이길 바라자.'

'그럼 다른 사람들은 어때?' 후안 루이스가 블랑케트에게 물었다는군.

'나다.' 블랑케트가 말했어. '아무렇지도 않은가 봐. 하지만 이번에는 탈라베라에서 호세가 풍기던 냄새보다 더 지독한데.'

그리고 바로 그날 오후에 마드리드 투우장에서 베라구아 목

---

*투우 경기 동안 마타도르를 돕는 하급 투우사. 투우사에는 주역인 마타도르, 망토를 가지고 소를 흥분시키다 장식 작살인 반데리야를 황소의 목이나 어깨에 꽂는 조역인 반데리예로, 말을 타고 창으로 소를 찌르는 피카도르 등이 있다. 보통 투우 경기에서는 두세 명의 반데리예로와 두세 명의 피카도르를 포함시켜 일단을 구성하고 있는 여러 마타도르가 서열에 따라 교대로 투우를 벌인다.

장의 황소 포카페냐가 제2관람석 맨 앞줄 판자 장애물에 마놀로 그라네로를 내동댕이쳤지. 나도 피니토랑 같이 갔었기 때문에 그 장면을 봤어. 황소 뿔이 그의 두개골을 완전히 박살냈고, 마놀로의 머리는 바레라* 밑 층계 아래에 처박혔지."

"당신도 그 냄새를 맡은 거요?" 페르난도가 물었다.

"아니." 필라르가 말했다. "그러기엔 너무 멀었지. 우리는 제3관람석 일곱 번째 줄에 있었어. 내가 앉은 자리에서는 무슨 일이 일어나는지 전부 볼 수 있었지. 하지만 그날 밤 블랑케트가 포르노스 레스토랑에서 피니토에게 그 얘기를 해줬어. 블랑케트는 예전에도 자기가 모시던 마타도르 호셀리토가 죽는 걸 봤던 사람이야. 피니토가 그 얘길 듣고는 후안 루이스 데 라 로사에게 그랬냐고 물었더니 그는 아무 말도 하려 들지 않았어. 대신 고개를 끄덕여서 사실이라는 걸 밝혔지. 그때 나도 그 자리에 있었어. 그러니 잉글레스, 그날 그 경기에 있던 치쿠엘로와 마르시알 랄란다, 그들 휘하의 반데리예로들과 피카도르들, 후안 루이스의 헨테들, 마놀로 그라네로 전부 다 그날 그 일에 귀머거리였던 것처럼 당신도 아마 귀머거리인 게야. 하지만 후안 루이스와 블랑케트는 그렇지 않았지. 나도 그런 일엔 귀머거리가 아니야."

"코 얘길 하다 말고 왜 귀머거리 얘기를 하는 거예요?" 페르난도가 물었다.

"제기랄!" 필라르가 말했다. "네놈이 잉글레스 대신 교수나 해먹어라. 하지만 잉글레스, 다른 얘기도 많으니 그저 당신이 볼 수 없고 들을 수 없다고 의심해선 안 되우. 당신은 개도 들

*투우장의 위험 방지용 붉은색 나무 울타리 벽.

는 걸 못 들어. 개가 맡는 냄새도 당신은 못 맡고. 하지만 이미 당신은 사람에게 어떤 일이 일어날 수 있는지를 조금은 경험했지."

마리아는 로버트 조던의 어깨에 손을 올려놓고 있었다. 그러다 그는 갑자기 생각했다. 이런 쓸데없는 건 다 집어치우고 우리에게 남아 있는 시간을 잘 써보자. 하지만 아직은 너무 이르다. 어차피 우리는 이 밤을 보내야 하니까. 그래서 그는 파블로에게 물었다. "당신, 당신은 이런 마술을 믿으시오?"

"난 몰라." 파블로가 말했다. "난 댁의 의견 쪽에 더 가까워. 초자연적인 일은 나한텐 일어난 적이 없거든. 하지만 두려움은 분명 느껴봤지. 그것도 아주 많이. 하지만 난 필라르가 손금을 보고 앞으로 일어날 일들을 예언할 수 있다는 건 믿어. 저 여편네가 거짓말을 안 한다면 아마 그런 냄새를 맡는다는 건 진실일 거야."

"케 바, 내가 거짓말을 하다니." 필라르가 말했다. "내가 지어낸 얘긴 줄 아시나 보네. 이 블랑케트라는 사람은 아주 진지하고 게다가 아주 독실한 사람이었어. 집시도 아니고 발렌시아 출신 부르주아도 아니었지. 그 사람 본 적 없소?"

"봤습니다." 로버트 조던이 말했다. "여러 번 봤어요. 작고 얼굴이 잿빛이었죠. 투우사 망토를 누구보다도 잘 다루는 사람이었지요. 발이 토끼처럼 재빨랐고요."

"맞아." 필라르가 말했다. "심장이 나빠서 얼굴이 잿빛이었지. 그래서 집시들은 그자가 죽음을 짊어지고 다니면서 탁자 먼지를 털 듯이 망토로 죽음을 털어낼 수 있다고 말했어. 하지만 집시도 아닌 그 사람이 탈라베라에서의 경기 때 마타도르 호셀리토에게서 죽음의 냄새를 맡았어. 지독한 만자니야 냄새

속에서 어떻게 그 냄새를 맡을 수 있었는지는 모르겠지만. 블랑케트는 나중에 얘기할 때도 많이 망설이긴 했지만, 그의 말을 들은 사람들은 그저 공상일 뿐이라고, 그건 호세가 흘린 겨드랑이 땀 냄새, 그자의 삶의 냄새였다고 말했었지. 그런데 나중에 이 마놀로 그라네로 일이 또 생긴 거야. 후안 루이스 데 라 로사도 냄새를 맡았고. 분명 후안 루이스는 평이 그다지 좋은 사람은 아니었지만, 일에 있어서는 아주 예민한 사람이었어. 여자들을 후리는 난봉꾼이기도 했고. 하지만 블랑케트는 진지한 데다 엄청 과묵하고 거짓말이라고는 할 줄 모르는 사람이었어. 내 말하건대, 여기 왔던 당신의 동료에게서도 죽음의 냄새가 났어."

"난 믿지 않아요." 로버트 조던이 말했다. "블랑케트가 파세오* 직전에 그 냄새를 맡았다고 했지요. 투우 경기가 시작되기 전에 말이에요. 하지만 여기서는 당신들과 카시킨, 열차 폭파 모두 성공적이지 않았나요? 그는 그때 죽지 않았어요. 그런데 어떻게 그때 그 냄새를 맡았단 말이오?"

"그런 거하곤 상관없어." 필라르가 설명했다. "이그나시오 산체스 메히아스도 마지막 투우 시즌 때는 죽음의 냄새가 하도 고약해서 사람들이 카페에서조차 그와 같이 앉지 않으려 했어. 이건 집시들은 다 아는 얘기라우."

"누군가가 죽고 나면 그런 얘기들을 지어내는 법입니다." 로버트 조던은 주장했다. "산체스 메히아스가 황소 뿔에 받힐 것이라는 건 다들 알고 있었어요. 그는 너무 오랫동안 훈련도 하지 않은 데다 투우 스타일도 무겁고 위험했으니까요. 힘도

*투우 시작 전 투우사들의 입장 행진.

약해지고 다리도 느려졌고 반사신경도 더 이상 예전 같지 않았으니."

"그야 그랬지." 필라르가 그에게 말했다. "다 사실이야. 하지만 집시들은 그에게서 죽음의 냄새가 났다는 걸 다 알았어. 그가 비야로사 카페에 들어오면 리카르도와 펠리페 곤살레스 같은 사람들이 바 뒤의 쪽문으로 나가버렸다고."

"그에게 갚을 돈이 있는 사람들이었나 보죠." 로버트 조던이 말했다.

"그랬을 수도 있지." 필라르가 말했다. "그랬을 수도 있어. 하지만 그들은 그 냄새를 맡기도 했고 다들 그걸 알았어."

"저 여자 말이 맞아, 잉글레스." 집시 라파엘이 말했다. "우리들 사이에선 유명한 얘기거든."

"난 그런 거 전혀 안 믿소." 로버트 조던이 말했다.

"있잖소, 잉글레스." 안셀모가 말을 시작했다. "나도 그런 마술엔 반대요. 하지만 이 필라르는 그런 데 아주 뛰어난 걸로 유명하다오."

"대관절 무슨 냄새인 거예요?" 페르난도가 물었다. "어떤 냄새가 나지? 냄새가 있다면 뭔 냄새인지 알 거 아닙니까."

"알고 싶나, 페르난디토?" 필라르가 그에게 미소를 지었다. "네가 그 냄새를 맡을 수 있을 것 같아?"

"그런 게 실제로 있다면 다른 사람처럼 나도 맡지 못할 게 뭐요?"

"그래, 그럴 테지." 필라르는 큼직한 두 손으로 무릎을 감싼 채 그를 놀리고 있었다. "배에 타본 적은 있나, 페르난도?"

"아니. 타고 싶지 않은데."

"그럼 모르겠군. 밖에선 폭풍이 불고 선창은 꼭 닫혀 있을 때 배 안에서 나는 냄새랑 비슷한 데가 있거든. 흔들리는 배에서 꽉 닫힌 선창의 놋쇠 손잡이에 코를 대면 어지럽고 배 속이 텅 비면서 그 냄새가 절반쯤은 풍겨오는 거야."

"난 배는 안 탈 거니까 알 수 없겠군요." 페르난도가 말했다.

"난 몇 번 타봤어." 필라르가 말했다. "멕시코와 베네수엘라에 갈 때."

"그 냄새의 나머지 절반은 뭡니까?" 로버트 조던이 물었다. 필라르는 그를 비웃듯 바라보았고, 이제 자랑스럽게 자신의 여행을 회상했다.

"좋아, 잉글레스. 배워. 바로 그거야. 배우라고. 좋아. 배에서 냄새를 맡은 다음에 마드리드의 언덕으로 내려가서 아침 일찍 푸엔테 데 톨레도 다리를 건너 도살장으로 가는 거야. 그리고 만자나레스 강에서 물안개가 피어오를 때 축축한 보도 위에서, 해뜨기 전부터 도살당한 동물의 피를 마시러 온 노파를 기다리는 거지. 숄을 두르고 얼굴은 잿빛에 눈은 퀭하고 턱과 볼에는 콩에서 싹이 나듯 수염이 자란 할멈이 일을 다 보고 도살장에서 나올 때, 그 할멈에게 두 팔을 꽉 두르고 말이야, 잉글레스, 그녀를 끌어당겨 입을 맞추면, 그 냄새의 두 번째 향을 알게 될 거야."

"입맛이 뚝 떨어지는구먼." 집시가 말했다. "그 싹 얘긴 너무했지."

"더 듣고 싶수?" 필라르가 로버트 조던에게 물었다.

"좋습니다." 그는 말했다. "배우는 데 필요하다면."

"할멈 얼굴에 나는 싹 얘긴 역겨워." 집시가 말했다. "할멈들은 왜 그러는 거야, 필라르? 우리한텐 그런 거 안 나는데."

"그야 그렇지." 필라르가 그를 향해 비웃었다. "젊을 때 아주 날씬했던, 물론 남편이 화냥질을 너그럽게 허락해준 표시로 만날 배가 불룩했던 것만 빼면 날씬했던 여자들도 나이 들면 그렇게 되는 거야. 남편이 눈감아주니 아무 집시 남정네나 물건을 들이대서……."

"그렇게 말하지 마쇼." 라파엘이 말했다. "천박하게시리."

"그래서 맘 상했나?" 필라르가 말했다. "집시 여자치고 아이를 뱄거나 이제 막 낳았거나 하지 않은 여잘 본 적 있어?"

"당신."

"집어치워." 필라르가 말했다. "나라고 맘 안 상하겠냐. 내말은 나이가 들면 누구나 그렇게 보기 흉해진다는 거야. 자세히 설명할 필요는 없어. 하지만 잉글레스가 궁금해하는 그 냄새가 무엇인지 배워야 한다면 아침 일찍 도살장으로 가봐야 한단 말이지."

"가보지요." 로버트 조던이 말했다. "하지만 그런 할멈이 지나갈 때 입은 맞추지 않고 그 냄새만 맡아볼 겁니다. 나도 라파엘처럼 싹은 싫거든요."

"입을 맞춰." 필라르가 말했다. "배우려면 할멈한테 입을 맞추라고, 잉글레스. 그런 다음 당신 콧구멍 속에 그 냄새를 담고 도시로 돌아와서, 죽은 꽃들이 들어 있는 쓰레기통이 보이거든 그 안에 코를 처박고 숨을 들이마셔서 콧속에 들어 있는 냄새랑 쓰레기통 냄새가 섞이게 만드는 거지."

"자 그렇게 했다 치고." 로버트 조던이 말했다. "그 꽃은 무슨 꽃입니까?"

"국화꽃."

"계속해요." 로버트 조던이 말했다. "내가 그 냄새를 맡고."

"그다음에." 필라르는 계속했다. "10월에 비가 내리는 게 중요해. 아니면 적어도 안개가 끼어 있든가 초겨울이든가. 그럼 이제 계속 걸어서 도시 안으로 들어간 다음 살루드 거리로 내려가. 사람들이 홍등가에서 빗자루질을 하고 똥통을 비우기도 하는 데 가면 성교의 냄새가, 비눗물과 담배꽁초 냄새가 달콤하게 뒤섞인 그 냄새가 콧속으로 은은하게 들어올 거요. 그럼 계속해서 식물원으로 가. 밤에 더 이상 홍등가에서 매춘을 못 하는 여자들이 공원 철문이나 난간에 기대서, 아니면 보도 위에서 몸을 파는 식물원 말이오. 바로 거기 여자들은 나무 그늘 아래 철 난간에 기대서 남자가 원하는 짓은 뭐든 다 해주지. 10센티모를 받고 단순한 요구에서부터 1페세타를 받고 인간이 그 짓거리를 하기 위해 태어난 그 중대한 짓까지 뭐든지 다 해주지. 그리고 거기서, 꽃을 다 뽑은 다음 아직 새 꽃을 심지 않고 내버려둔, 그래서 보도보다 훨씬 흙이 부드러운 죽은 꽃밭에서, 당신은 젖은 흙냄새와 죽은 꽃 냄새와 밤일의 냄새가 뒤섞인 버려진 마대자루를 발견할 거요. 그 마대자루 속에는 죽은 흙과 죽은 줄기와 썩은 꽃, 그러니까 죽음과 탄생의 냄새의 정수가 들어 있을 거요. 그 마대자루를 머리에 감고 숨을 들이마시는 거지."

"싫소."

"해야 돼." 필라르가 말했다. "마대자루를 머리에 감고 숨을 쉬어봐. 앞에 맡았던 냄새가 전혀 사라지지 않았다면, 숨을 깊이 들이마실 때, 우리가 아는 그 냄새, 곧 닥칠 죽음의 냄새를 맡게 될 거요."

"좋소." 로버트 조던이 말했다. "그러니까 카시킨이 여기에 왔을 때 그에게서도 그런 악취가 났었단 말이지요?"

"그렇지."

"글쎄." 로버트 조던이 진지하게 말했다. "그게 사실이라면 그를 쏴 죽이길 잘했군."

"올레." 집시가 말했다. 다른 사람들도 웃었다.

"아주 잘했소." 프리미티보가 말했다. "이제 필라르도 당분간 꼼짝 못 하겠는걸."

"하지만 필라르." 페르난도가 말했다. "돈 로베르토같이 교양 있는 사람이 그런 더러운 짓을 한다는 게 상상이 안 되는데요."

"그렇지." 필라르가 동의했다.

"극히 혐오스럽군요."

"그래." 필라르가 동의했다.

"저 양반이 그런 더러운 짓을 할 거라고는 생각도 못 하겠는걸요."

"맞아." 필라르가 말했다. "그러니 이제 가서 잠이나 자지 그래?"

"그런데 필라르……." 페르난도가 계속했다.

"그만 닥쳐, 어?" 필라르가 갑자기 표독스럽게 말했다. "바보짓 하지 말고. 나도 내 말을 못 알아먹는 놈들한테 얘기하느라 바보가 되긴 싫으니까."

"고백하는데, 난 이해가 안 가요." 페르난도가 말을 시작했다.

"고백 같은 거 하지 말고 이해하려고도 하지 마." 필라르가 말했다. "밖엔 아직도 눈이 오나?"

로버트 조던은 동굴 입구로 가서 담요를 걷고 밖을 내다보았다. 맑고 쌀쌀한 밤이었고 눈은 내리지 않았다. 그는 흰 눈이 쌓여 있는 나뭇가지 사이로 맑게 갠 하늘을 보았다. 숨을 들이마시자 찬 공기가 그의 폐로 따갑게 들어왔다.

엘 소르도가 오늘 밤 말을 훔쳤다면 발자국을 꽤나 많이 남기겠군, 그는 생각했다.

그는 담요를 내리고 연기가 자욱한 동굴 안으로 돌아왔다. "갰어요." 그는 말했다. "눈보라는 그쳤어요."

20장

이제 한밤중이었다. 그는 누워서 그녀가 오기를 기다렸다. 바람은 멎었고 소나무들은 밤새 고요했다. 소나무 줄기들이 온 땅을 뒤덮고 있는 눈을 뚫고 뾰족하게 나와 있었다. 그는 자신이 만든 침상의 푹신한 바닥을 느끼며 따뜻한 침낭 속에서 다리를 길게 쭉 뻗었다. 살을 에는 듯한 차가운 공기가 그의 머리 위로, 그리고 숨을 쉴 때는 콧구멍으로 들어왔다. 그는 옆으로 누워 있었다. 머리 밑에는 구두에 바지와 외투를 둥글게 말아 만든 베개가 불룩하게 놓여 있었고, 옆쪽에는 그가 옷을 벗을 때 권총집에서 꺼내 오른쪽 손목에 끈으로 연결해놓은 자동권총의 차가운 금속 몸체가 기대어 있었다. 그는 권총을 치우고 침낭 속으로 몸을 더 깊숙이 넣고는, 눈을 가로질러 동굴 입구인 바위의 어두운 구멍을 살펴보았다. 하늘은 맑았고, 눈에서 반사된 빛 덕분에 동굴 근처의 나무줄기와 바위 덩이가 환하게 보였다.

초저녁에 그는 도끼를 꺼내서 동굴 밖으로 나가 새로 내린 눈을 밟고 숲 속 빈터의 끝자락까지 걸어가서 작은 가문비나무

한 그루를 베었다. 어둠 속에서 그는 그 나무 등치를 잡고 동굴이 있는 바위까지 끌고 왔다. 바위 있는 데까지 와서는, 나무를 똑바로 세우고 한 손으로 줄기를 꽉 잡고 도끼 손잡이를 짧게 잡은 다음 가지들을 모두 쳐내 한 무더기로 쌓았다. 그런 다음 가지 더미를 남겨둔 채 가치를 다 쳐낸 나무줄기를 눈 위에 눕혀놓고, 동굴 안으로 들어가 벽에 세워놓았던 널빤지를 가지고 나왔다. 그는 널빤지로 바위 주변에 있는 눈을 치운 다음 나뭇가지들을 들어 올려 눈을 털어내고, 그것들을 겹쳐놓은 깃털처럼 일렬로 올려놓아 침상을 만들었다. 그는 나뭇가지 침상의 발치를 가로질러 막대를 놓아 가지들을 고정시키고, 널빤지 끝에서 잘라낸 뾰족한 나무 조각 두 개를 그 막대에 박아 움직이지 않게 했다.

그런 다음 널빤지와 도끼를 들고 다시 담요 밑으로 몸을 숙여 동굴 안으로 들어가서 그것들을 벽에 기대어놓았다.

"밖에서 뭘 하는 게요?" 필라르가 물었었다.

"침상을 만들었어요."

"내 새 부엌 선반에서 나무를 잘라 가지는 마슈."

"미안합니다."

"중요한 건 아니우." 그녀가 말했다. "제재소에 가면 널빤지는 얼마든지 있으니까. 어떤 침상을 만든 거요?"

"우리 나라에서 쓰던 것 같은 거요."

"그럼 거기서 잘 주무시구려." 그녀가 말했다. 로버트 조던은 꾸러미들 중 하나를 열어 침낭을 꺼낸 다음 다시 잠근 후 침낭을 가지고 담요 밑으로 몸을 숙여 밖으로 나왔다. 침낭의 막힌 끝부분을 침상의 발치에 사선으로 박힌 막대 위에 오게 한 다음 나뭇가지들 위에 침낭을 펼쳤다. 침낭의 뚫린 머리 부분은 바위 벽면 옆에 놓여 보호되게 했다. 그다음 그는 꾸러미들을 가지러 동굴 안으로 다시 들어갔는데, 필라르가 말했다. "어젯밤처럼 내가 가지고 자리다."

"보초는 아무도 안 설 건가요?" 그가 물었다. "날도 갰고 눈보라도 그쳤는데."

"페르난도가 갈 거요." 필라르가 말했다.

마리아는 동굴 뒤쪽에 있어서 로버트 조던은 그녀를 보지 못했다.

"다들 안녕히 주무시오." 그는 말했다. "난 자러 갑니다."

널빤지 탁자와 생가죽으로 덮인 의자를 치워서 잠잘 공간을 만들고 화덕 앞 동굴 바닥에 담요와 침낭을 깐 사람들 중에서 프리미티보와 안드레스가 올려다보고 말했다. "부에나스 노체스(잘 자게.)."

안셀모는 벌써 구석에서 코도 안 보일 정도로 담요와 망토를 똘똘 말고 잠들어 있었다. 파블로는 의자에서 잠들어 있었다.

"침상에 양털 필요하슈?" 필라르가 로버트 조던에게 부드럽게 물었다.

"괜찮습니다." 그가 말했다. "고맙지만 필요 없어요."

"잘 자시오." 그녀가 말했다. "당신 물건은 내가 잘 지키겠소."

페르난도가 그와 함께 나와 로버트 조던이 침낭을 펴는 곳에서 잠시 서 있었다.

"바깥에서 자는 데 아주 기발한 생각을 했군요, 돈 로베르토." 그는 어둠 속에서 망토를 덮어 쓰고 카빈총을 어깨에 멘 채 서서 말했다.

"난 이런 데 익숙해졌어요. 잘 주무시오."

" 익숙해졌다니 뭐."

"언제 교대하시오?"

"4시에."

"지금부터 그때까지 엄청 추울 텐데."

"나도 추위에 익숙해졌다오." 페르난도가 말했다.

"그럼, 댁이 익숙하다니 이만……." 로버트 조던은 정중히 말했다.

"좋소." 페르난도가 동의했다. "이제 난 올라가봐야겠소. 안녕히 주무시오, 돈 로베르토."

"안녕히 가시오, 페르난도."

그는 옷을 벗은 다음 그 옷가지들로 베개를 만들고 침낭 속으로 들어갔다. 침낭의 가벼운 플란넬 천과 오리털 아래로 나뭇가지 스프링을 느끼며 누워서, 눈 덮인 땅바닥 너머의 동굴 입구를 주시하며 기다렸다. 기다리는 동안 그의 심장은 쿵쾅거렸다.

밤은 맑았고, 그의 머리도 공기만큼이나 맑고 차가웠다. 그는 몸 아래로 소나무 가지 냄새와 으깨진 솔잎에서 나는 솔향을, 가지를 자른 면에서 흘러나오는 코끝을 찌르는 송진 냄새를 맡았다. 필라르, 그는 생각했다. 필라르와 죽음의 냄새라니. 지금 이것은 사랑의 냄새다. 이 냄새와 방금 딴 클로버, 소를 몰 때 으깨진 샐비어 잎 향기, 나무 타는 연기와 가을의 낙엽 타는 냄새. 그것은 향수 어린 냄새, 가을이 되면 몬태나 주 미줄라에서 길거리의 낙엽 더미를 불에 태울 때 나던 냄새인 게 틀림없다. 어떤 냄새를 더 맡고 싶은가? 인디언들이 광주리를 짤 때 쓰는 달콤한 풀잎 냄새? 봄비가 내린 뒤 나는 흙냄새? 갈리시아 곶에서 가시금작화 사이를 거닐 때 나던 바다 냄새? 아니면 어둠 속 쿠바로 향하던 배에서 맡은 육지에서 불어오던 바람 냄새? 그것은 선인장 꽃과 미모사, 그리고 가시솔나무 관목의 냄새였다. 아니면 배고픈 아침에 지글지글 구워지던 베이컨 냄새를 맡고 싶은가? 아니면 아침 커피 향? 조녀선 품종 사과를 베어 물 때 나는 사과 향? 아니면 사과즙 기계로 사과를 으깰 때 나는 냄새나 오븐에서 갓 꺼낸 빵 냄새? 너 배고픈 모양이구나, 그는 생각했다. 그러고는 옆으로 누워, 눈에 별빛이 반사되어 환한 동굴 입구를 바라보았다.

누군가가 담요 밑에서 밖으로 나왔다. 누군지 알 수 없는 그가 동굴 입구인 바위틈 옆에 서 있는 것이 보였다. 그런 다음 눈이 뽀드득거리는 소리가 들렸고, 그 누군가는 몸을 숙이고 다시 동굴 안으로 들어갔다.

사람들이 다 잠들 때까지 안 나올 모양이네, 그는 생각했다. 그건 시간 낭비인데. 벌써 밤이 반이나 지나가버렸는데. 아, 마리아. 지금 빨리 와, 마리아, 시간이 별로 없어. 나뭇가지에 쌓인 눈이 땅에 덮인 눈 위로 떨어져 내리는 부드러운 소리가 들렸다. 바람이 살짝 일었다. 얼굴을 스치는 바람이 느껴졌다. 갑자기 그녀가 오지 않을지도 모른다는 두려움이 몰려왔다. 바람이 이는 것을 보니 곧 아침이 밝을 것 같았다. 가지에서 눈이 또다시 떨어졌고, 바람은 이제 소나무 꼭대기에 불고 있었다.

어서 와줘, 마리아. 제발 지금 빨리 여기로 와줘, 그는 생각했다. 아, 지금 이리로 와줘. 기다리지 말고. 그들이 잠들 때까지 기다리는 건 아무 소용 없어.

그때 그는 그녀가 동굴 입구를 막고 있는 담요 밑으로 나오는 것을 보았다. 그녀는 잠시 그곳에 서 있었다. 그는 그녀를 알아봤지만 그녀가 무엇을 하고 있는지는 볼 수 없었다. 그는 낮게 휘파람을 불었고, 그녀는 여전히 어두운 바위 그늘 아래에서 무언가를 하고 있었다. 그러다가 곧 무언가를 손에 들고 달려왔다. 그의 눈에 그녀가 눈 위를 재빨리 달려오는 것이 보였다. 그녀는 침낭 옆에 무릎을 꿇고는 머리를 그의 머리 가까이에 들이밀며 발에서 눈을 털어냈다. 그녀는 그에게 입을 맞추고 가지고 온 꾸러미를 건넸다.

"이걸 베개에 넣으세요." 그녀는 말했다. "시간을 아끼려고 저기서 벗었어요."

"눈 위를 맨발로 온 거야?"

"네." 그녀는 말했다. "셔츠만 입고 왔고요."

그는 그녀를 끌어당겨 팔로 꼭 안았고, 그녀는 자기 머리를 그의 턱에 대고 비볐다.

"제 발에는 몸을 대지 마세요." 그녀가 말했다. "아주 차갑거든요, 로베르토."

"발을 여기에 넣어서 따뜻하게 해."

"아니에요. 금방 따뜻해질 텐데요 뭐. 지금 빨리 사랑한다고 말해줘요."

"사랑해."

"좋아. 좋아. 좋아요."

"당신을 사랑해, 작은 토끼 아가씨."

"내 셔츠도 마음에 드세요?"

"항상 같은 셔츠인걸."

"그래요. 어젯밤이랑 같죠. 이게 내 결혼식 셔츠예요."

"당신 발을 여기에 놔."

"아니에요. 창피하게요. 그냥 둬도 따뜻해질 거예요. 저한테는 지금도 따뜻한걸요. 눈 때문에 당신한테만 차게 느껴지는 것뿐이에요. 다시 말해줘요."

"사랑해, 내 작은 토끼."

"저도 당신을 사랑해요, 그리고 전 당신 아내예요."

"사람들은 잠들었어?"

"아뇨." 그녀가 말했다. "하지만 더 이상 견딜 수가 있어야 죠. 그게 뭐가 중요한가요?"

"맞아." 그가 말했고, 그녀의 가녀리고 길고 따뜻하고 사랑스러운 몸이 자신에게 맞닿는 것을 느꼈다. "다른 건 하나도 안 중요해."

"당신 손을 내 머리에 얹어봐요." 그녀가 말했다. "내가 당신에게 키스할 수 있는지 봐요."

"좋았어요?" 그녀가 물었다.

"응." 그가 말했다. "셔츠를 벗어봐."

"제가 벗어야 하나요?"

"그래, 춥지 않다면."

"케 바, 춥다니요. 전 불타오르는걸요."

"나도 그래. 하지만 나중에 춥지 않겠어?"

"아니요. 나중에 우린 숲 속의 한 마리 짐승처럼 너무 가까워져서 아무도 우리 둘을 구분해내지 못할 텐데요. 내 심장이 당신 심장인 것 같은 기분 안 드세요?"

"그래. 차이가 없지."

"이제, 느껴봐요. 난 당신이고, 당신은 나고, 한 사람이 다른 한 사람이에요. 사랑해요, 아, 너무나 사랑해요. 당신은 진심이 아닌가요? 그런 게 느껴지지 않나요?"

"아니." 그는 말했다. "진심이야."

"그럼 지금 느껴봐요. 당신은 내 심장밖에 없어요."

"다리도, 발도, 몸도 없지."

"하지만 우린 달라요." 그녀는 말했다. "난 우리가 완전히 똑같았으면 좋겠는데."

"설마 진심은 아니겠지."

"아뇨, 진심이에요. 진심이에요. 당신에게 꼭 하고 싶은 말이었어요."

"진심은 아니야."

"어쩌면 아닐지도 모르죠." 그녀는 입술을 그의 어깨에 대고 부드럽게 말했다. "하지만 그런 말을 하고 싶었어요. 우리가 달라서, 당신은 로베르토고 나는 마리아라서 전 기뻐요. 하지만 당신이 바꾸고 싶다면, 전 기꺼이 바꿔줄 거예요. 전 당신이 되고 싶어요. 당신을 너무나 사랑하니까요."

"난 바꾸고 싶지 않은걸. 그냥 각자 한 사람이고 자기인 편이 나으니까."

"하지만 이제 우린 하나가 될 거고, 따로 떨어지지 않을 거예요." 그리고 그녀는 말했다. "당신이 없을 땐 내가 당신이 될 거예요. 아, 너무나 사랑해요. 그러니까 난 당신을 잘 돌봐야 해요."

"마리아."

"네."

"마리아."

"네."

"마리아."

"아, 어서요. 제발."

"춥지 않아?"

"아, 괜찮아요. 침낭을 당신 어깨까지 끌어올리세요."

"마리아."

"말을 할 수가 없어요."

"오, 마리아. 마리아, 마리아."

그리고 얼마 후, 바깥은 차가운 밤이지만, 길고 따뜻한 침낭 속에서 그녀는 머리로 그의 볼을 비비며 조용히 그리고 행복하게 그의 옆에 누워 있었다. 그런 다음 그녀는 부드럽게 말했다. "당신은요?"

"코모 투.(당신과 같아.)" 그가 말했다.

"그래요. 하지만 오늘 오후 같지는 않았어요."

"그랬지."

"하지만 전 더 좋았어요. 죽을 것 같을 필요는 없으니까요."

"오할라 노.(부디 그러지 않기를.)" 그가 말했다. "나도 당신이 죽지 않길 바라."

"그런 뜻은 아니었어요."

"나도 알아. 나도 당신 말이 무슨 뜻인지 알아. 우리는 생각이 같아."

"그럼 왜 내가 뜻한 대로 말하지 않고 그렇게 말했어요?"

"남자한테는 다르니까."

"그럼 우리가 다르니까 전 기뻐요."

"나도 그래." 그가 말했다. "하지만 당신이 죽는다는 얘기는 나도 이해했어. 난 남자니까 그냥 습관처럼 그렇게 말한 거야. 나도 당신이랑 같은 기분이야."

"당신이 어떤 사람이든 무슨 말을 하든, 난 그런 당신을 사랑해요."

"사랑해, 당신의 이름도 사랑해, 마리아."

"흔한 이름인걸요."

"아니야." 그가 말했다. "흔하지 않아."

"이제 우리 잘까요?" 그녀가 말했다. "나 금방 잠들 것 같아요."

"잘 자." 그가 말했다. 그는 자신의 몸에 기댄 그녀의 길고 가볍고 따뜻한 몸을 느꼈다. 편안하게 그에게 기댄 채 마술처럼, 그저 옆구리와 어깨와 발을 만지는 것만으로 외로움을 몰아내는 그녀를, 그와 함께 힘을 합쳐 죽음에 맞서는 그녀를 느꼈다. 그리고 그는 말했다. "잘 자, 작고 기다란 토끼."

그녀가 말했다. "전 벌써 자고 있어요."

"나도 잘래." 그가 말했다. "잘 자, 내 사랑." 그리고 그는 잠이 들었고, 행복하게 잠을 잤다.

그러나 한밤중에 그는 잠에서 깨어 그녀가 인생의 전부이며 그것을 빼앗기지 않으려는 듯 그녀를 꼭 껴안았다. 그는 그녀를 안고 그녀가 인생의 전부이고, 그것이 진실임을 느꼈다. 그러나 그녀는 푹 잠들어 있었고 깨지 않았다. 그래서 그는 옆으로 몸을 돌리고, 침낭을 그녀의 머리 위까지 끌어당겨주고, 침낭 속에서 그녀의 목에 입을 맞춘 다음, 권총 방아쇠 끈을 끌어 올려 쉽게 닿을 만한 곳에 권총을 두었다. 그리고 그렇게 한밤중에 누워 상념에 잠겼다.

21장

새벽이 오자 따뜻한 바람이 불어왔다. 그는 나무에 쌓인 눈이 녹아 떨어지는 묵직한 소리를 들었다. 늦은 봄의 아침이었다. 그는 처음 숨을 들이마시며, 눈은 그저 산의 변덕스러운 눈보라였을 뿐 정오까지는 다 녹아버릴 것임을 알았다. 그때 말발굽 소리가 들려왔다. 기마병이 말을 이끄는 가운데, 젖은 눈이 잔뜩 묻어 공처럼 된 말발굽이 쿵 하고 둔탁하게 땅을 디디는 소리였다. 카빈총의 총집이 안장에 부딪혀 철커덕거리는 소리와 가죽이 삐거덕거리는 소리도 들렸다.

"마리아." 그는 그녀의 어깨를 흔들어 깨우며 말했다. "침낭 속에서 나오지 마." 그는 한 손으로 셔츠의 단추를 잠그고, 다른 한 손으로는 자동권총을 쥐고 엄지손가락으로 안전장치를 풀었다. 그는 그녀의 짧은 머리가 침낭 속으로 쏙 들어가는 것을 보았다. 그때 누군가가 말을 몰고 나무 사이로 모습을 드러냈다. 그는 침낭 속에 몸을 웅크리고는 양손으로 권총을 쥐고 말을 타고 다가오는 자를 향해 총을 겨눴다. 전에 한 번도 본 적이 없는 남자였다.

기수는 이제 거의 그의 정면에 있었다. 커다란 회색 거세마에 올라탄 그 남자는 카키색 베레모를 쓰고 판초같이 생긴 담요 망토를 두른 데다 묵직한 검정 부츠를 신고 있었다. 안장 오른쪽의 총집에는 짧은 자동소총의 개머리판과 긴 직사각형의 탄창이 삐쭉 나와 있었다. 그는 젊었고, 굳은 얼굴을 하고 있었다. 이제 그도 로버트 조던을 보았다.

남자는 아래로 몸을 숙이며 손을 뻗어 총집을 끌어당겼고, 그 순간 로버트 조던은 그의 카키색 담요 망토 왼쪽 가슴에 달려 있는 주홍색 휘장을 보았다.

로버트 조던은 그의 가슴 한복판, 휘장 바로 아래를 겨누고 총을 발사했다.

눈 덮인 숲 속에 권총 소리가 울렸다.

말은 박차를 가한 듯 펄쩍 뛰었고, 총집을 끌어당기던 그 젊은 남자는 오른쪽 발이 등자에 낀 채 미끄러지듯 땅으로 떨어졌다. 말은 기수를 매달고 나무 사이로 내달렸고, 기수는 얼굴이 아래로 거꾸러진 채 질질 끌려다녔다. 로버트 조던은 한 손에 권총을 들고 일어섰다.

커다란 회색 말은 소나무 사이를 달리고 있었다. 기수가 끌려간 길을 따라 눈이 넓게 파였고 가장자리는 피로 물들었다. 사람들이 동굴 입구에서 나오고 있었다. 로버트 조던은 손을 내리고 베개에서 바지를 풀어내 입기 시작했다.

"옷 입어." 그는 마리아에게 말했다.

머리 위로 높게 날아가는 한 대의 비행기 소리가 들렸다. 나무 사이로 회색 말이 멈춰 서 있는 곳이 보였고, 기수는 여전히 머리가 거꾸러진 채 등자에 매달려 있었다.

"가서 말을 잡아." 그는 다가오는 프리미티보에게 말했다.

"위에선 누가 망을 보고 있지?"

"라파엘." 필라르가 동굴에서 말했다. 그녀는 두 갈래로 묶은 머리를 뒤로 늘어뜨린 채 서 있었다.

"적군 기병이 왔어." 로버트 조던이 말했다. "제길, 그 위로 총을 가져가."

필라르가 동굴 안쪽을 향해 "아구스틴!" 하고 부르는 소리가 들렸다. 그런 다음 그녀는 동굴 안으로 들어갔고, 곧 남자 둘이 뛰어나왔다. 한 명은 삼각대가 달린 기관총을 어깨에 메고 있었고, 다른 한 명은 탄창을 잔뜩 들고 있었다.

"저 사람들과 같이 올라가요." 로버트 조던이 안셀모에게 말했다. "영감님은 총 옆에 엎드려서 삼각대를 지탱해주세요."

세 남자는 산길을 단숨에 뛰어 올라갔다.

태양은 아직 산꼭대기 위로 떠오르기 전이었다. 로버트 조던은 똑바로 서서 바지 단추를 잠그고 허리띠를 조였다. 손목에 묶어놓은 긴 끈에 커다란 권총이 매달려 있었다. 그는 권총을 허리띠에 달린 권총집에 넣고 그 끈으로 긴 고리를 만들어 머리 위에 둘렀다.

언젠가 이 끈으로 누군가가 내 목을 조를 수도 있겠군, 그는 생각했다. 좋아, 그래도 이걸로 놈을 해치웠구나. 그는 권총집에서 권총을 꺼내어 탄창을 빼낸 다음, 권총집 옆에 붙은 탄띠에서 탄약통을 하나 집어 탄창을 채웠다. 그러고는 다시 탄창을 권총 아래쪽에 끼워 넣었다.

나무 사이로 프리미티보가 말고삐를 쥐고 기마병의 발을 등자에서 비틀어 빼내는 것이 보였다. 시체는 눈 속에 얼굴을 파묻은 채 엎어져 있었고, 프리미티보는 시체의 주머니를 뒤지고 있었다.

"이봐." 그가 불렀다. "말을 가져와."

신발을 신으려고 무릎을 꿇은 로버트 조던은 마리아가 무릎에 닿는 것을 느꼈다. 그녀는 침낭 속에서 옷을 입고 있었다. 지금 그의 상황에서 그녀에게 신경 쓸 여력은 없었다.

그 기병이 뭔가를 예상하고 여기까지 온 것은 아닐 것이다, 그는 생각하고 있었다. 말 발자국을 따라온 것도 아니었고, 기본적인 경계조차 하지 않은 무방비 상태였던 걸 보면. 그는 초소로 올라가는 발자국을 따라가고 있지도 않았다. 그는 이 산중에 흩어져 있는 순찰대의 일원인 것이 틀림없었다. 하지만 순찰대가 그가 없어진 것을 알게 되면 그의 흔적을 쫓아 여기까지 오게 될 것이다. 눈이 먼저 녹지 않는 한, 그는 생각했다. 순찰대에 무슨 일이 생기지 않는 한.

"당신이 아래로 내려가보는 게 좋겠소." 그가 파블로에게 말했다.

그들은 이제 모두 동굴 밖으로 나와서 카빈총을 들고 수류탄을 허리띠에 맨 채 서 있었다. 필라르는 수류탄이 든 가죽 가방을 들어 로버트 조던에게 건넸다. 그는 수류탄 세 개를 꺼내 주머니에 넣었다. 그는 몸을 숙이고 동굴로 들어가서 두 개의 꾸러미 중 소형 기관단총이 들어 있는 꾸러미를 열어 총열과 개머리판을 꺼냈다. 개머리판을 앞쪽 조립대에 밀어 넣은 다음, 총알 한 세트를 장전하고 세 세트는 주머니에 넣었다. 그는 꾸러미를 잠그고 동굴 입구로 향했다. 양쪽 주머니에 무기가 가득이군, 그는 생각했다. 주머니 솔기가 튼튼해야 할 텐데. 그는 동굴에서 나와 파블로에게 말했다. "난 위로 가겠소. 아구스틴은 저 총을 쏠 줄 압니까?"

"그럼." 파블로가 말했다. 그는 프리미티보가 말을 끌고 오는 것을 눈여겨보고 있었다.

"미라 케 카발로.(봐, 멋진 말이군.)" 그는 말했다. "멋진 말이
야."

커다란 회색 말은 땀을 흘리며 약하게 떨고 있었다. 로버트
조던은 말의 어깻죽지를 쓰다듬어주었다.

"다른 말들이 있는 곳에 데려다 놓겠소." 파블로가 말했다.

"아니." 로버트 조던이 말했다. "저 말은 여기까지 발자국을
남겼을 거요. 그러니 나간 발자국을 만들어놓아야 해."

"맞아." 파블로가 동의했다. "내가 타고 나가서 숨겨놓았다
가 눈이 다 녹고 나면 데리고 오지. 오늘은 제법 머리가 돌아가
는군, 잉글레스."

"아래로 사람을 내려보내시오." 로버트 조던이 말했다. "우
리는 저 위로 올라가야 하니까."

"그럴 필요 없어." 파블로가 말했다. "기마병들은 그 길로는
갈 수 없거든. 하지만 우리는 거기랑 다른 두 군데를 거쳐서 도
망갈 수 있지. 비행기들이 오고 있다면 발자국을 남기지 않는
게 좋을 거야. 술 부대 좀 줘, 필라르."

"거기 가서도 술에 취해 있겠다니, 원." 필라르가 말했다.
"대신 이거나 가져가슈." 파블로는 손을 뻗어 수류탄 두 개를
주머니에 넣었다.

"케 바, 술에 취하다니." 파블로가 말했다. "상황이 이렇게
심각한데. 그래도 술 부대 좀 줘. 물이나 마셔가며 이 일들을
하긴 싫어."

그는 팔을 들어 고삐를 잡고 안장에 올라탔다. 그러고는 씩
웃으며 불안해하는 말을 쓰다듬었다. 로버트 조던은 그가 애정
을 듬뿍 담아 말 옆구리를 자기 다리로 문지르는 것을 보았다.

"케 카발로 마스 보니토.(정말 귀여운 말이로구나.)" 그는 말하며 큰 회색 말을 다시 쓰다듬었다. "케 카발로 마스 에르모소.(정말 아름다운 말이야.) 가자. 여기서 빨리 떠날수록 좋으니까."

파블로는 팔을 내려 총집에서 환풍식 총열이 달린 경자동소총을 꺼내 살펴보았다. 자동소총이라기보다는 실제로는 9밀리 권총 탄약통을 장전하도록 설계된 기관단총에 가까웠다. "놈들이 얼마나 무장을 잘하고 있나 보쇼." 그가 말했다. "현대식 기병대를 좀 보라고."

"저기 저자의 얼굴에도 현대식 기병이라고 쓰여 있군." 로버트 조던이 말했다. "바모노스."

"안드레스, 말에 안장을 준비해주게. 총소리가 들리거든 말들을 골짜기 너머 숲으로 데리고 올라와. 그다음 말은 여자들에게 맡기고 무기를 가지고 여기로 오도록. 페르난도, 내 꾸러미들도 책임지고 가지고 오시오. 무엇보다 조심해서 다뤄야 해. 당신도 내 꾸러미들을 잘 지켜주시오." 그는 필라르에게 말했다. "말과 함께 꾸러미들도 가지고 오도록 챙겨주시오. 바모노스." 그는 말했다. "갑시다."

"마리아와 내가 퇴각 준비를 하겠네." 필라르가 말했다. 그러고는 로버트 조던에게 "저자 좀 보슈" 하며 파블로 쪽을 향해 고개를 끄덕였다. 파블로는 넓적다리가 묵직한 목동처럼 회색 말에 올라타 있었다. 그가 자동소총의 총알을 교체하는 동안 말의 콧구멍이 크게 부풀어 올랐다. "말 한 마리가 저자를 어떤 꼴로 만들었는지 보슈."

"말이 두 필은 있어야 했는데." 로버트 조던이 간절한 말투로 말했다.

"당신한테 말은 위험해."

"그럼 노새라도 주시죠." 로버트 조던이 씩 웃었다.

"저자의 옷을 뒤져보십시오." 그는 필라르에게 말하며 눈 속에 처박혀 있는 기마병을 턱으로 가리켰다. "그리고 편지, 서류, 뭐든지 다 가져다가 내 꾸러미 바깥 주머니에 넣어두세요. 뭐든지 다요, 알겠습니까?"

"알겠네."

"바모노스." 그가 말했다.

파블로가 말을 타고 앞장섰고, 두 사람은 눈에 발자국을 남기지 않기 위해 한 줄로 뒤를 따랐다. 로버트 조던은 기관단총의 주둥이를 아래로 해서 앞쪽 손잡이를 잡고 갔다. 안장에 있는 총이 이거랑 같은 총알을 장전하는 것이면 좋을 텐데, 그는 생각했다. 하지만 그렇지 않군. 이건 독일제 총이다. 예전 카시킨의 것과 같은 총이었다.

태양이 막 산 위로 떠오르고 있었다. 따뜻한 바람이 불었고, 눈은 녹고 있었다. 상쾌한 늦봄 아침이었다.

로버트 조던이 뒤를 돌아보니 마리아가 필라르와 함께 서 있었다. 잠시 후 그녀가 산길을 따라 뛰어 올라왔다. 그는 그녀에게 말을 하기 위해 프리미티보의 뒤로 처졌다.

"저기." 그녀가 말했다. "저도 같이 가면 안 돼요?"

"안 돼. 필라르를 도와줘."

그녀는 손으로 그의 팔을 잡은 채 그의 뒤를 따라왔다.

"저도 갈래요."

"안 돼."

그녀는 계속 그의 뒤를 바짝 따라왔다.

"당신이 안셀모 영감님한테 당부한 것처럼 나도 총 다리를 잡을 수 있어요."

"당신은 못 잡아. 총 다리든 어떤 다리든."

그의 옆에서 걷던 그녀는 앞으로 손을 뻗어 자신의 손을 그의 주머니에 넣었다.

"안 돼." 그가 말했다. "대신 당신 결혼 셔츠를 잘 간수해줘."

"키스해줘요." 그녀가 말했다. "가려거든."

"당신은 부끄러움도 없군." 그가 말했다.

"네." 그녀가 말했다. "전혀 없어요."

"이제 돌아가. 할 일이 많아. 놈들이 이 말 발자국을 따라오는 날엔 여기서 전투를 벌이게 될 거야."

"당신, 그 기병이 가슴에 달고 있던 거 봤어요?"

"그럼. 왜 못 봤겠어?"

"그건 성심(聖心) 표시였어요."

"그래. 나바라 지역 사람들은 다들 그걸 달고 다니지."

"당신이 거길 겨냥해서 쏜 거예요?"

"아니. 그 아래. 이제 돌아가."

"당신." 그녀가 말했다. "난 전부 봤어요."

"당신은 아무것도 못 봤어. 남자 하나였어. 말에서 떨어진 남자 하나. 베테.(이제 가.) 돌아가."

"사랑한다고 말해줘요."

"안 돼. 지금은 안 돼."

"지금은 날 사랑하지 않나요?"

"데자모스.(그만하자.) 그만 돌아가. 동시에 일도 하고 사랑도 할 순 없어."

"전 가서 총 다리를 잡고 있고 총성이 울릴 때도 계속 당신을 사랑하고 싶어요."

"당신 미쳤군. 어서 돌아가."

"전 미쳤어요." 그녀가 말했다. "사랑해요."

"그럼 돌아가."

"좋아요. 갈게요. 하지만 당신이 날 사랑하지 않는다면 전 당신 몫까지 두 배로 당신을 사랑할 거예요."

그는 그녀를 바라보았지만 머릿속으로는 다른 생각을 하면서 그녀에게 미소를 지었다.

"포격 소리가 들리면." 그가 말했다. "말들을 데리고 와. 필라르가 내 꾸러미 지키는 걸 도와줘. 아무 일도 일어나지 않을 수도 있어. 그랬으면 좋겠지만."

"이제 갈게요." 그녀가 말했다. "파블로가 얼마나 대단한 말을 타고 있나 좀 봐요."

커다란 회색 말은 앞쪽에서 산길을 걷고 있었다.

"그래. 어서 가."

"갈게요."

그의 주머니 속에서 꼭 쥐고 있던 그녀의 주먹이 그의 허벅지를 세게 때렸다. 그는 그녀를 바라보았고, 그녀의 눈에는 눈물이 맺혀 있었다. 그녀는 주머니에서 손을 빼더니 그의 목에 두 팔을 감고 키스했다.

"갈게요." 그녀가 말했다. "메 보이. 나 가요."

그가 뒤돌아보니 그녀는 그곳에 서 있었다. 아침의 첫 햇살이 그녀의 갈색 얼굴과 짧게 자른 황갈색, 그을린 금색 같은 머릿결을 비추었다. 그녀는 그를 향해 손을 들었다. 그리고 돌아서서 고개를 숙인 채 산길을 내려갔다.

프리미티보는 돌아서서 그녀를 보았다.

"머리를 저렇게 짧게 깎이지만 않았어도 예쁜 아가씨였을 텐데." 그가 말했다.

"그렇지." 로버트 조던이 말했다. 그는 다른 생각을 하고 있었다.

"저 아이 잠자리에선 어떻수?" 프리미티보가 물었다.

"뭐라고?"

"잠자리에서 말이야."

"말조심해."

"화낼 거 없잖아, 어차피……."

"그만해." 로버트 조던이 말했다. 그는 방어할 지점을 살피고 있었다.

22장

"소나무 가지들을 꺾어다 주시오." 로버트 조던이 프리미티보에게 말했다. "서둘러요."

"총을 거기 두는 건 좋지 않겠어." 그는 아구스틴에게 말했다.

"왜?"

"저쪽에 둬요." 로버트 조던이 가리켰다. "나중에 말해줄 테니."

"여기, 이렇게. 내가 도와주지. 여기." 그는 말하고 쭈그려 앉았다.

그는 양쪽 바위의 높이를 눈대중으로 재면서 좁은 직사각형 틈을 통해 밖을 내다보았다.

"더 멀리 놔야겠어." 그는 말했다. "좀 더 바깥으로. 좋아. 여기야. 제대로 자리 잡을 수 있을 때까진 이렇게 두는 게 좋겠어. 거기. 거기에 돌을 좀 쌓아요. 여기에 하나 있고. 거기 옆에 하나 더 놔요. 총구가 좌우로 움직일 공간이 있어야 해요. 그 돌은 이쪽으로 더 멀리 두고. 안셀모 영감님. 동굴로 내려가서 도끼를 가져오세요. 서둘러요."

"원래 총을 올려놓을 제대로 된 포좌가 없었나?" 그가 아구 스틴에게 말했다.

"우린 항상 여기에 놨어."

"카시킨이 거기에 놓으라고 하진 않았겠죠?"

"그렇지. 이 총은 그가 떠난 다음에 들여온 거니까."

"총의 사용법을 아는 사람이 가져온 게 아니란 말이오?"

"아니야. 짐꾼들이 들고 왔어."

"일 처리를 이렇게 하다니." 로버트 조던이 말했다. "설명도 없이 그냥 줬단 말인가?"

"그랬지. 선물 주듯이 했으니까. 한 대는 우리한테, 또 한 대 는 엘 소르도한테. 네 사람이 가져왔어. 안셀모가 그들 길잡이 노릇을 했고."

"네 사람이 전선을 넘으면서 총을 잃지 않은 것이 놀랍군."

"나도 그렇게 생각해." 아구스틴이 말했다. "그들을 보낸 자 들은 잃으려니 했던 것 같아. 그런데 안셀모가 잘 데리고 온 거 지."

"당신은 사용법을 알고 있소?"

"알지. 실험해봤거든. 나도 알고, 파블로도 알고, 프리미티 보도 알고. 페르난도도 그렇고. 동굴 탁자에서 분해했다가 다 시 조립하면서 연구해봤어. 한번은 분해했다가 이틀 동안이나 조립을 못 한 적도 있었지. 그때부터는 함부로 분해를 못 해."

"지금도 발사가 되는 거요?"

"그럼. 하지만 집시나 다른 사람들은 손대지 못하게 하고 있 어."

"보여요? 거기서 이 총은 쓸모가 없어." 그가 말했다. "봐. 우리 측면을 보호해줘야 할 저 바위들이 오히려 우리를 공격해

오는 적들을 가려줄 거라고. 이런 총은 평평한 면에 설치하고 쏴야 해요. 또 옆으로 기울여 쏴야 하고. 알겠소? 자, 봐요. 저기 아래가 죽 내려다보이잖아."

"알겠어." 아구스틴이 말했다. "하지만 우린 우리 마을을 빼앗길 때 말고는 방어전을 벌인 적이 없어. 열차 작전 때는 마키나를 가진 군인들이 있었고."

"그럼 다 같이 배워야겠군." 로버트 조던이 말했다. "지켜야 할 것들이 몇 가지 있어. 집시는 어디 있지, 여기 있어야 하는데?"

"모르겠는데."

"있을 만한 곳이 어딘가?"

"모르겠는데."

파블로는 산 고개를 뚫고 말을 달려 나가서 한 번 방향을 튼 다음 기관총 사격 범위 꼭대기의 평평한 곳에서 원을 그리며 말을 달렸다. 방금 로버트 조던은 말이 들어올 때 남겨놓은 발자국 옆으로 파블로가 말을 타고 언덕을 내려오는 것을 보았다. 그는 왼쪽으로 돌아서 나무들 사이로 사라졌다.

저자가 곧장 기병대로 달려가지 않아야 할 텐데, 로버트 조던은 생각했다. 저자가 우리에게 쳐들어올까 봐 걱정이군.

프리미티보가 소나무 가지를 모아 오자 로버트 조던은 눈을 파내고 얼지 않은 땅에 가지들을 고정한 다음 기관총 양쪽에 둥근 아치를 만들었다.

"좀 더 가져와요." 그가 말했다. "사격수를 두 명은 감출 수 있어야 해. 이것도 그다지 좋은 방법은 아니지만 도끼가 올 때까지는 버틸 수 있겠지. 잘 들어요." 그가 말했다. "비행기 소리가 들리면 어디에 있든 바위 그늘 밑에 납작 엎드려요. 나는 여기서 총을 지킬 테니."

이제 태양이 완전히 떠올랐고 따뜻한 바람이 불어오면서 바위들 옆면으로 햇볕이 기분 좋게 비쳤다. 말 네 마리, 로버트 조던은 생각했다. 여자 둘에 나, 안셀모, 프리미티보, 페르난도, 아구스틴, 빌어먹을, 형제 중 하나는 이름이 뭐였더라? 어쨌든 그 녀석까지 여덟. 아, 집시를 안 셌네. 그럼 아홉. 말 타고 나간 파블로까지 더하면 열. 그래, 안드레스였군. 형제 중 한 명. 또 한 명은 엘라디오. 그럼 열. 그럼 한 사람당 말 반 필도 안 되잖아. 셋이서 여길 지키면, 넷은 도망갈 수 있겠군. 파블로까지 다섯. 그럼 두 명이 남네. 엘라디오까지 셋이군. 도대체 그 작자는 어디 간 거야?

놈들이 눈 속에서 말 발자국을 발견하게 된다면, 오늘 소르도에게 무슨 일이 일어날지는 아무도 장담할 수 없게 된다. 참 힘들군. 눈이 그렇게 그치다니. 하지만 오늘 중으로 녹으면 괜찮을 것이다. 하지만 소르도 영감에게는 그렇지 않다. 소르도 영감이 무사하기에는 너무 늦어버린 게 아닐까?

우리가 오늘 하루 동안 버텨서 전투가 벌어지지 않는다면, 우리가 갖고 있는 것들로 내일은 전세를 뒤집을 수 있다. 우린 해낼 수 있다. 멋지게 하지는 못하겠지만. 제대로, 빈틈없이, 원래 계획했던 대로는 아니더라도. 하지만 모든 인원을 잘 활용하면 해치울 수 있다. 오늘 하루만 전투를 하지 않고 잘 넘길 수 있다면! 그래도 만약 오늘 싸워야 한다면, 신이여, 도와주소서.

그때까지 숨어 있기에 여기만큼 좋은 곳은 없을 것이다. 지금 이동하면 흔적만 남길 뿐이다. 여기는 다른 어느 곳보다 훌륭하고, 최악의 상황이 거듭될 경우 여기서 빠져나갈 길이 세 군데나 있다. 어둠이 몰려올 것이고 산속 어디에 있든 나는 새벽녘이면 도착해서 다리를 폭파시킬 수 있다. 내가 전에 왜 걱정을 했는지 모르겠군. 지금은 무척 쉬워 보이는데. 이번만큼은 아군이 제시간에 비행기들을 날려 보냈으면 좋겠는데. 정말 그랬으면 좋겠다. 내일은 도로가 먼지에 뒤덮이는 날이 될 것이다.

음, 오늘은 흥미진진하거나 아니면 심하게 지루한 하루가 될 것이다. 그 기병이 여기를 그냥 지나친 것은 너무나 다행이다. 여기까지 올라온다 하더라도 그들은 지금 저 발자국이 나 있는 길로 갈 것이다. 그들은 그 기병이 멈춰서 한 바퀴 돌았다고 생각하고 파블로의 발자국을 따라갈 것이다. 그 늙은 돼지는 어디로 갔는지 모르겠군. 그 작자는 아마도 늙어빠진 커다란 수사슴처럼 여기저기를 정신없이 쏘다니며 꽤 위쪽까지 올라갔다가 눈이 녹고 나면 아래로 돌아올 것이다. 그 말은 분명 그의 마음을 사로잡았을 것이다. 물론 그는 말을 몰고 멀리 달아나버렸을지도 모른다. 음, 그 작자도 제 몸 하나는 간수할 줄 알겠지. 아주 오랫동안 이런 짓을 해왔으니. 그놈을 믿느니 차라리 에베레스트 산을 던져버릴 수 있다는 말을 믿는 편이 나을 것이다.

이 바위들을 이용해서 기관총의 훌륭한 가리개로 삼는 것이 정식 포좌를 만드는 것보다 더 현명할 듯하다. 포좌를 만드느라 땅을 파고 있는데 적이나 비행기가 온다면, 너는 바지가 돌덩이 아래에 끼어 허둥댈 것이다. 그녀가 그걸 잡아줄 수도 있겠지. 잡아주는 게 소용이 있는 한은 말이야. 어쨌든 난 여기 남아서 싸울 수는 없다. 난 그 물건을 들고 여길 빠져나가야 한다. 안셀모 영감도 데려갈 것이다. 여기서 전투가 벌어진다면 우리가 나갈 때 누가 여기에 남아서 우리를 엄호해줄 것인가?

그가 시야에 들어오는 모든 곳을 살펴보고 있을 때 집시가 왼쪽 바위 사이로 오고 있는 것이 보였다. 그는 카빈총을 등에 멘 채 엉덩이를 쳐들고 슬렁슬렁 휘적대며 걸어왔다. 그의 갈색 얼굴은 씩 웃고 있었고, 양손에는 커다란 토끼가 한 마리씩 들려 있었다. 그가 토끼 다리를 잡고 있었으므로 토끼 대가리가 밑에서 대롱거렸다.

"올라, 로베르토." 그는 신이 나서 불렀다.

로버트 조던이 조용히 하라는 신호로 손을 입에 갖다 대자 집시는 깜짝 놀랐다. 집시는 바위 뒤로 미끄러지듯 내려와, 로버트 조던이 나뭇가지를 덮어놓은 기관총 옆에 쭈그려 앉아 있는 곳으로 왔다. 집시도 쭈그리고 앉아서 토끼를 눈 위에 내려놓았다. 로버트 조던이 그를 올려다보았다.

"이호 데 라 그란 푸타!(이런 빌어먹을 망할 놈의 양반!)" 그가 목소리를 낮춰 말했다. "대체 어딜 쏘다니다 이제 온 거야?"

"저놈들을 쫓아갔었어." 집시가 말했다. "내가 두 마리 다 잡았어. 둘이 눈 속에서 그 짓거리를 하고 있더라고."

"그럼 망보던 건 어떡하고?"

"오래 비워놓진 않았어." 집시가 속삭였다. "무슨 일이야? 공습이라도 있나?"

"기병대가 나왔어."

"레디오스!(젠장!)" 집시가 말했다. "당신이 봤어?"

"지금 캠프에 한 놈이 있어." 로버트 조던이 말했다. "아침 거리를 찾으러 왔던 모양이야."

"총소리 같은 걸 한 방 들었다고 생각했는데." 집시가 말했다. "니미 육시럴! 놈이 여기까지 온 거야?"

"여기. 댁이 맡은 초소!"

"아, 미 마드레!(엄마야!)" 집시가 말했다. "난 불쌍하고 재수도 지지리 없는 놈이야."

"집시만 아니었으면 확 쏴버렸을 텐데."

"아니, 로베르토. 그런 말은 마. 미안해. 토끼 때문이었어. 해뜨기 전에 수놈이 눈밭을 쿵쾅거리는 소리가 들리더라고. 토끼 놈들이 얼마나 음탕한 짓거리를 하고 있었는지 상상도 못할걸. 소리를 따라갔는데 놈들이 사라졌더라고. 눈 위에 난 발자국을 따라갔더니 저 높은 곳에 두 놈이 같이 있는 게 보이기에 두 놈 다 끝장을 냈지. 두 놈 다 통통한 것 좀 봐, 이맘때가 제일이라고. 필라르가 요놈들로 어떤 요리를 할지 생각해봐. 미안, 로베르토, 정말 미안하이. 기마병은 죽었나?"

"그렇소."

"당신이 해치웠어?"

"그래."

"케 티오!(이 친구!)" 집시는 대놓고 아부를 했다. "자네 진짜 인물이구먼."

"이런 제길!" 로버트 조던이 말했다. 그는 집시를 보고 웃지 않을 수 없었다. "토끼는 캠프에 갖다 놓고 아침이나 좀 가져와."

그는 손을 내밀어 눈 위에 축 늘어져 있는 토끼를 만져보았다. 털이 복슬복슬한 토끼는 커다란 발과 기다란 귀를 눈 속에 파묻은 채 검은 두 눈을 둥그렇게 뜨고 있었다.

"정말 통통하군." 그는 말했다.

"뚱뚱하지!" 집시가 말했다. "두 놈 다 갈비뼈 있는 데가 살집투성이야. 내 평생 이런 토끼는 꿈도 못 꿨다니까."

"이제 가." 로버트 조던이 말했다. "가서 얼른 아침 가져오고, 그 레케테*가 갖고 있던 서류들도 가져와. 필라르한테 달라고 하면 돼."

"나한테 화 안 났지, 로베르토?"

"안 났소. 초소를 비웠다는 건 마음에 안 들지만. 기병대 한 부대가 전부 왔으면 어쩔 뻔했어?"

"레디오스." 집시가 말했다. "합리적이기도 하셔라."

"이봐. 다시는 그렇게 초소를 벗어나서는 안 돼. 절대. 쏴 죽인단 말은 괜히 하는 말이 아니야."

"물론 아니지. 그리고 또 하나. 토끼 두 마리를 잡을 기회도 다시는 오지 않을 거야. 내 평생 다시는."

"안다!(어서!)" 로버트 조던이 말했다. "서둘러 돌아와."

집시는 토끼 두 마리를 들고 바위 사이로 미끄러져 내려갔고, 로버트 조던은 저 아래 평지와 언덕의 경사로를 내다보았다. 까마귀 두 마리가 머리 위를 빙빙 돌더니 소나무에 내려앉았다. 다른 한 마리도 내려앉았다. 새들을 보던 로버트 조던은 생각했다. 저 녀석들이 내 보초병이군. 저 녀석들이 조용히 있는 한 나무 사이로는 아무도 오지 않은 거야.

집시는, 그는 생각했다. 그 작자는 정말 쓸모없는 놈이군. 정치적으로 앞서 있는 것도 아니고 규율도 엉망이고, 믿을 만한 구석이라곤 하나도 없어. 그래도 내일은 그놈이 필요해. 내일은 그놈도 쓸데가 있을 거야. 전쟁에서 집시를 보다니 이상도 하지. 그들은 양심적 병역 거부자들이나 신체적으로나 정신적으로 온전치 못한 자들처럼 병역이 면제되어야 하는데. 집시들은 쓸모가 없으니. 그런데 양심적 병역 거부자들은 이 전쟁

*카를로스당 의용병. 교권 정치의 부활을 주장하는 종교적 우익 정치세력으로, 파시즘 정권의 프랑코 장군과 연합하여 쿠데타를 일으켰다.

에서 면제 대상이 아니었지. 아무도 면제되지 않았어. 이 전쟁은 누구에게나 똑같이 찾아왔지. 그 게으른 떼거지에게까지도. 그들은 지금 전쟁을 겪고 있다.

아구스틴과 프리미티보가 잔가지를 가지고 왔고, 로버트 조던은 기관총을 숨길 좋은 가리개를 만들었다. 공중에서도 총이 보이지 않아야 했고 숲에서 보아도 자연스러워야 했다. 그는 그들에게 보초 설 위치를 알려주었다. 오른편으로 부근이 다 내려다보이는 높이 솟은 바위틈이었다. 그리고 왼쪽 벽으로 적군이 기어 올라올 경우 유일한 탈출구를 확보할 수 있는 곳이었다.

"그쪽에서 적이 나타나도 총을 쏴선 안 돼." 로버트 조던이 말했다. "먼저 경고 신호로 돌멩이를 하나 굴려 보내고, 작은 걸로. 그리고 권총으로 이렇게 우리한테 신호를 보내요." 그는 머리를 가리려는 듯 권총을 머리 위로 들었다. "이렇게 적군 숫자만큼." 그는 권총을 위아래로 흔들었다. "놈들이 말에서 내리면 총구를 땅 쪽으로 가리키고. 이렇게. 마키나 소리가 들리기 전에는 총을 쏘지 말고, 그 높이에서 총을 쏠 때는 무릎을 겨누고 쏴야 하고. 내가 이 호루라기를 두 번 불면, 엄호물 뒤에 몸을 숨기고 내려와서 마키나가 있는 이쪽 바위틈으로 와요."

프리미티보는 권총을 들어 보였다.

"알겠어." 그가 말했다. "아주 간단하군."

"우선 작은 돌멩이를 경고 신호로 굴려 보낸 다음 방향과 수를 알려요. 적에게 보이지 않도록 하고."

"좋아." 프리미티보가 말했다. "수류탄을 던지면 안 되나?"

"마키나 소리가 나기 전엔 안 돼. 기병대가 동료 병사를 수색하러 와도 여기까진 들어오지 않을지도 몰라. 놈들은 파블로가 만들어놓은 발자국을 따라갈 거야. 피할 수만 있다면 전투가 없는 것이 좋아. 무엇보다 우리는 전투를 피해야 해. 자, 이제 저쪽으로 올라가요."

"메 보이." 프리미티보는 말하고 카빈총을 메고 높은 바위를 기어 올라갔다.

"당신, 아구스틴." 로버트 조던이 말했다. "총에 대해 좀 아시오?"

아구스틴은 그곳에 쭈그려 앉아 있었다. 그는 키가 크고, 움푹 들어가 어두운 볼에는 수염이 듬성듬성 나 있었으며, 쑥 꺼진 눈에 입술은 얇고, 커다란 손은 심한 노동으로 많이 거칠었다.

"푸에스.(알지.) 장전하는 거, 조준하는 거, 쏘는 거. 그 이상은 몰라."

"적들이 50미터 이내로 접근할 때까지 쏘면 안 되고, 적들이 동굴로 나 있는 길로 오는 게 확실할 때에만 쏘도록 해요." 로버트 조던이 말했다.

"알았어. 50미터면 얼마나 멀지요?"

"저기 저 바위까지."

"장교가 있으면 그를 먼저 쏴요. 그다음 다른 놈들에게 총을 겨누고. 아주 천천히 움직여야 하오. 움직임이 거의 없게. 페르난도한테 잠금장치 여는 법을 일러두겠소. 총이 튀어 오르지 않도록 꽉 잡고, 주의 깊게 살피고, 가능한 한 한 번에 여섯 발 이상은 쏘지 않도록 해요. 총은 발사하면 위로 튀어 오르니까. 한 놈에 한 발씩, 그다음 옮겨서 다른 놈을 겨누고. 말에 탄 놈은 배를 겨냥하고."

"알겠어."

"한 사람은 삼각대를 잘 잡아서 총이 튀어 오르지 않게 해야 하오. 이렇게. 그 사람이 총알도 장전하는 거요."

"댁은 어디 있을 거요?"

"난 여기 왼쪽에 있겠소. 위에, 모두를 볼 수 있는 곳에. 그리고 이 작은 마키나로 당신들을 왼쪽에서 엄호하리다. 여기서. 놈들이 온다면 몰살이 가능할 거야. 하지만 놈들이 아주 가까이 올 때까지는 발포해선 안 돼."

"난 우리가 놈들을 몰살시킬 수 있다고 믿어. 메누다 마탄사!(대량 살육!)"

"하지만 놈들이 안 왔으면 좋겠군."

"당신의 다리 작전만 없으면, 여기서 다 쏴 죽이고 도망가면 되는데."

"그런 건 쓸데없는 짓이오. 어떤 목적에도 기여하지 못하지. 다리는 전쟁에서 승리하기 위한 계획의 일부요. 이 전투는 아무것도 아니야. 그냥 사건일 뿐이지. 아무것도 아니라고."

"케 바, 아무것도 아니라니. 파시스트를 한 놈이라도 죽이면 그만큼 파시스트가 줄어드는 거잖아."

"그렇지. 하지만 이 다리 작전으로는 세고비아를 얻을 수 있어. 그 지방의 주도를 말이오. 생각해봐요. 우리가 처음으로 얻는 도시가 될 거야."

"이걸 진지하게 믿는단 말이지? 우리가 세고비아를 접수할 수 있다고?"

"물론. 다리만 정확하게 폭파하면 가능해요."

"여기서 몰살도 하고 다리도 폭파시키고 싶은데."

"댁은 식욕이 왕성하군그래." 로버트 조던이 말했다.

이러는 내내, 그는 까마귀들을 살폈다. 지금 그중 한 마리가 무언가를 본 것 같았다. 그 새는 깍깍 울더니 날아가버렸다. 하지만 다른 까마귀는 아직 나무에 앉아 있었다. 로버트 조던은 프리미티보가 매복해 있는 바위틈 높은 곳을 올려다보았다. 프리미티보가 아래를 내려다보고 있는 것이 보였지만 그는 아무런 신호도 보내지 않고 있었다. 로버트 조던은 앞으로 몸을 숙였다. 그리고 기관총 공이치기를 열고 탄약실 안의 원형 탄창을 살핀 후 발사장치를 내렸다. 까마귀는 아직도 나무에 앉아 있었다. 다른 놈은 눈 위를 크게 돌고는 다시 내려와 앉았다. 햇볕과 온화한 바람에 소나무 가지에 쌓여 있던 눈이 아래로 떨어지고 있었다.

"내일 아침 몰살은 준비되어 있어." 로버트 조던이 말했다. "제재소에 있는 적의 초소를 끝장낼 테니."

"난 준비됐어." 아구스틴이 말했다. "에스토이 리스토.(준비 완료.)"

"다리 아래쪽 도로 보수 인부들의 교대소에 있는 초소도 마찬가지고."

"여기든 저기든." 아구스틴이 말했다. "아니면 둘 다든."

"둘 다 댁이 할 순 없어. 두 초소를 동시에 공격해야 하니까." 로버트 조던이 말했다.

"그럼 둘 중 하나." 아구스틴이 말했다. "이 전쟁에서 아무것도 하지 않은 지 너무 오래됐어. 여기서 파블로가 우리를 녹슬게 만들었거든."

안셀모가 도끼를 들고 왔다.

"나뭇가지가 더 필요하오?" 그가 물었다. "내가 보기엔 잘 감춰진 것 같긴 한데."

"나뭇가지는 됐어요." 로버트 조던이 말했다. "이쪽과 저쪽에 심어놓을 작은 나무 두 그루가 필요합니다. 더 자연스러워 보이도록요. 진짜 자연스러워 보이기에는 나무가 부족해요."

"내가 가져오리다."

"뒤쪽에서 베어 오세요. 잘린 데가 보이지 않게."

뒤쪽 숲에서 도끼 소리가 들렸다. 로버트 조던은 높다란 바위틈에 있는 프리미티보를 올려다본 다음 빈터를 가로질러 소나무들을 내려다보았다. 까마귀는 아직 거기에 있었다. 그때 높은 상공에서 비행기가 웅웅거리며 날아오는 소리가 들렸다. 그가 고개를 들어보니 저 높이 햇빛을 받아 은색으로 빛나는 작은 비행기가 눈에 들어왔다. 워낙 높이 떠 있어서 움직이는 것 같지도 않았다.

"놈들은 우리를 볼 수 없어." 그는 아구스틴에게 말했다. "하지만 몸을 숨이는 게 좋겠군. 오늘 두 번째 정찰기야."

"어제 왔던 그놈들인가?" 아구스틴이 물었다.

"어제 일들은 이제 악몽 같군." 로버트 조던이 말했다.

"그들은 분명 세고비아에 있을 거야. 악몽이 그곳에서 현실이 되기를 기다리고 있겠지."

비행기는 이제 산을 넘어 시야에서 사라졌지만 모터 소리는 아직까지 남아 있었다.

로버트 조던은 까마귀가 높이 날아오르는 것을 보았다. 까마귀는 울지도 않고 나무 사이를 지나 곧장 사라졌다.

23장

"엎드려." 로버트 조던이 아구스틴에게 속삭였다. 그러고는 고개를 돌린 채, 크리스마스트리처럼 소나무를 짊어지고 오는 안셀모를 향해 손으로 '엎드려, 엎드려' 신호를 보냈다. 노인이 소나무를 바위 뒤에 던지고 이내 바위 사이로 몸을 숨기는 것이 보였다. 로버트 조던은 나무 사이로 보이는 트인 초지를 살폈다. 아무것도 보이지 않았고 아무 소리도 들리지 않았지만, 그는 심장이 뛰었다. 곧 작은 돌멩이 하나가 떨어져 바위에 부딪히더니 다시 굴러 떨어지는 소리가 들렸다. 그가 고개를 오른쪽으로 돌려 위를 올려다보니, 프리미티보의 권총이 눕혀진 채 아래위로 네 번 움직이는 것이 보였다. 그러고는 더 이상 아무것도 보이지 않았다. 그의 앞에는 둥글게 말발굽 자국이 나 있는 하얀 지대와 그 너머 수목밖에 없었다.

"기병대다." 그는 아구스틴에게 조용히 말했다.

아구스틴은 그를 바라보며 웃었고, 그 어둡고 푹 꺼진 볼은 웃느라 아래쪽이 넓어졌다. 로버트 조던은 그가 땀을 흘리고 있다는 것을 알아차렸다. 그는 손을 뻗어 아구스틴의 어깨에 손을 얹었다. 그렇게 손을 얹은 채로 그들은 기마병 넷이 수풀에서 나오는 것을 바라보았다. 아구스틴의 등 근육이 그의 손 밑에서 씰룩씰룩 경련을 일으키는 것이 느껴졌다.

기마병 하나가 앞서고 셋은 그 뒤를 따랐다. 앞선 기마병은 말 발자국을 따라가고 있었다. 그는 말을 탄 채 아래를 살폈다. 다른 셋은 그 뒤를 뒤따르며 나무 사이에서 부채꼴 모양으로 나타났다. 그들은 모두 조심스럽게 살펴보고 있었다. 로버트 조던은 눈 덮인 땅에 닿은 자신의 가슴이 요동치는 것을 느끼며, 양쪽 팔꿈치를 활짝 벌리고 엎드려 기관총의 가늠쇠 너머로 그들을 살펴보았다.

앞서 가던 기병이 말 발자국을 따라가다가 파블로가 둥글게 돌았던 곳에서 멈췄다. 다른 기병들도 그에게 다가가서 모두 멈췄다.

로버트 조던은 기관총의 푸른 강철 총열 너머로 그들을 또렷이 보았다. 기병들의 얼굴이 보였고, 군도가 매달려 있고 땀으로 거무죽죽하게 된 말들의 옆구리가 보였으며, 원뿔형처럼 비스듬히 떨어지는 카키색 담요 망토, 나바라식으로 말린 카키색 베레모도 보였다. 앞장서던 기병이 총이 설치된 바위들 사이의 구멍 쪽으로 똑바로 말을 돌렸다. 기병은 젊었다. 햇빛과 바람에 그을린 얼굴, 미간이 좁은 눈, 매부리코, 지나치게 길고 뾰족한 턱이 정면으로 보였다.

앞장서던 자는 말의 가슴을 로버트 조던 쪽으로 향하고 말 머리를 높이 쳐든 채, 안장 오른쪽의 총집에서 경기관소총을 삐죽 내밀더니 로버트 조던이 숨어 있는 구멍 쪽을 가리켰다.

로버트 조던은 팔꿈치를 땅에 깊이 박아 총열과 나란히 하고 네 명의 기병이 눈밭에서 멈춰 있는 모습을 보았다. 그들 중

세 명이 기관소총을 꺼내 들었다. 두 명은 총을 안장 머리에 걸치고 있었다. 나머지 한 명은 소총을 오른쪽으로 들고 개머리판을 엉덩이에 기대어놓고 있었다.

놈들을 이렇게 가깝게 보는 일은 드문데, 그는 생각했다. 총열과 일직선상에서 이렇게 적들을 보는 경우는 거의 없다. 보통은 뒤쪽 가늠쇠를 세우고 봐야 할 거리라서 적들은 소형 모형처럼 작게 보이고, 그러면 가늠쇠를 부리나케 올려야 하는데. 아니면 놈들은 우당탕 달려오고 있고, 너는 산비탈에서 총을 쏴서 잡는다거나, 도로를 봉쇄하거나 창문에서 감시하거나, 아니면 멀리서 적들이 도로 위를 행군하는 걸 보거나 하는데 말이다. 적들을 이만큼 가까이에서 보게 되는 유일한 경우는 열차 폭파 작전 때뿐이다. 그때에만 적들이 지금처럼 이렇게 보이는데, 그럴 때 네 놈쯤이야 식은 죽 먹기로 흩어놓을 수 있다. 총 가늠쇠 너머로, 이 사정거리에서 보니, 그들은 실제보다 두 배는 더 커 보인다.

어이, 거기, 그는 생각했다. 그는 가늠쇠의 브이자형을 뒷가늠자의 구멍 속에 오도록 딱 맞추고, 브이자형의 맨 위쪽을 앞장섰던 기병의 가슴팍에, 카키색 망토 위에서 햇빛을 받아 반짝이는 주홍색 휘장 왼쪽에 조준했다. 손가락을 앞으로 뻗어 방아쇠울을 눌러, 기관총에서 갑작스럽고 빠르게 탄알이 쏟아져 나오지 않도록 막고 있는 상태로, 이제 그는 스페인어로 생각했다. 네놈은 이제 젊어서 요절하게 생겼구나. 너는, 그는 생각했다. 너는, 너는. 하지만 그런 일은 없게 해줘. 그런 일은 없게 해줘.

그는 옆에 있던 아구스틴이 숨을 참아 기침이 나오려 하는 것을 간신히 넘기는 것을 느꼈다. 그런 다음 여전히 손가락을 방아쇠울에 대고 기름칠한 시퍼런 총열을 따라 나뭇가지 사이로 뚫린 구멍을 통해 내다보았다. 앞장선 기병이 말을 돌려 파블로의 말 발자국이 향한 수풀 쪽을 가리키는 것이 보였다. 네 명 모두 수풀 속으로 빠르게 말을 몰고 갔다. "개자식들!" 아구스틴이 낮은 소리로 말했다.

로버트 조던은 고개를 뒤로 돌려 안셀모가 나무를 던져놓은 바위를 보았다.

집시 라파엘이 바위 사이에서 천으로 된 안장주머니를 들고 소총을 등에 멘 채 그들 쪽으로 오고 있었다. 로버트 조던은 그에게 자세를 낮추라는 신호를 보냈고, 집시는 보이지 않게 몸을 숙였다.

"네 놈을 다 죽일 수도 있었는데." 아구스틴이 조용히 말했다. 그는 여전히 땀에 젖어 있었다.

"그래." 로버트 조던이 속삭였다. "하지만 총소리를 내면 앞으로 어떻게 될지 누가 알겠어?"

바로 그때 그는 또다시 돌멩이가 떨어지는 소리를 듣고는 재빨리 주위를 둘러보았다. 하지만 집시도 안셀모도 모두 보이지 않았다. 그가 손목시계를 보고 나서 고개를 들어보니, 프리미티보가 소총을 위아래로 짧게 셀 수 없이 흔들어대고 있었다. 파블로가 출발한 지 45분이 지났다, 하고 로버트 조던은 생각했다. 그때 한 무리의 기병대가 다가오는 소리가 들렸다.

"노 테 아푸레스.(걱정 마시오.)" 그는 아구스틴에게 말했다. "걱정 마. 저놈들도 아까 그놈들처럼 지나갈 거야."

수풀 끝을 따라 좀 전의 기마병들과 똑같이 무장을 하고 제복을 입은 스무 명의 기마병들이 두 줄로 정렬한 채 군도를 늘어뜨리고 카빈총을 총집에 넣은 채 빠른 속도로 말을 몰아 달려오고 있었다. 그리고 그들은 좀 전의 네 명과 마찬가지로 수풀 속으로 내려갔다.

"투 베스?(봤소?)" 로버트 조던이 아구스틴에게 말했다. "봤지?"

"수가 많은데." 아구스틴이 말했다.

"아까 그놈들을 쐈다면 이놈들을 상대해야 할 뻔했잖아." 로버트 조던이 아주 낮은 소리로 말했다. 그의 가슴은 이제 진정되었고, 셔츠 가슴께는 녹은 눈 때문에 축축했다. 가슴에 휑한 구멍이라도 뚫린 느낌이었다.

태양은 눈 위에서 반짝였다. 눈은 빠르게 녹고 있었다. 나무 줄기마다 구멍이라도 뚫린 듯 눈이 녹아내렸다. 기관총 바로 앞 그의 눈앞에는, 위로는 따뜻한 햇볕을 받고 아래로는 땅의 온기를 받은 눈이 물에 젖은 레이스처럼 흐물흐물해지고 있었다.

로버트 조던은 프리미티보가 매복해 있는 곳을 올려다보았다. 프리미티보는 손바닥을 아래로 하고 두 손을 교차해 엑스 자를 만들어 '이상 없음'이라는 신호를 보내왔다.

안셀모의 머리가 바위 위로 보이자 로버트 조던은 그에게 일어나라는 신호를 보냈다. 노인은 바위에서 바위로 미끄러지듯 움직여 기관총이 있는 곳까지 와서는 납작 엎드렸다.

"많아." 그가 말했다. "많다고!"

"이제 나무는 필요 없어요." 로버트 조던이 노인에게 말했다. "더 이상 나무로 위장하는 건 필요 없어요."

안셀모와 아구스틴은 씩 웃었다.

"이걸로 놈들의 눈을 잘 피했어. 놈들이 돌아올지도 모르는데 이제 와 나무를 심는 건 위험하지. 놈들도 바보는 아닐 테니."

그는 무슨 말이든 지껄이고 싶은 강한 충동을 느꼈다. 그것은 엄청난 위험을 넘겼다는 증거였다. 그는 언제나 위험한 상황이 지난 후 밀려오는 말하고픈 충동의 강도에 따라 그 상황이 얼마나 위험했는지 가늠할 수 있었다.

"괜찮은 위장술이었어, 그렇죠?" 그가 말했다.

"좋았어." 아구스틴이 말했다. "파시즘은 몽땅 엿이나 먹어라. 그 네 놈들을 죽일 수도 있었는데. 봤수?" 그는 안셀모에게 말했다.

"봤네."

"영감님." 로버트 조던이 안셀모에게 말했다. "어제 보초 서던 곳이나 아니면 다른 좋은 장소를 골라 도로를 감시하고 어제처럼 모든 움직임을 보고하세요. 이미 좀 늦었지만, 어두워질 때까지 자리를 지키고, 그런 다음 돌아오면 다른 사람으로 교대합시다."

"하지만 발자국이 남을 텐데 어쩌지?"

"눈이 녹아 없어지는 대로 바로 아래쪽에서 나가세요. 도로는 눈 때문에 흙투성이가 되어 있을 겁니다. 트럭이 많이 지나다니는지, 질척한 도로면에 탱크 자국이 나 있는지 살피세요. 영감님이 망보러 가기 전까지 무슨 일이 있었는지는 그런 식으로 짐작할 수밖에 없으니까."

"내가 좀 말해도 될까?" 노인이 물었다.

"물론이죠."

"괜찮다면 나는 라그랑하에 가서 어젯밤에 뭐가 지나갔는지 알아보고, 오늘 거기서 자네가 나한테 가르쳐준 식으로 망을 봐줄 사람을 구하는 게 낫지 않겠나? 그 사람이 오늘 밤에 보고를 할 수 있을 거고, 아니면 내가 그의 보고를 들으러 라그랑하에 다시 가도 좋고."

"기병대와 마주칠 염려는 없나요?"

"눈이 녹기만 하면 괜찮아."

"라그랑하에 그 일을 해줄 수 있는 사람이 있을까요?"

"있어. 물론 있어. 여자가 될 거요. 라그랑하에는 믿을 만한 여자들이 많거든."

"그럴 거야." 아구스틴이 말했다. "그럴 거야가 아니라 그렇지. 그리고 몇몇은 다른 서비스도 해주는걸. 내가 가면 안 될까?"

"영감님을 보내는 걸로 하지요. 당신은 이 총도 쏠 줄 알고, 오늘 전투가 아직 끝난 게 아니니까."

"눈이 녹으면 출발하겠네." 안셀모가 말했다. "눈이 빠르게 녹고 있어."

"놈들이 파블로를 따라잡을 가능성은 있겠소?" 로버트 조던이 아구스틴에게 물었다.

"파블로는 영리해." 아구스틴이 말했다. "사람이 사냥개도 없이 수사슴을 따라잡을 수 있겠나?"

"가끔은 그럴 수도 있지." 로버트 조던이 말했다.

"파블로는 못 잡아." 아구스틴이 말했다. "확실해. 그 사람은 예전에 비하면 쓰레기 수준이긴 하지. 하지만 수많은 사람들이 죽어간 마당에도 살아남아서 이 산속에서 편하게 지내며 죽도록 술을 마실 수 있다는 건 보통 일이 아니거든."

"소문처럼 그가 그렇게 영리한가?"

"훨씬 더 영리하지."

"여기서는 그렇게 대단한 능력을 가진 것처럼 보이지는 않던데."

"코모 케 노?(안 그럴걸?)" 아구스틴이 말했다. "능력이 없었다면 그는 어젯밤에 죽었을 거야. 내가 보기에 당신은 정치를 이해 못 해, 잉글레스, 게릴라전도. 정치나 게릴라전에서 첫째는 계속 살아남는 거거든. 파블로가 어젯밤에 살아남는 것 좀 봐. 당신하고 나한테 그렇게 더러운 꼴을 당하고도 말이야."

파블로가 게릴라군의 작전에 다시 돌아온 이상 로버트 조던은 그를 험담하고 싶지 않았기 때문에, 그의 능력에 대한 얘기를 꺼내놓고는 바로 후회했다. 그 자신도 파블로가 얼마나 영리한지 알고 있었다. 다리 폭파 명령의 문제점을 당장에 파악한 것도 바로 파블로였다. 그가 파블로의 능력 얘기를 꺼낸 것은 순전히 그를 싫어해서였고, 그래서 말을 하면서도 그 말이 틀렸다는 것을 알았다. 한껏 긴장했다가 말을 너무 많이 한 탓이었다. 그래서 이제 그는 그 문제를 제쳐두고 안셀모에게 말했다. "라그랑하에 낮에 가는 건 어떻습니까?"

"나쁠 것 없지." 노인이 말했다. "내가 부대를 몰고 가는 것도 아니니까."

"목에 방울을 달고 가는 것도 아니고." 아구스틴이 말했다. "깃발을 들고 가는 것도 아니니까."

"어떻게 가실 거죠?"

"숲으로 올라갔다 내려갔다 해야지."

"하지만 놈들이 영감님을 잡으면요."

"난 신분증이 있어."

"그거야 우리도 다 있지요. 하지만 다른 서류들은 재빨리 삼켜버려야 해요."

안셀모는 고개를 저으며 작업복 가슴 주머니를 두드렸다.

"나도 그걸 수만 번 생각해봤는데." 그는 말했다. "그래도 종이는 못 삼키겠더라고."

"저도 겨자라도 좀 뿌려서 가지고 다녀야겠다 싶더군요."
로버트 조던이 말했다. "전 상의 왼쪽 주머니에 아군 서류들을
가지고 다닙니다. 오른쪽 주머니에는 파시스트 쪽 서류들이 있
고요. 그래서 위급 상황에도 헷갈리지 않죠."

다들 무척이나 말이 많은걸 보니, 처음에 지나갔던 기병대
의 대장이 입구를 가리켰을 때 다들 꽤나 긴장을 했던 모양이
군. 너무 말이 많은걸, 로버트 조던은 생각했다.

"그런데 이봐, 로베르토." 아구스틴이 말했다. "공화국 정부
가 매일매일 우익에 가까워지고 있다고들 하던데. 공화국에서
는 더 이상 동지라고 안 하고 '세뇨르'나 '세뇨라'라고 한다고
말이야. 그럼 자네 주머니도 왼쪽과 오른쪽을 바꿔야 하는 거
아닌가?"

"우익화가 더 심해지면 바지 뒷주머니에 넣고 다닐까 하
오." 로버트 조던이 말했다. "가운데를 꿰매버리고."

"셔츠 주머니에 넣어두는 게 더 나을걸." 아구스틴이 말했
다. "우린 전쟁에서는 이기고 혁명에서는 질까?"

"아니." 로버트 조던이 말했다. "하지만 이 전쟁에서 진다
면, 혁명도 공화국도 당신도 나도 뭐고 다 없을 거요. 남는 건
그 큰 카라호*뿐이겠지."

"내 말이 그 말일세." 안셀모가 말했다. "우린 전쟁에서 이
겨야 하네."

"그리고 그다음엔 선량한 공화주의자들만 빼고 무정부주의
자들, 공산주의자들, 그리고 비열한 놈들을 다 쏴버려야 해."

---

* '불알'을 뜻하는 스페인어로 '젠장', '망할 놈' 등의 욕설로 쓰인다.

아구스틴이 말했다.

"전쟁에서는 이기되 사람은 쏘지 말아야지." 안셀모가 말했다. "우리는 공정하게 다스려야 하고, 모두들 자기가 노력한 만큼 승리의 이익을 나눠 가져야 해. 우리랑 대적해서 싸웠던 사람들은 교화시켜서 자기 잘못을 알게 만들어야 하고."

"여럿 쏴야 할걸." 아구스틴이 말했다. "많이, 많이, 많이."

그는 오른 주먹으로 왼손 바닥을 세게 쳤다.

"아무도 쏴 죽여선 안 돼. 적의 우두머리들도 말일세. 그들도 노동을 통해 교화시켜야 하네."

"그놈들한테 무슨 노동을 시킬지 난 알지." 아구스틴은 이렇게 말하더니 눈을 조금 집어 입속에 넣었다.

"무슨 노동이오, 나쁜 건가?" 로버트 조던이 물었다.

"아주 기발한 두 가지가 있지."

"두 가지라니?"

아구스틴은 조금 더 눈을 집어 입에 넣고는 기병대가 지나간 빈터를 둘러보았다. 그러고는 입속에서 녹은 눈을 뱉어냈다. "젠장. 아침밥은 언제 온담." 그가 말했다. "그 더러운 집시 놈은 어디 간 거야?"

"무슨 노동인데?" 로버트 조던이 물었다. "말해봐요, 입 거친 양반."

"낙하산 없이 비행기에서 떨어뜨리기." 아구스틴이 눈을 반짝이며 말했다. "그건 우리가 그나마 좋아하던 놈들을 위한 거고. 나머지 놈들은 울타리 기둥 꼭대기에 못으로 박아 매달아놓고 밀어서 뒤로 넘어가게 하는 거야."

"상스럽구면." 안셀모가 말했다. "그렇게 해서는 공화국을 건설할 수 없을 걸세."

"난 말이야, 놈들 불알로 만든 스프 속에서 10리그*는 헤엄쳐보고 싶다고." 아구스틴이 말했다. "아까 그 네 놈들을 보고 죽여야 한다고 생각하니까, 내가 꼭 마구간에서 종마를 기다리는 발정 난 암말 같더라고."

"그래도 우리가 왜 놈들을 죽이지 않았는지는 당신도 알잖아?" 로버트 조던이 조용히 말했다.

"알지." 아구스틴이 말했다. "알아. 하지만 발정 난 암말처럼 나도 죽이고 싶은 마음이 간절했다고. 안 느껴본 사람은 몰라."

"땀을 흠뻑 흘리던데 뭘." 로버트 조던이 말했다. "무서워서 그러는 줄 알았는데."

"그래, 무섭기도 했지." 아구스틴이 말했다. "무섭기도 하고 다른 이유도 있고. 그리고 이번 생에서 그 다른 이유보다 더 강한 건 없어."

그렇다, 로버트 조던은 생각했다. 우리는 그 일을 냉철하게 하지만, 이들은 그렇지 않고 그런 적도 없다. 그것은 이들만의 특별한 성체 의식이다. 지중해 저쪽 끝에서 새로운 종교가 들어오기 전에 그들이 믿었던 옛 종교, 그들이 결코 버린 적 없고 단지 억제하고 숨겨놓았다가 전쟁이나 이단 심문이 시작되면 슬그머니 다시 꺼내놓는 그 옛 종교 때문인 것이다. 이들은 아우토 데 페**, 즉 종교적 심판을 믿는 사람들이다. 살상은 우리도 할 수밖에 없지만, 그들의 살상은 우리의 살상과는 다르다.

*거리 단위. 1리그는 약 3마일이다.
**종교재판에서의 사형선고를 뜻하는 스페인어. 스페인에서는 15세기부터 19세기 초반까지 종교재판이 유대인과 무슬림, 개신교도에 대한 탄압 도구로 이용되었으며, 수많은 사람들이 희생되었다.

그런데 너, 그는 생각했다. 너는 살상으로 인해 타락하지 않았을까? 과다라마 산에선 안 그랬던가? 우세라에선? 에스트레마두라에서 내내 저질렀던 건? 한 번도 안 그랬던가? 케 바, 그는 자신에게 물었다. 열차 작전 때마다 그랬다.

베르베르족과 옛 이베리아 반도인들에 대한 확실하지 않은 이야기는 그만 지어내고, 자원입대한 군인들이 거짓말을 하는 자든 그렇지 않은 자든 언젠가는 모두 즐기게 되듯이, 너 역시도 살생을 즐겨왔다는 것을 인정하자. 안셀모는 자신이 사냥꾼이지 군인은 아니라는 이유로 살생을 혐오한다. 그를 이상화하지도 말자. 사냥꾼들은 동물을 죽이고, 군인들은 사람을 죽인다. 너 자신에게 거짓말하지 마라, 그는 생각했다. 그것에 대한 이야기를 만들어내지도 마라. 너는 이미 오랫동안 살생에 물들어왔다. 안셀모를 나쁘게 생각하지도 말자. 그는 기독교인이다. 가톨릭 국가에서는 참 드물게도 말이다.

하지만 아구스틴의 경우는, 난 그가 두려워서 그랬다고 생각했었다. 전투 직전의 자연스러운 두려움 말이다. 그런데 다른 감정 때문이기도 했던 것이다. 물론 그가 지금 허풍을 떨고 있는 건지도 모른다. 두려움이 아주 많았으니까. 나도 내 손 아래에서 두려움을 느꼈다. 음, 이제 말을 그칠 때다.

"집시가 음식을 가져오는지 보세요." 그가 안셀모에게 말했다. "올라오게는 하지 말고. 그자는 바보예요. 영감님이 직접 가져오세요. 그자가 아무리 많이 가져오더라도 더 가져오라고 보내십시오. 저도 배가 고프거든요."

24장

늦은 5월의 아침, 하늘은 높고 쾌청했다. 따뜻한 바람이 로버트 조던의 어깨 위로 불어왔다. 눈은 빠르게 녹고 있었고, 그들은 아침을 먹었다. 고기와 염소 치즈를 넣은 커다란 샌드위치 두 개가 있었는데, 로버트 조던은 자신의 접이식 칼로 양파를 두껍게 잘라서 빵 사이 고기와 치즈 옆에 각각 끼워 넣었다.

"자네 입에서 나는 양파 냄새를 숲 너머 파시스트 놈들까지 맡게 될 거야." 아구스틴이 입안 가득 음식을 넣은 채 말했다.

"가죽 술 부대 좀 줘요. 입이나 헹구게." 로버트 조던은 고기, 치즈, 양파, 빵 조각을 입안 가득 물고 말했다.

그는 어느 때보다도 배가 고팠다. 그는 가죽 냄새가 살짝 밴 술을 입안 가득 넣었다가 삼켰다. 다시 한입 가득 한 모금을 더 마시고는 술 부대를 들어 올려 거기에서 쭉 뿜어져 나오는 술을 자신의 입속으로 흘러들게 했다. 그가 손을 들고 술이 흘러 들어가도록 머리를 뒤로 젖히자 머리가 기관총을 가리고 있던 소나무 가지에 닿았다. 그 과정에서 가죽 술 부대 역시 솔잎에 닿았다.

"이거 하나 마저 들겠나?" 아구스틴이 기관총 너머로 샌드위치를 건네며 물었다.

"아니. 괜찮소. 당신이 들어요."

"나도 못 먹겠어. 아침에는 별로 많이 먹는 편이 아니라서."

"안 먹는다고요? 정말?"

"그렇다니까. 받아."

로버트 조던은 샌드위치를 받아 무릎에 놓고 수류탄이 들어 있는 재킷 옆 주머니에서 양파를 꺼내 칼로 잘랐다. 그는 주머니 속에서 더러워진 양파 껍질을 얇게 벗겨낸 다음 두껍게 잘랐다. 바깥쪽 부분이 떨어지자 그는 그것을 집어 나머지 둥근 조각들과 합친 다음 샌드위치에 끼워 넣었다.

"만날 아침마다 양파를 먹는 거야?" 아구스틴이 물었다.

"있기만 하면."

"당신네 나라에선 다들 그러오?"

"아니." 로버트 조던이 말했다. "거기에선 별로 좋게 보지 않아요."

"거 다행이군." 아구스틴이 말했다. "난 미국을 항상 문명화된 나라라고 생각해왔거든."

"양파가 어디가 어때서?"

"냄새 때문에. 다른 건 없어. 그것만 아니면 장미나 다름없지."

로버트 조던은 입안 가득 음식을 문 채 그에게 씩 웃어 보였다.

"장미나 다름없다." 그는 말했다. "장미처럼 강력하지. 장미는 장미고 또 양파고."

"양파를 먹더니 머리가 좀 어떻게 된 모양이구먼." 아구스틴이 말했다. "조심하라고."

"양파는 양파이며 또 양파이고." 로버트 조던은 쾌활하게 말했다. 돌은 스타인*이고, 바위이고, 둥근 돌이고, 조약돌이고, 그는 생각했다.

"술로 입이나 헹궈." 아구스틴이 말했다. "자네 참 희한해, 잉글레스. 자넨 저번에 우리랑 같이했던 그 폭파원하고는 참 다르군."

"크게 다른 점이 하나 있긴 하지."

"말해봐."

"난 살아 있고 그는 죽었다는 거." 로버트 조던이 말했다. 그러고는 생각했다. 너 어떻게 된 거 아니냐? 말을 그런 식으로밖에 못 해? 음식이 오니까 그렇게 정신을 못 차리겠는 거야? 너 뭐야, 양파에 취했어? 혁명이 이젠 그 정도 의미밖에 없게 된 거냐? 그러자 그는 솔직하게 말했다. 어차피 예전에도 대단한 의미는 없었다. 혁명을 뭔가 중요한 의미로 만들려고 애썼지만 한 번도 대단한 적은 없었다. 남은 시간 동안 거짓말을 할 필요는 없다.

"아니." 그는 이제 진지해졌다. "그 친구는 큰 고통을 당한 사람이었어요."

"그럼 자네는? 자네는 고통을 겪지 않았나?"

"그래요." 로버트 조던이 말했다. "난 고생을 별로 안 한 사람이지."

"나도 그래." 아구스틴이 그에게 말했다. "고통스러워하는 사람도 있고 그렇지 않은 사람도 있지. 난 별로 고통스러워하지 않아."

*'돌'을 뜻하는 독일어.

"나쁘지 않군." 로버트 조던은 다시 술 부대를 기울였다. "그리고 이게 있으면 더욱 나쁘지 않고."

"난 다른 사람들 때문에 고통스러워."

"착한 사람들은 다 그렇죠."

"하지만 나 자신에 대해서는 별로 그러지 않아."

"부인이 있소?"

"아니."

"나도 없어요."

"하지만 이젠 자네한텐 마리아가 있잖아."

"그렇지."

"참 희한한 일이야." 아구스틴이 말했다. "마리아가 열차에서 우리한테 오고 나서 필라르는 그 아이가 카르멜 수도회의 수녀라도 되는 양 우리한테서 필사적으로 떼어놓았거든. 그 여편네가 얼마나 기를 쓰고 그 아이를 지켰는지 자넨 상상도 못해. 그런데 자네가 오니까 그 아이를 선물인 양 선뜻 내맡겼단 말이지. 자네는 어떤 것 같아?"

"그런 게 아닌데."

"어떻게 된 건가, 그럼?

"나보고 돌봐주라고 한 거요."

"그래 돌봐주는 게 밤마다 호데르*하는 건가?"

"운이 좋았지."

"돌봐주는 거 한번 끝내주는군."

"그렇게 사람을 돌봐주는 걸 이해할 수 없소?"

"이해하지. 하지만 그렇게 돌봐주는 거야 우리 중 누구라도

---

* '성교'를 뜻하는 스페인어.

할 수 있었다고."

"그 얘기는 이제 그만하지." 로버트 조던이 말했다. "난 그녀를 진지하게 좋아해."

"진지하게?"

"세상에 그보다 더 진지한 게 없을 정도로."

"그럼 나중엔? 이 다리 작전이 끝나고 나면?"

"그녀는 나랑 같이 떠날 거야."

"그렇다면." 아구스틴이 말했다. "그 얘기는 더 이상 하지 않겠어. 둘이 운 좋게 같이 떠나길 바라겠네."

그는 가죽 술 부대를 들어서 길게 들이켠 다음 로버트 조던에게 건넸다.

"하나만 더, 잉글레스." 그가 말했다.

"물론."

"나도 그 여자를 꽤나 좋아했어."

로버트 조던이 그의 어깨에 손을 얹었다.

"많이." 아구스틴이 말했다. "많이. 자네는 상상도 못 할 만큼."

"상상이 가는데."

"그 여자가 내 맘속에 강렬한 인상을 남겼는데, 그게 잘 지워지지가 않아."

"상상이 가."

"어이, 나 진지하게 말하는 거야."

"하시오."

"난 그 여자한테 손 한 번 댄 적 없고 아무 일도 없었지만, 그 여자를 아주 좋아했어. 잉글레스, 그 여자를 가볍게 대하지 말게. 자네하고 잤다고 해서 그 여자가 창녀는 아니야."

"난 그녀를 돌봐줄 거요."

"자네 말을 믿겠어. 하지만 하나 더. 혁명만 일어나지 않았어도 저런 여자가 어떻게 되었을지 자네는 모를 거야. 자네는 책임을 져야 해. 그 여자는 정말이지 고통을 많이 당했어. 우리하곤 달라."

"난 그녀와 결혼할 거야."

"아니. 그런 게 아니야. 혁명에서 그런 건 필요 없어. 하지만……." 그는 고개를 끄덕였다. "그러면 더 좋겠지."

"우린 결혼할 거야." 로버트 조던은 이렇게 말하자 목구멍이 부어오르는 것 같았다. "난 그녀를 아주 좋아해."

"나중에." 아구스틴이 말했다. "편해질 때 하게. 중요한 건 그럴 마음이 있다는 거지."

"그럴 생각이오."

"들어봐." 아구스틴이 말했다. "내가 주제넘게 끼어들고 있긴 한데, 우리 나라 여자들 많이 만나봤나?"

"몇 명."

"창녀들?"

"그렇지 않은 여자들도 있었고."

"몇 명이나?"

"서너 명"

"잠자리도 했고?"

"아니."

"알겠나?"

"알겠소."

"내 말은 마리아가 경솔하게 구는 여자가 아니란 말이야."

"나도 그런 사람은 아니오."

"자네가 그런 놈이라고 생각했다면 어젯밤 그녀와 누워 있을 때 자네를 쏴버렸을지도 몰라. 이런 일로 죽이는 일이 여기선 흔하거든."

"들어봐요, 구식 양반." 로버트 조던이 말했다. "격식을 제대로 차리지 못한 건 시간이 없어서였어. 우리한테 없는 건 시간이니까. 내일 우리는 전투를 해야 한다고. 나 하나라면 그런 건 아무것도 아니지. 하지만 마리아와 함께 있는 나한테는 지금 이 순간이 인생 전부라고 생각하고 살아야만 한다는 뜻이 되거든."

"하루 낮과 하룻밤은 너무 짧은 시간이지." 아구스틴이 말했다.

"맞아. 하지만 어제와 그저께 밤과 어젯밤이 있었지."

"이봐." 아구스틴이 말했다. "내가 두 사람을 도울 수만 있다면."

"아니. 우린 괜찮아."

"자네와 그 까까머리를 위해 뭐든 할 수 있다면……."

"아니라니까."

"정말이야, 사람이 다른 사람을 위해서 해줄 수 있는 게 별로 없어."

"아니. 많아."

"뭐?"

"오늘과 내일 전투에서 무슨 일이 벌어지든, 나를 믿고 옳지 않아 보이는 명령이라도 따라줘요."

"난 자네를 믿어. 이 기병대 일도 그렇고 말을 멀리 보낸 것도 그렇고."

"그건 아무것도 아니오. 우리는 한 가지 일을 위해 일하고 있으니까. 전쟁에서 승리하는 것 말이오. 승리하지 못하면, 다른 모든 것은 가치가 없어지는 거야. 내일 우리에게는 아주 중요한 일이 있지. 정말 중요한 일이. 그리고 우린 전투도 치르게 될 거요. 전투에는 규율이 필요해. 겉보기와 다른 게 많기 때문이지. 규율은 신뢰와 믿음에서 오는 거고."

아구스틴은 땅에 침을 뱉었다.

"마리아와 그런 일들은 별개야." 그는 말했다. "자네와 마리아는 두 사람의 인간으로서 남아 있는 시간을 잘 써야 해. 내가 도울 수만 있다면 언제든 명령만 내리게. 하지만 내일 일에 대해선 난 무조건 자네 말을 듣겠네. 내가 내일의 일을 위해 죽어야만 한다면 난 기쁘게, 가벼운 마음으로 가겠어."

"나도 그럴 생각이오." 로버트 조던이 말했다. "하지만 당신이 그렇게 말을 해주니 기분이 좋군."

"그리고 또." 아구스틴이 말했다. "저 위에 있는 저 친구는." 그는 프리미티보를 가리켰다. "믿을 만한 진국이야. 필라르는 자네가 생각하는 것보다 아주, 아주, 대단하고. 안셀모 영감도 그렇고. 안드레스도, 엘라디오도. 말은 없어도 믿을 만한 친구지. 그리고 페르난도. 자네가 그를 어떻게 평가하고 있는지야 모르지. 그가 우둔하기 이를 데 없는 건 사실이야. 그는 대로에서 수레를 끄는 거세소보다도 더 지루한 친구지. 하지만 시키는 대로 싸우고 일한다고. 에스 무이 옴브레!(아주 좋은 친구야!) 두고 보면 알 걸세."

"우린 운이 좋군."

"아니야. 우리한텐 약한 종자가 둘 있어. 집시와 파블로. 소르도 영감네 패는 훌륭해. 우리하곤 하늘과 땅 차이라고나 할까."

"그럼 다 잘됐군요."

"그렇지." 아구스틴이 말했다. "하지만 난 공격이 오늘이었으면 좋겠어."

"나도 그래요. 어서 끝내버리게. 하지만 그럴 수 없어."

"전세가 나빠질 것 같은가?"

"그럴 수도 있지."

"그런데 자넨 지금 아주 기분이 좋군, 잉글레스."

"그래요."

"나도 그래. 마리아 일이며 이런저런 일에도 불구하고 말이야."

"왜 그런지 아오?"

"모르겠는데."

"나도 모르오. 아마 날씨 때문이겠지. 날씨가 좋잖아."

"누가 알아? 어쩌면 곧 작전을 펼칠 거라서 그런지."

"그런 것 같군." 로버트 조던이 말했다. "하지만 오늘은 안돼요. 무엇보다도 오늘은 피해야 해."

그는 말을 하던 중 무슨 소리를 들었다. 그것은 나무의 따스한 바람 소리를 넘어 멀리 위쪽에서 들려왔다. 그는 확실히 알 수 없어서 입을 벌린 채 귀를 기울이며 프리미티보를 올려다보았다. 분명히 소리를 들은 것 같았는데, 소리가 곧 사라졌다. 소나무들 사이로 바람이 불고 있었고, 이제 로버트 조던은 온 신경을 곤두세우고 귀를 기울였다. 그러자 희미하게 바람을 타고 내려오는 소리가 들렸다.

"난 불행하지 않아." 아구스틴의 말소리가 들렸다. "마리아를 내 여자로 만들지 못한 건 아무것도 아니야. 난 여느 때처럼 창녀들과 놀아날 테니까."

"가만." 그는 아구스틴의 말을 듣는 대신 그 옆에 몸을 눕혀 머리를 저쪽으로 돌리고 있었다. 아구스틴이 갑자기 그를 살펴보았다.

"케 파사?(무슨 일이야?)" 그가 물었다.

로버트 조던은 손을 입에 가져다 대고 계속 귀를 기울였다. 소리가 다시 들렸다. 희미하고, 낮고, 건조한 소리가 멀리서 들려왔다. 잘못 들은 게 아닌 건 분명했다. 정확하게 탁탁 튀며 굴리는 듯한 기관총 사격 소리였다. 마치 작은 모형 폭죽이 먼 곳에서 하나씩 차례로 터지는 듯했다.

로버트 조던이 프리미티보를 올려다보았다. 프리미티보 역시 이미 고개를 쳐든 채 얼굴은 그들을 향하면서도 손은 귀에 가져다 대고 있었다. 그가 바라보자 프리미티보는 가장 높은 지역인 산을 가리켰다.

"엘 소르도네 쪽에서 전투가 벌어지고 있어." 로버트 조던이 말했다.

"그럼 가서 도와줘야지." 아구스틴이 말했다. "사람들을 소집해. 바모노스."

"안 돼." 로버트 조던이 말했다. "우린 여길 지킨다."

25장

로버트 조던이 올려다보니 프리미티보는 이제 자기 자리에서 일어나 소총을 든 채 소리 나는 곳을 가리키고 있었다. 그가 고개를 끄덕여도 프리미티보는 손을 귀에 대고 계속 손짓을 했다. 자기 뜻이 제대로 전달되지 않았다고 생각했는지 멈추지 않았다.

"당신은 이 총을 지켜. 놈들이 오는 게 아주, 아주, 아주 확실한 게 아니면 절대 사격해선 안 돼. 그리고 그럴 때라도 놈들이 저 관목에 다다르기 전까지는 사격하지 말고." 로버트 조던이 관목을 손으로 가리켰다. "알겠나?"

"알았네. 하지만……."

"'하지만'은 없어. 나중에 설명하지. 난 프리미티보에게 가보겠어."

안셀모가 그의 옆에 있었다. 그는 노인에게 말했다.

"영감님, 여기서 아구스틴과 함께 기관총을 사수하십시오." 그는 침착하게 말했다. "기병대가 진짜로 들어오지 않는 한 그가 쏘지 못하게 하세요. 놈들이 그냥 나타나기만 한 거라면 아까처럼 그냥 내버려둬야 합니다. 만약 쏴야 할 상황이 되면, 삼각대 다리를 꽉 잡아주고, 탄창이 비거든 새 탄창을 건네주세요."

"알겠네." 노인이 말했다. "그럼 라그랑하에 가는 건?"

"나중에요."

로버트 조던은 축축한 회색 바위를 손으로 짚고 훌쩍 뛰어넘은 후 옆으로 돌아 위로 올라갔다. 햇빛에 바위를 덮은 눈이 빠르게 녹고 있었다. 바위는 말라가고 있었다. 그는 올라가면서 주변을 둘러보았다. 소나무 숲과 길쭉하게 트인 빈터와 그 뒤 높은 산봉우리들 앞 낮은 지대가 보였다. 얼마 후 그는 두 개의 커다란 바위틈에 자리 잡은 프리미티보 옆에 섰다. 갈색 얼굴을 한 작은 키의 남자가 그에게 말했다. "놈들이 소로도 영감네를 공격하고 있어. 우리는 어떻게 해야 하지?"

"아무것도." 로버트 조던이 말했다.

여기서는 포격 소리가 선명하게 들렸다. 주변을 둘러보니, 저 멀리 지대가 급격히 높아지는 먼 계곡 너머에서 기병부대가 수풀에서 나와 눈 덮인 비탈을 건너 포격 소리가 나는 방향으로 올라가는 것이 보였다. 그들이 경사진 언덕을 올라가면서 생긴, 사람과 말의 길게 드리워진 두 겹의 그림자가 눈과 대비되어 어두워 보였다. 그는 그 두 겹의 그림자가 산등성이 위로 올라갔다가 더 멀리 수풀 속으로 들어가는 것을 보았다.

"우리가 도와줘야 해." 프리미티보가 말했다. 그의 목소리는 무미건조했다.

"그럴 순 없어." 로버트 조던이 그에게 말했다. "오늘 아침 내내 예상하고 있던 일이에요."

"어떻게?"

"영감네는 어젯밤에 말을 훔치러 갔던 거고, 눈이 그치자 놈들이 그 위까지 발자국을 쫓아간 거지."

"하지만 우리가 도와야 하잖아." 프리미티보는 말했다. "이렇게 내버려둘 수는 없어. 우리 동지들인데."

로버트 조던이 프리미티보의 어깨에 손을 얹었다.

"우리가 할 수 있는 건 없어요." 그가 말했다. "할 수 있다면 나도 했을 겁니다."

"위쪽에서 저기로 가는 길이 있어. 말을 타고 그 길로 가면 돼. 총도 두 대가 있잖아. 아래 거랑 당신 거. 그렇게 도우면 된다고."

"들어봐요……." 로버트 조던이 말했다.

"내가 듣고 있는 게 저 소리야." 프리미티보가 말했다.

총소리가 메아리치고 있었다. 그런 다음 건조한 기관총 포격의 울림 속에 묵직한 수류탄 소리가 들렸다.

"그들은 졌어." 로버트 조던이 말했다. "눈이 그쳤을 때 그들은 이미 진 거야. 우리가 간다면, 우리도 지는 거야. 우리가 갖고 있는 병력을 나눠 쓸 순 없어요."

프리미티보의 턱과 입술과 목에는 짧은 회색 수염이 점처럼 나 있었다. 얼굴의 나머지 부분은 부러져 납작해진 코와 푹 들어간 회색 눈을 한 평평한 갈색이었다. 그를 바라보던 로버트 조던은 그의 수염이 양쪽 입가와 목의 힘줄을 타고 경련을 일으키는 것을 보았다.

"저 소리 좀 들어봐." 그가 말했다. "몰살이야."

"놈들이 그 은신처 구멍을 포위했다면, 그렇겠죠." 로버트 조던이 말했다. "몇 명은 도망쳤을 수도 있고."

"지금 가면 후방에서 그들을 구해 올 수 있어." 프리미티보가 말했다. "우리 중 넷은 말을 타고 가게 해줘."

"그다음엔? 그들을 후방에서 구해 오고 나면 어떻게 되죠?"

"소르도 영감네와 합류하는 거지."

"거기서 죽으려고? 해를 좀 봐요. 아직 해가 길다고."

하늘은 높고 구름 한 점 없었으며, 태양은 그들의 등에 뜨거운 빛을 내리쬐고 있었다. 그들 아래 펼쳐진 빈터의 남쪽 경사면에는 눈이 녹아 넓은 땅이 드러나 있었고, 소나무 위에도 눈이 모두 떨어지고 없었다. 눈이 녹으면서 젖어 있던 그들 밑의 바위는 이제 뜨거운 태양 아래 희미하게 김을 내뿜고 있었다.

"참아야 해요." 로버트 조던이 말했다. "아이 케 아구안타르세.(참아야 한다고.) 전쟁 중에는 이런 일이 있기 마련이에요."

"하지만 우리가 할 수 있는 게 없어? 정말인가?" 프리미티보가 그를 바라보았고, 로버트 조던은 그가 자신을 믿고 있다는 것을 알았다. "나하고 다른 사람 하나를 그 작은 기관총 하나 들려 보내주면 안 될까?"

"소용없는 일이에요." 로버트 조던은 말했다.

그는 자기가 찾고 있던 무언가를 봤다고 생각했지만, 그것은 바람을 타고 내려왔다가 먼 소나무 숲 위로 날아오르는 매였다. "우리가 전부 다 가도 소용없을 거야." 그는 말했다.

바로 그때 총소리가 두 배로 커지더니 그 속에서 수류탄이 터지는 묵직한 쿵 소리가 났다.

"이런, 개새끼들." 프리미티보가 있는 힘껏 욕설을 내뱉었다. 눈에서는 눈물이 흘렀고 볼은 씰룩거렸다. "아, 신이시여, 성모시여, 똥물에 튀겨 죽일 더러운 새끼들."

"진정해요." 로버트 조던이 말했다. "당신도 곧 놈들과 싸우게 될 거요. 저기 여자가 오는군."

필라르가 바위 사이로 무거운 발걸음을 옮기며 그들이 있는 쪽으로 올라왔다.

프리미티보는 총소리가 바람을 타고 울려 퍼질 때마다 계속 말했다. "죽일 놈들. 아, 신이여, 성모여, 개 같은 놈들." 로버트 조던은 바위에서 내려가 필라르가 올라오는 것을 도왔다.

"케 탈, 필라르." 그는 그녀가 마지막 바위를 힘겹게 올라올 때 그녀의 양쪽 손목을 잡고 끌어올렸다.

"당신 쌍안경." 그녀는 말하고 쌍안경 끈을 자신의 머리 위로 들어 올렸다. "그러니까 놈들이 소르도네에 온 거요?"

"그래요."

"포브레.(안됐군.)" 그녀는 동정하며 말했다. "불쌍한 소르도 영감."

그녀는 언덕을 올라오느라 가쁜 숨을 쉬고 있었고, 로버트 조던의 손을 꼭 잡아 쥐고는 주변을 둘러보았다.

"전투는 어떻게 되어가는 것 같수?"

"나빠요. 상황이 아주 나쁩니다."

"그는 끝장이오?"

"그런 것 같습니다."

"포브레." 필라르가 말했다. "보나마나 말 때문이겠지?"

"아마도."

"포브레." 필라르가 말했다. "라파엘 녀석이 망할 놈의 기병대 얘기를 나한테 다 떠들던데. 어떤 놈들이 왔습디까?"

"정찰대와 중대 일부요."

"어느 지점까지?"

로버트 조던은 정찰대가 멈췄던 곳을 가리키고 총을 숨겨놓은 곳을 보여주었다. 그들이 지금 서 있는 곳에서 총을 가려놓은 위장물 뒤쪽으로 삐죽이 나온 아구스틴의 부츠 한 짝이 보였다.

"집시 말이 우리 쪽 총 주둥이가 그쪽 우두머리 가슴팍에 닿을 정도로 놈들이 가까이 왔었다고 하더니만." 필라르가 말했다. "집시란 참 웃기는 족속이라니까! 쌍안경이 동굴 안에 있더라고."

"짐은 쌌습니까?"

"가져갈 건 다 쌌소. 파블로 소식은?"

"그는 기병대보다 40분 앞서 있었어요. 놈들이 그의 흔적을 따라갔습니다."

필라르는 그에게 웃음을 지었다. 그녀는 여전히 그의 손을 잡고 있었다. 잠시 후 그녀는 손을 놓았다. "놈들은 절대 그를 못 찾을 거야." 그녀는 말했다. "그건 그렇고 소르도 영감 말이오, 우리가 해줄 수 있는 게 뭐 있수?"

"없어요."

"포브레." 그녀가 말했다. "난 소르도 영감을 좋아했는데. 정말, 정말로 영감은 끝장이라고 생각하우?"

"네. 기병대의 수가 엄청났어요."

"여기보다 더 많이?"

"일개 중대 하나가 전부 그쪽으로 올라가고 있었습니다."

"저 소리 좀 들어봐." 필라르가 말했다. "포브레, 포브레. 소르도."

그들은 총소리를 들었다.

"프리미티보는 저곳에 가고 싶어 하더군요." 로버트 조던이 말했다.

"자네 미쳤나?" 필라르가 납작한 얼굴의 사내에게 말했다.

"여기 미친놈 하나 납셨네."

"그들을 돕고 싶어."

"케 바." 필라르가 말했다. "여기도 낭만주의자가 있구먼. 쓸데없이 움직이지 않아도 어차피 여기서 금방 뒈지게 될 걸 모르겠어?"

로버트 조던은 그녀를 바라보았다. 묵직한 갈색 얼굴에 인디언처럼 튀어나온 광대뼈와 미간이 넓은 검은 눈을 한 그녀는 두껍고 매서워 보이는 윗입술로 비웃는 듯한 표정을 지었다.

"사내답게 굴어야지." 그녀는 프리미티보에게 말했다. "다 큰 남자가. 머리도 거의 다 세었으면서."

"농담하지 마쇼." 프리미티보가 퉁명스럽게 말했다. "사람이 조금이라도 마음이란 게 있고 상상력이란 게 있어도……."

"저자는 그런 걸 자제하는 법을 배워야 해." 필라르가 말했다. "자네는 우리랑 같이 금방 죽을 거야. 낯도 모르는 사람들이랑 뒈지려고 찾아갈 필요 없다고. 상상력이라고 해서 말인데, 그런 건 집시 한 놈으로 족해. 그 작자가 내 앞에서 얼마나 소설을 써대던지, 원."

"자기가 안 봤다고 무조건 소설이라고 부르지 마쇼." 프리미티보가 말했다. "엄청나게 심각한 순간이 있었으니까."

"케 바." 필라르가 말했다. "기병대가 여기에 왔다 갔어. 그리고 그런 거 가지고 자넨 영웅입네 하고 있고. 우리가 그동안 너무 아무 짓도 안 하고 살아서 이 지경이 된 거야."

"그럼 소르도 영감 일이 심각하지 않다는 거야?" 프리미티보가 이제는 경멸하는 말투로 말했다. 그는 바람에 실려 총소리가 울릴 때마다 고통스러워하는 표정이 역력했고, 싸우러 가든가 아니면 필라르가 돌아가서 자신을 좀 내버려두든가 하기를 바라고 있었다.

"토탈, 케?(그래서, 뭐?)" 필라르가 말했다. "올 게 온 거야. 다른 사람의 불행 때문에 네 코호네스를 잃지는 말라고."

"가서 엿이나 먹어." 프리미티보가 말했다. "멍청하고 표독스러운 못 말릴 여편네 같으니라고."

"사내구실도 못 하는 놈들 도와주고 구하느라 그런 거다." 필라르가 말했다. "볼일 없으면 이제 가보겠소."

바로 그때 하늘 높이 비행기 소리가 들렸다. 그가 하늘을 올려다보니 아침에 봤던 바로 그 정찰기인 듯했다. 이제 그 정찰기는 전선 쪽에서 돌아오고 있었고, 엘 소르도가 공격을 받고 있는 고지대 쪽으로 다가가고 있었다.

"불운을 가져오는 새가 왔군." 필라르가 말했다. "비행기가 저쪽에서 일어나는 일을 볼까?"

"당연히." 로버트 조던이 말했다. "눈이 멀지 않은 이상."

그들은 햇빛 속에서 높이 은색으로 반짝이며 유유히 날아가는 비행기를 보았다. 왼쪽에서 날아왔으므로 그들은 두 개의 프로펠러가 만드는 둥근 빛을 볼 수 있었다.

"엎드려." 로버트 조던이 말했다.

이윽고 비행기가 빈터를 지나 그들의 머리 위를 지나갔다. 비행기 소음이 최대치에 이르렀다. 곧 비행기는 그곳을 지나 꼭대기를 향해 날아갔다. 그들은 비행기가 한결같은 속도로 날아가는 것을 시야에서 사라질 때까지 지켜보았다. 그러고는 그 비행기가 커다란 원을 그리며 돌아 내려와 고지대에서 두 번 선회하고는 세고비아 쪽으로 사라지는 것을 보았다.

로버트 조던은 필라르를 바라보았다. 그녀는 이마에 땀이 맺힌 채 고개를 저었다. 그녀는 아랫입술을 깨물고 있었다.

"누구에게나 질색인 건 있기 마련이지." 그녀가 말했다. "나한텐 저 비행기들이 그래."

"내 두려움이 당신한테 전염된 건가?" 프리미티보가 비웃듯 말했다.

"아니야." 그녀는 손을 그의 어깨에 얹었다. "자네한테 전염될 두려움 따윈 없어. 나도 알아. 너무 심하게 놀려서 미안하이. 우린 모두 한 배를 탄 몸인데." 그런 다음 그녀는 로버트 조던에게 말했다. "음식이랑 술을 보내리다. 더 필요한 건 없수?"

"아직까진 괜찮아요. 다른 사람들은 어디 있습니까?"

"자네가 점찍어놓은 그 아이는 저 아래 말들이랑 안전하게 있지." 그녀가 씩 웃었다. "다 안 보이게 해놨소. 떠날 준비도 다 됐고. 마리아가 당신 물건을 가지고 있지."

"혹시나 공중 폭격이 일어나게 되면 그녀를 동굴에 숨겨주십시오."

"여부가 있겠습니까, 잉글레스 폐하." 필라르가 말했다. "폐하의 집시 놈은, 그놈은 내 당신한테 주리다, 내가 토끼 요리하는 데 필요한 버섯을 따러 보냈소. 요즘 버섯이 많거든. 토끼는 오늘 먹는 게 좋을 것 같군. 내일이나 모레 먹으면 맛이 더 좋겠지만."

"오늘 먹는 게 좋겠군요." 로버트 조던이 말했다. 필라르는 그 큰 손을 그의 어깨 위 기관단총 끈이 있는 곳에 얹었고, 그 다음 손을 들어 손가락으로 그의 머리를 헝클어뜨렸다. "대단한 잉글레스야." 필라르는 말했다. "푸체로*가 다 되면 마리아

*고기와 야채를 넣고 끓인 스튜.

한테 들려 보내리다."

멀리 위쪽에서 들리던 총격 소리는 거의 잦아들었고, 이제 가끔씩만 들렸다.

"끝난 것 같수?" 필라르가 물었다.

"아니요." 로버트 조던이 말했다. "방금 들린 소리로는 놈들이 공격하다가 실패한 것 같습니다. 지금 아마 놈들은 그들을 포위하고 있을 거예요. 바위 뒤에 숨어서 폭격기를 기다리고 있겠지."

필라르가 프리미티보에게 말했다. "이봐. 내가 자네 욕보이려고 그런 거 아니란 건 알지?"

"야 로 세.(알고 있어.)" 프리미티보가 말했다. "아까부터 알고 있었어. 그보다 더한 것도 당신한테 많이 당했는데 뭘. 입이 좀 거칠어야 말이지. 그런데 입조심 좀 하셔, 이 여자야. 소르도 영감은 내 좋은 동지였어."

"나한테는 아니었겠나?" 필라르가 그에게 물었다. "이봐, 납작 상판대기. 전쟁에선 아무도 자기감정을 얘기해선 안 돼. 소르도 영감 일이 아니더라도 우리는 할 일이 아주 많다고."

프리미티보는 여전히 뿌루퉁해 있었다.

"소화제라도 먹어야 할 표정이구먼." 필라르가 그에게 말했다. "난 이제 음식 만들러 가네."

"아까 그 레케테의 서류는 가져왔습니까?" 로버트 조던이 그녀에게 물었다.

"이런 바보 멍청이가 다 있나." 그녀가 말했다. "깜빡했지 뭔가. 마리아 편에 보내리다."

26장

오후 3시였고, 아직 비행기들이 몰려오기 전이었다. 눈은 정오쯤 되자 모두 녹아 사라졌고, 이제 바위는 햇볕을 받아 뜨거웠다. 하늘에는 구름 한 점 없었다. 로버트 조던은 셔츠를 벗어던지고 등을 햇빛에 그을려가며 바위틈에 앉아서 죽은 기마병의 주머니에 들어 있던 편지들을 읽고 있었다. 때때로 그는 읽기를 멈추고 나무 없이 탁 트인 등성이를 지나 수풀과 그 위쪽 고지대까지 둘러보고는 다시 편지로 눈을 돌렸다. 기병대는 더이상 오지 않았다. 이따금 엘 소르도 영감의 근거지 쪽에서 총소리가 들려왔다. 하지만 총성은 산발적이었다.

군용 서류들을 검토한 바로는, 그 기병은 나바라 지방 타팔라 출신의 스무 살 청년으로 미혼이며 대장장이의 아들이었다. 소속 연대는 제N기병대였는데, 이것이 로버트 조던을 깜짝 놀라게 했다. 그 연대는 북부 전선에 있는 줄로만 알았기 때문이었다. 죽은 기병은 카를로스 당원이었고, 내전 초기의 이룬 탈환 전투에서 부상을 당한 적이 있었다.

팜플로나의 소몰이 축제 때 황소 앞에서 뛰어가던 그를 보앉을지도 모르겠군, 로버트 조던은 생각했다. 전쟁에서는 절대 사람을 죽이고 싶어서 죽이는 게 아니다, 그는 자신에게 말했다. 음, 절대라기보다는 거의지. 말을 고친 다음 그는 계속 편지를 읽었다.

그가 처음에 읽은 편지들은 아주 정중하고 조심스럽게 쓴 것들이었으며, 거의 대부분 고향 마을에서 일어난 일들이 쓰여 있었다. 그 편지들은 기병의 누나가 보낸 것이었다. 로버트 조던은 타팔라에 아무 이상이 없음을 알 수 있었다. 기병의 아버지도 건강하고, 어머니도 평소와 마찬가지로 잘 지내는데 등이 아프다고 한다고 쓰여 있었고, 동생도 잘 지냈으면 좋겠고, 너무 위험하지는 않았으면 좋겠고, 마르크스주의자 일당들로부터 스페인을 구하기 위해 빨갱이들을 무찌르고 있는 동생이 자랑스럽다고 쓰여 있었다. 그다음에는 그녀가 지난번 편지를 보낸 이후로 사망하거나 심한 부상을 당한 타팔라 출신 청년들의 이름이 나열되어 있었다. 그녀는 열 명이 사망했다고 했다. 타팔라 같은 작은 동네치곤 꽤 많은 숫자군, 로버트 조던은 생각했다.

편지는 대부분이 종교 얘기였다. 그녀는 성 안토니, 필라르가 말하는 성모 마리아, 그밖에 다른 성녀들께 동생을 보호해달라고 기도한다고, 예수 성심의 가호를 받고 있다는 것을 동생도 잊지 않기를 바라며 동생이 성심을 아직도 가슴에 항상 달고 다니리라 믿는다면서, 성심이 총알을 막아주는 힘이 있다는 것은 셀 수도 없이 여러 번—이 부분은 밑줄이 그어져 있었다—증명된 거라고 썼다. 그녀는 언제나처럼 그를 사랑하는 누나 콘차였다.

이 편지는 가장자리가 약간 얼룩져 있었다. 로버트 조던은 그것을 조심스럽게 군용 서류들이 있는 곳에 되돌려놓고, 글씨체가 좀 나은 편지를 열었다. 그것은 청년의 노비아, 즉 약혼녀에게서 온 편지로, 차분하고 격식을 차리면서도, 불안감에 휩싸인 채 그의 안전을 걱정하고 있었다. 로버트 조던은 그 편지를 끝까지 읽은 후 편지들과 서류들을 한꺼번에 바지 뒷주머니에 넣었다. 다른 편지들은 읽고 싶지 않았다.

오늘치의 선행은 충분히 한 것 같군, 그는 자신에게 말했다. 넌 잘하고 있는 거야, 그는 다시 한 번 말했다.

"뭘 읽고 있던 거야?" 프리미티보가 그에게 물었다.

"우리가 오늘 아침에 쏜 레케테의 편지와 서류들. 읽어보겠소?"

"난 글을 못 읽어." 프리미티보가 말했다. "뭐 재밌는 거라도 있던가?"

"아니." 로버트 조던이 말했다. "사적인 편지들이오."

"그의 고향은 상황이 어떻다 하던가? 편지에 나와 있소?"

"괜찮은 모양인데." 로버트 조던은 말했다. "그의 고향에도 죽은 사람이 많다는군." 그는 기관총 가리개가 있는 곳을 내려다보았다. 눈이 녹은 다음 좀 손봐서 더 좋게 만든 곳이었다. 위장막은 충분히 그럴듯해 보였다. 그는 밖으로 시선을 돌려 주변 지대를 둘러보았다.

"그는 어느 마을 출신이었나?" 프리미티보가 말했다.

"타팔라." 로버트 조던이 그에게 말했다.

그래 좋다, 그는 자신에게 말했다. 미안하다, 이런 말이 도움이 될지 모르지만.

도움이 안 되겠지, 그는 자신에게 말했다.

좋다 그럼, 집어치워라, 그는 자신에게 말했다.

좋아, 집어치웠다.

하지만 그렇게 쉽게 집어치워지는 것이 아니었다. 너는 지금까지 몇 명이나 죽였지? 그는 자신에게 물었다. 모르겠다. 네게 누군가를 죽일 권리가 있다고 생각하는가? 아니. 하지만 난 죽여야 한다. 네가 죽인 사람들 중 진짜 파시스트는 몇 명이었지? 아주 극소수. 하지만 다들 아군과 대치 중인 적군이었어. 그래도 넌 나바라 사람들을 스페인의 다른 지방 사람들보다 훨씬 좋아하지 않나. 그렇지. 그런데도 그들을 죽이는군. 그렇다. 네가 그걸 믿지 않는다면, 캠프로 내려가봐. 사람을 죽이는 게 잘못이라는 걸 모르는가? 알아. 그런데도 죽이는 건가? 그래. 그럼 넌 여전히 네가 믿는 대의가 전적으로 옳다고 믿는가? 그렇다.

그것은 옳다, 그는 자신을 설득하려는 것이 아니라 오히려 자랑스러운 태도로 자신에게 말했다. 나는 민중을 믿고, 민중이 원하는 대로 스스로 다스릴 권리를 믿는다. 그러나 넌 죽이는 일의 정당성은 믿어서는 안 된다, 그는 자신에게 말했다. 필요한 일이라면 죽여야 하지만, 그 정당성을 믿어서는 안 된다. 그것을 믿어버리면 모든 것이 잘못되고 만다.

그런데 지금까지 몇 명이나 죽인 것 같나? 세어보지 않아서 모르겠다. 그래도 알긴 하겠지? 그래. 몇 명인가? 몇 명인지 확실치는 않아. 열차를 폭파시키면 한꺼번에 많은 사람들을 죽이게 되거든. 아주 많은 사람들을. 정확히 알 수가 없어. 그래도 확실한 건 몇 명인가? 스무 명 이상. 그들 중 진짜 파시스트는 몇 명이었나? 확실한 건 두 명. 우세라에서 아군이 그들을 포로로 잡았을 때 내가 쏴야 했으니까. 그럼 넌 아무렇지도 않았나? 그래. 좋지도 않았고? 그래. 난 다시는 그런 짓을 안 하기로 결심했어. 그래서 피해왔다. 무장하지 않은 사람들을 죽이는 건 피해왔어.

이봐, 그는 자신에게 말했다. 이제 그만하지. 이런 건 너한테나 네 일에나 아주 좋지 않아. 그러자 그 자신이 그에게 대답했다. 이봐, 그거 알아? 네가 아주 중요한 일을 하고 있기 때문에 나는 네가 그것을 항상 이해하고 있는지 확인해야 해서 그렇다. 난 네 머릿속을 정리해줘야 한다. 왜냐하면 만약 머릿속이 완전히 정리되어 있지 않으면, 넌 네가 하는 그 일들을 할 권리가 없기 때문이다. 그건 다 범죄니까. 그리고 아무도 다른 사람의 목숨을 앗아갈 권리는 없다. 다른 사람들에게 더 나쁜 일이 벌어지는 것을 막기 위한 경우가 아니고서는 말이다. 그러니 정리를 확실히 하고 스스로에게 거짓말은 하지 마라.

하지만 난 내가 죽인 사람들의 수를 상패의 수처럼 세거나 총에 칼집을 내서 표시하는 따위의 더러운 짓은 하지 않겠어. 내겐 셈을 하지 않을 권리가 있고 그들을 잊을 권리가 있다.

아니, 그 자신이 말했다. 넌 잊을 권리가 없다. 그 무엇에 눈을 감을 권리도 없고, 무엇 하나도 잊을 권리도 없고, 완화시킬 권리도, 변경할 권리도 없단 말이다.

입 닥쳐, 그가 자신에게 말했다. 너 아주 우쭐해졌구나.

자신을 속일 권리도 없다, 그 자신은 말을 이어갔다.

좋아, 그가 그 자신에게 말했다. 좋은 충고 모두 고마운데, 마리아를 사랑할 권리는 내게 있을까?

그럼 있지, 그 자신이 말했다.

순수 유물론적 사회론에서 사랑 같은 건 있어서는 안 된다고 해도?

대체 언제부터 네가 그런 사회관을 가졌지? 그 자신이 물었다. 아니야. 넌 그럴 수 없어. 넌 진짜 마르크스주의자가 아니잖은가. 그건 너도 알고 있어. 넌 자유, 평등, 박애를 믿지. 생명, 자유, 행복 추구권을 믿고. 변증법에 너무 놀아나지 마. 그건 다른 사람들 차지이지 네 몫은 아니다. 남의 피를 빠는 착취자가 되지 않기 위해서 그 이론을 알아둬야 할 뿐이다. 너는 전쟁에서 승리하기 위해 많은 것들을 보류해놓았다. 이 전쟁이 패배로 돌아간다면, 그것들도 전부 잃게 된다.

하지만 전쟁이 끝나고 나면 믿지 않는 것을 폐기할 수가 있다. 네가 믿지 않는 것들도 많지만, 믿는 것들도 많다.

그리고 또 한 가지. 누군가를 사랑하면서 너 자신을 속이지 마라. 대부분의 사람들은 사랑을 할 만큼 운이 좋지 않다. 넌 이제까지 한 번도 사랑을 못 하다가 지금 하고 있다. 너와 마리아가 가지고 있는 그것은 겨우 오늘 하루와 내일 잠깐 동안만 지속되든 아니면 오래도록 평생 지속되든 인간에게 일어나는 가장 중요한 일이다. 자기가 가질 수 없다는 이유로 사랑이 존재하지 않는다고 말하는 사람들은 언제나 있을 것이다. 하지만 말해두는데, 사랑은 진실이고 너는 사랑을 하고 있다. 그러니 내일 죽더라도 너는 행운아라는 것 역시 사실이다.

죽는 얘기 따윈 집어치워, 그가 자신에게 말했다. 우린 그렇게 말하지 않아. 우리 친구 무정부주의자들이나 그렇게 얘기하지. 전세가 아주 나빠질 때마다 그들은 무언가에 불을 지르고 죽으려 들지. 그자들은 참 이상한 정신 상태를 가졌어. 아주 이상해. 음, 오늘은 그런대로 넘길 것 같군, 친구. 그는 자신에게 말했다. 이제 거의 3시가 다 되었고 조금 있으면 먹을 게 올 거야. 소르도 영감네서는 아직도 총소리가 나는 걸 보니 놈들이 그를 포위하고 보충 병력이 오기를 기다리고 있는 모양이야.

해지기 전까지는 그들도 진압에 성공해야 할 테니까.

소르도 영감 근거지 상황이 궁금하군. 그런 상황은 시간이 지나면 우리 모두 역시 각오하고 있어야 할 상황이지. 소르도 영감네는 즐거워하고 있진 않겠군. 우리가 말 구하는 일로 소르도 영감을 궁지에 빠뜨린 건 분명해. 이런 걸 스페인어로 뭐라고 하더라? 운 카예혼 신 살리다, 막다른 골목이란 뜻이지. 난 그런 곳도 잘 통과할 수 있을 것 같아. 일단 한 번은 헤치워야 하고 그러면 곧 끝날 테지. 하지만 전쟁 중에 포위되어서 항복할 수 있는 상황에서도 한동안 버티며 전투를 벌이는 것은 사치가 아닐까? 에스타모스 코파도스. 우리는 포위되었다. 그것이 이 전쟁의 끔찍한 절규다. 그다음 일은 총에 맞아 죽는 것. 운이 좋다면 가혹한 짓을 당하지 않은 채로 말이다. 소르도 영감은 그렇게 운이 좋지는 않을 것이다. 때가 되면 그들도 마찬가지 운명일 테지만.

3시였다. 그가 멀리서 윙윙거리는 소리를 듣고 올려다보니, 비행기들이 날아오고 있는 것이 보였다.

27장

엘 소르도는 산봉우리에서 전투를 벌이고 있었다. 그는 이 산이 마음에 들지 않았다. 보고 있자니 매독에 걸린 남근 모양을 닮은 듯했기 때문이었다. 그러나 이 산 말고는 선택의 여지가 없었기에 간신히 보일 정도로 아주 먼 거리에서 그 산을 택하고는 빠르게 말을 몰아 달려왔던 것이다. 등에 멘 자동소총은 무거웠고, 말은 헐떡거렸으며, 총열이 그의 두 다리 사이에 삐죽 나와 있었다. 수류탄을 넣은 가방이 말안장 한쪽에서 흔들거렸고, 자동소총의 둥근 탄창을 넣은 가방이 다른 쪽 안장에서 덜컹거렸다. 호아킨과 이그나시오는 소르도가 기관총을 장착할 시간을 벌어주기 위해 멈춰서 엄호 사격을 했다.

그때는 그들을 파멸로 몰아간 눈이, 아직 남아 있었다. 그의 말은 총에 맞아 산꼭대기까지 천천히, 부들부들 떨며 올라가느라 숨을 헐떡거렸다. 말발굽으로 걷어찬 눈이 반짝이며 파동치듯 튀었다. 소르도는 고삐를 어깨에 두르고 말을 끌어당기며 올라갔다. 그는 적군의 총알이 바위로 후두둑 쏟아지는 가운데 묵직한 가방 두 개를 양 어깨에 짊어지고 있는 힘을 다해 산을 올랐다. 그런 다음 그는 말이 있어줘야 할 가장 적합한 곳을 찾아내 그곳에서 말의 갈기를 잡고, 빠르고 능숙하고 부드러운 손놀림으로 말에게 총을 쏘았다. 그러자 말은 펄쩍 뛰어오르더니 두 개의 바위 사이를 가로막는 자리에 목을 빼고 쓰러졌다. 그는 쓰러진 말의 등 위로 총을 쏘았다. 그는 탄창 두 개치의 총알을 발사했다. 총은 덜컹거리고, 빈 탄약 껍질이 눈 위로 우수수 떨어졌다. 뜨거운 총구를 대고 있던 부분의 말가죽이 타면서 털 타는 냄새가 났다. 그가 산 위로 올라오는 적들을 향해 총을 쏘자 그들은 몸을 숨기기 위해 여기저기 흩어졌다. 그러는 동안 등 뒤쪽에서도 적이 진격해 올지 모른다는 생각에 그는 내내 등에 한기를 느꼈다. 다섯 명의 일행 중 마지막 사람이 산꼭대기에 이르고 나서야 한기가 겨우 가셨다. 그는 나중에 필요할 때를 대비해 남은 탄창을 아껴두었다.

언덕을 오르는 동안 두 마리 말이 더 죽었고 이 꼭대기에서 세 마리가 더 죽었다. 그는 어젯밤에 겨우 말 세 마리를 훔치는 데 그쳤고, 한 마리는 적들의 첫 번째 총격이 시작되었을 때 마구간에서 안장 없이 타려고 하는 순간 달아나버렸다.

산꼭대기까지 간 다섯 명의 남자들 중 세 명이 부상을 당했다. 소르도는 장딴지에 총을 맞았고 왼팔에도 두 군데나 부상을 입었다. 그는 목이 몹시 말랐고, 상처는 굳어 뻣뻣해졌으며, 왼팔의 총상 한 군데는 고통이 극심했다. 두통 또한 심했다. 비행기가 오기를 기다리며 누워 있는데 스페인어 농담 하나가 생각났다. "아이 케 토마르 라 무에르테 코모 시 푸에라 아스피리나." 그 뜻은 "아스피린 삼아 죽음을 먹는다"였다. 하지만 그는 그 농담을 입 밖에 내지는 않았다. 그는 지독한 두통과 팔을 움직일 때마다 밀려오는 구토증 속에서도 씩 웃고는 남아 있는 부하들을 둘러보았다.

다섯 남자들은 꼭짓점이 다섯 개인 별처럼 흩어져 있었다. 그들은 무릎과 손으로 땅을 파서 머리와 어깨 앞쪽에 흙과 돌 무더기로 둔덕을 쌓았다. 이 엄호물을 이용하여 그들은 각각의 둔덕을 돌과 흙으로 연결하고 있었다. 열여덟 살인 호아킨은 가지고 있던 철모로 땅을 파고 흙을 날랐다.

그 철모는 그가 열차 폭파 당시 주운 것이었다. 총알구멍이 하나 나 있어서 그런 것을 버리지 않고 간직하는 그를 두고 다들 놀려댔었다. 하지만 그는 총알구멍의 톱니 같은 가장자리를 망치로 두드려 부드럽게 펴고 그 속에 나무 마개를 박아 넣은 다음 나무 마개 끄트머리를 잘라내 철모의 표면과 평평하게 만들었다.

총격이 시작되었을 때 그는 이 철모를 하도 세게 눌러 쓰는 바람에 마치 냄비에 맞은 것처럼 머리가 아팠다. 그가 타고 있던 말이 죽은 후 산등성이의 마지막 비탈을 달려 올라오는 동안, 총알이 쏟아지고 파편이 튀어 오르고 천지가 울리는 가운데 그는 숨이 차서 폐가 찌르는 듯 아팠고 다리는 죽은 사람처럼 뻣뻣했으며 입은 바짝바짝 말랐다. 특히나 철모가 무겁게 느껴지면서 철모 가장자리가 그의 튀어나온 이마에 종을 치듯 울리는 것 같았다. 하지만 그는 철모를 버리지 않았다. 이제 그는 그 철모로 꾸준히, 거의 기계처럼 필사적으로 땅을 팠다. 그는 아직 총에 맞지 않았다.

"그거 결국 쓸데가 있구먼." 소르도가 낮고 쉰 목소리로 그에게 말했다.

"레시스티르 이 포르티피카르 에스 벤세르." 호아킨이 말했다. 그의 입은 보통 전투 때 느끼는 갈증보다 훨씬 심한, 공포로 인한 갈증으로 뻣뻣해져 있었다. 그가 말한 것은 공산당의 구호 중 하나로 "적의 공격을 버텨내고 보루를 강화하라. 그러면 승리할 것이다"라는 뜻이었다.

소르도는 눈길을 돌려 산등성이 아래에서 적군 한 명이 바위 뒤에서 총을 쏘고 있는 곳을 내려다보았다. 그는 호아킨을 아주 좋아했지만 구호를 들을 기분은 아니었다.

"너 뭐라고 했냐?"

부하들 중 한 명이 보루를 만들다 말고 몸을 돌려 물었다. 이 사람은 납작 엎드려 턱을 땅에 박은 채로 조심스럽게 양손을 들어 돌을 올려놓고 있었다.

호아킨은 땅을 파는 동작을 계속하면서 목마른 소년의 목소리로 그 구호를 다시 한 번 말했다.

"마지막 말이 뭐였어?" 턱을 땅에 대고 있는 남자가 물었다.

"벤세르." 소년이 말했다. "이긴다."

"미에르다.(엿 먹어라.)" 턱을 땅에 대고 있는 남자가 말했다.

"이 상황에 딱 맞는 구호가 또 있어요." 호아킨은 구호들을 부적이라도 되는 듯 쏟아냈다. "파시오나리아*는 이렇게 말했어요. 발을 딛고 죽는 게 무릎을 꿇고 사는 것보다 낫다."

"다시 미에르다." 그가 말했고, 또 다른 남자가 어깨 너머로 말했다. "우린 배를 대고 엎드려 있지 무릎 꿇고 있지는 않아."

"야, 공산주의자. 너의 파시오나리아가 혁명 초기부터 러시아에 너만 한 아들을 두고 있는 거 아냐?"

"그건 거짓말이에요." 호아킨이 말했다.

---

*돌로레스 이바루리 고메스(1895~1989). 스페인 바스크 출신의 공산주의자이자 전투적 여성 혁명가. 내전 동안 공산당 선동가로 큰 활약을 했으며 '라 파시오나리아'('정열의 꽃' 또는 '수난의 꽃'이라는 의미)라는 필명으로 활동했다.

"케 바, 거짓말이라니." 남자가 말했다. "특이한 이름의 그 폭파원이 나한테 말해줬어. 그 폭파원도 너와 같은 당이었어. 그런데 왜 거짓말을 했겠나?"

"거짓말이에요." 호아킨이 말했다. "파시오나리아가 전쟁 중에 러시아에 아들을 숨겨두는 따위의 짓을 할 리가 없어요."

"나도 러시아에 있었으면 얼마나 좋을까." 소르도의 또 다른 부하가 말했다. "너희의 파시오나리아가 지금 날 좀 여기서 러시아로 보내주면 안 될까, 공산주의자야?"

"네가 파시오나리아를 그렇게나 믿는다면 우리 좀 이 산에서 내려가게 해달라고 해봐." 허벅지에 붕대를 감은 사람들 중 한 명이 말했다.

"파시스트 놈들이 그렇게 해줄걸." 턱을 땅에 박고 있는 사람이 말했다.

"그렇게 말하지 말아요." 호아킨이 그에게 말했다.

"네 입에 문 엄마 젖이나 닦고, 그 철모 가득 흙이나 담아줘." 턱을 땅에 박고 있는 남자가 말했다. "우리 중 오늘 밤 해가 지는 걸 볼 사람은 아무도 없을 거야."

엘 소르도는 생각하고 있었다. 이 봉우리는 참 매독 걸린 거시기처럼 생겼단 말이야. 아니면 젖꼭지가 없는 처녀의 젖가슴 같기도 하고. 화산 꼭대기의 분화구 같기도 하군. 넌 화산을 본 적이 없잖아, 그는 생각했다. 앞으로도 볼 일 없을 거고. 이 산은 매독 걸린 거시기 같아. 화산은 관두고 말이야. 화산을 거론하기엔 이미 너무 늦었어.

그는 아주 조심스럽게 죽은 말의 어깨 사이로 아래를 내려다보았다. 등성이 저 아래쪽 어느 바위 뒤에서 빠르게 쾅쾅거리는 총격이 있었고, 기관단총에서 쏟아진 총알들이 죽은 말의 몸에 박히는 소리가 들렸다. 그는 말 뒤로 기어가서 말의 엉덩이와 바위 사이로 비스듬히 밖을 내려다보았다. 그의 바로 밑 산비탈에 세 구의 시체가 쓰러져 있었다. 파시스트들이 기관총과 기관단총의 엄호 사격 속에 봉우리로 진격해 올 때 그와 부하들이 수류탄을 아래로 던지고 굴리며 대항했을 때 쓰러진 시체들이었다. 그의 눈에는 보이지 않았지만 다른 쪽 봉우리에도 시체들이 더 있었다. 공격해 오는 적군이 봉우리에 접근할 만한 사각지대는 없었기 때문에 소르도는 자기편의 탄알과 수류탄이 떨어지지 않는 한, 그리고 네 명의 부하들만 버텨주는 한, 적들이 박격포만 가져오지 않는 한, 적들은 그를 그곳에서 끌어낼 수 없다는 것을 알고 있었다. 그는 적들이 라그랑하에 박격포를 구하러 갔는지 어땠는지는 알지 못했다. 아마 안 갔을 것이다. 보나마나 곧 폭격기가 날아올 테니. 정찰기가 그들 위로 날아간 지 네 시간이 지났다.

이 산은 정말 매독 걸린 거시기 같군, 소르도는 생각했다. 그리고 우리는 거기에 난 고름이고. 하지만 우리는 놈들이 멍청하게 굴 때 꽤나 많이 죽였다. 어떻게 그따위로 해서 우리를 잡을 수 있을 거라고 생각할 수 있지? 그런 현대식 무기를 갖추고는 너무 자만해서 정신이 나간 거지. 그는 앞서 공격을 이끌던 젊은 장교를 수류탄으로 죽였다. 적들이 허리를 굽히고 비탈을 올라올 때 수류탄을 경사면 아래로 굴렸던 것이다. 노란 섬광과 회색 연기 속에서 장교가 앞으로 고꾸라졌고 지금 저곳에 너덜해진 묵직한 낡은 옷 꾸러미처럼 널브러져 있었다. 그 지점이 적이 치고 올라온 최전선임을 알 수 있었다. 소르도는 이 시체를 바라본 다음 더 아래쪽의 시체들을 보았다.

놈들은 용감하기는 하지만 멍청한 놈들이다, 그는 생각했다. 그래도 지금 폭격기가 올 때까지 우리를 더 이상 공격하지 않는 걸 보니 그 정도의 분별은 있는 모양이군. 물론 박격포가 오고 있지 않다면 말이야. 박격포라면 일이 쉬울 텐데. 이런 경우 박격포가 등장하는 게 정상이었다. 박격포가 올라오면 그들은 바로 죽은 목숨이라는 것을 그는 알고 있었다. 하지만 폭격기가 온다고 생각하면, 그는 그 봉우리에 옷은 물론 살가죽까지 모두 벗겨져 발가벗고 있는 것만 같았다. 그보다 더 발가벗은 듯한 느낌은 없어, 그는 생각했다. 그에 비하면 가죽을 벗긴 토끼는 곰 같은 털북숭이로 보일 정도지. 그런데 왜 놈들은 폭격기까지 보내야 하지? 여기서 박격포로도 우릴 쉽게 해치울 수 있을 텐데. 놈들은 자신들의 폭격기를 자랑스러워하고 있으니 아마 폭격기를 불러올 거야. 놈들이 아까 자기들의 자동화기를 갖고 자만하다가 그런 멍청한 짓을 했던 것처럼 말이야. 하지만 분명히 박격포도 가져오라고 했을 것이다.

부하 한 명이 총을 쏘았다. 그런 다음 발사장치를 당기고 다시 재빨리 총을 쏘았다.

"탄알을 아껴라." 소르도가 말했다.

"저 개새끼들 중 한 놈이 저쪽 바위로 올라오려고 하잖아요." 부하가 손으로 가리켰다.

"명중시켰나?" 소르도가 힘겹게 고개를 돌리며 물었다.

"아니요." 부하가 말했다. "저 개자식이 뒤로 숨어버려서."

"개년 중에 개년은 필라르야." 턱을 땅에 박고 있던 부하가 말했다. "그년은 우리가 여기서 죽게 생긴 걸 알 텐데 말이야."

"그 여자도 어쩔 도리가 없겠지." 소르도가 말했다. 좀 전의 그 부하는 잘 들리는 쪽 귀에 대고 말했기 때문에 그는 고개를 돌리지 않고도 들을 수 있었다. "그 여자가 뭘 해줄 수 있겠나?"

"후면에서 저 새끼들을 해치우는 거지요."

"케 바." 소르도가 말했다. "놈들은 비탈길을 쫙 둘러싸고 있어. 그 여자가 어떻게 놈들한테 접근하겠어? 150명은 되는데. 지금은 더 많이 와 있을 거고."

"하지만 우리가 밤까지 버틴다면." 호아킨이 말했다.

"크리스마스가 부활절에 온다면." 턱을 땅에 박고 있는 남자가 말했다.

"그리고 네놈 이모한테 코호네스가 달려서 네 아저씨가 된다면." 다른 부하가 호아킨에게 말했다. "파시오나리아를 불러와. 우릴 도와줄 수 있는 건 그 여자뿐이니까."

"난 그 아들 얘긴 안 믿어요." 호아킨이 말했다. "혹시 아들이 정말 러시아에 있다면, 그는 비행기 조종사가 되려고 훈련 같은 걸 받고 있을 거예요."

"그놈은 안전한 데서 숨어 있는 거라고." 그 남자가 그에게 말했다.

"변증법을 공부하고 있겠지. 네 파시오나리아도 러시아에서 지낸 적이 있었어. 리스테르, 모데스토, 그리고 다른 사람들도 다 그렇고. 그 희한한 이름을 가진 자가 나한테 말해줬어."

"공부하고 돌아와서 우리를 도우려고 한 거예요." 호아킨이 말했다.

"그자들은 지금 우리를 도와줘야 한다고." 다른 부하가 말했다. "그 러시아 젖이나 빨아먹는 사기꾼 놈들이 지금 우리를 도와줘야 한단 말이야." 그는 총을 발사하고는 말했다. "메 카고 엔 탈!(이런 똥을 쌀!) 또 놈을 놓쳤네."

"총알을 아끼고, 말을 너무 많이 하지 마. 안 그러면 목이 많이 탈 테니." 소르도가 말했다. "이 산 위에는 물이 없다."

"이걸 드시오." 그 남자는 말하고는 옆으로 굴러서 어깨에 걸고 있던 가죽 술 부대를 끌어당겨 머리 위로 벗어 소르도에게 건넸다. "입 좀 축이시오, 영감. 부상 때문에 목이 꽤나 마를 테니."

"다들 마시지." 소르도가 말했다.

"그럼 내가 먼저 마시리다." 술 부대 주인이 말했고, 한 모금 길게 쭉 들이켠 후 술 부대를 사람들에게 돌렸다.

"소르도 영감, 언제 비행기들이 올 것 같은가요?" 턱을 흙 속에 박고 있는 남자가 물었다.

"언제든." 소르도가 말했다. "이미 왔어야 했지."

"저 개 같은 놈들이 또 공격을 해 올 거라고 생각해요?"

"비행기가 오지 않으면 그러겠지."

그는 박격포 얘기는 할 필요가 없다고 생각했다. 박격포가 오게 되면 부하들도 곧 알게 될 것이었다.

"어제로 봐서는 놈들은 비행기가 꽤나 많은 것 같던데."

"많아도 너무 많지." 소르도가 말했다.

그는 두통이 심했고, 뻣뻣해지는 팔은 움직일 때마다 견디기 힘들 정도로 고통스러웠다. 그는 눈부시고 높고 푸르른 초여름의 하늘을 올려다보며 성한 팔로 가죽 술 부대를 들어 올렸다. 그는 쉰둘이었고, 저 하늘을 보는 것도 이번이 마지막일 것임을 확신했다.

그는 결코 죽음이 두렵지는 않았지만 죽는 데나 써먹을 쓸모없는 이 산에 꼼짝없이 갇혀 있는 데는 화가 치밀었다. 여길 빠져나갈 수만 있다면, 그는 생각했다. 놈들을 긴 계곡으로 유인하거나 우리가 길을 가로질러 도망갔으면 좋았을 텐데. 하필 이런 매독 걸린 거시기 같은 산에 갇히다니. 우리는 할 수 있는 한 이 지형을 이용해야 하고 지금까지는 아주 잘 이용했다.

역사상 얼마나 많은 사람들이 이 산을 이용하다가 죽어갔는지 알게 된다 해도, 그의 기분이 나아질 리는 없었다. 지금 그가 견디고 있는 이런 순간에 과거 타인에게 일어났던 비슷한 일들이 위안이 되지 않는 것은, 하루아침에 과부가 된 여자가 다른 여자들도 소중한 남편을 잃었다는 걸 안다고 해서 위안이 되지 않는 것과 마찬가지였다. 그것을 두려워하는 사람이든 아니든, 자신의 죽음은 받아들이기 어려운 법이다. 소르도는 죽음을 이미 받아들이고 있었지만 쉰두 살에 세 군데의 총상을 입고 산꼭대기에서 포위되어 있는 상황임에도 죽음을 받아들이는 일은 달콤하지 않았다.

그는 그것에 대해 자신에게 농담을 던지기도 했다. 하지만 그는 하늘을 바라보고, 먼 산을 바라보고, 포도주를 마시고, 죽고 싶지 않았다. 난 죽게 되겠지, 그는 생각했다. 분명 죽을 거고, 죽을 수 있어. 하지만 그게 참 싫군.

죽는 것은 별것 아니었고 그는 마음속에 죽음에 대한 어떤 이미지나 두려움도 없었다. 그러나 삶은 바람에 곡식 낟알이 넘실대는 산 한쪽의 밭이었다. 삶은 하늘을 나는 매였다. 삶은 곡식을 타작하고 도리깨질하느라 먼지투성이인 곳에 놓인 도자기 물병이었다. 삶은 두 다리로 걸터앉은 말이었고, 한쪽 다리 밑에 매달린 카빈총이었고, 언덕과 계곡, 그리고 양쪽으로 나무가 줄지어 있는 시냇물이었고, 저 멀리 계곡이었고, 그 너머 언덕이었다.

소르도는 술 부대를 돌려주고 고맙다는 표시로 고개를 끄덕였다. 그는 앞으로 몸을 숙여 죽은 말 어깨의, 기관총 총구 때

문에 가죽이 탄 부분을 토닥였다. 아직도 털 타는 냄새가 진동
했다. 그는 자신이 그 말을 그곳에 쓰러져 있게 만들었던 과정
을 생각하고 있었다. 포탄이 윙윙거리고 총알이 탕탕대는 소리
가 커튼처럼 그들 머리 위와 옆을 에워싸고 있는 가운데, 그는
떨고 있는 말의 두 눈과 귀 사이의 횡단선이 교차하는 지점에
조심스럽게 총을 쐈다. 그런 다음 말이 거꾸러지자 그는 피로
젖은 말의 뜨듯한 등 뒤에 몸을 숨기고 산 위로 진격해 오는 적
군을 향해 총을 쏘았던 것이다.

"에라스 무초 카발로." 그는 말했다. "넌 대단한 말이었다"
라는 뜻이었다.

엘 소르도는 이제 부상을 입지 않은 쪽으로 모로 누워 하늘
을 올려다보았다. 그는 탄피 더미 위에 누워 있었지만, 그의 머
리는 바위의 보호를 받고 있었고 몸은 말의 그늘 속에 있었다.
상처들은 심하게 경직되어 통증이 극심했고, 그는 너무 피곤한
나머지 움직일 수 없을 지경이었다.

"무슨 일이오, 영감?" 그의 옆에 있던 부하가 물었다.

"아무것도 아니야. 좀 쉬고 있는 것뿐이다."

"주무쇼." 다른 부하가 말했다. "놈들이 오면 우릴 깨워주겠
지."

바로 그때 산비탈 아래에서 누군가가 소리쳤다.

"들어라, 산적들아!" 그 목소리는 적의 기관총이 설치되어
있는 가장 가까운 바위 뒤에서 들려왔다. "폭격기가 네놈들을
산산조각으로 부숴놓기 전에 지금 항복하라."

"저놈 뭐라고 나불대는 거야?" 소르도가 물었다.

호아킨이 그에게 말해주었다. 소르도는 한쪽으로 몸을 굴려
간신히 일어나서 기관총 뒤에 다시 웅크리고 앉았다.

"비행기가 안 오려나 보군." 그는 말했다. "대답하지 말고 총도 쏘지 마라. 놈들이 다시 공격하게 만들 수 있을 것 같으니."

"놈들을 좀 약 올리면 어떨까요?" 호아킨에게 파시오나리아의 아들 얘기를 했던 남자가 물었다.

"아니." 소르도가 말했다. "큰 권총을 주게. 큰 권총을 누가 가지고 있지?"

"여기요."

"나한테 줘." 무릎을 꿇고 웅크리고 앉은 그는 대형 9밀리 스타 권총을 받아 들어 죽은 말 옆에다 한 발을 쏘고 잠시 기다렸다가 다시 네 발을 불규칙한 간격으로 쏘았다. 그다음 그는 60을 셀 때까지 기다렸다가 마지막 한 발을 죽은 말의 몸에 직접 쏘았다. 그는 씩 웃더니 권총을 돌려주었다.

"장전해라." 그는 낮은 소리로 말했다. "다들 입 다물고 사격도 하지 마라."

"반디도스*!" 바위 뒤에서 고함 소리가 들려왔다.

산꼭대기에서는 아무도 말이 없었다.

"반디도스! 산산조각 내기 전에 즉시 항복하라."

"놈들이 입질을 하는군." 소르도가 만족스러운 듯 속삭였다.

그가 내려다보니 남자 하나가 바위 위로 머리를 보이고 있었다. 언덕 위에서 총격이 없자 그 머리는 다시 내려갔다. 엘 소르도는 주시하면서 기다렸지만 더는 아무 일도 일어나지 않았다. 그가 고개를 돌려보니 부하들은 모두 각자가 맡은 구역의 아래쪽을 내려다보고 있었다. 그는 부하들을 바라보았고,

*'산적'을 뜻하는 스페인어.

부하들은 고개를 저었다.

"아무도 움직이지 마라." 그가 나직하게 말했다.

"개새끼들." 바위 뒤에서 목소리가 다시 들려왔다.

"빨갱이 돼지 새끼들. 니미 씨부럴 놈들. 에비 젖이나 빨 놈들."

소르도는 씩 웃었다. 그는 잘 들리는 쪽으로 귀를 돌려서 욕지거리를 간신히 들을 수 있었다. 이게 아스피린보다 낫군, 그는 생각했다. 우린 몇 놈이나 잡을 수 있으려나? 놈들이 그렇게 멍청할 리가 있을까?

목소리는 다시 멈췄고, 3분 동안 아무 소리도 움직임도 없었다. 잠시 후 100야드 아래쪽 비탈의 바위 뒤에 있던 저격수가 몸을 드러내더니 총을 쏘았다. 총알은 바위에 맞고 튕겨 나가며 날카로운 소리를 냈다. 소르도는 적군 한 명이 몸을 숙인 채 자동소총이 밖으로 삐죽이 나와 있는 바위로부터 저격수가 숨어 있는 바위까지 뛰어가는 것을 보았다. 그는 거의 다이빙하듯 바위 뒤로 뛰어들었다.

소르도는 주위를 둘러보았다. 부하들이 경사면 반대편에 아무 움직임이 없다는 신호를 보냈다. 엘 소르도는 기분 좋게 씩 웃고는 고개를 저었다. 이건 아스피린보다 열 배는 효과가 좋군, 그는 생각했다. 그리고 사냥꾼만이 느낄 수 있는 즐거움을 느끼며 기다렸다.

비탈 아래에서는 돌무더기에서 큰 바위 뒤로 달려갔던 남자가 저격수에게 이야기를 하고 있었다.

"저게 정말일 것 같은가?"

"모르겠습니다." 저격수가 말했다.

"논리적으로 그럴 만도 하긴 해." 지휘관인 그 남자가 말했다. "놈들은 포위당해 있다. 죽는 것 말고는 기대할 게 없는 상태지."

저격수는 아무 말도 하지 않았다.

"혼자 무슨 생각을 하고 있는 거야?" 장교가 물었다.

"아무것도 아닙니다." 저격수가 대답했다.

"총소리가 난 다음 적의 움직임이 전혀 보이지 않던가?"

"전혀 없었습니다."

장교는 손목시계를 보았다. 3시 10분 전이었다.

"비행기는 한 시간 전에 도착했어야 했어." 그는 말했다. 바로 그때 또 다른 장교 한 명이 바위 뒤로 뛰어 들어왔다. 저격수는 옆으로 비켜서서 그가 설 자리를 마련해주었다.

"이봐, 파코." 첫 번째 장교가 말했다. "자네가 보기엔 어떤가?"

두 번째 장교는 기관소총이 있는 곳에서부터 전속력으로 언덕을 가로질러 올라온 직후라 거친 숨을 몰아쉬고 있었다.

"제가 보기엔 속임수 같습니다." 그가 말했다.

"하지만 아니라면? 여기서 기다리면서 죽은 놈들을 포위하고 있다는 게 우습잖아."

"우리는 이미 우스운 것보다 더 심한 짓을 했습니다." 두 번째 장교가 말했다. "저 언덕을 보십시오."

그는 산봉우리 가까이 시체들이 흩어져 있는 곳까지 언덕의 경사면을 올려다보았다. 그가 산 정상을 보는 곳에서는 여기저기 흩어져 있는 돌들과 소르도의 죽은 말의 배와 뻗어 있는 네 다리와 편자가 박힌 발바닥이 삐죽이 보였고, 참호를 파느라 던져놓은 흙이 보였다.

"박격포는 어떻게 됐습니까?" 두 번째 장교가 물었다.

"한 시간 전에 왔어야 했는데. 더 빨리는 아니더라도 말이야."

"그럼 기다립시다. 이미 멍청한 짓을 많이 저질렀으니."

"반디도스!" 첫 번째 장교가 갑자기 고함을 치며 일어서서 바위 위로 머리를 들어 올렸다. 똑바로 서자 산봉우리가 훨씬 가깝게 보였다. "빨갱이 돼지 놈! 겁쟁이 놈들아!"

두 번째 장교가 저격수를 보더니 고개를 저었다. 저격수는 고개를 돌렸지만 입술을 앙다물고 있었다.

첫 번째 장교는 일어서서 머리를 바위 위로 모두 드러냈고 권총 끝에 손을 대고 있었다. 그는 산봉우리를 향해 욕설을 내뱉었다. 아무 일도 일어나지 않았다. 그는 바위 뒤에서 나와 언덕을 올려다보며 서 있었다.

"쏴봐라, 겁쟁이 놈들아, 살아 있다면 쏴봐." 그가 소리쳤다. "갈보년 배때기에서 튀어나온 빨갱이 놈들을 무서워하지 않는 이 몸한테 쏴보란 말이다."

이 마지막 말은 고함을 치기에는 긴 문장이어서 말을 마친 장교의 얼굴은 빨갛게 부풀어 올랐다.

두 번째 장교가 또다시 고개를 저었다. 그는 마르고 햇볕에 그을린 얼굴에, 눈매는 점잖고 입술은 얇고 길었으며, 푹 꺼진 볼에는 수염이 듬성듬성 나 있었다. 첫 번째 공격을 명령했던 사람은 고함을 지르고 있는 장교였다. 비탈 위쪽에서 죽은 젊은 중위는 파코 베렌도라는 이름의 이 중위와 둘도 없는 친구 사이였다. 그는 혼자 신이 나서 외쳐대는 대위의 고함 소리를 듣고 있었다.

"저놈들이 내 여동생과 어머니를 쏜 돼지 새끼들이다." 지휘관인 대위가 말했다. 그는 벌건 얼굴에 금발이었고, 영국식 콧수염을 기르고 있었으며, 눈에 약간 이상이 있었다. 밝은 파란색 눈에 속눈썹 역시 밝은 색이었다. 그의 눈은 천천히 가운데로 몰리는 사시였다. "빨갱이 새끼들." 그는 고함을 질렀다. "겁쟁이 놈들아!" 그러고는 다시 욕을 시작했다.

그는 이제 완전히 몸을 드러낸 채 서서 조심스럽게 살펴보더니 산봉우리에 드러나 있는 유일한 과녁인 소르도의 죽은 말을 향해 권총을 쏘았다. 총알은 말이 있는 곳에서 15야드 아래에 먼지를 일으키며 꽂혔다. 장교는 다시 총을 쏘았다. 총알이 바위에 맞고 튕겨 나갔다.

대위는 거기 서서 봉우리를 바라보았다. 베렌도 중위는 봉우리 바로 아래에 있는 다른 중위의 시체를 바라보고 있었다. 저격수는 눈을 내리깔고 땅을 보고 있었다. 그런 다음 그는 대위를 올려다보았다.

"저 위엔 살아 있는 자가 없다." 대위가 말했다. "너." 그가 저격수에게 말했다. "올라가서 살펴봐."

저격수는 고개를 숙였다. 그는 아무 말도 하지 않았다.

"내 말 안 들리나?" 대위가 그에게 소리쳤다.

"들립니다, 대위님." 저격수는 고개를 숙인 채 대답했다.

"그럼 일어나서 가봐." 대위는 여전히 권총을 뽑아 들고 있었다. "내 말 들리나?"

"들립니다, 대위님."

"그럼 가보지그래?"

"가고 싶지 않습니다, 대위님."

"가고 싶지 않다?" 대위는 권총을 저격수의 등 한복판에 들이댔다. "가고 싶지 않단 말인가?"

"무섭습니다, 대위님." 저격수가 진지하게 말했다.

베렌도 중위는 대위의 얼굴과 사시 눈을 살펴보면서 그가 곧 병사를 쏠 것 같다고 생각했다.

"모라 대위님." 그가 말했다.

"베렌도 중위, 왜 그러나?"

"저격병의 말이 옳을 수도 있습니다."

"무섭다고 한 말이 옳단 말인가? 명령에 복종하지 않겠다는 게 옳단 말인가?"

"아닙니다. 속임수일지도 모른다는 말이 옳단 말씀입니다."

"놈들은 다 뒈졌어." 대위가 말했다. "다들 뒈졌다는 내 말이 안 들리나?"

"산비탈에 있는 아군 시신들을 말씀하시는 겁니까?" 베렌도가 물었다. "그렇다면 저도 동의합니다."

"파코." 대위가 말했다. "바보같이 굴지 마라. 너만 훌리안을 아꼈다고 생각하나? 내가 장담하는데 빨갱이들은 죽었다. 봐라!"

그는 일어서서 두 손을 바위 꼭대기에 대고 어색하게 무릎을 들어 그 위로 기어 올라간 다음 두 발로 섰다.

"쏴라!" 그는 회색 화강암 위에 서서 양팔을 휘둘렀다. "날 쏴라! 날 죽여라!"

산꼭대기에서는 엘 소르도가 죽은 말 뒤에 엎드려 웃고 있었다.

어리석은 족속들 같으니, 그는 생각했다. 그는 웃으면 몸이 흔들려서 팔의 상처가 아팠기 때문에 참으려 했지만 자꾸만 웃음이 터져 나왔다.

"빨갱이 놈들아!" 아래쪽에서 고함 소리가 들렸다. "빨갱이 상놈들아. 나를 쏴라! 날 죽여봐!"

소르도는 웃음 때문에 가슴을 들썩이며 간신히 말 엉덩이 너머로 밖을 엿보았다. 대위가 바위 꼭대기에서 팔을 흔들고 있는 것이 보였다. 또 다른 장교 한 명이 바위 옆에 서 있었다. 저격수는 반대편에 서 있었다. 소르도는 그들에게서 눈을 떼지 않은 채 기분 좋게 고개를 저었다.

"나를 쏘라고." 그는 작은 목소리로 혼잣말을 했다. "나를 죽이라고!" 그의 어깨가 다시 들썩였다. 웃다 보니 팔이 아팠고, 웃을 때마다 머리가 터질 것만 같았다. 하지만 웃음은 경련처럼 다시 그의 몸을 흔들었다.

모라 대위는 바위에서 내려왔다.

"자 이제 내 말을 믿겠나, 파코?" 그는 베렌도 중위에게 심문하듯 물었다.

"그렇지 않습니다." 베렌도 중위가 말했다.

"코호네스!" 대위는 말했다. "여기엔 바보와 겁쟁이들뿐이군."

저격수는 조심스럽게 다시 바위 뒤로 들어왔고, 베렌도 중위는 그의 옆에 쭈그리고 앉았다.

대위는 바위 옆에 서서 산봉우리를 향해 욕지거리를 퍼붓기 시작했다. 스페인어만큼 천박한 언어도 없다. 스페인어에는 영어의 온갖 사악한 단어들은 물론이고, 그 밖에 종교적으로 엄격한 만큼 신성모독 역시 못지않게 난무하는 나라에서만 쓰이는 종교에 빗댄 욕설들도 많았다. 베렌도 중위는 매우 독실한 가톨릭 신자였다. 저격수도 마찬가지였다. 그들은 나바라 출신의 카를로스 당원이었는데, 두 사람 모두 화날 때는 욕도 하고 신성모독적인 말도 해놓고는 그것을 죄라고 여겨 수시로 고해성사를 했다.

지금 그들은 바위 뒤에 웅크리고 앉아 대위를 보며 그가 고함치는 말들을 듣고 있었지만, 두 사람 모두 대위와 대위의 말에 거리를 둔 채 각자의 생각에 빠져 있었다. 그들은 죽을지도 모르는 날에 그런 욕설을 하는 것이 양심상 내키지 않았다. 그런 욕설은 행운을 가져오지 않는다고 저격수는 생각했다. 성모님에 대해 저렇게 말하는 건 불운을 가져온다. 이자는 빨갱이들보다 더 입이 거칠군.

홀리언이 죽었다, 베렌도 중위는 생각하고 있었다. 이런 날 저기 비탈에서 죽었다. 그런데 이 상스러운 자는 신성을 모독하는 욕설로 더 큰 불운을 자초하고 있다.

이제 대위는 욕을 그치고 베렌도 중위를 향해 몸을 돌렸다. 그의 눈은 어느 때보다 더 이상해 보였다.

"파코." 그는 의기양양하게 말했다. "나와 저길 올라가자."

"전 싫습니다."

"뭐라고?" 대위는 다시 권총을 꺼내 들었다.

툭하면 권총을 휘두르는 놈들은 딱 질색이라니까, 베렌도는 생각했다. 저런 놈들은 총을 빼 들지 않고서는 명령을 못 하지. 저런 놈들은 변소에 가서도 총을 꺼내 들고 똥한테 나오라고 명령할 놈들이야.

"명령이라면 가긴 가겠습니다. 하지만 마지못해 가는 겁니다." 베렌도 중위가 대위에게 말했다.

"그럼 나 혼자 가겠다." 대위가 말했다. "여긴 겁쟁이 놈들의 악취가 진동을 하는군."

오른손에 권총을 쥔 채 그는 성큼성큼 비탈을 올라갔다. 베렌도와 저격수는 그를 바라보았다. 그는 전혀 숨으려고 하지 않았고, 정면에 있는 바위와 죽은 말, 그리고 봉우리에 파헤쳐진 흙을 보면서 걸었다.

엘 소르도는 말 뒤에 있는 바위 한구석에 엎드려 언덕을 올라오는 대위를 바라보고 있었다.

한 놈뿐이네, 그는 생각했다. 한 놈밖에 못 잡게 생겼군. 그래도 말하는 꼬락서니로 보니 저놈이 카자 마요르*인 모양이네. 저놈 걷는 꼴 좀 보게. 저 짐승 같은 놈 좀 봐. 앞으로 발 내딛는 것 좀 보라고. 이놈은 내 차지다. 이놈을 데리고 황천길로 가련다. 이놈도 황천길로 가려고 저리 오고 있구나. 어서 와라, 길동무야. 저벅저벅 걸어서 와라. 똑바로 와. 와서 죽음을 맞이해야지. 자. 계속 걸어. 속도를 늦추지 말고. 쭉 걸어와라. 지금처럼 와. 멈춰서 뒤돌아보지 말고. 옳지. 고개도 내리지 마. 앞만 보고 계속 와라. 봐라, 저놈 콧수염이 있네. 어때? 놈이 콧수염을 길렀어, 길동무가 말이야. 저놈 대위로군. 소매의 계급장 좀 봐. 내가 뭐랬어. 저놈이 카자 마요르라고 했잖아. 잉글레스같이 생긴 얼굴이네. 얼굴은 벌겋고, 금발에다 눈도 푸르고. 모자도 안 썼고, 콧수염도 노랗네. 파란 눈이라. 옅은 파란색인데. 옅은 파란 눈에 뭔가 문제가 있군. 초점이 안 맞는 옅은 푸른 눈이구먼. 꽤 가까이 왔군. 너무 가까워. 그래, 길동무. 받아라, 길동무.

그는 기관총의 방아쇠를 부드럽게 잡아당겼다. 삼각대 위에 놓인 기관총이 발사되면서 그 반동으로 기관총이 뒤로 미끄러지며 그의 어깨에 세 번 튕겨 부딪혔다.

대위는 비탈길에 머리를 박고 쓰러졌다. 그의 왼팔은 배 밑에 깔렸다. 권총을 쥐고 있던 오른팔은 머리 위로 죽 뻗어 있었다. 비탈 아래에서는 모두들 산꼭대기를 향해 다시 사격을 시작했다.

* '지휘관'을 뜻하는 스페인어.

바위 뒤에 웅크리고 앉아, 이제 포화가 난무하는 바깥으로 내달려야겠다고 생각한 베렌도 중위의 귀에 산꼭대기로부터 소르도의 깊고 쉰 목소리가 들려왔다.

"반디도스!" 그 목소리가 울려 퍼졌다. "반디도스! 날 쏴라! 날 죽여라!"

산꼭대기에서 엘 소르도가 자동소총 뒤에 엎드린 채 가슴이 아플 정도로 크게 웃음을 터뜨렸다. 그러자 머리가 터져버릴 것만 같았다.

"반디도스!" 그는 또다시 신 나서 소리쳤다. "날 죽여봐라, 반디도스!" 그러고는 기분 좋게 머리를 흔들었다. 황천길 길동무가 많기도 하구먼, 그는 생각했다.

그는 다른 장교 한 명도 바위 뒤에서 나올 때 기관총으로 쏠 참이었다. 조만간 놈은 움직일 수밖에 없을 것이 뻔했다. 소르도는 그 장교가 현재 위치에서는 지휘를 할 수 없을 것임을 알았고, 그래서 그를 잡을 아주 좋은 기회가 있을 것이라고 생각했다.

바로 그때, 언덕 위의 소르도 부하들은 비행기가 날아오는 소리를 처음 들었다.

엘 소르도는 아직 듣지 못했다. 그는 바위의 아래쪽 끝을 자동소총으로 겨눈 채 생각하고 있었다. 내 눈에 띌 때쯤이면 놈은 이미 달리고 있을 테니 조심하지 않았다간 놓치기 십상이다. 저 비탈길을 가로질러 놈의 등을 쏠 수 있을지도 모른다. 놈을 겨냥하되 총을 좌우로 돌려서 놈 앞에서 쏴야 한다. 아니면 놈이 출발하게 됐다가 그다음에 놈을 잡는 거야, 놈 앞쪽으로 쏴서. 저기 바위 끝에서 놈을 조준해서, 놈의 바로 앞에다 총을 갈겨야지. 그때 소르도는 누군가가 어깨를 만지는 것을 느꼈다. 고개를 돌려보니 호아킨의 공포에 휩싸인 잿빛 얼굴이 보였고, 소년이 가리키는 곳을 올려다보니 비행기 세 대가 날아오고 있었다.

그 순간 베렌도 중위가 바위 뒤에서 튀어나와 고개를 숙이고 성큼성큼 아래로 내달려 비탈길 반대편 기관총이 있는 바위 틈으로 갔다.

소르도는 비행기를 보느라 그가 가는 것을 보지 못했다.

"이것 좀 끌어다 다오." 소르도가 호아킨에게 말했고, 소년은 기관총을 말과 바위 사이에서 끌어냈다.

비행기들은 일정한 속도로 다가오고 있었다. 사다리꼴 편대를 이루고 있었고, 매초마다 크기와 소리도 점점 커졌다.

"비행기에 총을 쏠 수 있게 등을 대고 누워라." 소르도가 말했다. "놈들이 오면 놈들보다 먼저 사격하라."

그는 계속 비행기를 주시하고 있었다. "카브론스! 이호스 데 푸타!(개새끼들! 개놈의 자식들!)" 그는 빠르게 소리쳤다.

"이그나시오!" 그가 말했다. "기관총을 저 아이의 어깨에 얹어줘라. 너!" 호아킨에게 말했다. "거기 앉아서 움직이지 마라. 쭈그리고 앉아 있어. 몸을 더 숙여. 더. 아니, 좀 더."

그는 다시 누워서 기관총을 겨눴다. 비행기들이 계속 다가오고 있었다.

"너, 이그나시오. 기관총의 삼각대를 잡아." 삼각대는 호아킨의 등에서 달랑거렸고, 비행기가 윙윙대며 다가오는 소리를 듣고 머리를 숙인 채 쭈그리고 앉아 있느라 어쩔 수 없이 흔들리는 그의 몸 때문에 총구가 흔들리고 있었다.

납작 엎드려서 하늘을 올려다보며 비행기들이 다가오는 모습을 보던 이그나시오는 총이 흔들리지 않도록 삼각대의 다리를 두 손으로 잡았다.

"머리를 계속 숙이고 있어." 그가 호아킨에게 말했다. "머리를 앞으로 숙여."

"파시오나리아는 말하길 '발을 딛고 죽는 게…….'" 호아킨은 혼잣말을 하고 있었는데, 그때 윙윙거리는 소리가 더 가까이 다가왔다. 그러자 그는 갑자기 마음을 바꾸었다. "은총이 가득하신 마리아님, 기뻐하소서! 주님께서 함께하시니 여인 중에 복되시며 태중의 아들 예수님 또한 복되시나이다. 천주의 성모 마리아님, 이제 와 저희 죽을 때에 저희 죄인을 위하여 빌어주소서, 아멘." 그는 기도를 시작했고, 곧 비행기 소리가 견딜 수 없을 정도로 커지자 서둘러 참회 기도문을 기억해내고 바삐 외우기 시작했다. "하느님, 제가 죄를 지어 참으로 사랑받으셔야 할 주님의 마음을 아프게 하였사오니 진심으로 뉘우치나이다……."

그때 기관총 소리가 그의 귀를 스쳐 지나갔고 어깨 위의 총열이 뜨거워졌다. 총은 다시 요란한 망치 소리를 냈고, 그의 귀는 총구의 폭발음으로 먹먹해졌다. 이그나시오가 삼각대를 아래로 세게 끌어당기고 있었다. 총열 때문에 그의 등은 타는 듯했다. 기관총이 다시 굉음을 내뿜었다. 호아킨은 참회의 기도문을 기억해낼 수가 없었다.

그가 기억할 수 있는 것이라곤 '저희 죽을 때에'뿐이었다. 아멘. 저희 죽을 때에. 아멘. 그때에. 그때에. 아멘. 다른 사람들은 모두 총을 쏘고 있었다. 이제 그리고 저희 죽을 때에. 아멘.

그때 총의 굉음을 뚫고 휘파람 같은 휘잉 소리가 공기를 갈랐다. 곧 검붉은 연기가 솟아오르더니 그의 무릎 아래 땅이 뒤집어지면서 흙먼지와 바위 파편들이 그의 얼굴로 쏟아져 들었다. 이어서 이그나시오가 그의 위에 널브러지고 기관총이 또 그 위에 얹혀졌다. 하지만 그는 죽지 않은 모양이었다. 다시 휘잉 하는 굉음이 귀에 들려오면서 땅이 폭음과 함께 요동치는 게 느껴졌다. 그리고 다시 폭탄이 떨어졌고, 그의 배 밑에 있는 땅과 산꼭대기의 한 귀퉁이가 공중으로 튕겨 올라갔다가 쓰러져 있는 그들 위로 천천히 떨어져 내려왔다.

비행기들은 세 번 선회하여 산 정상에 폭격을 가했지만 이제 산 정상에는 그것을 알아챌 사람이 아무도 없었다. 비행기들은 산 정상에 기관총 사격을 가하고는 떠나버렸다. 마지막 공격을 위해 하강했을 때, 첫 번째 비행기가 멈춰 섰다가 갑자기 높이 올라가자 다른 비행기들도 전부 똑같은 동작으로 사다리꼴 편제를 브이자 편제로 바꾼 다음, 모두 세고비아 쪽으로 날아가버렸다.

산꼭대기를 향해 계속 총격을 퍼부으면서도 베렌도 중위는 정찰병 하나를 시켜, 꼭대기로 수류탄을 던질 수 있을 만한 거리의 폭격 구덩이로 올라가게 했다. 그는 누군가가 살아 있을지도 모를 위험을 감수하고 싶지도 않았고 이 난장판 속에서 그들을 기다리고 싶지도 않았기 때문에, 죽은 말들과 깨지고 부서진 바위들로 아수라장인 곳을 향해, 폭발로 인해 화약 냄새가 진동하는 노랗게 변한 땅을 향해 수류탄 네 개를 던진 다음에야 폭격 구덩이에서 기어 나와 꼭대기로 올라가 주위를 살폈다.

산꼭대기에는 이그나시오의 시체 아래에서 의식을 잃고 누워 있던 호아킨을 제외하고는 아무도 살아 있지 않았다. 호아킨의 코와 귀에서 피가 흐르고 있었다. 그는 갑자기 천둥소리의 한복판에 놓이게 된 이후로 아무런 의식도 느낌도 없었고, 폭탄 하나가 그의 옆에서 터진 후로는 숨도 간신히 쥐어짜듯

쉬고 있었다. 베렌도 중위는 성호를 긋고 나서 그의 뒤통수에 대고, 소르도가 부상당한 말을 쐈던 것처럼 빠르고 부드럽게 총을 쐈다. 그런 갑작스러운 행동이 부드러울 수가 있다면 말이다.

베렌도 중위는 산꼭대기에 서서 비탈길에 널브러져 있는 아군의 시신들을 내려다보고, 그다음 소르도를 이곳 궁지로 몰아넣을 때까지 그들이 말을 달려왔던 곳을 둘러보았다. 아군의 모든 상황이 눈에 들어왔다. 그는 죽은 병사들의 말들을 끌어다 놓고 시체를 말안장 위에 묶어서 라그랑하로 운반하라고 명령했다.

"저 시신도 가져가라." 그가 말했다. "두 손을 기관총에 얹고 있는 저놈 말이다. 저놈이 소르도일 게다. 제일 나이가 많고 총을 쥐고 있으니. 아니, 머리를 잘라서 망토에 싸라." 그는 잠시 생각하더니 말했다. "놈들 머리를 전부 잘라서 가져가는 게 좋겠다. 그리고 비탈 아래 우리가 처음 발견했던 곳에 있는 놈들 머리도 잘라라. 소총과 권총을 수집하고 저 기관총을 말에 실어라."

그런 다음 그는 첫 공격에서 전사한 중위가 누워 있는 곳으로 내려갔다. 그는 친구를 굽어보았지만 그에게 손을 대지는 않았다.

"케 코사 마스 말라 에스 라 게라." 그는 혼잣말을 했다. "전쟁이란 얼마나 몹쓸 짓인가"라는 뜻이었다.

그는 다시 한 번 성호를 긋고, 언덕을 내려가는 내내 주의 기도와 성모송을 다섯 번씩 암송하면서 죽은 동료의 안식을 빌었다. 그는 남아서 자신의 명령이 수행되는 과정을 지켜보고 싶지 않았다.

28장

적의 폭격기들이 지나간 후 로버트 조던과 프리미티보는 폭격이 시작되는 소리를 들었다. 그와 함께 자신의 심장도 요동치기 시작하는 것 같았다. 구름 같은 연기가 고지대의 산꼭대기 위로 솟아올랐고, 폭격기 세 대가 하늘 위에서 일정한 속도로 점처럼 멀어져가고 있었다.

놈들은 아마 자기네 기병대에 폭격을 퍼붓고 소르도와 그 일당은 건드리지 못했을 거야, 그는 스스로에게 말했다. 저놈의 폭격기는 겁만 잔뜩 주지 우릴 죽이지는 못한다.

"전투가 계속되는군." 프리미티보가 무거운 포격 소리를 들으며 말했다. 그는 폭탄이 쿵 하고 터질 때마다 몸을 움찔하더니 이제는 마른 입술을 훔치고 있었다.

"왜 아니겠소?" 로버트 조던이 말했다. "저것들은 아무도 죽이지 못해."

잠시 후 총격이 완전히 그쳤고 총소리는 더 이상 들리지 않았다. 베렌도 중위가 쏜 총소리는 멀리 이곳까지는 미치지 못했다.

총격이 처음 멈췄을 때 그는 아무런 느낌이 없었다. 그러나 정적이 계속되자 가슴에 구멍이 뻥 뚫린 듯 막막한 기분이 되었다. 곧이어 수류탄 터지는 소리가 들려왔고, 그는 잠시 가슴이 뛰었다. 그다음 모두 조용해지고 정적이 계속되자, 그는 전투가 끝났음을 알았다.

마리아가 캠프에서 토끼와 버섯을 넣은 진한 국물의 스튜를 양동이에 담아, 빵을 넣은 가방과 가죽 술 부대, 양철 접시 네 개, 컵 두 개, 숟가락 네 개와 함께 가지고 올라왔다. 그녀는 기관총 옆에 멈춰 서서, 안셀모와 교대해 있던 아구스틴과 엘라디오에게 국자로 스튜를 떠 주고, 빵을 건네고, 가죽 술 부대의 마개를 따서 포도주를 따라주었다.

로버트 조던은 그녀가 자신이 있는 곳으로 유연하게 올라오는 것을 바라보았다. 짧은 머리를 햇빛 속에 빛내며, 빵이 든 가방을 어깨에 메고 양동이를 한 손에 들고 있었다. 그는 내려가서 양동이를 받고 그녀가 마지막 바위 위로 올라오는 것을 도왔다.

"비행기들이 뭘 한 거예요?" 그녀는 겁먹은 눈으로 물었다.

"소르도 영감네에 폭격을 했어."

그는 양동이를 열고 국자로 스튜를 접시에 담고 있었다.

"아직도 전투 중인가요?"

"아니. 끝났어."

"아." 그녀는 입술을 깨물며 말하고는 밖을 내다보았다.

"난 식욕이 없어." 프리미티보가 말했다.

"어쨌든 먹어둬요." 로버트 조던이 그에게 말했다.

"음식이 안 넘어갈 것 같아."

"이걸 한 모금 마셔봐요." 로버트 조던이 말하며 술 부대를 건넸다. "그러고 나서 음식을 먹도록 해봐요."

"소르도 영감네 일을 보고 나니 식욕이 사라졌어." 프리미티보가 말했다. "당신이나 먹어. 난 먹고 싶지 않아."

마리아는 그에게 다가가 두 팔로 그의 목을 두르고 입을 맞췄다.

"드세요, 아저씨." 그녀가 말했다. "다들 기운을 차려야 해요."

프리미티보는 그녀에게서 고개를 돌렸다. 그는 술 부대를 받아 들고 머리를 젖혀 술을 벌컥벌컥 들이켰다. 그러고 나서 접시에 스튜를 가득 담아서 먹기 시작했다.

로버트 조던은 마리아를 보고 고개를 저었다. 그녀는 그의 옆에 앉아서 한 팔로 그의 어깨를 감싸 안았다. 두 사람은 나란히 앉아 있었고, 서로의 기분을 이해하고 있었다. 로버트 조던은 버섯의 맛을 천천히 음미하면서 스튜를 먹고 포도주를 마셨다. 그들은 아무 말도 하지 않았다.

"원하면 이곳에 계속 있어도 돼, 구아파." 그는 잠시 후 식사를 끝내고 나서 말했다.

"아니에요." 그녀가 말했다. "필라르 아줌마한테 가봐야 해요."

"여기 있어도 돼. 지금 당장 무슨 일이 일어나지는 않을 테니까."

"아니에요. 필라르 아줌마한테 가야 해요. 아줌마한테 교육을 받는 중이거든요."

"뭘 받고 있다고?"

"교육이요." 그녀가 미소를 지어 보이고는 그에게 키스했다. "종교적인 교육에 대해 들어본 적 없어요?" 그녀는 얼굴을 붉혔다. "그런 비슷한 거예요." 그녀는 다시 얼굴을 붉혔다. "좀 다르긴 하지만요."

"그럼 교육 받으러 가." 그는 말하고 그녀의 머리를 쓰다듬었다. 그녀는 다시 그에게 미소를 짓고, 프리미티보에게 말했다. "아래에서 뭐 좀 갖다드릴까요?"

"아니다, 애야." 그는 말했다. 두 사람은 아직 그의 기분이 나아지지 않았다는 것을 알았다.

"살루드, 아저씨." 그녀가 그에게 말했다.

"들어봐." 프리미티보가 말했다. "난 죽는 건 두렵지 않아. 하지만 저들을 그렇게 내버려둔 게…….” 그의 목소리가 갈라졌다.

"어쩔 수 없었어요." 로버트 조던이 그에게 말했다.

"알아. 하지만 그래도 마찬가지야."

"어쩔 수 없었어요." 로버트 조던은 다시 말했다. "그리고 이제 그 얘기는 하지 않는 게 좋겠소."

"그래. 하지만 우리 도움도 못 받고 그렇게 혼자서…….”

"그 말은 안 하는 편이 훨씬 좋아." 로버트 조던이 말했다. "그리고 당신, 구아파, 교육받으러 가도록 해."

그는 그녀가 바위 사이로 내려가는 모습을 바라보았다. 그리고 오랫동안 앉아서 고지대를 내다보며 생각에 잠겼다.

프리미티보가 그에게 말을 걸었지만 그는 대답하지 않았다. 햇빛을 받아 무더웠다. 하지만 그는 더위도 느끼지 못한 채 앉아서 언덕의 경사면과 산꼭대기 소나무가 길게 늘어선 곳을 바라보았다. 한 시간이 지났고, 태양은 그의 왼쪽에 멀찍이 떠 있었다. 그때 그는 적들이 산꼭대기로 올라가는 것을 보고 쌍안경을 집어 들었다.

말들이 작게 보였고, 선두에 선 두 기마병이 높은 언덕의 길고 푸른 비탈 위를 행군하는 것이 시야에 들어왔다. 이어서 말을 탄 또 다른 병사 넷이 넓은 언덕에 흩어져 내려왔고, 그다음 병사들과 말들이 2열 종대를 이루어 내려오는 것이 쌍안경을 통해 선명하게 보였다. 그들의 행렬을 보고 있자니 그는 겨드랑이에서 땀이 흐르는 게 느껴졌다. 한 사람이 행렬의 맨 앞에서 말을 달렸다. 기마병들이 뒤를 따랐다. 그 뒤로 기수 없는 빈 말들이 안장 위에 짐을 실은 채 가고 있었다. 그리고 기마병 두 명이 있었다. 그다음 부상자들이 보병의 부축을 받으며 말을 타고 오고 있었다. 잠시 후 행렬의 맨 끝에 더 많은 기병대가 모습을 드러냈다.

로버트 조던은 그들이 말을 타고 비탈길을 내려와 숲 속으로 사라지는 것을 보았다. 안장 하나에는 돌돌 말아놓은 긴 망토의 양 끝과 사이사이를 밧줄로 묶어 콩깍지에 콩들이 볼록볼록 튀어나와 있는 것처럼 보이는 불룩한 짐이 놓여 있었지만, 그에게는 거리가 너무 멀어 보이지 않았다. 그 짐은 안장을 가로질러 묶여 있었고 양쪽 끝은 등자 가죽에 밧줄로 묶여 있었다. 안장 위에는 소르도가 쏘던 기관총이 그 짐과 나란히 여보란 듯 묶여 있었다.

베렌도 중위, 그는 측면 부대를 거느린 채 자신은 상당히 앞서 행렬의 선두에서 말을 달렸지만 자랑스러움 같은 건 없었다. 그저 군사작전 후에 찾아오는 공허함을 느낄 뿐이었다. 그는 생각하고 있었다. 머리를 벤 것은 야만적인 행동이다. 하지만 증거와 신원 증명은 필요하다. 나는 이 일만으로도 앞으로 괴로울 테지만 누가 알겠나? 이 머리들은 사람들의 이목을 끌지도 모른다. 그런 것을 좋아하는 사람들이 있으니까. 그들은 머리들을 전부 부르고스로 보낼지도 모른다. 그것은 참 야만스러운 일이다. 폭격기들은 심했다. 아주. 아주. 스톡스 박격포만 있었으면 아군의 피해 없이도 전부 해치울 수 있었을 텐데. 노새 두 마리에 대포를 싣고 다른 한 마리에는 안장 양쪽에 박격포를 싣고. 도대체 무슨 군대가 이런가! 이 모든 자동화기들의 화력을 갖추고 있으면서도. 그리고 노새를 한 마리 더. 아니, 두 마리 더 가져다가 탄알을 운반하고. 그만하자, 그는 자신에게 말했다. 그러면 더 이상 기병대가 아니다. 내버려두자. 넌 육군을 만들고 있구나. 다음에는 산악포도 원하겠군.

그리고 그는 언덕에서 전사해 지금은 저기 제1소대의 말 등에 묶여 있는 훌리안을 생각했다. 언덕 위에 드리운 햇빛을 등지고 컴컴한 소나무 숲으로 들어가서 이제 어둡고 조용한 숲속을 말을 타고 달리던 그는 다시 한 번 훌리안을 위한 기도를 시작했다.

"모후이시며 사랑이 넘친 어머니." 그는 시작했다. "우리의 생명, 기쁨, 희망이시여. 당신을 우러러 저희가 눈물의 골짜기에서 한숨 지으며, 한탄하며, 눈물 흘리며 부르짖나이다……."

그는 기도를 계속했다. 말굽은 솔잎이 쌓여 있는 부드러운 땅 위를 밟고 있었다. 빛은 성당의 기둥 사이로 들어오는 것처럼 소나무 줄기 사이로 드문드문 들어오고 있었다. 기도하면서 그는 앞선 측면 부대가 나무 사이로 말을 달리는 모습을 보았다.

그는 숲을 지나 라그랑하로 향하는 누런 길로 들어섰다. 말발굽에 먼지가 일어 그들을 덮었다. 머리를 아래로 하고 안장 위에 묶여 있는 시신들과 부상자들이 먼지에 뒤덮였고, 그들 옆에 걷고 있는 사람들도 두꺼운 먼지를 뒤집어썼다.

바로 이곳에서 안셀모는 그들이 먼지를 날리며 지나가는 것을 보았다.

그는 사망자 수와 부상자 수를 세었고, 소르도의 기관총을 알아보았다. 그는 등자 가죽 끈이 흔들릴 때마다 말 옆구리에 부딪히던 망토를 씌운 꾸러미가 무엇인지 알지 못했다. 그러나 거처로 돌아오는 길에 어둠 속에서 소르도가 전투를 벌였던 산으로 올라왔을 때 그제야 그는 그 긴 망토 속에 들어 있던 것이 무엇이었는지 대번에 알게 되었다. 어둠 속이라서 그는 이 산꼭대기에 누가 있었는지 알 길이 없었다. 그는 그곳에 누워 있는 시신의 수를 센 다음 언덕을 가로질러 파블로의 캠프로 걸어갔다.

어둠 속을 혼자 걸으면서 그는, 포탄으로 패인 구덩이와 언덕 위에서 발견한 것 때문에 심장이 얼어붙을 것 같은 공포를 느꼈고 그 공포 속에서 내일의 일을 모두 마음에서 떨쳐내려 했다. 그는 그저 소식을 전하기 위해 가능한 한 빨리 걸어갔다. 걸어가면서 그는 소르도와 그의 부하들의 영혼을 위해 기도했다. 혁명이 시작된 이래로 그가 기도를 한 것은 그때가 처음이었다.

"너그러우시고 자애로우시며 자비로우신 성모이시여." 그는 기도했다.

하지만 결국 내일의 일이 생각나는 것을 피할 수는 없었다. 그리하여 그는 생각했다. 나는 잉글레스가 시키는 대로, 그가 하라는 대로 할 것이다. 그러나 천주시여, 저를 그의 곁에 있게 하시고, 그가 간단하고 정확한 지시를 내리게 해주시옵소서. 제가 폭격기의 폭격 속에서 도저히 제정신을 유지할 수 없을 것 같아 그럽니다. 도와주소서, 천주시여. 내일 제가 인생의 마지막 순간에 침착할 수 있도록 도와주시옵소서. 그날 필요한 것들을 제가 정확히 이해할 수 있도록, 천주시여 도와주소서.

끔찍한 순간이 다가올 때 제가 도망치지 않도록, 제 다리를 제 뜻대로 움직일 수 있도록, 천주시여 도와주소서. 내일 전투의 날에 제가 사내답게 행동하도록, 천주시여 도와주소서. 당신께 도움을 구하오니, 심각하지 않다면 도움을 구하지 않았을 것임을 살피시고 부디 들어주시옵소서. 저는 다시는 주님께 더 이상 부탁드리지 않을 것이옵니다.

어둠 속을 혼자 걸으면서 기도를 하고 나니 기분이 훨씬 나아졌다. 이제 그는 자신이 잘해낼 수 있을 것이라고 확신했다. 고지대에서 걸어 내려가면서 그는 다시 소르도네 사람들을 위해 기도했다. 이윽고 그가 위쪽 초소에 이르자 페르난도가 그를 검문했다.

"날세." 그가 대답했다. "안셀모."

"다행이군요." 페르난도가 말했다.

"자네 알고 있나? 소르도 영감 일." 안셀모가 페르난도에게 물었다. 두 사람은 어둠 속에서 큰 바위들의 어귀에 서 있었다.

"왜 모르겠어요." 페르난도가 말했다. "파블로가 얘기해주었어요."

"파블로가 그 위에 있었나?"

"왜 안 그렇겠어요." 페르난도는 무뚝뚝하게 말했다. "파블로는 기병대가 떠난 다음에 바로 산에 가봤다는데."

"그가 너한테 얘기를……."

"우리 모두한테 얘기했어요." 페르난도가 말했다. "이 파시스트 야만인 놈들 같으니라고! 그 야만인 놈들을 스페인에서 모두 몰아내야 해." 그는 말을 멈추고 비통해했다. "그놈들한테는 인간의 존엄성이라는 개념이 없어."

안셀모는 어둠 속에서 웃음을 지었다. 한 시간 전까지는 자신이 다시 미소를 짓게 될 줄은 상상도 못 했다. 참 신기하군, 저 페르난도란 녀석, 그는 생각했다.

"그래." 그는 페르난도에게 말했다. "우리가 놈들을 가르쳐야 해. 놈들의 전투기와 자동화기들, 탱크, 대포들을 빼앗고 그들에게 인간의 존엄성을 가르쳐야 하네."

"맞아요." 페르난도가 말했다. "영감님도 그렇게 생각하신다니 기쁘군요."

안셀모는 거기 근엄하게 서 있는 그를 혼자 두고 동굴로 내려갔다.

29장

안셀모는 동굴 안에서 로버트 조던이 널빤지 탁자를 사이에 두고 파블로와 마주 앉아 있는 것을 보았다. 그들은 포도주를 가득 채운 그릇을 가운데 놓고 각자 포도주를 한 잔씩 마시고 있었다. 로버트 조던은 노트를 꺼내놓고 연필을 들고 있었다. 필라르와 마리아는 동굴 뒤쪽 보이지 않는 곳에 있었다. 마리아가 대화 내용을 듣지 못하게 하려고 필라르가 그녀를 데리고 뒤쪽에 가 있는 것을 알 리 없는 안셀모는 그 탁자에 필라르가 없는 것을 이상하게 여겼다.

안셀모가 입구에 걸려 있는 담요 밑으로 들어오자 로버트 조던이 고개를 들어 그를 쳐다보았다. 파블로는 탁자를 똑바로 응시하고 있었다. 그의 눈은 술 그릇에 고정되어 있었지만 그것을 보고 있지는 않았다.

"위에서 오는 길이네." 안셀모가 로버트 조던에게 말했다.

"파블로한테 이야기 들었습니다." 로버트 조던이 말했다.

"언덕 위에 여섯 명이 죽어 있고 놈들이 머리를 베어 갔더군." 안셀모가 말했다. "난 해가 진 다음에 그곳을 지나왔네."

로버트 조던은 고개를 끄덕였다. 파블로는 포도주를 보며 아무 말 없이 앉아 있었다. 그의 얼굴에는 아무런 표정도 없었고, 돼지같이 작은 눈은 술 그릇을 마치 처음 보는 물건인 양 빤히 보고 있었다.

"앉으세요." 로버트 조던이 안셀모에게 말했다.

노인은 탁자 옆의 가죽을 씌운 의자에 앉았다. 로버트 조던은 탁자 밑으로 손을 뻗어 소르도가 선물해준 오목한 위스키 병을 꺼냈다. 병은 반 정도 차 있었다. 로버트 조던은 탁자 저편에 손을 뻗어 컵을 하나 가져다가 위스키를 따른 다음 컵을 밀어 안셀모에게 건네주었다.

"좀 드세요, 영감님." 그가 말했다.

파블로는 술 그릇에서 눈을 떼고 술을 마시는 안셀모의 얼굴을 잠시 보다가 이내 다시 술 그릇을 바라보았다.

위스키를 들이켜자 안셀모는 콧속과 눈, 그리고 목이 타는 듯한 기분을 느꼈고, 뒤이어 배 속으로 기분 좋고 편안한 온기가 퍼지는 것을 느꼈다. 그는 손등으로 입을 닦았다.

그러고 나서 그는 로버트 조던을 보며 말했다. "한 잔 더 해도 되겠나?"

"왜 안 되겠어요." 로버트 조던은 말하고, 병에서 다시 한 잔을 따라 이번에는 탁자 위에 미는 대신 손으로 건넸다.

이번에는 들이켤 때 뜨거워지는 느낌은 없었지만 따뜻하고 편안한 기분은 배가되었다. 그것은 심한 설사병에 걸린 사람에게 식염수 주사가 좋은 것만큼이나 그의 정신에 좋은 치료제였다.

노인은 다시 한 번 술병에 눈길을 주었다.

"나머지는 내일 몫입니다." 로버트 조던이 말했다. "도로 쪽

동정은 어떻던가요?"

"움직임이 많았소." 안셀모가 말했다. "자네가 가르쳐준 대로 다 적어놨어. 나 대신 감시해줄 사람을 세워놨으니 지금도 감시 중일 게야. 나중에 내가 보고를 받으러 가리다."

"대전차포도 봤습니까? 총열이 길고 고무 타이어가 달린 거 말입니다."

"봤네." 안셀모가 말했다. "군용 트럭 네 대가 도로를 지나 갔어. 트럭마다 다들 그렇게 생긴 대포를 한 대씩 싣고 가면서 소나무 가지를 총열에 덮어씌워놨더군. 트럭마다 대포 한 대에 병사가 여섯 명씩 타고 있었어."

"대포가 네 대라고요?" 로버트 조던이 그에게 물었다.

"네 대." 안셀모는 말했다. 그는 종이에 적어놓은 것을 보지 않고 있었다.

"또 뭐가 도로 위를 지나갔는지 말해보세요."

안셀모가 도로 위를 지나간 것들을 모두 말하는 동안 로버트 조던은 내용을 받아 적었다. 그는 글을 읽고 쓸 줄 모르는 사람들의 놀라운 기억력으로 처음부터 순서대로 이야기했다. 그가 말하는 사이에 파블로는 술을 더 마시기 위해 술 그릇에 두 번 손을 뻗었다.

"엘 소르도가 전투를 벌였던 고지대에서 라그랑하 쪽으로 가는 기병대도 있었네." 안셀모는 계속 말을 이었다.

그다음 그는 자신이 본 부상자 수와 안장 위에 놓인 사망자 수를 말했다.

"정체를 알 수 없는 꾸러미 하나가 안장에 걸려 있었는데." 그가 말했다. "그런데 이제 그게 머리란 걸 알았어." 그는 쉬지 않고 계속 말했다. "놈들은 기병 중대였네. 장교가 한 명만 남아 있더군. 오늘 아침에 자네가 기관총 옆에 있을 때 여길 지나 간 그 장교는 아니었어. 그자는 아마 사망자들 중에 끼어 있겠 지. 죽은 자들 중 두 명이 소매에 장교 계급장을 달고 있더군. 머리를 아래로 떨어뜨리고 밧줄로 안장에 묶여 있었는데 팔다 리가 덜렁거렸어. 그리고 놈들은 엘 소르도의 마키나도 머리들 을 태운 안장에 묶어놨더군. 총열이 기울어져 있었어. 이게 다 요." 그는 보고를 끝냈다.

"그 정도면 충분합니다." 로버트 조던은 말했고, 자신의 컵 을 술 그릇에 담갔다. "영감님 외에 전선을 뚫고 공화국 쪽으로 가본 사람이 누가 있지요?"

"안드레스와 엘라디오."

"둘 중 누가 더 낫습니까?"

"안드레스."

"그가 여기에서 나바세라다까지 도착하는 데 얼마나 걸릴까 요?"

"짐 없이 조심하며 갈 경우, 운이 좋으면 세 시간이면 될 거 요. 우리는 그 물건 때문에 더 멀지만 안전한 경로로 왔던 거 고."

"그가 확실히 성공할 수 있을까요?"

"노 세.(나도 모르지.) 확실한 것일랑 이 세상에 없으니까."

"영감님이 가도 그렇고요?"

"그럼."

그럼 결정됐다, 로버트 조던은 혼자 생각했다. 영감이 확실 히 갈 수 있다고 하면, 난 확실히 영감을 보냈을 것이다.

"안드레스도 영감님처럼 그곳에 잘 갈 수 있을까요?"

"나만큼 가거나 더 잘 가겠지. 젊은이잖나."

"하지만 이걸 꼭 그곳에 가져가야 합니다."

"아무 일도 일어나지 않는다면 그는 잘 도착할 거요. 무슨 일이 벌어진다 해도, 그런 일은 누구에게나 일어날 수 있으니까 어쩔 수 없는 거고."

"편지를 써서 그의 편에 보내려고요." 로버트 조던은 말했다. "그에게 장군이 있는 곳을 말해주겠습니다. 장군은 사단 사령부에 있을 겁니다."

"안드레스는 사단 뭐 어쩌고 하는 건 이해를 못 할 거요." 안셀모가 말했다. "나도 만날 헷갈리더라고. 장군 이름이랑 있는 곳을 알려줘야 하오."

"하지만 장군이 있는 곳이 바로 사단 사령부인걸요."

"하지만 그건 장소가 아니잖나?"

"확실히 장소가 맞습니다, 영감님." 로버트 조던이 참을성 있게 설명했다. "하지만 그건 장군이 고를 장소지요. 그곳에서 장군은 전투 사령부를 만들 겁니다."

"그럼 그게 어디에 있소?" 안셀모는 피곤했고, 피곤해서 머리가 잘 돌아가지 않았다. 또한 여단, 사단, 군단 같은 말들이 그를 혼란스럽게 했다. 우선 중대가 있고, 그다음에 연대가 있고, 그다음이 여단이었다. 그다음 또 여단이 있고, 사단이 있고, 둘 다 있었고. 그는 이해가 되지 않았다. 장소는 장소일 뿐이었다.

"천천히 들어보세요, 영감님." 로버트 조던이 말했다. 그는 안셀모를 이해시키지 못하면 안드레스에게도 확실하게 설명할 수 없을 것임을 알고 있었다. "사단 사령부는 장군이 지휘 본부를 설치하기 위해 고른 장소예요. 장군은 사단을 지휘하는데, 사단이란 두 개의 여단으로 구성되지요. 그게 어디 있는지는 나도 모릅니다. 장소가 정해질 때 나는 그곳에 없었으니까요. 아마 동굴이나 대피 참호나 대피소일 거고, 전선이 들어가 있을 거예요. 안드레스는 장군과 사단 사령부가 어디에 있는지 사람들에게 물어봐야 합니다. 그는 편지를 장군이나 사단 사령부 참모장이나 또는 내가 이름을 써줄 다른 사람에게 전해야 합니다. 다른 사람들이 공격 준비를 시찰하러 나가 있다 하더라도 그들 중 한 명은 분명 그곳에 있을 겁니다. 이제 아시겠어요?"

"알겠네."

"그럼 안드레스를 데려오세요. 난 이제 편지를 써서 이 봉인으로 봉할 겁니다." 그는 노인에게 SIM 인장이 찍힌 작고 둥글고 뒤쪽에 나무를 댄 고무인과 그가 주머니에 넣어 가지고 다니는 50센트짜리 동전만 한 주석을 입힌 둥근 스탬프 잉크를 보여주었다. "그들은 이 인장을 인정해줄 겁니다. 안드레스를 지금 데려오면 내가 그에게 설명을 하지요. 당장 출발해야 하지만 우선 이런 것들을 이해하는 게 먼저예요."

"내가 이해하면 그 친구도 이해할 거요. 하지만 분명하게 설명을 해줘야 하오. 이 참모부니 사단이니 하는 건 나한텐 오리무중이거든. 난 항상 집처럼 확실한 장소만 가봤으니. 나바세라다에서는 사령부가 오래된 호텔이었어. 과다라마에선 정원이 딸린 집이었고."

"이 장군의 경우는." 로버트 조던이 말했다. "전선에 아주 가까운 곳일 겁니다. 폭격기를 피하기 위해 지하에 있을 거고요. 안드레스는 물어보면 쉽게 찾을 수 있을 겁니다. 뭘 물어봐야 하는지만 안다면. 내가 적어주는 것을 보여주기만 하면 됩니다. 어쨌든 어서 그를 불러주세요. 이걸 빨리 가져가야 하니까요."

안셀모는 입구에 걸려 있는 담요 아래로 몸을 숙이고 밖으로 나갔다. 로버트 조던은 노트에 편지를 쓰기 시작했다.

"이봐, 잉글레스." 파블로가 여전히 술 그릇을 바라보며 말했다.

"편지를 쓰는 중이오." 로버트 조던은 고개를 들지 않은 채 말했다.

"이봐, 잉글레스." 파블로는 술 그릇에 정면으로 대고 말했다. "오늘 일에 상심할 필요는 없어. 소르도 영감이 없어도 초소를 접수하고 다리를 날려 보낼 인원은 많으니까."

"잘됐군." 로버트 조던은 쓰는 것을 멈추지 않고 말했다.

"많지." 파블로가 말했다. "난 오늘 자네의 판단력에 감탄했네, 잉글레스." 파블로가 술 그릇을 보며 말했다. "자네는 교활함이 많아. 자네가 나보다 영리하군. 난 자네를 믿어."

골스에게 보내는 보고서에 온 정신을 집중하느라, 그것을 가능한 한 간략하면서도 절대적으로 설득력 있게 쓰느라, 공격이 완전히 취소되도록 쓰되 임무의 위험성이 두려워서 취소해 달라는 게 아님을 전달하면서도 모든 것을 사실에 기반해서 쓰려고 노력하느라, 로버트 조던은 파블로의 말을 절반도 귀담아 듣고 있지 않았다.

"잉글레스." 파블로가 말했다.

"글을 쓰고 있잖소." 로버트 조던은 고개를 숙인 채 말했다.

아마 사본 두 개를 보내야 할 거야, 그는 생각했다. 하지만 그렇게 하면 다리를 폭파해야 할 경우 인원이 부족할 텐데. 이 공격이 왜 성사되어야만 하는지 그 이유를 난 알고 있나? 어쩌면 견제 공격에 불과한 건지도 몰라. 적의 군대를 유인하기 위

한 것인지도 모르지. 적의 폭격기들을 북부에서 이쪽으로 유인
하기 위한 것인지도 모르고. 그게 이유일 것이다. 아마 성공을
기대하고 있지도 않을 것이다. 내가 아는 게 뭐지? 이건 골스
에게 보내는 내 보고서다. 나는 공격이 시작될 때까지 다리를
폭파시키지 않는다. 내가 받은 명령은 확실하고, 공격이 취소
되면 나는 아무것도 폭파시키지 않는다. 그러나 가능성은 낮지
만 명령을 수행해야 할 경우를 대비해서 충분한 인원을 확보하
고 있어야 한다.

"뭐라고 했소?" 그는 파블로에게 물었다.

"난 당신을 믿는다 이 말이오, 잉글레스." 파블로는 여전히
술 그릇에 대고 말했다.

이 사람아, 나도 나를 믿었으면 좋겠다, 로버트 조던이 생각
했다. 그는 계속 써 내려갔다.

30장

그렇게 그날 밤 해야 할 일은 모두 끝났다. 모든 명령이 내려졌다. 모두들 다음 날 아침에 각자 무엇을 해야 하는지 확실히 알았다. 안드레스는 세 시간 전에 출발했다. 공격은 동이 틀 무렵 오든지 아니면 영원히 오지 않든지 하겠지. 내 생각엔 올 것 같아, 로버트 조던은 위쪽 초소에 들러 프리미티보에게 할 말을 전달하고 캠프로 돌아가면서 생각했다.

골스는 공격을 하지만 그것을 취소할 권한은 그에게 없다. 공격 취소 허가는 마드리드에서 내린다. 그들이 그곳의 높은 분들을 깨우지 않을 가능성이 높고, 깨운다 해도 그분들은 너무 졸려서 생각을 가다듬지 못할 것이다. 적이 우리의 공격에 어떻게 대비를 해놓았는지 좀 더 일찍 골스에게 전했어야 했지만 일어나지도 않은 일에 대해 어떻게 전갈을 보낼 수 있었겠나? 적들은 날이 저물 무렵에서야 무기를 이동시키기 시작했으니. 적들은 도로 위에서의 자신들의 움직임이 우리 쪽 비행기에 포착되지 않도록 하고 싶었던 거겠지. 그런데 적의 전투기들이 그렇게 출동한 건 뭐지? 그 파시스트 전투기들은 어떻게 된 거야?

분명 아군도 그 전투기들을 보고 경계하기 시작했을 것이다. 하지만 어쩌면 파시스트들이 저 아래 과달라하라 쪽의 또 다른 공격 계획을 감추기 위해 속임수를 쓰고 있는지도 모른다. 북부 전선의 군사작전 외에 소리아와 시구엔사에도 이탈리아 군대가 집중되고 있다는 소문이 있으니 말이다. 적들은 동시에 두 곳에서 대대적인 공격을 수행할 만큼 병력이나 물자가 충분하지 않다. 그것은 불가능하다. 그러니 그것은 분명 엄포를 놓는 것에 불과할 것이다.

하지만 우리는 지난달과 지지난달에 이탈리아군이 카디스에 얼마나 많은 병력을 상륙시켰는지 알고 있다. 놈들이 다시 과달라하라를 노리는 것은 언제나 가능하며, 이번에는 예전처럼 서투른 작전이 아니라, 세 갈래로 나뉘어 내려와 전선을 넓혀놓은 다음 철도를 따라 고원 지대의 서쪽까지 진격해 올 것이다. 그들이 잘해낼 방법이 있었다. 한스가 그에게 알려준 적이 있었다. 그들은 처음에는 많은 실수를 저질렀다. 전체적인 개념에 문제가 있었다. 그들은 마드리드-발렌시아 간 도로를 대상으로 한 아르간다 공격에서는 과달라하라에서 동원한 군대를 동원하지 않았다. 그들은 왜 같은 공격을 동시에 하지 않았을까? 왜? 왜? 우리는 그 이유를 언제 알게 될까?

그러나 우리는 두 번 다 같은 군대를 가지고 놈들을 막아냈다. 만약 놈들이 두 번의 대공세를 동시에 펼쳤다면 우리는 놈들을 결코 막아낼 수 없었을 것이다. 걱정하지 말자, 그는 자신에게 말했다. 이전에 일어났던 기적을 생각해보라. 너는 다리를 아침에 폭파해야 할지도 모르고, 할 필요가 없어질지도 모른다. 하지만 자신을 속여서 다리를 폭파할 필요가 없어질 거라고 생각하지는 말자. 너는 그것을 어느 날 폭파하게 되거나, 그날이 아니라면 또 다른 날에 폭파할 것이다. 혹은 이 다리가 아니라면 다른 다리를 폭파할 것이다. 무엇을 할지 결정하는 것은 네가 아니다. 너는 명령을 따른다. 명령을 따르고, 명령을 넘어서서 생각하려 하지 마라.

이 작전에 대한 명령은 아주 명확하다. 너무나 분명하다. 하지만 너는 걱정해서도 안 되고 두려워해서도 안 된다. 두려움이라는 사치를 너 자신에게 허용하면 그 두려움이 너와 함께 일해야 할 사람들에게 전염이 되기 때문이다.

그러나 그 목을 벤 일은 어쨌든 정말 엄청난 일이다, 그는 자신에게 말했다. 그리고 그 귀머거리 영감이 산꼭대기에서 혼자 그들과 맞섰다는 것도 엄청난 일이고. 너라면, 적들과 그렇게 맞섰다면 어땠을 것 같은가? 감동적이지 않은가? 그래, 너는 감동했다, 조던. 너는 오늘 두 번 이상 엄청난 감동을 받았다. 그러나 넌 괜찮게 행동했다. 지금까지는 잘해왔다.

너는 몬태나 대학 스페인어 강사 일도 아주 잘했었지, 그는 자신에게 농담을 던졌다. 그 일도 제법 잘해. 그렇다고 네가 꽤 대단한 뭐인 양 생각하려 들지는 마. 이 일에 있어서는 그리 대단한 전과를 올리지 못했으니. 두란을 기억해봐. 그는 군사 훈련도 받은 적이 없고 혁명이 일어나기 전까지는 작곡가에 한량일 뿐이었는데, 지금은 여단을 이끄는 엄청나게 훌륭한 장군이 되어 있잖아. 어린이 체스 천재한테 체스가 그렇듯이 그것은 두란에게는 배우고 이해하기에 아주 간단하고 쉬웠던 거야. 너는 어릴 적에 할아버지가 미국 남북전쟁에 대해서 이야기해준 이후로 전쟁의 기술에 대해 읽고 공부했지. 할아버지는 그 전쟁을 항상 반란*이라고 불렀지만. 하지만 너와 두란을 비교하는 건, 잘하기는 하지만 평범한 체스 선수가 어린 천재 소년과 맞붙는 격이야. 두란 녀석. 두란을 다시 만나면 좋을 텐데. 이번 임무가 끝나고 나면 게일로드에서 만나게 되겠지. 그래. 이 임무가 끝난 후에. 내가 얼마나 잘 행동했는지 보겠나, 친구?

나는 그를 게일로드에서 만날 것이다, 그는 다시 자신에게 말했다. 이 임무가 끝난 후에. 너 자신을 속이지 마라, 그는 말했다. 너는 완벽하게 잘한다. 좋아. 냉철하게. 자신을 속이지 말고. 너는 더 이상 두란을 만나지 못할 것이고 그건 전혀 중요하지 않다. 그런 식으로 굴지도 마라, 그는 자신에게 말했다. 그런 사치에 빠지지도 마라.

영웅적인 체념도 안 된다. 이 산골짜기에서는 영웅적 체념에 가득 찬 시민은 필요 없다. 네 할아버지는 미국 남북전쟁에서 4년 동안 싸웠는데, 너는 이 전쟁에서 이제 겨우 1년을 보내고 있다. 아직 갈 길이 멀지만 너는 그 일에 아주 잘 맞다. 그리고 이제 마리아까지 있다. 아, 넌 모든 걸 가졌구나. 걱정할 필요 없다. 게릴라단과 기병 대대 사이에 약간의 충돌이 있다고 그게 무슨 대수겠는가? 그건 아무것도 아니다. 놈들이 머리를 베어 간들 어떠랴? 그래서 달라지는 게 뭐 있나? 아무것도 없다.

할아버지는 남북전쟁이 끝난 후 커니 요새에 있을 때 인디언들도 항상 사람의 머리 가죽을 벗겨 갔다고 말했지. 아버지의 사무실에 있던 장식장 말이야, 거기 선반에 화살촉이 쫙 펼쳐져 있었는데. 그리고 벽에 걸려 있던 독수리 깃털을 살짝 기울여 꽂아놓은 인디언 모자, 가죽 탄내가 나던 각반과 셔츠, 구슬 달린 인디언 가죽 신발의 촉감, 기억나나? 장식장 속 모퉁

---

*남북전쟁 당시 북군은 남부 연방을 반란자들이라고 불렀다. 로버트 조던의 할아버지 역시 북군 출신이기 때문에 이렇게 부른 것이다.

이에 기대어져 있던 물소 뿔로 만든 커다란 활과 사냥용 화살통과 전투용 화살통도? 그리고 손으로 화살통을 만졌을 때 그 화살 뭉치가 어떤 느낌이었는지도?

그런 것을 기억해보자. 구체적이고 실제적인 것들을 기억해보자. 가장자리가 울퉁불퉁한 칼집에 들어 있던 반짝반짝하고 기름칠이 잘된 할아버지의 군도도 기억해보자. 할아버지는 칼날을 칼갈이에게 여러 번 맡겨서 얼마나 얇아졌는지 보여주었었지. 할아버지의 스미스 앤드 웨슨 권총을 기억해봐. 단발식의 장교 전용 32구경 모델이었고, 방아쇠울이 없었어. 그 총엔 지금껏 당겨본 방아쇠들 중 가장 부드럽고 기분 좋은 방아쇠가 달려 있었고, 항상 기름칠이 잘되어 있었지. 겉칠은 모두 마모되어 벗겨져 있었고, 갈색 총열과 회전식 탄창은 총집 가죽과의 마찰로 인해 만질만질하게 닳아 있었지만, 총구 속만큼은 깨끗했어. 그 권총은 덮개에 'U. S.'라고 적힌 총집에 넣어져서, 청소 도구 및 총알 200발과 함께 장식장 서랍 속에 보관되어 있었어. 그것들을 담은 종이 상자는 포장이 되어서 밀랍을 칠한 삼끈으로 단정하게 묶여 있었고.

넌 그 권총을 서랍에서 꺼내 쥐어볼 수 있었지. "마음껏 다뤄보렴." 할아버지는 그렇게 표현했어. 하지만 그건 '위험한 무기'였기 때문에 그걸로 장난을 칠 수는 없었지.

한번은 할아버지에게 그 권총으로 사람을 죽여본 적이 있는지 물었더니 할아버지가 대답했지. "그렇단다."

그래서 넌 물었지. "언제요, 할아버지?" 할아버지는 대답했어. "반란 때하고 그 후에도."

넌 말했지. "그 얘기 좀 해주세요, 할아버지?"

그러자 그는 말했어. "그 얘기는 하고 싶지 않구나, 로버트."

나중에 네 아버지가 그 권총으로 자살하고, 네가 학교에서 집으로 돌아와서 가족들이 장례식을 치른 후, 검시관은 권총을 검시한 다음 돌려주면서 말했어. "밥, 네가 이 총을 가지고 있길 원할 것 같아서 말이다. 압류하는 게 원칙이지만, 네 아버지가 이 총을 워낙 소중하게 여겼다는 걸 알고 있거든. 네 할아버지가 전쟁 중엔 물론이고 이 지방에 처음 기병대와 함께 왔을 때도 이 총을 몸에 지니고 다녔으니까. 그리고 아직도 엄청 좋은 총이지. 내가 오늘 오후에 가지고 나가서 쏴봤거든. 탄알을 많이 쏘지는 못해도 명중은 잘되던걸."

그는 그 총을 원래 있던 장식장 서랍에 도로 갖다 놓았다. 하지만 다음 날 그것을 꺼내 처브와 함께 말을 타고 레드 로지 위쪽에 있는 고지대 꼭대기로 올라갔다. 그들은 이제 고갯길과 베어 투스 고원을 가로질러 쿠크 시로 이어지는 도로가 나 있는 곳까지 올라갔다. 바람이 약하고 한여름에도 정상에는 눈이 있는 그곳에서, 그들은 깊이가 800피트라고 하는 짙푸른 호숫가에 말을 멈췄다. 처브가 말들을 지키고 있는 사이 그는 바위 위로 올라가서 몸을 숙이고 잔잔한 호수에 비친 자기 얼굴을, 총을 들고 있는 자신의 얼굴을 보았다. 그리고 쥐고 있던 총구를 물 위로 던진 다음 총이 거품을 내며 물속으로 가라앉는 것을 지켜보았다. 권총은 맑은 물속에서 시계에 달린 장식품만 한 크기가 되더니 이내 시야에서 사라졌다. 그러고 나서 그는 바위에서 내려와 몸을 빙그르 돌려 안장에 앉은 다음, 그의 애마 베스에게 박차를 한 번 가했다. 말은 오래된 흔들 목마처럼 펄쩍 뛰어올랐고, 그는 그 상태로 호숫가를 따라 말을 거칠게 몰았다. 말이 안정을 되찾자마자 그들은 산길을 따라 돌아갔다.

"그 오래된 총을 네가 왜 그렇게 했는지 난 알아, 밥." 처브가 말했다.

"음, 그럼 그 얘기는 안 해도 되겠네." 그는 말했다.

그들은 그에 대한 이야기를 하지 않았고, 그것이 군도를 제외한 할아버지의 휴대용 무기의 최후였다. 그는 여전히 미줄라에 다른 소지품들과 함께 할아버지의 군도를 여행 가방 속에 넣어두었다.

할아버지라면 지금의 이 상황을 어떻게 생각할지 궁금하군, 그는 생각했다. 할아버지는 엄청나게 훌륭한 군인이었다고 모두들 말했다. 사람들은 그분이 그날 커스터 장군*과 함께 있었더라면 장군이 그 꼴이 되게 내버려두지는 않았을 거라고 말했다. 아침 안개가 짙게 깔려 있지 않고서야 어떻게 커스터 장군이 그 아래 리틀 빅혼 주변 시냇가에 있던 수많은 인디언 오두막에서 나는 연기와 먼지를 보지 못했겠는가? 하지만 안개는 전혀 끼어 있지 않았다.

나 대신 할아버지가 여기에 있었다면 얼마나 좋았을까. 음, 어쩌면 내일 밤이면 우리가 다 모일지도 모르겠군. 헛소리 같은 내세라는 것이 존재한다면 말이야. 하지만 나는 그런 건 없다고 믿어, 그는 생각했다. 어쨌든 할아버지와 이야기를 좀 나눴으면 좋겠구나. 궁금한 것이 정말 많은데. 이제 나도 할아버지와 같은 일을 해야 하는 상황이니까 물어볼 자격이 되잖아. 할아버지도 이제는 내가 묻는 것을 꺼리지 않을 거야. 예전에

*조지 암스트롱 커스터(1839~1876). 남북전쟁 당시 북군 장교로 공을 세웠고, 전후 인디언 학살 작전에 동원되었다. 1876년 리틀 빅혼 전투에서 적의 수를 제대로 파악하지 못한 채 무리한 돌격을 감행하다가 인디언들에게 전멸당했다. 이 전투는 미국 역사상 대표적인 졸전으로 비판받아 왔다.

나는 물어볼 자격이 없었지. 그분은 날 잘 몰랐으니 대답을 안 해준 것도 이해하고. 하지만 지금 나는 우리가 잘 지낼 거라고 생각해. 지금 할아버지와 이야기를 나누고 할아버지의 조언을 들을 수 있었으면 좋겠군. 제기랄, 조언은 못 받더라도 이야기 만이라도 나눴으면. 우리 두 사람 사이에 엄청난 시간이 가로 놓인 게 참 아쉽구나.

그런 내생에서의 만남이라는 것이 있을 수 있다면, 하고 생각하다가 그는 그의 아버지의 존재 때문에 그와 할아버지 모두 몹시 겸연쩍어질 것임을 깨달았다. 누구라도 그럴 자격은 있겠지만, 그는 생각했다. 하지만 그건 잘한 일이 아니다. 난 아버지가 한 짓을 이해는 하지만 찬성할 수는 없다. 그런 걸 라슈* 라고 하지. 하지만 너 정말 아버지가 한 일을 이해하니? 물론, 나는 이해해, 하지만. 그래, 하지만 그런 일은 자기 자신에게만 푹 빠져 있어야 할 수 있는 일이지.

이런 제기랄, 할아버지가 여기 있으면 얼마나 좋을까, 그는 생각했다. 단지 한 시간만이라도. 아마도 그분은 권총을 잘못 사용한 그 다른 한 사람을 통해 이 정도라도 내게 재능을 물려주었을 것이다. 아마도 그것이 우리 사이의 유일한 의사소통인지도 모른다. 하지만, 제기랄. 정말이지 제기랄, 시간차가 그렇게 길지 않아서 우리 사이에 있는 그 다른 사람이 내게 결코 가르쳐준 적 없는 것을 할아버지한테서 배울 수 있었다면 얼마나 좋았을까. 하지만 할아버지가 4년간의 남북전쟁과 인디언 토벌 기간 동안 겪어야 했고, 이겨냈고, 결국은 없애버렸던 두려움, 하긴 대체로 그리 두려움이 많았을 것 같지는 않지만, 그 두려

---

*'비겁자.' '비겁한'이라는 뜻의 프랑스어.

움이 아들을 대부분의 2세 투우사들처럼 코바르데, 즉 겁쟁이로 만들었다고 가정해보자. 그렇게 가정한다면? 그래서 좋은 정액, 그러니까 어떤 정수가 할아버지로부터 중간에 한 세대를 지나쳐서 다시 내게로 곧바로 흘러왔던 것일까?

나는 아버지가 코바르데라는 사실을 처음으로 알았을 때 얼마나 역겨웠는지 결코 잊지 못할 것이다. 자자, 그냥 영어로 말해라. 겁쟁이. 그렇게 말하니 훨씬 쉽구나. 개새끼를 다른 나라 말로 지칭하는 건 아무 의미 없지 않은가. 물론 아버지는 개새끼는 아니었지만. 아버지는 그저 겁쟁이였을 뿐이었지만, 그것은 가장 큰 불운이었다. 왜냐하면 그가 겁쟁이가 아니었더라면 그 여자에게 맞섰을 것이고, 그녀에게 괴롭힘을 당하지 않았을 것이기 때문이다. 그가 다른 여자와 결혼했다면 내가 어떤 인간이 되었을지 궁금하다. 그건 절대 알 수 없는 일이지, 그는 이렇게 생각하고 씩 웃었다. 아마도 어머니의 대장 기질이 배우자에게 없는 것을 채우는 데 도움이 되었을지도 모른다. 그런데 너. 좀 서두르지 마라. 좋은 정액이니 그런 얘길랑은 내일이 지날 때까지는 하지 마라. 너무 일찍 그렇게 건방지게 굴지 말자. 그리고 그 후에도 절대 건방지게 굴지 말자. 내일이면 네가 어떤 종류의 정액을 품고 있는지, 할아버지 쪽인지 아버지 쪽인지 알게 될 것이다.

하지만 그는 또다시 할아버지에 대해 생각하기 시작했다.

"조지 커스터는 똑똑한 기병대장은 아니었다, 로버트." 할아버지가 말했었다. "그냥 보통 사람으로서도 똑똑한 편은 아니었지."

할아버지가 그 말을 했을 때, 그는 레드 로지의 당구장에 걸려 있던 앤호이저 부시의 석판화*에 나오는, 수족 인디언들이

536

그를 포위하고 육박해 오는 동안 사슴 가죽 셔츠 차림에 노란 곱슬머리를 펄럭이며 군용 권총을 손에 들고 언덕에 서 있는 커스터 장군에 대해 누구든 나쁘게 말하면 화가 났던 기억이 났다.

"그는 스스로 곤경 속에 빠지는 데도, 그리고 그 곤경에서 빠져나오는 데도 대단한 수완이 있었지." 할아버지는 계속했다. "그런데 리틀 빅혼에서는 곤란 속으로 들어갔다가 빠져나오지를 못했어.

그리고 필 셰리던은 똑똑한 사람이었고 제브 스튜어트도 그랬지. 하지만 존 모스비야말로 역사상 가장 뛰어난 기병대장이었어."

그가 미줄라의 여행 가방에 넣어둔 물건들 중에는 필 셰리던 장군이 말 백정 킬패트릭**에게 보낸 편지도 하나 있었는데, 그 편지에는 그의 할아버지가 특별 임무 기병대장으로서는 존 모스비보다 더 훌륭하다는 평이 쓰여 있었다.

골스에게 우리 할아버지 얘기를 할걸 그랬군, 그는 생각했다. 골스가 할아버지에 대해 들어봤을 리는 없겠지만. 아마 존 모스비도 들어본 적이 없을 거야. 하지만 영국인들은 미국 남북전쟁을 유럽 대륙 사람들보다 훨씬 더 많이 연구했으니 모두들 그 두 사람에 대해 들어봤겠지. 카르코프는 나에게 원한다면 이 전쟁이 끝난 후 모스크바에 있는 레닌 전문학교에 입학하라고 권했어. 그는 내가 원한다면 붉은 군대의 사관학교에도

*버드와이저로 유명한 미국 맥주회사 앤호이저 부시의 19세기 말에서 20세기 초 광고 포스터들 중 하나인 〈커스터의 마지막 전투〉라는 석판화를 지칭한다.
**휴 저드슨 킬패트릭(1836~1881). 남북전쟁 당시 북군 기병대 사단장. 부하들의 인명을 무자비하게 경시한 데서 '말 백정'이라는 별명이 붙었다.

들어갈 수 있다고 말했어. 할아버지라면 어떻게 생각할까? 평생 민주당원과는 한자리에 앉기도 싫어했던 할아버지라면.

글쎄, 나는 군인이 되고 싶지는 않다, 그는 생각했다. 나도 안다. 그러니 그건 끝내자. 나는 그저 우리가 이 전쟁에서 승리하기를 바랄 뿐이다. 정말 좋은 군인은 전쟁 말고는 잘하는 일이 거의 없는 것 같아, 그는 생각했다. 그것은 분명 진실이 아니다. 나폴레옹과 웰링턴*을 보라. 넌 오늘 밤 아주 멍청하게 구는구나, 그는 생각했다.

보통 그의 마음은 아주 좋은 동반자였고, 오늘 밤 할아버지에 대해 생각할 때만 해도 그랬다. 그런데 그다음 아버지 생각을 하다가 좋던 분위기가 그만 깨져버렸다. 그는 아버지를 이해했고 그의 모든 것을 용서하고 불쌍하게 여겼지만, 아버지가 수치스러운 건 어쩔 수 없었다.

아예 아무 생각도 하지 않는 게 좋겠다, 그는 자신에게 말했다. 곧 너는 마리아와 함께할 것이고, 그러면 생각 따위는 할 필요가 없을 것이다. 모든 것이 다 준비되었으니 그것이 가장 좋은 방법이다. 무언가에 너무나 열심히 집중하는 동안에는, 넌 멈출 수가 없고 머리도 브레이크가 고장 난 바퀴처럼 계속 쏜살같이 달리게 된다. 그냥 생각을 하지 않는 게 상책이다.

하지만 혹시나 만약에, 그는 생각했다. 가령 아군 폭격기가 폭탄을 투하해서 적의 대전차포를 깨부수고 진지들을 날려버리고, 그 낡은 아군 탱크들이 언덕을 올라가는 장면을 상상해보자. 골스가 제14여단을 이루는 주정뱅이, 부랑자, 망나니, 광신도와 자칭 영웅 패거리들을 군화로 차서 자기 앞에 행군하도

*아서 웰링턴(1769~1852). 나폴레옹군을 이베리아반도에서 몰아낸 영국의 군인이자 정치가.

록 만들어 공격을 성공시킨다고 가정해보자. 너도 알다시피, 골스 소속의 나머지 여단에는 훌륭한 두란의 부하들이 있지 않은가. 그러면 우리는 내일 밤이면 세고비아에 도착할 것이다.

그렇다. 혹시나 만약에, 그는 생각했다. 내가 라그랑하에 간다고 가정해보자, 그는 자신에게 말했다. 하지만 너는 저 다리를 폭파해야만 한다. 그는 갑자기 현실을 깨달았다. 공격이 취소될 일은 없을 것이다. 이 작전을 명령한 사람들도 좀 전에 네가 1분 동안 상상했던 그런 허황된 장밋빛 성공의 가능성을 기대하고 있기 때문이다. 그렇다, 너는 다리를 폭파해야 할 것이다. 그는 진정으로 깨달았다. 안드레스에게 무슨 일이 일어나든 그것은 중요하지 않았다.

혼자 어둠 속에서 산길을 내려오던 그는 해야 할 것들이 모두 앞으로 네 시간 안에 끝날 것이라고 생각하니 기분이 좋아졌고, 다시 구체적인 현실로 돌아오면서 자신감도 되찾았다. 그러자 다리를 폭파해야 한다는 사실을 깨달은 것도 편안하게 받아들일 수 있었다.

약속 날짜를 헷갈리는 바람에 손님들이 파티에 올지 안 올지를 알 수 없게 되었을 때처럼, 골스에게 보내는 보고서를 안드레스의 손에 들려 보낸 후로 그가 계속 떨쳐버리지 못했던 불확실성, 즉 불확실하다는 느낌이 갈수록 커지던 상황은 이제 모두 사라졌다. 그는 이제 축제가 취소되지 않을 것임을 확신했다. 확실한 게 훨씬 좋다, 그는 생각했다. 언제나 확실한 게 훨씬 좋다.

31장

이제 그들은 다시 침낭 속에 함께 있었다. 마지막 밤, 늦은 시간이었다. 마리아는 그의 몸에 꼭 붙어 누워 있었고, 그는 그녀의 길고 부드러운 허벅지가 자신의 허벅지에 닿는 것을 느꼈다. 그녀의 가슴은 우물이 있는 긴 평지에 솟아오른 두 개의 작은 봉우리 같았다. 그 봉우리들 너머 먼 산골에는 계곡 같은 그녀의 목이 있었고, 그곳에 그의 입술이 있었다. 그는 아주 조용히 누워 있었고 아무 생각도 하지 않았다. 그녀는 손으로 그의 머리를 쓰다듬었다.

"로베르토." 마리아는 부드럽게 말하며 그에게 키스했다. "창피해요. 당신을 실망시키고 싶지 않았는데 너무 따갑고 아파서요. 난 아무래도 당신한테 아무 쓸모가 없나 봐요."

"원래 따갑고 아픈 거야." 그는 말했다. "아니야, 토끼 아가씨. 아무것도 아니야. 아픈 건 하지 않아도 돼."

"그런 게 아니에요. 제가 바라는 만큼 당신을 잘 받아들이지 못해서요."

"그건 전혀 상관없어. 그냥 지나가는 과정일 뿐이야. 우린 이렇게 누워서 함께 있잖아."

"네, 하지만 부끄러워요. 그때 당한 일 때문에 이렇게 된 것 같아요. 당신과 내 탓이 아니고요."

"그 얘기는 하지 말자."

"나도 하기 싫어요. 그러니까 나는 지금 이 밤에 당신을 실망시킨 게 견딜 수가 없어서, 그래서 변명거리를 찾느라 그랬어요."

"들어봐, 토끼 양." 그가 말했다. "그런 일은 모두 지나가게 되어 있고, 그러고 나면 아무 문제 없어." 하지만 그는 생각했다. 마지막 밤인데 운이 좋진 않군.

그러자 그도 부끄러워져서 말했다. "이리 가까이 와, 토끼. 이렇게 어둠 속에서 몸을 맞대고만 있어도 사랑을 나눌 때처럼 당신을 사랑하는 마음이 솟는단 말이야."

"엘 소르도네서 내려오던 길에 고지대에서 그랬던 것처럼 오늘 밤에도 그럴 줄 알았는데, 이렇게 되니 너무 창피해요."

"케 바." 그는 그녀에게 말했다. "매일 그런 건 아니야. 난 이번에도 지난번만큼 좋았어." 그는 실망감을 떨쳐버리고 거짓말을 했다. "여기서 같이 조용히 있다가 잠들면 돼. 같이 얘기하자. 이야기를 통해 당신을 많이 알지는 못했으니까."

"내일 일이랑 당신 일 얘기를 할까요? 당신 일에 대해 잘 아는 똑똑한 여자가 되고 싶어요."

"아니." 그는 말했고, 긴 침낭 속에 몸을 쭉 펴고는 이제 그녀의 어깨에 뺨을 대고 왼팔로 그녀에게 팔베개를 해주고 조용히 누워 있었다. "진짜 똑똑한 건 내일에 대해서나 오늘 이미 일어난 일에 대해서 말하지 않는 거야. 오늘의 패배를 논하지 말고, 내일 해야 할 일은 그냥 내일 하면 되는 거지. 당신 무섭지 않아?"

"케 바." 그녀가 말했다. "전 항상 두려워요. 하지만 지금은 당신이 걱정되지 내 생각은 안 해요."

"걱정하지 마, 토끼. 난 작전을 많이 해봤어. 이번 것보다 더 힘든 경우도 있었고." 그는 거짓말을 했다.

그러고는 문득 비현실적으로 사치스러운 어떤 생각에 빠져들어 그가 말했다. "마드리드에 대해서, 우리가 마드리드에 갈 일에 대해서 얘기하지."

"좋아요." 그녀는 말했다. 그러고는 덧붙였다. "오, 로베르토, 당신을 실망시켜 미안해요. 기쁘게 해줄 다른 게 없을까요?"

그는 그녀의 머리를 쓰다듬고 그녀에게 키스한 다음, 그녀의 곁에 편안히 누워 고요한 밤의 소리를 들었다.

"나랑 마드리드 얘기나 하자." 그는 이렇게 말하고는 생각에 잠겼다. 넘치는 정액은 내일을 위해 남겨두겠어. 내일이면 내 몸 속에 있는 모든 것이 필요할 테니까. 오늘 침상 밑의 솔잎에 흘려보내는 것보다는 내일이 더 필요하니까. 성경에서 땅에다 자신의 정액을 뿌린 게 누구였지? 오난*이다. 오난이 어떻게 됐더라? 그는 생각했다. 오난에 대해선 더 이상 들은 기억이 없군, 그는 어둠 속에서 미소를 지었다.

그다음 그는 다시 비현실의 세계에 몸을 맡기고 미끄러지듯 빠져들었다. 그것은 마치 이성적인 이해는 없고 오직 수용의 쾌락만이 있는, 한밤의 관능적 쾌락과도 같았다.

---

*〈창세기〉에 나오는 인물. 형이 죽은 후 아버지의 명령으로 형수 다말과 성교하나, 수태된다고 해도 자기 자식이 아닌 형의 자식이 될 것을 알고 성교를 중지하고 땅에 사정해 신의 분노를 사 죽은 인물이다.

"내 사랑." 그는 그녀에 키스했다. "들어봐. 어젯밤에 난 마드리드에 대해 생각했는데, 그곳에 가면 당신을 호텔 방에 남겨두고 나는 러시아인들이 모이는 호텔로 사람들을 만나러 갈까 생각했었어. 하지만 그건 잘못된 생각이야. 어느 호텔에든 당신을 혼자 남겨두지 않겠어."

"왜요?"

"내가 당신을 돌봐줄 거니까. 당신을 절대 떠나지 않을 거니까. 서류를 받으러 보안국에 갈 때도 당신과 함께 갈 거야. 그 다음엔 당신이랑 같이 필요한 옷을 살 거고."

"난 별로 필요한 거 없어요. 있어도 나 혼자서 살 수 있어요."

"아니야. 살 건 많아. 우린 같이 가서 좋은 옷을 살 거야. 당신이 그 옷들을 입으면 아름답겠지."

"전 그냥 둘이서 호텔 방에 있고 옷은 다른 사람을 시켜 사오라고 했으면 좋겠어요. 그 호텔은 어디에 있는데요?"

"카야오 광장에. 물론 우린 호텔 방에서도 오래 있어야지. 깨끗한 시트가 깔린 넓은 침대가 있고 욕조에는 뜨거운 물이 흐를 거야. 옷장이 두 개 있으니까 하나에는 내 물건들을 넣고, 당신은 다른 하나를 쓰면 되지. 그리고 높고 넓은 창문을 열어젖히면 길가에는 분수가 있고. 무허가지만 음식 맛은 좋은 식당들을 내가 알고 있어. 포도주와 위스키를 파는 가게들도 알아. 그리고 배고플 때 먹게 음식을 호텔 방에 두자. 그리고 술을 마시고 싶을 때를 위해서 위스키도 사다 놓고. 당신도 마시게 만자니야로 사줄게."

"전 위스키를 마시고 싶은걸요."

"위스키는 구하기가 어려워서. 당신이 만자니야를 좋아한다면 말이야."

"당신 위스키를 잘 두세요, 로베르토." 그녀가 말했다. "아, 정말 정말 사랑해요. 당신도 사랑하고, 저는 마실 수 없는 당신의 위스키도 사랑해요. 욕심쟁이 같으니."

"아니야, 당신도 마셔도 돼. 하지만 위스키는 여자한테 안 좋거든."

"하지만 전 여자한테 좋은 것만 마셔왔잖아요." 마리아가 말했다. "그리고 거기 침대에서도 제 결혼 셔츠를 입을까요?"

"아니. 당신이 원한다면 내가 여러 가지 나이트가운이랑 파자마도 사줄게."

"전 결혼 셔츠를 일곱 벌 살래요." 그녀가 말했다. "요일별로 입게요. 깨끗한 당신 셔츠도 살 거예요. 셔츠 세탁해본 적 있어요?"

"가끔 하지."

"제가 전부 깨끗하게 빨게요. 소르도 영감님네서 마신 것처럼 위스키와 물을 섞어서 당신께 드릴 거예요. 올리브랑 절인 대구랑 헤이즐넛도 구해서 안주로 내놓을 거고, 한 달 동안 호텔 방에 처박혀서 밖으로 나가지 않을 거예요. 내 몸이 당신을 받아들일 수만 있다면요." 그녀는 갑자기 슬픈 어조로 말했다.

"그런 건 아무것도 아니라니까." 로버트 조던이 그녀에게 말했다. "정말 아무것도 아니야. 당신이 거기를 한 번 다쳐서 지금 그 상처 때문에 더 아픈 걸 거야. 그럴 수 있어. 그런 건 곧 사라져. 그리고 혹시 진짜로 문제가 있다고 해도 마드리드에는 좋은 의사들이 많은걸."

"하지만 전에는 아무 이상도 없었는데." 그녀는 애원하듯 말했다.

"그럼 다시 다 좋아지겠네."

"그럼 우리 다시 마드리드 얘기나 해요." 그녀는 그의 다리를 자신의 다리에 감고는 그의 어깨에 정수리를 비볐다. "그런데 그곳에 가면 이 까까머리 때문에 너무 못나 보여서 당신이 날 창피해하면 어쩌죠?"

"아니야. 당신은 사랑스러워. 얼굴도 귀엽고 몸매도 늘씬하고, 피부도 부드럽고. 그을린 금빛이지. 다들 당신을 내게서 빼앗아 가려고 난리일 거야."

"케 바, 날 당신한테서 빼앗아 가다니요." 그녀가 말했다. "내가 죽을 때까지 다른 남자는 나한테 손도 못 댈 거예요. 날 당신한테서 빼앗아 가다니! 케 바."

"그래도 여러 놈들이 달려들걸. 두고 봐."

"내가 당신을 사랑하는 걸 보면 그들도 알 테죠. 날 건드리는 것보다 납물이 녹아 있는 큰 솥에 손을 넣는 게 차라리 안전하다는 걸 말이에요. 그런데 당신? 당신네 나라의 아름다운 여자들을 볼 때는요? 당신은 나를 창피해할 건가요?"

"절대 그럴 리 없어. 그리고 난 당신이랑 결혼할 거야."

"당신이 원하신다면요." 그녀가 말했다. "하지만 이제 교회도 없으니, 그런 게 뭐 중요할까 싶네요."

"난 우리가 결혼했으면 좋겠어."

"당신이 원한다면요. 하지만 들어보세요. 아직까지 교회가 있는 다른 나라가 있다면, 아마 그곳 교회에 가서 결혼할 수 있겠죠."

"우리 나라에는 아직 교회가 있어." 그가 그녀에게 말했다. "거기에서 결혼하면 돼. 당신한테 그게 중요하다면 말이야. 난 결혼한 적 없어. 문제없다고."

"당신이 결혼한 적이 없다니 정말 기뻐요." 그녀가 말했다. "하지만 당신이 나한테 말해준 것들을 당신이 알고 있는 것도 좋아요. 왜냐하면 그런 걸 안다는 건 당신이 여자를 많이 만나 봤다는 뜻이고, 필라르 아줌마가 그러는데 그런 남자여야 좋은 남편이 될 수 있대요. 하지만 이제는 다른 여자들하고 안 만날 거죠? 그럼 전 죽어버릴 것 같아요."

"난 여러 여자들하고 놀아난 적 없어." 그는 진심으로 말했다. "당신을 만날 때까지 난 내가 누군가 한 사람을 깊이 사랑할 수 있을 거라고는 생각도 못 했어."

그녀는 그의 볼을 쓰다듬고는 두 손으로 그의 머리 뒤에 깍지를 끼었다. "당신은 정말 여자가 많았군요."

"사랑한 건 아니었어."

"있잖아요. 필라르 아줌마가 그러는데……."

"말해봐."

"아니에요. 말 안 하는 게 좋겠어요. 우리 다시 마드리드 얘기나 해요."

"무슨 말을 하려고 한 건데?"

"말하기 싫어요."

"중요할지도 모르는 거면 말하는 편이 나을걸."

"그게 중요하다고 생각해요?"

"응."

"하지만 그게 뭔지도 모르면서 중요한지 어떻게 알아요?"

"당신 태도를 보면 알지."

"그럼 숨기지 않을게요. 필라르 아줌마 말이 우린 전부 내일 죽을 거고 당신도 그걸 알고 있는데, 신경을 안 쓰는 것뿐이래요. 아줌마는 당신을 욕한 게 아니라 존경스러워서 그렇게 말한 거예요."

"필라르가 그렇게 말했어?" 그가 말했다. 미친 여편네 같으니, 그는 생각했다. "그건 집시들의 헛소리에 불과해. 저잣거리할망구나 카페에서 죽치고 있는 겁쟁이들이나 그런 식으로 말한다고. 쓰레기 같은 소리야." 그는 겨드랑이에서 땀이 나는 것을 느끼고는 자신에게 말했다. 그래 너 겁먹었지, 응? 그러고는 큰 소리로 말했다. "그 여편네는 입에 똥이 가득 든 미신에빠진 암캐야. 우리 마드리드 얘기나 다시 하자고."

"그럼 당신은 모른단 말이에요?"

"물론 몰라. 그런 지랄 염병 같은 얘긴 그만하지." 그는 더심하고 거친 표현을 써가며 말했다.

하지만 다시 마드리드 얘기를 해도 아까처럼 공상에 빠져들수가 없었다. 지금 그는 전투가 있기 전날 밤을 연인과 자기 자신에게 거짓말을 하며 보내고 있었고, 그 자신도 그것을 알고있었다. 그는 그렇게 하는 것이 좋았지만, 그 모든 사치스러운수용의 쾌감은 사라져버렸다. 그럼에도 그는 다시 이야기를 시작했다.

"당신의 머리카락에 대해 생각해봤어." 그는 말했다. "우리가 당신 머리카락으로 뭘 할 수 있을지 말이야. 봐, 지금은 머리카락이 딱 동물 털만큼 자라서 만지면 너무나 사랑스럽고 정말 좋아. 아름다워. 그 위에 손을 대면 밀밭이 바람에 기울었다가 일어나면서 넘실대는 것 같아."

"손을 대보세요."

그는 손을 올려놓았고, 계속 이야기하면서 손을 그녀의 목으로 가져갔다. 그는 목구멍이 부어오르는 것 같았다. "하지만 마드리드에 가면 미용실에 가자. 머리가 다 자랄 때까지 도시에서도 보기 좋게 옆쪽과 뒤쪽을 나처럼 단정하게 자르는 거야."

"저도 당신처럼 자르고 싶어요." 그녀는 말을 하고 그를 꼭 껴안았다. "그러고 나서는 머리모양을 바꾸지 않고 계속 그렇게 있을 거예요."

"아니야. 머리는 계속 자랄 거고, 길게 자라는 동안 우선 단정하게 보이도록 그렇게 자르는 것뿐이야. 길게 자라려면 얼마나 오래 걸릴까?"

"정말 길게 기르는 거요?"

"아니. 당신 어깨까지 오는 정도 말이야. 그 정도 길이였으면 좋겠거든."

"영화에 나오는 가르보처럼요?"

"그래." 그는 목이 메는 듯한 소리로 말했다.

어느새 다시 비현실의 세계가 찾아왔고, 그는 그것을 전부 받아들였다. 이제 그는 공상에 빠져든 채 말했다. "그러니까 당신 어깨까지 곧게 내려가다가 끝은 파도처럼 동그랗게 마는 거야. 머리 색깔은 잘 익은 밀 같은 색이겠지. 당신 얼굴은 그을린 황금빛이고. 눈은 당신의 머리카락과 얼굴색에 잘 어울리는 유일한 색, 그러니까 황금빛에 짙은 음영이 군데군데 섞인 그런 눈일 거야. 그리고 나는 손으로 당신의 머리를 감싸 쥐고 당신 눈을 들여다보고는 당신을 꼭 안겠지……."

"어디서요?"

"어디든. 어디든 우리가 있는 곳에서. 당신 머리카락이 자라려면 얼마나 걸릴까?"

"전에 한 번도 잘라본 적이 없어서 잘 모르겠어요. 하지만 여섯 달이면 귀밑까지는 찰랑거릴 것 같고 1년이면 당신이 원하는 그 정도 길이가 될 거예요. 하지만 그전에 먼저 무슨 일이 있을지 알아요?"

"말해봐."

"우린 유명한 호텔의 유명한 객실에서 크고 깨끗한 침대 위에 있을 거예요. 그리고 유명한 침대에 함께 앉아서 옷장 거울을 바라보면, 당신이 있고 거울 속에 내가 있고, 그리고 난 당신한테 고개를 돌려서 내 팔을 당신한테 이렇게 감고, 이렇게 키스할 거예요."

그렇게 그들은 한밤중에 나란히, 조용히, 열기로 뜨거워지고 굳은 채 누워 있었다. 그녀를 껴안고 있으면서, 로버트 조던은 결코 현실이 될 수 없음을 알고 있는 그 모든 것들도 함께 꼭 붙잡았다. 그리고 그 환상을 짐짓 놓지 않으며 말했다. "토끼 아가씨, 그 호텔에서 계속 살 수는 없을 거야."

"왜 안 돼요?"

"마드리드의 부엔 레티로 공원 옆길에 아파트를 얻어야지. 내가 아는 어떤 미국 여자가 혁명 전에 아파트 몇 채에 가구를 갖춰놓고 임대를 했거든. 그래서 나는 혁명 전의 임대료만 내고 그런 아파트를 구하는 방법을 잘 알아. 공원 쪽으로 나 있어서 창문을 열면 공원을 다 볼 수 있는 아파트들이 있어. 쇠 울타리, 정원, 자갈 깔린 산책로, 산책로와 이어진 초록 잔디밭, 그늘을 짙게 드리우는 큰 나무들, 분수들, 그렇게 다 말이야. 지금쯤은 밤나무에 꽃이 피어 있겠지. 마드리드에서 우린 공원을 산책하고, 호수에 물이 다시 차 있다면 거기서 노 젓는 배도 탈 수 있어."

"호수에 물이 왜 없어졌는데요?"

"적의 폭격기가 출격할 경우 눈에 띈다고 11월에 물을 뺐어.

하지만 아마 지금은 다시 물을 채웠을 거야. 잘은 모르겠지만. 물이 없으면 호수는 말고 공원을 산책하면 되고, 전 세계에서 모인 나무들로 가득 찬 숲 같은 곳도 있는데, 나무마다 이름이랑 특징이랑 원산지를 알려주는 표지판이 붙어 있지."

"전 가자마자 바로 영화관에 가고 싶어요." 마리아가 말했다. "하지만 나무들도 재미있을 것 같아요. 그 나무들에 대해서 당신한테 다 배울 거예요, 기억을 할 수 있을지는 모르지만."

"박물관하고는 달라." 로버트 조던이 말했다. "나무들은 자연적으로 자라고, 공원 안엔 언덕도 있고 정글 같은 곳도 있어. 그 아래에는 책 시장이 있는데, 길가를 따라 수백 개의 중고책 판매대가 서 있지. 혁명 이후로 폭격 맞은 집이나 파시스트들의 집에서 사람들이 책을 훔쳐다가 이 시장으로 가져온 거야. 난 마드리드에서 시간만 있으면, 혁명 전 시절에 그랬던 것처럼 매일 하루 종일을 책 가판대에서 보낼 수도 있어."

"당신이 책 시장에 가 있는 동안 난 아파트에 있을게요." 마리아가 말했다. "하인을 둘 만한 돈이 우리한테 있을까요?"

"물론 있지. 당신만 마음에 든다면 호텔에서 일하는 페트라를 데려올 수 있어. 요리도 잘하고 깔끔하거든. 그 호텔에서 기자들하고 같이 그녀가 요리한 음식을 먹어본 적이 있어. 그 친구들 방에 전기스토브가 있었거든."

"당신이 원한다면요." 마리아가 말했다. "아니면 제가 다른 사람을 구해도 되고요. 그런데 당신은 일하느라 집을 많이 비우지 않을까요? 이런 일을 하러 가는데 저도 같이 가는 건 그들이 허락하지 않을 것 같은데요."

"마드리드에서 일을 구할 수도 있을 거야. 이 일은 지금껏 오래 해왔으니까. 혁명이 시작된 때부터 죽 했거든. 이젠 마드리드에서 근무할 수 있게 해줄지도 몰라. 내가 요청해본 적은 없지만. 난 항상 전선이나 이번 같은 이런 임무를 해왔거든.

당신을 만나기 전까지는 내가 아무 요청도 해본 적이 없는 거 당신 알아? 아무것도 원하지 않았고? 혁명과 전쟁의 승리 외에는 아무 생각도 없었다는 것도? 정말 난 순수한 열망만을 추구해왔어. 난 일을 많이 해왔는데, 이제 당신을 사랑하니까." 그는 모든 비현실적인 것들에 완전히 자신을 내맡기고 말했다. "난 우리가 이루기 위해 싸우고 있는 모든 가치들을 사랑하는 만큼이나 당신을 사랑해. 난 모든 인간이 일하고 배고프지 않을 수 있는 자유와 존엄과 권리를 사랑하는 만큼 당신을 사랑해. 우리가 지켜낸 마드리드를 사랑하는 만큼, 죽어간 동지들을 사랑하는 만큼 당신을 사랑해. 정말 많이들 죽어갔지. 많이. 많이. 얼마나 많은지 당신은 상상도 못 할 거야. 하지만 나는 세상에서 내가 가장 사랑하는 것만큼, 아니 그보다 더 당신을 사랑해. 당신을 아주 많이 사랑해, 나의 토끼. 난 아내를 둔 적이 없는데, 이제 당신을 아내로 맞게 되어서 행복해."

"최선을 다해 당신에게 좋은 아내가 되겠어요." 마리아가 말했다. "아직 서툴긴 하지만 그걸 보충하도록 노력할게요. 우리가 마드리드에 살게 된다면 좋아요. 다른 곳에서 살아야 한다면 그것도 좋아요. 아무 곳에서도 살지 않고 당신이 일하는 곳마다 따라다니며 지낸다면 더 좋아요. 당신의 나라에 가게 된다면, 저는 영어를 그곳의 잉글레스처럼 잘하도록 배울 거예요. 그곳의 예절을 배워서 거기 사람들처럼 행동할 거예요."

"당신 정말 웃길 거야."

"물론이죠. 전 실수를 하겠지만 당신이 알려주면 두 번 다시는 안 할 거예요. 아니 아마 두 번만 하고 안 할 거예요. 그러고 나서 당신 나라에서 당신이 우리 나라 음식을 그리워하면 내가 요리해줄 거예요. 아내가 되는 법을 배우는 학교가 있다면 거기에 가서 공부할 거고요."

"그런 학교가 있기는 하지만 당신은 갈 필요 없어."

"필라르 아줌마가 당신네 나라에는 그런 학교가 있을 것 같다고 했거든요. 아줌마가 잡지에서 읽은 적이 있대요. 영어를 잘할 수 있게 배워야 당신이 나를 창피해하지 않을 거라고도 하셨어요."

"언제 이런 말을 했어?"

"오늘 도망갈 짐을 쌀 때요. 아주머니는 제가 당신의 좋은 아내가 되기 위해 해야 할 것들을 계속 알려주었어요."

그 여자도 마드리드에 갈 생각인 모양이군, 그는 생각했다. 그리고 말했다. "또 뭐라고 하던가?"

"제가 투우사처럼 제 몸을 돌봐야 하고 몸매를 유지해야 한댔어요. 이게 굉장히 중요하다고 하던데요."

"중요하지." 로버트 조던이 말했다. "하지만 당신은 앞으로 몇 년 동안은 그런 걱정 안 해도 돼."

"아니에요. 아주머니 말씀이 스페인 여자들은 항상 조심해야 한대요. 갑자기 확 퍼질 수 있다고요. 아주머니도 예전에는 저처럼 날씬했는데 그 시절에는 여자들이 운동을 안 했대요. 제가 어떤 운동을 해야 하는지도 알려줬고, 너무 많이 먹지 말라고도 하셨어요. 먹으면 안 되는 음식들도 가르쳐줬고요. 그런데 잊어버려서 다시 물어봐야 해요."

"감자겠지." 그가 말했다.

"맞아요." 그녀는 계속 말했다. "감자랑 튀긴 음식이었어요.

제가 거기 아픈 것 얘기도 했더니, 당신한테 말하지 말고 그냥 참으면서 당신이 모르게 하라고 하더군요. 하지만 전 당신한테 거짓말하고 싶지 않았어요. 당신이 우리가 더 이상 함께 즐거움을 나눌 수 없다고 생각할까 봐, 그래서 소르도 영감님네서 내려오다 고지에서 했던 그 일까지 없었던 일로 생각할까 봐 두려워서 말했던 거예요."

"나한테 말한 건 잘했어."

"정말이요? 부끄러워서요. 당신이 원하는 건 뭐든지 할게요. 필라르 아줌마가 남편한테 해줄 수 있는 것들을 얘기해주셨거든요."

"아무것도 안 해도 돼. 우리는 지금 우리가 같이 가진 걸 지키면 돼. 난 당신을 사랑해서 이렇게 당신 옆에 누워 있고, 당신을 만지고, 당신이 정말 여기에 있다는 걸 알아. 당신이 다시 준비가 되면, 우리는 모든 걸 누리게 될 거야."

"그래도 제가 해드릴 건 없나요? 아줌마가 설명을 해줬는데."

"없어. 우린 필요한 건 같이 가질 거야. 나한테 필요한 건 당신뿐이야."

"기분이 훨씬 좋아지네요. 하지만 제가 당신이 원하는 걸 기꺼이 할 거라는 건 항상 알고 계세요. 그리고 제가 워낙 아는 게 없어서 아줌마가 말해주신 그런 걸 분명하게 이해를 못 했으니까 당신이 저한테 꼭 말해줘야 해요. 너무 부끄러워서 아줌마한테 여쭤볼 수가 있어야 말이죠. 게다가 아줌마는 정말 엄청나게 많은 걸 알고 있더라고요."

"토끼 양." 그가 말했다. "당신은 정말 대단해."

"케 바." 그녀가 말했다. "하지만 동굴 캠프를 없애는 데다 위쪽에선 다른 전투가 일어나는 와중에 내일의 전투를 대비해 짐을 싸면서 하루 만에 아내가 되는 법을 다 배우려고 노력한 건 드문 일이니까 제가 심각한 실수를 하더라도 당신이 알려줘야 해요. 난 당신을 사랑하니까요. 제가 잘못 기억하고 있을 수도 있어요. 아줌마가 말해준 게 워낙 복잡해서요."

"또 무슨 얘길 해주었지?"

"너무 많아서 기억이 안 나요. 제가 당한 그 일이 다시 생각나기 시작했다면, 그 일을 당신에게 말해도 된다고 했는데, 당신은 좋은 남자고 이미 모두 이해하고 있기 때문이래요. 하지만 예전처럼 악몽같이 자꾸 떠올라 괴로운 경우가 아니면 당신한테 말할 필요가 없다고 하셨어요. 그런데 당신한테 말하면 그 악몽이 사라질 거라고 했어요."

"지금도 그 일 때문에 마음이 무거워?"

"아니요. 당신과 함께한 이후로 그런 일은 없던 일 같아졌어요. 부모님에 대한 슬픔은 항상 있지만요. 하지만 그건 앞으로도 항상 그럴 테지요. 하지만 당신이 나를 아내로 둔 것을 자랑스러워할 만한 걸 알려드리고 싶어요. 전 한 번도 누군가에게 굴복하지 않았다는 거예요. 전 계속 싸웠고, 놈들은 두 명이나 아니면 더 많이 달라붙어야 겨우 제게 해를 입힐 수 있었어요. 한 놈은 내 머리 위에 앉아서 절 붙잡았죠. 난 당신이 자랑스러우라고 얘기하는 거예요."

"난 당신이 자랑스러워. 그러니 그 얘긴 그만해."

"아니에요. 난 당신이 아내에게 가져야 할 자긍심을 얘기하는 거예요. 그리고 또 하나요. 우리 아버지는 마을의 시장이었고 훌륭한 분이었어요. 어머니도 훌륭한 분이었고 선한 가톨릭 신자였는데, 놈들은 아버지가 공화주의자란 이유로 두 분을 총살시켰어요. 전 두 분이 총살당하는 장면을 봤는데, 놈들이 마을 도살장 벽에 세워놓고 총을 쏠 때 아버지는 '비바 라 레푸블리카(공화국 만세)' 하고 외쳤어요.

어머니도 같이 벽에 서서 '이 마을 시장이었던 내 남편 만세'라고 말했어요. 전 놈들이 저도 쏘면 '비바 라 레푸블리카 이 비반 미스 파드레스(공화국 만세 그리고 내 부모님 만세)'를 외치고 싶었는데, 총살당하는 대신 그런 짓을 당한 거예요.

들어보세요. 우리하고도 상관 있는 일이니까 한 가지만 말할게요. 도살장에서 총살을 한 후에 놈들은 우리 일가, 그러니까 총살을 목격했지만 당하지는 않은 친척들을 도살장에서 가파른 언덕 위의 마을 중심 광장으로 끌고 갔어요. 거의 다들 울고 있었지만 좀 전에 목격한 일의 충격으로 넋이 나가 눈물마저 말라버린 사람들도 있었지요. 저도 울 수가 없었어요. 전 뭐가 어떻게 돌아가는지 정신을 차리지 못하고 아버지 어머니가 총살당하던 순간 어머니가 '이 마을 시장이었던 내 남편 만세'라고 외치던 순간만 눈에 어른거렸어요. 어머니의 이 외침이 머릿속에서 사라지지 않고 계속 반복되었지요. 어머니는 공화주의자가 아니었기 때문에 '비바 라 레푸블리카'를 외치고 싶지는 않았고 대신 어머니의 발 옆에 얼굴을 위로 젖히고 쓰러져 있는 아버지에게 만세를 외쳤던 거예요.

어머니는 목이 쉬도록 큰 소리로 외쳤어요. 그러자 놈들이 총을 쐈고, 어머니는 쓰러졌어요. 전 어머니에게 달려가려고 줄을 빠져나오려 했지만 모두 한데 묶여 있어서 그럴 수가 없었어요. 총살을 자행한 건 가르디아 시빌, 보안군들이었고, 놈들은 더 많은 사람들을 죽이려고 기다리고 있었는데, 그때 팔랑헤당* 당원들이 우리를 멀리 언덕 위로 몰고 갔어요. 보안군들은 소총에 기댄 채 담 옆에 있는 시신들을 내버려두었어요. 우리 부녀자들은 손목이 묶인 채 늘어세워져 있었죠. 놈들은 우리를 언덕으로 끌고 가서는 길을 가로질러 광장으로 들어선 다음 시청 건너편에 있던 이발소 앞에서 멈췄어요.

그때 우리를 보던 두 남자 중 하나가 말했어요. '저년이 시장 딸이다.' 그러자 다른 남자가 말했죠. '저년부터 시작하자.'

놈들은 내 손목에 묶여 있던 밧줄을 자르더니 한 놈이 나머지 놈들한테 말했어요. '줄을 다시 연결해.' 그러자 두 놈은 내 팔을 잡고 이발소로 끌고 가서 날 의자에 들어 올려 앉히고는 꼼짝 못하게 붙잡고 있었어요.

이발소 거울에 내 얼굴과 날 잡고 있는 놈들의 얼굴, 그리고 내게 몸을 구부리고 있는 다른 세 놈의 얼굴이 비쳤는데, 놈들 중 내가 아는 사람은 하나도 없었어요. 나는 거울 속에서 나 자신과 놈들을 보았지만 놈들은 나만 보고 있었어요. 꼭 미치광이 치과의사들이 수두룩한 치과의 진료 의자에 앉아 있는 기분이었어요. 얼굴이 슬픔으로 일그러져서 나조차도 알아보기 힘들 지경이었어요. 하지만 자세히 살펴보니 제 얼굴이 맞더군요. 고통이 너무 커서 두려움조차 느낄 수 없었고, 그저 슬픔밖에는 아무 느낌도 없었어요.

그때 저는 머리를 두 갈래로 땋아 늘어뜨리고 있었는데, 거울을 보니 놈들 중 한 명이 한 갈래를 들어서 잡아당겼어요. 그제야 갑자기 슬픔을 뚫고 아픈 게 느껴지더군요. 그러더니 그 놈이 면도기로 그 머리채를 내 머리통에 가깝게 바짝 잘라버렸

*1933년 호세 안토니오 프리모 데 리베라가 창당한 정치 조직. 사회주의와 민주주의를 반대하고 스페인 내전 당시 프랑코 장군에게 흡수되어 카를로스당과 함께 파시즘을 주장했다.

어요. 한쪽은 갈래머리가 달려 있고 다른 한쪽은 머리가 바싹 잘려진 제 모습이 보였어요. 그러자 다음 놈이 다른 쪽 갈래머리도 잘랐는데 이번에는 잡아당기지 않았어요. 대신 면도날에 베여 귀에 작은 상처가 났고 피가 흘러내리는 것이 보였어요. 당신 손가락으로 여기 이 흉터 만져볼래요?"

"응. 그런데 이 얘기는 안 하는 게 좋지 않을까?"

"이건 아무것도 아니에요. 정말 최악인 부분은 말 안 할게요. 그래서 놈이 갈래머리를 전부 다 면도기로 짧게 잘랐고 다른 놈들은 웃음을 터뜨렸어요. 저는 귀에 난 상처조차 느껴지지 않았어요. 그때 놈이 제 앞에 서서는 잘린 갈래머리로 제 얼굴을 때렸어요. 다른 두 놈은 날 꽉 붙잡았고요. 놈이 말했죠. '우리는 이렇게 빨갱이 수녀들을 만든다. 너희 프롤레타리아 수사 놈들과 붙어먹으면 어떻게 되는지 본때를 보여주는 거지. 빨갱이 예수의 신부년아!'

그러고는 놈은 내 것이었던 그 갈래머리로 내 얼굴을 계속해서 때려댔고, 그다음 갈래머리 두 개를 내 입에 틀어막더니 목 뒤로 서로 꽉 묶어서 재갈을 만들었어요. 절 붙잡고 있던 두 놈이 마구 웃었어요.

그 꼴을 본 놈들이 다 웃었고, 거울로 놈들을 본 저는 울음을 터뜨렸어요. 그때까지는 부모님이 총살당한 것 때문에 마음속이 너무나 얼어붙어서 울 수조차 없었거든요.

그때 내 입을 틀어막았던 놈이 이발기로 제 머리를 여기저기 밀었어요. 처음에는 이마부터 목 뒤까지, 그러고 나서 정수리를 가로질러 머리 전체와 귀 뒤 근처까지요. 놈들이 저를 붙잡고 있어서 저는 이발소 거울을 통해 놈들이 하는 짓을 모두 지켜볼 수밖에 없었어요. 그 광경을 눈으로 보면서도 믿기지가 않아서 울고만 있었어요. 벌려진 입에 갈래머리가 박힌 채 이발기 밑에서 민머리가 되어가는 공포스러운 내 모습을 보고 싶지 않아도 눈길을 돌릴 수가 없었던 거예요.

이발기를 든 놈은 머리를 다 밀어버리자 이발사의 선반에서 (놈들은 이발사도 동업자 연합에 소속되었다는 이유로 총살시켰어요. 그래서 이발사는 가게 문 앞에 널브러져 있었고, 놈들은 저를 끌고 들어오면서 그 시신 위를 지나가게 했어요) 요오드 병을 꺼내 병에 든 유리 막대를 내 귀의 상처에 갖다 댔어요. 슬픔과 공포를 뚫고 작은 통증이 느껴지더군요.

그런 다음, 놈이 내 앞에 서더니 마치 자기가 화가라도 되는 양 요오드로 내 이마에 UHP*라고 한 자 한 자 천천히 조심스럽게 썼고, 전 이 모든 과정을 거울로 봤어요. 더 이상 눈물도 안 나왔어요. 아버지와 어머니에게 일어난 일로 가슴이 얼어붙어서 지금 내게 일어나고 있는 일은 아무것도 아니라는 걸 알았으니까요.

그 팔랑헤 당원 놈은 글씨 쓰기를 끝내자 뒤로 물러나서 절 쳐다보며 자기의 작품을 감상하더군요. 그러더니 요오드 병을 내려놓고는 이발기를 들어 올리며 말했어요. '다음.' 그러자 놈들은 내 팔을 잡고 이발소에서 끌어냈는데, 현관에 그때까지 잿빛 얼굴을 드러내놓고 쓰러져 있는 이발사의 시신에 걸려 넘어지는 바람에, 다른 두 놈이 데리고 들어오던 내 제일 친한 친구 콘셉시온 가르시아와 부딪힐 뻔했어요. 친구는 처음에는 나를 알아보지 못하다가 이내 알아보고는 비명을 질렀죠. 놈들이 광장을 가로질러 절 시청까지 끌고 간 다음 계단을 올라 내 아

*스페인 좌파들의 구호 중 하나였던 프롤레타리아 형제 연합(Unión de Hermanos Proletario)의 약자. 우파인 팔랑헤 당원 병사가 조롱의 뜻으로 쓴 것이다.

버지의 집무실로 들어가 나를 소파에 눕힐 때까지, 내내 친구의 비명 소리가 들렸어요. 그리고 그곳에서 그 끔찍한 일이 일어났던 거예요."

"나의 토끼." 로버트 조던은 이렇게 말하고는 그녀를 최대한 가까이 그리고 부드럽게 안았다. 하지만 그는 이 세상 어떤 남자보다도 커다란 증오심으로 가득 차 있었다. "그 일은 더 이상 얘기하지 마. 난 이제 증오심을 참을 수가 없어. 더 이상 얘기하지 마."

그의 품에 안긴 그녀의 몸은 경직되고 차가웠다. "네. 그 얘기는 더 이상 안 할게요. 놈들은 나쁜 놈들이고 할 수만 있다면 당신과 함께 놈들을 죽이고 싶어요. 전 제가 당신의 아내가 된다면 당신의 자긍심과 관련이 있을 것 같아서 이 얘기를 이번 한 번만 한 거예요. 당신이 이해하도록요."

"말해줘서 기뻐." 그가 말했다. "내일 운이 좋다면 우린 놈들을 여럿 죽일 거야."

"팔랑헤 당원 놈들도 죽일 건가요? 그 짓을 한 건 그놈들인데요."

"그놈들은 전투는 안 해." 그가 우울하게 말했다. "후방에서 사람들을 죽이지. 우리가 전투에서 싸울 놈들은 그놈들이 아니야."

"어떤 식으로든 놈들을 죽일 순 없나요? 몇 놈이건 죽이고 싶은데."

"난 놈들을 죽여봤어." 그는 말했다. "그리고 또 죽일 거야. 열차에서 죽여봤어."

"당신과 열차 폭파하는 데 가고 싶어요." 마리아가 말했다. "필라르 아줌마가 날 데려왔던 열차 작전 때 전 좀 미쳐 있었어요. 제가 어땠는지 아줌마가 말해주던가요?"

"응. 그 얘긴 하지 마."

"머릿속이 멍해서 죽은 상태였고 할 수 있는 거라곤 우는 것밖에 없었어요. 그런데 당신한테 해야 할 얘기가 또 하나 있어요. 이건 꼭 말해야 해요. 그럼 어쩌면 당신은 나랑 결혼하지 않을지도 몰라요. 하지만 로베르토, 당신이 나랑 결혼하고 싶지 않아도 우리 그냥 항상 같이 있을 수는 없을까요?"

"난 당신과 결혼할 거야."

"아니에요. 이걸 깜빡 잊고 있었어요. 아마 당신은 잊지 못하게 될 거예요. 저는 당신의 아들이나 딸을 낳을 수 없을지도 몰라요. 필라르 아줌마가 그랬는데, 제가 아이를 가질 수 있다면 그 일을 당했을 때 임신이 됐을 거래요. 당신한테 이 얘기를 꼭 해야겠어요. 아, 이 얘길 왜 잊고 있었는지 모르겠네."

"그건 중요하지 않아, 토끼." 그는 말했다. "우선 그건 사실이 아닐 거야. 그런 건 의사나 확실히 말할 수 있는 거야. 그리고 난 이런 세상에 아들이고 딸이고 태어나게 하고 싶지 않아. 난 당신한테 내 모든 사랑을 쏟을 거야."

"전 당신의 아들과 딸을 낳고 싶어요." 그녀는 그에게 말했다. "파시스트에 맞서 싸우는 우리에게 아이들이 없다면 세상이 어떻게 좋아지겠어요?"

"당신." 그가 말했다. "사랑해. 듣고 있어? 이제 우리 자야겠어, 토끼. 난 동트기 훨씬 전에 일어나야 하는데 요즘은 날이 일찍 밝으니까."

"그럼 내가 마지막으로 한 얘기도 괜찮아요? 그래도 우리 결혼할 수 있어요?"

"우린 이미 결혼했어. 난 지금 당신과 결혼했다고. 당신은 내 아내야. 하지만 일단 자, 내 토끼 아가씨, 이제 시간이 별로 없어."

"그럼 우리 정말 결혼하는 거예요? 말로만 그런 게 아니라?"

"물론이지."

"그럼 저 잘게요. 그리고 잠에서 깨면 그 생각을 할래요."

"나도 그럴게."

"잘 자요, 내 남편."

"잘 자." 그가 말했다. "잘 자, 부인."

이제 일정하고 규칙적인 숨소리가 들리는 것을 보니 그녀는 잠이 든 모양이었다. 그는 깨어 있었지만 움직이면 그녀가 깰까 봐 가만히 누워만 있었다. 그는 그녀가 얘기하지 않은 부분을 상상하고는 증오심에 불탄 채 누워 있었고 아침에 적을 죽이게 될 생각에 기뻤다. 하지만 그런 일들을 개인적으로 받아들이지는 말아야 한다, 그는 생각했다.

하지만 어떻게 개인적인 것과 분리시킬 수 있겠는가? 아군도 그들에게 끔찍한 짓을 저질렀다는 사실을 알고 있다. 하지만 그것은 우리 편이 교육이 덜 되었고 그보다 더 좋은 방법을 몰랐기 때문이었다. 하지만 놈들은 일부러 계획적으로 그런 짓을 저질렀다. 그런 짓을 저지른 자들은 그들의 썩은 교육이 낳은 폐해로 피운 꽃의 결정판이다. 놈들은 스페인 기사도의 결정판이다. 그들은 어떤 민족이었던가. 코르테스*, 피사로**, 메

---

*에르난도 코르테스(1485~1547). 16세기 남미 아즈텍 왕국을 정복, 멸망시키고 멕시코를 식민지화한 스페인 선단의 함장.
**프란시스코 피사로(1475?~1541). 남미 잉카 제국을 정복하고 현재 페루의 수도 리마를 건설한 스페인 탐험가. 원주민에 대한 무자비한 학살을 자행했다.

넨데스 데 아빌라*부터 엔리케 리스테르를 거쳐 파블로까지 다들 개새끼들이다. 그리고 얼마나 대단한 민족인가. 세상에 그보다 더 좋은 민족도 없고 더 나쁜 민족도 없다. 그보다 더 친절한 민족도 없고 그보다 더 잔인한 민족도 없다. 누가 그들을 이해하는가? 나는 아니다. 내가 이해하면 그 모두를 용서하게 될 것이기 때문이다. 이해하는 것은 용서하는 것이다. 아니 그렇지 않다. 용서라니 너무 과장되었다. 용서는 기독교적 개념인데, 스페인은 기독교 국가인 적이 없었다. 이 나라는 항상 교회 안에서 자기들 특유의 우상숭배를 지속해왔다. 오트라 비르겐 마스(또 하나의 성모님) 말이다. 그 때문에 그들이 적의 처녀를 농락해야만 하는지도 모른다. 분명 그런 경향은 민중보다는 스페인 종교의 광신도들에게 더 뿌리 깊게 자리하고 있었다. 교회가 정부의 손아귀에 놓여 있었고 정부는 항상 부패해 있었으므로 민중은 자연스럽게 교회에서 마음이 떠났다. 이 나라는 개혁이 성공한 적 없는 유일한 나라다. 그들은 이제 이단 심문의 죗값을 치르고 있는 것이다. 당연한 노릇이었다.

글쎄, 그건 생각해볼 문제였다. 너의 임무에 대해 걱정하는 것으로부터 벗어나게 해줄 문제. 허세나 부리는 것보다는 그 편이 더 건전했다. 아, 그는 오늘 밤 허세를 많이도 부렸다. 그리고 필라르는 하루 종일 허세를 부렸다. 맞다. 내일 그들이 죽으면 어떡하지? 다리만 제대로 폭파한다면 그게 뭐 대수겠는가? 다리 폭파야말로 내일 그들이 해야 할 일의 전부다.

그것은 큰일이 아니었다. 너는 이런 일들을 끝없이 할 수는

---

*돈 페드로 메넨데스 데 아빌라(1519~1574). 북미 플로리다 해안에 식민지를 건설한 스페인 정복자. 식민지 건설 과정에서 프랑스인들을 무자비하게 살해한 것으로 유명하다.

없을 것이다. 너는 영원히 살 수도 없다. 아마도 나는 지난 사흘 동안 내 평생을 살았는지도 모른다. 그것이 사실이라면, 그녀와 내가 마지막 밤을 그렇게 보내지 않았으면 좋았으련만. 하지만 마지막 밤이란 원래 좋지 않은 법이다. 마지막치고 좋은 건 없다. 참, 마지막 말은 좋을 때도 있군. "이 마을 시장이었던 내 남편 만세"는 좋더군.

그는 그 말이 멋진 말임을 깨달았다. 그 말을 혼자 중얼거려보니 어떤 흥분이 온몸에 짜릿하게 흘렀기 때문이다. 그는 몸을 숙여 자고 있는 마리아에게 입을 맞췄다. 그는 영어로 아주 조용히 속삭였다. "당신과 결혼하고 싶어, 토끼 아가씨. 난 당신의 가족이 자랑스러워."

32장

같은 날 밤 마드리드에서는 게일로드 호텔에 많은 사람들이 모여 있었다. 헤드라이트를 파란 수성 페인트로 칠한 차 한 대가 호텔 입구 차양 아래 섰다. 검정 승마용 부츠를 신고, 회색 승마 반바지, 단추를 목까지 잠근 짧은 회색 재킷을 입은 왜소한 몸집의 남자가 차에서 내렸다. 그는 차 문을 열 때 보초병 두 명이 경례를 하자 그에 응하고, 수위실에 있던 비밀경찰에게 고개를 끄덕이고는 엘리베이터에 올랐다. 문 안쪽에는 두 명의 보초병이 대리석 문의 양쪽에 놓인 의자에 한 명씩 앉아 있었는데, 이들은 그 키 작은 남자가 엘리베이터 문에서 그들을 지나가자 고개만 들어 흘끗 볼 뿐이었다. 자기들이 모르는 사람이 들어오면 양 옆구리, 겨드랑이, 바지 뒷주머니를 뒤져서 권총을 휴대하고 있는지 검색하고, 만일 그런 경우 그 사람을 수위와 함께 조사하는 것이 그들의 임무였다. 그러나 그들은 이 승마용 부츠를 신은 키 작은 남자를 아주 잘 알기 때문에 그가 지나가도 제대로 올려다보지 않았다.

그는 게일로드에서 자신이 지내는 방으로 들어갔다. 방 안은 사람들로 북적였다. 사람들은 여느 응접실에서처럼 앉아 있기도 하고 여기저기에 서 있기도 하고 서로 이야기를 나누기도 했다. 그들은 보드카나 탄산수를 섞은 위스키를 마시거나 맥주를 큰 주전자에서 따라서 작은 잔으로 마시기도 했다. 남자들 중 네 명은 군복을 입고 있었다. 다른 남자들은 바람막이 점퍼나 가죽 재킷을 입고 있었다. 네 명의 여자 중 세 명은 평범한 외출복을 입고 있던 데 비해, 깡마르고 까무잡잡한 네 번째 여자는 군더더기 없는 디자인의 여군 제복에 치마를 입고 굽 높은 부츠를 신고 있었다.

방 안으로 들어오자마자, 카르코프는 곧장 제복 입은 여자에게로 가서 인사를 하고 악수를 나눴다. 그녀는 그의 부인이었다. 그는 아무에게도 들리지 않게 그녀에게 러시아어로 뭔가를 속삭였는데, 방에 들어올 때 잠시 그의 눈에 서려 있던 오만한 기색은 사라지고 없었다. 그러나 곧 그의 정부(情婦)인 적갈색 머리에 몸매가 좋은 젊은 여자의 밤일에 지친 듯한 나른한 얼굴을 보자, 그 오만함은 전등처럼 다시 켜졌다. 그는 보폭이 짧은 절도 있는 걸음걸이로 그녀에게 다가가서 인사를 하고 악수를 나눴는데, 그 몸짓이 부인에게 했던 인사와 똑같지 않다는 것을 아무도 눈치 채지 못하게 조심했다. 그의 부인은 남편이 방을 가로질러 가는 동안 그를 계속 쳐다보지는 않았다. 그녀는 키 크고 잘생긴 스페인 장교와 함께 서 있었다. 그들은 러시아어로 대화를 나누고 있었다.

"당신의 위대한 사랑이 살이 좀 쪘군." 카르코프가 그 젊은 여자에게 말했다. "참전한 지 2년째가 가까워지면서 우리 영웅들이 요즘 다들 살이 찌고 있지." 그는 자기가 지칭하는 남자를 쳐다보지도 않은 채 말했다.

"당신도 참. 볼썽사납게 저런 두꺼비 같은 남자한테까지 질투를 느끼다니." 젊은 여자는 그에게 명랑하게 말했다. 그녀는 독일어로 말하고 있었다. "내일 공격에 나도 같이 가도 돼요?"

"아니. 공격이 있지도 않은걸."

"다들 알고 있던데요." 여자가 말했다. "그렇게 감추지 마요. 돌로레스는 가잖아요. 나도 그 여자나 카르멘하고 같이 갈게요. 사람들이 많이 갈 거잖아요."

"당신을 데려가는 사람하고 같이 가." 카르코프가 말했다. "난 안 가."

그리고 그는 여자에게 몸을 돌려 진지하게 물었다. "누가 그 얘기를 하던가? 정확히 말해봐."

"리하르트가요." 그녀도 진지하게 대꾸했다.

카르코프는 어깨를 으쓱하더니 그녀를 남겨두고 다른 곳으로 자리를 옮겼다.

"카르코프." 중키에 무겁고 축 처진 잿빛 얼굴, 눈 밑이 부어 있고 늘어진 아랫입술을 한 남자가 신경질적인 목소리로 그를 불렀다. "자네 좋은 소식 들었나?"

카르코프가 다가가자 그 남자가 말했다. "난 이제야 들었지 뭐야. 10분 전에야. 놀랍군. 하루 종일 파시스트들이 세고비아 근처에서 자기들끼리 싸웠다지. 놈들이 자동소총과 기관총으로 폭동을 진압해야 했던 모양이야. 오후에 폭격기로 자기네 군대에 폭탄을 투하했다는군."

"뭐라고?" 카르코프가 물었다.

"사실이야." 부은 눈의 남자가 말했다. "돌로레스가 직접 소식을 가져왔더군. 소식을 가져오는 그녀 모습이 내가 본 중 가장 환하고 의기양양했다네. 소식이 사실이란 게 그녀의 얼굴에서 뿜어져 나오더라고. 그 대단한 얼굴이라니…….” 그는 즐겁게 말했다.

“그 대단한 얼굴이라.” 카르코프는 아무 억양도 없는 목소리로 말했다.

“자네도 그 여자가 말하는 걸 들었어야 했는데.” 부은 눈의 남자가 말했다. “소식 자체가 그녀한테서 환하게 빛나더라니까. 이 세상 빛이 아닌 것 같았어. 그녀가 말하는 목소리에서 그 진실성을 알 수 있었지. 난 그 얘기를 《이즈베스티아》*에 기사로 쓸 예정이야. 동정, 공감, 그리고 진실이 섞인 그 대단한 목소리로 소식을 들었을 때, 그건 내게 있어 전쟁의 위대한 순간들 중 하나였다네. 그녀는 선의와 진리를 발산하는 진정한 민중의 성자 같았어. 그녀가 괜히 ‘라 파시오나리아’라고 불리는 게 아니더군.”

“괜히 불리는 게 아니다.” 카르코프는 무미건조한 목소리로 말했다. “마지막에 말한 그 아름다운 도입부를 잊어버리기 전에 어서 《이즈베스티아》에 써 보내게.”

“그 여잔 농담거리나 될 여자가 아니야. 자네같이 냉소적인 인사한테도 말이야.” 눈이 부은 남자가 말했다. “그녀가 얘기하는 걸 자네가 여기서 듣고 그녀의 얼굴을 봤더라면 좋았을 텐데.”

“그 대단한 목소리라.” 카르코프가 말했다. “그 대단한 얼굴. 그걸 쓰게.” 그는 말했다. “나한테 말하지 말고. 문단 전체를 나한테 낭비하지 말고 말일세. 당장 가서 쓰라고.”

“지금 당장은 아니고.”

*구소련 정부 기관지. 1991년 독립지로 전환했다.

"당장 쓰는 게 좋겠는데." 카르코프가 말하며 그를 바라보았고, 얼마 후 고개를 돌렸다. 눈이 부은 남자는 보드카 잔을 들고 어느 때보다 더 부은 눈으로 자신이 보고 들은 것의 아름다움에 심취한 채 그곳에 잠시 더 서 있다가 이내 글을 쓰기 위해 그 방을 떠났다.

카르코프는 마흔여덟쯤 된 다른 남자에게 다가갔다. 그 남자는 땅딸막하고 쾌활한 인상에 옅은 푸른색 눈, 대머리가 되어가는 금발을 하고 있었고, 뻣뻣한 노란 콧수염 아래에 웃음 띤 입술을 하고 있었다. 군복을 입고 있는 그는 사단장으로 헝가리 사람이었다.

"돌로레스가 왔을 때 여기 계셨습니까?" 카르코프가 그에게 물었다.

"그렇네."

"무슨 얘기였나요?"

"파시스트들이 자기들끼리 싸웠다는 거였네. 사실이라면 멋진 일이지."

"내일 일에 대한 얘기가 회자되고 있는 모양이던데요."

"괘씸하군. 그놈의 기자란 놈들은 죄다 총살감이야. 이 방에 있는 사람들도 대부분 그렇고, 리하르트라는 그 교활한 독일 놈도 분명 총살감이고. 일요일에 여단 명령을 내린 자도 그게 누구든 간에 총살감이야. 아마 자네와 나도 총살당해야 할걸. 충분히 가능한 일이지." 장군은 웃었다. "그렇지만 이런 얘기를 다른 사람들한텐 하지 말게."

"전 그런 얘기 하는 걸 좋아하지 않습니다." 카르코프가 말했다. "가끔 이곳에 오는 미국인 친구가 지금 그 지역에 있습니다. 조던이라고 아시지요, 게릴라들과 함께 활동하는 친구요.

그 친구가 장군님이 말씀하신 그 작전이 펼쳐지기로 예정되어 있는 곳에 있습니다."

"음, 그럼 그 친구가 오늘 밤에 보고를 했어야 하잖나." 장군이 말했다. "내가 내려가는 걸 다들 안 좋아해서 말이야. 안 그러면 내가 내려가서 찾아보겠는데. 그 친구는 그 작전을 골스와 함께하고 있지? 자네는 내일 골스를 만나겠군."

"내일 일찍입니다."

"일이 잘될 때까지는 그를 멀리하도록 해." 장군이 말했다. "그자는 나만큼이나 자네 같은 불한당들을 싫어하니까. 그가 나보단 성격이 훨씬 좋지만."

"하지만 이 일에 대해서는……."

"아마 파시스트 놈들이 술책을 부리고 있는 걸 테지." 장군이 씩 웃었다. "글쎄, 골스가 놈들에게 어떤 계교를 부릴 수 있을지 두고 보기로 하지. 골스가 한번 솜씨를 발휘해보게 하자고. 과달라하라에서는 우리가 놈들을 엿 먹였는데 말이야."

"장군님께서도 어디 가신다고 들었는데요." 카르코프가 썩은 이를 드러내며 웃었다. 장군은 갑자기 화를 냈다.

"그래 나까지. 이젠 날 가지고도 떠들어댄단 말인가. 우리 전부를 놓고 항상 그러지. 남의 뒷말이나 해대는 더러운 연놈들 같으니라고. 입 다물고 있을 수 있는 사람은 나라를 구할 수도 있을 게야. 자기가 그럴 수 있다고 믿기만 하면 말이지."

"장군님 친구분인 프리에토는 입을 다물고 있을 수 있는 분이지요."

"하지만 그 친구는 자기가 승리할 수 있다는 걸 믿질 못해. 민중에 대한 믿음 없이 어떻게 승리할 수 있겠나?"

"장군님께서 결론을 내려주시는군요." 카르코프가 말했다.

"전 이만 자러 가겠습니다."

그는 담배 연기가 자욱하고 소문과 뒷말이 무성한 방을 나와, 뒤쪽 침실로 들어가 침대에 앉아 부츠를 벗었다. 아직도 사람들의 말소리가 들리자 그는 문을 닫고 창문을 열었다. 새벽 2시에 콜메나르와 세르세다, 그리고 나바세라다를 거쳐 골스가 아침에 공격을 감행할 예정인 전선으로 갈 것이었으므로 그는 구태여 옷은 벗지 않았다.

33장

필라르가 그를 깨운 것은 새벽 2시였다. 그녀의 손이 그에게 닿았을 때 그는 처음에는 마리아인 줄 알고 몸을 돌려 "토끼 아가씨" 하고 말했다. 하지만 필라르의 큼지막한 손이 그의 어깨를 흔들자, 그는 순식간에 확실하게 잠에서 깨어났다. 벌거벗은 오른쪽 다리 옆에 놓여 있던 권총 끝을 손으로 감아쥐었다. 그의 온몸은 안전장치를 풀어놓은 권총처럼 뻣뻣하게 긴장했다.

어둠 속에서 그는 잠을 깨운 사람이 필라르라는 것을 확인하고 손목시계를 들여다보았다. 두 개의 시곗바늘이 위쪽에서 가깝게 작은 각을 이루며 반짝이고 있는 걸 보니 이제 겨우 2시였다. 그는 말했다. "무슨 일이죠?"

"파블로가 사라졌어." 덩치 큰 여자가 그에게 말했다.

로버트 조던은 바지를 입고 신발을 신었다. 마리아는 여전히 자고 있었다.

"언제요?" 그가 물었다.

"한 시간쯤 된 것 같소."

"그런데요?"

"당신 물건을 좀 가져갔어." 여자가 비참하게 말했다.

"그래서요, 뭘 가져갔죠?"

"나도 모르겠수." 그녀가 말했다. "와서 보시오."

어둠 속에서 그들은 동굴 입구로 다가가 담요 아래로 몸을 숙이고 안으로 들어갔다. 로버트 조던은 불 꺼진 재와 탁한 공기, 그리고 잠자는 사람들의 체취가 가득한 동굴 안에서, 바닥에서 자는 사람들을 밟지 않으려고 전기 손전등을 비춰가며 그녀를 따라갔다. 안셀모가 잠에서 깨서 물었다. "시간이 됐나?"

"아닙니다." 로버트 조던이 속삭였다. "주무시오, 영감님."

담요를 쳐서 동굴의 다른 부분과 분리해놓은 필라르의 침대 머리맡에 꾸러미 두 개가 놓여 있었다. 로버트 조던이 침대 위로 몸을 구부리자 인디언들의 침대에서 나는 것과 비슷한 퀴퀴한 냄새와 땀에 전 냄새, 역겨운 단내가 섞여 났다. 그는 전기 손전등을 꾸러미에 비췄다. 두 꾸러미 모두 위부터 바닥까지 긴 금이 그어져 있었다. 손전등을 왼손에 든 채 로버트 조던은 첫 번째 꾸러미 속에 오른손을 집어넣고 더듬어보았다. 이 꾸러미는 그가 침낭을 넣어두는 곳이라서 원래 빈 공간이 많았다. 지금도 별로 꽉 차 있지 않은 상태였다. 전선은 그대로 있었지만 나무로 만들어진 정육면체 모양의 발파기가 온데간데 없었다. 담배 상자와 잘 싸서 넣어둔 뇌관도 마찬가지였다. 퓨즈와 캡을 넣어둔 나사 마개가 달린 주석 상자도 자취를 감추었다.

로버트 조던은 다른 꾸러미도 뒤져보았다. 그것은 여전히 폭발물로 가득 차 있었다. 다이너마이트 한 뭉치 정도만 없어진 듯했다.

그는 일어서서 여자에게 몸을 돌렸다. 아침에 너무 일찍 일어났을 때 남자가 느끼게 되는 텅 빈 공허함, 재난이라도 당한 듯 비참한 기분보다 천 배 만 배 더한 비참한 기분이 들었다.

"남의 물건을 지켜준다는 게 겨우 이런 거요?" 그가 말했다.

"난 그것들을 베고 한 팔로 붙잡고 잤소." 필라르가 그에게 말했다.

"잠을 아주 푹 주무신 모양이군."

"이보슈." 여자가 말했다. "파블로가 밤에 일어났기에 내가 그랬수. '어디 가, 파블로?' 그랬더니 그자가 '오줌 누러 가, 마누라' 하기에 난 다시 잤소. 몇 시간이 지났는지는 모르겠는데, 다시 깨어나 보니 그자가 보이지 않아서 보통 때처럼 말을 보러 갔나 보다 했지. 그런데." 그녀는 비참한 말투로 말을 끝냈다. "계속 오지 않기에 걱정이 되더라고. 그래서 꾸러미들이 다 잘 있나 만져봤더니 길게 찢어져 있지 뭐겠수. 그래서 당신한테 달려간 거라오."

"갑시다." 로버트 조던이 말했다.

그들은 이제 밖으로 나왔다. 아직도 한밤중에 가까웠기 때문에 아침이 다가오고 있는 기미는 느껴지지 않았다.

"그자가 초소를 지나지 않고 다른 길로 말을 몰고 갈 수도 있을까요?"

"두 가지 길이 있소."

"위에선 누가 망을 보고 있습니까?"

"엘라디오."

로버트 조던은 더 이상 아무 말도 하지 않은 채 말들을 묶어 놓은 목초지로 갔다. 세 마리가 풀을 뜯고 있었다. 큰 적갈색 말과 회색 말은 없었다.

"그자가 몇 시간 전에 나간 것 같습니까?"

"한 시간은 됐을 거요."

"그럼 그건 그렇고." 로버트 조던이 말했다. "난 가서 내 꾸러미에 남은 물건들을 챙겨서 자러 가겠소."

"내가 지키리다."

"케 바, 당신이 지키다니. 벌써 한 번 지켰는데 이렇게 된 거 잖습니까."

"잉글레스." 여자가 말했다. "이 일에 대해서는 나도 당신이랑 똑같은 기분이오. 그 물건을 되돌려놓을 수만 있다면 난 뭐든 다 하겠어. 그러니 나한테 상처 줄 필요는 없소. 우린 둘 다 파블로한테 배신당한 거니까."

그녀가 이 말을 하자 로버트 조던은 자신이 그녀에게 심하게 굴 이유가 없다는 것을, 이 여자와 싸울 수 없다는 것을 깨달았다. 그는 그날 이 여자와 함께 일을 해야 했고, 게다가 그날이 시작된 지 이미 두 시간 이상이 지난 상태였다.

그는 그녀의 어깨에 손을 얹었다. "아무것도 아니에요, 필라르." 그는 그녀에게 말했다. "없어진 건 그리 중요하지 않은 것들이에요. 대신 잘 쓸 수 있는 걸 임기응변으로 만들면 됩니다."

"그자가 뭘 가져갔수?"

"아무것도. 없어도 되는 사치품들이에요."

"폭파시키는 데 필요한 부품인가?"

"그래요. 하지만 다른 방법으로도 폭파시킬 수 있습니다. 저기, 파블로한테 캡과 퓨즈가 없나요? 분명히 군에서 그런 걸 줬을 텐데."

"그것들도 가져갔소." 그녀가 비통한 목소리로 말했다. "내가 당장 찾아봤지. 그런데 없더군."

그들은 숲을 지나 동굴 입구로 다시 돌아왔다.

"눈 좀 붙여요." 그가 말했다. "파블로가 사라진 건 우리에게 오히려 잘된 일입니다."

"난 엘라디오에게 가보겠수."

"다른 길로 갔을 텐데."

"어쨌든 가서 물어보리다. 내가 멍청해서 당신을 실망시켰어."

"아닙니다." 그가 말했다. "눈 좀 붙여요. 4시에는 출발해야 하니까."

그는 그녀와 함께 동굴로 들어가서 꾸러미 두 개를 한꺼번에 들고 찢어진 틈으로 물건이 새어 나오지 않도록 두 팔로 안았다.

"내가 꿰매주겠네."

"출발하기 전에요." 그가 부드럽게 말했다. "당신한테 화가 나서 그런 게 아니라 이래야 내가 잠을 잘 수 있어서 가져가는 거예요."

"내가 일찍 일어나서 꿰매야겠군."

"일찍 갖다줄게요." 그가 그녀에게 말했다. "눈 좀 붙여요."

"아니우." 그녀가 말했다. "내가 당신을 실망시켰고, 공화국도 실망시켰구먼."

"좀 자요, 필라르." 그가 그녀에게 다정하게 말했다. "좀 자둬요."

34장

파시스트들이 이곳 산 정상을 점령했다. 그곳을 지나자 별채와 헛간을 증축해놓은 농장 주택의 파시스트 초소 외엔 아무도 없는 곳에 계곡이 나왔다. 로버트 조던의 전갈을 골스에게 전하러 가는 안드레스는 어둠 속에서 이 초소를 멀리 돌아갔다. 그는 걸리면 자동으로 총이 발사되도록 장치해놓은 지뢰선의 위치를 알고 있었으므로 어둠 속에서도 그것을 찾아내어 그 위로 넘어갔다. 그리고 밤바람에 나뭇잎이 흔들리는 포플러 나무가 가장자리에 늘어서 있는 작은 시냇물을 따라 걷기 시작했다. 파시스트들의 초소로 사용되는 농장 주택에서 닭 울음소리가 들려왔다. 그가 시냇물을 따라 걸으면서 뒤돌아보니 포플러 가지 사이로 농장 주택의 아래층 끝 창문에서 불빛이 새어 나오고 있었다. 밤은 고요하고 맑았다. 안드레스는 시냇가를 지나 목초지를 가로질러 가기 시작했다.

목초지에는 건초 더미가 네 개 서 있었다. 지난해 7월 전투가 있던 이래로 계속 그곳에 있는 것들이었다. 아무도 그 건초를 치우지 않았고, 계절이 네 번 지나는 동안 건초는 납작해져 쓸모없게 되어버렸다.

안드레스는 두 개의 건초 더미 사이에 쳐놓은 지뢰선을 넘으면서 그 건초 더미들이 얼마나 아까운지 생각했다. 공화주의자들이라면 그 건초를 목초지 너머의 가파른 과다라마 언덕으로 끌고 올라갔을 텐데 파시스트들은 저런 건 필요하지 않은 모양이군, 그는 생각했다.

놈들은 건초나 곡식을 필요한 만큼 충분히 갖고 있다. 많이도 차지하고 있지, 그는 생각했다. 하지만 내일 아침에는 우리가 놈들에게 한 방 먹일 것이다. 내일 아침 우리는 놈들에게 소르도 영감 대신 복수를 하고 말 테다. 야만인 같은 놈들! 아침이면 길 위에 폭파 먼지가 자욱할 것이다.

그는 이 보고서를 전하는 일을 마치고 돌아와서 아침에 초소 공격에 참여하기를 바랐다. 하지만 정말 돌아오고 싶었던 걸까, 아니면 그저 돌아오고 싶은 척을 한 걸까? 보고를 전하러 가라는 잉글레스의 명령을 받았을 때, 마치 기소유예를 받은 듯한 안도감을 느꼈던 것을 그 스스로도 알고 있었다. 그때까지 그는 아침에 있을 전투를 차분히 기다리고 있었다. 그것은 해야 할 일이었다. 그는 그 작전에 찬성했고 기꺼이 참여할 것이었다. 소르도의 전멸이 그에게 너무나 강렬한 인상을 남긴 것이다. 그러나 결국, 일을 당한 것은 소르도였다. 그들이 아니었다. 그들은 해야 할 일을 하는 것뿐이었다.

하지만 잉글레스가 그에게 보고서 이야기를 했을 때 그는, 어린 시절 마을 축제날 아침 눈을 뜨니 폭우가 쏟아지는 소리에 광장에서 열릴 소몰이 행사가 취소될 것임을 알게 될 때와 같은 안도감을 느꼈다.

그는 소년 시절 소몰이 축제를 좋아했고, 축제날 뜨거운 태양을 받으며 먼지가 자욱한 광장에 들어서는 순간을 손꼽아 기다렸다. 광장 주변에는 도주로를 막고 공간을 확보하기 위해 수레들이 둥글게 둘려 있었다. 곧 그곳으로 황소가 들어설 것이었다. 황소가 이동용 나무우리에서 네 발로 속도를 줄여가며 미끄러져 내려오면, 막아놓았던 문이 위로 들어 올려졌다. 소년 안드레스는 흥분과 기쁨과 짜릿한 공포 속에서, 이동용 나무우리 안에서 황소 뿔이 나무 벽에 부딪히는 소리가 들려오다 마침내 황소가 우리 밖으로 미끄러져 내려와 광장으로 들어서는 순간을 고대했다. 황소는 고개를 높이 쳐든 채 콧구멍을 벌름거리고 귀를 씰룩거리며 서 있었다. 황소의 윤기 나는 검은 가죽에는 먼지가 묻어 있었고, 옆구리에는 오물이 말라붙어 있었으며, 미간이 넓은 눈은 넓게 벌어져 있는 뿔 사이에서 깜빡임도 없었다. 뿔은 모래에 닳아서 반질반질해진 부목(浮木)처럼 매끈하고 단단했으며, 위로 뻗어 있는 뾰족한 뿔 끝은 보기만 해도 가슴이 철렁했다.

그는 축제날 광장에 들어선 황소가 누구부터 해치울지를 고르며 눈알을 굴리는 그 순간을 고대하며 1년을 기다렸다. 그러다 황소가 갑자기 머리를 낮추고 뿔을 앞으로 뻗어 고양이처럼 순식간에 질주를 시작하면 그는 심장이 멎어버릴 것만 같았다. 그가 소년이었을 때 그는 그런 순간을 1년 내내 기다렸다. 그러나 잉글레스의 보고서 전달 명령을 받았을 때 느낀 감정은, 슬레이트 지붕과 돌담과 마을의 지저분한 길 위의 물웅덩이에 빗방울이 떨어지는 소리를 듣고 잠에서 깼을 때 느낀 안도감과 같은 것이었다.

그는 마을 소몰이 축제에서 항상 마을 사람들은 물론 근처 일대 사람들 중에서도 가장 용감하게 황소와 맞섰다. 다른 마을의 축제까지 참여하지는 않았지만 자기 마을의 대회는 한 해도 기권한 적이 없었다. 그는 황소가 돌격해 와도 꿈쩍 않고 기다렸다가 마지막 순간에만 옆으로 비켜섰다. 황소가 누군가를 들이받으면 그는 황소의 주둥이 아래에다 보자기를 흔들어서 황소가 물러서게 했고, 황소가 누군가를 땅에 쓰러뜨렸을 때는 황소의 뿔을 옆으로 잡아당긴 후 다시 황소가 다른 사람을 공격할 때까지 대가리를 때리고 발로 걷어찬 적도 여러 번이었다.

그는 황소의 꼬리를 단단히 쥔 채 잡아당기고 비틀어서 황소를 쓰러져 있는 사람에게서 떼어놓기도 했다. 한번은 그가 황소의 꼬리를 잡아당겨 한 손에 감고 다른 손으로 황소 뿔을 잡으려 뻗었는데, 순간 황소가 고개를 들어 그를 공격하려 하자 몸을 뒤로 살짝 피하는 바람에 한 손에는 꼬리를 또 한 손에는 뿔을 잡은 채 황소와 빙글빙글 돌게 되었고, 그사이 사람들이 칼을 들고 구름 떼처럼 몰려들어 황소를 죽인 적도 있었다. 먼지와 열기, 비명 소리와 황소 냄새, 사람 냄새, 술 냄새 속에서 그는 황소에게 덤벼드는 사람들 중 제일 앞줄에 섰다. 황소가 그의 몸 아래 깔려 이리저리 흔들고 껑충 뛰어오르면 그는 황소의 두 어깨뼈 사이에 엎드려 한 팔로 뿔의 밑동을 단단히 감싸고 손으로는 반대쪽 뿔을 단단히 쥔 다음, 몸이 튀어 오를 때마다 손가락으로 뿔을 꽉 쥐고 비틀었다. 그가 뜨겁고 먼지투성이인 황소의 뻣뻣한 털투성이 가파른 등 위에 엎드려 있을 때 그의 왼팔은 뿌리째 뽑히는 것같이 아팠다. 그래도 그는 황소의 귀를 이로 꽉 물고, 껑충 뛰어오르는 황소의 튀어나온 목 부분에 칼을 여러 번 찔렀다. 이제 황소 목에서 흘러나온 뜨거운 피가 그의 주먹으로 흘러내렸다. 그는 황소의 두 어깨 사이의 볼록한 부분을 자신의 몸무게로 누르고 목을 마구 찔러댔다.

처음으로 황소 귀를 그렇게 물고 늘어졌을 때 황소의 몸부림 때문에 뻣뻣해진 그의 턱과 목을 보고 나중에 사람들은 그를 놀려댔다. 하지만 놀리면서도 그들은 그를 매우 존경했다. 그 후로 그는 매년 그것을 반복해야 했다. 사람들은 그를 비야코네호스의 불도그라 불렀고 그가 황소를 날로 먹는다는 농담을 했다. 하지만 마을 사람들 모두 그가 황소의 귀를 물고 늘어지는 모습을 기대했기 때문에, 매년 황소가 등장해서 돌진하고 머리를 쳐들고 그런 다음 사람들이 황소를 죽이려고 몰려가면서 고함을 지를 때마다 그는 다른 공격자들을 뚫고 앞으로 달려 나가 황소를 잡았다. 그리고 마침내 모든 것이 끝나 황소가 사람들의 무게에 짓눌려 쓰러져 죽고 나면 그는 비로소 일어나 황소 귀를 물어뜯은 것을 부끄러워하는 한편 누구보다도 자긍심을 느끼며 걸어 나왔다. 그리고 분수가에서 손을 씻기 위해 수레 사이를 지나 나오면 사람들은 그의 등을 두드리고 술 부대를 건네면서 말했다. "불도그 만세. 자네 어머니도 만세."

또는 이렇게 말하기도 했다. "그런 게 바로 코호네스를 두 개 찬 값어치를 하는 거지. 매년 기대할게!"

안드레스는 부끄러웠고, 허전했고, 자랑스러웠고, 행복했다. 그는 모든 사람들과 악수를 하고 손과 오른팔을 씻고, 칼을 깨끗이 닦은 다음 술 부대 하나를 꺼내 술을 한 모금 입에 물고 그해의 황소 귀 맛을 헹궈냈다. 그리고 광장의 돌바닥에 헹궈낸 술을 뱉고 나서, 가죽 술 부대를 높이 들고 벌컥벌컥 포도주를 들이켰다.

그렇다. 그는 비야코네호스의 불도그였고 매년 마을의 소몰이 축제에 결코 빠진 적이 없었다. 하지만 빗소리를 듣고 대회에 나갈 필요가 없다는 것을 알았을 때보다 더 기분 좋은 건 없었다.

하지만 나는 돌아가야 한다, 그는 자신에게 말했다. 초소와 다리 작전을 위해 돌아가야 한다는 데는 의문의 여지가 없어. 나와 피와 살을 나눈 엘라디오 형이 그곳에 있다. 안셀모, 프리미티보, 페르난도, 아구스틴, 별로 진지한 인물은 아니지만 라파엘, 그리고 두 여자와 파블로, 그리고 잉글레스. 물론 잉글레스는 외국인이고 명령을 수행 중인 요원이므로 셈에 들어가지는 않지만 말이다. 그들은 모두 그 작전에 참여한다. 보고를 하러 간다는 핑계로 이 결전을 피할 수는 없어. 이 보고서를 빨리 잘 전달하고 나면 서둘러 초소 공격 시간에 맞춰 돌아가야 한다. 이 보고서를 전달하는 일을 구실 삼아 이 작전에 참여하지 않는다면 정말 비열한 짓이지. 그것은 너무나 분명하다. 그는 지금까지 부담스럽기만 했던 일에 기쁨도 있다는 것을 문득 발견한 사람처럼 자신에게 말했다. 게다가 나는 기쁘게 파시스트들을 죽일 거야. 우리는 뭔가를 파괴한 지 너무 오래되었어. 내일은 아주 효율적인 작전의 날이 될 수 있다. 내일은 구체적인 행동의 날이 될 수 있다. 내일은 가치 있는 날이 될 수 있다. 내일이 오고, 내가 그곳에 있다면.

바로 그때, 그가 가시금작화가 무릎 높이까지 피어 있는 곳에서 공화국 전선으로 이어지는 가파른 비탈길을 올라가고 있을 때, 자고새 한 마리가 갑자기 어둠 속에서 그의 발밑으로부터 날개를 퍼덕이며 날아오르는 바람에 그는 심장이 멎을 정도로 놀랐다. 너무 갑자기 생긴 일이라 놀랐을 뿐이야, 그는 생각했다. 어쩜 저렇게 빨리 날갯짓을 할 수 있지? 아마도 둥지를 짓고 있는 중일 거야. 내가 알 근처를 밟은 모양이네. 전쟁 통만 아니었으면 근처 관목에 손수건을 묶어뒀다가 낮에 다시 와서 둥지를 찾아 알을 가져갈 텐데. 그런 다음 암탉한테 품게 해서 알이 부화하면 우리는 닭장 안에 새끼 자고새도 가지게 될 텐데. 놈들이 자라는 걸 지켜보다가 다 자라면 매 사냥 미끼로 써야지. 놈들은 이미 길들여진 상태일 테니 눈을 멀게 만들지는 않겠어. 그런데 안 그러면 놈들이 날아가버릴까? 그럴지도 모르지. 그럼 눈을 멀게 해야겠어.

하지만 내가 직접 키운 새들에게 그런 짓을 하고 싶지는 않은데. 날개를 살짝 자르거나 사냥 미끼로 쓸 때만 한쪽 다리를 끈으로 묶어두면 되겠지. 전쟁 중만 아니면 엘라디오 형하고 그 파시스트 초소 옆 냇가로 가재를 잡으러 가도 좋을 텐데. 예전에 한번은 그 냇가에서 하루에 쉰 마리나 잡은 적도 있었잖아. 이번 다리 작전이 끝난 다음에 그레도스 산으로 가게 된다면 그곳의 깨끗한 개울에서 송어와 가재를 잡을 수 있을 텐데. 그레도스로 가게 되면 좋겠구나, 그는 생각했다. 그레도스에서라면 여름과 가을엔 아주 즐겁게 지낼 수 있을 거야. 겨울에는 끔찍하게 춥지만. 하지만 겨울쯤이면 우린 전쟁에서 승리했겠지.

우리 아버지가 공화주의자가 아니었더라면 엘라디오 형도 나도 아마 지금쯤 파시스트 군대의 군인이 되어 있을지도 모르지. 놈들의 군인이 되어 있더라도 문제될 것은 없어. 명령에 복종하다가 살면 살고 죽으면 죽는 거지 뭐. 권력 밑에서 살아가는 게 그 권력과 싸우는 것보다 훨씬 쉬운 법이니까.

하지만 이 게릴라전은 책임감이 막중한 일이야. 담력 약한 사람이라면 아주 걱정이 한가득이겠지. 엘라디오 형은 나보다 생각이 더 많아. 걱정도 많고. 나도 공화주의의 정당성을 진심으로 믿지만 걱정은 하지 않아. 하지만 어쨌든 이 일은 책임이 무거운 생활이긴 해.

내 생각에 우리는 아주 어려운 시대에 태어난 것 같아, 그는 생각했다. 다른 시대에 태어났으면 아마 살기가 더 쉬웠을 거야. 우리는 고통에 맞서 싸우기 위해 결성된 조직이니까 고통을 느끼지 않아야 해. 고통스러워하는 사람은 이 환경에 안 맞는 거야. 하지만 이 시대는 결단이 어려운 시대야. 파시스트들이 공격해 오는 바람에 우린 어쩔 수 없이 밀려서 싸우기로 결정을 해버린 셈이지. 우리는 살기 위해 싸우는 거야. 하지만 아까 그 관목에 손수건을 묶어두고 낮에 다시 와서 알들을 가져다가 암탉에게 품게 해서 자고새 새끼들이 우리 집 마당에서 뛰노는 걸 볼 수 있는 그런 삶을 살고 싶어. 그런 작고 평범한 걸 원해.

하지만 넌 집도 없고 당연히 마당도 없다, 그는 생각했다. 넌 내일 전투에 나갈 형제 말고는 가족도 없다. 넌 바람과 해와 텅 빈 배 속 말고는 가진 게 하나도 없다. 그런데 지금은 바람이 별로 안 부는구나, 그는 생각했다. 그리고 해도 안 떴군. 주머니에 수류탄 네 개가 있지만 그건 던져버리는 데만 쓰는 물건이고. 등에 카빈총도 멨지만 그건 총알을 쏴서 없애는 데만 쓸모가 있지. 전달할 보고서가 있군. 그리고 땅에 뿌려줄 똥이 가득 차 있지, 그는 어둠 속에서 씩 웃었다. 오줌으로 땅을 신성하게 할 수도 있겠군. 네가 가진 건 죄다 남한테 줘야 하는 것뿐이구나. 넌 개똥 철학자에다 불운한 놈이로구나, 그는 자신에게 말하고 다시 웃었다.

그러나 조금 전에 잠시 했던 고상한 생각에도 불구하고 고향 마을의 축제날 아침 빗소리를 들으며 느꼈던 바로 그 안도감이 그에게는 분명 자리 잡고 있었다. 이제 앞쪽 산등성이 위에는 그를 검문할 공화국 정부군 초소가 있었고 그도 그 사실을 알고 있었다.

35장

로버트 조던은 침낭 속에서 여전히 잠들어 있는 마리아 옆에 누웠다. 그는 그녀의 반대편으로 몸을 돌려 옆으로 누웠고 그녀의 긴 몸이 등에 닿아 있는 것이 느껴졌다. 그러나 그 촉감은 이제는 아이러니에 불과했다. 너, 너 이 자식, 그는 자신에게 화가 나서 호통을 쳤다. 그래, 너 말이야. 넌 그놈을 처음 만난 날 너 자신에게 말했지. 놈이 우호적으로 나올 때가 바로 놈의 배신이 시작되는 때라고. 이런 멍청이. 지옥에나 떨어질 천하의 어리석은 놈. 집어치워. 지금은 그런 소리나 하고 있을 때가 아니라고.

놈이 그것들을 그냥 감추거나 버렸을 가능성이 얼마나 될까? 별로 없지. 그렇다고 해도 이 어둠 속에서 그것들을 찾을 수도 없잖아. 놈은 그것들을 계속 가지고 있을 거야. 다이너마이트도 가져갔으니까. 아, 더럽고 형편없는 배신자 새끼. 더러운 썩은 오물 같은 놈. 그냥 꺼져버릴 일이지 발파기와 뇌관은 왜 가져간 거야? 난 왜 병신같이 그걸 그 망할 놈의 여편네한테 맡겨둔 거지? 영악하고 추잡한 배신자 놈. 더러운 카브론 같으니.

그만하고 침착해라, 그는 자신에게 말했다. 넌 행운을 바랄수밖에 없었고 그것이 최선이었다. 넌 그냥 엿 먹은 것뿐이야, 그는 자신에게 말했다. 네가 사람이 좋아서 당한 거야, 넌 연보다 더 높이 날 정도로 고상하니까. 빌어먹을 정신 똑바로 차리고, 화는 그만둬. 이렇게 등신같이 징징거리는 짓은 그만해. 어차피 없어진 거잖아. 제기랄, 없어졌다. 아, 제기랄, 더러운 돼지 새끼, 지옥에나 떨어져라. 넌 이 위기를 헤쳐 나갈 수 있다. 넌 해야 한다. 그래, 견뎌내려면 그런 건 날려버려야 하고⋯⋯ 그런 얘기도 집어치워라. 네 할아버지한테 물어보지그래?

아, 할아버지는 무슨. 똥이나 처먹어라. 이 온통 배신자 천지인 더러운 나라도 똥이나 뒤집어써라. 이쪽 편이든 저쪽 편이든 더러운 스페인 놈들 죄다 영원히 지옥에나 떨어져라. 라르고*, 프리에토, 아센시오**, 미아하, 로호, 놈들 전부 지옥에나 떨어져라. 다 뒈져서 지옥에나 떨어져. 배신에 절어버린 이놈의 나라, 전부 똥이나 처먹어라. 놈들의 자기중심주의와 이기심, 이기심과 자기중심주의, 자만과 배신 전부 똥이나 뒤집어써라. 지옥에나 떨어져, 영원히. 우리가 놈들을 위해 죽기 전에 그놈들이 먼저 뒈져라. 우리가 놈들을 위해 죽은 후에 놈들도 뒈져라. 뒈져서 지옥에 떨어져라. 신이시여 파블로를 처단하소서. 파블로가 그놈들 모두를 대변합니다. 스페인 민중을 불쌍히 여기소서. 그들이 맞이하는 지도자들은 죄다 그들을 엿

---

*프란시스코 라르고 카바예로(1869~1946). 스페인 사회노동당과 노동자총연맹의 지도자였으며, 1936년부터 1937년까지 스페인 제2공화국 총리를 지낸 인물.
**카를로스 아센시오 카바니야스(1896~1969). 프랑코 밑에서 군부 반란에 참여한 군인이자 우파 정치가.

먹였으니. 파블로 이글레시아스*, 2천 년 역사에서 단 한 명 파블로 이글레시아스를 빼고는 다른 놈들은 다 국민을 엿 먹였다. 파블로 이글레시아스가 이 전쟁에서 어떤 활약을 할지 누가 알겠는가? 나는 라르고가 괜찮은 지도자라고 생각한 적이 있었던 것을 기억한다. 두루티**도 좋은 지도자였지만, 그의 부하들이 로스 프란세스 다리에서 그를 총살시켰다. 그들은 부하들에게 공격을 명령했다는 이유로 그를 총살시켰다. 영예로운 무규율의 규율로 그를 쏴 죽였다. 겁쟁이 돼지 새끼. 아, 놈들아, 죄다 지옥에나 떨어지고 저주나 받아라. 그놈의 파블로가 내 발파기와 뇌관 상자를 들고 날아버렸다. 아, 이놈, 지옥의 밑바닥으로 떨어져버려라. 하지만 아니다. 놈은 대신 우리를 엿 먹였다. 코르테스, 메넨데스 데 아빌라, 미아하까지 놈들 모두 항상 자기들은 멀쩡하고 대신 너를 엿 먹인다. 미아하가 클레베르에게 한 짓을 봐라. 대머리에 자기밖에 모르는 돼지 새끼. 멍청한 달걀 대가리 새끼. 항상 스페인을 지배해왔거나 적의 군대를 지배해온, 정신 나가고 자기밖에 모르는, 배신을 밥 먹듯이 하는 돼지 놈들, 지옥에나 가라. 민중을 뺀 나머지 모든 놈들은 똥이나 처먹어라. 그리고 민중이 권력을 차지하면 어떻게 되는지 잘 살펴봐라.

경멸과 멸시의 대상이 너무나 광범위하고 부당할 정도로 과장되는 바람에 스스로도 더 이상 그 말을 믿지 않을 지경에 이르자, 그의 분노는 사그라지기 시작했다. 그것이 사실이라면

*파울리노 이글레시아스 포세(1850~1925). 1876년 스페인 사회노동당을 창시한 활자공 출신의 좌파 정치가. 파블로 이글레시아스로 더 잘 알려져 있으며, 스페인 사회주의의 아버지로 평가받는다.
**부에나벤투라 두루티(1896~1936). 스페인 내전에서 활동한 아나키스트 혁명가. 바르셀로나 병영에서 공화차 군대의 총에 맞아 사망했다.

너는 왜 여기에 있는 거냐? 그것은 사실이 아니고, 너도 그것이 사실이 아닌 걸 안다. 좋은 사람들을 봐라. 훌륭한 사람들을 봐라. 그는 부당하게 구는 것은 견딜 수 없었다. 그는 부당함을 잔인함만큼이나 혐오했다. 그는 정신을 눈멀게 하는 분노에 휩싸여 누워 있었다. 이윽고 분노는 서서히 가라앉았고, 붉으락푸르락하며 들끓던 맹목적인 살인적 분노는 모두 사라졌다. 그의 마음은 이제 사랑하지 않는 여자와 잠자리를 끝낸 후의 남자처럼 조용하고 차분하고 날카롭고 냉철해졌다.

"그리고 당신, 불쌍한 토끼 아가씨." 그는 몸을 숙여 마리아에게 말했다. 그녀는 잠결에 미소를 짓고는 그에게 가까이 다가왔다. "좀 전에 당신이 무슨 말을 했다면 당신을 때렸을지도 몰라. 남자란 화가 나면 왜 이렇게 짐승처럼 변하는지."

그는 이제 그녀에게 다가가 두 팔로 그녀를 껴안고 턱을 그녀의 어깨에 댔다. 그렇게 누운 채로 정확하게 할 일과 그 일을 할 방법을 생각했다.

상황이 그리 나쁘진 않아, 그는 생각했다. 절대 나쁘지 않아. 전에 이런 상황에서 작전을 수행한 사람이 있는지는 모르겠다. 하지만 이제부터는 이와 비슷한 곤경에 빠질 경우 우리를 본보기로 삼을 사람들이 항상 있을 것이다. 우리가 이 일을 해낸다면, 그리고 그들이 그 소식을 듣는다면. 그들이 그 소식을 듣는다면, 그렇다. 하지만 소식을 듣지 못한다면, 그들은 어떻게 우리가 이 일을 해냈는지 궁금해하기만 하겠지. 우리는 인원이 너무 적지만 그것 때문에 걱정해봤자 소용없는 일이다. 나는 우리가 가진 인력과 물자로 다리를 폭파할 것이다. 아, 분노를 이겨내서 다행이다. 폭풍 속에서 숨조차 쉴 수 없는 기분이었는데. 화를 내는 것도 네가 빠져들기엔 과분한 사치일 뿐이다.

"다 정리됐어, 구아파." 그는 마리아의 어깨에 대고 부드럽게 말했다. "당신은 이 일에 방해받지 않고 잘 자고 있군. 당신은 아직 몰라. 우리는 죽겠지만 다리는 폭파될 거야. 당신은 걱정할 필요가 없어. 그게 결혼 선물이 되기엔 턱없이 부족하지만. 그래도 하룻밤 푹 자는 것도 아주 가치 있는 일 아니겠어? 당신은 푹 잤어. 내 이 선물을 당신 손가락에 반지처럼 끼울 수 있는지 봐. 잘 자, 구아파. 잘 자, 내 사랑. 깨우지 않을게. 그것이 지금 내가 당신한테 해줄 수 있는 전부니까."

그는 그녀를 꼭 안은 채 그녀의 숨결과 심장 박동을 느끼고, 손목시계로 시간을 재며 누워 있었다.

36장

안드레스는 공화국 정부군 초소에서 검문을 받았다. 말하자면 그건, 삼중 철책선이 쳐진 급격한 내리막이 시작되는 곳에서 그가 바닥에 엎드려 바위와 흙으로 된 방벽을 향해 소리를 질렀다는 이야기다. 지대 전체에 방어선이 구축되어 있는 것도 아니었고 어두운 밤이었으므로 검문소를 통과하지 않고 다른 길로 돌아가면 이 구역을 쉽게 통과할 수도 있는 일이었다. 그리고 나면 공화국 정부 지배 지역으로 깊숙이 들어갈 때까지 다시 검문받을 일이 없을 것이었다. 그러나 여기에서 검문을 받고 넘어가는 편이 더 안전하고 간단해 보였던 것이다.

"살루드!" 그가 소리쳤다. "살루드, 밀리시아노스!(안녕하시오, 민병대원 여러분!)"

빗장이 딸깍하고 열리는 소리가 나더니 누군가가 철책 문을 당겨서 열었다. 그러더니 방벽 너머 아래쪽에서 소총 한 발이 발사되었다. 찢기는 듯한 소리가 나고 어둠 속에 노란 빛이 번쩍이며 떨어졌다. 안드레스는 공이치기가 짤깍 당겨지는 소리가 날 때 곧바로 머리를 땅에 박고 납작 엎드렸다.

"쏘지 마시오, 동지들." 안드레스가 소리쳤다. "쏘지 마시오! 그쪽으로 들어가려고 하는 거요!"

"몇 놈이냐?" 누군가가 방벽 뒤에서 소리쳤다.

"한 명. 나 혼자요."

"너는 누구냐?"

"비야코네호스 주민 안드레스 로페스요. 파블로의 부대에서 왔소. 보고서를 가지고요."

"소총과 탄약이 있나?"

"그렇소, 동지들."

"소총과 탄약을 갖추지 않은 사람은 들여보내지 않는다." 그 목소리가 말했다. "세 명 이상도 안 된다."

"난 혼자요." 안드레스가 소리쳤다. "중요한 일이오. 들어가게 해주시오."

그들이 방벽 뒤에서 수군거리는 소리가 들렸지만 대화의 내용까지는 들리지 않았다. 그다음 그 목소리가 다시 소리쳤다. "몇 명이냐?"

"한 명. 나 혼자요. 신에게 맹세할 수 있소."

그들은 다시 방벽 뒤에서 수군거렸다. 다시 그 목소리가 들려왔다. "잘 들어라, 파시스트 놈."

"난 파시스트가 아니오." 안드레스가 소리쳤다. "난 파블로 군대에서 온 게릴라 대원이오. 사령관 동지에게 전갈을 가져왔소."

"미친놈일세." 누군가의 말소리가 들렸다. "저놈한테 수류탄이나 던져버려."

"들어보시오." 안드레스가 말했다. "난 혼자요. 난 완전히 혼자란 말이오. 성스러운 기적에 맹세코 제기랄 난 혼자란 말이오. 들어가게 해주시오."

"저놈 기독교 신자같이 말하는군." 누군가가 이렇게 말하고 웃는 소리가 들렸다.

이어서 다른 누군가가 말했다. "저놈한텐 수류탄을 던지는 게 제일이라니까."

"안 돼." 안드레스가 소리쳤다. "그랬다간 엄청난 실수를 하는 게 될 거요. 이건 중요한 일이오. 들여보내주시오."

바로 이런 이유 때문에 그는 예전부터 전선을 오가는 걸 좋아하지 않았다. 어떨 때는 그나마 좀 나은 경우도 있었다. 하지만 결코 좋은 경우는 없었다.

"혼자라고?" 그 목소리가 아래를 향해 소리쳤다.

"메 카고 엔 라 레체.(이런 똥을 쌀.)" 안드레스는 소리쳤다. "도대체 몇 번이나 말해야 돼? 난, 혼, 자, 라, 고!"

"정말 혼자라면 일어나서 소총을 머리 위로 들어봐."

안드레스는 일어서서 카빈총을 두 손으로 잡고 머리 위로 올렸다.

"이제 철책선 사이로 들어와라. 우리는 마키나로 널 겨누고 있다." 그 목소리가 소리쳤다.

안드레스는 지그재그 모양으로 된 첫 번째 철조망 안으로 들어갔다. "철책선을 통과하려면 손을 써야 하는데." 그가 소리쳤다.

"계속 들고 있어." 목소리가 명령했다.

"철조망에 걸려서 움직일 수가 없소." 안드레스가 소리쳤다.

"그러게 수류탄을 던졌으면 간단했잖아." 한 목소리가 말했다.

"소총을 던지라고 해." 다른 목소리가 말했다. "손을 머리 위로 올린 채론 저길 통과할 수 없어. 머리를 좀 써봐."

"이놈의 파시스트 놈들은 하나같이 똑같다니까." 다른 목소리가 말했다. "뭔가를 요구하고 그런 다음엔 또 다른 걸 요구하고."

"들어보시오." 안드레스가 고함쳤다. "난 파시스트가 아니라 파블로 유격대에서 온 게릴라 대원이오. 우린 파시스트 놈들을 장티푸스보다 더 많이 죽였다고."

"파블로 유격대는 들어본 적이 없다." 초소의 지휘관으로 보이는 남자가 말했다. "페테르도 파울도 못 들어봤고, 다른 성자 이름도 다른 사도도 다 못 들어봤어. 그런 이름이 붙은 유격대도 못 들어봤어. 소총을 어깨 너머로 던지고 손을 써서 철조망을 빠져나와라."

"마키나로 쏴버리기 전에." 다른 남자가 말했다.

"케 포코 아마블레스 소이스.(당신들 친절하지 않구먼.)" 안드레스가 말했다. "영 친절하지 않아!"

그는 철조망을 지나고 있었다.

"친절 좋아하네." 누군가가 그에게 소리쳤다. "우린 전쟁 중이야, 이 친구야."

"그렇게 보이기 시작하는군." 안드레스가 말했다.

"저놈 뭐라는 거야?"

안드레스는 빗장이 다시 딸깍하는 소리를 들었다.

"아니야." 그는 소리쳤다. "난 아무 말도 안 해. 이놈의 망할 철조망을 지나갈 때까지 쏘지 마."

"우리 철조망 가지고 욕하지 마라." 누군가가 소리쳤다. "그랬다간 네놈한테 수류탄을 던져버릴 테다."

"키에로 데시르, 케 부에나 알람브라다.(내 말은, 좋은 철조망이라고.)" 안드레스는 소리쳤다. "아, 철조망이 아름답기도 하지. 변소의 신이시여. 정말 예쁜 철조망이네. 곧 갑니다, 형제들."

"놈에게 폭탄을 던져버려." 누군가 한 명이 이렇게 말하는 소리가 들렸다. "그렇게 하는 게 제일 깨끗하다니까."

"형제들." 안드레스가 말했다. 그는 땀에 젖어 있었고, 폭탄을 던지자고 얘기하는 자가 언제든 수류탄을 던질 수 있다는 것을 알았다. "난 하나도 중요하지 않은 사람이오."

"그렇게 보여." 폭탄 얘기를 꺼낸 남자가 말했다.

"당신 말이 맞소." 안드레스가 말했다. 그는 조심스럽게 세 번째 철조망을 빠져나오고 있었고, 방벽에 아주 가까이까지 다가와 있었다. "난 전혀 중요한 사람이 아니오. 하지만 사안은 중대해. 무이, 무이 세리오.(아주, 아주 중대하다고.)"

"자유보다 더 중대한 문제는 없다." 폭탄 얘기를 한 남자가 소리쳤다. "자유보다 더 중대한 일이 있다고 생각하나?" 그는 도전적으로 물었다.

"없소." 안드레스가 말했다. 그는 이제 자신이 미치광이들, 즉 검은색과 붉은색 손수건을 맨 자들 앞에 놓여 있음을 알았다. "비바 라 리베르타드!"

"비바 라 FAI*, 비바 라 CNT**." 그들은 방벽에서 그에게 소리쳤다. "비바 엘 아나르코생디칼리슴***, 비바 라 리베르타드."

"비바 노소트로스.(우리 만세.)" 안드레스가 외쳤다. "우리 만세."

"저자는 우리 동지군." 폭탄 얘기를 한 남자가 말했다. "그

---

*이베리아 무정부주의자 연맹(Federación Anarquista Ibérica)의 약자.
**스페인 노동총동맹(Confederation National del Trabojo)의 약자.
***노동조합운동을 통해 무정부주의적 사회 실현을 목표로 한 사상. 20세기 초 활발했던 CNT가 그 대표적인 예다.

런 걸 내가 이걸로 죽일 뻔했어."

그는 자신의 손에 든 수류탄을 내려다보았고, 안드레스가 방벽을 기어 올라오자 크게 감동했다. 폭탄 얘기를 했던 남자는 여전히 수류탄을 든 채여서 그것이 안드레스의 어깨에 닿는 상태로 안드레스를 껴안고는 그의 양 볼에 입을 맞췄다.

"무사해서 다행이오, 형제." 그는 말했다. "정말 다행이오."

"장교는 어디 계시오?" 안드레스가 물었다.

"내가 여기 지휘관이오." 한 남자가 말했다. "신분증 좀 봅시다."

그는 서류들을 가지고 참호 속으로 들어가 그것들을 촛불에 비춰보았다. 가운데에 공화국 국기와 군정보국 인장이 찍힌 돌돌 말려 있는 네모난 실크 보자기가 있었다. 그리고 안드레스의 이름, 나이, 키, 출생지를 적은 살보콘둑토, 즉 통행 허가증이 있었고, 로버트 조던이 노트에서 뜯은 종이에 써서 군정보국 고무 인장을 찍고 봉인한 보고서가 있었다. 또한 골스에게 보내는 급송 공문서 네 장이 접혀 있었는데, 그것은 끈으로 묶여 밀랍과 군정보국 고무 인장의 손잡이 반대편에 파여 있는 군정보국 금속 인장으로 봉인을 해놓은 상태였다.

"이건 나도 본 적이 있다." 초소 지휘관인 남자가 말하며 실크 보자기를 돌려주었다. "이게 다군, 알겠다. 하지만 그걸 가지고 있어도 이게 없으면 아무런 증명도 되지 않는다." 그는 통행 허가증을 들어서 다시 쭉 읽었다. "어디에서 태어났나?"

"비야코네호스." 안드레스가 말했다.

"거기선 뭘 재배하나?"

"멜론이요." 안드레스가 말했다. "온 세상이 다 알듯이."

"거기에 아는 사람이 누가 있지?"

"왜요? 당신도 거기 출신이오?"

"아니. 하지만 거기에 가본 적은 있다. 난 아란후에스 출신이다."

"누구든 물어보시오."

"호세 린콘에 대해 말해봐."

"식료품점을 운영하는?"

"생김새를 말해봐."

"대머리에다 배불뚝이고 한쪽 눈이 사팔뜨기지요."

"그럼 이 서류는 진짜군." 그 남자는 말하고 서류를 안드레스에게 돌려주었다. "그런데 당신은 거기서 뭘 하나?"

"우리 아버지가 혁명 전에 비야카스틴에서 자리를 잡고 계셨소." 안드레스가 말했다. "고원 위의 산 너머 그 아래쪽. 운동이 일어났을 때 우리 가족은 거기에 살고 있었소. 운동이 일어난 이후부터 난 파블로의 유격대에서 싸워왔고. 하지만 지금은 그 보고서를 가지고 가야 해서 무지 바쁘다오."

"파시스트 점령 지역은 어떻게 돌아가고 있나?" 지휘관이 물었다. 그는 전혀 서두르지 않았다.

"오늘 큰 전투가 있었소." 안드레스가 자랑스럽게 말했다. "오늘 하루 종일 길에 먼지가 자욱했지. 오늘 놈들이 소르도의 유격대를 전멸시켰소."

"소르도가 누군데?" 다른 보초병이 무시하는 말투로 말했다.

"산중에 있는 가장 뛰어난 유격대들 중 하나의 대장이오."

"너희들은 다 공화국으로 와서 군대에 입대해야 돼." 장교가 말했다. "어리석은 게릴라전 따위를 너무 많이 벌이고 있어. 너희들 모두 들어와서 우리 자유주의 규율에 복종해야 해. 그다음 우리가 게릴라를 파견하고 싶어 할 때 필요한 데로 보내면 되는 거지."

안드레스는 거의 절대적인 인내심을 타고난 사람이었다. 그는 철조망을 지나오는 일도 차분히 받아들였다. 검문 과정 내내 그는 초조해하지 않았다. 그는 이 남자가 게릴라들에 대해서나 게릴라들이 하는 일에 대해 전혀 모르는 것도 당연하다고 생각했다. 그 남자가 말도 안 되는 소리를 하는 것도 충분히 예상했던 일이었다. 검문 과정이 천천히 진행되는 것도 충분히 예상되는 일이었다. 하지만 이제 그는 떠나고 싶었다.

"들어봐요, 콤파드레." 그는 말했다. "당신 말이 옳을지도 모르지. 하지만 난 35사단 사단장에게 문서를 전하라는 명령을 받았소. 그 사단이 새벽에 이 산중에서 공격 작전을 벌일 텐데 벌써 밤이 깊었으니 난 가야 한단 말이오."

"무슨 공격? 공격에 대해 뭘 아나?"

"없소. 난 아무것도 모르오. 하지만 난 지금 나바세라다로 간 다음 거기서 또 계속 가야 하오. 날 그곳 사령관에게 데려가서 타고 갈 차편을 마련해주지 않겠소? 지금 누가 나랑 같이 가서 내가 지체 없이 지나갈 수 있도록 그쪽 지휘관에게 말을 해주시오."

"이건 도무지 믿기질 않는데." 그가 말했다. "철책에 가까이 왔을 때 그냥 쏴버리는 게 나을 뻔했군."

"내 서류를 봤잖소, 동지. 내 임무를 설명했잖소." 안드레스는 참을성 있게 그에게 말했다.

"서류야 위조할 수도 있지." 장교가 말했다. "어느 파시스트든 그 정도는 지어낼 수 있으니까. 내가 너와 함께 사령관에게 가겠다."

"좋소." 안드레스가 말했다. "당신이 가주다니. 하지만 빨리

가야 하오."

"너, 산체스. 내 대신 지휘를 맡아." 장교가 말했다. "너는 나만큼 임무를 잘 알고 있으니까. 난 이 소위 동지란 자를 사령관에게 데리고 가겠다."

그들은 언덕 봉우리 뒤편의 얕은 참호를 내려가기 시작했다. 어둠 속에서 안드레스는 언덕 비탈길에 무성한 고사리 덩굴 여기저기에 수비병들이 아무렇게나 싸놓은 배설물의 냄새를 맡았다. 그는 위험한 아이들 같은 이자들이 마음에 들지 않았다. 그들은 더럽고, 고약하고, 규율 없이 천방지축이고, 그러면서도 친절하고, 귀엽고, 어리석고, 무지하고, 무장을 하고 있기에 항상 위험한 존재들이었다. 안드레스는 공화주의에 찬성한다는 것 외에는 정치적인 의식이 없었다. 그는 이자들이 하는 말을 여러 번 들어봤다. 그들의 말은 듣기에는 아름답고 멋질 때도 많지만 그의 마음에는 들지 않았다. 자기가 싼 배설물을 땅속에 묻지 않는 게 자유는 아니지, 그는 생각했다. 고양이는 어떤 동물보다 더 제멋대로 굴지만 그래도 자기가 싼 똥은 묻을 줄 알아. 고양이야말로 최고의 무정부주의 동물인데도 말이야. 놈들이 고양이한테 한 수 배우기 전까지는 난 놈들을 존경할 수가 없어.

앞서 가던 장교가 갑자기 걸음을 멈추었다.

"아직 카빈총 가지고 있나?" 그가 물었다.

"그래요." 안드레스가 말했다. "왜, 그러면 안 됩니까?"

"이리 내놔." 장교가 말했다. "날 등 뒤에서 쏠 수도 있잖아."

"아니 왜?" 안드레스가 물었다. "내가 왜 당신 등을 쏘겠어요?"

"누가 알겠어." 장교가 말했다. "난 아무도 못 믿어. 카빈총

이리 내."

안드레스는 총을 내려서 그에게 건넸다.

"원한다면 가져가시오."

"이제 됐군." 장교가 말했다. "이렇게 해야 더 안전해."

그들은 다시 어둠 속에서 언덕을 내려갔다.

37장

로버트 조던은 마리아와 함께 누워 손목시계로 시간을 보았다. 시간은 느리게, 움직임을 눈치 채기 힘들 만큼 느리게 흘렀다. 손목시계가 워낙 작은 데다가 초침도 보이지 않았기 때문이었다. 그러나 분침을 집중해서 뚫어져라 보고 있으면 움직이는 게 얼핏 보였다. 처녀의 머리가 그의 턱 밑에 놓여 있어서 그가 시계를 보려고 머리를 움직일 때마다 그녀의 짧은 머리카락이 그의 뺨에 닿았다. 그녀의 머리는 덫을 열고 담비를 꺼내 들어 털을 쓰다듬을 때 일어나는 담비 털처럼 부드러우면서도 생생했고, 실크처럼 돌돌 말렸다. 뺨에 그녀의 머리카락이 닿자 다시 목이 부은 듯한 느낌이 들었고, 두 팔로 그녀를 껴안자 목구멍 속에서 시작해 온몸에 텅 빈 듯한 아픔이 퍼졌다. 그는 머리를 숙이고 눈을 시계에 가까이 댔다. 창처럼 뾰족한 야광 분침이 천천히 시계판의 왼쪽 편으로 올라가고 있었다. 이제 바늘의 움직임을 똑똑히, 그리고 계속해서 볼 수 있었으므로 그는 시간을 천천히 가게 하려는 듯 마리아를 꼭 끌어당겨 안았다. 그녀를 깨우고 싶지는 않았지만 지금 이 마지막 시간에 그녀를 혼자 둘 수 없었다. 그는 그녀의 귀 뒤에 입술을 댔고 거기에서 부터 그녀의 목으로 옮겨 가 부드러운 피부를 느꼈고, 목 위에 난 머리카락의 부드러운 감촉을 느꼈다. 그는 시곗바늘이 움직이는 것을 보았다. 그러고는 그녀를 더욱 꼭 껴안고 그녀의 뺨에 입술을 가져다 댔고, 이어서 귓불을, 그리고 사랑스럽게 솟은 젖가슴을 따라 혀를 놀리다가 꼭대기의 달콤하고 단단한 젖꼭지로 옮겨 갔다. 그의 혀는 떨고 있었다. 그는 텅 빈 듯한 통증 사이로 전율이 퍼지는 것을 느꼈다. 시계의 분침이 시침이 자리한 꼭대기를 향해 날카로운 각을 이루며 올라가고 있는 것이 보였다. 그녀는 아직 잠들어 있었지만 그는 그녀의 머리를 돌려 그녀의 입술에 입을 맞췄다. 굳게 닫혀 있는 그녀의 입술에 자신의 입술을 가볍게 맞댄 채 누워 있던 그는 그녀의 입술이 스치는 것이 느껴지자 대고 있던 입술을 가볍게 문질렀다. 그는 그녀 쪽으로 몸을 돌려 그녀의 길고 가볍고 사랑스러운 몸이 떨리는 것을 느꼈다. 잠시 후 그녀는 자면서 한숨을 쉬었고 여전히 잠에서 깨어나지 않은 채로 그를 껴안았다. 그러고는 이내 잠에서 깨어 그의 입술에 자신의 입술을 단단하게 맞대고 힘껏 눌렀다. 그는 말했다. "아프다면서."

그녀는 말했다. "아니에요, 안 아파요."

"토끼 아가씨."

"아니에요, 말하지 마세요."

"나의 토끼."

"말하지 마세요. 말하지 마세요."

그리고 그들은 함께했다. 시곗바늘은 움직이고 있었지만 이젠 보이지 않았고, 그들은 그들 중 한 사람에게 일어나지 않은 일이 다른 사람에게 일어날 수는 없다는 것을 알고 있었다. 그리고 지금 이 일보다 더한 일도 일어날 리 없었고, 이것이 전부이고 언제나 그렇다는 것도, 이것이 지금까지 일어난 일이자, 현재이며, 앞으로 있을 일의 전부라는 것도 그들은 알고 있었다. 앞으로는 느낄 수 없는 것, 이것을 그들은 느끼고 있었다. 그들은 지금과 이전과 언제나를, 지금을, 지금을, 지금을 보내고 있었다. 아, 지금, 지금, 지금, 그리고 오로지 지금만, 그리고 어느 때보다 지금, 너의 현재 외에는 다른 현재란 존재하지 않으며, 현재가 바로 너의 예언자다. 현재와 영원한 지금, 이제 와라, 현재여, 지금 외에 현재란 없다. 그래, 지금. 지금, 제발 지금, 오직 지금만, 다른 때 말고 오직 지금 이 현재만. 네가 어디에 있고, 내가 어디에 있는지, 그리고 다른 사람은 어디에 있는지, 그 이유는 묻지 말고, 결코 묻지 말고, 오직 지금만. 계속 그리고 언제나 제발 그다음엔 항상 지금, 항상 지금, 현재는 항상 단 하나 지금뿐이므로. 하나 오직 하나, 지금 이 하나의 현재 말고 다른 현재는 없다. 하나, 지금 가고, 지금 일어나고, 지금 노를 젓고, 지금 떠나고, 지금 차를 몰고, 지금 하늘을 날고, 지금 멀리 있고, 지금 먼 길을 가고, 지금 먼 길 중에서도 더욱 먼 길을 간다. 하나, 그리고 하나는 하나이고, 하나이고, 하나이고, 하나이고, 여전히 하나이고, 여전히 하나이고, 하강하여, 부드럽게, 간절히, 다정하게, 행복하게 하나이고, 선한 하나, 소중히 간직할 하나, 지금 땅 위에서, 소나무와 밤의 향기가 배어 있는 침낭 속, 소나무 줄기 위에 누워, 가지가 잘린 부분에 팔꿈치를 대고 있는 이 순간이다. 아침이 다가오면서 결정적으로 현실이 되는 지금이다. 그제서야 그는 입을 열었다. 지금까지 그가 생각한 말들은 그의 머릿속에서 맴돌 뿐 입 밖으로 나오지는 않았었던 것이다. "아, 마리아, 사랑해. 그리고 이렇게 해줘서 고마워."

마리아는 말했다. "말하지 말아요. 말하지 않는 편이 더 좋아요."

"중요한 일이기 때문에 당신한테 말을 해야 해."

"안 돼요."

"토끼……."

그러나 그녀는 그를 꼭 껴안고 고개를 멀리 돌려버렸고, 그는 부드럽게 물었다. "아파서 그래, 토끼?"

"아니요." 그녀가 말했다. "나도 다시 한 번 라 글로리아* 속에 있을 수 있어서 고마워서요."

그리고 그 후로 그들은 손목, 허벅지, 엉덩이, 그리고 어깨를 모두 맞댄 채 말없이 나란히 누워 있었다. 손목시계가 다시 로버트 조던의 눈에 들어왔다. 마리아는 말했다. "우린 정말 운이 좋았어요."

"그래." 그는 말했다. "우린 정말 운 좋은 사람들이야."

"잠잘 시간이 없겠죠?"

"그래." 그가 말했다. "이제 곧 시작할 거야."

"그럼 일어나야 한다면, 뭐 좀 먹으러 가요."

"좋아."

"당신, 당신은 두렵지 않나요?"

"전혀."

"정말이요?"

"그럼. 지금은 두렵지 않아."

"그래도 예전에는 걱정했잖아요?"

---

*'큰 즐거움', '대만족', '영광'을 뜻하는 스페인어.

"잠깐은 그랬지."

"내가 도울 일은 없어요?"

"없어." 그가 말했다. "이미 충분히 도와줬는걸."

"그거요? 그건 날 위한 거였어요."

"우리 둘 다를 위한 거였지." 그가 말했다. "우리 둘 다 아무도 혼자 있지 않았잖아. 이리 와, 토끼 아가씨, 옷 입읍시다."

하지만 그의 가장 좋은 동반자인 그의 마음은 라 글로리아를 생각하고 있었다. 그녀가 라 글로리아라고 말했다. 그것은 영광과도 상관없고, 프랑스인들이 말하고 쓰는 '라 글르와르'와도 상관없다. 그것은 칸테 혼도*와 사에타스** 안에 있었다. 그레코***와 산 후안 데 라 크루스**** 안에 있었고, 물론 다른 작가들에게도 있었다. 난 신비주의자는 아니지만 그런 것을 부정하는 것은 전화나 지구의 자전이나 지구 외에 다른 행성들이 존재한다는 것을 부인하는 것처럼 무지몽매한 일이다.

우리는 알아야 할 것들을 너무나 모르고 있다. 나는 오늘 내가 죽지 말고 아주 오래 살았으면 좋겠다. 내 인생 중 어느 때보다도 지난 나흘 동안 인생에 대해 더 많이 배웠기 때문이다. 나는 노인이 되어 인생을 정말로 아는 사람이 되고 싶다. 계속 배울 수 있을지는 모르지만, 그리고 한 사람이 이해할 수 있는 양이 정해져 있는 건지는 모르겠지만. 나는 내가 꽤나 많이 알고 있는 줄 알았는데 사실은 아무것도 모르고 있다. 시간이 좀 더 많이 남아 있었으면 좋겠다.

*스페인의 집시 노래인 플라멩코가 변형된 전승 민요. '깊은 노래', '웅장한 노래'라는 뜻이다.
**플라멩코의 즉흥적 곡조.
***엘 그레코(1541?~1614). 독특한 종교화로 유명한 16세기 스페인 화가.
****산 후안 데 라 크루스(1542~1591). 신의 사랑을 노래한 스페인의 신비시인.

"당신은 내게 많은 걸 가르쳐주었어, 구아파." 그는 영어로 말했다.

"뭐라고 한 거예요?"

"당신한테 많은 걸 배웠다고."

"케 바." 그녀가 말했다. "당신이야말로 교육을 많이 받았잖아요."

교육이라, 그는 생각했다. 나는 정말 배움의 아주 작은 문턱에 들어섰을 뿐이다. 아주 작은 문턱. 이제야 뭔가를 좀 알겠는데 만약 오늘 죽게 된다면 다 허사가 되어버린다. 혹시 시간이 짧아서 예민해진 탓에 지금 그런 것들을 배운 건 아닐까? 하지만 시간이 짧다거나 하는 것 따윈 없다. 너도 그 정도는 알 만한 지각을 가졌어야 했다. 난 이 산골에 온 이래로 이곳에서 내 평생을 산 셈이다. 안셀모는 나의 가장 오래된 친구다. 나는 찰스나 처브를 아는 것보다, 가이나 마이크보다, 그리고 그들을 모두 합한 것보다 안셀모 영감을 더 많이 안다. 입이 거친 아구스틴은 내 형제다. 나는 원래 형제가 없는데 말이다. 마리아는 내 진정한 사랑이고 나의 아내다. 나는 진정한 사랑을 한 적이 없었다. 아내를 둔 적도 없었다. 그녀는 내 여동생이기도 하다. 난 여동생이 없었다. 그리고 내 딸이기도 하다. 난 딸을 갖지 못할 테지만. 나는 그렇게 좋은 것을 두고 떠나기 싫다. 그렇게 상념에 빠져 있는 사이 그는 밧줄로 밑창을 댄 운동화 끈을 다 묶었다.

"난 인생이 아주 재미있어졌어." 그가 마리아에게 말했다. 그녀는 그의 옆에서 두 손으로 발목을 잡고 침낭 위에 앉아 있었다. 누군가가 동굴 입구의 담요를 걷어 올려 동굴 안의 불빛이 새어 나왔다. 아직 한밤중이었고 아침이 올 기미도 보이지 않았다. 다만 소나무 사이로 올려다보자 별이 낮게 내려앉아 있었다. 5월이니 아침이 일찍 올 것이었다.

"로베르토." 마리아가 말했다.

"응, 구아파."

"오늘 우린 함께 있을 건가요, 아닌가요?"

"시작하고 나면 함께 있을 거야."

"시작할 때는 아니고요?"

"그래. 당신은 말과 함께 있어야 해."

"당신과 함께 있을 순 없어요?"

"안 돼. 내가 해야만 하는 일이 있는데, 당신을 걱정하느라 일을 그르칠지도 모르니까."

"하지만 다 하고 나면 빨리 오실 거죠?"

"아주 빨리 올게." 그는 말하고 어둠 속에서 빙그레 웃었다. "이리 와, 구아파, 이제 가서 아침 먹자."

"그럼 당신 침낭은요?"

"개도록 해, 그러고 싶으면."

"그러고 싶어요." 그녀가 말했다.

"나도 도울게."

"아니에요. 저 혼자 할게요."

그녀는 무릎을 꿇고 침낭을 펼쳐서 돌돌 말다가 마음이 바뀌었는지 다시 일어서서 침낭을 탁탁 털었다. 그러고는 다시 무릎을 꿇고 침낭을 평평하게 편 다음 돌돌 말았다. 로버트 조던은 꾸러미들을 들어 올려 찢어진 틈에서 물건이 쏟아져 나오지 않도록 조심스럽게 들고 소나무 사이를 지나 칙칙한 담요가 걸려 있는 동굴 입구로 걸어갔다. 시간은 그의 시계로 3시 10분 전이었다. 그는 팔꿈치로 담요를 밀어젖히고 동굴 안으로 들어갔다.

38장

그들은 동굴 안에 있었고, 남자들은 마리아가 불을 피우고 있는 화덕 앞에 서 있었다. 필라르는 로버트 조던을 깨웠던 때부터 아예 잠자리에 들지 않았고, 지금은 연기가 자욱한 동굴 안에서 의자에 앉아 조던의 꾸러미에 난 구멍을 꿰매고 있었다. 다른 하나는 이미 다 꿰매놓았다. 화덕의 불빛이 그녀의 얼굴을 환하게 비추었다.

"스튜 좀 더 먹어." 그녀는 페르난도에게 말했다. "그깟 배 좀 터지면 좀 어때서 그래? 이따 피를 철철 흘려도 수술해줄 의사도 없을 텐데."

"그런 식으로 말하지 마, 이 여편네야." 아구스틴이 말했다. "당신은 정말이지 말본새가 왕갈보야."

그는 주머니에 수류탄을 한가득 넣고, 한쪽 어깨에는 둥근 탄창을 넣은 자루를, 다른 한쪽 어깨에는 총알이 잔뜩 든 탄띠를 두른 채, 접힌 삼각대 다리가 바짝 붙어 있고 총열은 온통 긁힌 자국투성이인 자동소총에 기대어 있었다. 그는 담배를 피우면서 한 손으로 커피가 담긴 그릇을 들고 있었다. 그는 그릇을 입술 가까이 들고 김을 훅 불었다.

"걸어 다니는 철물점인 주제에." 필라르가 그에게 말했다. "그 무거운 것들을 들고 어디 100야드나 걸어가겠냐고."

"케 바, 이 여자야." 아구스틴이 말했다. "다 내리막뿐인데 뭘."

"초소까지는 오르막이오." 페르난도가 말했다. "내리막이 시작되기 전에 말이야."

"난 염소처럼 기어 올라가겠어." 아구스틴이 말했다.

"그런데 자네 동생은?" 그가 엘라디오에게 물었다. "자네의 그 유명한 동생은 내빼버렸나?"

엘라디오는 벽에 기대어 서 있었다.

"닥쳐." 그가 말했다.

그는 초조했고, 그 사실을 다른 사람들도 다 안다는 것을 눈치 채고 있었다. 그는 군사작전 전에는 항상 초조하고 예민해졌다. 그는 벽에서 탁자 쪽으로 자리를 옮겨 탁자 다리에 기대져 있는, 생가죽 덮개가 달린 바구니 하나에서 수류탄을 꺼내 자신의 주머니에 넣기 시작했다.

로버트 조던은 자기 옆에 놓인 바구니로 몸을 숙였다. 그리고 바구니 안으로 손을 뻗어 수류탄 네 개를 집어 들었다. 세 개가 타원형 밀스 파편 수류탄*으로, 몸체에 톱니 모양의 결이 있고, 고리가 달린 안전핀에 의해 안전 손잡이의 용수철이 아래로 눌려 있는 무거운 철제 수류탄이었다.

"이 수류탄들은 어디서 난 건가?" 그가 엘라디오에게 물었다.

"저거? 공화국에서 준 거지. 영감이 가져왔소."

"성능이 어떤가?"

---

*윌리엄 밀스가 1915년에 개발한 최초의 현대식 수류탄.

"발렌 마스 케 페산.(무게보다 더 값어치가 있어.)" 엘라디오가 말했다. "하나만도 엄청 비싼 거요."

"내가 가져왔네." 안셀모가 말했다. "한 상자에 60개가 들었지. 무게가 90파운드나 된다네, 잉글레스."

"이 종류의 수류탄을 써본 적 있습니까?" 로버트 조던이 필라르에게 물었다.

"우리가 써봤냐고? 케 바." 여자가 말했다. "파블로가 오테로의 초소를 습격할 때 저걸 썼었지."

그녀가 파블로의 이름을 입에 올리자, 아구스틴이 욕설을 퍼붓기 시작했다. 로버트 조던은 화덕 불빛에 비친 필라르의 표정을 보았다.

"그만해." 그녀가 아구스틴에게 쏘아붙였다. "말해봤자 소용도 없잖아."

"항상 잘 터지던가요?" 로버트 조던은 회색 칠이 된 수류탄을 손에 들고 엄지손가락으로 안전핀이 굽어 있는 부분을 만져 보았다.

"항상 잘됐소." 엘라디오가 말했다. "우리가 써본 것들 중 불발된 건 없었소."

"그럼 얼마나 빨리 터지나?"

"멀리 던질 수 있소. 빨리 터지지. 순식간에."

"그럼 이것들은?"

그는 철사 고리에 테이프를 감은 수프 깡통 모양의 수류탄을 들어 올렸다.

"그건 폐물이오." 엘라디오가 그에게 말했다. "터지긴 하지. 그렇지만 그냥 번쩍이기만 할 뿐이고 파편은 안 퍼져."

"하지만 꼭 터지긴 터진단 말이지?"

"케 바, 꼭은 무슨." 필라르가 말했다. "우리 편 무기나 적의 무기나 꼭이란 없어."

"하지만 저쪽 건 항상 터진다고 했잖아요."

"나는 그렇게 말 안 했는데." 필라르가 그에게 말했다. "다른 사람한테 물어봤겠지, 나는 아니야. 난 그런 물건들 중 어떤 것에서도 '꼭'이란 건 못 봤어."

"그것들은 다 잘 터지잖아요." 엘라디오가 주장했다. "사실대로 말해요, 필라르."

"다 터지는지 네놈이 어떻게 알아?" 필라르가 그에게 물었다. "그걸 던져본 건 파블로야. 넌 오테로에서 한 놈도 못 죽였잖아."

"그 개놈의 새끼." 아구스틴이 시작했다.

"그만둬." 필라르가 쏘아붙이고는 계속 말했다. "그것들은 다 비슷해, 잉글레스. 톱니 모양이 나 있는 것들이 좀 더 사용법이 간단하지."

종류별로 하나씩 다 써봐야겠군, 로버트 조던은 생각했다. 하지만 톱니 모양이 있는 것이 더 쉽고 확실하게 터질 것이다.

"댁도 수류탄을 던질 건가, 잉글레스?" 아구스틴이 물었다.

"왜 안 되겠소." 로버트 조던이 말했다.

그러나 쭈그리고 앉아 수류탄을 고르면서 그는 이런 생각을 했다. 그럴 가능성은 없다. 내가 어떻게 나 자신을 속였는지 알 수가 없군. 눈이 그쳤을 때 소르도가 끝장난 것처럼, 놈들이 소르도를 공격할 때 우리도 이미 끝장난 것이다. 네가 그 사실을 인정하지 못할 뿐이지. 너는 작전을 계속 진행해야 하고, 성공이 불가능하다는 것을 알면서도 계획을 세워야 한다. 너는 계획을 세웠지만, 지금은 그 계획이 아무 소용 없다는 것을 알고 있다. 지금 이 아침에는 쓸모가 없다. 여기 있는 물자들로 초소 하나는 확실하게 제압할 수 있겠지. 하지만 두 군데의 초소를 다 제압할 수는 없다. 확신할 수 없다는 얘기다. 자신을 속이지 마라. 새벽이 밝아올 때는 안 된다.

두 군데를 모두 제압하려는 계획은 뜻대로 되지 않을 것이다. 파블로는 그것을 내내 알고 있었어. 그는 항상 도망갈 작정이었는데, 소르도가 공격당하는 걸 보고 우리가 망했다는 것을 알게 되었던 거야. 기적이 일어날 것이라는 가정하에 작전을 세워서는 안 된다. 지금 확보한 것들만 가지고는 대원들을 모두 죽음으로 내몰고, 정작 다리는 폭파도 못 시키게 될 것이다. 너는 필라르, 안셀모, 아구스틴, 프리미티보, 이 신경과민 엘라디오, 쓸모없는 집시, 이 친구 페르난도를 다 몰살시키고도 다리는 폭파하지 못할 것이다. 기적이 일어나서 안드레스가 가져간 전갈을 받고 골스가 공격을 중지시킬 거라고 기대하는 거냐? 기적이 없다면, 너는 그 명령으로 그들 모두를 죽이게 될 것이다. 마리아도 역시. 그 명령으로 마리아도 죽이게 될 것이다. 그녀를 구해줄 수는 없는 거냐? 제기랄 파블로 지옥에나 떨어져라, 그는 생각했다.

아니다. 화내지 마라. 화내는 건 두려워하는 것만큼이나 나쁘다. 하지만 네 여자와 잠자리를 하는 대신 밤새 필라르와 함께 말을 달려 이 산골 지역 전체를 돌면서 작전을 치를 수 있을 만큼 충분한 인원을 찾아냈어야 했어. 맞아, 그는 생각했다. 하지만 그랬다가 내게 불상사가 생겨 다리를 폭파하러 여기로 돌아올 수 없게 된다면. 그래. 바로 그래서 내가 나가지 않은 거였어. 그리고 다른 사람을 보낼 수도 없었다. 그들을 잃어서 인원이 한 명 더 모자라게 되는 위험을 무릅쓸 수가 없었으니까.

너는 현재 갖추고 있는 인원을 그대로 유지해야 하고, 그들을 데리고 그 일을 할 수 있는 계획을 세워야 했다.

하지만 너의 계획은 너무 후졌다. 후졌다. 맞는 말이야. 그것은 밤에 세운 계획인데, 지금은 아침이잖아. 밤에 세운 계획은 아침에는 무용지물이 되어버리거든. 밤에 생각하는 방식은 아침에는 쓸모가 없다. 그러니까 이제 너도 네 계획이 쓸모없다는 걸 안단 말이군.

존 모스비가 이처럼 불가능한 작전을 해냈다면 어떨까? 물론 그는 해냈다. 훨씬 어려운 상황에서도 말이다. 그리고 기억하자. 의외성이라는 요소를 과소평가하지 말자. 그것을 기억하라. 네가 세운 계획을 그대로 밀고 나갈 수 있다면, 그것도 나쁠 건 없다. 아니야, 그래선 안 돼. 작전이란 수행 가능하게 세워야 할 뿐 아니라 대원들이 헷갈리지 않도록 분명하게도 세워야 하니까 그편이 낫단 말이다. 하지만 모든 게 글러버린 이 상황을 좀 보라고. 글쎄, 애초에 잘못된 것이었고, 작은 눈덩이가 눈 위로 굴러가면서 커지듯 갈수록 피해가 커지는 것이지.

탁자 옆에 쭈그리고 앉아 있다가 위를 올려다보니 마리아가 그에게 미소를 짓고 있었다. 그는 겉으로만 간신히 씩 웃어 보이고는 수류탄을 네 개 더 골라서 주머니에 넣었다. 이 수류탄의 뇌관 나사들을 조금씩 풀어서 이용하면 되겠어, 그는 생각했다. 수류탄 파편이 다이너마이트에 안 좋은 영향을 줄 것 같지는 않아. 다이너마이트가 폭발할 때 파편이 생기기는 하겠지만 멀리 퍼지지는 않을 거야. 적어도 난 그렇게 생각해. 그럴 거라고 확신해. 신념을 좀 가져, 그는 자신에게 말했다. 게다가 어젯밤에는 너와 네 할아버지는 참 대단한데 아버지는 겁쟁이라고 생각하지 않았나. 이제 너 자신에게 신념을 좀 보여줘.

그는 다시 마리아를 보고 웃었지만, 그 웃음은 광대뼈와 입 언저리를 당겼을 때나 마찬가지로 겉으로만 웃는 것에 불과했다.

그녀는 너를 대단하게 생각한다, 그는 생각했다. 넌 널 등신 같다고 생각하지. 글로리아라느니 뭐 그런 네가 했던 헛소리라니. 대단한 아이디어가 있었다고? 이 세상을 다 이해한다고 했던가? 그 따위 것들일랑 모두 지옥에나 떨어져라.

마음을 가라앉혀, 그가 자신에게 말했다. 화내지 말고. 화내는 것도 일종의 탈출구가 될 수 있긴 하지만. 언제든 빠져나갈 구멍은 있는 법이야. 이제 손톱이나 물어뜯으며 기다리는 수밖에 없어. 곧 잃게 될 거라는 이유로 지금까지 존재했던 모든 걸 부정할 필요는 없어. 자기를 물어뜯어 등뼈가 부러진 망할 놈의 뱀처럼은 되지 마라. 그리고 네 등은 부러지지도 않았다, 이 비겁한 녀석아. 부상이라도 입기 전에는 울 생각도 마라. 화내는 건 전투가 시작될 때까지 참고 기다려라. 전투 중에는 분노할 시간이 많으니까. 전투에서는 그것도 쓸모가 있을 것이다.

필라르가 다이너마이트가 든 가방을 들고 그에게 다가왔다.

"이제 튼튼해졌소." 그녀가 말했다. "그 수류탄은 성능이 엄청 좋은 거라우, 잉글레스. 믿고 써도 돼."

"기분이 어때요, 필라르?"

그녀는 그를 보고 고개를 저으며 미소를 지었다. 그는 그 미소가 그녀의 내면 어디에서부터 나오는 것일지 궁금했다. 그것은 꽤 깊은 곳에서 나오는 미소 같아 보였다.

"좋소." 그녀는 말했다. "덴트로 데 라 그라베다드.(이런 나쁜 상황치고는.)"

그녀는 그의 옆에 쭈그리고 앉으며 말했다. "이제 진짜 시작할 때가 되었는데 어떤 것 같소?"

"인원이 적어요." 로버트 조던이 재빨리 말했다.

"내 보기에도 그렇군." 그녀가 말했다. "너무 적어."

그런 다음 그녀는 여전히 그에게만 말했다. "마리아란 아이는 혼자 말들을 지킬 수 있네. 그 일에 나까지 있을 필요는 없어. 말의 두 다리를 묶어둘 거니까. 기병대 말들이라 총소리에 놀라지도 않을 거고. 난 아래쪽 초소로 가서 파블로의 몫을 대신하겠네. 이렇게 하면 인원이 한 명 느는 셈이지."

"좋습니다." 그는 말했다. "나도 당신이 그러고 싶어 할 거라고 생각했어요."

"있잖수, 잉글레스." 필라르가 그를 빤히 쳐다보며 말했다. "걱정 마시게. 다 잘될 거야. 놈들은 그런 일이 자기들한테 일어날 거라고는 예상하지 못한다는 걸 기억해."

"그래요." 로버트 조던이 말했다.

"또 한 가지, 잉글레스." 필라르는 자신의 쉰 목소리를 가능한 한 가장 부드러운 소리로 바꾸어 말했다. "손 그거 있잖수……."

"손 뭐요?" 그는 화가 나서 물었다.

"아니, 들어봐. 화내지 말고, 이 사람아. 손 그거 말이네. 그건 그저 내가 좀 대단해 보이려고 지어낸 집시들의 헛소리일 뿐이네. 그런 건 없어."

"그만둬요." 그는 차갑게 말했다.

"아니우." 그녀는 쉰 목소리지만 다정하게 말했다. "내가 지어낸 거짓말이라니까. 전투 날에 자넬 걱정시킬 생각은 없어."

"걱정 안 합니다." 로버트 조던이 말했다.

"아니, 잉글레스." 그녀가 말했다. "딱 보니 걱정에 빠져 있구먼. 그럴 만도 하지. 하지만 다 잘될 거요, 잉글레스. 바로 이 임무를 위해 우리가 태어난 거니까."

"난 공산당 정치위원이 하는 것 같은 격려 따윈 필요 없습니다." 로버트 조던이 그녀에게 말했다.

그녀는 거친 입술과 넓은 입으로 활짝, 그리고 진심으로 그에게 다시 미소를 지었다. "난 당신이 정말 좋수, 잉글레스."

"지금 그런 건 필요 없어요." 그가 말했다. "니 투, 니 디오스.(당신도, 신도 다.)"

"그래." 필라르는 쉰 목소리로 속삭이듯 말했다. "나도 알아. 그저 당신한테 말하고 싶었을 뿐이야. 그리고 걱정 마슈. 우린 아주 잘해낼 거야."

"왜 안 그렇겠어요?" 로버트 조던이 말했고, 얼굴 거죽으로만 슬쩍 웃었다. "물론 그럴 겁니다. 다 잘될 겁니다."

"언제 출발하는 거유?" 필라르가 물었다.

로버트 조던은 시계를 보았다.

"이제 곧." 그는 말했다.

그는 다이너마이트가 든 배낭 하나를 안셀모에게 건넸다.

"기분이 어떠세요, 영감님?" 그가 물었다.

노인은 로버트 조던이 건네준 모형을 보고 흉내 내서 만든 쐐기못을 한 무더기 쌓아놓고 이제 마지막 것을 깎아서 마무리를 하고 있는 중이었다. 이것들은 필요할 때를 대비해 만든 여분의 쐐기못이었다.

"자." 노인이 말하며 고개를 끄덕였다. "지금까지는, 아주 좋군." 그는 손을 내밀었다. "보시오." 그는 말하며 미소를 지었다. 그의 손은 전혀 떨리지 않았다.

"부에노, 이 케?(좋군요. 하지만 그게 왜요?)" 로버트 조던이 그에게 말했다. "저도 손은 떨지 않을 수 있어요. 한 손가락으로 가리켜보세요."

안셀모는 그렇게 했다. 손가락이 떨렸다. 그는 로버트 조던을 보고는 고개를 저었다.

"제 손가락도 떨려요." 로버트 조던이 그에게 보여주었다. "항상요. 그건 정상이에요."

"난 안 그런데." 페르난도가 말했다. 그는 오른손 검지를 앞으로 뻗어 그들에게 보여주었다. 그다음 왼손 검지도 보여주었다.

"침은 뱉을 줄 아나?" 아구스틴이 페르난도에게 묻고는 로버트 조던에게 눈을 찡긋했다.

페르난도는 기침을 하더니 먼지 낀 동굴 바닥에 의기양양하게 가래침을 뱉은 다음 발로 그것을 문질렀다.

"이 더러운 노새 놈." 필라르가 그에게 말했다. "용기를 자랑하려거들랑 이 화덕 불에다 뱉어봐."

"이곳을 떠나지 않을 거였으면, 필라르, 바닥에 뱉지 않았을 거예요." 페르난도가 새침하게 말했다.

"오늘은 장소를 가려가며 뱉어." 필라르가 그에게 말했다. "네가 영원히 떠나지 않을 곳이 될 수도 있으니."

"검은 고양이처럼 표독스럽기는." 아구스틴이 말했다. 그는 초조해서 농담이라도 해야 했는데, 그런 농담은 그들 모두의 기분을 보여주는 또 하나의 방식이었다.

"농담이야." 필라르가 말했다.

"나도." 아구스틴이 말했다. "그래도 지랄 염병할 만큼 짜증나네. 하지만 작전이 시작되면 좋아질 거야."

"집시는 어디 있지?" 로버트 조던이 엘라디오에게 물었다.

"말들한테 갔소." 엘라디오가 말했다. "동굴 입구에서 보여."

"그는 상태가 어떻소?"

엘라디오가 씩 웃었다. "무서워 죽으려고 하지." 그가 말했다. 다른 사람의 두려움을 얘기하자 그는 안심이 되었다.

"잠깐, 잉글레스……." 필라르가 말을 시작했다. 로버트 조던은 그녀 쪽으로 눈을 돌렸다가 그녀의 입이 벌어지고 얼굴에 믿을 수 없다는 표정이 서리는 것을 보고는 재빨리 동굴 쪽으로 몸을 돌리며 권총으로 손을 뻗었다. 거기에는 한 손으로 담요를 젖히고 번쩍이는 원뿔형의 자동소총 총구를 어깨 위로 삐죽 내민 파블로가 서 있었다. 수염이 거칠거칠하고 짧고 넓적한 얼굴에 작고 충혈된 눈을 한 그가 딱히 누구랄 것 없는 곳을 바라보고 있었다.

"당신……." 필라르가 믿을 수 없다는 듯 그에게 말했다. "당신이."

"날세." 파블로가 차분히 말했다. 그는 동굴 안으로 들어왔다.

"올라, 잉글레스." 그가 말했다. "저 위 엘리아스와 알레한드로의 유격대에서 다섯 사람과 말을 데려왔어."

"발파기와 뇌관은?" 로버트 조던이 말했다. "그리고 다른 물건들은?"

"골짜기에서 강물로 던져버렸어." 아직까지 아무에게도 눈을 맞추지 않은 채 파블로가 말했다. "하지만 내가 수류탄을 이용해서 터뜨리는 방법을 생각해냈어."

"그 생각은 나도 했어." 로버트 조던이 말했다.

"술 좀 있나?" 파블로가 지친 목소리로 말했다.

로버트 조던이 술이 든 수통을 건네자 그는 벌컥벌컥 들이켠 다음 손등으로 입을 닦았다.

"당신 도대체 어떻게 된 거야?" 필라르가 물었다.

"아무것도." 파블로가 또 입을 닦으며 말했다. "아무 일도 아니야. 돌아온 거야."

"하지만 왜?"

"아무것도 아니라니까. 순간 마음이 약해졌었어. 그래서 도망갔지만 이렇게 다시 돌아왔어."

그는 로버트 조던을 향했다. "엔 엘 폰도 노 소이 코바르데.(난 뼛속까지 비겁한 놈은 아니야.)" 그는 말했다. "뼛속까지 그런 건 아니라고."

하지만 다른 못된 구석이 넘쳐나지, 로버트 조던은 생각했다. 안 그렇다면 내 손에 장을 지진다. 하지만 다시 만나서 반갑다, 이 개자식아.

"엘리아스와 알레한드로에서 얻을 수 있었던 건 다섯이 전부였어." 파블로가 말했다. "난 여기서 나간 다음에 말을 달렸지. 너희 아홉으로는 도저히 안 될 일이었어. 절대로. 어젯밤에 잉글레스가 설명할 때 난 알아버렸지. 절대 성공할 수 없다는 걸. 아래쪽 초소에는 병사 일곱에 하사 한 명이 있어. 놈들이 미리 경고 신호를 받거나 대항해 오면 어떡할 건데?"

그는 이제 로버트 조던을 바라보며 말했다. "떠날 때 난 당신이 이 작전이 불가능하다는 걸 알고 포기할 거라 생각했었어. 그런데 당신 물건을 던져버리고 나니 다른 면이 보이더군."

"다시 보게 되어 반갑소." 로버트 조던이 말했다. 그는 파블로의 곁으로 걸어갔다. "수류탄으로 할 수 있을 거요. 잘되겠지. 없어진 것들은 이제 상관없소."

"아니." 파블로가 말했다. "당신을 위해 한 일이 아니야. 댁은 불운을 몰고 다니는 놈이야. 이 모든 게 당신 때문에 생긴 일이잖아. 소르도 영감 일도 그렇고. 하지만 그 물건들을 던지고 나니, 나 자신이 너무 외롭게 느껴지더군."

"니미……." 필라르가 말했다.

"그래서 작전을 성공하게 만들려고 사람들을 구하러 다녔어. 구할 수 있는 한 제일 좋은 사람들로 데려왔어. 당신하고 먼저 상의를 하려고 산꼭대기에 남겨두고 왔지. 그들은 내가 대장인 줄 알고 있어."

"당신이 해." 필라르가 말했다. "그렇게 원한다면." 파블로는 말없이 그녀를 바라보았다. 그런 다음 간단하고 조용하게 말했다. "소르도 영감이 그렇게 되고 나서 난 생각을 많이 했어. 끝장이 나야 한다면, 다 같이 끝장나야 해. 하지만 당신, 잉글레스. 우리를 이렇게 만든 당신이 난 싫어."

"하지만 파블로……." 주머니에 수류탄을 잔뜩 넣고 탄띠들을 어깨에 멘 채 아직도 빵으로 스튜 그릇의 바닥을 닦아 먹고 있던 페르난도가 말을 시작했다. "당신은 작전이 성공할 수 있다고 믿지 않았나요? 그저께 밤에는 성공을 확신한다고 말했잖아요."

"저놈한테 스튜나 더 줘." 필라르가 마리아에게 표독스럽게 말했다. 그리고 나서 부드러워진 눈으로 파블로를 바라보며 말했다. "그럼 당신 돌아온 거지, 응?"

"그래, 마누라." 파블로가 말했다

"자, 환영해." 필라르가 말했다. "당신이 겉으로 보이는 것만큼 그렇게 쓰레기가 되지는 않았을 거라고 나도 생각했어."

"그런 짓을 하고 나니, 쓸쓸해서 견딜 수가 없더라고." 파블로가 그녀에게 속삭였다.

"견딜 수가 없더라고." 그녀는 그를 흉내 냈다. "15분도 견디지 못할 정도였단 말이지."

"놀리지 마, 마누라. 어쨌든 이렇게 돌아왔잖아."

"잘 돌아왔어." 그녀가 말했다. "아까 내가 한 말 못 들었수? 커피 좀 마셔. 그리고 출발하지. 극적인 장면들을 많이 봤더니 피곤하군."

"그게 커핀가?" 파블로가 물었다.

"확실해요." 페르난도가 말했다.

"나도 좀 줘, 마리아." 파블로가 말했다. "넌 잘 지냈냐?" 그는 그녀를 바라보지 않고 물었다.

"네." 마리아가 그에게 말하고 커피 한 사발을 가져다주었다. "스튜도 드실래요?" 파블로는 고개를 저었다.

"노 메 구스타 에스타르 솔로.(난 혼자 있고 싶지가 않아.)" 파블로는 다른 사람들은 그 자리에 없는 듯 필라르에게 설명을 계속했다. "혼자 있고 싶지 않다고. 사베스?(알겠어?) 어제 하루 종일 모두를 위해서 혼자 일할 때는 외롭지 않았어. 그런데 어젯밤. 옴브레! 케 말 로 파세!(아이고! 정말 괴로웠어!)"

"오죽했으면 당신의 스승인 그 유명한 가룟 유다가 스스로 목을 맸겠수." 필라르가 말했다.

"그런 식으로 말하지 마, 마누라." 파블로가 말했다. "당신 못 봤어? 난 돌아왔다고. 유다니 뭐니 그런 얘기 하지 말란 말이야. 난 돌아왔으니까."

"당신이 데려왔다는 그 사람들은 어떻수?" 필라르가 그에게 물었다. "뭐 쓸 만한 것들 좀 가지고 왔나?"

"손 부에노스.(좋은 자들이야.)" 파블로가 말했다. 그는 그 기회를 노려 필라르를 똑바로 노려보더니 이내 고개를 돌렸다.

"부에노스 이 보보스.(착하고 멍청해.) 착하고 멍청한 자들이지.

기꺼이 죽겠다는 뭐 그런. 당신 입맛에 딱 맞아. 당신이 좋아할
만한 자들이야."

　파블로는 필라르를 다시 바라보았고 이번에는 눈길을 돌리
지 않았다. 그는 가장자리가 붉게 충혈된 작고 돼지 같은 눈으
로 그녀를 계속 똑바로 쳐다봤다.

　"당신." 그녀는 말했다. 그녀의 쉰 목소리가 다시 다정해졌
다. "당신. 역시 한번 사내는 영원한 사내구려."

　"리스토.(준비됐어.)" 파블로는 단호한 표정으로 그녀를 똑바
로 바라보며 말했다. "난 오늘 일어날 일에 맞설 준비가 되어
있어."

　"나도 당신이 돌아왔다는 걸 믿어." 필라르가 그에게 말했
다. "난 믿어. 그런데, 옴브레, 당신 꽤 멀리 갔었나 보군."

　"댁의 술 좀 한 모금 더 마십시다." 파블로가 로버트 조던에
게 말했다. "그러고 나서 출발하지."

39장

어둠 속에서 그들은 수풀을 지나 언덕을 올라갔고, 좁은 산길을 따라 산꼭대기에 이르렀다. 그들은 모두 중무장을 한 상태였기 때문에 올라가는 속도가 더뎠다. 말안장 위에도 짐이 많이 실려 있었다.

"어쩔 수 없을 땐 버리면 돼." 필라르는 말했었다. "하지만 놓지 않고 다 가져가면 또 캠프를 만들 수 있어."

"나머지 탄알들은요?" 다이너마이트가 든 가방을 밧줄로 묶으면서 로버트 조던이 물었다.

"저 안장주머니에."

로버트 조던은 다이너마이트 가방의 무게를 느꼈고, 외투주머니에 수류탄을 잔뜩 넣어둔 탓에 목 부분이 당겼다. 허벅지는 권총의 무게에 눌렸고, 기관총 탄창이 들어 있는 바지 주머니는 불룩했다. 입안에는 커피 맛이 남아 있었다. 오른손에는 기관총을 들고, 왼손으로는 가방의 어깨 끈 때문에 당겨진 외투의 목깃을 잡아당겼다.

"잉글레스." 파블로가 그의 옆에 바싹 붙어 걸으며 어둠 속에서 말했다.

"왜 그러시오?"

"내가 데려온 자들은 자기들이 와서 작전이 성공할 것으로 알고 있소." 파블로가 말했다. "그들에게 산통 깨는 소리 같은 건 하지 마쇼."

"좋소." 로버트 조던이 말했다. "하지만 성공하게 만듭시다."

"그자들한텐 말이 다섯 마리 있어, 사베스?" 파블로가 조심스럽게 말했다.

"잘됐군." 로버트 조던이 말했다. "말들은 모두 한군데에 모아두겠소."

"잘됐군." 파블로는 이렇게 말하고 나서 더 이상 아무 말도 하지 않았다.

나는 당신이 타르수스로 가는 길에 완전히 마음을 고쳐먹었다고는 생각하지 않아, 파블로 영감, 로버트 조던은 생각했다. 아니, 당신이 돌아온 것만으로도 기적이지. 당신을 성자로 추대한다 해도 문제가 없다고 생각해.

"원래 소르도 영감네 대원들하고 할 계획이었던 대로 그 다섯 명을 데리고 내가 아래쪽 초소를 맡겠네." 파블로가 말했다. "전선을 끊고 나서 다리로 돌아와 합류하리다."

10분 전에 다 끝낸 얘긴데, 로버트 조던은 생각했다. 왜 새삼스럽게 지금 이 얘길…….

"그레도스로 퇴각할 수 있는 가능성은 있어." 파블로가 말했다. "정말로, 내가 생각을 많이 해놨거든."

저자한테 지난 몇 분 동안 또 어떤 생각이 번쩍한 모양이군, 로버트 조던은 자신에게 말했다. 또 무슨 계시를 받은 게야. 하지만 나까지 끼어들라고 설득할 생각일랑 마. 안 돼, 파블로. 나한테 너무 많은 걸 믿으라고 하진 마.

파블로가 동굴로 들어와서 다섯 명을 데려왔다고 말한 순간부터 줄곧 로버트 조던은 기분이 점점 더 좋아졌다. 파블로가 돌아온 것은, 눈이 내린 후 작전 전체가 빠져들고 있것 같던 비극의 고리에서 빠져나온 것이었다. 그는 운 같은 건 믿지 않았으므로 파블로가 돌아왔다고 해서 자신의 운이 돌아왔다고 생각하지는 않았지만, 그래도 어쨌든 작전이 전체적으로 좋아졌고 이제는 성공할 가능성도 있다고 생각했다. 보나마나 실패할 것이라는 생각 대신, 그는 타이어에 서서히 바람이 들어가는 것처럼 자신감이 솟아오르는 것을 느꼈다. 펌프질이 시작되고 펌프에 달린 고무 튜브가 땅 위에서 꿈틀댈 때는 분명 시작이 되기는 했어도 별 차이가 없었는데, 이제는 밀물이 차오르듯이, 나무속의 수액이 올라오듯이 꾸준히 자신감이 차올랐다. 이제 그는 작전 돌입 직전 모든 걱정과 불안을 부정하면서 희열에 빠져드는 그 순간의 관문에 들어서고 있었다.

이것은 그가 가진 대단한 능력이었고, 그 능력 덕에 그는 전쟁에 잘 맞는 인물이 되었던 것이다. 일어날 수 있는 안 좋은 결말을 무시하지는 않지만 경멸하는 능력이 그것이었다. 다른 사람들에 대한 책임이 너무 과중한 탓에, 또는 계획이 잘못되었거나 근본 개념이 잘못된 작전을 감행해야 하는 필요성 때문에 그의 이러한 자질이 기를 펴지 못했던 것이다. 그런 일에는 나쁜 결말, 즉 실패를 무시할 수 없었기 때문이다. 그것은 단지 자기 자신만이 피해를 입을 가능성이 아니었다. 그 정도는 무시할 수도 있었다. 그는 자신이 별 볼일 없는 존재라는 것을 알고 있었고 죽음이 별것 아니라는 것도 알고 있었다. 그는 다른 것을 아는 것과 마찬가지로 그것을 진심으로 이해했다. 지난 며칠 동안 그는 자신이 다른 누군가에게 모든 것이 될 수 있음을 배웠다. 그러나 마음속으로는 이것이 아주 예외적인 상황이라는 것을 알고 있었다. 우리 두 사람이 누렸던 것은, 그는 생각했다. 내겐 정말 행운이었어. 그것은 그냥 찾아온 행운이었지. 내가 요구한 적은 없었으니까. 그것은 빼앗길 수도, 잃을 수도 없다. 하지만 그 행복은 오늘 아침으로 끝이 났고 이제 해야 할 일은 임무 수행뿐이다.

그런데, 너, 그는 자신에게 말했다. 네가 한동안 부족했던 자신감을 좀 회복한 걸 보니 기쁘군. 하지만 아까 너는 상태가 꽤나 안 좋았지. 나도 아까는 한동안 네가 창피하더라. 다만 그땐 나도 그냥 너였지. 그때는 너를 판단하고 비판하는 내가 없었지. 우리는 다 엉망진창이었다. 너와 나, 우리 둘 다. 이제 좀 그만해. 정신분열증 환자처럼 생각하는 건 끝내라. 이제 한 번에 한 사람씩이다. 하지만 이봐, 오늘 하루 동안 그 아가씨 생각은 지워버려야 해. 지금 그녀를 보호하기 위해 네가 할 수 있는 것이라고는 그녀를 멀리 떨어뜨려놓는 것밖에 없어. 그 조치는 이미 취해놓았어. 파블로가 은근히 내비쳤던 의도를 믿을 수 있다면, 우리가 타고 갈 말의 수는 분명 늘어날 거야. 그녀를 위해 네가 할 수 있는 최선은 작전을 재빠르게 잘 수행한 다음 퇴각하는 것인데, 그녀 생각에 빠져 있으면 이 일을 하는 데 방해가 된다. 그러니 절대 그녀를 생각하지 마라.

이런 생각을 다 하고 나서, 그는 마리아가 필라르, 라파엘, 그리고 말들과 함께 올 때까지 기다렸다.

"안녕, 구아파." 그는 어둠 속에서 그녀에게 말했다. "좀 어때?"

"좋아요, 로베르토." 그녀가 말했다.

"아무 걱정 마." 그는 오른손에 들고 있던 총을 왼손으로 옮겨 들고 그녀의 어깨에 손을 얹었다.

"걱정 안 해요." 그녀가 말했다.

"전부 빈틈없이 계획되어 있어." 그는 그녀에게 말했다. "라파엘이 당신이랑 같이 말을 지킬 거야."

"전 당신과 있고 싶은데요."

"안 돼. 말을 지키는 건 당신이 제일 잘하니까."

"알았어요." 그녀가 말했다. "거기 있을게요."

바로 그때 말 한 마리가 히힝 울었고 바위틈 아래 빈터에서 다른 말이 대답하듯 울었다. 그 울음소리는 높아져서 날카롭게 찢어지는 쉰 소리가 되었다.

로버트 조던은 어둠 속에서 한 무리의 새로운 말들이 다가오는 것을 보았다. 그는 앞으로 가서 파블로와 함께 그들에게 다가갔다. 그 남자들은 각자의 말 옆에 서 있었다.

"살루드." 로버트 조던이 말했다.

"살루드." 그들은 어둠 속에서 대답했다. 그들의 얼굴은 보이지 않았다.

"이 사람은 우리와 함께 갈 잉글레스요." 파블로가 말했다. "다이너마이트 폭파 담당이지."

아무도 그 말에 대답하지 않았다. 아마도 그들은 어둠 속에서 고개를 끄덕였을 것이다.

"출발하세, 파블로." 한 남자가 말했다. "곧 동이 트겠어."

"수류탄 좀 더 가져왔나?" 다른 남자가 물었다.

"아주 많아." 파블로가 말했다. "말을 데려다 둔 다음에 가져가도록 해."

"그럼 가세." 다른 남자가 말했다. "우린 여기서 거의 꼬박 밤을 새며 기다렸단 말일세."

"올라, 필라르." 여자가 올라오자 한 남자가 말했다.

"지금 말한 자가 페페가 아니라면 날 죽여도 좋아." 필라르가 쉰 목소리로 말했다. "잘 있었수, 목동 양반?"

"잘 있었지." 그 남자가 말했다. "덴트로 데 라 그라베다드."

"지금 어떤 말을 타고 있나?" 필라르가 그에게 물었다.

"파블로의 회색 말." 그 남자가 말했다. "대단한 말이야."

"이봐." 다른 남자가 말했다. "가자고. 여기서 떠들고 있어 봤자 아무 소용 없어."

"어떻게 지냈수, 엘리시오?" 그가 말에 탈 때 필라르가 그에게 말했다.

"어떻긴 뭐가 어때?" 그가 무례하게 말했다. "가자고, 이 여자야, 우린 할 일이 있으니."

파블로는 커다란 적갈색 말에 올라탔다.

"입 닥치고 따라오기나 해." 파블로가 말했다. "말을 남겨둘 곳으로 안내하겠네."

40장

로버트 조던이 잠을 자고, 다리 폭파 계획을 세우고, 마리아와 함께 시간을 보낼 동안, 안드레스는 천천히 전진하고 있었다. 공화군 측 전선에 도착할 때까지 그는 그 지역을 잘 아는 건강한 시골 사람이 어둠 속에서 갈 수 있는 만큼 최대한 빠르게 지역을 가로지르며 파시스트 전선을 통과했다. 하지만 공화군 측 전선 안으로 들어온 다음부터는 속도가 매우 느려졌다.

이론상으로는 그는 로버트 조던이 건네준 군정보국 봉인이 찍힌 통행 허가증과 같은 봉인이 찍힌 급송 공문서를 보여주기만 하면 목적지까지 일사천리로 통과했어야 옳았다. 그러나 처음부터 그는 전선에서 그들의 작전 자체를 도끼눈을 뜨고 의심하는 중대장을 만났다.

그는 이 중대장을 따라 대대본부로 갔다. 전쟁 전 이발사 출신인 대대장은 그의 임무에 대해 듣고 매우 관심을 보였다. 고메스라는 이름의 이 대대장은 중대장을 멍청하다고 욕하면서 안드레스의 등을 두드렸고, 싸구려 브랜디 한 잔을 권하면서 전직 이발사인 자신도 언제나 게릴라 대원이 되고 싶었다고 말했다. 그는 부관을 깨워 대대를 맡긴 다음 당번병을 보내 오토바이 운전병을 깨워 출동시키도록 했다. 고메스는 절차를 신속히 처리하기 위해 안드레스를 오토바이 운전병과 함께 여단 사령부로 보내는 대신 자신이 직접 데려다 주기로 결정했다. 안드레스가 앞좌석을 꽉 잡자 그들은 시끄러운 엔진음을 내며 출발했다. 높은 나무들 사이로 폭격으로 울퉁불퉁해진 산길을 쿵쿵거리며 내려가는 동안, 오토바이의 헤드라이트는 회칠을 한 나뭇등걸과 전쟁이 벌어진 후 첫 여름에 있던 전투 때 폭탄 파편과 총알에 맞아 회칠과 나무껍질이 깎여 나간 부분을 비추었다. 그들은 모퉁이를 돌아 여단 사령부가 있는, 폭격으로 지붕들이 무너진 작은 산골 휴양지 마을에 들어섰다. 고메스는 오토바이 경주 선수처럼 거칠게 브레이크를 밟고 나서 오토바이를 사령부 벽에 기대어놓았다. 졸고 있던 보초병이 나와서 차렷 자세를 취했다. 고메스는 그를 밀치고 큰 방으로 들어갔다. 사방 벽에는 지도가 가득 붙어 있었고, 초록색 차양 모자를 쓴 몹시 졸린 듯한 장교가 독서용 스탠드와 전화 두 대, 그리고 《문도 오브레로》 한 권이 놓여 있는 책상에 앉아 있었다.

장교는 고메스를 올려다보고 말했다. "무슨 일로 왔나? 전화란 물건이 있다는 소문은 못 들어봤나?"

"중령님을 만나야 합니다." 고메스가 말했다.

"취침 중이시다." 장교가 말했다. "길을 내려오는 자네의 오토바이 불빛이 1마일 전부터 보였다. 폭격이라도 맞고 싶은가?"

"중령님을 불러주십시오." 고메스가 말했다. "극히 중대한 사안입니다."

"취침 중이라고 하지 않았나." 장교가 말했다. "저 산적 같

628

은 자는 도대체 누구야?" 그는 턱으로 안드레스를 가리켰다.

"반대편 전선에서 온 게릴라 대원인데, 새벽에 나바세라다 너머에서 있을 공격 작전을 지휘하는 골스 장군께 보내는 극히 중요한 급송 문서를 가지고 왔습니다." 고메스는 흥분해서 열정적으로 말했다. "테니엔테코로넬*을 제발 깨워주십시오."

장교는 초록색 차양 아래 축 늘어진 눈으로 그를 바라보았다.

"자네들 다 미쳤군." 그가 말했다. "골스 장군이란 사람도 모르고 공격 얘기도 못 들었다. 이 활동가를 데리고 자네 대대로 어서 돌아가."

"테니엔테코로넬을 어서 깨워주십시오." 고메스가 말했다. 안드레스는 그의 입이 경직되는 것을 보았다.

"꺼져." 장교는 귀찮다는 듯 말하고 고개를 돌려버렸다.

고메스는 묵직한 9밀리 스타 권총을 권총집에서 꺼내 장교의 어깨에 들이댔다.

"중령을 깨워, 이 파시스트 새끼야." 그가 말했다. "깨워, 안 그러면 네놈을 쏴버리겠다."

"진정해." 장교가 말했다. "이발사들은 하나같이 다혈질이라니까."

안드레스는 독서용 스탠드 불빛 속에서 고메스의 얼굴이 증오로 일그러지는 것을 보았다. 그러나 고메스가 한 말은 "그를 깨워라" 이 한마디뿐이었다.

"당번병." 장교가 경멸에 찬 목소리로 불렀다.

병사 하나가 문가에 나타나서 경례를 한 다음 다시 나갔다.

"약혼녀와 함께 계신다." 장교는 이렇게 말하고 다시 신문

---

*'중령'을 뜻하는 스페인어.

을 읽기 시작했다. "자넬 보고 참도 반가워하시겠군."

"전쟁에 승리하려는 모든 노력을 가로막는 게 바로 너 같은 놈들이다." 고메스는 그 참모 장교에게 말했다.

장교는 들은 척도 하지 않았다. 조금 있다가 신문을 읽던 그는 혼잣말처럼 말했다. "이것 참 이상한 신문이로군!"

"그럼《엘 데바테》를 읽지 그러나? 네놈한텐 그게 맞는 신문이겠군." 고메스는 공화주의 운동 이전 마드리드에서 발행되던 가톨릭계 보수진영 대표 기관지를 들먹였다.

"내가 네 상관이라는 것을 잊지 마라. 내가 네놈에 대해 보고를 올렸다간 타격이 클 거라는 것도 기억해라." 장교는 고개를 숙인 채 말했다. "나는《엘 데바테》를 읽은 적이 없다. 괜히 거짓 비난하지 마라."

"그랬겠지. 넌 알파벳이나 읽었겠지." 고메스가 말했다. "군대는 아직도 너 같은 놈들 때문에 부패하고 있다. 너 같은 직업 군인들 때문에. 하지만 앞으로도 계속 그렇지는 않을 거다. 우리는 무지한 자들과 냉소적인 자들 사이에 끼어서 꼼짝도 못하고 있다. 하지만 우리는 전자를 교육시키고, 후자는 내쫓을 것이다."

"그럴 땐 '숙청'이라고 하는 거다." 장교는 여전히 고개를 숙인 채 말했다. "너의 유명한 러시아인들이 또 숙청을 단행했다는 기사가 여기 실렸군. 요즘 러시아인들은 사리염보다 더 독하게 숙청을 벌이고 있지."*

"뭐라고 부르든 상관없다." 고메스가 흥분하며 말했다. "무슨 이름으로든, 너 같은 놈들을 청산해버릴 것이다."

*1936년부터 1938년 사이 절정에 이르렀던 스탈린의 대숙청을 지칭한다.

"청산이라." 장교는 혼잣말을 하듯 오만하게 말했다. "카스티야 말에는 거의 없는 새로운 단어가 또 나왔군."

"그럼, 쏴버리겠다." 고메스가 말했다. "그건 카스티야 말이지. 그 말은 이해하겠지?"

"그래, 이 친구야. 하지만 그렇게 큰 소리로 말하지는 마라. 이 여단 참모본부에는 테니엔테코로넬 말고도 자고 있는 사람이 많으니까. 게다가 네가 흥분하는 꼴이란 이제 지겹구나. 바로 그래서 난 수염을 내가 직접 깎지. 이발소에서 지껄이는 소릴 듣기 싫어서."

고메스는 안드레스를 보고 고개를 저었다. 그의 눈은 분노와 증오로 젖어 있었다. 그러나 그는 고개를 젓고는, 할 말은 언젠가 훗날을 위해 아껴둔 채 아무 말도 하지 않았다. 그는 이곳 산악 지역에서 대대 지휘관까지 승진한 지난 1년 반 동안 할 말을 아껴왔다. 이제 중령이 잠옷 차림으로 방에 들어오자 그는 자세를 바로 하고 경례를 했다.

키가 작고 얼굴이 잿빛인 미란다 중령은 평생을 군에 몸담아온 군인으로서, 모로코에서 소화 장애를 앓는 동안 마드리드에 있던 부인의 사랑을 잃었으며, 부인과 이혼할 수 없음을 알게 되자 공화주의자가 되어(소화 기능이 회복된 것은 의심할 여지가 없었다) 중령 계급을 달고 내전에 참가했다. 그의 야심은 단 하나뿐이었다. 그것은 같은 계급을 단 상태로 전쟁을 끝내는 것이었다. 그는 이곳 산악 지역을 잘 방어해왔고, 이곳에 남아서 적의 공격이 있을 때마다 방어를 하며 다른 간섭 없이 지내고 싶었다. 그는 전시라서 고기 요리를 줄일 수밖에 없던 탓인지 오히려 전쟁 중에 건강이 훨씬 좋아졌고, 제산제인 탄산수소나트륨도 엄청나게 많이 쟁여놓고 있었다. 저녁에는 위스키를 마셨고, 스물세 살 난 정부는 지난해 7월에 여성 의용병으로 전쟁을 시작한 여자들이 다 그렇듯 임신 중이었다. 이제 그는 방으로 들어와 고메스의 경례에 대한 답으로 고개를 끄덕이고 손을 내밀었다.

"무슨 일인가, 고메스?" 그는 이렇게 물은 다음 탁자에 앉아 있던 직속 참모장에게 말했다. "담배 좀 주겠나, 페페?"

고메스는 그에게 안드레스의 서류와 급송 공문서를 보여주었다. 중령은 통행 허가증을 살펴보고 안드레스를 훑어본 다음 고개를 끄덕이며 미소를 지었고, 다시 급송 공문서를 열심히 들여다보았다. 그는 검지로 봉인을 만져보며 조사한 다음 통행 허가증과 급송 공문서를 안드레스에게 돌려주었다.

"산속에서 지내기는 많이 힘든가?" 그는 물었다.

"아닙니다, 중령님." 안드레스가 말했다.

"골스 장군의 사령부를 찾는 데 가장 가까운 지점이 어디인지 그들이 말해주던가?"

"나바세라다입니다, 중령님." 안드레스가 말했다. "잉글레스가 전선 후방 나바세라다 근방 오른쪽 어디쯤에 있을 거라고 했습니다."

"어느 잉글레스 말이냐?" 중령이 조용히 물었다.

"저희와 함께 있는 다이너마이트 폭파원 잉글레스입니다."

중령은 고개를 끄덕였다. 그것은 설명할 길 없이 갑작스럽게 맞닥뜨리게 되는 이 전쟁의 희한한 면이었다. "우리와 함께 있는 다이너마이트 폭파원 잉글레스라."

"고메스, 자네가 이자를 오토바이로 데려다 주는 게 좋겠군." 중령이 말했다. "골스 장군의 사령부에 보내는 아주 강력한 통행 허가증을 써주게. 내가 서명할 테니." 그는 초록색 셸

룰로이드 차양을 쓰고 있는 장교에게 말했다. "타자기로 치도록 해, 페페. 자세한 내용은 이대로 해." 그는 안드레스에게 통행 허가증을 달라고 손짓했다. "그리고 봉인은 두 개 찍고." 그는 고메스에게 얼굴을 돌리고 말했다. "자네에겐 오늘 좀 강력한 허가증이 필요할 거야. 당연하지. 공격을 앞두고 있을 땐 검문을 철저히 하니까. 가능한 한 최대로 강력한 걸 써주겠네." 그다음 그는 안드레스에게 아주 친절하게 말했다. "뭐 필요한 건 없나? 먹을 거나 마실 거나?"

"없습니다, 중령님." 안드레스가 말했다. "배고프지 않습니다. 직전에 거쳐 온 부대에서 코냑을 얻어 마셔서 더 이상 마시면 멀미라도 날 것 같습니다."

"뚫고 오는 동안 내 구역 전선 반대편에 어떤 움직임이나 군사 행동 같은 건 보지 못했는가?" 그는 안드레스에게 예의를 갖춰 말했다.

"평소와 다를 바 없었습니다, 중령님. 조용, 조용했습니다."

"3개월쯤 전에 세르세디야에서 나랑 만난 적이 있지 않던가?" 중령이 물었다.

"네, 중령님."

"그런 것 같더군." 중령은 안드레스의 어깨를 토닥였다. "자네 안셀모 영감과 함께 있었지? 그는 잘 있나?"

"잘 있습니다, 중령님." 안드레스가 그에게 말했다.

"잘됐군. 그 얘기를 들으니 기분이 좋군." 중령은 말했다. 장교가 그에게 타자 친 문건을 보여주자 그는 읽어보고 서명을 했다. "이제 빨리 가보게." 그는 고메스와 안드레스에게 말했다. "운전 조심하게." 그는 고메스에게 말했다. "헤드라이트를 켜고 달리도록 해. 오토바이로 대단한 사고야 날까마는 그래도

조심해야지. 골스 장군 동지께 내 인사도 전해드리고. 그분과
는 페구에리노스 작전 후에 만났었지." 그는 두 사람과 악수를
했다. "서류들을 셔츠 속에 넣고 단추를 잠그도록 하게." 그가
말했다. "오토바이를 타고 가면 바람을 많이 맞게 될 테니까 말
이야."

그들이 떠난 후 그는 장식장으로 가서 술잔과 술병을 꺼내
위스키를 따른 다음, 벽에 기대어 있는 흙으로 만든 항아리에
든 물을 잔에 따랐다. 그리고 술잔을 들어 위스키를 아주 천천
히 마시며 벽에 걸린 커다란 지도 앞에 서서 나바세라다 위쪽
지역의 공격 예상 지점들을 살펴보았다.

"내가 아니라 골스라서 다행이군." 그는 이내 탁자에 앉아
있는 장교에게 말했다. 장교는 대답이 없었다. 중령이 지도에
서 눈을 떼고 장교를 바라보니 장교는 팔을 베고 잠들어 있었
다. 중령은 탁자로 다가가 전화기 두 대를 서로 가까이 붙여놓
고 장교의 머리 양쪽에 닿게 해놓았다. 그런 다음 장식장으로
가서 위스키를 한 잔 더 따르고 물을 부은 후 다시 지도가 걸려
있는 벽으로 갔다.

안드레스는 고메스의 오토바이 운전석을 꽉 잡은 채 바람에
머리를 숙였고, 오토바이는 시끄러운 엔진음을 내며 헤드라이
트 불빛으로 어두운 시골길을 달렸다. 시골길은 도로 양쪽이
잎이 무성한 포플러 나무들에 가려 어두운 것과는 대조를 이루
며 헤드라이트 불빛 아래 펼쳐져 있었고, 냇가를 따라 끼어 있
는 안개 속으로 접어들면서 뿌옇고 누런빛 속에 희미하게 사라
져버렸다가, 오르막에 접어들면서 다시 모습을 드러냈다. 이윽
고 그들 앞에 사거리가 나타났고, 헤드라이트 빛을 통해 산에
서 내려오는 빈 트럭들이 보였다.

41장

파블로는 어둠 속에서 멈춰 선 다음 말에서 내렸다. 로버트 조던은 모두들 말에서 내릴 때 끽 하는 소리와 무거운 숨소리를 들었다. 그리고 말이 고개를 흔들자 재갈이 부딪히는 소리도 들었다. 그는 말 냄새를 맡았고 새로 온 남자들에게서 나는 씻지 않은 시큼한 냄새와 함께 동굴 안에 있던 다른 사람들의 나무연기 냄새와 자고 난 후의 퀴퀴한 냄새를 맡았다. 파블로는 로버트 조던의 곁에 서 있었다. 그에게서는 구리 동전을 입에 물고 있는 듯한 놋쇠 냄새와 썩은 포도주 냄새가 났다. 그는 빛이 새어 나가지 않도록 손으로 가리고 담배에 불을 붙인 다음 깊게 들이마셨다. 파블로가 아주 다정하게 말했다. "우리가 말들을 묶을 동안 수류탄이 든 자루를 가지고 있어, 필라르."

"아구스틴." 로버트 조던은 속삭이듯 말했다. "당신과 안셀모 영감은 나와 함께 다리로 가지. 마키나의 둥근 탄창이 든 자루는 가지고 있나?"

"그럼." 아구스틴이 말했다. "왜 아니겠나?"

로버트 조던은 필라르가 프리미티보의 도움을 받아 말에서 짐을 내리고 있는 곳으로 갔다.

"이봐요, 필라르." 그는 부드럽게 말했다.

"뭔가?" 그녀는 말의 배 밑에서 고리를 끄르며 쉰 목소리로 속삭였다.

"폭탄이 떨어지는 소리를 들은 다음에 초소 공격을 해야 한다는 걸 알고 있지요?"

"그 말을 몇 번이나 하는 거유?" 필라르가 말했다. "당신 자꾸 할망구가 되어가는구려, 잉글레스."

"확인 차원에서요." 로버트 조던이 말했다. "초소를 부순 후에 당신은 다리로 돌아와서 도로 위쪽과 내 왼편에서 다리를 엄호해요."

"당신이 처음 계획을 세웠을 때부터 난 다 잘 이해했수." 필라르가 그에게 속삭였다. "당신 일이나 보슈."

"아군 전투기의 폭격 소리가 들리기 전까지는 아무도 행동을 개시한다거나 사격을 하거나 수류탄을 던지면 안 됩니다." 로버트 조던은 부드럽게 말했다.

"더 이상 날 괴롭히지 마슈." 필라르가 골이 나서 중얼거렸다. "소르도 영감네 찾아갔던 날부터 쭉 알고 있었으니까."

로버트 조던은 파블로가 말을 묶고 있는 곳으로 갔다. "겁을 잘 먹는 놈들만 다리를 묶어두었지." 파블로가 말했다. "밧줄을 살짝 잡아당기면 풀리도록 묶었네, 보이나?"

"좋소."

"여자아이와 집시에게 말 다루는 법을 알려주리다." 파블로가 말했다. 그가 새로 데려온 남자들은 카빈총에 기댄 채 자기들끼리 무리를 지어 서 있었다.

"다 이해했소?" 로버트 조던이 물었다.

"물론이지." 파블로가 말했다. "초소를 파괴한다, 전선을 끊는다, 다리로 퇴각한다, 자네가 폭파시킬 때까지 다리를 엄호한다."

"그리고 폭탄 투하가 있을 때까지 행동을 시작하지 않는다."

"그렇지."

"그럼 좋소, 행운을 빌겠소."

파블로는 혼자 뭐라고 중얼거렸다. 그러고는 말했다. "우리가 돌아올 때 당신이 마키나로 잘 엄호해줄 거지, 잉글레스?"

"데 라 프리메라.(최우선으로.) 로버트 조던이 말했다. "최우선으로 생각하겠소."

"그러면." 파블로가 말했다. "더 이상 할 말은 없어. 하지만 엄호할 때 아주 조심해야 할 거요, 잉글레스. 아주 조심하지 않으면 쉽지 않을 거야."

"내가 직접 마키나를 쏘겠소." 로버트 조던이 그에게 말했다.

"많이 쏴봤나? 난 배 속에 선의만 가득 찬 아구스틴한테 총 맞아 죽을 생각은 전혀 없어서 말이야."

"많이 쏴봤소. 정말이오. 그리고 아구스틴이 마키나를 쏜다면 당신 키보다 훨씬 위쪽으로 겨누도록 내가 살피겠소. 위, 위, 위로 말이오."

"그럼 다 됐어." 파블로가 말했다. 그다음 그는 은근하게 말을 건넸다. "아직도 말이 부족해."

이런 개새끼, 로버트 조던은 생각했다. 아니면 저놈은 내가 처음부터 자기를 잘 몰랐다고 생각하는 건지.

"난 걸어서 가겠소." 그가 말했다. "말은 당신 소관이야."

"아니, 당신이 탈 말은 있고, 잉글레스." 파블로가 조용히 말했다. "우리 모두 타고 갈 말이 있을 거야."

"그건 당신 문제야." 로버트 조던이 말했다. "난 셈에 넣지 않아도 돼. 당신 새 마키나의 탄알은 충분한가?"

"충분하지." 파블로가 말했다. "그 기병이 가지고 있던 것은 다 가져왔어. 시험 삼아 딱 네 발 쐈봤네. 어제 높은 산에서."

"우린 이제 가겠소." 로버트 조던이 말했다. "일찍 가서 잘 숨어야 하니까."

"우리도 모두 지금 출발하지." 파블로가 말했다. "수에르테 (행운을 비네), 잉글레스."

저놈의 꿍꿍이속이 뭔지 궁금하군, 로버트 조던은 생각했다. 하지만 어느 정도 알겠다. 어쨌든 그건 그의 일이지, 내 일은 아니니까. 새로 온 저자들이 내가 모르는 사람들이니 망정이지.

그는 한 손을 앞으로 내밀고 말했다. "수에르테, 파블로." 그들은 어둠 속에서 손을 잡았다.

손을 내밀면서 로버트 조던은 파충류나 나병 환자를 만지는 느낌이 들 거라고 예상했다. 그는 파블로의 손이 어떤 감촉일지 몰랐다. 하지만 어둠 속에서 파블로는 그의 손을 거침없이 꽉 잡았으며, 그 역시 파블로의 손을 꽉 잡았다. 어둠 속에서 파블로의 손은 느낌이 좋았고, 그 손을 잡고 있으니 로버트 조던은 아침에 느꼈던 이상한 기분이 들었다. 우리는 이제 동맹이구나, 그는 생각했다. 동맹끼리는 언제나 악수를 많이 하지. 훈장 수여와 두 볼에 입 맞추기는 말할 것도 없고, 그는 생각했다. 우리는 그런 것까지는 안 해도 되니 다행이군. 동맹들은 다들 이런 것일까. 그들은 항상 실제로는 서로를 증오하지. 하지만 이 파블로라는 작자는 참 괴상한 놈이야.

"수에르테, 파블로." 그는 이렇게 말하며 그 괴상하고 딱딱

하고 의미심장한 손을 꽉 잡았다. "내가 잘 엄호해주리다. 걱정
마시오."

"당신 물건을 가져간 건 미안했소." 파블로가 말했다. "그건
비겁한 처사였어."

"하지만 당신이 우리에게 꼭 필요한 걸 가져왔으니 됐소."

"난 이 다리 작전에 대해서 당신한테 반대하지 않아, 잉글레
스." 파블로가 말했다. "성공적인 결말이 내 눈에 보인다네."

"거기 둘 뭐 하는 거야? 둘이 눈이라도 맞은 건가?" 필라르
가 어둠 속에서 갑자기 그들 옆으로 다가와 말했다. "그 정도면
됐수." 그녀가 파블로에게 말했다. "갑시다, 잉글레스. 작별 인
사는 짧게 하시오. 이 작자가 남은 폭탄까지 훔쳐 가기 전에."

"당신은 날 이해 못 해, 마누라." 파블로가 말했다. "잉글레
스와 나는 서로 이해한다 이 말이야."

"당신을 이해할 사람은 없어. 신도, 당신 어머니도 못 하는
데." 필라르가 말했다. "나도 못 하고. 갑시다, 잉글레스. 까까
머리 여자애랑 인사하고 출발하세. 메 카고 엔 투 파드레(니 애비
똥 쌀), 그런데 이제 보니 자네, 황소가 나오기를 두려워하는 것
같은데."

"니미." 로버트 조던이 말했다.

"니미랑 붙어먹진 않았겠지." 필라르가 쾌활하게 속삭였다.
"이제 가세. 난 한시라도 빨리 시작해서 끝장을 보고 싶은 맘
이 굴뚝같거든. 당신이 데려온 패거리랑 어서 가슈." 그녀는 파
블로에게 말했다. "그자들의 결심이 얼마나 오래갈지 누가 알
겠어? 그중 두어 명은 당신하고도 바꾸고 싶지 않던데. 저자들
데리고 가슈."

로버트 조던은 다이너마이트가 든 배낭을 둘러메고 말이 있

는 곳으로 마리아를 찾아갔다.

"안녕, 구아파." 그가 말했다. "좀 이따 만나."

그는 마치 예전에 그 얘기를 한 적이 있었던 것 같은 기분이 들었다. 곧 출발할 기차 같은, 말하자면 기차는 곧 출발할 예정이고 그는 기차역 승강장에 서 있는 것 같은 기분, 지금 이 모든 것들이 현실이 아닌 듯한 기분이 들었다.

"안녕, 로베르토." 그녀가 말했다. "조심하세요."

"물론이지." 그가 말했다. 그는 그녀에게 키스하려고 머리를 숙였다. 배낭이 앞으로 기울어 그의 뒤통수를 누르는 바람에 둘의 이마가 서로 부딪혔다. 그 순간 그는 예전에도 이런 일이 있었다는 것을 깨닫게 되었다.

"울지 마." 그가 어색하게 말했다. 짐 때문만은 아니었다.

"안 울어요. 하지만 빨리 돌아오세요."

"총소리가 들려도 걱정하지 마. 총격이 많이 오갈 거야."

"알았어요. 빨리 돌아오기만 하세요."

"안녕, 구아파." 그는 어색하게 말했다.

"살루드, 로베르토."

로버트 조던은 멀리 있는 학교로 떠나기 위해 처음으로 레드 로지에서 빌링스로 가는 기차를 탄 이래로 이렇게 어려진 기분을 느껴본 적이 없었다. 그는 떠나기가 두려웠지만 다른 사람이 알아차리는 걸 원치 않았다. 그래서 기차역에서 차장이 발판용 상자를 치우기 직전에야 발판을 딛고 기차 계단에 올라탔다. 아버지가 작별의 키스를 하며 말했다. "우리가 서로 떨어져 있는 동안에도 주님이 우릴 지켜주시길." 아버지는 신앙심이 깊은 사람이었기에 단순하고 진지하게 그 말을 한 것이었다. 그러나 아버지의 콧수염이 축축해지고 슬픔에 싸여 눈에 눈물이 고이자, 로버트 조던은 눈물 젖은 독실한 기도 소리와 아버지의 작별 키스와 그 모든 것들이 너무나 창피해서 갑자기 자기가 아버지보다 더 나이가 많은 것처럼 느껴졌고, 슬픔을 견디지 못하는 아버지가 불쌍했다.

기차가 출발하자 그는 기차 뒤쪽 승강구에 서서 역과 급수탑이 점점 작아지는 것을 바라보았다. 그리고 일정한 속도로 덜컹거리며 그를 멀리 데려가고 있는 선로가 침목으로 교차되면서 역과 급수탑이 콩알만 한 지점을 향해 점점 좁아지는 것을 바라보았다.

차장이 말했다. "아버지가 너와 헤어지는 걸 힘들어하는구나, 밥."

"네." 그는 지나가는 전신주들 사이로, 선로 노반의 가장자리부터 쉴 새 없이 지나쳐 가는 먼지 낀 곧은 도로까지 지천에서 자라고 있는 산쑥을 바라보며 말했다. 그는 산쑥을 먹고 사는 들꿩은 없는지 둘러보고 있었다.

"넌 집을 떠나 멀리 있는 학교로 가는 게 괜찮니?"

"네." 그는 말했고, 그것은 사실이었다.

사실 그전이었다면 사실이 아니었겠지만 그 순간만큼은 사실이었다. 그는 마리아와 작별 인사를 하는 지금에야 다시, 그때 기차가 떠나기 전에 느꼈던 것과 같은 아주 어린 기분이 들었다. 그는 지금 아주 어리고 무척이나 쑥스러운 기분이 들었고, 그래서 그녀에게 어색하기 짝이 없는 작별 인사를 하고 있었다. 그것은 마치 그가 학교에 다니는 소년이었을 때 문 앞에서 여자아이에게 작별 인사를 하는데 키스를 해야 할지 말아야 할지 몰라 어색할 때와 비슷했다. 그때 그는 자기가 작별 인사 때문에 어색해하는 게 아니라는 것을 알고 있었다. 다음에 소녀를 다시 만날 일 때문이었다. 작별은 다음에 만날 일을 생각하고 느끼는 쑥스러움의 일부분에 불과했다.

넌 다시 그때 같아지는구나. 그는 자신에게 말했다. 하지만 이런 일에 자신이 너무 어리다고 느끼지 않을 사람은 아무도 없을걸. 그는 자기까지 그런 데에 이름을 올릴 생각은 없었다. 이봐, 그는 자신에게 말했다. 이봐. 두 번째 아동기에 접어들기에는 아직 너무 일러.

"안녕, 구아파." 그가 말했다. "안녕, 토끼 아가씨."

"안녕, 나의 로베르토." 그녀가 말했다. 그는 안셀모와 아구스틴이 서 있는 곳으로 가서 말했다. "바모노스."

안셀모는 무거운 짐을 짊어졌다. 동굴에서부터 무기를 가득 담아 온 아구스틴은 나무에 기대 있었는데, 기관총이 짐의 맨 꼭대기에 삐죽이 나와 있었다.

"좋아." 그가 말했다. "바모노스."

세 사람은 언덕을 내려가기 시작했다.

"부에나 수에르테, 돈 로베르토." 세 사람이 한 줄로 서서 나무 사이를 지나갈 때 그 앞에 있던 페르난도가 말했다. 페르난도는 그들이 지나가고 있는 데서 약간 떨어진 곳에 엉덩이를 대고 쪼그려 앉아 있었지만 그의 말투에는 위엄이 있었다.

"부에나 수에르테, 페르난도." 로버트 조던이 말했다.

"당신의 모든 일에 행운이 함께할지니." 아구스틴이 페르난도의 말을 흉내 냈다.

"고맙소, 돈 로베르토." 아구스틴의 방해에도 꿈쩍 않고 페르난도가 말했다.

"저 작자는 정말 신기한 물건이야, 잉글레스." 아구스틴이 속삭였다.

"나도 그렇게 생각해." 로버트 조던이 말했다. "좀 도와드릴까? 말처럼 짐을 많이 지고 있군."

"난 괜찮아." 아구스틴이 말했다. "세상에, 그래도 출발하니 마음이 놓이네."

"조용히 말해." 안셀모가 말했다. "지금부터 말은 되도록 하지 말고, 하더라도 조그맣게 하게."

안셀모가 선두에 서고 아구스틴을 두 번째로 앞세운 채 로버트 조던은 조심스럽게 내리막길을 내려갔다. 그는 미끄러지지 않도록 발을 조심스럽게 디뎠지만, 떨어진 솔잎들 때문에 한쪽 발이 나무뿌리에 부딪히면서 손을 앞으로 휘젓는 바람에 자동소총의 차가운 금속 총열과 삼각대의 뾰족한 끝이 등에 닿았다. 그러고는 옆으로 빗겨서 언덕을 내려갔는데 이번에는 신발이 미끄러지면서 숲 바닥에 자국을 남겼다. 왼손을 다시 앞으로 내밀어 나무줄기의 거친 껍질을 잡고 손을 더듬어 부드러운 부분을 찾아 잡았다가 손을 떼고 보니 나무에 위치 표시를 하느라 칼로 그어놓은 곳에서 나온 송진으로 손바닥이 끈적끈적해져 있었다. 그들은 나무가 우거진 가파른 언덕에서 다리 위 지점까지 내려왔고 그곳에서 로버트 조던과 안셀모는 날이 밝아오는 것을 보았다.

이제 안셀모는 어둠 속에서 소나무 옆에 멈춰 섰다. 그는 로버트 조던의 손목을 잡으며 들릴 듯 말 듯한 낮은 목소리로 속삭였다. "보게. 화로에 불이 켜져 있어."

다리가 도로로 편입되는 지점으로 알고 있는 곳 바로 아래에서 불빛이 하나의 점처럼 보였다.

"여기가 우리가 망을 봤던 곳이네." 안셀모가 말했다. 그는 어느 나무 밑동의 그은 지 얼마 안 된 작은 표식으로 로버트 조던의 손을 잡아끌었다. "지난번에 자네가 마을을 정찰하는 동안 내가 옆에서 이 자국을 새겨놓았지. 오른쪽이 자네가 마키나를 놓고 싶다고 했던 곳이고."

"그쪽에 놓도록 하죠."

"그러지."

그들은 꾸러미들을 소나무 둥치 뒤에 내려놓은 다음, 안셀모를 선두로 하여 소나무 묘목이 덤불을 이루고 있는 평평한 곳까지 갔다.

"여기네." 안셀모가 말했다. "바로 여기."

"해가 뜨면 여기에서." 로버트 조던은 관목 뒤에 웅크리고 앉아 아구스틴에게 속삭였다. "도로의 일부와 다리 입구가 보일 거요. 다리 전체가 보이고, 반대쪽에도 작은 길이 나 있는 게 보이는데, 그 길은 바위를 따라 옆으로 꺾이지."

아구스틴은 말이 없었다.

"우리가 폭탄을 설치하는 동안 당신은 여기에 엎드려 있다가 위쪽이나 아래쪽에서 뭔가 오는 것이 있으면 사격해요."

"저 불빛 비치는 곳은 어디지?" 아구스틴이 물었다.

"이쪽 편 초소." 로버트 조던이 속삭였다.

"보초병들은 누가 처리하나?"

"아까도 말했듯이 영감님과 내가. 하지만 우리가 처리하지 못하면 당신이 초소와 보초병들에게 사격해야 해. 보초병들이 보일 경우에 말이오."

"그렇군. 아까 말했었지."

"폭파가 끝난 후 파블로가 데려온 사람들이 저쪽 모퉁이를 돌아서 나왔을 때 혹시 적이 뒤에서 쫓아오고 있으면 우리 편 머리 위쪽으로 총을 쏴야 하고. 알겠소?"

"알고말고. 어젯밤에 자네가 얘기해준 그대로구먼."

"질문 있소?"

"아니. 나한테 자루가 두 개 있어. 저 위에 있는데, 거기 그냥 둬도 안 보이겠지만 여기로 가져다 놓을 수도 있는데."

"하지만 여기에서 땅을 파거나 해선 안 돼. 위에서 조심했던 것처럼 여기서도 잘 숨어 있어야 하오."

"알았어. 깜깜한 동안에 자루에 흙을 담아 오지. 두고 봐. 위장을 잘해놓을 테니 눈에 띄지 않을 거야."

"여긴 초소에서 아주 가까운 곳이오, 사베스? 날이 밝으면 이 관목 덤불도 저 아래서 잘 보일 거야."

"걱정 말게, 잉글레스. 자네는 어디로 가나?"

"난 경기관총을 가지고 저 아래 초소 가까이 갈 거요. 영감님은 지금 계곡을 건너가서 반대편 초소를 공격할 준비를 할 거고. 거기 초소가 그쪽을 향해 나 있거든."

"그럼 더 이상 물어볼 건 없어." 아구스틴이 말했다. "살루드, 잉글레스. 담배 있수?"

"담배는 안 돼. 너무 가까워."

"아니. 그냥 입에 물고만 있으려고. 피우는 건 나중에 하고."

로버트 조던은 그에게 담뱃갑을 건넸다. 아구스틴은 담배 세 개비를 꺼내 납작한 목동용 모자의 앞쪽 차양 속에 끼워 넣었다. 그는 삼각대의 다리들을 펴서 기관총 총구를 소나무 관목 사이에 감추고 짐들을 더듬어 찾아 필요한 곳에 장비들을 꺼내놓기 시작했다.

"이상 끝." 그가 말했다. "자, 더 이상은 없어."

안셀모와 로버트 조던은 그를 남겨두고 짐 꾸러미가 있는 곳으로 돌아왔다.

"짐들을 어디에 두는 게 좋을까요?" 로버트 조던이 낮은 소리로 물었다.

"여기가 제일 좋을 것 같네. 그런데 여기서 그 경기관총으로 보초병을 확실히 쏠 수 있겠나?"

"여기가 확실히 우리가 지난번에 왔던 곳이 맞나요?"

"같은 나무야." 안셀모가 너무 작은 소리로 말해서 로버트 조던은 거의 들을 수가 없었다. 영감은 그들이 처음 만난 날 그랬던 것처럼 입술을 거의 움직이지 않고 말하는 게 분명했다. "내가 칼로 표시해뒀다니까."

로버트 조던은 예전에도 이런 일이 있었던 것 같은 기시감이 또 들었지만, 이번에는 그저 자신이 똑같은 질문을 반복했고 안셀모도 같은 대답을 반복했기 때문이었다. 대답을 이미 알고 있으면서도 보초병들을 누가 처리할지 질문했던 아구스틴도 같은 심정이었을 것이다.

"충분히 가까운걸요. 오히려 너무 가깝죠." 그는 속삭였다. "하지만 햇빛을 등지고 있는 거니까. 괜찮을 겁니다."

"그럼 난 이제 가서 계곡을 건너 다른 쪽 공격 위치에 가 있겠네." 안셀모가 말했다. 그리고 그는 말했다. "미안하네만, 잉글레스. 실수가 없도록 확인하고 싶어서 그래. 내가 바보라서 잘못 알고 있을까 봐."

"뭘요?" 그는 숨소리를 아주 작게 냈다.

"다시 한 번 얘기해달라고. 내가 정확하게 하도록."

"제가 총을 발사하면, 영감님도 발사합니다. 영감님이 맡은 보초병이 제거되면, 다리를 건너 제 쪽으로 오십시오. 제가 꾸러미들을 그 아래에 둘 테니, 제가 말하는 대로 폭약을 설치하세요. 이따가 다 알려드리겠습니다. 혹시 저한테 무슨 일이 생기면, 제가 알려드렸던 대로 영감님이 직접 설치하세요. 쐐기 못을 안전하게 끼워 넣고, 수류탄을 단단히 묶되, 차근차근 제대로 하십시오."

"이제 확실해졌어." 안셀모가 말했다. "다 기억나. 이제 가겠소. 잘 숨게, 잉글레스, 날이 새거든 말이오."

"총을 쏠 때는." 로버트 조던이 말했다. "긴장을 풀고 정확히 겨누세요. 사람이라고 생각하지 말고 과녁이라고 생각하세요, 데 아쿠에르도?(이해하겠죠?) 사람 몸 전체에 쏘지 말고, 한 지점을 쏘십시오. 놈이 영감님 쪽을 향해 있으면 정확히 복부 가운데를 쏘세요. 뒤돌아 있으면 등 한복판을 쏘세요. 잘 들으세요, 영감님. 제가 앉아 있는 보초병을 쏘면 놈은 달아나려고 하든 몸을 웅크려 숨으려고 하든 간에 일단 일어날 겁니다. 바로 그때 쏘세요. 계속 앉아 있어도 쏘세요. 기다리지 말고. 하지만 확실하게 하세요. 50야드 이내까지 접근하는 겁니다. 영감님은 사냥꾼이잖아요. 문제없이 잘해낼 겁니다."

"자네 명령대로 하겠네." 안셀모가 말했다.

"좋아요. 제 명령은 이상입니다." 로버트 조던이 말했다.

명령을 내리는 걸 기억해서 다행이군, 그는 생각했다. 그렇게 한 게 영감한텐 도움이 될 거야. 그러면 저주를 좀 덜어낼 수 있으니까. 어쨌든 그랬으면 좋겠군. 약간이나마. 처음 만난 날 그가 살생에 대해서 했던 말들을 잊고 있었지 뭐야.

"여기까지가 제 명령입니다." 그가 말했다. "이제 가세요."

"메 보이." 안셀모가 말했다. "이따 보세, 잉글레스."

"이따 봅시다, 영감님." 로버트 조던이 말했다.

그는 기차역에 서 있던 아버지의 눈물 젖은 작별 인사가 기억나서, 살루드나 안녕이나 행운을 바란다거나 하는 말은 하지 않았다.

"총구 속의 기름칠은 닦아냈나요, 영감님?" 그가 속삭였다. "총알이 마구잡이로 튀지 않게요."

"동굴에서 벌써 닦았네." 안셀모가 말했다. "청소용 줄로 다 잘 닦았어."

"그럼 이따 봅시다." 로버트 조던이 말했다. 노인은 소리 없이 발을 디디며 나무 사이를 헤치고 사라졌다.

로버트 조던은 솔잎으로 뒤덮인 숲 속 바닥에 엎드려서, 얼마 후 동이 트면 불어올 바람에 소나무 가지가 흔들리는 소리를 듣기 위해 귀를 기울이며 기다렸다. 그는 기관총의 탄창을 꺼내고 발사장치를 앞뒤로 움직였다. 그런 다음 총을 뒤집어 공이치기를 열어놓은 채로, 어둠 속에서 총구를 입술에 대고 총신 속을 훅 불었다. 혀가 총구 가장자리에 닿자 끈적하고 기름진 금속 맛이 났다. 그는 발사장치 부분을 위로 가게 해서 솔잎이나 쓰레기가 안으로 들어가지 않도록 해놓고 총을 팔 위에 가로질러 놓았다. 그리고 엄지손가락으로 탄창에서 탄약을 모두 꺼내 앞에 펼쳐놓은 손수건 위에 올려놓았다. 그다음 어둠 속에서 탄약을 하나하나 더듬어서 손가락 사이에 놓고 돌려본 후 다시 탄창 안으로 매끄럽게 밀어 넣었다. 그의 손에 들린 탄창이 다시 무거워졌다. 그는 탄창을 기관총에 밀어 넣어 제자리에 딸깍하고 꽂아놓았다. 그는 소나무 등걸 뒤에 엎드려서 총을 왼팔에 걸쳐놓고, 저 아래쪽 불빛이 나오는 지점을 응시했다. 빛이 가끔씩 보이지 않을 때도 있었는데, 그건 초소 안의 보초병이 화로 앞으로 지나간 때문인 듯했다. 로버트 조던은 가만히 엎드린 채 동이 트기를 기다렸다.

42장

파블로가 산속으로 말을 달려 동굴로 돌아왔을 즈음, 그리고 대원들이 말을 묶어둔 곳까지 내려갔을 즈음, 안드레스는 골스의 사령부를 향해 전속력으로 달리고 있었다. 나바세라다로 가는 대로에 접어들자, 그곳에는 트럭들이 산악 지대에서 돌아오고 있었고, 검문 초소가 있었다. 그러나 고메스가 초소 보초병에게 미란다 중령이 준 통행 허가증을 제시하자, 보초병은 손전등을 비춰본 다음 곁에 있던 다른 보초병에게 보여주었고 다시 고메스에게 돌려주며 경례를 했다.

"시가.(지나가시오.)" 그는 말했다. "통과하십시오. 하지만 헤드라이트는 켜지 마십쇼."

오토바이는 다시 굉음을 냈고, 안드레스는 앞좌석을 꽉 잡았다. 그들은 대로를 따라 움직이기 시작했다. 고메스는 붐비는 도로에서 조심스럽게 운전했다. 트럭들은 불을 켜지 않은 채 긴 수송 대열을 이루며 도로의 내리막 차선을 달리고 있었다. 오르막 차선을 달리는 짐 트럭도 있었다. 그 차들은 심한 먼지를 일으켰지만 어두워서 안드레스는 볼 수 없었고 다만 얼굴에 불어오는 흙바람과 이 사이에 씹히는 흙으로 느낄 수 있을 뿐이었다.

그들은 이제 어느 트럭의 후미판 뒤에 가까워졌고, 오토바이의 굉음과 함께 고메스는 속도를 높여 트럭을 추월한 다음 이어서 한 대, 한 대, 또 한 대 차례로 추월했다. 그동안에도 반대 차선의 트럭들은 굉음을 내며 그들 왼쪽으로 지나갔다. 이제 그들 뒤에는 자동차가 한 대 달려오고 있었다. 그 자동차는 트럭 못지않은 굉음을 내고 먼지를 일으키며 경적을 울려댔다. 그러고는 헤드라이트를 번쩍이며 누런 안개 같은 먼지를 비추더니 굉음을 내면서 기어를 올리고 재촉하는 듯, 위협하는 듯, 강요하는 듯 경적을 울리며 고메스의 오토바이를 앞질러 갔다.

그때 앞서 가던 트럭들이 가다 서다를 반복했다. 고메스의 오토바이가 구급차와 참모용 차, 장갑차, 또 장갑차, 그리고 세 번째 장갑차를 추월했을 때, 모든 차들이 멈춰 섰다. 마치 뾰족한 대포가 달린 거대한 금속 거북들 같았다. 교통사고가 나 있었고, 그곳에 또 검문소가 있었다. 트럭 한 대가 멈췄는데 뒤따라오던 트럭이 그것을 못 보고 앞 차를 들이받는 바람에 앞 차의 뒷부분이 부서지고 소형 총기용 탄약 상자들이 도로 위 여기저기에 쏟아진 모양이었다. 상자 하나는 떨어지면서 뚜껑이 열려버렸고, 그래서 고메스와 안드레스가 오토바이를 세우고 검문소에 통행 허가증을 제시하기 위해 앞쪽에 멈춰 있는 차량 사이를 걸어가다가, 안드레스는 먼지 낀 도로에 흩어져 있던 1천여 개 탄약들의 놋쇠 껍데기를 밟았다. 교통사고를 낸 두 번째 트럭은 냉각장치가 완전히 부서져 있었다. 바로 뒤에 있는 트럭이 그 트럭의 뒷문에 닿아 있었다. 100여 대의 차량들이 줄지어 있었고, 긴 방수용 고무장화를 신은 장교 한 명이 사고 난 트럭들을 도로에서 치울 수 있도록 운전사들에게 후진하라고 소리치며 도로 위를 달려오고 있었다.

하지만 후진하기에는 트럭이 너무 많았다. 장교가 계속 꼬리를 물고 길어지기만 하는 행렬의 맨 끝에 가서 더 이상 다른 차들이 진입하지 못하도록 막지 않는 한 차들이 후진하기란 불가능했다. 안드레스는 장교가 손전등을 들고 고함을 지르고, 욕을 해가며 달리다가 비틀거리다가를 반복하는 것을 보았는데, 그동안에도 트럭들은 계속 밀려오고 있었다.

검문소 보초병은 통행 허가증을 돌려주려고 하지 않았다. 보초병은 두 명이었고, 소총을 등에 메고 손에는 손전등을 들고 있었는데 그들 역시 고함을 지르고 있었다. 통행 허가증을 손에 들고 있던 보초병은 반대편의 내리막 차선으로 오고 있던 트럭으로 가서, 다음번 검문소의 보초병들에게 이곳의 정체가 풀릴 때까지 모든 트럭의 통행을 금지시키라는 말을 전하라고 했다. 그러고는 여전히 통행 허가증을 손에 든 채로 수하물을 도로에 쏟은 트럭 운전병에게 고함을 지르며 다가갔다.

"쏟아진 건 그냥 두고 제발 앞으로 가. 그래야 우리가 사태를 수습하지!" 그는 운전병에게 고함을 질렀다.

"기어가 부서져버렸어." 트럭 뒤에서 몸을 구부리고 있던 운전병이 말했다.

"기어는 제기랄. 어서 빼란 말이야."

"기어가 부서지면 차를 움직일 수가 없단 말이오." 운전병이 그에게 말하고 다시 몸을 숙였다.

"그럼 네놈이 끌어. 앞으로 빼란 말이다. 이 제기랄 놈의 다른 트럭들을 도로에서 치워야 해."

보초병이 손전등으로 트럭의 부서진 뒷면을 비추는 사이 운전병은 시무룩하게 그를 쳐다보았다.

"앞으로 빼. 앞으로 빼." 보초병은 여전히 통행 허가증을 손에 들고 소리쳤다.

"내 통행증." 고메스가 그에게 말했다. "내 통행 허가증 말이오. 우리가 워낙 급해서 말이지."

"통행증 갖고 지옥으로나 가버려." 남자는 이렇게 내뱉으며 그것을 건네고는 길을 건너 반대편 차선을 달려오는 트럭 한 대를 세웠다.

"십자로에서 돌아서 이 부서진 차를 끌 수 있는 위치에서 멈춰." 그는 운전병에게 말했다.

"제가 받은 명령은……."

"명령이고 나발이고. 내가 시키는 대로 해."

운전병은 트럭에 기어를 넣더니 곧장 앞으로 달려 먼지 속으로 사라져버렸다.

고메스는 오토바이에 시동을 걸고 부서진 트럭을 지나 이제 앞이 비어 있는 도로 오른편으로 달려갔다. 다시 좌석을 꽉 잡은 안드레스는 보초병이 또 다른 트럭을 세우고, 운전병이 차에서 고개를 내밀고 보초병의 말을 듣고 있는 것을 보았다.

이제 그들은 산으로 향해 난 오르막길을 질풍처럼 달렸다. 그들과 같은 방향인 차들은 초소에서 멈춰 서 있는 상태였고, 반대편 내리막 차선의 트럭들만이 그들의 왼쪽으로 지나고, 지나고, 또 지나갔다. 오토바이는 빠른 속도로 꾸준히 오르막을 올라갔고, 이제 사고가 있기 전 검문소를 통과해 올라간 차들을 따라잡기 시작했다.

여전히 헤드라이트를 켜지 않은 채 그들은 장갑차 네 대를 더 지나갔고 이어서 군인들을 실은 트럭들이 길게 줄지어 있는 행렬을 지났다. 군인들은 어둠 속에서 침묵을 지켰기 때문에 처음에 안드레스는 트럭 몸체 위로 커다란 덩어리를 이루고 있는 그들의 존재를 그저 그들이 지나가면서 일으키는 먼지를 통해 느낄 뿐이었다. 얼마 후 다른 참모용 차가 그들 뒤에서 경적을 울리며 헤드라이트를 깜박였고 그때마다 안드레스는 불빛에 비친 군인들을 보았다. 그들은 철모를 쓰고, 소총을 직각으로 세우고, 어두운 하늘을 향해 기관총을 뾰족하게 세우고 있었다. 그것은 불이 꺼지는 순간 묻혀버리는 어두운 밤과 극명하게 대비되었다. 군인들을 실은 트럭 가까이 지나갈 때 불빛이 비치면 그는 그 잠깐의 불빛 속에서 그들의 경직되고 슬퍼 보이는 얼굴을 보았다. 철모를 쓰고 어두운 밤 트럭에 실려 공격 임무라는 것밖에는 모르는 무언가를 향해 가고 있는 그들의 얼굴은 각자의 고민으로 주름져 있었다. 불빛은 그들이 낮에 보이는 모습과는 다른 모습을 비추고 있었다. 그것은 낮에는 서로 보이기 창피해서 감추다가 폭격과 공격이 시작될 때에야 드러나는 표정이었다. 그러나 아무도 자기 얼굴에 관심을 가질 여유는 없어 보였다.

　안드레스는 한 대 한 대 지나치는 트럭마다 그런 병사들을 보았지만, 고메스는 여전히 뒤따르는 참모 전용차를 계속 앞질러 가느라 군인들의 얼굴은 안중에도 없었다. 그는 다음과 같은 생각만 하고 있었다. "얼마나 대단한 군대인가. 장비 좀 봐. 자동화기도 대단하다. 바야 헨테!(저들을 보라!) 저 사람들을 봐. 여기에 우리의 공화군이 있다. 저들을 보라. 트럭에 또 트럭에 연이어 모두들 똑같은 군복을 입고 머리에는 철모를 쓰고, 적군 폭격기의 등장에 대비해 트럭 위로 솟아 있는 저 마키나들을 보라. 훌륭하게 조직된 우리 군대를 보라!"

두 사람이 탄 오토바이가 군인들로 가득 찬 회색빛의 높은 트럭들, 높은 사각형의 운전석과 보기 흉한 네모진 냉각장치를 달고 있는 회색 트럭들을 추월해 지나갈 때, 뒤따라오는 참모 전용차의 수시로 껌뻑거리는 헤드라이트 불빛이 먼지투성이인 트럭의 옆면을 비추자 트럭 뒷문에 있는 육군의 붉은 별표가 보였다. 두 사람은 먼지 속에서 꾸준히 길을 올라갔다. 올라갈수록 공기는 점점 더 차가워졌고 도로는 구불구불해지며 180도 회전을 하는 산길이 되어 있었다. 트럭들은 힘겹게 올라가며 삐걱거렸고, 불빛이 비칠 때 보니 김이 올라오는 트럭들도 있었다. 두 사람이 탄 오토바이 역시 이제는 힘겹게 올라가고 있었다. 안드레스는 올라가는 동안 앞좌석을 꽉 잡고 있었는데, 오토바이를 타는 게 이젠 너무너무 지긋지긋하다고 생각했다. 그는 이전까지 오토바이를 타본 적이 없었다. 지금 그들은 공격에 투입되는 차량들의 한가운데에서 산을 올라가고 있었고, 올라가는 동안 안드레스는 이제 초소 공격에 맞춰 돌아가는 것은 턱없는 일이라는 것을 깨달았다. 이런 속도와 혼란한 상황으로는 다음 날 밤에 돌아갈 수만 있어도 다행이었다. 전에 공격이나 공격을 준비하는 것을 본 적이 없었던 그는 도로를 올라가는 동안 공화국이 건설한 이 군대의 규모와 힘에 넋을 잃었다.

이제 그들은 산 앞머리를 가로지르는 경사진 긴 오르막길을 달리고 있었다. 꼭대기에 가까워지면서 경사가 너무나 급격해지자 고메스는 안드레스에게 내리라고 명령했고 골짜기의 마지막 급경사 부분을 둘이 함께 오토바이를 밀고 올라갔다. 정상을 막 지난 왼쪽에는 차들이 돌 수 있는 원형 도로가 있었고, 밤하늘을 배경으로 길고 어둡게 솟아 있는 커다란 석조 건물 앞에 빛이 깜박이고 있었다.

"저기 가서 사령부가 어디에 있는지 물어보세." 고메스가 안드레스에게 말했고, 그들은 오토바이를 끌고 문 닫힌 거대한 석조 건물 앞 보초병 두 명이 서 있는 곳으로 갔다. 고메스가 오토바이를 벽에 기대어놓고 있을 때, 건물의 문이 열리면서 불빛이 새어 나오는 가운데 가죽 재킷을 입은 오토바이 운전병 하나가 걸어 나왔다. 문에서 새어 나오는 불빛에 비친 운전병은 공문서 속달 가방을 어깨에 걸치고 있었고, 나무로 된 권총집에 든 모제르 권총이 엉덩이께에서 흔들리고 있었다. 문이 닫히고 불빛이 사라지자 그는 어둠 속에서 문 옆에 세워져 있는 자신의 오토바이를 찾아 타고는 털털거리며 시동을 걸고 굉음을 내며 도로 위로 사라졌다.

문 앞에서 고메스는 보초병 한 명에게 말했다. "65여단 고메스 대위다. 35사단을 지휘하는 골스 장군의 사령부가 어디 있는지 말해주겠나?"

"여기는 아니다." 보초병이 말했다.

"여기는 어딘가?"

"사령부다."

"어느 사령부 말인가?"

"글쎄, 사령부다."

"무엇의 사령부냐고?"

"누군데 이렇게 자꾸 물어대는 거야?" 보초병이 어둠 속에서 고메스에게 말했다. 산꼭대기인 이곳은 하늘이 아주 맑았고 별들이 반짝이고 있었기 때문에, 이제 먼지에서 벗어난 안드레스는 어둠 속에서도 꽤 또렷하게 앞을 볼 수 있었다. 그들 아래쪽에 도로가 오른쪽으로 꺾어지는 곳을 지나가는 트럭의 윤곽이 하늘 윤곽선에 대비되어 또렷하게 보였다.

"나는 65여단 제1대대 로헬리오 고메스 대위다. 골스 장군의 사령부가 어디 있는지 묻고 있는 거다." 고메스가 말했다.

보초병은 문을 살짝 열었다. "경비대 하사님을 불러라." 그는 안쪽에 대고 소리쳤다.

바로 그때 커다란 참모 전용차가 길모퉁이를 돌아 안드레스와 고메스가 경비대 하사를 기다리며 서 있는 석조 건물을 향해 다가왔다. 그 차는 그들 쪽으로 오더니 문 앞에 멈춰 섰다.

나이가 지긋한 데다 육중하고 덩치 큰 남자가 프랑스 육군 보병들이 쓰는 것과 비슷한 커다란 카키색 베레모를 쓰고, 외투를 입고, 지도 통을 들고, 외투에 두른 벨트에 권총을 찬 채 국제여단 제복을 입은 다른 두 남자와 함께 차 뒷좌석에서 내렸다.

그는 운전병에게 프랑스어로 문가에서 차를 빼서 안전한 곳에 주차해놓으라고 말했는데, 안드레스는 프랑스 말을 전혀 몰랐고, 이발사 출신인 고메스도 고작 단어 몇 개 아는 게 다였다.

그가 다른 두 장교들과 함께 문 안으로 들어갈 때, 고메스는 불빛에 비친 그의 얼굴을 보고 그가 누구인지 알아차렸다. 그는 정치 모임에서 몇 번 그를 본 적이 있었고, 《문도 오브레로》에 실린 그의 논문도 읽은 적이 있었다. 물론 그것은 프랑스어를 번역해놓은 글이었다. 그는 숱 많은 눈썹, 축축한 회색 눈, 턱과 그 아래의 이중 턱을 알아보았고, 그가 흑해에서 프랑스 해군의 반란을 이끈 현대 프랑스의 위대한 혁명가임을 알았다. 고메스는 이 남자가 국제여단에서 높은 정치적 지위를 차지하고 있음을 알았기에, 그라면 골스 사령부의 위치를 틀림없이 알고 있을 테니 그곳으로 가는 길을 알려줄 수 있을 것이라고 생각했다. 그는 세월이 흐르면서 가정적으로나 정치적으로나 실망과 원통함, 좌절된 야망으로 인해 이 남자가 어떻게 변했는지 알지 못했고, 또한 그에게 질문을 하는 것이 세상에서 가장 위험한 짓이라는 것도 알지 못했다. 이런 것들을 전혀 모르는 상태에서 고메스는 이 남자가 있는 곳으로 다가가서 주먹 쥔 손으로 경례를 하고 말했다. "마르티* 동지, 저희는 골스 장군에게 보내는 급송 문서를 가지고 가는 중입니다. 장군의 사령부 위치를 저희에게 알려주십시오. 위급한 사안입니다."

키 크고 육중한 노인은 머리를 쑥 내밀고는 축축한 눈으로 고메스를 찬찬히 살펴보았다. 차가운 밤공기를 맞으며 뚜껑 없는 차를 타고 온 직후라 문 앞의 약한 전등불에 비친 그의 잿빛 얼굴은 노쇠한 기력이 역력했다. 그의 얼굴은 마치 아주 늙은 사자의 발톱 밑에서 긁어낸 쓰레기들로 빚어낸 듯 보였다.

"뭘 가지고 가는 중이라고, 동지?" 그가 카탈루냐 사투리가 강하게 섞인 스페인어로 고메스에게 물었다. 그는 눈길을 돌려 안드레스를 훑어본 다음 다시 고메스를 바라보았다.

"골스 장군 사령부로 보내는 급송 문서입니다, 마르티 동지."

"어디에서 보낸 건가, 동지?"

"파시스트 전선의 후방에서 보낸 겁니다." 고메스가 말했다.

앙드레 마르티는 손을 뻗어 급송 문서와 다른 서류들을 받아들었다. 그는 서류들을 훑어보더니 자신의 주머니에 넣었다.

"두 놈을 체포해라." 그는 경비대 하사에게 명령했다. "놈들의 몸을 수색하고 내가 부르거든 데려와."

*앙드레 마르티(1886~1956). 프랑스 공산당의 주요 인물로, 스페인 내전 당시 국제여단을 조직했으며 국제여단 정치위원을 지냈다.

급송 문서를 주머니에 넣은 채 그는 큰 석조 건물 안으로 성큼성큼 걸어 들어갔다.

바깥 초소에서는 고메스와 안드레스가 경비대의 수색을 받고 있었다.

"저 사람 왜 저러나?" 고메스가 경비병 중 한 명에게 물었다.

"에스타 로코.(저자는 미쳤어요.)" 경비병이 말했다. "미쳤다고요."

"그럴 리가. 굉장히 중요한 정치가인데." 고메스가 말했다. "국제여단의 최고 정치위원이지 않은가."

"아 페사르 데 에소, 에스타 로코.(그래도 어쨌든, 미쳤어.)" 경비대 하사가 말했다. "당신은 파시스트 전선 후방에서 무엇을 하고 있소?"

"이 동지는 그곳에서 온 게릴라 대원이다." 경비대 하사가 안드레스를 수색하는 동안 고메스가 말했다. "그는 골스 장군에게 보내는 전갈을 가지고 왔다. 내 서류를 잘 간수하게. 그 돈과 줄에 달려 있는 총알도 조심해서 다뤄주고. 과다라마에서 내가 처음으로 부상을 당했을 때 내 몸에서 빼낸 총알이거든."

"걱정 마십시오." 하사가 말했다. "다 이 서랍에 넣어두겠습니다. 그런데 왜 저한테는 골스 장군이 어디 있는지 물어보지 않습니까?"

"물어보려던 참이었네. 보초병한테 물었더니 그가 자네를 부른 걸세."

"그런데 그때 마침 그 미친놈이 도착하는 바람에 그쪽에 물어봤던 거군요. 누구든 그 작자한테는 아무것도 물어선 안 됩니다. 그자는 미쳤거든요. 대위님이 찾는 골스 장군은 여기서 위로 3킬로미터 더 올라가면 오른쪽 숲 속 바위에 있습니다."

"지금 가게 해주면 안 되겠나?"

"안 됩니다." 하사가 말했다. "그랬다간 제 목이 날아갈 겁니다. 전 대위님을 그 미친놈한테 데려가야 합니다. 게다가 놈이 대위님의 서류도 가지고 있잖습니까."

"누구한테 얘기 좀 전해줄 수 없겠나?"

"알겠습니다." 하사가 말했다. "도움이 될 만한 책임자를 만나는 대로 얘기해보겠습니다. 다들 그 작자가 미친 걸 알거든요."

"난 항상 대단한 인물인 줄로만 알았는데." 고메스가 말했다. "프랑스의 영예로운 인물인 줄로 말이야."

"영예롭기야 하겠죠." 하사는 말하고 안드레스의 어깨에 손을 얹었다. "하지만 지금은 미쳤어요. 피 빨아먹는 벌레처럼 사람들을 총살시키는 데 미쳐 있단 말입니다."

"진짜로 쏘는 것 말인가?"

"코모 로 오예스.(진짜로요.)" 하사가 말했다. "그 노인네는 사람을 페스트보다 더 많이 죽여요. 하지만 우리처럼 파시스트들을 죽이는 게 아닙니다. 케 바. 농담이 아닙니다. 마타 비초스 라로스.(특이한 놈들을 죽여요.) 트로츠키주의자들. 기회주의자들. 특이한 놈들은 죄다요."*

안드레스는 이 말들이 도통 이해가 되지 않았다.

"에스코리알에 있을 때 우리는 그의 명령으로 얼마나 많은 사람들을 총살시켰는지 모릅니다." 하사가 말했다. "우리는 항

---

*내전 당시 공화진영은 공산주의자로 대표되는 주도권 세력이 지역주의자, 자유주의자, 무정부주의자들과 어지럽게 한데 뒤섞여 있었다. 그리고 권력을 집중하려는 공산주의자들에 대해 아나키스트들이 완강하게 저항하면서 내부 분열이 일어났고, 그 과정에서 수많은 공화군 군인들이 탈주자, 반역자, 스파이로 몰려 살해됐다. 앙드레 마르티에 대한 이 일화는 그러한 사건을 가리킨다.

상 총살 파티를 준비합니다. 여단 사람들은 자기 부하들을 총살하지는 않지요. 특히나 프랑스 사람들은요. 곤란한 상황을 피하기 위해 그 일은 항상 우리의 몫이 됩니다. 우리는 프랑스 사람들을 총살시켰어요. 벨기에 사람들도 총살시킨 적이 있고요. 여러 나라 사람들을 총살시켜봤습니다. 모든 종류의 사람들을요. 티에네 마니아 데 푸실라르 헨테.(그자는 사람들을 총살시키는 괴벽을 가지고 있어요.) 항상 정치적인 이유로요. 그자는 미쳤습니다. 푸리피카 마스 케 엘 살바르산.(매독약보다 더 독하게 독을 씻어내요.) 그자는 매독약 이상으로 독한 숙청을 즐기지요."

"어쨌든 이 급송 문서에 대해서 누군가에게 말을 해줄 거지?"

"네. 물론입니다. 그 사단 소속의 2개 여단에 있는 사람들은 제가 다 꿰고 있으니까요. 다들 여기를 통과하지요. 저는 러시아 사람들도 알고 지내는걸요. 스페인어를 하는 러시아 사람은 몇 안 되지만. 우리는 이 미친놈이 스페인 사람들까지 총살시키지 않도록 할 겁니다."

"하지만 급송 문서는."

"급송 문서도요. 걱정 마십시오, 동지. 우리는 이 미친놈을 다룰 줄 압니다. 그는 자기 민족 사람들에게만 위험한 인물입니다. 이제 우리도 그를 좀 알게 되었지요."

"죄수 두 명을 데려와라." 앙드레 마르티의 목소리가 들려왔다.

"케레이스 에차르 운 트라고?(한 잔 하시겠습니까?)" 하사가 물었다.

"안 될 거 없지."

하사는 찬장에서 아니스 한 병을 꺼냈고, 고메스와 안드레스는 그 술을 마셨다. 하사도 마셨다. 그는 손으로 입을 닦았다.

"바모노스." 그가 말했다.

그들은 아니스를 마셔 입안과 배 속, 그리고 가슴이 따뜻해진 상태로 초소를 나와서 복도를 따라 어떤 방으로 들어갔다. 방 안에는 마르티가 앞에 지도를 펼쳐놓고 붉은색과 파란색 겸용 색연필을 손에 쥔 채 사령관 티를 잔뜩 내며 기다란 탁자 저쪽에 앉아 있었다. 안드레스에게 그것은 그저 또 한 번 겪어야 할 일에 불과했다. 오늘 밤 같은 날은 많이 겪어봤다. 항상 그런 힘든 날은 많았다. 신분증 서류가 확실하고 담력만 좋으면 위험에 빠지지 않았다. 결국 그들은 풀어주었고 그는 가던 길을 갔다. 하지만 잉글레스가 서두르라고 했었는데. 그는 이제 다리 폭파 작전을 하러 돌아갈 수 없다는 것을 알았지만, 그들은 전해야 할 서류가 있었고, 탁자에 앉은 저 노인이 그것을 주머니에 가지고 있으니 별수가 없었다.

"거기 서라." 마르티가 고개도 들지 않은 채 말했다.

"들어보십시오, 마르티 동지." 아니스로 인해 분노에 불이 붙은 고메스가 화를 터뜨렸다. "오늘 밤 저희는 무지몽매한 무정부주의자들 때문에 방해를 받았습니다. 그다음에는 태만한 관료주의적 파시스트 때문에 방해를 받았습니다. 그리고 이제는 공산주의자의 지나친 의심으로 인해 갈 길을 못 가고 있습니다."

"닥쳐." 마르티가 고개를 숙인 채 말했다. "지금은 회의를 하고 있는 게 아니다."

"마르티 동지, 이건 극히 위급한 사안입니다." 고메스가 말했다. "최고로 중요한 사안이란 말입니다."

하사와 그들을 데리고 온 병사는, 여러 번 본 적이 있지만 그중 유명한 장면들은 볼 때마다 재미있는 연극을 보는 듯 이 일을 흥미진진하게 지켜보고 있었다.

"모든 일이 위급하다." 마르티가 말했다. "모든 일이 중요하다." 이제 그는 연필을 쥔 채 고개를 들어 그들을 바라보았다. "골스가 이곳에 있는지 어떻게 알았지? 공격을 개시하기 직전에 장군을 만나겠다고 요구하는 것이 얼마나 심각한 일인지 알고 있나? 그런 장군이 여기 있다는 걸 어떻게 알았나?"

"자네가 말씀드리게." 고메스가 안드레스에게 말했다.

"장군 동지." 안드레스가 말을 시작했다. 앙드레 마르티는 그가 계급을 잘못 말한 것을 구태여 고쳐주지 않았다. "저는 그 문서 꾸러미를 전선 반대편에서 받아⋯⋯."

"전선 반대편이라고?" 마르티가 말했다. "그래, 네가 파시스트 전선에서 왔다는 말은 저자한테서 들었다."

"장군 동지, 다리 폭파를 위해 온 폭파원인 로베르토라는 잉글레스가 제게 그것들을 주었습니다. 아시겠습니까?"

"이야기를 계속해봐." 마르티는 안드레스에게 말했다. 그는 '이야기'라는 단어를 거짓말, 허위, 또는 날조라는 의미로 썼다.

"저, 장군 동지, 그 잉글레스가 제게 최대한 빨리 그 문서를 골스 장군에게 전하라고 했습니다. 그는 오늘 지금쯤 산속에서 공격을 할 것입니다. 저희가 요청드리는 건 장군 동지만 괜찮으시다면 지금 곧 저희를 골스 장군에게 데려다 주십사 하는 것뿐입니다."

마르티는 다시 고개를 저었다. 그의 눈길은 안드레스를 향하고 있었지만 실제로 그를 보고 있지는 않았다.

그는 사업상의 적수가 아주 끔찍한 교통사고로 죽었다는 소식을 들었을 때나, 싫어하긴 하지만 정직성에 있어서는 의심의 여지가 없던 사람이 공금 유용죄로 걸렸다는 소식을 들었을 때 느끼는 두려움과 환희가 뒤섞인 감정에 휩싸여 생각에 잠겼다. 골스 그자도 그런 사람들 중 하나일 것이다. 그자도 파시스트들과 분명 내통하고 있을 것이다. 그가 거의 20년간 알아온 골스. 시베리아에서 그해 겨울 루카치와 함께 금화 수송 열차를 탈취했던 골스. 콜차크*에 대항해 싸웠던 골스. 그리고 폴란드에서, 코카서스에서, 중국에서, 그리고 이번 전쟁 첫해 10월부터는 이곳에서. 하지만 그는 투하쳅스키**와 밀접한 관계였다. 보로실로프***와도, 그래 그랬다. 하지만 투하쳅스키와. 그리고 또 누구와? 여기서는 물론 카르코프와 밀접하다. 그리고 루카치와. 하지만 헝가리 놈들은 모두 반역 음모자들이었다. 그는 갈을 혐오했다. 골스는 갈을 혐오했다. 그것을 기억하라. 그것을 기록해두자. 골스는 항상 갈을 혐오했다. 하지만 그자는 푸츠는 좋아했다. 그것도 기억하자. 두발이 그의 직속 참모장이다. 그럼 여기서 어떤 결론이 나오는지 보자. 그자가 코픽****을 바보멍청이라고 말하는 것을 들은 적이 있다. 그건 확실하다. 사실이다. 그리고 지금 파시스트 전선으로부터 전갈이 왔다. 이 썩은 나뭇가지들을 쳐내야만 나무가 건강하게 자랄 수 있다. 썩은 것은 제거되어야 하기 때문에 밖으로 드러나게 되어 있다. 하지만 다른 사람도 아니고 골스라니. 골스가 반역

---

*알렉산드르 바실리예비치 콜차크(1874~1920). 러시아의 탐험가이자 해군 장교. 반볼셰비키군의 최고통치자였으나 정권이 전복된 뒤 볼셰비키에게 처형당했다.
**미하일 니콜라예비치 투하쳅스키(1893~1937). 러시아의 참모총장을 역임한 군인. 1930년대 스탈린의 대숙청에 희생된 가장 유능한 군인 중 한 명이다.
***클리멘트 예프레모비치 보로실로프(1881~1969). 러시아의 군인이자 정치가. 1953년 절친한 친구이자 협력자인 스탈린 사망 후 소련의 국가수반이 되었다.
****블라디미르 코픽(1891~1939). 크로아티아 출신의 공산주의자이자 유고슬라비아 공산당 지도자들 중 한 명. 스페인 내전 당시 1937년부터 1938년 중반까지 제15국제여단을 지휘했다.

자라니. 아무도 믿을 수 없는 법이었다. 아무도, 절대로, 마누라까지도, 형제도, 가장 오랜 동지도. 아무도, 절대로.

"놈들을 데려가라." 그는 경비병들에게 말했다. "놈들을 잘 지켜." 하사는 병사를 쳐다보았다. 이것은 마르티의 심문치고는 아주 조용한 편이었다.

"마르티 동지." 고메스가 말했다. "미치광이 같은 짓은 그만 하십시오. 충성심 깊은 장교이자 동지인 제 말을 들어보시오. 그것은 꼭 전해야만 하는 급송 문서입니다. 이 동지가 파시스트 전선을 뚫고 그것을 골스 장군 동지께 전달하려고 여기까지 왔습니다."

"놈들을 데려가라." 마르티가 이제 다정하게 경비병에게 말했다. 그도 그들을 꼭 제거해야 한다면 인간적으로는 그들에게 미안했다. 그러나 그의 마음을 무겁게 짓누르고 있는 것은 골스가 맞이할 비극이었다. 하필 골스여야 하다니, 그는 생각했다. 그는 그 파시스트 내통 문건을 당장에 바를로프에게 가져갈 생각이었다. 아니, 그가 골스에게 직접 가지고 가서 그 편지를 받는 꼴을 살펴보는 게 낫겠다. 그렇게 해야겠다. 골스가 파시스트 놈들의 일원이라면, 바를로프인들 어떻게 믿겠는가? 못 믿지. 이 일은 매우 조심스럽게 처리해야 한다.

안드레스는 고메스를 향해 말했다. "그러니까 저 사람이 전갈을 안 보내줄 거라는 말입니까?" 그는 믿을 수 없다는 듯 물었다.

"그걸 모르겠나?" 고메스가 말했다.

"메 카고 엔 수 푸타 마드레!(이런 똥이나 처먹을 놈 같으니!)" 안드레스는 말했다. "에스타 로코."

"맞아." 고메스가 말했다. "저 작자는 미쳤어. 당신은 미쳤

소! 듣고 있소? 미쳤다고!" 그는 마르티에게 소리쳤지만, 마르
티는 이제 색연필을 들고 고개를 숙인 채 지도를 보고 있었다.
"내 말 들리냐, 이 미친 살인자야?"

 "놈들을 데려가라." 마르티는 경비병에게 말했다. "큰 죄를
지어서 정신이 나간 모양이다."

 그 말에는 하사가 기억하는 표현이 들어 있었다. 전에 들어
본 말이었다.

 "이 미치광이 살인자!" 고메스가 소리쳤다.

 "이호 데 라 그란 푸타." 안드레스가 그에게 말했다. "로코."
이자의 멍청한 처사에 안드레스는 화가 치밀었다. 미쳤다면
정신이상자로 쫓겨나야 옳았다. 문서를 저놈의 주머니에서 꺼
내자. 이 미치광이, 지옥에나 떨어져라. 평소에는 차분하고 참
을성 있는 그였지만, 이제 묵직한 스페인 사람의 분노가 터져
나오고 있었다. 곧 그 분노는 그를 눈멀게 할 참이었다.

 지도를 보고 있던 마르티는 경비대가 고메스와 안드레스를
데리고 나가자 슬픈 듯 고개를 저었다. 경비병들은 그가 욕먹
는 소리를 듣고 즐거워했지만 전체적인 공연에는 실망했다. 예전
에는 이보다 더 흥미로운 장면들이 많았던 것이다. 앙드레 마
르티는 욕을 먹어도 상관하지 않았다. 너무나 많은 사람들이
심문이 끝날 때 그에게 욕을 했다. 그는 항상 인간으로서 그들
에게 진심으로 미안함을 느꼈다. 그는 항상 자신에게 그런 말
을 했고, 그것이 온전히 남은 그의 마지막 진정한 사고였다.

 그는 콧수염과 눈을 지도로 향한 채, 사실은 전혀 읽을 줄
모르는 그 지도를 향한 채, 거미줄처럼 섬세하게 동심원을 이
루는 등고선의 갈색 투사도를 향한 채 앉아 있었다. 그는 등고
선을 통해 고지와 골짜기를 구분할 줄은 알았지만, 왜 이것이

고지가 되고 저것은 계곡이 되는지는 제대로 이해하지 못했다. 그러나 정치위원 시스템으로 인해 그가 여단 최고 정치위원으로서 현안에 간섭할 수 있는 참모본부에서는, 그는 결코 아무렇게나 그린 것이 아닌 구불구불한 강과 나란히 뻗은 도로 선으로 구획된 초록 숲 위에 숫자가 기입되어 있고 갈색 선으로 동그라미가 쳐진 곳을 여기저기 손가락으로 짚어가며 말하곤 했다. "여기. 여기가 취약한 부분이다."

정치적 야심에 가득 찬 인물인 갈과 코픽은 그의 의견에 동의하기 일쑤였고, 그 후 지도는 전혀 보지도 못하고 언덕의 수만 듣고 참호를 팔 지점만을 지정받은 채 출정한 병사들은 산을 오르다가 비탈길에서 죽음을 맞이하거나 올리브 관목 숲속에 설치되어 있던 적의 기관총에 제지당해 올라가보지도 못하는 경우가 허다했다. 또는 쉽게 산으로 진격해 올라가는 경우도 있기는 했지만, 결국 전보다 형세가 나아지지는 않았다. 그러나 마르티가 골스의 참모본부에서 지도 위를 손가락으로 가리킬 때, 머리에 흉터가 있고 얼굴이 하얀 골스 장군은 턱근육이 굳어지면서 이렇게 생각하곤 했다. 앙드레 마르티, 네놈이 그 썩은 회색 손가락을 내 등고선 지도에 들이대기 전에 네놈을 쏴버리고 말 테다. 네놈이 쥐뿔도 모르면서 끼어드는 바람에 많은 사람들이 죽어갔으니, 이놈, 지옥에나 떨어져라. 트랙터 공장과 마을과 조합에 네 이름을 갖다 붙이는 바람에 네놈이 감히 건드릴 수 없는 우상이 되어버린 그날이 한탄스러울 뿐이다. 다른 데 가서 의심하고 훈계하고 개입하고 비난하고 살육하는 건 어쩔 수 없지만, 내 참모본부 일에는 관여하지 마라.

그러나 그런 말을 입 밖에 내는 대신 골스는 몸을 수그리고 있는 장교들과 손가락질과 축축한 회색 눈과 은회색 콧수염과 입 냄새를 피해 몸을 뒤로 빼고 말하곤 했다. "그래, 마르티 동지. 무슨 말인지는 알겠소. 하지만 옳다고 인정할 수는 없으니 난 동의하지 않겠네. 자네가 원한다면 나를 넘어서서 관철시켜 볼 수도 있겠지. 그래. 자네 말대로 그걸 당 차원의 문제로 제기하면 되겠지. 하지만 난 동의하지 않네."

그리하여 지금 앙드레 마르티는 차양을 씌우지 않은 전구 불빛을 머리 위에 받으며, 베레모의 넓은 테를 앞으로 잡아당겨 눈에 그늘을 지게 한 채 빈 탁자 위에 지도를 펼쳐놓고, 사관학교에서 젊은 생도가 시험문제를 풀 듯이 공격 명령서 복사본을 참고하여 천천히 힘겹게 지도 위에 표시를 해나갔다. 그는 전쟁 생각에 몰두해 있었다. 마음속에서 그는 군대를 지휘하고 있었다. 그는 간섭할 권한이 있었고, 이러한 간섭을 명령의 일부라고 믿었다. 그는 로버트 조던이 골스에게 보내는 서한을 주머니에 넣은 채 앉아 있었고, 같은 시각 고메스와 안드레스는 초소에서 기다리고 있었으며, 로버트 조던은 다리 위 숲 속에 엎드려 있었다.

안드레스와 고메스가 앙드레 마르티의 방해 없이 전진할 수 있었다고 해서 안드레스의 임무 결과가 달라졌을지는 의심스럽다. 전선에는 공격을 취소할 수 있을 만한 충분한 권한을 가진 인물이 없었다. 군사 장비들은 지금 갑자기 중단시키기에는 너무 오래전부터 출격을 시작한 상태였다. 규모가 크든 작든 간에 군사작전에는 관성이라 할 만한 가속도가 붙기 마련이었다. 이 관성이 탄력을 받게 되고 움직임이 진행되고 나면, 그것을 중지하는 것은 개시하는 것 못지않게 힘들다.

그런데 이날 밤 베레모를 앞으로 당겨 쓴 이 노인이 지도를 보며 탁자에 앉아 있는데, 문이 열리더니 러시아 출신 기자인 카르코프가 민간인 복장에 가죽 코트와 모자를 쓴 다른 두 러시아인들과 함께 들어왔다. 경비대 하사는 그들 뒤에서 못마땅한 듯 문을 닫았다. 카르코프는 하사가 처음으로 만난, 말을 전할 수 있는 힘 있는 사람이었다.

"마르티 동지." 카르코프가 그 특유의 혀짤배기 소리로 예의 바르면서도 업신여기는 듯한 태도로 말하고 썩은 이를 드러내며 웃었다.

마르티는 자리에서 일어났다. 그는 카르코프를 좋아하지 않았지만, 〈프라우다〉*에서 파견됐으며 스탈린과 직통으로 연락이 가능한 카르코프는 현재 스페인에서 가장 유력한 세 사람 중 하나였다.

"카르코프 동지." 그가 말했다.

"공격 계획이라도 세우고 계시오?" 카르코프는 오만한 말투로 지도 쪽으로 고개를 끄덕이며 말했다.

"좀 살펴보고 있었소." 마르티가 대답했다.

"동지가 공격을 할 겁니까? 아니면 골스가?" 카르코프가 부드럽게 물었다.

"아시다시피, 난 정치위원일 뿐이오." 마르티가 말했다.

"아니지요." 카르코프가 말했다. "겸손하시기는. 실제로는 동지가 장군이시면서. 지도도 있고 야전용 쌍안경도 있잖소. 예전에 해군 제독 아니셨던가요, 마르티 동지?"

"함포 전문 하사였소." 마르티는 말했다. 그것은 거짓말이었다. 실제로 그는 항명** 당시 서무계 하사였다. 하지만 그는

*'진리'라는 뜻의, 구소련 공산당 중앙 기관지.

이제 항상 자신이 함포 전문 하사였다고 생각했다.

"아. 난 당신이 제1서무계 하사였던 걸로 알았는데요." 카르코프가 말했다. "난 만날 이렇게 정보를 잘못 알고 있다니까. 기자들이 원래 좀 그렇소이다."

다른 러시아인들은 대화에 전혀 끼지 않았다. 두 사람 다 마르티의 어깨 너머로 지도를 굽어보고 있었고, 때때로 자기들 나라 말로 이야기를 주고받을 뿐이었다. 마르티와 카르코프는 인사를 나눈 후로 프랑스어로 대화를 하고 있었다.

"〈프라우다〉에 잘못된 정보를 실어선 안 되지요." 마르티가 말했다. 그는 자기방어를 하기 위해 무뚝뚝하게 말했다. 카르코프는 항상 그의 마음을 콕콕 찌르는 가시 돋친 말을 하곤 했다. 그런 것을 가리키는 프랑스어 단어는 데공플레***였다. 마르티는 카르코프와 함께 있다 보면 불안해지면서 경계를 늦추지 못했다. 카르코프의 말을 듣고 있노라면, 앙드레 마르티 자신이 프랑스 공산당 중앙위원회에서 얼마나 중요한 임무를 띠고 파견되어 왔는지를 기억해내기가 힘들었다. 그리고 자신이 침범 불가능한 위대한 존재라는 것도 잘 기억나지 않았다. 카르코프는 자기가 원할 때면 언제나 마르티를 너무나 가볍게 다뤘다. 이제 카르코프가 말했다. "저는 보통 〈프라우다〉에 기사를 전송하기 전에 잘못된 정보들은 수정을 해서 꽤 정확한 정보만을 싣는답니다. 이보세요, 마르티 동지, 세고비아 쪽에서 활약하는 빨치산 유격대에서 골스에게 보내는 전갈이 왔다는

**혹해항명 사건을 지칭한다. 1919년 프랑스 정부는 러시아 내전 기간 동안 반볼셰비키군을 지원하기 위해 흑해에 함대를 파견했는데, 프랑스호와 장바르호의 수병들은 오히려 볼셰비키들을 지지하며 폭동을 일으켰다. 이 사건에서 앙드레 마르티가 지도적 역할을 수행하면서 거의 신화적인 명성을 얻었다.
***'찔러서 공기를 빼다', '과장을 폭로하다'라는 뜻의 프랑스어.

소식 못 들어보셨나요? 그곳에 조던이라는 미국인 동지가 있는데, 우리가 그에게서 보고를 들어야 하는 상황이거든요. 그곳 파시스트 전선 후방에서 전투가 있었다는 보고가 있었습니다. 그가 골스에게 전갈을 보냈을 텐데요."

"미국인이라고?" 마르티가 물었다. 안드레스는 아까 영국인이라고 했다. 일이 그렇게 된 것이군. 그가 오해를 했던 것이다. 어쨌든 그 바보들은 애초부터 왜 그에게 말을 걸었던 것일까?

"그렇소." 카르코프가 경멸하는 듯한 투로 말했다. "젊은 미국인인데 정치의식 수준이 대단하진 않지만 스페인 사람들과 아주 잘 어울리고 게릴라 공격 전과가 좋은 친구입니다. 내게 그 보고서를 내놓으시오, 마르티 동지. 이미 많이 지연되었소."

"무슨 보고서 말이오?" 마르티가 물었다. 그것은 아주 바보 같은 말이었고, 그도 그 사실을 알고 있었다. 그러나 그는 자신이 틀렸다는 것을 그렇게 빨리 인정할 수 없었기 때문에 어떻게든 그 굴욕적인 순간을 미루거나 굴욕을 인정하지 않으려고 그렇게 말했던 것이다. "통행 허가증도 주시고." 카르코프가 썩은 이를 보이며 말했다.

앙드레 마르티는 주머니에 손을 넣어 보고서를 꺼내 탁자 위에 놓았다. 그는 카르코프를 정면으로 쏘아보았다. 그렇다. 그가 틀렸다. 지금으로선 별 다른 수가 없었다. 하지만 굴욕을 인정하고 싶지는 않았다. "통행 허가증도 주시오." 카르코프가 부드럽게 말했다.

마르티는 그것을 보고서 옆에 내놓았다.

"하사 동지." 카르코프가 스페인어로 불렀다.

하사가 문을 열고 들어왔다. 그는 앙드레 마르티를 힐끗 보았고, 마르티는 사냥개에게 쫓겨 궁지에 몰린 늙은 멧돼지처럼 그를 쏘아보았다. 마르티의 표정에는 두려움도 치욕스러워하는 기색도 없었다. 그는 단지 화가 났고 잠깐 동안만 당황했다가 바로 기운을 차렸다. 이 사냥개들이 자기를 잡을 수는 없다는 것을 알고 있었기 때문이다.

"이것들을 초소에 있는 두 동지들에게 전해주고, 그들에게 골스 장군의 사령부 위치를 알려주게." 카르코프가 말했다. "너무 많이 지연됐어."

하사는 밖으로 나갔고, 마르티는 그의 뒷모습을 쏘아보다가 다시 카르코프를 바라보았다.

"마르티 동지." 카르코프가 말했다. "당신이 얼마나 무소불위의 존재인지 내 한번 두고 보리다."

마르티는 말없이 그를 정면으로 쏘아보았다.

"그리고 하사를 혼내줄 생각도 하지 마시오." 카르코프가 계속 말했다. "하사가 말해준 게 아니었소. 내가 초소에 있는 두 사람을 봤고, 그들이 내게 얘기를 해준 거요." (그것은 거짓말이었다.) "난 누구든 내게 말해주는 걸 환영하는 사람이니까." (이것은 사실이었다. 말을 해준 건 그 두 사람이 아니라 하사였지만.) 그러나 카르코프는 선(善)에 대한 믿음이 있었고, 그것은 그 자신이 고위층에 접근하기 쉽다는 점과 인도주의적 견지에서 남에게 이로운 개입을 할 수 있다는 데서 기인하는 것이었다. 그가 냉소적이지 않은 순간은 바로 이럴 때였다.

"당신도 알겠지만 내가 소련에 갈 때, 아제르바이잔*의 어느 마을에서 부당한 처사가 벌어지면 사람들이 〈프라우다〉로 내게 편지를 보내지요. 당신도 그걸 아셨소? 그들은 '카르코프는

*카프카스 동부. 카스피해 서부 연안에 있는 국가. 1991년 구소련이 해체되면서 분리 독립했다.

우리를 도와줄 것이다'라고 말한다오."

앙드레 마르티는 분노와 혐오가 가득한 표정을 지으며 그를 바라보았다. 지금 그의 마음속에는 카르코프에게 모욕을 당했다는 것 말고는 다른 아무 생각도 떠오르지 않았다. 좋다, 카르코프, 네 세력이 얼마나 되는지는 몰라도 조심하는 게 좋을 것이다.

"이건 다른 얘기지만." 카르코프가 계속했다. "원리는 같은 거라오. 당신이 얼마나 무소불위의 존재인지 내 알아보겠소, 마르티 동지. 당신의 이름을 딴 그 트랙터 공장의 이름을 변경하는 게 가능한지도 알아볼 참이오."

앙드레 마르티는 그에게서 눈길을 돌려 다시 지도를 바라보았다.

"조던이라는 젊은이가 뭐라고 했던가요?" 카르코프가 그에게 물었다.

"난 읽지 않았소." 앙드레 마르티가 말했다. "그럼 이제 날 혼자 내버려두시오, 카르코프 동지." 그는 프랑스어로 말했다.

"좋소." 카르코프가 말했다. "군사작전 구상을 계속하시도록 저는 이만 물러가리다."

그는 방에서 나와서 초소로 갔다. 안드레스와 고메스는 이미 떠난 후였고, 그는 동이 트기 시작하면서 잿빛으로 모습을 드러낸 도로와 그 너머 산봉우리들을 올려다보며 잠시 서 있었다. 우리는 저 위로 올라가야 한다, 그는 생각했다. 이제 곧 시작되겠군.

안드레스와 고메스는 오토바이를 타고 다시 도로 위를 달리고 있었다. 날이 점점 밝아오고 있었다. 안드레스는 다시 앞좌석 등받이를 꽉 잡고 있었다. 골짜기 꼭대기에 걸쳐 있는 엷은 회색 안개 속에서 오토바이가 구불구불한 산길을 이리 돌고 저리 돌며 올라가고 있었다. 오토바이는 그의 발밑에서 속도를 더하다가 이내 옆으로 미끄러지듯 멈춰 섰다. 그들의 왼편에 있는 숲에는 탱크들이 소나무 가지로 뒤덮인 채 서 있었다. 숲 전체에 부대가 깔려 있었다. 안드레스는 긴 막대기로 된 들것을 어깨에 걸쳐 메고 운반하는 사람들을 보았다. 참모 전용차 세 대가 도로를 벗어난 오른쪽 나무 아래에, 옆면과 지붕을 소나무 가지로 위장한 채 주차되어 있었다.

고메스는 오토바이를 끌고 그 참모 전용차 한 대 앞으로 다가갔다. 그는 오토바이를 소나무 옆에 기대놓고는, 차 옆에서 나무에 등을 기대고 앉아 있는 운전병에게 말을 건넸다.

"제가 그분께 모셔다 드리겠습니다." 운전병이 말했다. "오토바이를 안 보이는 곳에 세워놓고 이것들로 덮어놓으십시오." 그는 꺾어놓은 나뭇가지를 가리켰다.

해가 이제 막 커다란 소나무 꼭대기 사이로 비치기 시작할 때, 고메스와 안드레스는 비센테라는 이름의 이 운전병을 따라, 소나무 사이를 지나 길을 건너고 비탈길을 올라가서 대피호의 입구로 갔다. 대피호의 지붕에서 숲이 울창한 산비탈까지 전화선들이 이어져 있었다. 그들은 운전병이 안으로 들어간 사이 밖에 서서 기다렸다. 안드레스는 언덕 위에서는 구멍으로밖에 보이지 않고 주변에 흙도 널려 있지 않은 대피호를 경탄의 눈으로 바라보았다. 입구부터 무척 깊어서 사람들이 나무를 촘촘히 댄 천장 아래에서 몸을 숙일 필요 없이 자유롭게 이리저리 돌아다니는 것도 그의 눈길을 사로잡았다.

운전병 비센테가 나왔다.

"장군께서는 공격 준비를 위해 저 위에 계십니다." 그는 말했다. "문건은 장군님의 직속 참모에게 전달했습니다. 그가 서명도 했고요. 여기."

그는 고메스에게 수령증이 든 봉투를 전해주었다. 고메스는 그것을 안드레스에게 전달했고, 그는 봉투를 들여다본 다음 셔츠 주머니 속에 넣었다.

"서명한 분 성함은 어떻게 됩니까?" 그가 물었다.

"두발이오." 비센테가 말했다.

"잘됐군요." 안드레스가 말했다. "내가 전달하라는 명령을 받았던 셋 중 한 명이야."

"답신을 기다려야 할까?" 고메스가 안드레스에게 물었다.

"그게 가장 좋을 것 같습니다. 다리 공격이 끝난 후에 잉글레스와 대원들을 어디에서 만날 수 있을지는 하느님도 모르시겠지만."

"가서 저와 함께 기다리시죠." 비센테가 말했다. "장군께서 돌아오실 때까지요. 그럼 제가 커피를 좀 대접하겠습니다. 배도 고프실 텐데."

"그런데 이 탱크들은." 고메스가 그에게 말했다.

그들은 나뭇가지를 덮어놓은 진흙색 탱크 옆을 지나가고 있었다. 각각의 탱크 옆에는 도로에서 옆으로 꺾어져 숲으로 들어간 경로를 따라 두 줄의 바퀴자국이 나 있었다. 탱크에 장착된 45밀리 포가 나뭇가지 아래에서 수평으로 삐죽 나와 있고, 가죽 코트를 입고 불룩한 철모를 쓴 운전병들과 포병들이 나무에 기대어 앉아 있거나 땅바닥에 누워 자고 있었다.

"예비용 탱크들입니다." 비센테가 말했다. "이 군대도 예비 군대지요. 공격을 개시하는 부대는 저 위에 있습니다."

"인원이 많네요." 안드레스가 말했다.

"그렇죠." 비센테가 말했다. "사단 전체 인원이니까."

대피호 안에서는 두발이 개봉된 로버트 조던의 편지를 왼손에 든 채로 같은 손에 찬 손목시계를 보고 있었다. 그는 그 편지를 네 번 읽었는데, 읽을 때마다 겨드랑이에서 땀이 흐르는 것을 느꼈다. 그는 전화에 대고 말했다. "그럼 세고비아 진지 연결해. 떠나셨다고? 그럼 아빌라 진지 연결해."

그는 계속 전화를 걸었다. 그러나 소용이 없었다. 그는 두 개 여단에 모두 연락했다. 골스는 공격 부대 배치 현황을 시찰한 다음 관측소로 가는 길이었다. 그는 관측소로 전화를 했으나 장군은 그곳에 없었다.

"제1비행대 연결해." 두발은 갑자기 모든 책임을 떠맡기로 하고 말했다. 그는 공격을 제지하는 책임을 맡을 참이었다. 멈추는 편이 나았다. 이미 기다리고 있는 적에게 기습 공격을 가할 수는 없는 노릇이었다. 그럴 수는 없었다. 그것은 살인 행위나 마찬가지였다. 그래서는 안 된다. 무슨 일이 있어도. 날 쏠 테면 쏘라지. 그는 군용기 이착륙장에 직접 전화를 걸어서 폭격을 취소시킬 생각이었다. 하지만 이게 그저 견제 공격일 뿐이라면 어떡하지? 그 모든 물자와 병력을 철수시키고 있는 것처럼 보이려고 하는 거라면? 그 때문에 하는 공격이라면? 이건 견제 공격이다, 말하고 공격하는 법은 없으니 말이다.

"제1비행대 연결을 취소해라." 그는 무전병에게 말했다. "69여단 관측소 연결해."

전화를 걸고 있는 중에 그는 첫 번째 비행기의 출격 소리를 들었다.

바로 그때 관측소로 전화가 연결되었다.

"그래." 골스가 조용히 말했다.

그는 모래주머니에 기대어 바위 위에 발을 얹고는 아랫입술에 담배를 물고 앉아, 통화하는 동안 위를 올려다보기도 하고 어깨 너머를 바라보기도 했다. 그는 이제 막 뜬 해가 반짝이는 산의 먼 기슭 너머로, 은빛으로 반짝이고 천둥 같은 굉음을 내며 세 대씩 삼각편대를 지어 다가오는 전투기들을 바라보았다. 그는 전투기들이 햇빛 속에 아름답게 빛나며 날아오는 것을 바라보았다. 햇빛이 전투기의 프로펠러에 반사되어 두 개의 둥근 빛을 내는 게 보였다.

　"그래." 그는 전화기에 대고 프랑스어로 말했다. 상대가 두 발이었기 때문이다. "우린 가망이 없군. 그래, 늘 그렇지. 그래, 그거 유감이군. 그래, 보고가 너무 늦게 와서 유감이야."

　전투기가 날아오는 것을 바라보는 그의 눈빛은 매우 자랑스러워 보였다. 그는 날개에 새겨진 빨간 표시를 보았고, 전투기들이 일정한 속도로 위풍당당하게 굉음을 내며 다가오는 것을 바라보았다. 이대로 진행해야 한다. 이것들은 바로 우리의 전투기다. 저 전투기들은 흑해에서 출발해 마르마라 해협을 통과하고 다르다넬스 해협을 지나 지중해를 거쳐 이곳까지 배에 실려 왔다. 그리고 알리칸테에서 멋지게 내려져 능숙하게 조립된 다음 시험을 거쳐 이상이 없음을 확인받고, 이제 드디어 하늘 높이 아침 햇살에 은빛으로 반짝이며 브이자 대형으로 촘촘하고 정밀하게 비행에 나섰다. 이들은 지금 저쪽에서 굉음을 내며 산등성이를 넘어 우리가 진군할 수 있도록 놈들을 폭파시킬 것이다.

　골스는 일단 전투기가 머리 위로 날아간 이상, 공중제비를 도는 돌고래 같은 모양새로 폭탄을 떨어뜨릴 것임을 알고 있었다. 그러면 산봉우리들이 널뛰는 폭파 구름 속에서 흙을 내뿜고 굉음을 지를 것이고, 한 방의 거대한 구름 속으로 사라져버리 것이다. 그다음 탱크들이 탕탕 소리를 내며 그 두 산등성이를 올라가고, 그가 지휘하는 두 여단이 그 뒤를 따를 것이었다. 그리고 만약 이 공격이 적의 허를 찌르는 기습 공격이 맞다면, 아군은 계속 진군하여, 내리막을 내려가고, 산을 넘고, 평지를 통과하고, 멈춰서 적을 소탕하고, 뒤처리를 할 것이다. 할 일도 많고, 지략을 발휘해 처리할 일도 많을 것이다. 탱크가 왔다 갔다 하면서 엄호 발포를 해주고 다른 장비들의 도움도 받아 공격군들이 위로 진군하면, 그다음 미끄러지듯 나아가고 넘어가고, 뚫고, 또 진군하며 적을 뒤로 밀어낼 것이다. 군 내부에 반역 없이 모두들 명령대로 잘 움직여준다면, 일은 이렇게 진행될 것이었다.

산등성이가 두 개 있었고, 탱크들이 앞서 가고 있었고, 그의 두 여단이 숲 속에서 출발할 준비를 하고 있었다. 그리고 이제 여기 전투기들도 출동했다. 그가 해야 할 모든 것들이 계획대로 되고 있었다.

하지만 그는 머리 위를 지나가는 전투기를 바라보면서 멀미 증세를 느꼈다. 전화로 전해 들은 조던의 보고서를 통해 그 두 산등성이에 적이 한 명도 없을 것임을 알았기 때문이었다. 적들은 좁은 참호를 통해 아래쪽으로 퇴각하거나 숲 속에 숨어서 포탄의 파편을 피하고 있다가, 폭격기가 지나간 다음에 기관총과 자동화기들, 그리고 조던이 도로를 타고 위로 올라갔다고 보고한 대전차포로 무장하고 다시 지상으로 올라올 것이다. 그리고 그때 유명한 전투 한 차례가 더 있을 것이다. 그러나 지금 귀청을 찢으며 오고 있는 저 전투기들은 돌이킬 수 없었다. 골스는 전투기를 올려다보며 전화기에 대고 프랑스어로 말했다.

"아니야. 아무것도 하지 마. 생각하지 마. 받아들여."

골스는 상황이 그렇게밖에 될 수 없었다는 사실과 결국 일이 어떻게 될 것인지를 모두 알고 있는 냉담하고도 자신감 넘치는 눈으로 전투기를 바라보았다. 그리고 실제로는 그렇지 않더라도 성공할 수도 있다고 믿고, 그 성공의 가능성을 자랑스러워하며 프랑스어로 말했다. "좋아. 어쨌든 최선을 다해보도록 하지."

그러나 두발은 그의 말을 듣지 못했다. 탁자에 앉아 수화기를 들고 있던 그가 들은 것은 전투기의 굉음뿐이었다. 그는 생각했다. 아마 이번에는 될지도 몰라. 전투기가 오는 소리를 들어봐. 전투기가 놈들을 모조리 날려버릴 거야. 우리는 돌파구를 찾을 수 있을 거야. 장군은 바라던 예비군 병력을 얻을 수 있을 거야. 지금이다. 지금이 바로 그 순간이다. 자. 와라. 진격이다. 굉음이 너무나 커서 그는 자신의 생각조차 들을 수 없었다.

43장

로버트 조던은 도로와 다리 위쪽 비탈의 소나무 뒤에 엎드려서 해가 떠오르는 것을 지켜보았다. 그는 하루 중 이 시간을 가장 좋아했다. 이제 그는 자신이 해가 떠오르기 직전에 회색빛으로 느리게 번쩍이는 그 빛의 일부인 듯, 마음속이 온통 회색빛으로 물드는 것처럼 느끼며 그 광경을 바라보고 있었다. 형체 있는 것들이 놓인 곳은 어두워지는 반면, 빈 공간은 환해지고, 밤에 빛나던 불빛들은 누렇게 되다가 날이 밝아올수록 서서히 희미해진다. 그의 아래에 있는 소나무 줄기의 단단한 갈색 형체가 또렷이 드러났다. 도로는 옅은 안개 속에 빛나고 있었다. 그는 이슬에 젖어 축축해졌다. 숲 바닥은 부드러웠고, 땅에 떨어진 갈색 솔잎들이 팔꿈치 밑에 푹신하게 눌리는 것이 느껴졌다. 아래쪽으로는 개울 바닥에서 올라오는 옅은 안개를 뚫고 계곡을 가로질러 곧고 탄탄하게 놓여 있는 다리의 철골과, 양쪽 끝에 목재로 지어진 초소가 보였다. 그러나 다리는 개울에 드리워진 안개 속에서 여전히 거미줄처럼 길고 가늘어 보였다.

초소 안의 보초병이 일어서 있는 것이 그의 눈에 들어왔다.

축 늘어진 담요 망토를 걸치고 머리에 철모를 쓴 보초병은 이쪽으로 등을 보인 채 양철 석유통에 구멍을 뚫어 만든 화로에 몸을 숙여 손을 녹이고 있었다. 로버트 조던은 멀리 아래 바위 틈으로 흐르는 냇물 소리를 들었고, 초소에서 피어오르는 희미한 연기를 보았다.

그는 시계를 보고 나서 생각했다. 안드레스가 골스한테 도착했을지 모르겠군. 우리가 다리를 폭파해야 한다면, 나는 아주 천천히 숨을 쉬고 시간을 천천히 흐르게 하면서 느끼고 싶군. 그가 성공했을 것 같아? 안드레스가? 그리고 그가 성공했다면 그들은 공격을 취소할까? 공격을 취소할 시간이 그들에게 있을까? 케 바. 걱정 마. 취소를 하든 안 하든. 더 이상 결정의 여지는 없으니. 그리고 어차피 좀 있으면 알게 될 텐데 뭘. 공격이 성공적이라고 가정해보자. 골스는 성공할 수 있다고 말했어. 성공 가능성이 있다고 말했다. 아군의 탱크가 저 도로 아래로 진군해 오고, 병사들이 오른쪽 아래에서 저 산의 왼쪽으로 돌아 나간 뒤 라그랑하를 향해 계속 진군하겠지. 너도 한 번쯤은 승리할 것이라고 믿어보지그래? 너는 워낙 오랫동안 방어전에만 참가해온 탓에 승리할 것이라는 생각 자체를 미처 하지 못하는 건지도 몰라. 분명 그럴 거야. 하지만 그건 그 모든 적군 병력이 이 도로를 지나가기 전에나 생각할 수 있는 거였다. 그 적군 전투기들이 날아오기 전에 말이야. 너무 순진하게 굴지 마. 하지만 여기에서 적을 가능한 한 오래 저지할 수 있다면 우리는 파시스트들의 발을 묶어둘 수 있어. 놈들은 우리를 끝장내기 전까지는 다른 지역을 공격할 수 없다. 하지만 놈들은 절대 우리를 끝장낼 수 없거든. 프랑스인들이 도와준다면, 국경을 열어주기만 한다면, 우리가 미국에서 전투기를 원조받을 수만 있다면, 놈들은 우리를 절대 끝장내지 못한다. 우리가 물자를 얻을 수 있다면 결코 끝장내지 못할 것이다. 이곳 사람들은 무장만 잘돼 있다면 언제까지나 싸울 것이다.

아니, 너는 여기에서 승리를 기대하면 안 돼. 아마 여러 해 동안은 안 될 거야. 이 작전은 그저 견제 공격에 불과해. 지금은 환상을 품으면 안 된다. 하지만 오늘 적의 방어선이 뚫린다고 생각해봐. 이것은 우리의 첫 번째 대공격이 되는 것이다. 이봐, 균형 감각을 잃지 마. 하지만 공격을 해야 한다면 어쩌지? 흥분하지 마라, 그는 자신에게 말했다. 도로 위로 올라간 적들을 기억해봐. 너는 네가 할 수 있는 것들을 다 했다. 하지만 우리에게 휴대용 단파 무전기는 있어야 했다. 곧 갖게 되겠지. 하지만 아직은 없다. 넌 이제 잘 살펴보고 네가 해야 할 일을 하면 된다.

오늘은 앞으로 올 그 모든 날들 중 단지 하루일 뿐이다. 그러나 앞으로 일어날 일들은 오늘 네가 하는 일에 달려 있다. 올해는 내내 이런 식이었다. 이런 적이 너무 잦았다. 야, 너 아침 일찍부터 꽤나 거만하게 굴고 있구나, 그는 자신에게 말했다. 이제 저기 오고 있는 자들을 보자.

그는 담요 망토를 걸치고 철모를 쓴 두 남자가 소총을 어깨에 둘러멘 채 도로 모퉁이를 돌아서 다리 쪽으로 오고 있는 걸 보았다. 한 명은 다리의 반대편 끝 초소에 멈췄고, 초소 안으로 들어가서 더 이상 보이지 않았다. 다른 한 명은 다리를 건너 천천히 무거운 걸음으로 계속 걸어왔다. 그는 다리 위에 멈추어 계곡 아래로 침을 뱉고 나서 로버트 조던이 있는 곳과 가까운 쪽 초소로 천천히 걸어갔다. 그리고 그곳에서 다른 보초병과 이야기를 나눈 후 다리 쪽으로 돌아가기 시작했다. 교대를 하고 돌아가는 보초병은 아까 그 보초병보다 더 급하게 걸어갔는데(저자는 커피를 마실 생각에 그런 거겠지, 로버트 조던은 생각했다) 그도 어김없이 계곡 아래로 침을 뱉었다.

무슨 미신인지 궁금하군, 로버트 조던은 생각했다. 나도 저 계곡 아래로 침을 뱉어야겠어. 그때 가서 침을 뱉을 수 있다면. 아니다, 그런 게 무슨 생명을 지켜주는 강력한 주문 같은 것일 리가 없다. 효과가 있을 리가 없어. 내가 저곳에 나가기 전에 그 미신이 소용없다는 걸 증명하게 될 테니.

새로 온 보초병은 초소 안으로 들어가서 앉았다. 총검이 장착된 소총은 벽에 기대놓았다. 로버트 조던은 셔츠 주머니에서 쌍안경을 꺼내 다리 끝 회색 페인트칠을 한 철교가 또렷이 보일 때까지 렌즈를 돌려 초점을 맞췄다. 그런 다음 쌍안경을 초소로 돌렸다.

보초병은 벽에 기대어 앉아 있었다. 철모는 벽에 박아놓은 못에 걸려 있었고 보초병의 얼굴이 또렷이 보였다. 그는 로버트 조던이 이틀 전 오후에 정찰할 때 보초를 섰던 바로 그 보초병이었다. 그는 이틀 전과 똑같이 정수리에 술이 달린 털모자를 쓰고 있었다. 그는 면도를 하지 않은 상태였다. 볼은 푹 꺼졌고, 광대뼈는 튀어나와 있었다. 눈썹은 숱이 많고 가운데가 거의 이어져 있었다. 그는 졸린 듯, 로버트 조던이 보고 있는 동안 하품을 했다. 그런 다음 담뱃갑과 종이 뭉치를 꺼내 담배를 말았다. 그는 라이터를 켜려고 했지만 잘 안 되자 결국 다시 주머니에 넣고 화로로 갔다. 몸을 굽혀 화로 안으로 손을 뻗어 숯 한 개를 꺼낸 다음 한 손에 들고는 입으로 바람을 불어 담배에 불을 붙이고 숯을 다시 화로 속에 던져 넣었다.

로버트 조던은 차이스 8배율 쌍안경을 통해 초소 벽에 기대어 담배를 빨고 있는 보초병의 얼굴을 살펴보았다. 곧이어 그는 쌍안경을 내리고 반으로 접은 다음 주머니에 넣었다.

저자의 얼굴은 이제 그만 보고 싶군, 그는 자신에게 말했다.

그는 그곳에 엎드려서 도로를 감시하며 아무 생각도 하지 않으려고 노력했다. 그의 아래에 있는 소나무에서 다람쥐 한 마리가 찍찍거렸다. 다람쥐는 나무줄기를 타고 내려오다 말고 멈추어서는 머리를 돌려 사람이 바라보는 쪽을 돌아보았다. 그는 다람쥐의 작고 반짝이는 눈을 보았고, 흥분한 탓인지 꼬리를 재빠르게 움직이는 것도 보았다. 그런 다음 다람쥐는 땅 위에서 몸을 길게 늘였다가 작은 발로 종종걸음을 치고 꼬리를 크게 흔들면서 다른 나무로 건너갔다. 다람쥐는 나무줄기 위에서 로버트 조던을 다시 돌아보더니 줄기를 돌아서 사라졌다. 잠시 후 로버트 조던은 소나무의 높은 가지에서 다람쥐의 찍찍거리는 소리를 들었고, 그곳에서 가지를 따라 납작하게 몸을 펴고 꼬리를 바짝 세우고 있는 다람쥐를 보았다.

로버트 조던은 소나무 사이로 다시 한 번 초소를 내려다보았다. 그는 그 다람쥐를 주머니에 넣어 데리고 있고 싶었다. 만질 수 있는 것이라면 뭐든지 가지고 싶었다. 그는 솔잎에 대고 팔꿈치를 비벼보았지만 느낌이 달랐다. 이 일을 하고 있을 때 얼마나 외로운지는 아무도 모른다. 하지만 나, 나는 안다. 토끼 아가씨가 여기서 무사히 살아 나갈 수 있길 바란다. 이봐, 그런 생각은 이제 그만해. 알았어, 그럴게. 하지만 그녀도 그렇고 나도 무사했으면 좋겠다. 내가 다리를 잘 폭파시키고, 그녀는 안전하게 도망치고. 좋아. 물론 그럴 거야. 바로 그거다. 그것이 지금 내가 바라는 전부다.

그는 엎드려서 도로와 초소에서 고개를 돌려 먼 산을 둘러

보았다. 아예 생각을 하지 말자. 그는 자신에게 타일렀다. 그는 그곳에 조용히 엎드려서 아침이 오는 것을 바라보았다. 맑은 초여름 아침이었다. 이제 5월 말이라 아침이 아주 빠르게 밝아 오고 있었다. 가죽 코트를 입고 가죽 헬멧을 쓴 오토바이 운전병이 총집에 넣은 자동소총을 왼쪽 다리 옆에 매단 채 다리를 건너 도로의 오르막길을 올라갔다. 한번은 구급차가 다리를 건너 그의 아래를 지나 도로를 타고 올라갔다. 하지만 그것이 다였다. 그는 소나무 냄새를 맡았고 냇물이 흐르는 소리를 들었다. 어느새 다리는 아침 햇살 속에 또렷하고 아름답게 모습을 드러냈다. 그는 기관총을 왼쪽 팔에 걸쳐놓고 소나무 뒤에 엎드려 있었지만 초소는 보고 있지 않았다. 공습이 없을 것만 같아 보이는, 아무 일도 일어날 것 같지 않은 아름다운 5월 말의 아침이 한참 지난 후, 그는 갑자기 쿵쾅 하고 폭탄이 한꺼번에 떨어지는 소리를 들었다.

처음 쾅 소리를 들었을 때, 로버트 조던은 산에서 천둥 같은 메아리가 울려 퍼지기 전에 긴 숨을 들이마시고 내려놓았던 기관총을 들어 올렸다. 기관총의 무게로 팔은 뻣뻣했고 손가락은 내키지 않는 듯 무거웠다.

초소 안에 있던 남자도 폭격 소리를 듣고 일어섰다. 로버트 조던은 그가 소총을 집어 들고 초소 밖으로 나와서 소리에 귀 기울이는 것을 보았다. 보초병은 햇빛을 받으며 도로에 서 있었다. 털모자가 머리 한쪽에 얹혀 있었다. 폭격기가 폭탄을 떨어뜨리고 있는 쪽을 향해 하늘을 올려다보는, 면도도 하지 않은 그의 얼굴에 햇빛이 쏟아졌다.

이제 도로에는 안개가 걷혀 있었다. 로버트 조던은 도로에 서서 하늘을 올려다보고 있는 남자를 똑똑히 볼 수 있었다. 태양이 나무 사이로 그를 환하게 비추었다.

로버트 조던은 철사줄 한 가닥이 가슴을 조이는 듯 호흡이 가빠오는 것을 느꼈다. 팔꿈치를 단단히 고정시키고 기관총 앞쪽 손잡이의 골진 부분을 손가락으로 만지면서, 앞쪽 가늠쇠의 직사각형 부분을 뒤쪽 가늠자의 브이자 표시에 맞춘 다음 남자의 가슴 정중앙에 겨누고 방아쇠를 부드럽게 당겼다.

기관총이 빠르고 부드럽게, 경련을 일으키듯 그의 어깨에 부딪혔다. 도로 위의 그 남자는 놀라고 고통스러운 표정으로 무릎을 꿇고 도로 위에 이마를 찧으며 앞으로 고꾸라졌다. 소총이 남자의 옆으로 떨어졌다. 남자의 손가락 하나가 방아쇠 손잡이에 걸쳐 있었고 손목은 앞으로 구부러진 채였다. 소총은 총검을 도로 쪽으로 향하고 있었다. 로버트 조던은 도로 위에 머리를 박고 누워 있는 남자에게서 눈길을 돌려 다리와 반대편 초소 쪽을 바라보았다. 그는 다른 쪽 초소는 볼 수 없었으므로 아구스틴이 매복해 있는 걸로 알고 있는 비탈길 아래 오른쪽을 내려다보았다. 그런 다음 그는 안셀모가 총을 쏘는 계곡에서 메아리치는 총소리를 들었다. 그다음 그가 또다시 사격하는 소리가 들렸다.

그 두 번째 총소리와 함께 다리 아래쪽 모퉁이를 돌아 나간 쪽에서 수류탄이 터지는 소리가 들려왔다. 그 후에 다리의 왼쪽 상단에서도 수류탄 소리가 들렸다. 그다음에는 도로 위쪽에서 소총을 쏘는 소리가 들렸고, 아래쪽에서는 파블로의 기병대의 자동소총 소리가 타타타탁 하고 수류탄 소리를 가르며 터져 나왔다. 그는 안셀모가 반대편 끝으로 가파른 길을 내려가는 것을 보고 나서, 기관총을 어깨에 짊어지고 소나무 기둥 뒤에 있던 다이너마이트 꾸러미 두 개를 한 손에 하나씩 들어 올렸다. 꾸러미들이 팔을 잡아당기는 바람에 어깻죽지가 빠져나갈 것만 같았지만, 도로를 향해 가파른 비탈길을 비틀거리며 내달렸다.

달리는 동안 아구스틴의 고함 소리가 들렸다. "부에나 카자(멋진 사냥이야), 잉글레스. 부에나 카자!" 그리고 그는 생각했다. 기막힌 사냥이다, 이런 제길, 멋진 사냥이야. 그리고 바로 그때 안셀모가 다리 반대편 끝에서 총을 쏘는 소리가 들렸다. 총알이 다리의 철재 대들보에 부딪혀 튕겨 나가는 소리도 들렸다. 그는 남자가 쓰러져 있는 초소를 지나, 덜렁거리는 폭약 꾸러미들을 들고 다리 위로 뛰어갔다.

노인이 한 손에 카빈총을 들고 그에게 달려왔다. "신 노베다드.(이상 무.)" 그가 소리쳤다. "이상 무. 투베 케 레마타를로.(놈을 해치울 수밖에 없었어.) 그럴 수밖에 없었어."

다리 한가운데에서 무릎을 꿇고 꾸러미들을 열어 장비들을 꺼내던 로버트 조던은 안셀모의 양쪽 볼에 눈물이 흘러내려 회색 수염을 적시는 것을 보았다.

"요 마테 우노 탐비엔.(나도 한 놈을 죽였어요.)" 그가 안셀모에게 말했다. 그러고는 다리 끝 도로에 보초병이 몸을 구부리고 쓰러져 있는 곳을 턱으로 가리켰다.

"그랬군, 자네도, 그래." 안셀모가 말했다. "죽여야 하니까 죽이는 거지."

로버트 조던은 다리의 철골 쪽으로 기어 내려가고 있었다. 손에 잡은 철재 대들보는 차가웠고 이슬이 묻어 축축했다. 그는 햇빛을 등에 받으며, 삼각형 골조 안에서 몸을 지탱한 채 조심조심 기어 내려갔다. 다리 아래 계곡에서는 넘실대며 흐르는 물소리가 들렸고, 도로를 더 올라가면 있는 위쪽 초소에서는 총소리가, 너무 많은 총소리가 들렸다. 그는 땀을 심하게 흘리는 바람에 다리 아래가 서늘하게 느껴졌다. 그는 전선 한 묶음을 한 팔에 감고 손목에는 가죽 끈으로 펜치 한 자루를 묶어서 매달아놓았다.

"한 번에 하나씩 꾸러미를 내려주세요, 비에호." 그는 위에 있는 안셀모에게 말했다. 노인은 먼 위쪽 가장자리에서부터 길쭉한 다이너마이트 다발을 내려주었고, 로버트 조던은 손을 뻗어서 그것들을 받은 다음 설치하려고 하는 곳에 꽉 밀어 넣었다. "쐐기못, 비에호! 쐐기못." 깎은 지 얼마 안 된 쐐기못의 신선한 판자 냄새를 맡으며 그는 삼각형 골조 사이에 폭약이 고정되도록 쐐기못을 단단히 박았다.

이제 그는 폭약을 밀어 넣고 떨어지지 않게 지탱해놓은 다음, 쐐기못을 박고 전선으로 단단히 묶었다. 그는 폭파 작업에만 정신을 집중한 채 외과의사처럼 신속하고 능수능란하게 움직였다. 그때 도로 아래쪽에서 우르릉 쾅쾅하는 총격 소리가 들려왔다. 이어서 수류탄 터지는 소리도 났다. 그리고 또다시 물 흐르는 소리에 섞여 폭탄 터지는 소리가 들렸다. 잠시 후 그 방향은 조용해졌다.

제길, 그는 생각했다. 뭐가 그들을 공격한 거지?

도로 너머 위쪽 초소에서는 아직도 총격 소리가 나고 있었다. 엄청난 총격이 오가고 있었다. 그는 지탱해둔 폭약 뭉치 위에 수류탄 두 개를 나란히 놓고 전선을 수류탄의 올록볼록한 표면에 감아 단단히 붙어 있도록 묶고 난 뒤 펜치로 전선 끝부분을 꼬았다. 그는 완성된 덩어리를 만져본 다음, 더 단단하게 하기 위해 폭약 전체를 꽉 조여주도록 수류탄 위의 철재에 쐐기못을 두드렸다.

"이제 다른 쪽이에요, 비에호." 그는 안셀모에게 소리치고 는 교각을 타고 옆으로 기어 올라가면서 자신이 강철 밀림의 타잔 같다고 생각했다. 이윽고 어두운 교각 아래에서 밖으로 나왔다. 아래엔 개울물이 넘실대며 흐르고 있었다. 고개를 들 어 안셀모에게서 폭약 꾸러미를 받으며 노인의 얼굴을 바라보 았다. 정말 선량한 얼굴이다, 그는 생각했다. 이제는 울지 않 는군. 그럼 그래야지. 한쪽은 이미 설치가 끝났다. 이제 이쪽 만 하면 끝이다. 이렇게 해놓으면 무엇이건 다 무너져 내릴 것 이다. 자, 흥분하지 말자. 일을 하자. 좀 전에 한 것처럼 깔끔하 고 빠르게. 괜히 더듬거리지 말고. 차근차근. 네 능력보다 더 빨리 하려고 애쓰지 말자. 이제 패배란 없다. 적어도 한쪽은 누 가 뭐래도 폭파시킬 수 있으니까. 너는 지금 계획대로 착착 잘 해나가고 있다. 여긴 참 좋은 곳이군. 포도주 저장고처럼 시원 하고 더러운 오물도 없고 말이야. 보통 석조로 된 다리 밑에서 작업하다 보면 오물투성이던데. 이 다리는 꿈의 다리로군. 제 기랄 꿈의 다리. 다만 저 위에 있는 영감이 힘든 위치에 있어서 그렇지. 네가 할 수 있는 것보다 더 빨리 하려고 하지 마라. 저 위의 총격이 어서 끝났으면 좋겠는데. "쐐기못 좀 건네주세요, 비에호." 아직도 저렇게 총격이 계속되는 게 마음에 걸린다. 필라르가 고전 중인 모양이다. 초소에 있던 몇 놈이 밖으로 나 온 것 같다. 뒤쪽에서, 아니면 제재소 뒤에서든. 게다가 그 톱 밥들. 그 높은 톱밥 더미. 톱밥은 오랫동안 뭉쳐두면 좋은 방어 벽 기능을 할 수 있다. 아직도 몇 놈이 살아 있는 모양이다. 파 블로 일행이 맡은 아래쪽은 조용하군. 아까 그 두 번째 폭탄 소 리는 뭐였을지 궁금하네. 차나 오토바이가 틀림없었는데. 장갑 차나 탱크가 올라오면 안 되는데. 계속하자. 가능한 한 빨리 폭탄을 넣고, 쐐기못으로 단단히 고정시키고, 줄로 꽉 묶자. 제기랄, 넌 계집애처럼 손을 떨고 있구나. 도대체 어디가 잘못된 거냐? 저 위에 있는 그 여자는 떨지 않고 있을 게 뻔한데. 필라르 말이다. 어쩌면 그녀도 떨고 있을지 모르지. 총소리로 봐서는 꽤나 곤경에 처한 것 같으니. 그녀도 너무 어려운 상황에 처하면 벌벌 떨 것이다. 누구나 다 그렇듯이.

그는 햇살을 받으며 다리의 바깥쪽과 위쪽으로 몸을 구부렸고 손을 뻗어 안셀모가 건네주는 것을 받았다. 이제 그의 머리 아래로 개울의 거센 물소리가 들렸다. 도로 위쪽에서는 총소리가 급격히 많아졌고, 잠시 후 다시 수류탄 터지는 소리가 났다. 그리고 또 수류탄 소리.

"그럼 제재소로 돌격한 거로군."

다이너마이트를 다발로 묶어 오길 잘했어, 그는 생각했다. 막대 하나하나 따로 가져오지 않고 말이야. 세상에, 훨씬 깔끔하잖아. 젤리 같은 폭약을 채운 캔버스 천 자루가 더 빠르기는 하지만. 자루 두 개면. 아니, 하나면 되겠다. 발파기와 뇌관만 있었어도 얼마나 좋았을까. 그놈이 내 발파기를 강물에 처넣어버렸잖아. 그 오래된 상자와 그것을 담고 있던 것들을. 이 강물에 던져버렸어. 파블로 개자식. 바로 저 아래 강물에 던져버렸어. "쐐기못 좀 더 주세요, 비에호."

영감은 아주 잘하고 있다. 그는 딱 좋은 위치에 서 있다. 그는 그 보초병을 쏴 죽이기 싫었던 것이다. 나도 싫었지만 난 아예 생각을 하지 않았다. 지금도 그 생각은 안 하고 있다. 그건 해야 할 일일 뿐이다. 하지만 그때 안셀모 영감은 무력해진 것이었다. 나도 무력감이 무엇인지 안다. 그래도 자동화기를 쓰면 사람 죽이기가 좀 수월한 것 같다. 내 말은 죽이는 사람 입장에서 수월하다는 뜻이다. 확실히 다르다. 처음에 방아쇠만 당기고 나면 나머지는 기계가 하니까. 네가 하는 게 아니다. 그 문제는 나중에 따로 생각해볼 거리로 남겨두자. 참, 너와 네 머리라니. 넌 생각을 잘하는 좋은 머리를 가지고 있지, 조던. 달려라, 조던, 달려! 네가 미식축구 경기에서 공을 들고 달려 나갈 때 사람들은 그렇게 외치곤 했다. 그때 그 제기랄 어린 조던이 사실은 저 아래 개울만큼 크기도 안 되었던 거 알아? 이곳의 개울이 아니라 개울의 수원지만큼 작았단 얘기겠지. 원천에선 무엇이든 작은 법이니까. 여기는 다리 밑이다. 고향집에서 멀리 떨어진 집이다. 자, 조던, 정신 차려라. 이건 심각한 상황이야. 모르겠어? 심각하다고. 언제든 사태는 생각보다 덜 심각한 법이다. 다른 면을 보도록 해봐. 뭣 때문에? 이 다리가 어떻게 되든 난 상관없어. 메인 주가 가듯 미국도 간다.* 조던이 가듯 제기랄 이스라엘 사람들도 간다. 아니, 내 말은 다리가 간다고. 조던이 가듯이, 제기랄 다리도 가고, 그 역도 성립한다, 정말로.

"좀 더 주세요, 안셀모 영감님." 그가 말했다. 노인은 고개를 끄덕였다. "거의 끝났어요." 로버트 조던이 말했다. 노인은 다시 고개를 끄덕였다.

수류탄을 전선으로 묶는 일을 끝냈을 즈음 도로 위쪽에서는 더 이상 총소리가 들리지 않았다. 갑자기 물소리만 들리는 조용한 가운데 그는 작업을 하고 있었다. 아래를 내려다보니 물은 커다란 바위 사이로 하얀 포말을 일으키며 끓어오르다가 맑

*메인 주의 지방 선거 결과가 대통령 선거의 향방을 가늠할 수 있는 지표가 된다는 의미로 미국 정치에서 널리 통용되던 관용 표현. 실제로 메인 주의 9월 주지사 선거에서 승리한 정당이 같은 해 11월 대통령 선거에서도 승리한 예가 여러 차례 있다.

은 조약돌이 깔린 연못으로 떨어져 내렸다. 그 연못에 그가 떨어뜨린 쐐기못 한 개가 물결 속에 빙빙 돌고 있었다. 송어 한 마리가 벌레를 잡아먹으려고 솟아올랐다가 쐐기 조각이 빙빙 돌고 있는 곳 근처에서 수면 위로 공중제비를 돌았다. 펜치로 두 개의 수류탄을 두르고 있는 전선의 끝부분을 꼬다가 그는 다리의 철골 사이로 햇빛이 푸르른 산등성이를 비추는 모습을 보았다. 사흘 전에는 온통 갈색이었는데, 그는 생각했다.

시원하고 어두운 다리 밑에서 나온 그는 밝은 햇빛 속에 몸을 숙였고, 몸을 굽히고 있는 안셀모에게 소리쳤다. "큰 전선 묶음 좀 주세요."

노인은 그것을 건네주었다.

제발 아직은 느슨해지면 안 된다. 이걸로 당겨주면 될 거야. 전선을 넉넉히 써서 묶으면 좋겠는데. 하지만 지금 쓰고 있는 전선의 길이로 볼 때 그 정도면 괜찮다, 로버트 조던은 수류탄에서 레버를 빼주는 고리를 고정시키는 안전핀을 만지작거리면서 생각했다. 그는 양쪽을 묶은 수류탄에 안전핀을 뽑았을 때 레버가 튀어 나갈 공간이 확보되어 있는지 확인했고(수류탄을 묶는 전선은 레버보다 아래쪽에 감겨 있었다), 그다음 일정한 길이의 전선을 연결해서 고리 모양을 만든 다음 그 고리를 바깥쪽 수류탄의 고리로 이어지는 주요 전선 부분에 묶었다. 그리고 전선 뭉치에서 전선을 서서히 느슨하게 풀어서, 그것으로 철재 버팀대를 두른 다음 전선 묶음을 안셀모에게 올려주었다. "조심해서 잡고 계세요." 그가 말했다.

그는 다리 위로 기어 올라가서 노인에게서 전선 묶음을 받아 들고, 다리 옆쪽을 내다보며 전선을 땅 위에 풀면서 가능한 한 빠른 뒷걸음질로 도로 위 보초병이 쓰러져 있는 곳까지 왔다.

"꾸러미들을 가져오세요." 그는 뒷걸음질을 치면서 안셀모에게 소리쳤다. 그는 지나가다 중간에 몸을 숙여 기관총을 집어 들고 어깨에 다시 멨다.

바로 그때 전선을 풀다 고개를 든 그는 도로 한참 저쪽에서 돌아오는 위쪽 초소의 대원들을 보았다.

네 명이 오고 있는 것을 본 다음 그는 전선이 깨끗한지 그리고 다리 외부 구조물에 걸려 엉키지는 않았는지 살펴야 했다. 엘라디오는 그들과 함께 있지 않았다.

로버트 조던은 다리가 끝나는 지점까지 전선에 걸리는 것이 없도록 끌고 와서 다리의 마지막 받침대에 한 바퀴 돌리고는, 도로로 달려가 표석 옆에서 멈췄다. 그는 전선을 끊고 그것을 안셀모에게 건넸다.

"이걸 들고 있어요, 비에호." 그는 말했다. "이제 저와 같이 다리로 돌아갑시다. 걸을 때 그걸 잘 들고 가세요. 아니. 제가 할게요."

다리로 돌아간 그는 전선이 엉키거나 다른 곳에 닿지 않도록 조심조심 당겨서 수류탄의 안전핀 고리에 묶어 매듭을 짓고 잡아당긴 다음, 역시 다리 위에 있는 안셀모에게 조심스럽게 건넸다.

"이것을 저 높은 바위까지 가지고 가세요." 그가 말했다. "가볍게 잡되 단단히 잡으세요. 힘을 주지 마세요. 세게, 세게, 잡아당기면 다리가 폭발해버리니까요. 콤프렌데스?(알겠지요?)"

"알겠소."

"부드럽게 다뤄야 하지만 너무 늘어지게 해서 다른 데 닿게 하면 안 됩니다. 살짝 단단히 들고, 당겨야 할 때가 오기 전까진 당기면 안 됩니다. 콤프렌데스?"

"알겠소."

"당길 때는 정말 제대로 당겨야 해요. 살짝 잡아당기는 게 아니라."

로버트 조던은 말하면서 도로 위쪽에 있는 필라르의 대원들 중 살아남은 사람들을 올려다보았다. 그들은 이제 가까이에 와 있었고, 프리미티보와 라파엘이 페르난도를 부축하고 있는 것이 보였다. 두 사람이 양옆에서 부축하고 오는 동안 페르난도가 두 손으로 자신의 사타구니를 잡고 있는 것을 보니 그곳에 총상을 입은 모양이었다. 그는 오른쪽 다리를 질질 끌고 있었고, 부축한 사람들이 끌고 오는 동안 신발의 한쪽 면이 도로에 쓸렸다. 필라르는 소총 세 자루를 짊어진 채 개울둑을 기어올라 수풀 속으로 들어갔다. 로버트 조던은 그녀의 얼굴을 볼 수는 없었지만 머리가 수풀 위로 솟아 있는 건 보였다. 그녀는 있는 힘껏 빠르게 올라오고 있었다.

"어떻게 되어가나?" 프리미티보가 소리쳤다.

"좋아. 거의 끝났어." 로버트 조던이 소리쳤다.

그들이 어떤지는 물어볼 필요도 없었다. 그가 다른 곳을 보는 사이 세 사람이 도로 가장자리로 올라왔다. 그들이 페르난도를 들어 올려 개울둑에 올려놓으려 하자 페르난도는 고개를 저었다.

"나한테 소총 한 자루만 줘요." 로버트 조던은 페르난도가 잠긴 목소리로 말하는 것을 들었다.

"안 돼, 옴브레. 우리가 자넬 말에 태워줄게."

"내가 말을 타서 뭘 할 수 있겠어요?" 페르난도가 말했다. "난 여기 있는 게 나아요."

로버트 조던은 안셀모와 이야기하느라 페르난도의 나머지

말은 듣지 못했다.

"탱크가 오면 다리를 폭파시키세요." 그가 말했다. "하지만 탱크가 다리에 올라섰을 때에 해야만 해요. 장갑차가 와도 폭파시키세요. 다리에 올라서면 말이죠. 다른 것들은 파블로가 막을 겁니다."

"자네가 다리 밑에 있으면 난 폭파시키지 않을 걸세."

"전 신경 쓰지 마세요. 필요하면 폭파시키세요. 전 다른 쪽에 전선을 설치해놓고 돌아올 겁니다. 그런 다음에 우리는 두 개를 같이 폭파합니다."

그는 다리 한가운데로 달려가기 시작했다.

안셀모는 로버트 조던이 전선 묶음을 팔에 두르고 펜치를 한쪽 팔목에 매단 채, 그리고 기관단총을 어깨에 짊어진 채 다리로 달려가는 것을 보았다. 그는 그가 다리 난간 아래로 기어내려가서 시야에서 사라지는 것을 보았다. 안셀모는 오른손에 전선을 잡고 있었고, 표석 뒤에 웅크리고 앉아서 도로를 내려다보고 다리를 가로질러 살펴보고 있었다. 그와 다리 사이의 중간에 보초병이 도로에 쓰러져 있었다. 햇볕이 등에 내리쬐는 가운데 보초병은 매끈한 도로 표면에 박혀버린 듯 쓰러져 있었다. 총검이 달린 보초병의 소총은 안셀모가 있는 쪽을 정면으로 겨눈 채 도로 위에 떨어져 있었다. 노인은 보초병을 지나, 난간의 그늘이 드리워진 다리 표면을 따라 도로가 계곡을 끼고 왼쪽으로 돌아가서 바위벽 뒤로 사라지는 곳까지 바라보았다. 그는 햇볕이 내리쬐는 반대편 초소를 보았고 그런 다음 손에 든 전선을 조심스레 잡은 채로, 페르난도가 프리미티보와 집시에게 말하고 있는 쪽으로 고개를 돌렸다.

"날 여기 남겨둬요." 페르난도가 말했다. "상처가 너무 심하고 출혈도 커요. 움직일 때마다 안에서 통증이 느껴져요."

"우리가 부축해서 비탈길을 올라갈 거야." 프리미티보가 말했다. "팔을 내 어깨에 둘러. 그러면 우리가 다리를 들어서 옮길 테니."

"소용없어요." 페르난도가 말했다. "여기 어디 바위 뒤에 놔줘요. 난 산 위에서보다는 여기서 더 쓸모가 있을 거야."

"하지만 우리가 떠날 때." 프리미티보가 말했다.

"날 여기 두고 가요." 페르난도가 말했다. "이 상태로 계속 가는 건 불가능해. 그렇게 하면 말도 하나 더 남잖아요. 난 여기 있어도 괜찮아. 보나마나 놈들이 곧 들이닥칠 텐데."

"우리가 언덕 위로 데리고 갈 수 있어." 집시가 말했다. "쉽게 말이야."

그도 당연히 어서 도망가고 싶었고 프리미티보도 마찬가지였다. 그러나 그들은 이미 여기까지 그를 데리고 온 터였다.

"안 돼." 페르난도가 말했다. "난 여기 있어도 좋아요. 엘라디오는 어떻게 됐죠?"

집시는 손가락을 머리에 대고 엘라디오가 총을 맞은 위치를 가리켰다.

"여기." 그가 말했다. "자네가 맞은 다음에. 우리가 돌격할 때 그렇게 됐어."

"날 두고 가요." 페르난도가 말했다. 안셀모는 그가 심한 고통을 겪고 있다는 것을 알 수 있었다. 그는 두 손을 사타구니에 대고 머리를 개울둑에 기댄 채 다리를 앞으로 쭉 뻗고 있었다. 그의 얼굴은 잿빛이었고 땀으로 범벅이 되어 있었다.

"제발 이제 나를 놔줘, 부탁이야." 그가 말했다. 그는 통증을 못 견디고 눈을 감았다. 그의 입술 가장자리가 일그러졌다. "난 여기 있는 게 좋아."

"소총하고 탄약창 여기 있네." 프리미티보가 말했다.

"내 건가?" 페르난도는 눈을 감은 채 물었다.

"아니, 자네 것은 필라르가 가지고 있어." 프리미티보가 말했다. "이건 내 거야."

"내 걸 가졌으면 좋겠는데." 페르난도가 말했다. "그게 익숙해서."

"자네 걸 갖다주겠네." 집시가 그에게 거짓말을 했다. "가져올 때까지만 이걸 들고 있어."

"여기 자리가 아주 좋아." 페르난도가 말했다. "도로하고 다리 둘 다 겨누기가 좋아." 그는 눈을 뜨고 고개를 돌려 다리를 가로질러 둘러보다가 통증이 몰려오자 다시 눈을 감았다.

집시는 그의 머리를 토닥이고 엄지손가락으로 프리미티보에게 퇴각하자는 신호를 보냈다.

"나중에 자네를 데리러 올게." 프리미티보는 말하고 재빨리 올라가고 있는 집시의 뒤를 따라 비탈길을 올라가기 시작했다.

페르난도는 개울둑에 기대어 누웠다. 그의 앞에는 도로의 끝을 표시하는 회칠한 표석이 놓여 있었다. 그의 머리는 그늘 속에 있었지만 붕대를 감은 상처 부위와 상처를 덮고 있는 두 손에는 햇볕이 내리쬐었다. 다리와 발도 햇빛을 받고 있었다. 소총은 그의 옆에 놓여 있었고, 소총 옆에는 탄약창 세 개가 햇빛에 반짝이고 있었다. 파리가 그의 손 위를 기어 다녔지만 통증 때문에 그런 작은 간지러움은 느껴지지 않았다.

"페르난도!" 안셀모가 전선을 들고 웅크린 채 그를 불렀다. 그는 전선 끝에 고리를 만들고 그것을 가깝게 꼬아서 손에 잡을 수 있게 만들어놓고 있었다.

"페르난도!" 그가 다시 불렀다.

페르난도는 눈을 뜨고 노인을 바라보았다.

"어떻게 돼가요?" 페르난도가 물었다.

"아주 잘돼가네." 안셀모가 말했다. "이제 1분 후면 폭파시킬 거야."

"잘됐네요. 저한테 필요한 거 있으면 알려주세요." 페르난도는 이렇게 말하고 다시 눈을 감았고, 통증이 그의 속에서 요동쳤다.

안셀모는 눈길을 돌려 다리를 바라보았다.

그는 전선 묶음이 먼저 다리로 올려지고 그다음 잉글레스의 그을린 머리와 얼굴이 보이면서 그가 옆으로 기어 올라오는 것을 보고 있었다. 그와 동시에 그는 다리 너머에서 도로의 먼 쪽 모퉁이를 돌아 다가오는 것이 없는지 살펴보았다. 안셀모는 지금 두렵지 않았고, 오늘 하루 종일 두려운 적은 없었다. 일이 빠르게 진행되고 제대로 되고 있으니까, 그는 생각했다. 보초병을 쏘는 건 정말 내키지 않았고 그래서 감정이 격해지기도 했지만 이젠 다 지나갔다. 잉글레스는 어떻게 사람 죽이는 일과 동물 죽이는 일이 마찬가지라고 말할 수 있었을까? 사냥을 할 때 나는 기분이 좋아지면 좋아졌지 잘못을 저질렀다는 기분은 느껴본 적이 없어. 하지만 사람에게 총을 쏘면 마치 다 큰 성인이 된 후에 형제를 때리는 것 같은 기분이 들지. 게다가 여러 번 쏴서 죽이는 건. 아니다. 그런 생각은 하지 말자. 아까는 감정이 북받쳐서 계집애처럼 울며 다리 아래로 달려갔었지.

그건 끝났다, 그는 자신에게 말했다. 그리고 다른 일들과 마찬가지로 그 빚을 갚으려고 노력하면 된다. 하지만 지금은 어젯밤 산을 가로질러 캠프로 돌아오면서 기도하며 소망했던 것을 다 이루고 있다. 너는 전투에 참가하는 중이고, 아무 문제가 없다. 지금 이 아침에 죽는다 해도, 괜찮다.

그런 다음 그는 두 손을 사타구니에 대고 개울둑에 기대어 누워 있는 페르난도를 바라보았다. 그의 입술은 파랗게 질려 있었고, 눈은 꽉 감겨 있었으며, 무겁고 느리게 숨을 쉬고 있었다. 안셀모는 생각했다. 내가 죽는다면 빨리 죽기를 바란다. 아니 난 오늘 내게 필요했던 그것만 허락하신다면 더 이상 아무것도 바라지 않겠다고 기도했었다. 그러니 나는 바라지 않겠다. 알겠어? 아무것도 바라지 않는단 말이야. 어떤 식으로든 아무것도. 내가 기도했던 것을 이루게 해주소서, 그러면 나머지는 흘러가는 대로 두겠나이다.

그는 멀리 골짜기에서 들려오는 전투 소리를 들었다. 그는 자신에게 말했다. 오늘은 정말 대단한 날이군. 이날이 어떤 날인지 깨닫고 알아야 해.

그러나 그의 마음은 들뜨거나 흥분되지 않았다. 그런 기분은 모두 사라지고 그저 침착함만 남아 있었다. 그리고 이제 고리를 만든 전선을 손에 들고, 다른 고리는 손목에 두른 다음 도로 옆 자갈을 그의 무릎 밑에 깔고 표석 뒤에 웅크리고 앉아 있었지만, 그는 외롭지도 않았고 외롭다고 느끼지도 않았다. 그는 전선을 들고 있는 임무를 맡은 사람이었다. 다리와 잉글레스의 폭약 설치를 함께 돕는 사람이었다. 그는 아직도 다리 밑에서 설치 작업을 하고 있는 잉글레스와 한 팀이었고, 전투와 공화국과 함께하는 사람이었다.

그러나 흥분은 없었다. 이제 모든 것이 차분했고, 햇빛이 그의 목과 어깨에 내리쬐고 있었다. 그는 웅크리고 앉아 머리 위를 올려다보았다. 구름 한 점 없는 높은 하늘과 강 너머에 솟아 있는 산등성이가 보였다. 그는 행복하지는 않았지만, 외롭거나 두렵지도 않았다.

산비탈 위에는 필라르가 나무 뒤에 엎드려 고개에서 내려오는 도로를 감시하고 있었다. 그녀는 장전된 소총 세 대를 옆에 놓고 있었다. 프리미티보가 옆에 털썩 앉자 한 대를 그에게 건네주었다.

"거기 앉아." 그녀가 말했다. "저 나무 뒤에. 집시, 너는 저쪽으로." 그녀는 아래쪽에 있는 다른 나무를 가리켰다. "그는 죽었나?"

"아니, 아직." 프리미티보가 말했다.

"운이 나빴어." 필라르가 말했다. "두 명만 더 있었어도 그런 일이 없었을 텐데. 그 녀석은 톱밥 더미를 기어서 돌았어야 했다고. 두고 온 곳은 괜찮은가?"

프리미티보가 고개를 저었다.

"잉글레스가 다리를 폭파할 때 파편이 여기까지 날아올까?" 집시가 나무 뒤에서 물었다.

"나도 모르지." 필라르가 말했다. "하지만 아구스틴이 마키나를 가지고 너보다 더 가까이 있어. 그 자리가 너무 가깝다면 잉글레스가 그를 거기에 있게 했을 리가 없지."

"하지만 지난번 열차 폭파 때 난 엔진 램프가 내 머리 위로 날아가고 강철 조각들이 제비 떼처럼 내 옆으로 날아갔던 걸 기억한다고."

"네 녀석 기억력 한번 시적이네." 필라르가 말했다. "제비 떼라니. 맙소사! 빨래 삶는 솥 같았던 걸 가지고. 이봐, 집시, 너 오늘 꽤 침착하게 잘했어. 지금도 너무 겁먹지 마."

"글쎄, 난 그저 파편이 여기까지 날아오니까 나무줄기 뒤에 잘 숨어 있어야 하는지 물었을 뿐인데." 집시가 말했다.

"거기 그렇게 계속 있어." 필라르가 그에게 말했다. "우리가 몇 놈이나 죽였지?"

"우리가 다섯. 이쪽은 둘. 반대편에 있던 다른 놈 못 봤어? 다리 쪽 저기 좀 보쇼. 초소가 보이지? 봐! 보여?" 그는 손가락으로 가리켰다. "그다음에 아래쪽 파블로 일당이 여섯. 내가 잉글레스를 위해서 그 초소를 감시했거든."

필라르는 뭔가를 중얼거렸다. 그러더니 버럭 화를 냈다. "저 잉글레스는 어떻게 된 거야? 제기랄 다리 밑에서 뭐 하고 있는 거야? 바야 만당가!(제기랄 굼뜨기는!) 다리를 짓고 있는 거야, 폭파하고 있는 거야?"

그녀는 머리를 들어 안셀모가 표석 뒤에 웅크리고 있는 것을 내려다보았다.

"어이, 영감!" 그녀가 소리쳤다. "제기랄 잉글레스는 어떻게 된 거야?"

"좀 참아, 이 여자야." 안셀모가 전선을 가볍게 그러나 단단히 쥔 채 위를 향해 소리쳤다. "작업을 마무리하는 중이야."

"그런데 염병 뭐 그렇게 오래 걸려?"

"에스 무이 콘시엔수도!(그는 아주 철저해!)" 안셀모가 소리쳤다. "이건 과학적인 작업이라고."

"염병할 과학은 무슨 얼어 죽을." 필라르는 집시에게 벼락같이 화를 냈다. "저 꼴사나운 거 좀 확 날려버리고 끝내자. 마리아!" 그녀는 굵은 목소리로 언덕 위를 향해 소리쳤다. "네 애인 잉글레스가……." 그리고 그녀는 다리 밑에서 로버트 조던이 무엇을 하고 있는지에 대한 그녀만의 상상을 담아 상스러운 욕설을 한바탕 풀어냈다.

"진정해, 이 여자야." 안셀모가 도로에서 소리쳤다. "그 사람은 엄청난 일을 하고 있다고. 이제 거의 끝나가."

"웃기지 말라고 하슈." 필라르가 분개했다. "중요한 건 속도란 말이야."

바로 그때 그들 모두는 파블로가 이미 접수한 초소를 지키고 있는 도로 아래쪽에서 총격이 시작되는 소리를 들었다. 필라르는 욕설을 멈추고 귀를 기울였다. "아." 그녀가 말했다. "이런. 이런. 끝장이다."

로버트 조던은 한 손으로 전선 묶음을 다리 위로 던져 올린 다음 위로 올라오다가 그 소리를 들었다. 그는 무릎을 철골 가장자리에 대고 양손은 다리 표면을 잡고 있었는데, 아래쪽 모퉁이 뒤에서 기관총 소리가 들려왔다. 파블로의 자동소총과는 다른 소리였다. 그는 발을 딛고 일어서서 몸을 앞으로 숙이고, 다리를 따라 뒤로 옆으로 걸음을 옮기며 아무 데도 걸리는 데가 없도록 전선을 풀어나갔다.

그는 총소리를 들었고, 걸으면서 총소리가 배 속에서, 마치 횡격막에서 메아리치듯 울리는 것을 느꼈다. 그가 걸어가다가 도로의 모퉁이로 고개를 다시 돌리자 이제 그 소리는 더욱 가깝게 들렸다. 그러나 아직 차량이나 탱크나 사람은 보이지 않았다. 그가 다리 중간쯤 갔을 때에도 아직 아무도 나타나지 않았다. 그가 4분의 3 정도 와 있을 때도 아직 아무것도 나타나지 않았고, 그의 전선은 아무것에도 걸리거나 더럽혀지지 않은 채로 풀려나갔다. 그가 전선을 밖으로 들어 철재 구조물에 걸리지 않도록 하면서 초소 뒤 모퉁이에서 기어 올라갈 때까지도 아무것도 보이지 않았다. 잠시 후 그는 도로 위에 섰다. 아직까지 도로 아래쪽에는 아무것도 없었다. 그는 전선을 팽팽하게 유지한 채, 마치 긴 외야 플라이를 잡으려고 뒷걸음치는 외야 수처럼 재빨리 뒷걸음질 쳐서 도로 아래쪽에 물이 말라버린 작은 도랑 위로 올라갔다. 이제 그는 안셀모가 있는 표석과 거의 반대편에 있었다. 여전히 다리 아래쪽에는 아무것도 없었다.

그때 그는 트럭이 도로를 내려오는 소리를 들었다. 그의 어깨 너머로 트럭이 긴 경사로로 막 들어서는 것이 보였다. 그는 손목을 전선 둘레에 한 번 두르고는 안셀모에게 외쳤다. "폭파 시켜!" 그리고 그는 발뒤꿈치를 땅에 박고 몸을 뒤로 세게 젖히며 손목을 돌려서 전선을 팽팽하게 당겼다. 뒤에서는 트럭 소리가 다가오고 있고, 앞에는 죽은 보초병이 쓰러져 있는 도로와 긴 다리, 그리고 도로의 아래쪽 부분이 아직까지 아무런 이상 없이 놓여 있었다. 다음 순간, 찢어질 듯한 굉음이 들리면서 마치 파도가 부서지듯 다리 한복판이 공중으로 솟아올랐다. 두 손으로 머리를 단단히 가리고 자갈 깔린 도랑에 고개를 숙이고 뛰어들 때, 그는 폭발의 충격이 등 뒤로 몰려오는 것을 느꼈다. 그는 얼굴을 자갈에 파묻고 있었다. 솟아올랐던 다리가 다시 내려앉으면서 익숙하고 시큼한 화약 냄새가 매캐한 연기와 함께 끼쳐왔다. 철재 조각들이 비 오듯 떨어져 내리기 시작했다.

철재가 떨어지는 것이 멈춘 후에도 그는 여전히 살아 있었다. 그는 고개를 들어 다리를 둘러보았다. 다리의 가운데 부분은 날아가고 없었다. 가장자리가 삐죽삐죽 찢겨지고 끄트머리가 번쩍이는 철재 파편들이 다리 위에 여기저기 흩어져 있었다. 트럭은 도로 위 약 100야드 지점에서 멈춰 서 있었다. 운전병과 동행한 병사 두 명이 도랑 쪽으로 달려가고 있었다.

페르난도는 아직도 둑에 기대어 누워 있었고, 아직 숨을 쉬고 있었다. 두 팔을 양옆에 곧게 뻗고 손바닥은 펼친 채였다.

안셀모는 얼굴을 땅에 파묻은 채 하얀 표석 뒤에 쓰러져 있었다. 그의 왼팔은 머리 밑에 거의 접혀 있다시피 했고 오른팔은 밖으로 쭉 뻗어 있었다. 전선 고리가 아직도 그의 오른손에 묶여 있었다. 로버트 조던은 일어서서 길을 건너 노인의 옆에 무릎을 꿇고 앉아 그가 죽었는지 확인했다. 그는 어떤 철재에 맞았는지 확인하기 위해 안셀모의 몸을 뒤집지는 않았다. 어차피 그는 죽었고, 그뿐이었다.

죽어 있는 영감은 아주 작아 보이는군, 로버트 조던은 생각했다. 노인은 작아 보였고 머리도 회색이었다. 로버트 조던은 생각했다. 저것이 영감의 실제 몸 크기라면 어떻게 그렇게 무거운 꾸러미를 짊어지고 다녔는지 모르겠다. 그런 다음 그는 죽어 뻣뻣해지기 시작한 장딴지와 허벅지, 회색 목동용 반바지, 닳은 신발을 보았고, 안셀모의 카빈총과 이제는 텅 비어 있는 가방 두 개를 집어 들고, 페르난도 옆에 있던 소총도 집어 들었다. 그는 우툴두툴한 철재 파편 한 조각을 도로 밖으로 차 버렸다. 그다음 소총 두 자루의 총구를 쥐어서 한쪽 어깨에 둘러메고 숲으로 가는 비탈길을 오르기 시작했다. 그는 뒤를 돌아보지 않았고 도로에서 다리를 둘러보지도 않았다. 아래쪽 길모퉁이에서는 여전히 총소리가 났지만, 그는 이제 그 소리에는 관심이 없었다.

그는 폭탄 연기 때문에 기침을 했고 온몸의 감각이 사라진 것 같았다.

그는 소총 한 자루를 나무 뒤 필라르가 엎드려 있는 곳 옆에 놓았다. 그녀는 그 총을 쳐다보고는 이제 자신이 다시 소총 세 자루를 가지게 된 것을 알게 되었다.

"당신들 여기 너무 높이 와 있군." 그가 말했다. "여기서는 보이지 않는 도로 위쪽에 트럭 한 대가 있소. 놈들은 폭격기의 폭격이 있었던 걸로 생각한 모양이고. 당신들은 더 아래로 내려가는 게 좋겠소. 난 아구스틴과 같이 내려가서 파블로를 엄호하지."

"영감은?" 그녀는 그에게 물어보면서 그의 표정을 살폈다.

"죽었어요."

그는 다시 고통스럽게 기침을 하고는 가래를 땅에 뱉어냈다.

"당신 다리가 폭파되었어, 잉글레스." 필라르가 그를 바라보았다. "그걸 잊지 마슈."

"난 아무것도 잊지 않았어요." 그가 말했다. "당신은 목소리가 크지." 그는 필라르에게 말했다. "당신이 고함치는 소리 나도 들었어요. 마리아에게 고함치고 내가 괜찮다고 말해주더군."

"우린 제재소에서 두 명을 잃었어." 필라르가 그를 이해시키려고 말했다.

"그래 나도 봤어요." 로버트 조던이 말했다. "어리석은 일이라도 했던 거요?"

"지옥에나 가버려, 잉글레스." 필라르가 말했다. "페르난도와 엘라디오도 정말 사내다웠단 말이우."

"당신도 위로 올라가서 말을 지키지그래요?" 로버트 조던이 말했다. "여긴 내가 당신보다 더 잘 지킬 수 있으니."

"자네는 파블로를 엄호해야지."

"제기랄 파블로. 똥이나 처먹으며 혼자 엄호하라지."

"그러지 마슈, 잉글레스. 그 사람은 돌아왔잖아. 저 아래에서 많이 싸웠다고. 당신 못 들었어? 그는 지금도 전투를 하고 있단 말이야. 나쁜 놈들하고. 안 들려?"

"내가 엄호하겠어요. 하지만 당신들은 정말 개 같아. 당신이나 파블로나 다."

"잉글레스." 필라르가 말했다. "진정해. 난 이 일을 하면서 누구보다 당신과 오래 같이했어. 파블로는 잘못을 저질렀지만 다시 돌아왔고."

"만약 발파기만 있었다면 영감은 죽지 않았을 거요. 여기서 터뜨릴 수 있었을 테니까."

"만약, 만약, 만약……." 필라르가 말했다.

다리가 터지고 난 후 웅크리고 있던 곳에서 올려다보고 안셀모가 죽었다는 것을 알게 됐을 때 찾아온 허탈함과 분노와 공허함, 그리고 증오가 아직도 그의 온몸에 들끓고 있었다. 또한 그의 내면에는 군인이 계속 군인으로 남아 있으려면 증오심에 기댈 수밖에 없다는 슬픈 인식에서 비롯된 절망도 자리하고 있었다. 이제 일이 끝나고 나니, 그는 외롭고 쓸쓸했고 침울한 기분에 사로잡혀 눈에 보이는 모든 사람이 다 미웠다.

"눈만 안 왔더라면……." 필라르가 말했다. 그리고 그때, (가령 필라르가 그를 팔로 감싸 안아주었다면 가능했을지 모르는) 육체적인 접촉을 통해 한순간 마음이 풀려버리는 경우처럼 그렇게 급격하지는 않았지만, 천천히 그리고 머리로 그는 상황을 받아들이기 시작했고, 증오심은 서서히 가라앉았다. 물론, 눈. 눈이 망친 것이다. 눈. 다른 사람들도 눈이 망쳐놨다고 생각하고 있다. 일단 다른 사람들처럼 너도 눈이 원흉이었다고 생각하자. 일단 네 자아를 잊어버려라. 전쟁에서는 언제나 자아를 잊어야 하니까. 전쟁에선 자아가 있을 수 없지. 자아는 잊기 마련이니까. 그다음 자아를 상실한 그의 귀에 필라르의 말소리가 들려왔다. "소르도 영감도……."

"뭐라고?" 그가 말했다.

"소르도 영감도……."

"그래요." 로버트 조던이 말했다. 그는 그녀에게 씩 웃어 보였다. 그것은 진지하고 경직된, 너무나 뻣뻣한 웃음이었다. "잊어버려요. 내가 틀렸어. 미안해요, 필라르. 우리 다 같이 잘해내야지. 당신 말대로, 다리는 폭파되었어."

"그래. 다 현실적으로 생각해야 해."

"그럼 난 이제 아구스틴에게 가보겠어요. 집시를 더 멀리 저 아래 도로가 잘 보이는 곳으로 내려보내요. 그 총들은 프리미티보에게 주고, 이 마키나를 받아요. 작동법을 알려줄 테니."

"마키나는 자네가 가지고 있어." 필라르가 말했다. "우린 곧 여길 뜰 거요. 이제 파블로가 올 텐데, 그러면 우린 뜰 거야."

"라파엘." 로버트 조던이 말했다. "나랑 같이 내려가요. 여기. 좋아. 지하 배수로에서 나오는 놈들을 봐요. 저기, 트럭 위에? 트럭 쪽으로 오는 놈들? 그중 한 놈을 쏴요. 앉아. 긴장 풀고."

집시는 주의 깊게 조준을 하고 발사했다. 그가 공이치기를 젖히고 탄피를 꺼내자 로버트 조던이 말했다. "높았어. 위에 있는 바위를 맞혔잖아. 바위에서 부서진 조각들 보여요? 2피트 정도 더 낮게. 자, 조심해서. 놈들이 달리고 있어. 좋아. 시구에 티란도.(계속 쏴.)"

"한 놈 잡았다." 집시가 말했다. 그 남자는 배수로와 트럭 사이 도로 중간쯤에 쓰러졌다. 나머지 적군 두 명은 쓰러진 자를 끌어가지 않았다. 그들은 곧장 배수로로 달려가서 안으로 숨었다.

"그놈은 쏘지 마." 로버트 조던이 말했다. "트럭 앞바퀴 윗부분을 쏴요. 그럼 빗나가더라도 엔진을 맞추게 되거든. 좋아."

그는 쌍안경으로 살펴보았다. "약간 아래. 좋아. 막 쏴. 무초! 무초! 잘했어, 대단해. 냉각장치 맨 위를 쏴. 냉각장치 아무 데나. 잘하는데. 봐. 저쪽 저 지점에서 아무것도 못 나오게 해요. 보여요?"

"트럭 앞 유리를 부셔놓을 테니 봐봐." 집시가 기분 좋게 말했다.

"아니. 트럭은 이미 못쓰게 만들어놨으니 됐어요." 로버트 조던이 말했다. "도로 밑으로 뭔가가 내려올 때까지는 사격하지 말고, 배수로 반대편에 나타날 때 사격을 시작해요. 운전병을 맞추려고 노력하고, 그런 다음에는 어디든 쏴요." 그는 프리미티보와 함께 비탈의 먼 아래쪽에 가 있는 필라르에게 말했다. "여기 자리를 정말 잘 잡았어요. 깎아지른 벼랑이 옆을 제대로 막아주는걸."

"아구스틴이랑 일이나 봐." 필라르가 말했다. "강의는 집어치우고. 나도 지형을 다 봐뒀다고."

"프리미티보는 저기 더 위에 배치해요." 로버트 조던이 말했다. "저기. 보여요? 둑이 급경사를 이루는 이쪽."

"날 좀 내버려두슈." 필라르가 말했다. "어서 가, 잉글레스. 당신도 그 완벽주의도 죄다 좀 가. 여긴 아무 문제 없어."

바로 그때 그들은 비행기 소리를 들었다.

마리아는 오랫동안 말과 함께 있었지만, 말이 도통 편하지가 않았다. 말들도 그녀를 불편해하는 듯했다. 그녀가 있는 숲에서는 도로도 볼 수 없었고 다리도 보이지 않았기 때문에, 총격이 시작되었을 때 그녀는 말이 캠프 아래 숲 속 마구간에서 지낼 때부터 여러 차례 선물도 줘가며 길들여놓았던, 얼굴이 하얀 적갈색 종마의 목을 팔로 감싸 안았다. 하지만 그녀의 불안감이 종마까지 불안하게 만들어버렸는지 말도 총격 소리와 폭탄 소리에 머리를 치켜들고 콧구멍을 벌름거렸다. 마리아는 가만히 있을 수가 없어서 옆으로 돌아가서 말들을 다독이고 쓰다듬었지만 말은 더욱 긴장하고 흥분할 뿐이었다.

그녀는 총격을 끔찍한 일로 생각하지 않으려고 애썼다. 아래쪽에는 파블로와 그가 데려온 남자들이 있고 위로는 필라르와 다른 사람들이 지키고 있으니, 걱정하거나 정신을 잃지 말고 로베르토를 믿어야 한다고 생각하려 애썼다. 그러나 그녀는 그럴 수 없었다. 다리 위쪽과 아래쪽의 총격 소리와 멀리 골짜기에서 메마른 굉음을 동반한 번개 소리나 폭풍 소리처럼 들려오는 전투 소리, 그리고 포탄의 불규칙적인 박자는 그녀를 숨도 못 쉴 지경으로 몰아가는 끔찍한 일일 뿐이었다.

그리고 잠시 후 그녀는 저 아래 등성이에서 필라르가 큰 소리로 알아들을 수 없는 욕지거리를 하는 것을 듣고는 생각했다. 아, 제발, 안 돼. 안 돼. 위험에 빠진 그 사람한테 그렇게 얘기하면 안 돼요. 아무도 화나게 하지 말고 쓸데없이 위험을 자초하지 마세요. 화를 돋우지 마세요.

그런 다음 그녀는 로베르토를 위해 학교 다닐 때 했던 것처럼 빠르고 기계적으로 기도하기 시작했다. 가능한 한 빨리 기도문을 외우고 왼손가락으로 횟수를 세면서 열 번을 외운 다음 그렇게 두 번을 다시 반복했다. 그때 다리가 폭파되자, 말 한 마리가 찢어지는 폭발음에 놀라 뛰어오르고 머리를 흔드는 바람에 다리에 묶어놓은 밧줄이 끊어져버렸다. 말은 숲 속으로 내달렸다. 결국에는 마리아가 말을 잡아서 끌고 왔다. 앞가슴은 땀으로 시꺼멓게 되고 안장은 떨어져 내리고 온몸을 벌벌

떠는 말을 데리고 나무들 사이로 돌아오는데, 아래쪽에서 총소리가 들렸다. 그녀는 이 상황을 더 이상 견딜 수가 없다고 생각했다. 더 이상 모르는 채로 살 수가 없어. 숨을 쉴 수도 없고, 입이 바짝바짝 말라. 나는 두렵고, 아무 짝에도 쓸모가 없고, 말들을 겁먹게 만들기나 하는구나. 이 말도 안장이 나무에 부딪혀 떨어지고, 발길질을 하다가 등자에 발이 걸린 덕에 간신히 잡아왔지. 이제 안장을 올려야 하는데, 아, 신이시여, 모르겠다. 견딜 수가 없어. 아, 제발, 그이가 무사해야 할 텐데. 내 마음과 내 모든 것이 다리에 가 있어. 공화국도 좋고, 전쟁에서 승리하는 것도 좋아. 하지만 아, 자애로운 성모 마리아님, 그이만 다리에서 제게 돌려보내주시면, 성모님께서 하라시는 대로 뭐든지 할게요. 전 지금 여기에 없어요. 더 이상 나라는 건 없어요. 전 오직 그와 함께 있어요. 저를 위해 그이를 지켜주세요. 그것은 저를 지켜주시는 것과 마찬가지입니다. 그래만 주신다면 저는 당신이 원하시는 일을 하겠어요. 그이도 상관하지 않을 거예요. 그런다고 공화국에 해가 되지도 않을 거예요. 아, 저를 용서하세요. 너무나 혼란스러워서 그래요. 전 지금 너무나 혼란스러워요. 하지만 성모님께서 그이를 지켜주신다면, 전 뭐든 옳은 일을 하겠어요. 그이가 하라는 대로, 그리고 성모님이 하라시는 대로 하겠어요. 제게 가장 소중한 그 사람과 성모님을 위해 저는 뭐든지 하겠어요. 하지만 지금은 그이가 무사한지 알 수가 없으니 견딜 수가 없어요.

    말을 다시 묶고 나서 안장을 올리고 안장의 담요를 평평하게 가다듬은 후 말의 배에 안장 끈을 팽팽히 묶던 그녀는 아래쪽 풀숲에서 들려오는 크고 깊은 목소리를 들었다. "마리아! 마리아! 네 애인 잉글레스는 무사해. 내 말 듣고 있나? 무사하다고. 신 노베다드!"

마리아는 두 손으로 안장을 잡은 채 까까머리를 안장에 힘껏 파묻고 울었다. 그녀는 그 깊은 목소리가 다시 소리치는 것을 듣고 안장에서 고개를 들어 목메는 목소리로 외쳤다. "네! 고맙습니다!" 그러고는 다시 목이 메어 말했다. "고마워요! 정말 고마워요!"

폭격기 소리가 들리자 모두들 위를 바라보았다. 폭격기는 아주 높은 고도에서 은빛으로 빛나며, 또 다른 모든 소리를 잠재우는 엔진 소리를 내뿜으며 세고비아로부터 날아오고 있었다.

"저것들 좀 봐!" 필라르가 말했다. "이제 올 것이 왔군!"

로버트 조던은 폭격기를 보면서 한쪽 팔을 그녀의 어깨 위에 얹었다. "아니에요." 그가 말했다. "우리한테 오는 게 아니에요. 저들에겐 우리한테 내줄 시간이 없어요. 진정해요."

"난 저것들이 싫어."

"나도 그래요. 어쨌든 난 이만 아구스틴에게 가봐야겠어요."

그가 소나무 숲을 통과해 등성이를 빙 돌아가는 내내 폭격기의 진동과 둥둥거리는 소리가 계속 들렸고, 아래쪽 도로에 흩어져 있는 다리 잔해들을 가로지른 길모퉁이 너머에서는 간간히 기관총 소리가 났다.

로버트 조던은 아구스틴이 엎드려 있는 관목 소나무 사이 자동소총 바로 뒤로 뛰어들었다. 그사이 더 많은 비행기들이 몰려오고 있었다.

"아래쪽은 어떻게 되어가나?" 아구스틴이 말했다. "파블로는 뭘 하고 있어? 다리가 폭파된 걸 모르나?"

"아마 자리를 뜨지 못하고 있는 것 같아."

"우리는 이만 뜨세. 그자는 알아서 하라고 하고."

"할 수 있다면 지금쯤 올 텐데." 로버트 조던이 말했다. "지금쯤 그가 보여야 하는데."

"그쪽에선 소리가 안 들렸어." 아구스틴이 말했다. "5분 동안 안 들렸어. 아니. 저기! 들어봐! 저기 있다. 파블로야."

기병대 기관총의 타타탁 하는 총격 소리가 연달아 났다.

"그 개자식이 맞군." 로버트 조던이 말했다.

그는 아직도 더 많은 비행기가 구름 한 점 없는 높은 하늘로 날아오는 것을 보았다. 그는 비행기를 올려다보면서 아구스틴의 얼굴도 보았다. 그리고 부서진 다리와 여전히 아무것도 없는 길을 내려다보았다. 그는 기침을 하고 가래를 뱉었다. 모퉁이 아래에서 다시 기관총 소리가 들렸다. 아까와 같은 위치에서 들려오는 것 같았다.

"그런데 저건 뭐야?" 아구스틴이 물었다. "우라질 저 소리는 뭐냐고?"

"내가 다리를 폭파시키기 전부터 들리던 소린데." 로버트 조던은 말했다. 그는 다리를 내려다보았다. 다리 가운데가 내려앉아 접어놓은 강철 앞치마처럼 매달려 있는 찢어진 틈으로 냇물이 흐르고 있었다. 그는 첫 번째 폭격기에서 폭탄이 떨어지는 소리를 들었다. 그것은 골짜기 위쪽에 폭탄을 떨어뜨리고 가버렸고, 뒤이어 다른 폭격기가 오고 있었다. 폭격기의 엔진 소리가 높은 하늘을 가득 채웠다. 그가 올려다보니 폭격기를 수행하는 작은 추격기 한 대가 그들 머리 위 높은 곳에서 원을 그리며 돌고 있었다.

"저것들은 어제 아침에 전선을 지난 것 같지 않은걸." 프리미티보가 말했다. "서쪽으로 선회했다가 다시 돌아온 것 같아.

이것들을 봤다면 그들은 공격하지 못했을 거야."

"이것들은 거의가 새로 온 것들인데." 로버트 조던이 말했다.

그는 시작할 때는 별것 아니었으나 나중에는 엄청나고 거대한 파급효과를 가져오는 무언가를 본 기분이었다. 마치 돌멩이하나를 던졌는데 그 돌이 잔물결을 일으키고 그 잔물결이 우르릉 소리를 내는 파도가 되어 덮쳐오는 것 같았다. 소리를 질렀는데 그 메아리가 치명적인 위력의 천둥처럼 콰르릉 소리를 울리며 돌아오는 것과 같았다. 또는 한 남자를 쓰러뜨렸더니 눈에 보이는 다른 사람들이 모두 무장을 하고 들고 일어서는 것과도 같았다.

그는 아구스틴 옆에 엎드려 비행기가 지나가는 것을 보고아래쪽의 총격 소리를 들으며, 곧 나타날 것은 알지만 그 정체를 알지는 못하는 무언가를 기다리면서 도로를 감시했다. 그는자신이 다리에서 죽지 않고 살아남았다는 놀라움으로 아직도 멍했다. 자신이 죽는 것을 너무나 완벽한 사실로 받아들이고있었기 때문에 지금 이 모든 것이 현실이 아닌 것만 같았다. 털어버려라, 그는 자신에게 말했다. 어서 지워버려. 오늘은 할 일이 많고도 많다. 그러나 그 느낌은 그에게서 떠나지 않았고, 그는 이 모든 상황이 꿈처럼 되어가는 것을 의식적으로 느꼈다.

연기를 너무 많이 들이마셔서 그런 거야, 그는 자신에게 말했다. 하지만 그것 때문이 아니라는 것을 알고 있었다. 그는 이모든 것이 완벽히 현실이면서도 또 얼마나 비현실적인지 구체적으로 느낄 수 있었다. 다리를 내려다보고, 그다음 도로에 쓰러져 있는 보초병과 안셀모가 누워 있는 곳, 둑에 기대어 있는페르난도의 시신까지 다시 둘러본 다음, 그 위쪽 매끈한 갈색도로에서 총격으로 멈춘 트럭을 보았지만, 여전히 모두 현실이 아닌 것처럼 느껴졌다.

네 일을 처리하고 끝내는 게 낫겠다, 그는 자신에게 말했다. 아무도 네가 부상을 입었는지 모르고 겉으로 보이지도 않겠지만 넌 이미 그 부상으로 인해 싸늘하게 죽어가는 투계장 안의 수탉과도 같다.

허튼소리, 그가 자신에게 말했다. 넌 좀 비틀거리고 있는 것뿐이다. 임무를 완수하고 난 직후라 긴장이 풀려서 그런 것뿐이다. 진정해라.

그때 아구스틴이 그의 팔을 잡으며 손가락으로 무언가를 가리켰다. 그가 계곡을 내다보자 파블로가 보였다.

그들은 파블로가 모퉁이를 돌아 도로를 달려오는 것을 보았다. 그는 시야를 막고 있는 도로 쪽의 바위에 멈춰서, 바위 뒤에 기댄 채 도로 위쪽으로 총을 쏘았다. 로버트 조던은 육중하고 다부진 파블로가 어디로 갔는지 모자도 쓰지 않은 채 바위에 기대어 짧은 기병대 자동소총을 쏘는 모습을 보았다. 놋쇠 탄피들은 햇빛을 받아 밝게 깜박였다. 파블로는 웅크리고 앉아 또다시 한바탕 총격을 가했다. 그다음 뒤도 돌아보지 않고 머리를 숙인 채 짧은 보폭으로 팔자걸음을 하며 다리 쪽으로 재빨리 달려왔다.

로버트 조던은 아구스틴을 옆으로 밀어내고, 큰 자동소총의 개머리판을 어깨에 대고 도로 모퉁이를 겨누었다. 그의 경기관총은 왼손 옆에 놓여 있었다. 그 총은 그 거리에서는 정확하지 않았다.

파블로가 그들 쪽으로 오고 있는 동안 로버트 조던은 모퉁이를 주시하고 있었지만 아무것도 나타나지 않았다. 파블로는 다리에 이르자, 어깨 너머로 다리를 한 번 흘끗 본 다음 다시 왼쪽으로 돌아 계곡으로 내려가서 시야에서 사라졌다. 로버트 조던은 아직도 모퉁이를 살피고 있었으나 시야에 들어오는 것은 아무것도 않았다. 아구스틴이 한쪽 무릎을 딛고 몸을 일으켰다. 그는 파블로가 염소처럼 계곡을 기어 내려가는 것을 보았다. 그들이 처음 파블로를 봤을 때부터 아래쪽에서는 총소리가 나지 않았다.

"위쪽에 뭐가 좀 보이나? 저 위 바위들 위에?" 로버트 조던이 물었다.

"아무것도 안 보이는데."

로버트 조던은 길모퉁이를 살펴보았다. 바로 아래에 있는 담벼락은 너무 가팔라서 아무도 기어오를 수 없지만 그 아래로는 완만해져서 누군가가 돌아 올라갈 수 있다는 것을 그는 알고 있었다.

좀 전까지는 모든 것이 비현실적이었다면 이제는 갑자기 모든 것이 현실이 되었다. 마치 반사형 카메라가 갑자기 초점이 맞을 때와 흡사했다. 바로 그때 그는 납작한 동체에 뾰족한 돌출부, 쑥 튀어나온 기관총이 달린 녹색과 회색, 그리고 갈색이 섞인 땅딸막한 회전식 포탑이 밝은 햇빛을 받으며 모퉁이를 돌아 나오는 것을 보았다. 그는 그 포탑에 대고 총을 쏘았고, 총알이 철판에 튕기는 소리를 들었다. 그 작고 빠른 경전차는 바위 뒤로 재빨리 후퇴했다. 모퉁이를 살피자 주둥이 부분이 다시 나타나는 것이 보였다. 그다음 포탑 끄트머리가 보였는데, 그 포탑은 회전하여 도로를 겨냥하고 있었다.

"쥐가 쥐구멍에서 나오는 것 같은 꼴이군." 아구스틴이 말했다. "저기 좀 봐, 잉글레스."

"놈은 자신감이 없어요." 로버트 조던이 말했다.

"저게 파블로가 총을 쏘던 큰 벌레구먼." 아구스틴이 말했다. "다시 쏴봐, 잉글레스."

"아니. 그래 봤자 놈을 상처 입힐 수는 없어요. 우리 위치를 들키고 싶지도 않고."

탱크는 길 아래로 사격을 해대기 시작했다. 탄알이 도로 표면에 맞아 핑 소리를 내며 튕겨 나왔고, 이제는 다리의 철재에 맞아 쨍그렁거리는 소리를 냈다. 그들이 아래쪽에서 들었던 것과 같은 소리였다.

"카브론!" 아구스틴이 말했다. "이게 그 유명한 탱크야, 잉글레스?"

"그중 작은 종류지."

"개새끼. 나한테 석유를 잔뜩 넣은 화염병이 있었으면 저놈한테 기어 올라가서 불을 싸질러버리는 건데. 놈이 무슨 짓을 할까, 잉글레스?"

"좀 있으면 다시 이리저리 살펴볼 테지."

"저것들이 바로 사람들이 무시무시하다고 하는 그거로군." 아구스틴이 말했다. "저기 좀 봐, 잉글레스! 저놈이 죽은 보초병들을 또 쏘고 있어."

"다른 목표물이 없으니 그렇겠지." 로버트 조던이 말했다. "저놈 탓도 아니야."

그러나 그는 생각하고 있었다. 그래, 놈을 비웃어라. 하지만 그게 너였다면, 자기 고향 마을에서 적이 너에게 총을 쏘며 도로 위에 가두어놨다고 생각해봐라. 그리고 다리가 폭파되었고. 너라면 앞에 지뢰가 있거나 덫이 있을지도 모른다고 생각하지 않겠는가? 분명 너라도 그럴 것이다. 놈은 잘하고 있는 것이다. 놈은 다른 것이 등장하기를 기다리고 있다. 놈은 적과 대치

하고 있다. 놈의 적은 겨우 우리 몇 명이다. 하지만 놈은 그 사실을 알 리가 없다. 저 작은 놈을 봐라.

소형 탱크는 모퉁이 너머로 코를 좀 더 내놓았다.

바로 그때 아구스틴은 파블로가 털북숭이 얼굴이 땀으로 범벅이 된 채 계곡 가장자리를 넘어 두 손과 무릎을 짚고 올라오는 것을 보았다.

"저기 그 자식이 오는군." 그가 말했다.

"누구?"

"파블로."

로버트 조던도 파블로를 보았다. 그다음 그는 나뭇가지로 위장해놓은 탱크의 포탑의 한 부분에 사격을 시작했다. 기관총이 있는 곳 위의 구멍이 있을 것으로 예상되는 부분이었다. 소형 탱크는 뒤로 물러서서 시야에서 바삐 사라졌다. 로버트 조던은 자동소총을 들어 올려 삼각대를 총열에 붙여서 접고는 아직도 뜨거운 총구를 어깨 위에 걸쳤다. 총구가 너무나 뜨거워서 어깨를 데이자 그는 총을 아래로 내리고 총신을 손으로 평평하게 돌려 훨씬 뒤로 밀었다.

"원형 탄창이 든 주머니랑 내 소형 기관총을 들고 와." 그는 고함을 쳤다. "빨리 뛰어."

로버트 조던은 소나무 사이로 언덕을 뛰어 올라갔다. 아구스틴이 그의 뒤에 바짝 붙어 있었고, 그 뒤에는 파블로가 따라오고 있었다.

"필라르!" 조던이 언덕을 가로질러 소리쳤다. "서둘러!"

세 사람은 있는 힘껏 빨리 가파른 언덕을 올라가고 있었다. 경사가 너무 가팔라서 더 이상 빨리 달릴 수 없자, 가벼운 기병대 기관총 외에는 짐이 없는 파블로가 곧 앞서 가던 두 사람을 따라잡았다.

"자네가 데려온 자들은?" 아구스틴이 목이 바짝 마른 상태로 파블로에게 물었다.

"다 죽었어." 파블로가 말했다. 그는 거의 숨도 못 쉴 지경이었다. 아구스틴이 고개를 돌려 그를 바라보았다.

"이제 말이 남아도는군, 잉글레스." 파블로가 숨을 헐떡거렸다.

"잘됐군." 로버트 조던이 말했다. 이 살인자 놈, 그는 생각했다. "뭐와 맞닥뜨렸던 건가?"

"이것저것." 파블로가 말했다. 그는 가쁜 숨을 몰아쉬었다. "필라르네는 어떻게 됐나?"

"페르난도와 형제 중 한 명……."

"엘라디오." 아구스틴이 말했다.

"그리고 당신은?" 파블로가 물었다.

"안셀모 영감을 잃었어."

"대신 말은 많겠군." 파블로가 말했다. "짐을 다 실어도 충분하겠어."

아구스틴은 입술을 깨물며 로버트 조던을 바라보고 고개를 저었다. 그들 아래 나무 사이로 보이지 않는 곳에서 탱크가 도로와 다리에 또다시 포격을 하는 소리가 들렸다.

로버트 조던은 머리를 반대쪽으로 휙 돌렸다. "저건 어떻게 된 거지?" 그는 파블로에게 물었다. 그는 파블로를 보고 싶지 않았고, 그의 냄새도 맡기 싫었지만, 그의 말은 듣고 싶었다.

"저게 거기 있는 바람에 나올 수가 없었어." 파블로가 말했다. "우리는 초소 아래쪽 모퉁이에서 갇혀버리고 말았지. 저것이 뭘 찾으러 돌아갔을 때에 겨우 빠져나올 수 있었어."

"자네 저 모퉁이에서 뭘 쏜 거야?" 아구스틴이 퉁명스럽게 물었다.

파블로는 그를 보고 씩 웃기 시작했다가 안 되겠다 싶었는지 이내 아무 말도 하지 않았다.

"그자들을 다 쏴 죽였어?" 아구스틴이 물었다. 로버트 조던은 입을 다문 채 생각에 빠져 있었다. 그건 이제 너와는 상관없는 일이다. 이 사람들은 네가 기대할 수 있던 것 이상으로 잘해주었다. 이건 그들 대원들 사이의 문제다. 도덕적인 판단은 하지 마라. 살인자에게 무엇을 기대하는가? 너는 살인자와 함께 일하고 있다. 입 닥치고 있어. 저자에 대해 넌 예전부터 충분히 알고 있었잖아. 새로울 것도 없다. 하지만 이 더러운 개새끼, 그는 생각했다. 이 더러운, 썩을 놈.

그의 가슴은 가파른 길을 기어 올라온 탓에 달리기를 마친 직후처럼 찢어질 듯 아팠다. 이제 그들 앞쪽의 나무 사이로 말들이 보였다.

"계속 얘기해봐." 아구스틴이 말했다. "그자들을 쏜 얘기를 왜 안 해?"

"닥쳐." 파블로가 말했다. "난 오늘 많이 싸웠고, 게다가 잘 싸웠어. 잉글레스한테 물어봐."

"이제 오늘은 당신이 우리를 인도해." 로버트 조던이 말했다. "퇴각 계획을 세운 사람은 당신이니까."

"나한테 좋은 계획이 있어." 파블로가 말했다. "운만 좀 따라준다면 우린 다 무사할 거야."

그는 이제 조금 편하게 숨을 쉬고 있었다.

"우리들 중에 또 누굴 죽이지는 않겠지?" 아구스틴이 말했다. "안 그럼 내가 지금 네놈을 죽여버릴 테니까."

"입 닥쳐." 파블로가 말했다. "난 네놈과 우리 유격대를 돌봐야 한다고. 이건 전쟁이야. 자기 하고 싶은 대로만 할 수는 없어."

"카브론." 아구스틴이 말했다. "공은 네놈이 다 차지하는군."

"아래에서 뭘 봤는지 말해봐." 로버트 조던은 파블로에게 말했다.

"이것저것 다." 파블로는 아까 했던 말을 반복했다. 그는 아직도 가슴이 찢어질 듯 힘겹게 숨을 몰아쉬고 있었지만 이제 안정되게 말을 할 수 있었다. 얼굴과 머리에는 땀이 흐르고, 어깨와 가슴은 땀으로 흥건히 젖어 있었다. 그는 로버트 조던을 조심스럽게 바라보면서 그가 정말 우호적인지 확인하고는 씩 웃었다. "전부 다." 그는 다시 말했다. "우선 우린 초소에 쳐들어갔어. 오토바이 운전병이 한 놈 왔고. 그다음에 또 한 놈. 그다음에 구급차가 한 대. 그다음에 트럭 한 대. 그다음에 저 탱크가 온 거야. 당신이 다리를 폭파시키기 직전에."

"그다음에……."

"탱크가 우리에게 해를 끼칠 리는 없었지만, 놈이 도로를 차지하고 있어서 빠져나올 수가 없었어. 그때 놈이 멀리 가버리기에 내가 빠져나온 거야."

"그럼 자네 부하들은?" 아구스틴이 여전히 문제 삼을 것을 찾으며 끼어들었다.

"입 닥쳐." 파블로가 그를 정면으로 쏘아보았다. 그의 얼굴은 다른 어떤 일이 있었다 해도 어쨌든 잘 싸운 자의 당당한 표정이었다. "그자들은 우리 유격대 대원이 아니었어."

이제 그들은 말들이 나무에 묶여 있는 것을 볼 수 있었다. 태양이 소나무 가지 사이로 말들을 비추고 있었고, 말들은 머리를 흔들고 말파리를 발로 쫓고 있었다. 로버트 조던은 마리아를 보았다. 그는 자동소총을 옆구리에 기대놓고 총부리를 갈비뼈에 딱 붙인 채, 그녀를 꽉, 아주 꽉 껴안았다. 마리아가 말했다. "로베르토, 당신. 아, 당신."

"그래. 토끼. 내 착한 토끼, 토끼. 이제 우리 가지."

"정말 당신 맞아요?"

"응. 그럼. 정말이지. 아, 당신!"

그는 전투를 벌이는 동안 어떤 여자의 존재를 의식할 수 있을 것이라고는 생각하지 못했다. 자신의 신체 일부분이 이렇게 여자의 존재를 의식하고 반응을 보일 수 있을 줄은 몰랐다. 또한 여자가 있다고 해도, 그녀가 셔츠를 사이에 두고 그와 밀착한 상태에서 작고 둥근 가슴이 단단하게 솟아오를 것이라고는 생각하지 못했다. 그리고 그것들, 그러니까 유방 두 개가 이 전투 중에 남녀 사이의 일을 알고 반응할 것이라고도 생각하지 못했다. 그러나 그것은 사실이었다. 그는 생각했다. 좋아. 좋군. 믿기지 않을 정도야. 그는 그녀를 한 번 세게, 세게 안았지만 그녀를 바라보지는 않았다. 그러고는 전에는 한 번도 때린 적 없는 그녀의 엉덩이를 때리며 말했다. "말에 타. 말에 타. 안장에 앉아, 구아파."

그들은 말의 고삐를 풀었다. 로버트 조던은 자동소총을 아구스틴에게 돌려주고 자신의 기관단총을 둘러멨다. 수류탄을 주머니에서 꺼내 안장에 달린 자루에 넣고, 다이너마이트를 담았던 빈 가방을 다른 가방에 구겨 넣은 다음, 그것을 자기가 탄 말의 안장 뒤에 맸다. 그때 필라르가 다가왔다. 그녀는 올라오느라 숨이 차서 말도 하기 힘든 지경이라 손짓만 겨우 할 수 있었다.

잠시 후 파블로가 손에 들고 있던 밧줄 세 개를 안장주머니에 넣고 일어서서 말했다. "케 탈, 좀 어때, 마누라?" 그녀는 그저 고개만 끄덕였다. 그들은 모두 말에 올라탔다.

　로버트 조던은 엊그저께 아침, 눈 속에서 처음 봤던 커다란 회색 말에 올라탔다. 두 다리를 벌리고 말 등에 걸터앉아 두 손을 짚으니 정말 엄청난 말이라는 생각이 들었다. 그는 밧줄로 밑창을 댄 투박한 신발을 신고 있었기 때문에 등자가 너무 작아서 발이 잘 안 들어갔다. 그는 경기관총을 어깨에 멨다. 주머니에는 탄창이 잔뜩 들어 있었다. 그는 고삐를 한 손에 단단히 쥔 채 다 쓴 탄창을 재장전하면서 말 위에 앉아 있었다. 필라르는 사슴 가죽 안장 위에 옷 보따리 같은 뭉치를 묶어놓은 이상한 자리에 올라탔다.

　"제발 그 물건은 잘라버려요." 프리미티보가 말했다. "필라르 당신 그러다 떨어지겠어. 말도 그런 걸 짊어지고 갈 수는 없다고."

　"입 닥쳐." 필라르가 말했다. "우린 이걸로 먹고살 거야."

　"그렇게 타고 갈 수 있겠어, 마누라?" 파블로가 큰 적갈색 말 위, 가르디아 시빌에게서 빼앗은 안장 위에 앉아서 그녀에게 물었다.

　"염병할 보따리장수 같단 말이지." 필라르가 그에게 말했다. "당신 어떻게 갈 거유, 영감?"

　"곧장 아래로. 도로 건너서. 저쪽 비탈길을 넘어서 길이 좁아지는 숲으로 들어가는 거야."

　"도로를 건넌다고?" 아구스틴이 파블로가 지난밤 공수해 온 말 중 뻣뻣하고 영 말을 듣지 않는 한 마리에 올라탄 다음 굽이 부드러운 캔버스화로 배를 차서 그의 옆으로 다가왔다.

"그래, 이 친구야. 그 방법밖엔 없어." 파블로는 말했다. 그는 아구스틴에게 말몰이 채찍을 하나 주었다. 프리미티보와 집시도 하나씩 받아 들었다.

"괜찮다면 맨 뒤에 오게, 잉글레스." 파블로가 말했다. "우리는 저 탱크의 기관총 사정거리 안에 들지 않도록 충분히 높은 곳에서 길을 건널 거다. 하지만 흩어져서 말을 타고 가다가 저 위에 길이 좁아지는 곳에서 다시 만난다."

"좋아." 로버트 조던이 말했다.

그들은 숲을 지나 도로 가장자리 쪽으로 말을 달려 나갔다. 로버트 조던은 마리아의 바로 뒤에 있었다. 나무 때문에 그녀와 나란히 갈 수가 없었던 것이다. 그는 회색 말의 대퇴부 근육을 쓰다듬은 다음 말을 안정되게 잡고 빠르게 내려갔다. 평지에서라면 등자로 말에게 신호를 보냈을 테지만 내리막을 달리고 있어서 넓적다리에 힘을 주어 신호를 보냈다.

"당신." 그가 마리아에게 말했다. "도로를 건널 때 두 번째로 건너도록 해. 첫 번째도 생각보단 그렇게 나쁘진 않아. 두 번째는 좋고. 놈들은 항상 뒤를 노리는 법이거든."

"하지만 당신은……."

"순식간에 출발할 거야. 문제없어. 위험한 건 줄지어서 가는 사람들이야."

그는 자동소총을 어깨에 메고 말을 달리는 파블로의 둥글고 털북숭이인 얼굴이 어깨 속으로 파묻힌 듯 있는 걸 보았다. 그는 또한 필라르의 아무것도 쓰지 않은 머리와 넓은 어깨, 그리고 발꿈치를 옷더미 속에 찔러 넣고 있느라 넓적다리보다 높게 솟아 있는 무릎을 보았다. 그녀는 그를 한 번 돌아보고 머리를 저었다.

"필라르 다음에 건너." 로버트 조던이 마리아에게 말했다.

그런 다음 그는 잎이 떨어져가는 나무 사이로 저 아래에 기름칠로 거무죽죽해진 도로와 그 너머 언덕의 푸른 비탈을 보았다. 우리는 배수로 위에 있다, 그는 생각했다. 그리고 도로가 다리 쪽으로 곧게 뻗어 내리는 곳 바로 아래에 있다. 우리는 다리에서 800야드 정도 떨어져 있다. 그것은 저 소형 탱크가 다리로 다가올 경우 그 속에 장착된 피아트 포의 사정거리 안에 있었다.

"마리아." 그가 말했다. "우리가 도로에 닿기 전에 필라르를 출발시킨 다음 저 비탈 위로 말을 타고 내달려."

그녀는 그를 돌아보았지만 아무 말도 하지 않았다. 그는 그녀가 이해하고 있는지 확인할 때 말고는 그녀에게 눈길을 주지 않았다.

"콤프렌데스?" 그가 그녀에게 물었다.

그녀는 고개를 끄덕였다.

"어서 사람들을 앞질러 가." 그가 말했다.

그녀는 고개를 저었다.

"앞질러 가라니까!"

"싫어요." 그녀는 뒤를 돌아보고 고개를 흔들며 말했다. "그냥 순서대로 갈래요."

바로 그때, 파블로가 적갈색 말에 박차를 가하더니 솔잎이 깔린 마지막 비탈을 날쌔게 내려가 말발굽을 번쩍이며 도로를 껑충 건넜다. 다른 사람들도 그의 뒤를 따라갔다. 로버트 조던은 그들이 도로를 건너 푸른 비탈길로 달려 올라가는 것을 보았고, 다리 쪽에서 울려 퍼지는 기관총 소리를 들었다. 얼마 후 그는 쉭, 쩽그랑, 쾅! 하는 소리를 들었다. 포성은 날카롭게 울리며 넓게 퍼져 나갔고, 언덕 위에서 회색 연기 기둥과 함께 흙이 뿜어 나오며 솟아오르는 것이 보였다. 쉭, 쨍그랑, 쾅! 로켓 소리처럼 휭 하는 굉음이 다시 들렸고, 언덕 위 더 멀리서 흙과 연기가 솟아오르고 있었다.

그의 앞에는 집시가 마지막 나무 뒤에 숨은 채로 도로 옆에 멈춰 있었다. 그는 언덕을 정면으로 바라보고는 고개를 돌려 로버트 조던을 바라보았다.

"어서 가, 라파엘." 로버트 조던이 말했다. "달려, 친구!"

집시는 자꾸만 고개를 뒤로 젖히는 짐 실은 말을 채찍으로 잡아당기고 있었다.

"짐말은 그냥 두고 달려!" 로버트 조던이 말했다.

그는 집시가 손을 뒤로 뻗는 것을 보았다. 집시는 손을 위로 높이, 더 높이 올리며 타고 있는 말을 발꿈치로 찼고, 짐말을 잡고 있던 밧줄은 팽팽해지다가 결국 땅으로 뚝 떨어졌다. 다음 순간 집시는 도로를 건너고 있었다. 집시가 그 딱딱하고 어두운 도로를 건널 때, 로버트 조던은 겁에 질려 뒤로 물러서던 짐말과 무릎이 부딪혔다. 집시가 비탈길 위로 말을 달리는 말발굽 소리가 들려왔다.

휘이이이, 카악! 탄도(彈道)가 수평인 포탄이 날아왔고, 그는 집시가 검은 잿빛으로 솟아오르는 흙먼지 기둥 사이를 멧돼지처럼 휙휙 내달리는 모습을 보았다. 집시는 이제 속도를 늦추면서 길고 푸른 비탈길에 이르렀다. 그리고 앞뒤에서 총격이 벌어지는 가운데 언덕의 움푹한 곳에서 다른 사람들과 합류했다.

저 거지 같은 짐말을 타고 갈 수는 없어, 그는 생각했다. 저 놈을 내 오른쪽에 세워서 끌고 갈 수 있으면 좋겠지만. 나와 놈들이 쏘고 있는 47구경 총 사이에 이 말을 세워뒀으면 좋겠는데. 아 신이시여, 어쨌든 이 말을 끌고 가봐야겠다.

그는 그 짐말에게 다가가 고삐를 뒤로 잡아끌며 나무 사이로 50야드를 달렸다. 숲이 끝나는 지점에서 그는 도로를 내려다보고 트럭을 지나 다리까지 둘러보았다. 그는 다리 건너편 쪽에 사람들이 서 있는 것을 볼 수 있었다. 그 뒤로 이어지는 도로에는 차가 꽉 밀려 있었다. 로버트 조던은 주위를 두리번거리다 마침내 그가 원하는 것을 찾아내고 손을 뻗어 소나무에서 죽은 가지를 꺾었다. 그는 채찍을 버리고, 도로로 내려가는 비탈로 짐말을 올라가게 한 다음 소나무 가지로 말의 엉덩이를 세게 때렸다. "어서 달려, 이 자식아." 그는 말했고, 짐말이 도로를 건너 비탈을 가로질러 가기 시작하자 그 말을 향해 죽은 나뭇가지를 던졌다. 나뭇가지는 말에 명중했고 말은 더 빠르게 질주하기 시작했다.

로버트 조던은 도로에서 30야드 정도 말을 달렸지만 그 너머로는 경사가 너무 가팔랐다. 포탄은 로켓처럼 쉬잉 소리를 내며 날아가 터졌고, 흙먼지를 일으켰다. "자, 가자, 이 파시스트 회색 말 녀석아." 로버트 조던은 말에게 이렇게 소리치고는 비탈을 미끄러지듯 곤두박질치며 내려갔다. 얼마 후 그는 사방이 트인 평지로 들어섰다. 그러나 길을 건널 때는 말발굽에 닿는 도로의 표면이 너무나 딱딱해서 한 발 한 발 디딜 때마다 진동이 그의 어깨와 목, 심지어 이까지 전해졌다. 얼마 후 완만한 비탈길로 들어서자 말발굽은 제 길을 찾은 듯 땅바닥이 패이도록 힘차게 다리를 뻗으며 앞으로 내달렸다. 비탈길 아래를 굽어보니 다리가 이전과는 전혀 다른 각도로 보였다. 이제 가운데가 부서져 짧아진 다리는 원근법을 무시한 채 그저 옆으로 걸려 있었다. 다리 건너편 도로에는 작은 탱크가 있었고, 그 작은 탱크 뒤로 대포를 장착한 큰 탱크 한 대가 서 있었다. 바로 그때 그 탱크의 대포가 거울처럼 밝은 노란색 섬광을 번쩍이며 쌩 하는 굉음을 울렸고, 그 소리는 그의 눈앞에 있는 회색 말의 목덜미 바로 위를 가르며 지나갔다. 산등성이의 흙이 분수처럼 솟구쳐 오르자 그는 고개를 돌렸다. 짐말은 그의 앞에서 오른쪽으로 멀찌감치 휘청휘청 달리다가 속도를 늦췄다. 전속력으로 달리던 로버트 조던은 다리가 있는 쪽으로 고개를 살짝 돌렸다. 이제 높은 곳에 있어 시야가 확보된 그의 눈에 모퉁이 뒤에서 오도 가도 못하고 막혀 있는 트럭들의 윤곽이 선명히 보였다. 동시에 황색 섬광과 함께 휘잉, 쿵 하는 폭음이 울렸다. 포탄은 목표물에 못 미쳐 떨어졌고, 흙먼지가 솟아오른 곳에서 파편이 흩어지는 소리가 들렸다.

그는 일행들 모두가 숲 끝자락에 모여서 자신을 바라보고 있는 것을 보았다. 그는 말했다. "아레 카발로!(달려라 말아!) 이랴!" 비탈의 경사가 심해짐에 따라 그는 커다란 말의 가슴이 들썩거리는 것을 느꼈다. 그는 앞으로 뻗은 회색 목과 회색 귀를 보고 손을 뻗어 땀에 젖은 말의 목을 토닥거렸다. 다리 쪽을 뒤돌아보니 도로 위로 육중하고 땅딸막한 진흙투성이 탱크에서 뿜어져 나온 밝은 섬광이 보였다. 다음 순간 그의 귀에는 쉬잉 하는 소리 대신 보일러가 쪼개지는 듯 시큼한 냄새를 풍기는 굉음만이 들렸다. 그리고 그는 회색 말 밑에 깔렸다. 말은 발버둥을 쳤고, 그는 육중한 무게에 깔린 몸을 밖으로 빼내기 위해 애쓰고 있었다.

그는 가까스로 움직일 수 있었다. 오른쪽으로는 움직일 수 있었으나 왼쪽 다리는 말 밑에 완전히 깔려 꼼짝도 하지 않았다. 마치 그 안에 새 관절이 생긴 것만 같았다. 고관절이 아니라 경첩처럼 옆으로 움직이는 다른 관절이 새로 달린 것만 같았다. 곧 그는 자신이 어느 정도나 움직일 수 있는지 파악했다. 바로 그때 회색 말이 무릎을 세웠고, 그는 등자를 가볍게 차서 안장 옆으로 미끄러지듯 빠져나왔다. 땅에 납작하게 눌린 왼쪽 다리의 넓적다리뼈를 두 손으로 만져보았다. 날카로운 뼈가 불거져 나온 것이 만져졌고, 그것이 피부를 압박하고 있었다.

회색 말이 그의 바로 위에 일어나 있어서 그는 말의 갈비뼈가 들썩이는 것을 볼 수 있었다. 그가 앉은 곳에는 풀이 푸르게 돋아 있었고 풀꽃들도 피어 있었다. 그는 비탈길 아래 도로와 다리, 계곡, 그리고 건너편 도로를 굽어보았고, 탱크를 보고는 다음 섬광을 기다렸다. 거의 바로 그때 섬광이 또다시 쉬잉하는 소리도 없이 날아왔다. 폭발과 동시에 고성능 폭약의 냄새가 진동하면서 흙덩이가 흩어졌고, 철재 파편들이 윙윙거리며 날아왔다. 그는 커다란 회색 말이 서커스 말처럼 소리 없이 그의 옆에 누워 있는 것을 보았다. 다음 순간 그는 앉아서 말을 내려다보며 말이 내는 신음 소리를 들었다.

프리미티보와 아구스틴이 그를 부축해서 비탈길을 끌고 올라갔다. 관절이 끊어진 그의 다리는 땅에 끌리는 대로 이리저리 흔들렸다. 포탄이 그들 바로 위를 날아가자 그들은 그를 내려놓고 납작하게 엎드렸다가 다시 그를 들어 올렸다. 그들은 말들이 있던 숲 속 빈터의 은신처로 그를 데리고 갔다. 마리아, 필라르, 파블로가 그를 굽어보았다.

마리아가 그의 옆에 무릎을 꿇고 말했다. "로베르토, 어떻게 된 거예요?"

그는 심하게 땀을 흘리며 말했다. "왼쪽 다리가 부러졌어, 구아파."

"우리가 붕대를 감아주겠네." 필라르가 말했다. "자넨 저 말을 타면 돼." 그러고는 짐을 실은 말들 중 하나를 가리켰다. "짐을 잘라버려."

로버트 조던은 파블로가 고개를 젓는 것을 보았고 그런 그에게 고개를 끄덕였다.

"가." 그가 말했다. "할 말이 있어, 파블로. 이쪽으로 와."

땀으로 범벅이 된 수염투성이 얼굴이 그의 옆에 몸을 굽혔고, 로버트 조던은 파블로의 체취를 흠뻑 맡았다.

"우리 둘이 얘기 좀 하겠소." 그는 필라르와 마리아에게 말했다. "파블로한테 할 말이 있어."

"통증이 심한가?" 파블로가 물었다. 그는 로버트 조던 가까이 몸을 굽히고 있었다.

"아니. 신경이 끊어진 것 같아. 들어봐. 계속 가. 난 망했어, 그렇지? 마리아한테는 얘기를 할게. 내가 그녀를 데리고 가라고 하면, 데리고 가. 그녀는 나와 여기에 남고 싶어 할 거야. 잠깐만 그녀와 얘기 좀 할게."

"알고 있지, 시간이 별로 없어." 파블로가 말했다.

"알고 있어."

"당신들은 공화국으로 가는 게 나을 거야." 로버트 조던이 말했다.

"아니. 난 그레도스로 갈 거야."

"머릴 좀 써봐."

"이제 그 아이와 얘기나 해." 파블로가 말했다. "시간이 별로 없어. 당신이 이렇게 돼서 나도 참 유감이오, 잉글레스."

"이렇게 된 이상……." 로버트 조던은 말했다. "그 얘긴 그만하지. 어쨌든 머리를 써. 당신 머리 좋잖아. 그걸 좀 활용해봐."

"못 해볼 것도 없겠지?" 파블로가 말했다. "얘기는 짧게 해, 잉글레스. 시간이 없어."

파블로는 제일 가까운 나무로 가서 비탈 아래와 건너편과 계곡 너머 도로 위쪽을 둘러보았다. 파블로는 비탈에 쓰러져 있는 회색 말을 진심으로 안타까워하는 표정으로 바라보고 있었다. 필라르와 마리아는 로버트 조던이 나무에 기대어 앉아 있는 곳에 함께 있었다.

"바지를 좀 찢어주겠어요?" 그가 필라르에게 말했다. 마리아는 그의 옆에 말없이 웅크리고 앉아 있었다. 햇빛이 그녀의 머리카락을 비추고 있었고, 그녀의 얼굴은 울기 직전 아이들이 찡그리는 것처럼 온통 일그러져 있었다. 하지만 그녀는 울지 않았다.

필라르는 칼을 가져다가 그의 바지통을 왼쪽 호주머니 밑까지 찢었다. 로버트 조던은 바짓자락을 손으로 펼치고 허벅지를 바라보았다. 고관절에서 10인치 아래에 지붕이 뾰족한 작은 텐트처럼 보라색 상처가 뾰족하게 솟아올라 있었다. 손가락으로 만져보니 부러진 허벅지 뼈가 피부 위로 만져졌다. 그의 다리는 비정상적인 각도로 뻗어 있었다. 그는 필라르를 올려다보았다. 그녀도 마리아와 같은 표정을 짓고 있었다.

"안다.(가세요.)" 그가 필라르에게 말했다. "가."

그녀는 고개를 숙이고 말없이 그리고 뒤돌아보지 않고 멀어져갔다. 로버트 조던은 그녀의 어깨가 들썩거리고 있는 것을 보았다.

"구아파." 그는 마리아에게 말하고 그녀의 두 손을 꼭 쥐었다. "들어봐. 우리는 마드리드로 가지 않을 거야……."

그러자 그녀는 울음을 터뜨렸다.

"안 돼, 구아파, 그러지 마." 그가 말했다. "들어봐. 우리는 지금 마드리드로 가지는 않지만, 난 당신이 어디로 가든 항상 당신과 함께 있어. 알겠어?"

그녀는 아무 말도 하지 않고, 머리를 그의 뺨에 대고 두 팔로 그를 끌어안았다.

"잘 들어, 토끼." 그가 말했다. 그는 아주 서둘러야 한다는 것과 자신이 땀을 매우 많이 흘리고 있다는 것을 알았지만, 이 얘기만큼은 해야 했다. 그녀를 이해시켜야 했다. "당신은 이제 떠날 거야, 토끼 아가씨. 하지만 나도 당신과 함께 가. 우리 중 한 명이 있는 한, 우리는 둘 다 있는 거야. 이해하겠어?"

"아니에요, 난 당신이랑 같이 남겠어요."

"안 돼, 토끼 아가씨. 지금 내가 할 일은 나 혼자 해야 해. 당신과 함께 있으면 그 일을 잘할 수 없어. 당신이 가면 나도 가는 거야. 어떻게 그렇게 되는지 잘 모르겠어? 우리 중 어느 한 사람이 있으면, 그곳에 우리 둘 다 있는 거야."

"당신과 함께 남겠어요."

"안 돼, 토끼. 들어봐. 그 일은 함께할 수 없어. 각자가 혼자 해야만 해. 하지만 당신이 가면, 나도 당신과 함께 가. 그런 식으로 나도 가는 거야. 당신은 이제 갈 거야, 난 알아. 당신은 착하고 다정하니까. 당신은 우리 둘을 위해 지금 떠날 거야."

"하지만 당신과 남는 게 더 쉬워요." 그녀가 말했다. "저한 텐 그게 더 좋아요."

"그래. 그러니까 내 부탁을 들어주는 셈치고 가. 나를 위해서 그렇게 해줘. 그게 당신이 해줄 수 있는 일이니까."

"당신은 이해 못 해요, 로베르토. 난 어떡하라고요? 저한텐 떠나는 게 더 힘들어요."

"물론 그렇겠지." 그가 말했다. "당신한텐 그게 더 힘들 테지. 하지만 이제 난 당신이기도 해."

그녀는 아무 말도 하지 않았다.

그는 그녀를 바라보았다. 땀을 심하게 흘리며 평생 시도해보지도 못한 어떤 일을 하려고 더욱 애쓰고 있었다.

"이제 우리 두 사람을 위해 떠나줘." 그가 말했다. "고집 부리지 마, 토끼 아가씨. 당신은 이제 당신의 의무를 다 해야 해."

그녀는 고개를 저었다.

"당신은 이제 나야." 그가 말했다. "분명히 당신도 그걸 느낄 거야, 토끼 아가씨."

"들어봐." 그가 말했다. "정말 그렇게 나도 가는 거야. 당신한테 맹세할 수 있어."

그녀는 아무 말도 없었다.

"이제 당신도 알겠지." 그가 말했다. "이제 난 확실하게 알아. 이제 당신은 갈 거야. 좋아. 이제 당신은 가는 거야. 이제 가겠다고 말한 거야."

하지만 그녀는 아무 말도 하지 않았다.

"지금 난 당신한테 감사해. 이제 당신은 건강하게, 빨리, 멀리 갈 거고, 우리 두 사람은 당신 속에서 함께 갈 거야. 자, 당신 손을 이리 줘. 머리를 숙여. 아니, 숙여봐. 됐어. 이제 내가 내 손을 거기에 놓을게. 당신은 참 착해. 이제 더 이상 아무 생각도 하지 마. 이제 당신은 당신이 해야 할 일을 하고 있는 거야. 당신은 내가 말한 대로 할 거야. 나한테가 아니라 우리 두 사람한테. 당신 속에 있는 나한테. 이제 당신은 우리 두 사람을 위해서 가는 거야. 정말이야. 우린 둘 다 당신 안에서 가는 거야. 내가 약속해. 당신은 착하고 다정하니까 가줘."

그는 나무 뒤에서 그를 보던 파블로에게 고개를 끄덕였고, 파블로는 출발했다. 그는 엄지손가락으로 필라르에게도 손짓을 했다.

"우리 다음번에 마드리드에 가자, 토끼." 그가 말했다. "정말로. 이제 일어나서 가, 우리 둘 다 가는 거야. 일어나. 알았지?"

"안 돼요." 그녀는 그의 목을 꽉 껴안았다.

그는 여전히 침착하고 이성적으로, 그리고 매우 위엄 있게 말했다.

"일어나." 그는 말했다. "이제 당신은 나이기도 해. 당신은 나의 미래야. 일어나."

그녀는 고개를 숙인 채 울면서 천천히 일어섰다. 그러고는 곧 그의 옆으로 쓰러졌다. 그러나 그가 "일어서, 구아파"라고 말하자, 다시 지친 듯 천천히 일어섰다.

필라르가 그녀의 팔을 부축했다. 그녀는 그 자리에 서 있었다.

"바모노스." 필라르가 말했다. "더 필요한 건 없수, 잉글레스?" 그녀는 그를 보며 고개를 저었다.

"없어요." 그는 말하고 마리아에게 계속 이야기했다.

"작별이란 없는 거야, 구아파, 우린 서로 헤어지지 않으니까. 그레도스에 가면 좋을 거야. 이제 가. 잘 가." 그는 필라르가 그녀를 데리고 가는 동안 여전히 침착하고 이성적으로 말했다. "아니, 뒤돌아보지 마. 발을 떼어놔야지. 그래. 발을 떼어놔. 그녀가 말에 올라타게 좀 도와줘요." 그는 필라르에게 말했다. "안장에 앉혀줘요. 이제 올라서."

그는 땀을 흘리며 고개를 돌려 비탈 아래를 바라본 다음, 고개를 돌려 마리아가 필라르 옆에서, 그리고 파블로 바로 앞에서 안장에 앉아 있는 모습을 지켜보았다. "이제 가요." 그가 말했다. "가."

그녀는 뒤돌아보려 했다. "뒤돌아보지 마." 로버트 조던이 말했다. "가." 파블로가 말 엉덩이를 채찍으로 때렸고, 마리아는 안장에서 미끄러져 내려가려고 했다. 하지만 필라르와 파블로가 그녀 옆에 바짝 붙어서 말을 달렸다. 필라르가 그녀를 잡은 것 같았고, 그렇게 세 마리 말은 도랑을 올라가고 있었다.

"로베르토." 마리아가 몸을 돌리며 소리쳤다. "남아 있게 해줘요! 나도 남겠어요!"

"난 당신과 함께 있어." 로버트 조던은 소리쳤다. "이제 난 당신과 하나야. 우리는 둘 다 거기 있는 거야. 가!" 그들은 도랑의 모퉁이를 지나 시야에서 사라져갔다. 그는 땀에 흠뻑 젖은 채 아무것도 보고 있지 않았다.

아구스틴이 그의 옆에 서 있었다.

"내가 쏴주길 바라나, 잉글레스?" 그가 가까이 몸을 굽히며 물었다. "키에레스?(원해?) 그러길 원해? 기꺼이 해줄 수 있는데."

"노 아세 팔타.(그럴 필요 없어.)" 로버트 조던은 말했다. "가. 난 여기에 잘 있으니까."

"메 카고 엔 라 레체 케 메 안 다도!(아, 이런 지랄 염병랑 놈의 거지 같으니!)" 아구스틴이 말했다. 그는 눈물이 앞을 가려 로버트 조던을 제대로 볼 수가 없었다. "살루드, 잉글레스."

"살루드, 친구." 로버트 조던이 말했다. 그는 이제 비탈길 아래를 내려다보고 있었다. "까까머리 아가씨를 잘 돌봐줘, 그럴 거지?"

"문제없어." 아구스틴이 말했다. "필요한 건 다 있나?"

"이 마키나에는 탄약이 거의 없으니, 내가 가지고 있을게." 로버트 조던이 말했다. "다른 총들은 가져가. 그것하고, 파블로 것하고, 맞아."

"내가 총열을 깨끗이 닦아놨어." 아구스틴이 말했다. "자네가 넘어지면서 흙에 막혀버린 데를 말이야."

"그 짐 실었던 말은 어떻게 됐나?"

"집시가 끌고 갔어."

아구스틴은 말에 올라탔지만 차마 발이 떨어지지 않았다. 그는 로버트 조던이 누워 있는 나무 쪽으로 몸을 숙였다.

"어서 가, 비에호." 로버트 조던은 그에게 말했다. "전쟁에서는 이런 일이 다반사인걸."

"케 푸타 에스 라 게라.(개 같은 전쟁 같으니.)" 아구스틴이 말했다.

"그래, 맞아. 어쨌든 어서 가."

"살루드, 잉글레스." 아구스틴이 오른손을 꽉 쥐며 말했다.

"살루드." 로버트 조던이 말했다. "안녕히. 어서 가."

아구스틴은 말 머리를 돌렸고, 손동작으로 또 한 차례 욕을 하는 듯 오른쪽 주먹을 내렸다가 도랑 위로 말을 달렸다. 다른 사람들은 모두 시야에서 사라진 지 오래였다. 그는 도랑이 숲속으로 돌아 나가는 곳을 뒤돌아보며 주먹을 흔들었다. 로버트 조던도 손을 흔들었고, 다음 순간 아구스틴 역시 시야에서 사라졌다……. 로버트 조던은 산등성이의 푸른 비탈길부터 도로와 다리까지 내려다보았다. 난 이대로가 제일 좋다, 그는 생각했다. 아직은 구태여 엎드리려고 하다가 더 나쁜 상황을 만들 필요는 없다. 죽음이 그렇게까지 가까이 온 것 같지도 않고, 이렇게 있는 편이 더 잘 보인다.

그는 그 모든 일로 인해, 그들이 떠난 것으로 인해, 허탈했고, 지치고, 녹초가 된 상태였고, 입맛이 쓰디썼다. 이제, 마침내, 결국, 아무 문제도 없게 되었다. 모두 어떠했든지, 지금 모두 어떻든지 간에, 그에게는 더 이상 아무런 문제도 없었다.

이제 그들은 모두 떠났고, 그만 홀로 나무에 등을 기댄 채 남아 있었다. 그는 푸른 비탈길을 내려다보았다. 그곳에는 아구스틴이 쏴 죽인 회색 말이 보였고, 더 아래로 내려가면 도로와 그 뒤에 나무로 뒤덮인 지대가 보였다. 그런 다음 그는 다리와 다리 건너를 보았고, 다리 위와 도로에서의 적의 동향을 살폈다. 이제 트럭들이 보였는데, 모두 다리 건너편 도로 아래쪽에 있었다. 트럭의 회색빛이 나무 사이로 보였다. 그는 다시 고개를 들어 도로 위로 언덕까지 내리막이 되는 부분을 보았다. 이제 곧 놈들이 오겠군, 그는 생각했다.

필라르는 그녀를 누구보다 잘 돌봐줄 것이다. 확실하다. 파블로는 계획을 잘 세워놓았을 것이다. 아니라면 시도도 하지 않았을 테니까. 파블로에 대해서는 걱정하지 않아도 된다. 마리아 생각은 해봤자 소용없다. 네가 그녀에게 해준 말을 믿도록 해보자. 그러는 편이 최선이다. 게다가 그게 사실이 아니라고 누가 말하겠나? 너는 아니겠지. 너는 있었던 일을 없었다고 하지 않을 것처럼, 그게 사실이 아니라고 말하지도 않을 것이다. 지금 네가 믿는 것을 고수하자. 냉소적이 되어서는 안 돼. 시간은 너무나 짧고 넌 그녀를 멀리 보내버렸다. 각자 자기가 할 수 있는 일을 한 것이다. 넌 네 자신을 위해서는 아무것도 할 수 없을지 몰라도 다른 사람을 위해서는 무언가를 해줄 수 있는 것이다. 글쎄, 우리는 나흘 동안 모든 행운을 다 누렸다. 나흘이 아니구나. 내가 처음 이곳에 도착한 것이 오후였고, 오

늘은 아직 정오도 안 되었으니까. 그렇게 치면 사흘 낮 사흘 밤
도 채 안 되는구나. 셈은 정확히 해야지, 그는 말했다. 아주 정
확히.

이제 아래로 몸을 숙여보는 게 좋겠는데, 그는 생각했다. 어
딘가 쓸모가 있을 곳에 가 있는 게 여기서 부랑자처럼 이렇게
나무에 기대 있는 것보다 낫지. 넌 지금껏 운이 좋았다. 이보
다 더 나빠질 수도 있었다. 누구나 다 언젠가는 겪어야 할 일이
다. 해야 할 일이라는 것을 아니까 두렵지 않지? 안 두려워, 그
는 말했다. 그것은 진심이었다. 신경이 끊어진 것은 행운이었
다. 부러진 곳 아래로는 전혀 감각조차 없으니까. 그는 넓적다
리 아래쪽을 만져보았다. 마치 자기 몸이 아닌 것 같았다.

그는 언덕을 다시 내려다보고 생각했다. 떠나기 싫구나. 그
뿐이다. 정말 떠나기 싫다. 이 세상에 내가 뭔가 좋은 일을 했
기를 바란다. 나는 내가 가졌던 얼마 안 되는 능력을 가지고 그
렇게 하려고 노력해왔다. '가졌던'이 아니라 '가진'이란 뜻이겠
지. 그래, '가진'.

나는 지금까지 1년 동안 내가 믿는 신념을 위해 싸워왔어.
여기에서 승리한다면 우리는 어디에서나 승리할 거야. 세상은
좋은 곳이고 그것을 위해 싸울 만한 가치가 있는 곳이다. 이 세
상을 떠나기가 정말이지 싫구나. 게다가 넌 정말 운이 좋았어,
그는 자신에게 말했다. 그렇게 좋은 인생을 살았으니. 넌 할아
버지만큼이나 좋은 삶을 살았어. 그만큼 길게 살지는 못하지
만. 너는 이 마지막 며칠 덕분에 세상에서 가장 훌륭한 삶을 산
게 된 거야. 그렇게 운이 좋았으니 불평하고 싶지는 않겠지. 하
지만 내가 배운 것을 사람들에게 전해줄 길이 있었으면 좋으련
만. 맙소사, 난 마지막에야 이곳에서 빠르게 인생을 배우고 있

었구나. 카르코프와 이야기를 나누고 싶다. 마드리드에서. 저기 산 몇 개만 넘고 평원을 가로질러 내려가면. 회색 바위들을 지나 아래로 내려가면, 소나무 숲과 히스, 가시금작화가 펼쳐지고, 거기서 황색 고원을 가로질러 가면 마드리드가 하얗고 아름다운 자태를 드러낼 텐데. 그 부분은 필라르가 이야기해 준, 도살장에서 피를 마시는 노파만큼이나 진실인 것이다. '유일한' 진실이란 없다. 모든 것이 진실이다. 비행기는 아군기든 적군기든 다 아름다운 것과 같은 이치다. 하지만 비행기라면 신물이 나는구나, 그는 생각했다.

이제 진정하자, 그가 말했다. 아직 시간이 있을 때 몸을 돌리자. 들어봐, 한 가지만. 기억나? 필라르와 손금 얘기? 그런 허튼소리를 넌 믿나? 아니, 그는 대답했다. 그 모든 게 실제로 일어난 걸 보고도 안 믿어? 아니, 난 안 믿어. 그 여자는 오늘 아침 작전이 시작되기 직전에 아주 잘해줬어. 그녀는 내가 손금 얘기를 믿을까 봐 걱정하더군. 난 믿지 않아. 하지만 그녀는 그걸 믿지. 그들은 뭔가를 보지. 혹은 뭔가를 느끼지. 사냥꾼이 쏜 새를 물어 오는 사냥개처럼 말이야. 초감각적 지각 같은 것 아닐까? 그는 말했다. 제기랄 뭐가 아니겠냐고? 그 여자는 작별 인사를 하려고 들지 않았어. 작별 인사를 했다간 마리아가 떠나려 하지 않을 걸 알았기 때문이지. 아, 필라르. 이제 몸을 돌려봐, 조던. 하지만 그는 영 내키지가 않았다.

그러다 그는 바지 뒷주머니에 작은 수통이 들어 있다는 것을 기억해냈다. 그는 생각했다. 그 독한 놈이나 들이켜고 나서, 그다음에 몸을 돌려보든지 해야겠군. 하지만 더듬어보니 수통은 그곳에 없었다. 그 술조차 없다고 생각하니 그는 더더욱 쓸쓸했다. 그는 생각했다. 나도 꽤나 술에 의지를 했던 모양이군.

파블로가 가져갔을까? 바보같이 굴지 마라. 분명 네가 다리에서 떨어뜨렸을 것이다. 자 이제, 조던, 그가 말했다. 엎드려.

그는 두 손으로 왼쪽 다리를 잡고 힘껏 들어 올렸다가 기대고 있던 나무 옆에 누우면서 다리를 잡아당겼다. 그다음 납작누운 채 다리를 힘껏 당겨서, 부러진 뼈끝이 올라와서 허벅지 살을 찌르지 않도록 했다. 그리고는 엉덩이를 축으로 해서 뒤통수가 언덕 아래를 향할 때까지 천천히 몸을 돌렸다. 그다음산 위쪽을 향해 부러진 다리를 두 손으로 잡고, 오른발 바닥을왼발 발등에 대고 강하게 누르면서, 땀을 뻘뻘 흘리며 몸을 돌려 얼굴과 가슴이 바닥에 오도록 엎드렸다. 그는 팔꿈치를 딛고 몸을 일으켜, 두 손으로 왼쪽 다리를 뒤쪽으로 쭉 뻗게 하고, 땀을 흘리며 오른쪽 다리로 땅을 힘껏 찼다. 드디어 그렇게 일이 끝났다. 손가락으로 왼쪽 넓적다리를 만져보니 별 이상은 없었다. 부러진 뼈끝이 피부를 뚫지 않고 근육 속에 제대로 파묻혀 있었다.

그놈의 말이 내 다리를 짓누를 때 대신경이 완전히 끊어져버린 모양이군, 그는 생각했다. 정말 전혀 아프지가 않네. 지금 자세를 바꾸려니 좀 아프기는 한데. 그건 뼈가 다른 곳을 찌르기 때문이겠지. 알겠나? 그가 말했다. 얼마나 운이 좋은지 알겠어? 그 독한 술이 필요 없게 됐잖아.

그는 손을 뻗어 기관단총을 잡고 탄창 속에 들어 있던 탄알집을 꺼냈다. 그리고 주머니를 뒤져 다른 탄알집을 찾아내고 총을 열어 총열을 살펴본 다음, 탄알집을 다시 탄창 홈에 딸깍 소리가 날 때까지 밀어 넣었다. 그러고는 비탈길을 내려다보았다. 반시간은 지났을까, 그는 생각했다. 이제 좀 쉬자.

그는 산등성이를 보고 소나무들도 보면서 아무 생각도 하지 않으려 애썼다.

그리고 시냇물도 보고, 다리 밑 시원한 그늘 속이 어땠는지도 기억해냈다. 놈들이 어서 왔으면 좋겠군, 그는 생각했다. 놈들이 오기 전에 정신이 혼미해져 있거나 하지 않았으면 좋겠거든.

이런 걸 누가 더 수월하게 받아들일까? 종교가 있는 사람들일까 아니면 그냥 있는 그대로 죽음을 받아들이는 사람들일까? 종교가 사람들에게 큰 위안을 주기는 하지만 우리는 죽음을 두려워할 필요가 없다는 것을 알고 있다. 그저 나쁜 것을 잃는 것에 불과하다. 죽음은 그 과정이 오래 걸리고 너무 아파서 굴욕감을 느끼게 할 때에만 나쁘다. 그런 면에서도 넌 참 행운아다, 그렇지? 그런 게 전혀 없으니까.

다들 도망간 것은 대단한 일이야. 그들이 멀리 갔으니 난 이 상황을 괘념치 않아. 내가 말한 대로 되었잖아. 정말 아주 비슷해. 그들이 모두 저 회색 말이 쓰러져 있는 언덕에 여기저기 쓰러져 있다면 얼마나 상황이 달랐을지 생각해봐라. 또는 우리가 전부 여기에 갇혀서 죽음을 기다리고 있다고 생각해봐. 안 될 일이지. 그들은 떠났다. 그들은 멀리 갔다. 이제 아군의 공격이 성공하느냐만 남은 것이다. 네가 원하는 건 뭐지? 모든 것. 난 모든 것을 원하고 손에 넣을 수 있는 건 뭐든 내 것으로 취하겠어. 이 공격이 실패로 돌아간다면, 또 다른 공격이 있을 것이다. 비행기들이 돌아왔을 때 난 그걸 알아채지 못했지. 아, 그녀를 보낼 수 있었던 건 정말 행운이었다.

할아버지에게 이 얘기를 해드리고 싶구나. 할아버지는 분명 이렇게 좋은 부하들을 발굴해서 이렇게 멋진 쇼를 펼치지는 못했을 것이다. 그걸 어떻게 알지? 그분은 아마 50번은 했을걸.

아니야, 그는 말했다. 정확히 하자고. 이런 작전을 50번이나 수행하는 사람은 없어. 아무도 50번은 못 해. 이런 작전은 한 번이나 할까, 아니 한 번도 못 해낸단 말이다. 물론이지. 그들도 해냈을 거야.

놈들이 이제 와주면 좋겠는데, 그는 생각했다. 다리가 아파오기 시작하니, 놈들이 지금 당장 왔으면 좋겠다. 다리가 붓고 있는 모양이다.

그 탱크가 올 때까진 우린 정말 멋지게 해내고 있었지, 그는 생각했다. 하지만 내가 다리 밑에 있을 때 그 탱크가 오지 않은 것만도 다행이야. 일이 잘못되려면 무슨 일이든 일어나기 마련인데. 그들이 골스에게 그 명령을 내렸을 때 넌 이미 망한 거였어. 너도 그것을 알고 있었고, 아마 바로 그것을 필라르가 느꼈을 거겠지. 하지만 나중에는 우리도 이런 일들을 훨씬 더 잘 조직해내게 되겠지. 휴대용 단파 무전기는 꼭 있어야 했어. 그래, 우리한테는 필요한 물건들이 아주 많아. 나는 이렇게 다리가 부러질 경우를 대비해 예비용 다리도 하나 가지고 다녀야 하는데.

그는 그 농담에 씩 웃었지만, 말에서 떨어질 때 대신경이 부러진 곳이 이제 심하게 아파왔기 때문에 땀을 흘리며 간신히 쓴웃음을 지은 것이었다. 아, 놈들이 와야 하는데, 그는 말했다. 난 아버지가 했던 그 일은 하고 싶지 않은데. 해야 한다면 제대로 하기는 하겠지만 되도록 할 필요가 없었으면 더 좋겠다. 나는 그 일을 반대한다. 그 생각은 하지 말자. 아예 아무 생각도 하지 말자. 그 새끼들이 왔으면 좋겠는데, 그는 말했다. 정말이지 왔으면 좋겠구나.

이제 그의 다리 통증은 극심해졌다. 통증은 그가 자세를 바꾼 후에 상처가 붓기 시작하면서 갑자기 시작되었다. 그는 말했다. 어쩌면 그냥 지금 그 일을 할까. 난 통증엔 그리 강하지 못한데. 이봐, 내가 지금 그 일을 한다고 해도, 너 오해하지 않을 거지? 너 지금 누구한테 말하는 거냐? 아무도 아니야, 그는 말했다. 아마 할아버지겠지. 아니, 아무도 아니야. 아, 제기랄, 놈들이 왔으면 좋겠는데.

들어봐, 난 그 일을 해야 할 것 같다. 왜냐하면 기절을 하거나 하면 난 아무 데도 쓸모가 없어질 것이고, 놈들이 나를 잡아가면 나한테 질문을 해대고 소용없는 짓을 벌일 테니까. 놈들이 그런 짓을 하지 못하도록 미연에 방지하는 편이 더 좋겠다. 그러니 지금 그 일을 해도 괜찮지 않을까. 그러면 모든 것이 끝날 텐데? 왜냐하면, 아, 들어봐, 그래, 들어봐, 이놈들아 어서 와라.

넌 그 일에 서툴러, 조던, 그는 말했다. 그 일은 잘 못한다고. 그럼 누가 잘하지? 나도 몰라. 지금 당장은 궁금하지도 않고. 하지만 어쨌든 넌 아니야. 맞아. 넌 절대 아니야. 아, 절대, 절대. 지금 그 일을 해도 될 것 같은데. 그렇지 않아?

아니, 아니야. 아직 네가 할 수 있는 일이 있기 때문이야. 그것이 무엇인지 아는 한, 너는 그것을 해야 해. 그것이 무엇인지 기억하는 한, 너는 그것을 기다려야 해. 자, 놈들아 와라. 와라. 와라.

대원들이 멀리 도망가는 것을 생각해보자, 그는 말했다. 그들이 숲을 통과해서 가고 있는 장면을 상상해보자. 냇물을 지나고. 히스 풀을 헤치고 말을 달려가는 걸. 비탈길을 올라가는 장면을 상상해봐. 오늘 밤이면 그들이 무사히 도망갈 수 있다는 걸. 밤새도록 달리는 그들을 생각해보자. 내일 그들이 숨는 걸 생각해보자. 그들을 생각해. 제기랄, 그들을 생각하자. 딱 거기까지가 내가 그들을 생각할 수 있는 전부구나, 그는 말했다.

몬태나를 생각하자. 생각할 수 없어. 마드리드를 생각하자. 생각할 수 없어. 찬물을 마시는 걸 생각해봐. 좋아. 죽는 것도 바로 그런 걸 거야. 시원한 물 한 모금 같은. 넌 거짓말쟁이야. 아무것도 아닐 거야. 그냥 그뿐일 거야. 그냥 아무것도 아닌. 그러니 그 일을 하자. 하자. 지금 해. 지금해도 돼. 자 지금 하자. 안 돼, 기다려야 해. 뭣 때문에? 너도 괜찮다는 걸 알잖아. 그럼 기다려.

나는 이제 더 이상 기다릴 수 없어, 그는 말했다. 더 이상 기다리다가는 의식을 잃고 말 거야. 벌써 세 번이나 의식을 잃을 뻔했잖아. 난 버티고 있는 거야. 잘 버텼어. 하지만 더 이상은 몰라. 내 생각에는 넌 넓적다리뼈가 부러진 곳 주위에 내출혈이 있는 것 같다. 특히 몸을 돌린 게 문제였어. 그래서 붓기 시작했고, 그래서 정신이 약해지고 혼미해진 거야. 지금 그 일을 해도 괜찮겠다. 정말, 괜찮겠어.

그래도 기다렸다가 놈들을 잠시라도 잡아두거나 장교라도 해치우면 상황은 완전히 달라질지도 몰라. 한 가지라도 잘해내면……

좋다, 그는 말했다. 그리고 그는 아주 조용히 엎드려서, 산비탈에서 눈이 녹아 미끄러져 내리기 시작할 때처럼 자꾸만 혼미해지려는 정신을 계속 가다듬으려 애썼다. 그는 이제 조용히 말했다. 그럼 놈들이 올 때까지 버티겠어.

로버트 조던은 운이 아주 좋았다. 왜냐하면 바로 그때 기병이 말을 타고 숲에서 나와 길을 건너고 있던 것을 보았기 때문이다. 그는 기병이 비탈을 올라오는 것을 지켜보았다. 회색 말 옆에 멈춰 선 기병이 장교에게 소리치자 장교가 말을 달려 기병에게 다가왔다. 로버트 조던은 그들 두 사람이 회색 말을 내려다보는 모습을 보았다. 물론 그들은 그 말을 알아보았다. 그 말과 말에 탔던 기병이 전날 아침부터 실종되었던 것이다.

로버트 조던은 비탈길 위 그곳에서 이제 가까이 와 있는 그들을 보았고, 그 아래로 도로와 다리와 그 아래 길게 늘어선 차량들도 보았다. 그는 이제 완전히 정신을 차리고 아주 긴 호흡으로 주위의 모든 것을 둘러보았다. 그런 다음 그는 하늘을 올려다보았다. 커다란 흰 구름이 떠다니고 있었다. 그는 누워 있는 곳의 솔잎을 손바닥에 대보았고 바로 앞에 있는 소나무 줄기의 껍질을 만져보았다.

그런 다음 그는 양 팔꿈치를 솔잎들 위에 가능한 한 편안하게 괴고, 기관단총의 총구를 소나무 줄기에 기대어놓았다.

장교는 이제 파블로 유격대의 대원들이 남긴 말발굽 자국을 따라 빠른 속도로 달려왔고, 로버트 조던이 엎드려 있는 곳에서 20야드 아래를 지날 참이었다. 그 거리라면 문제없었다. 그 장교는 베렌도 중위였다. 그는 아래쪽 초소의 공격이 처음 보고된 직후 올라오라는 명령을 받고 라그랑하로부터 올라온 참이었다. 그들은 열심히 말을 달렸지만 다리가 폭파되자 후퇴하여 계곡 상류를 건넌 다음 숲을 통과해서 나온 것이었다. 말은 물에 젖고 피로에 지쳐 있었지만 그들은 쉼 없이 말을 재촉했었다.

발자국을 살피던 베렌도 중위는 말에 올라탔다. 그의 여윈 얼굴은 심각하고 진지했다. 그의 기관단총은 왼팔 안쪽에 안장을 가로질러 놓여 있었다. 로버트 조던은 아주 조심스럽게 정신을 차리고서 두 손이 떨리지 않도록 한 뒤 나무 뒤에 엎드려 있었다. 그는 장교가 소나무 숲의 첫 번째 나무가 초지의 푸른 비탈길과 이어지는 햇빛 가득한 지점에 이를 때까지 기다렸다. 그는 솔잎이 깔린 숲 바닥에 닿은 그의 심장이 고동치는 것을 느낄 수 있었다.

이데올로기와 벌거벗은 몸 사이의 경계에서

안은주(동의대학교 교수)

《누구를 위하여 종은 울리나》(For Whom the Bell Tolls)는 어니스트 헤밍웨이가 41세 되던 해이자 스페인 내전이 끝난 이듬해인 1940년에 발표된 작품이다. 헤밍웨이는 스페인 내전(1936~1939)에 참전했던 경험을 살려 이 작품을 썼으며, 작품 배경은 내전이 발발한 다음 해인 1937년 5월 말의 어느 사흘간이다. 헤밍웨이는 이전부터 스페인에 각별한 애정을 가지고 있었고, 내전 이전에도 여러 차례 방문하여 축제와 투우 등을 즐긴 바 있었다. 그는 내전이 발발하자 〈북미신문연합〉의 종군기자로서 스페인으로 달려가 전황을 취재하여 30편에 달하는 기사를 송고했고, 공화주의 선전 영화의 대본을 썼으며, 반파시즘 연설도 하는 등 여러 방법으로 스페인 내전에 참가하여 공화파를 도왔다.

스페인 내전에 대해 간략히 살펴보면, 1936년 2월 스페인 총선에서 자유주의, 사회주의, 공산주의, 아나키즘(무정부주의) 세력이 연합한 인민전선이 승리하면서 공화좌파 마누엘 아사냐를 총리로 하는 인민전선 공화정부가 수립되었다. 그러나 다

섯 달 뒤 프란시스코 프랑코 등 군부 세력이 스페인령 모로코
에서 공화정부 타도를 기치로 내걸고 군사 반란을 일으키면서
내전이 발발한다. 군부 프랑코를 위시한 '국민진영'은 보수적
가톨릭교회, 자본가 및 지주 계급의 후원을 받던 스페인 우익
동맹(CEDA), 파시즘 정당인 팔랑헤당(이 작품에서 마리아의 머
리를 자르고 집단 성폭행을 가한 군인들이 팔랑헤당 소속이었
다)과 종교적 우익 정치세력이었던 카를로스주의자들(로버트
조던이 죽인 기마병도 가슴에 성심(聖心) 표시를 달고 있는 카를
로스주의자였다)이 옛 스페인 복원을 기치로 단결했다. 한편,
인민전선 정부의 '공화진영'은 공화연합(R.U.P.), 공화좌파(A.R.)
등 자유주의 세력, 사회주의 노동자당(P.S.O.E), 스페인공산당
(P.C.E.), 마르크스주의 통합노동자당(P.O.U.M.) 등 사회주의 및 공
산주의 세력, 전국노동연합(C.N.T.), 생디칼리스트당, 이베리아
아나키스트 연맹(F.A.I.) 등 아나키즘 세력, 그리고 그 밖에 갈리
시아와 카탈루냐 민족주의자들까지 한데 집결했다. 여기에 국
민진영은 독일과 이탈리아의 지원을 받고, 공화진영은 유럽 각
국과 미국에서 온 대규모 지원병 부대인 국제여단과 소련의 지
원을 받았다. 이처럼 스페인 내전은 한 국가 내부의 전쟁이 아
니라 유럽 제국주의파시즘 세력 대 사회주의아나키즘 세력의
대리전이었다고 할 수 있다. 즉 20세기 모든 이념들의 격전장
이자 2차 세계대전의 전주곡이었던 셈이다.

　그러나 국민진영은 상대적으로 결속력이 강했던 데 반해,
공화진영은 중앙집권적 공산주의자들이 자유주의자, 아나키스
트들, 지역주의자들과 어지럽게 뒤섞여 있었다. 스탈린의 지원
을 등에 업은 공산주의자들의 권력 집중 움직임에 대해 아나키
스트들이 완강하게 저항하면서 내부 분열이 일어났고, 그 과정

에서 피비린내 나는 권력 투쟁과 반란, 그리고 숙청이 이루어졌다. (이러한 상황은 작품에서 국제여단 지도자인 앙드레 마르티가 닥치는 대로 총살을 즐기는 미치광이라는 일화나 로버트 조던과 카르코프의 대화에 나타나 있다. 또한 붉은색과 검정색으로 된 스카프를 맨 아나키스트들은 작품 곳곳에서 위험하고 경솔하며 폭력적인 소아병적 세력으로 그려진다.) 마침내 1939년 4월, 내전은 독일과 이탈리아 파시스트 정권의 군사적 지원을 받던 국민진영의 승리로 끝났고, 프랑코는 이후 37년 동안 철권통치를 이어갔다.

이 작품은 스페인 내전에 국제여단 의용군으로 참가한 미국인 게릴라 로버트 조던의 이야기다. 그는 마드리드 북쪽의 세고비아를 공략하기 위한 공화군 작전의 일환으로 세고비아 남동쪽 과다라마 산맥 어느 산중의 다리를 폭파하는 임무를 맡게 된다. 1937년 5월 실제로 공화군은 세고비아 공격 작전을 펼쳤으며, 그 실화를 바탕으로 이 작품이 쓰였다고 한다. 작전을 시작하기도 전에 이미 적이 눈치를 채고 해당 지역의 군비를 증강시킨 상황에서, 기습작전이 성공을 거둘 가능성은 이미 없어진 상황이었다. 그럼에도 작전이 중단되지는 않아서 주인공 로버트 조던은 쓸모없는 줄 알면서도 다리를 폭파시키고 퇴각하는 과정에서 부상을 입고 죽어간다.

헤밍웨이는 이전부터 전쟁의 참상과 허무를 그려온 작가였고, 이 작품에서도 역시 전쟁과 이데올로기에 대한 통쾌한 풍자를 펼쳐낸다. 그러나 굳이 나누자면 후기작에 해당하는 이 작품에서는 여전히 전쟁, 죽음, 파괴 등이 인간의 삶을 지배하는 절대적인 비극적 요소로 등장하기는 하지만, 그러한 상황에도 불구하고 인간이 서로 간의 유대와 대의명분을 위해 생명을 바치고 극기적 노력을 하는 일이 유의미한 것으로 그려진다. 제목과 서두에 제시되는 17세기 영국 형이상학파 시인 존 던의 시는 이러한 주제 의식을 집약적으로 보여준다. "누구도 그 자체로 온전한 섬이 아니다. 모든 인간은 대륙의 한 조각이고, 대양의 일부이니…… 누군가의 죽음이 나의 생명을 감소시키는 것은, 내가 인류와 하나이기 때문이다. 그러므로 누구를 위하여 종은 울리는지 알려고 사람을 보내지 말라. 종은 그대를 위하여 울리는 것이니." 원래 이 시는 존 던이 1624년에 발표한 기도시편 중 〈제17명상〉에서 발췌한 것이다. 세상사람 누구도 혼자만의 섬으로 존재하는 것이 아니라 이 세상 모든 이들의 운명과 연결되어 있다는 이 시의 내용처럼, 로버트 조던은 작은 마을 시장의 딸로 파시스트 팔랑헤당 병사들에게 집단 성폭행을 당한 아픔을 가진 마리아와의 사랑과 스페인 유격대 사람들과의 교감을 통해 자신의 임무와 대의를 중심으로 사고하던 경직된 이상주의자에서 자기 옆의 사람들과의 인간적 유대와 공감을 중시하는 인간으로 변모한다. 그래서 마지막에 그의 도움으로 생명을 보존할 수 있게 된 유격대원들을 통해 조던의 삶과 사랑, 죽음이 의미 있는 것으로 남을 것임이 암시된다.

로버트 조던을 변화시킨 공감의 주인공들인 주변 인물들 역시 우리에게 강렬하게 다가온다. 이 작품이 우리의 폐부를 찌르고 마음속 어딘가에 울림을 가져오는 강력한 힘은 이념의 대립을 넘어 어떤 종류의 것이든 이데올로기와 인간의 벗은 몸 사이의 그 살얼음 같은 또는 속이 비치는 기름종이 같은 경계를 보여주는 데서 온다. 대의명분과 평범한 인간으로서의 삶의 경계에 선 사람들의 모습 말이다. 게다가 그 경계에 선 사람들은 너무 다혈질이라 오히려 애처롭고 사랑스럽기까지 한 스페인 촌부들이다. 내전의 과정에서 너무나 많은 살상을 한 탓에 그 죄책감과 공포로 퇴락해가는 파블로, 양성적인 모습을 보여주는 여장부 필라르, 노련한 길잡이며 살생에 대해 종교적 죄의식을 느끼는 안셀모 영감, 욕설을 입에 달고 살지만 속이 깊고 명민한 아구스틴, 납작 얼굴 프리미티보, 지나치게 진지하고 눈치가 없어서 우스꽝스럽지만 심지는 굳은 페르난도, 엘라디오와 안드레스 형제, 약방의 감초 같은 집시 라파엘, 귀머거리 호인 엘 소르도 영감, 가족을 잃은 슬픔을 견뎌내며 공산주의에 심취하지만 목숨이 다하는 순간 공산주의 구호 대신 급히 기도문을 외우던 18세 유격대원 호아킨. 이들은 공화주의와 자유주의의 대의를 위해 몸 바쳐 싸우는 단순하고 우직한 촌부들이면서 전쟁 중이 아니라면 밭을 일구고 가축을 키우며 살았을 평범한 농부들이다. 안셀모가 정찰하는 초소의 적군들은 갈리시아 지방에서 차출되어 온 사람들로 전쟁 통만 아니면 안셀모와 그들은 따뜻한 식사를 함께 나누며 대화를 나눌 수 있었을 것이다. 카르코프가 적에게 발각될 경우 사살하기로 되어 있던 러시아인 부상병들은 모든 증거가 될 만한 옷이나 신분증을 제거한 맨몸의 시체로만 남겨질 계획이라 국적이나 정치 성향을 들킬 염려가 없다.

같은 맥락에서 안드레스가 로버트 조던의 보고서를 전하러 숲 속을 지나가면서 야생 새알을 가져다가 마당에서 키우고 싶어 하는 장면, 어쩌면 다리 공격에 참가할 수 없을지도 모른다는, 그래서 목숨을 부지할 수 있을지도 모른다는 가능성에 대해 느끼는 은밀한 안도감을 고향마을 소몰이 축제 때 누구보다 용감하게 싸웠지만 아침에 비가 와서 축제가 취소된다는 사실을 알았을 때 느꼈던 안도감에 빗대어 고민하는 장면, 트럭에 태워져 작전 지역으로 수송되고 있는 군인들의 비참한 얼굴 표정과 안드레스에게는 보이는 그런 비참함이 열혈 공화군 장교 고메스의 눈에는 그저 공화군의 위용을 재확인하는 가슴 벅찬 장관으로밖에 보이지 않는 장면은 공식적인 전쟁 기록에는 등장하지 않는 전쟁 이면의 벌거벗은 개인들의 기록이다. 동굴 속 은거지에서 로버트 조던에게 미국의 정세에 대해 묻는 스페인 유격대원들의 산골 사람들다운 모습도 흥미롭다. 페르난도는 스페인을 벗어나본 적이 없는 사람이다. 그가 경험한 외지라고는 스페인 동부의 대도시 발렌시아가 전부이고, 그나마도 좋은 기억은 전혀 남아 있지 않았다. 그는 미국인인 로버트 조던이 영어가 아닌 스페인어를 가르치는 강사라는 사실이 도통 이해가 되지 않는다. 소문밖엔 들어본 적 없는 먼 나라의 일을 놓고 문맹의 산골 사람들이 갑론을박하는 장면은 독자를 웃음 짓게 만든다.

이러한 마치 투우사의 복장이나 붉은 망토, 플라멩코 무희의 무용복, 그리고 스페인의 뜨거운 태양빛을 연상케 하는 강렬한 지방색은 영어와 스페인어를 넘나드는 언어적 유희와 실험을 통해서 더욱 생생하게 표현된다. 이 작품에 등장하는 대화들은 대부분 스페인어로 이루어진 것으로 설정되어 있다. 말하자면 스페인어를 영어로 번역해놓았다는 설정인데, 곳곳에 스페인어 단어나 문장이 직접 나오기도 한다. 그뿐 아니라 영어 표현들 속에서도 스페인어의 흔적이 그대로 남아 있는 경우가 있다. 긍정의 표현을 "왜 안 그렇겠어?"라는 부정의문문으로 말한다거나 아주 좋다는 것을 "나쁘지 않네"라고 하는 등의 과장을 지양하는 낮춰 말하기 습관도 그 중 하나다. 스페인 유격대원들의 원색적인 욕설과 농담들도 작품을 언어적으로 풍부하게 한다. 번역의 과정에서 이러한 언어적 풍부함을 되도록 살리려고 노력했고, 스페인어 음독을 그대로 살린 것도 이를 위한 방편이었다. 스페인어를 모르는 대부분의 독자들도 그 음 자체를 즐기며 분위기에 취할 수 있을 것이다.

헤밍웨이의 유명한 '하드보일드 문체' 역시 이 작품의 형식 적인 특성에 영향을 주었다. 작가가 자신의 등장인물, 행위, 장 면에 대해 정확히 알면 그저 약간의 세부만 보여줘도 독자가 나머지를 이해한다는 것이 하드보일드 문체의 정신이다. 그래 서 가능한 한 감정이나 설명은 배제하고 대신 세부적인 행동과 사실들을 담담하고 충실하게 묘사한다. 그러나 물에 잠긴 빙산 의 감춰진 밑부분에 해당하는 문화적 배경이나 역사적 맥락을 따라가는 일이 한국 독자들에게 녹록하지만은 않다. 특히 스페 인 내전에 관련된 사실 관계를 파악하는 것이 문제인데, 이 책 에서는 이 때문에 당시 상황과 여러 관련 세력들 및 역사적 정 황을 각주에 담았다. 파시스트 측과 공화국 측의 양분만이 등 장하는 것이 아니라, 공화국 측 여러 계파들이 등장하고 각각 입장들이 서로 다르기 때문에 작품을 읽는 데 혼란을 느낄 수 있을 것이다. 독자들에게 각주들이 도움이 되길 바란다.

'70시간 동안에 70년 인생을 살아낼 수 있다'는 작품 속 로 버트 조던의 말대로, 사흘이라는 짧은 기간 동안의 일이 이 비 교적 긴 소설 안에 담겨 있다. 그리고 그 안에는 등장인물들의 회상과 독백이 많은 부분을 차지하면서 그들이 살아온 긴 인생 과 그들 내면의 풍경들이 시간의 밀도를 더해준다. 필라르가 펼쳐놓는 발렌시아에서의 투우 경기, 파블로가 고향 마을에서 파시스트들을 잔인하게 처단하던 일, 마리아가 자신이 겪었던 아픈 경험을 로버트 조던에게 털어놓는 장면, 그리고 로버트 조던의 가족사까지. 전투에 임하면서 내면에서 일어나는 갈등이 등장인물들의 독백 부분, 특히 로버트 조던의 독백을 통해 세밀하게 묘사된다. 로버트 조던의 독백은 그 안에서 분열되는 두 자아가 서로에게 질문하고 대답하는 방식을 취하고 있다. 그중 하나가 이상과 대의를 중시하는 공적인 조던이라면 다른 하나는 그 전제들과 가치들을 전도시키는 우상 파괴적인 조던이다. 이러한 정신 분열적 독백을 통해 그의 내적 갈등과 극기적 노력이 극화되어 표현된 것이다.

로버트 조던은 아버지의 권총 자살을 너무나 힘겹게 언급한다. 사실 대부분 '그 일'이라는 대명사를 사용해 간접적으로 지칭한다. 그리고 마지막 순간 부상 입은 다리가 부어오르면서 극심한 통증에 시달릴 때, 적에게 잡히기 전에 그냥 총으로 자살하는 길을 택할까, 아니면 참고 버텼다가 적과 대치함으로써 길 떠난 동료들에게 조금이라도 도움이 될까를 고민하는 장면에서도, 자살은 최선을 다해 피해야 할 일로 그려진다. 실제로 헤밍웨이의 아버지와 남동생 역시 권총으로 자살했고, 헤밍웨이 자신도 만년에 두 차례에 걸친 항공기 사고의 후유증과 집필 활동 실패로 인해 우울증에 시달리다 결국 1961년 엽총으로 자살을 택했다. 죽기 20년 전 작품에서 자살을 되도록 피하려고 안간힘 쓰는 주인공의 모습과 작가의 만년의 고통이 겹쳐지며 애잔함에 젖게 되는 것을 피할 수 없다.

참고문헌
앤터니 비버, 《스페인내전: 20세기 모든 이념들의 격전장》(서울: 교양인 2009)
이경란, 〈어니스트 헤밍웨이〉, 《영미문학의 길잡이2》(서울: 영미문학연구회 2001)
Carlos Baker, *Hemingway: The Writer as Artist*(Princeton: Princeton UP 1972)
Carlos Warren Beach, *American Fiction, 1920~1940.*(Russell & Russell 1968)
Thomas Gould, *"On the Basis of Humanity": Hemingway's* For Whom the Bell Tolls *Manuscript Revisions*(Greensboro: U of North Carolina at Greensboro 1998)

어니스트 헤밍웨이
연보

7월 21일 미국 시카고 근교의 부유한 프로 **1899**
테스탄트 백인들이 살던 오크파크에서 의사
인 아버지 클래런스 헤밍웨이와 오페라 가
수인 어머니 그레이스 홀의 2남 4녀 중 둘
째로 태어남. 낚시와 사냥을 즐기는 아버지
와 감정이 풍부한 예술가 어머니 사이에서
풍족한 어린 시절을 보냄. 아버지를 따라다
니며 사냥, 낚시, 캠핑 등을 즐겼고, 이 시
기에 형성된 자연과 야외 활동에 대한 사랑
이 평생 지속됨. 이때의 기억은 초기 단편집
《우리들의 시대에》의 토대가 됨.

오크파크 고등학교에 입학해 학교 주간신문 **1913**
인 〈트래피즈〉와 잡지 《타불라》에 글을 기
고함.

고등학교 졸업 후 대학에 진학하지 않고 **1917**
〈캔자스시티 스타〉 신문사의 기자로 6개월

간 일함. 〈캔자스시티 스타〉의 문체 가이드 (간결한 문장을 쓸 것, 힘 있는 영어를 구사할 것, 과장된 형용사를 자제할 것 등)는 훗날 헤밍웨이 '하드보일드' 문체의 바탕이 됨.

1918

1차 세계대전에 참전하기 위해 지원하지만 시력 문제로 입대하지 못하고, 적십자 부대의 앰뷸런스 운전병으로 투입됨. 곧 북이탈리아 전선에 배치되나 박격포 포격으로 두 다리에 중상을 입어 6개월간 입원함. 부상에도 불구하고 동료 이탈리아 병사를 구한 공로로 이탈리아로부터 무공훈장을 받음. 당시 치료를 받던 밀라노의 적십자병원에서 일곱 살 연상의 미국인 간호사 아그네스 폰 쿠로브스키를 사랑하게 되고, 이때의 경험은 《무기여 잘 있어라》를 비롯한 여러 작품에 모티브가 됨.

1919

종전 후 전쟁 영웅으로 귀향. 아그네스로부터 다른 사람과 결혼한다는 작별 편지를 받고 실의에 빠짐.

1920

오크파크를 떠나 시카고에 정착. 헤밍웨이의 첫 번째 부인이 되는 여덟 살 연상의 여인 엘리자베스 해들리 리처드슨을 만남. 소설가 셔우드 앤더슨과 교류 시작.

1921

9월 해들리 리처드슨과 결혼. 〈토론토 스타〉 신문사의 유럽 특파원으로 채용되어 파리로 이주, 카르티에라탱 지구의 카르디날 르무안가 74번지에 정착. 파리의 국외자 그룹을 형성하고 있던 거트루드 스타인, 에즈라 파운드, 제임스 조이스 등 당대의 걸출한 문인들과 교류.

〈토론토 스타〉특파원으로 그리스-터키 전쟁 취재. 해들리가 파리의 리옹 역에서 헤밍웨이의 습작 원고를 모두 분실.

1922

아내와 함께 처음으로 스페인 팜플로나를 여행하고 투우에 매혹됨. 토론토에서 장남 존(애칭 '범비') 출생. 첫 작품집 《세 편의 단편과 열 편의 시》를 파리의 컨택트퍼블리싱 컴퍼니에서 한정판으로 출간.

1923 《세 편의 단편과 열 편의 시》

소설가이자 비평가인 포드 매덕스 포드를 도와 《트랜스애틀랜틱 리뷰》 편집에 참여. 자전적 인물 '닉 애덤스'가 등장하는 단편집 《우리들의 시대에》가 파리의 스리마운틴스 프레스에서 출간됨.

1924 《우리들의 시대에》

아내의 친구이자 《보그》지의 기자인 폴린 파이퍼를 알게 됨. 몽파르나스의 바 '딩고'에서 당시 이미 작가로서의 명성을 얻은 F. 스콧 피츠제럴드를 우연히 만남. 헤밍웨이의 재능을 알아본 그가 자신의 편집자인 미국 스크리브너 출판사의 맥스웰 퍼킨스를 소개해주려 했으나, 간발의 차이로 먼저 계약한 뉴욕의 보니앤드리버라이트 출판사에서 미국판이 나옴. 그러나 이후 헤밍웨이의 모든 작품은 스크리브너 출판사에서 출간됨.

1925

5월 단편집 《봄의 격류》 출간. 6월 아내 해들리와 아내의 친구 폴린 파이퍼와 함께 투우 경기를 보러 스페인 팜플로나를 여행함. 폴린과 사랑에 빠지면서 8월 아내와 이혼. 10월 첫 장편인 《태양은 다시 떠오른다》를 출간. 전후 삶의 방향을 잃은 젊은이들의 방황을 사실적으로 묘사한 이 소설로 문단의 호

1926 《봄의 격류》 《태양은 다시 떠오른다》

평과 대중의 인기를 얻으며 큰 주목을 받음.

5월 폴린 파이퍼와 결혼. 가톨릭 신자인 폴린 파이퍼를 따라 가톨릭으로 개종함. 10월 단편집《남자들만의 세계》출간.	1927	《남자들만의 세계》
폴린과 함께 파리를 떠나 플로리다의 키웨스트로 이주. 6월 둘째 아들 패트릭 출생. 겨울과 여름을 플로리다의 키웨스트와 와이오밍을 오가며 생활. 12월 아버지 클래런스 헤밍웨이가 우울증으로 자살해 큰 충격을 받음.	1928	
1차 세계대전 참전 때의 경험을 담은《무기여 잘 있어라》출간. 상업적으로 큰 성공을 거둠.	1929	《무기여 잘 있어라》
11월 캔자스시티에서 셋째 아들 그레고리 출생.	1931	
쿠바의 수도 아바나에 머무르며 낚시 여행을 함. 투우에 관한 논픽션《오후의 죽음》 출간.	1932	《오후의 죽음》
폴린과 함께 스페인과 파리를 여행하고 케냐에서 사파리 여행을 함. 10월 단편집《승자는 아무것도 얻지 못한다》출간.	1933	《승자는 아무것도 얻지 못한다》
배를 구입하고 '필라'호로 이름 지음.	1934	
10월 아프리카에서의 사냥과 사파리 이야기를 담은 에세이집《아프리카의 푸른 언덕》출간.	1935	《아프리카의 푸른 언덕》

《에스콰이어》지에 단편 〈킬리만자로의 눈〉 발표. 《코즈모폴리턴》지에 단편 〈프랜시스 매컴버의 짧고 행복한 생애〉 발표.	1936	
'북아메리카신문연맹' 특파원으로 스페인 내전을 취재함. 영화감독 요리스 이벤스와 함께 내전에 관한 다큐멘터리 〈스페인의 대지〉를 제작하고 해설을 씀. 이곳에서 미국의 저널리스트이자 소설가인 마사 겔혼과 처음 만남. 10월 《가진 자와 못 가진 자》 출간.	1937	《가진 자와 못 가진 자》
다큐멘터리의 해설을 《스페인의 대지》로 출간. 〈킬리만자로의 눈〉과 〈프랜시스 매컴버의 짧고 행복한 생애〉가 포함된 《제5열 및 첫 번째 49편의 단편》 출간. 〈제5열〉은 헤밍웨이의 유일한 희곡 작품임.	1938	《스페인의 대지》 《제5열 및 첫 번째 49편의 단편》
폴린과 별거하고, 쿠바 아바나 근교의 농장에서 마사 겔혼과 지냄. 헤밍웨이는 이 농장을 '핑카 비히아(전망 좋은 농장)'로 명명.	1939	
10월 스페인 내전의 경험을 토대로 한 《누구를 위하여 종은 울리나》 출간. 폴린과 이혼하고 마사 겔혼과 결혼. 플로리다의 집을 폴린에게 주고 마사와 함께 '핑카 비히아'에 정착.	1940	《누구를 위하여 종은 울리나》
일본의 중국 침략 전쟁을 취재하는 마사를 따라 극동아시아 여행. 미국이 2차 세계대전에 참전함에 따라 자신의 배 '필라'호를 일종의 Q보트(독일군 잠수함을 공격하기 위해 상선으로 위장한 영국 군함)로 운영하도록 허가받아 쿠바 해안을 순찰했지만 성과는 없었음.	1941	

10월《전쟁하는 사람들》을 편집하고 서문을 씀.	1942	《전쟁하는 사람들》
《콜리어》지 특파원으로 유럽 전쟁을 취재하며 연합군의 노르망디 상륙작전, 파리 입성, 독일 진격 등을 취재. 전투 자격이 없는 취재원이면서 의용군을 이끈 것이 문제가 되어 고발당하지만 결국 취재 등의 공훈을 인정받아 1947년 청동성장 훈장을 받음.	1943	
런던에서 만난 《타임》지 기자 메리 웰시와 사랑에 빠짐. 마사 겔혼과 이혼.	1945	
헤밍웨이의 마지막 아내가 될 메리 웰시와 결혼 후 아이다호 주 케첨으로 이주.	1946	
메리와 유럽을 여행하고, 베네치아에서 수 개월 체류. 이곳에서 열아홉 살 소녀 아드리아나 이반치치에게 연정을 품고 그녀에게서 받은 영감으로 《강을 건너 숲 속으로》의 여주인공 레나타를 그림.	1948	
10년 만에 《강을 건너 숲 속으로》를 출간하지만 평론가들의 혹평을 받음.	1950	《강을 건너 숲 속으로》
어머니 그레이스 헤밍웨이 사망.	1951	
9월 《라이프》지에 〈노인과 바다〉 발표 후 단행본으로 출간. 잡지 발행 이틀 만에 530만 부가 팔리고 단행본 선주문만 5만 부에 달하는 화제를 불러일으킴.	1952	《노인과 바다》
《노인과 바다》로 퓰리처상 수상. 메리와 아프리카로 사파리 여행을 떠남.	1953	

아프리카에서 두 번의 비행기 사고를 당하 **1954**
고 중상을 입음. 조난 후 소식이 두절된 사
이 헤밍웨이가 사망했다는 소문이 퍼지며
각종 신문에 부고가 실렸고, 이후 구조되어
병원에 입원한 헤밍웨이는 이를 흥미진진
하게 읽음. 노벨문학상 수상. 부상으로 인해
시상식에는 참석하지 못함.

스페인을 방문해 투우 관람. 고혈압 등의 여 **1959**
러 질병으로 건강 악화.

피델 카스트로가 재산국유화를 선언하자 쿠 **1960**
바를 떠나 아이다호에 정착. '핑카 비히아'
는 정부에서 소유함(나중에 헤밍웨이 박물관으
로 개조). 《라이프》지에 투우에 관한 글 〈위
험한 여름〉 기고. 과대망상증과 우울증으로
미네소타의 병원에 입원.

몇 번의 자살 시도와 입원을 거친 후 7월 2일 **1961**
아이다호 케첨 자택에서 엽총으로 생을 마감.

〈토론토 스타〉 시절의 기사들을 모아서 편 **1962** 《헤밍웨이:
찬한 《헤밍웨이:격정의 시절》 출간.   격정의 시절》

파리 시절에 대한 회고록들을 모은 에세이 **1964** 《움직이는 축제》
집 《움직이는 축제》 출간.

헤밍웨이의 신문 기사들을 모은 《필자:어니 **1967** 《필자:어니스트
스트 헤밍웨이》 출간.   헤밍웨이》

기존에 발표된 희곡 〈제5열〉에 미발표 단 **1969** 《제5열과
편 4편을 엮은 《제5열과 스페인 내전 단편 4   스페인 내전
편》 출간. 헤밍웨이 사후 쏟아져 나온 수많   단편 4편》
은 전기들 중 현재까지도 가장 표준적 준거

로 여겨지는 카를로스 베이커의 《어니스트 헤밍웨이:인생 이야기》가 스크리브너에서 출간됨.

미완의 소설 《만류 속의 섬들》 출간. 〈캔자스시티 스타〉 시절의 기사들을 모은 《통신원 어니스트 헤밍웨이:캔자스시티 스타 이야기》 출간.	1970	《만류 속의 섬들》
고등학교 신문과 잡지에 실은 글들을 모은 《어니스트 헤밍웨이의 도제시절:오크파크, 1916~1917》 출간.	1971	
'닉 애덤스 단편'을 모두 모아 연대기순으로 편집한 소설집 《닉 애덤스 이야기》 출간.	1972	《닉 애덤스 이야기》
매사추세츠 월섬의 미국국립문서보존소 분관에서 헤밍웨이의 원고와 편지들을 대중에게 공개, 헤밍웨이 연구가 더욱 활성화됨.	1975	
헤밍웨이의 시들을 모은 《88편의 시》 출간. '헤밍웨이 산업'이라 불릴 정도로 활발한 비평적 관심의 결과 헤밍웨이에 대한 평론만을 싣는 저널 〈헤밍웨이 노트〉가 창간됨.	1979	
헤밍웨이의 원고들이 미국국립문서보존소에서 보스턴의 존 F. 케네디 도서관 특별전시실로 옮겨짐.	1980	
〈헤밍웨이 노트〉가 정식학술지 《헤밍웨이 리뷰》가 됨. 카를로스 베이커가 편찬한 《어니스트 헤밍웨이:편지 선집, 1917~1961》 출간.	1981	《어니스트 헤밍웨이: 편지 선집, 1917~1961》

《시 전집》 출간.	1983	《시 전집》
〈토론토 스타〉에 기고한 기사들을 모은 《날짜 기입선:토론토》 출간. 미공개 글 몇 편과 함께 《라이프》지에 기고했던 〈위험한 여름〉을 표제작으로 하여 단행본 출간.	1985	《날짜 기입선: 토론토》 《위험한 여름》
유작 《에덴동산》 출간. 여성의 광기와 양성성을 가진 남자, 동성애 등 기존 헤밍웨이 소설의 남성적 이미지와 다른 파격적 소재를 다룬 작품으로, 헤밍웨이 작품에 관한 젠더 문제 연구에 새 장을 열어줌.	1986	《에덴동산》
《어니스트 헤밍웨이 단편 전집》 출간.	1987	《어니스트 헤밍웨이 단편 전집》
7월 헤밍웨이 탄생 100주년을 기념하기 위해, 미완성된 유고작을 아들 패트릭이 완결하여 《여명의 진실》이란 제목으로 출간.	1999	《여명의 진실》

옮긴이 안은주

서울대학교에서 영어영문학을 전공하고 동대학원에서 미국소설 전공으로 석사와 박사 학위를 받았으며, 현재 부산 동의대학교 교양과정부 전임교수로 재직하고 있다. 주요 논문으로 〈토마스 핀천의 V. 연구: 제국주의 비판 모티프의 해체와 복원〉, 〈맥신 홍 킹스턴의 '중국'과 '미국' 재현: 다문화주의 극복을 위한 디아스포라 담론의 가능성〉 등이 있고, 옮긴 책으로는 《피터팬》과 《베이비 인 맨해튼》 등이 있다.

시공 헤밍웨이 선집

누구를 위하여 종은 울리나

2012년 3월 29일 초판 1쇄 발행
2018년 12월 17일 초판 4쇄 발행

지은이 | 어니스트 헤밍웨이
옮긴이 | 안은주
발행인 | 이원주

발행처 | (주)시공사
출판등록 | 1989년 5월 10일(제3-248호)

주소 | 서울 서초구 사임당로 82(우편번호 06641)
전화 | 편집 (02)2046-2817 · 마케팅 (02)2046-2883
팩스 | 편집 · 마케팅 (02)585-1755
홈페이지 | www.sigongsa.com

ISBN 978-89-527-6459-1(04840)
       978-89-527-6454-6(set)

시공 헤밍웨이 선집

우리들의 시대에(1924) | 김성곤 옮김

헤밍웨이 문학의 시원을 보여주는 초기 걸작 단편집

각각의 독립적인 이야기이면서도 '닉 애덤스'라는 한 인물로 연결되어 있는 독특한 형식의 단편집으로, 작가의 분신인 '닉'이라는 어린 소년이 탄생과 죽음, 사랑과 상실을 경험하며 비정한 현실세계에 눈떠가는 성장 과정을 그렸다. 아버지의 그림자, 고독한 낚시, 야구에 대한 추억 등 후기 작품들의 근간이 되는 문학적 원형들이 모두 담겨 있다.

태양은 다시 떠오른다(1926) | 권진아 옮김

'길 잃은 세대(Lost Generation)'를 대표하는 헤밍웨이의 첫 장편

청년 헤밍웨이를 일약 미국 문단의 총아로 떠오르게 한 작품. 전쟁을 겪은 후 삶의 방향을 상실한 젊은이들의 방황과 고뇌를 사실적으로 그린 헤밍웨이의 첫 장편으로, "만취 상태로 보낸 기나긴 주말"로 표현되는 당대의 불안과 상실감을 헤밍웨이 특유의 간결하고 예리한 문장으로 묘사했다.
| 타임 선정 100대 영문소설 | 모던라이브러리 선정 100대 영문소설 | 뉴스위크 선정 100대 세계소설

무기여 잘 있어라(1929) | 김성곤 옮김

서른 살의 헤밍웨이를 세계적 작가의 반열에 올린 두 번째 장편

전장에서 만난 헨리 중위와 간호사 캐서린의 비극적 사랑 이야기를 통해 삶의 부조리에 직면한 인간 존재의 보편적 비극을 깊은 통찰로 그려낸 수작. 작가 스스로 "내가 쓴 《로미오와 줄리엣》"이라고 말할 만큼 애절한 연애소설이자 1차 세계대전을 무대로 한 가장 유명한 작품이다.
| 모던라이브러리 선정 100대 영문소설 | 미국대학위원회(SAT) 추천도서 | 서울대 선정 동서양 고전 200선

노인과 바다(1952) | 장경렬 옮김

노벨문학상에 빛나는 헤밍웨이 만년의 역작

자신의 평생에 걸친 삶의 철학을 절제된 문장으로 응축하여 그려낸 살아생전의 마지막 작품. 거대한 청새치를 잡은 늙은 어부가 바다에서 상어 떼와 사투를 벌이다 끝내 빈손으로 돌아온다는 100여 쪽 분량의 짧은 이야기 속에 불굴의 인간 정신에 대한 찬사를 담아냈다.
| 1953년 퓰리처상 수상 | 1954년 노벨문학상 수상 | 국립중앙도서관 선정 청소년 권장도서 50선

어니스트 헤밍웨이
Ernest Miller Hemingway
1899. 7. 21~1961. 7. 2

《누구를 위하여 종은 울리나》 집필 무렵의 헤밍웨이

1899년 7월 21일 미국 일리노이 주 시카고 근처의 오크파크에서 태어났다. 의사인 아버지와 성악가인 어머니 사이에서 풍족한 유년 시절을 보냈고, 어릴 때부터 아버지를 따라다니며 사냥과 낚시를 배웠다. 이때의 기억은 그의 초기 걸작 단편집《우리들의 시대에(In Our Time)》(1924)의 토대가 되었다. 1917년 고등학교 졸업 후 시카고의 〈캔자스 시티 스타〉에서 6개월간 기자로 일하며, 간결하고 힘 있는 헤밍웨이 특유의 '하드보일드' 문체를 익히기 시작했다. 이듬해에 1차 세계대전에 참전하여 이탈리아 전투에 운전병으로 투입되지만 중상을 입고 밀라노의 적십자병원에 입원했다. 이곳에서 일곱 살 연상의 미국인 간호사 아그네스 폰 쿠로브스키와 사랑에 빠지고, 이때의 경험은《무기여 잘 있어라(A Farewell to Arms)》(1929)를 비롯한 그의 여러 작품에 모티브가 되었다.

1921년 〈토론토 스타〉의 유럽 특파원 자격으로 파리에 주재하면서 거트루드 스타인, 에즈라 파운드, 스콧 피츠제럴드 등 당대의 유명 작가들과 교류하기 시작했다. 1926년 삶의 방향을 상실한 젊은이들의 방황과 환멸을 사실적으로 그린 첫 장편《태양은 다시 떠오른다(The Sun Also Rises)》를 발표하여 일약 미국 문단의 총아로 주목을 받고, 이어 1차 세계대전의 참전 경험을 토대로 한 두 번째 장편《무기여 잘 있어라》를 발표해 세계적 작가의 반열에 올랐다. 이때 그의 나이 서른이었다. 그 후 〈킬리만자로의 눈(The Snow of Kilimanjaro)》(1936), 〈프랜시스 매컴버의 짧고 행복한 생애(The Short Happy Life of Francis Macomber)》(1936)와 같은 뛰어난 단편들을 발표하고, 1940년 스페인 내전을 소재로 한 장편《누구를 위하여 종은 울리나(For Whom the Bell Tolls)》를 통해 다시 한 번 작가로서의 명성을 굳혔다.

이후 오랜 침체기 끝에 1952년 완성한《노인과 바다(The Old Man and the Sea)》는 100여 쪽 분량의 짧은 이야기임에도 불구하고《라이프》지에 발표되자마자 이틀 만에 500만 부가 팔리며 엄청난 반향을 일으켰다. 이 작품으로 퓰리처상과 노벨문학상의 영예를 안으면서 20세기 미국 문학의 거장으로 자리매김했다. 그러나 건강이 악화되면서 우울증과 알코올중독증에 시달리던 헤밍웨이는 몇 차례의 자살 시도와 입원을 반복하다 1961년 7월 2일 오하이오 케첨의 자택에서 엽총으로 자신의 생을 마감했다.